DEPOIS DAQUELA NOITE

KARIN SLAUGHTER

DEPOIS DAQUELA NOITE

Nada nunca mais foi o mesmo.

Tradução
Laura Folgueira

Rio de Janeiro, 2023

Copyright © 2023 by Karin Slaughter.
Copyright da tradução © 2023 por Casa dos Livros Editora LTDA. Todos os direitos reservados.
Título original: *After That Night*
Will Trent is a trademark of Karin Slaughter Publishing LLC.

Todos os direitos desta publicação são reservados à Casa dos Livros Editora LTDA. Nenhuma parte desta obra pode ser apropriada e estocada em sistema de banco de dados ou processo similar, em qualquer forma ou meio, seja eletrônico, de fotocópia, gravação etc., sem a permissão do detentor do copyright.

Editora: *Lara Berruezo*

Editoras assistentes: *Anna Clara Gonçalves e Camila Carneiro*

Assistência editorial: *Yasmin Montebello*

Copidesque: *André Sequeira*

Preparação: *Pérola Gonçalves*

Revisão: *Daniela Georgeto e Natália Mori*

Capa: *HarperCollins Design Studio*

Imagem de capa: *© Douglas Lopez / Unsplash*

Adaptação de capa: *Osmane Garcia Filho*

Diagramação: *Abreu's System*

Dados Internacionais de Catalogação na Publicação (CIP)
(Câmara Brasileira do Livro, SP, Brasil)

Slaughter, Karin
   Depois daquela noite / Karin Slaughter ; tradução Laura Folgueira. – 1. ed. – Rio de Janeiro : HarperCollins Brasil, 2023.

   Título original: After that night
   ISBN 978-65-6005-048-8

   1. Romance norte-americano I. Título.

23-161045   CDD-813.5

Índices para catálogo sistemático:

1. Romances : Literatura norte-americana   813.5
Eliane de Freitas Leite – Bibliotecária – CRB-8/8415

Os pontos de vista desta obra são de responsabilidade de seu autor, não refletindo necessariamente a posição da HarperCollins Brasil, da HarperCollins Publishers ou de sua equipe editorial.

Publisher: *Samuel Coto*

Editora Executiva: *Alice Mello*

HarperCollins Brasil é uma marca licenciada à Casa dos Livros Editora LTDA.
Todos os direitos reservados à Casa dos Livros Editora LTDA.
Rua da Quitanda, 86, sala 218 – Centro
Rio de Janeiro, RJ – CEP 20091-005
Tel.: (21) 3175-1030
www.harpercollins.com.br

Para Liz

Lembre-se de falar da cicatriz, não da ferida.

Anônimo

Bom dia Dani gostei muito daquela noite… não é sempre que
fico com alguém inteligente além de linda… combinação rara.

                                                                                        ???

Estou com os contatos da campanha de Stanhope,
se ainda tiver interesse de ser voluntária.

                                                                  Quem é?

Engraçadinha! Sei que estão procurando gente pra panfletar
você ainda quer ajudar?
Posso te pegar no caminho da sede da campanha se quiser.

                    Desculpa, acho que você tá falando com a pessoa errada

Você está no Juniper no prédio de Belas-Artes, né?

                             Não eu fui morar com meu namorado

Eu amo seu senso de humor, Dani
Quero muito passar mais tempo com você
Sei que você ama ver o parque de seu quarto de canto
Quem sabe você me apresenta ao Lorde Pantalona

Como você sabe do meu gato?

Eu sei tudo sobre você.

Sério a Jen mandou vc fazer isso? Tá me assustando

Fico pensando naquela pinta na sua perna e como quero beijar ... de novo...

Quem caralho está falando?

Quer mesmo saber?

Não tem graça. Diz logo quem você é porra.

Tem caneta e papel
Na gaveta do lado da sua cama
Faça uma lista de tudo o que te deixa aterrorizada
Sou eu

PRÓLOGO

Sara Linton segurou o telefone ao ouvido enquanto observava um interno avaliar um paciente com um corte aberto no dorso do braço direito. O recém-formado dr. Eldin Franklin não estava em seu melhor dia. Chegara havia duas horas em seu turno na emergência e já tinha sido ameaçado por um lutador de MMA drogado e feito, em uma sem-teto, um exame retal que tinha dado muito, muito errado.

— Dá para acreditar que ele me falou isso? — perguntou Tessa, sua ira passando pelo aparelho, mas Sara sabia que a irmã não precisava de encorajamento para reclamar do novo marido.

Então ela ficou de olho em Eldin, fazendo uma careta quando ele puxou lidocaína numa seringa como se fosse Jonas Salk testando a primeira vacina contra poliomielite. Ele estava prestando mais atenção na ampola do que no paciente.

— Fala sério — continuou Tessa. — Ele é inacreditável.

Sara fez ruídos afirmativos enquanto trocava o telefone de uma orelha para outra. Encontrou o tablet e puxou a ficha do paciente de Eldin. O corte era uma preocupação secundária. A enfermeira da triagem tinha notado que o homem de 31 anos estava com os batimentos cardíacos alterados e com febre de 38 graus, sofrendo de agitação severa e aguda, confusão e insônia.

Ela levantou o olhar do tablet. O paciente não parava de coçar o peito e o pescoço, como se tivesse algo rastejando em sua pele. Seu pé esquerdo tremia tanto que a maca tremia junto. Dizer que o homem estava em abstinência alcoólica era dizer que o sol nasceria no leste.

Eldin não estava captando nenhum dos sinais, o que não era completamente inesperado. A faculdade de medicina era, por definição, um sistema que não preparava os alunos para o mundo real. A pessoa passava o primeiro ano aprendendo como funcionam os sistemas do corpo. O segundo ano era dedicado a entender como esses sistemas poderiam dar errado. No terceiro, o estudante podia ver os pacientes, mas apenas sob supervisão rigorosa e, muitas vezes, desnecessariamente sádica. O quarto ano trazia o sistema de correspondência, que era como o pior concurso de beleza de todos os tempos, no qual a pessoa esperava para ver se sua residência seria em uma instituição de prestígio de grande porte ou no equivalente a uma clínica veterinária na zona rural de onde Judas perdeu as botas.

Eldin tinha conseguido passar na residência do Grady Memorial Hospital, o único hospital público de Atlanta e um dos centros de trauma tipo I mais movimentados do país. Ele era chamado de interno, porque ainda estava no primeiro ano de residência. Infelizmente, isso não o impedia de acreditar que já tinha visto de tudo. Sara percebia que o cérebro dele já havia se desligado enquanto ele se inclinava sobre o braço do paciente e começava a anestesiar a área. Eldin, provavelmente, estava pensando no jantar, em uma garota que ele iria chamar para sair ou nos juros de seus muitos empréstimos estudantis, que equivaliam quase ao custo de uma casa.

Sara olhou para a enfermeira-chefe. Johna também observava o rapaz, mas, como toda enfermeira, deixaria o médico novato aprender da maneira mais difícil. Não demorou muito.

O paciente se dobrou para a frente e abriu a boca.

— Eldin! — chamou Sara, mas era tarde demais.

O vômito explodiu direto nas costas de Eldin, como a mangueira de um bombeiro.

Ele cambaleou, experimentando um momento de choque antes de começar a arquejar com ânsia de vômito.

Sara permaneceu em sua cadeira atrás do posto da enfermeira enquanto o paciente caía de costas na cama, uma sensação momentânea de alívio tomando conta de seu rosto. Johna puxou Eldin para o lado e começou a dar-lhe um sermão como se ele fosse um bebê. A expressão de vergonha dele era familiar; Sara tinha feito internato em Grady e recebera broncas semelhantes. Ninguém te alertava, na faculdade de medicina, que era assim que você aprenderia a ser um médico de verdade — com humilhação e vômito.

— Sara? — falou Tessa. — Está me escutando?

— Estou, desculpa. — Sara tentou voltar a atenção para a irmã. — O que você estava falando?

— Eu estava perguntando por que é tão difícil para ele perceber que a lata de lixo está cheia. — Tessa mal parou para respirar. — Eu também trabalho o dia todo, mas sou eu que tenho que chegar e limpar a casa *e* dobrar a roupa limpa *e* fazer o jantar *e* tirar o lixo?

Sara ficou calada. Nenhuma das queixas de Tessa era nova nem imprevisível. Lemuel Ward era um dos cretinos mais egoístas que ela já conhecera, o que era bastante coisa, considerando que ela havia passado a vida adulta trabalhando na medicina.

— É como se eu tivesse me inscrito secretamente em *O conto da aia*.

— Na série ou no livro? — Sara tentou não demonstrar acidez no tom. — Eu não me lembro de uma cena de tirar o lixo.

— Com certeza foi assim que começou.

— Dra. Linton? — Kiki, uma das carregadoras, bateu os dedos no balcão. — O paciente da baia três está voltando do raio X.

Sara expressou um agradecimento enquanto verificava as chapas no tablet. O paciente em questão era um esquizofrênico de 39 anos que se apresentou como Deacon Sledgehammer e chegou com uma urticária do tamanho de uma bola de golfe no pescoço, temperatura de quase quarenta graus e calafrios incontroláveis. Ele admitira ter sido viciado em heroína durante quase a vida toda. Após o colapso das veias nas pernas, nos braços, nos pés, no peito e na barriga, ele recorrera à injeção subcutânea, ou o que se chamava de "estourar a pele". Depois, passou a injetar diretamente nas artérias jugulares e carótidas. As radiografias confirmaram o que Sara suspeitava, mas ela não ficou feliz por estar certa.

— Meu tempo vale tanto quanto o dele — disse Tessa. — É ridículo pra caralho.

Sara concordou, mas não disse uma palavra sequer enquanto caminhava pelo pronto-socorro. Normalmente, àquela hora da noite, eles estavam sobrecarregados com ferimentos a bala, esfaqueamentos, acidentes de carro, overdoses e uma boa soma de ataques cardíacos. Talvez fosse a chuva ou o Braves jogando contra o Tampa Bay uma partida disputada de baseball, mas estava tudo calmo. A maior parte das macas estava vazia, os silvos e bipes das máquinas pontuando conversas ocasionais. Tecnicamente, Sara era a pediatra de plantão, mas havia se oferecido para substituir outro médico para ele poder ir à feira de ciências da filha. Em oito horas de um turno de doze, a pior coisa que ela tinha visto era Eldin levando um jato de vômito.

E, sinceramente, tinha sido meio hilário.

— Obviamente, mamãe não ajudou em nada — continuou Tessa. — Ela só disse: "Um casamento ruim ainda é um casamento". O que é que isso significa?

Sara ignorou a pergunta e apertou o botão para abrir as portas.

— Tessie, você está casada há seis meses. Se não está feliz com ele agora...

— Eu não disse que não estou feliz — rebateu a irmã, embora cada palavra que saía de sua boca indicasse o contrário. — Só estou frustrada.

— Bem-vinda ao casamento. — Sara caminhou em direção à fileira de elevadores. — Você vai passar dez minutos discutindo já ter dito uma coisa para ele em vez de apenas repetir.

— Esse é o seu conselho?

— Tomei muito cuidado para não dar conselho algum — respondeu Sara. — Olha, vou dizer uma coisa que vai parecer ridícula, mas ou você encontra uma maneira de resolver isso, ou não.

— Você encontrou uma maneira de resolver com Jeffrey.

Por reflexo, Sara posicionou a mão sobre o peito, mas o tempo havia aliviado a dor aguda que, geralmente, acompanhava qualquer lembrança de sua viuvez.

— Está esquecendo que eu me divorciei dele?

— Está esquecendo que eu estava lá quando aconteceu? — Tessa fez uma pausa para uma respiração rápida. — Você resolveu. Você se casou com ele outra vez. Você estava feliz.

— Estava — concordou Sara, mas o problema de Tessa não era uma traição nem uma lixeira transbordando. Era estar casada com um homem que não a respeitava. — Não estou escondendo nada de você. Não existe solução universal. Os relacionamentos são diferentes.

— Claro, mas...

A voz de Tessa sumiu quando as portas do elevador se abriram. Os bipes distantes e os chiados de máquinas sumiram, Sara sentiu uma corrente elétrica no ar.

O agente especial Will Trent estava parado no fundo do elevador. O olhar dele estava no celular, o que permitiu a Sara o luxo de observá-lo silenciosamente. Alto e magro. Ombros largos. O terno cor de carvão não conseguia esconder o corpo de corredor. Seu cabelo claro cor de areia estava molhado da chuva. Uma cicatriz fazia zigue-zague em sua sobrancelha esquerda. Outra cicatriz descia da boca. Sara deixou sua mente imaginar qual seria a sensação daquela cicatriz contra seus próprios lábios.

Will levantou o olhar e sorriu para Sara.

Ela sorriu de volta.

— Alô? — disse Tessa. — Você ouviu o que...

Sara encerrou a ligação e enfiou o celular no bolso.

Quando Will saiu do elevador, ela catalogou silenciosamente todas as formas como poderia ter se esforçado mais para parecer apresentável para esse encontro casual, começando por não prender seu cabelo comprido em um coque de vovó no topo da cabeça e terminando com limpar melhor o ketchup que havia escorrido pela frente de sua roupa cirúrgica no jantar.

Os olhos de Will foram direto para a mancha.

— Acho que tem um pouco de...

— Sangue — interrompeu Sara. — É sangue.

— Certeza que não é ketchup?

Ela balançou a cabeça.

— Eu sou médica, então...

— E eu sou investigador, então...

Ambos estavam sorrindo quando Sara notou que Faith Mitchell, parceira de Will, não só tinha estado no elevador com ele, como, naquele momento, estava a meio metro de distância.

Faith deu um suspiro pesado antes de dizer a Will:

— Eu vou lá começar a coisa com aquele negócio.

As mãos de Will foram para os bolsos enquanto Faith caminhava em direção aos quartos dos pacientes. Ele olhou para o chão, depois de volta para Sara, depois para o corredor. O silêncio arrastou-se até um nível desconfortável, que era o dom particular de Will. Ele era incrivelmente sem jeito, e não ajudava o fato de Sara se perceber estranhamente muda perto dele.

Ela se obrigou a falar.

— Já faz um tempo.

— Dois meses.

Sara ficou ridiculamente encantada por ele saber quanto tempo tinha se passado. Ela esperou que ele continuasse, mas é claro que ele não fez isso.

Ela perguntou:

— O que o traz aqui? Está trabalhando em um caso?

— Estou. — Ele pareceu aliviado por chegar a um terreno familiar. — O cara decepou os dedos do vizinho em uma briga por causa de um cortador de grama. Quando a polícia chegou, ele entrou no carro, deu partida e dirigiu direto para um poste telefônico.

— Um verdadeiro mestre do crime.

Algo na súbita explosão de risos dele fez o coração de Sara dar uma cambalhota estranha. Ela tentou mantê-lo falando.

— Parece um problema da polícia de Atlanta, não um caso para a Agência de Investigação da Geórgia.

— O cortador de dedos trabalha para um traficante que estamos tentando derrubar. Esperamos conseguir convencer o cara a falar.

— Você pode *cortar* a pena dele em troca do depoimento.

Desta vez, não houve a excitação do riso. A piada foi tão ruim que não merecia o mínimo esgar.

Will deu de ombros.

— É o plano.

Sara sentiu que estava ficando corada desde o pescoço, e tentou, desesperadamente, achar um terreno mais seguro.

— Eu estava esperando um paciente subir do raio X. Não costumo ficar de bobeira nos elevadores.

Will assentiu com a cabeça, mas foi só o que ele ofereceu antes de o desconforto voltar a aparecer. Ele esfregou o maxilar com os dedos, preocupando-se com a cicatriz tênue que corria ao longo de sua mandíbula quadrada e descia até o colarinho da camisa. O brilho de sua aliança de casamento piscou como uma luz de alerta. Will percebeu que ela notou o anel. A mão dele voltou para o bolso.

— Enfim. — Sara tinha que acabar com aquilo antes que suas bochechas pegassem fogo. — Faith deve estar te esperando. Foi bom revê-lo, agente Trent.

— Dra. Linton. — Will fez um leve aceno antes de ir embora.

Para não ficar olhando para ele por muito tempo, Sara pegou o celular e mandou uma mensagem de desculpas para a irmã por desligar tão abruptamente.

Dois meses.

Will sabia como entrar em contato com ela, mas não tinha entrado. Por outro lado, Sara sabia como entrar em contato com ele, mas também não o fizera.

Ela repassou silenciosamente o breve diálogo deles, pulando a piada de *cortar* para seu rosto não ficar vermelho de novo. Sara não sabia se Will estava flertando, se estava sendo educado ou se ela estava sendo idiota e desesperada. O que ela sabia era que Will Trent era casado com uma ex-investigadora de polícia de Atlanta com reputação de ser uma vaca completa e de ter o hábito regular de desaparecer por longos períodos. E que, apesar disso, ele ainda estava usando a aliança de casamento.

Como diria a mãe de Sara, *um casamento ruim ainda é um casamento.*

Felizmente, as portas do elevador se abriram antes que Sara pudesse mergulhar ainda mais naquela situação bizarra.

— Oi, doutora. — Deacon Sledgehammer estava jogado em sua cadeira de rodas, mas fez um esforço para se endireitar por Sara. Ele vestia uma camisola hospitalar e meias de lã pretas. O lado esquerdo de seu pescoço parecia dolorosamente vermelho e inchado. Cicatrizes redondas salpicavam seus braços, suas pernas e sua testa devido a anos estourando a pele. — Tu descobriu o que tem de errado comigo?

— Descobri. — Sara assumiu o lugar do auxiliar, empurrando Deacon pelo corredor e lutando contra a vontade de se voltar para Will como a esposa de Ló. — Tem doze agulhas quebradas no seu pescoço, e várias delas causaram um abcesso. É por isso que ele está inchado e você está tendo tanta dificuldade para engolir. Você está com uma infecção muito grave.

— Caramba. — Deacon soltou uma expiração frenética. — Parece uma coisa que pode me matar.

— Pode. — Sara não mentiria para ele. — Você vai precisar de cirurgia para remover essas agulhas, depois terá que ficar aqui por pelo menos uma semana para tomar antibiótico na veia. Vamos administrar sua abstinência, mas nada disso vai ser fácil.

— Merda — murmurou ele. — Você vem me visitar?

— Com certeza. Estou de folga amanhã, mas estarei aqui o dia todo no domingo.

Então, Sara passou seu crachá no leitor para abrir as portas e finalmente se permitiu olhar para trás, na direção de Will, que estava no fim do corredor. Ela o observou até ele virar a esquina.

— Ele me deu as meias dele.

Sara se virou para Deacon.

— Na semana passada, quando eu estava lá no centro. — Deacon apontou para o par de meias grossas que estava usando. — Estava frio demais. Então, o cara tirou as meias e deu para mim.

O coração de Sara deu aquele saltinho estranho de novo.

— Que gentil.

— Essa porra de polícia deve ter botado um grampo. — Deacon pressionou o dedo nos lábios para calá-la. — Cuidado com o que tu fala.

— Entendido.

Sara não discutiria com um esquizofrênico que sofria de uma infecção que ameaçava a vida dele. O fato de que ela tinha cabelo castanho-avermelhado e era canhota já havia levado a uma longa discussão.

Ela inclinou a cadeira em direção à baia três, depois ajudou a transferir Deacon para a maca. Ele estava desnutrido, seus braços eram esqueléticos, quase como palitos de fósforo. Fuligem e sujeira se amontoavam em seu cabelo e a boca não tinha vários dentes. Estava com quase quarenta anos, mas parecia ter sessenta e se movia como se tivesse oitenta. Ela não tinha certeza de que ele conseguiria sobreviver a outro inverno. A heroína, o clima ou outra infecção descontrolada o pegariam.

— Eu sei o que você está pensando. — Deacon recostou-se de novo na cama com o gemido de um velho. — Você quer ligar pra minha família.

— Você quer que eu ligue para sua família?

— Não. E não liga para o serviço social também. — Deacon coçou o braço, as unhas arranhando uma cicatriz redonda. — Olha, eu sou um merda, tá?

— Eu não achei.

— É, bom, você me pegou em um dia bom. — A voz dele falhou na última palavra. Estava caindo a ficha de que ele talvez não visse o dia de amanhã. — Com minha saúde mental sendo o que é e meu vício. Quer dizer, caralho, eu amo a droga, mas não facilito as coisas para as pessoas.

— Você teve azar. — Sara manteve o tom comedido. — Isso não faz de você uma pessoa ruim.

— Claro, mas o que eu fiz minha família passar... Em junho faz dez anos que eles me deserdaram, e eu não culpo eles. Eu dei um monte de motivo. Menti, roubei, trapaceei, bati. Eu te falei: um merda mesmo.

Sara apoiou os cotovelos sobre a grade da cama.

— O que posso fazer por você?

— Se eu não sobreviver, você pode ligar pra minha mãe e avisar? Não pra ela se sentir mal ou qualquer coisa. Sendo sincero, acho que vai ser um alívio.

Sara pegou uma caneta e um bloco no bolso.

— Escreve o nome e o telefone dela.

— Diz que eu não tive medo. — Ele apertou a caneta com tanta força no papel que Sara ouviu o arranhão. Lágrimas vazaram dos olhos dele. — Diz que eu não culpo ela. E que... diz que eu amo ela.

— Espero que não chegue a isso, mas prometo que vou ligar se acontecer.

— Mas não antes, tá? Porque ela não precisa saber que eu estou vivo. Só se eu... — Ele não completou. Suas mãos tremiam quando ele devolveu o bloco e o papel. — Você sabe o que eu quero dizer.

— Sei, sim. — Sara descansou brevemente a mão sobre o ombro dele. — Ligarei para o pessoal da cirurgia. Vamos colocar um cateter central para eu te dar algo que te ajude a ficar confortável.

— Obrigado, doutora.

Sara fechou a cortina atrás dela. Pegou o telefone do posto da enfermeira e chamou o departamento de cirurgia para uma consulta, depois digitou o pedido para a linha central.

— Oi. — Eldin tinha tomado banho e colocado uma roupa cirúrgica limpa. — Eu dei diazepam endovenoso para meu bêbado. Ele está esperando um leito.

— Adicione multivitaminas e quinhentos miligramas de tiamina endovenosa para prevenir...

— Encefalopatia de Wernicke — disse Eldin. — Boa ideia.

Sara achou que ele parecia um pouco confiante demais para alguém que acabara de ser atingido por um jato de vômito. Como sua supervisora — mesmo que só por uma noite —, o trabalho dela era orientá-lo para que isso não acontecesse novamente.

— Eldin, não é uma ideia, é um protocolo de tratamento para evitar convulsões e para acalmar o paciente. A desintoxicação é um inferno na terra. Seu paciente está claramente sofrendo. Ele não é um bêbado, é um homem de 31 anos que está lutando contra o vício no álcool.

Eldin teve a decência de parecer envergonhado.

— Certo. Você tem razão.

Sara ainda não tinha terminado.

— Você leu as anotações da enfermeira? Ela fez um histórico social detalhado. Ele relatou tomar de quatro a cinco cervejas por dia. Eles ensinaram a você alguma regra no ano passado?

— Sempre dobrar o número de bebidas que um paciente relata.

— Correto — disse ela. — Seu paciente também relatou que estava tentando parar e que parou abruptamente há três dias. Está bem ali na ficha dele.

A expressão de Eldin passou de envergonhada a ultrajada.

— Por que Johna não me disse?

— Por que você não leu as anotações dela? Por que não notou que seu paciente tinha uma gripe forte de início agudo e estava sentindo formigas fantasmas sobre a pele? — Sara viu a vergonha voltar, o que depunha a favor de Eldin. Ele reconhecia que era o único culpado. — Aprenda com isso, Eldin. Atenda melhor seu paciente da próxima vez.

— Você tem razão. Desculpa. — Eldin respirou fundo e falou mais baixo: — Caramba, será que um dia vou pegar o jeito?

Sara não podia largá-lo à própria sorte.

— Vou te dizer o que o médico que me orientava me disse uma vez: acredito que ou você é um bom médico, ou é um psicopata que conseguiu enganar a pessoa mais inteligente que já te supervisionou.

Eldin riu.

— Posso te fazer uma pergunta?

— Claro.

— Você fez a sua residência aqui, certo? — Ele esperou que Sara assentisse com a cabeça. — Ouvi dizer que você tinha uma vaga garantida para um *fellowship* com a Nygaard. Cirurgia cardiotorácica pediátrica. É impressionante. Por que você desistiu?

Sara estava tentando formular uma resposta quando sentiu outra mudança no ar. Não era a corrente elétrica que ela havia sentido quando viu Will Trent parado no fundo do elevador. Eram anos da intuição de médica dizendo-lhe que o resto da noite estava prestes a degringolar.

As portas da baia da ambulância se abriram. Johna estava correndo pelo corredor.

— Sara, teve um acidente de carro bem aqui em frente. Mercedes contra ambulância. Eles estão tirando a vítima do carro agora mesmo.

A médica correu em direção à sala de trauma com Eldin seguindo-a de perto. Ela sentia a ansiedade dele aumentando, então manteve a voz calma:

— Faça exatamente o que eu mandar. Não atrapalhe.

Ela estava colocando uma roupa médica esterilizada quando os paramédicos entraram correndo com a paciente amarrada em uma maca, todos encharcados da chuva. Um deles anunciou os detalhes.

— Dani Cooper, dezenove anos, acidente de carro com perda de consciência, dor no peito, falta de ar. Ela estava indo a cerca de cinquenta por hora quando bateu direto na ambulância. Ferimento abdominal parece superficial. Pressão arterial oitenta por quarenta, batimentos cardíacos em 108. Murmúrio vesicular superficial à esquerda, claros à direita. Está alerta e orientada. Acesso na mão direita apenas com soro fisiológico.

De repente, a sala de trauma ficou lotada de gente em uma dança bem-coreografada e confusa. Enfermeiras, fisioterapeuta respiratório, radiologista, transcritor. Cada um tinha um propósito: colocar os acessos, realizar a gasometria arterial, fazer tipagem sanguínea e prova cruzada, cortar as roupas, colocar o manguito para pressão arterial, medir a oximetria, os eletrodos e o oxigênio e rastrear cada passo que era dado e por quem.

Sara gritou:

— Preciso de um perfil toxicológico com diferencial, radiografias de tórax e abdômen e um segundo acesso endovenoso para sangue caso a gente precise. Comece um cateter e faça uma triagem de rotina de urina e drogas. Preciso de uma tomo do pescoço e da cabeça. Avise a equipe de cirurgia cardíaca para ficar de prontidão.

Os paramédicos transferiram a paciente para a maca. O rosto da jovem mulher estava branco. Os dentes dela estavam batendo, os olhos, selvagens.

— Dani — disse Sara. — Eu sou a dra. Linton. Vou cuidar de você. Pode me dizer o que aconteceu?

— C-c-carro... — Dani mal conseguia falar num sussurro. — Eu acordei no... — Seus dentes estavam batendo muito forte para que ela terminasse.

— Tudo bem. Onde dói? Você pode me mostrar?

Sara viu Dani alcançar seu abdômen superior esquerdo. Os paramédicos já tinham colocado um pedaço de gaze sobre a laceração superficial logo abaixo de seu seio. Mas havia mais do que isso. O tronco de Dani estava cortado de vermelho escuro onde algo, possivelmente o volante, havia batido com força. Sara usou seu estetoscópio, pressionando-o na barriga e depois auscultando os dois pulmões.

Ela gritou:

— Os sons intestinais estão bons. Dani, pode respirar fundo para mim?

Havia um chiado de ar passando com dificuldade.

Sara falou a todos:

— Pneumotórax à esquerda. Preparem um dreno torácico. Preciso de uma bandeja para toracostomia.

O olhar de Dani tentava seguir a enxurrada de movimentos. Armários foram abertos, bandejas foram carregadas — curativos, tubos, iodopovidona, luvas esterilizadas, bisturi, lidocaína.

— Dani, está tudo bem. — Sara se inclinou, tentando desviar a atenção da mulher do caos. — Olhe para mim. Seu pulmão está colapsado. Vamos colocar um dreno para...

— Eu não... — Dani se esforçou para respirar. Sua voz mal era audível em meio ao barulho. — Eu tinha que fugir...

— Está bem. — Sara colocou o cabelo da mulher para trás, verificando sinais de traumatismo craniano. Havia uma razão para Dani ter perdido a consciência no local. — Sua cabeça está doendo?

— Sim... ela... Fico ouvindo zumbido e...

— Tudo bem. — Sara verificou suas pupilas. A mulher estava claramente com uma concussão. — Dani, você pode me dizer onde dói mais?

— E-ele me machucou — disse a paciente. — Acho que... acho que ele me estuprou.

Sara foi sacudida pelo choque. Os sons na sala sumiram para que ela só conseguisse ouvir a voz tensa de Dani.

— Ele batizou minha bebida... — Dani tossiu ao tentar engolir. — Acordei e el... ele... estava em cima de mim... aí eu estava no carro, mas não lembro como... e...

— Quem? — perguntou Sara. — Quem estuprou você?

As pálpebras da mulher começaram a tremer.

— Dani? Fique comigo. — A médica pousou a mão no rosto da mulher. Os lábios dela estavam perdendo a cor. — Eu preciso daquele dreno torácico agora!

— Façam ele parar... — pediu Dani. — Por favor... façam ele parar.

— Fazer quem parar? — indagou Sara. — Dani? Dani?

O olhar da paciente se fixou no de Sara, suplicando, silenciosamente, que ela entendesse.

— Dani?

Suas pálpebras voltaram a tremer. Em seguida, ficaram imóveis, e a cabeça dela caiu para o lado.

— Dani? — Sara pressionou o estetoscópio no peito dela. Nada. A vida da jovem de dezenove anos estava se esvaindo. Sara deixou o pânico de lado e avisou todos no recinto: — Ela está sem pulso. Começando a reanimação cardiorrespiratória.

O fisioterapeuta respiratório pegou o reanimador Ambu para começar a forçar o ar a entrar nos pulmões. Sara entrelaçou os dedos e colocou as palmas das mãos sobre o coração de Dani. A reanimação era uma medida paliativa para empurrar o sangue manualmente para o coração e o cérebro até que eles pudessem, com sorte, chocar o órgão de volta a um ritmo regular. A médica pressionou o peito de Dani com todo o seu peso, então houve uma rachadura repugnante quando as costelas cederam.

— Merda! — Sara sentiu que suas emoções ameaçavam assumir o controle e puxou de volta as rédeas da situação. — Ela está com o tórax instável, reanimação não vai adiantar. Precisamos chocá-la.

Johna já tinha trazido o carrinho de reanimação. Sara ouviu o desfibrilador chegando à carga máxima quando as pás foram pressionadas sobre o corpo flácido de Dani.

Ela, então, ergueu as mãos, mantendo-as afastadas da cama de metal.

— Preparado! — Johna pressionou os botões das pás.

O corpo de Dani deu um solavanco com os três mil volts de eletricidade diretamente sobre seu peito. O monitor piscou. Todos esperaram segundos intermináveis para ver se o coração reiniciava, mas a linha do monitor permaneceu achatada enquanto o alarme gritava.

— De novo — disse Sara.

Johna esperou pela carga. Outro choque. Mais um bipe. Outra linha plana.

Sara repassou as opções. Reanimação não adiantava. Chocar também não. Nada de abrir o peito, porque não havia nada para abrir. Um tórax instável era descrito como duas ou mais costelas contíguas quebradas em dois ou mais lugares, resultando em uma desestabilização na parede torácica que alterava a mecânica da respiração.

Pelo que Sara via, a segunda, a terceira e a quinta costela de Dani Cooper tinham sofrido fraturas múltiplas devido a traumas violentos. Os ossos afiados flutuavam livremente dentro de seu peito, capazes de perfurar o coração e os pulmões. A chance de sobrevivência da jovem de dezenove anos havia caído para menos de dez por cento.

Todos os ruídos que Sara tinha bloqueado enquanto trabalhava em Dani subitamente encheram seu cérebro. O silvo inútil do oxigênio. O gemido rangente do manguito para pressão. O chiado do EPI enquanto todos eles jogavam contra as probabilidades mínimas.

Alguém desligou o alarme.

— Certo. — Sara falou a palavra para si mesma e para mais ninguém. Ela tinha um plano. Tirou a gaze que cobria a laceração do lado esquerdo de Dani e derramou iodopovidona na ferida como se segurasse uma torneira aberta. — Eldin, me fala sobre a margem costal.

— É... — Eldin viu as mãos de Sara trabalharem enquanto ela vestia um par de luvas esterilizadas novas. — A margem costal é composta pela cartilagem costal anterior ao redor do esterno e subindo por ele. A décima primeira e a décima segunda costela flutuam.

— Em geral, elas terminam em torno da linha axilar média e dentro da musculatura da parede lateral. Certo?

— Certo.

Sara pegou um bisturi da bandeja. Cortou na laceração, fazendo uma incisão cuidadosa na camada de gordura até o músculo abdominal. Depois, cortou até o diafragma para fazer um buraco do tamanho de seu punho.

Ela olhou para Johna. Os lábios da enfermeira estavam abertos de surpresa, mas ela fez que sim com a cabeça. Se Dani tinha alguma chance de sobrevivência, era esta.

A médica inseriu a mão no buraco. O músculo do diafragma sugou o pulso dela. Ossos de costela traçavam a parte de trás dos nós dos dedos como as teclas de um xilofone. O pulmão havia se achatado e virado um balão sem ar. O estômago e o baço estavam escorregadios e flexíveis. Sara fechou os olhos, concentrando-se na anatomia ao alcançar o peito de Dani. As pontas dos dedos dela roçavam contra o saco cheio de sangue do coração. Cuidadosamente, colocou a mão ao redor do órgão, olhou para o monitor e o apertou.

A linha plana se mexeu.

Ela apertou novamente.

Outro sinal de vida.

Sara continuou bombeando sangue através do coração, flexionando os dedos, forçando o ritmo para a cadência normal da vida. Seus olhos se fecharam novamente enquanto ela ouvia um bipe do monitor. Ela sentia o mapa das artérias como um desenho topográfico. Artéria coronária direita. Artéria descendente posterior. Artéria marginal direita. Artéria descendente anterior esquerda. Artéria circunflexa.

De todos os órgãos do corpo, o coração era o que inspirava mais emoção. Esse órgão poderia estar partido ou cheio de amor ou alegria, ou poderia dar um estranho salto quando você visse seu *crush* no elevador. Você colocava a mão no coração para jurar lealdade. Batia a mão no peito para transmitir fidelidade, honestidade e respeito. Alguém que fosse cruel poderia ser chamado de sem coração. No sul dos Estados Unidos, dizia-se *abençoado seja seu coração* a quem não fosse particularmente brilhante. Um ato de bondade *faz bem ao coração*. Quando Sara e a irmã eram pequenas, Tessa fazia, muitas vezes, uma cruz imaginária em frente ao coração. Ela roubava as roupas de Sara, um CD ou um livro e jurava que não tinha feito aquilo usando aquele gesto e dizendo *que eu morra se estiver mentindo*.

Sara não tinha certeza se Dani Cooper morreria ou não, mas fez uma promessa, com a mão no coração da mulher: ela faria tudo o que pudesse para deter o homem que a havia estuprado.

TRÊS ANOS DEPOIS
1

— Dra. Linton. — Maritza Aguilar, advogada da família de Dani Cooper, veio na direção do banco de testemunhas. — Pode nos contar o que aconteceu depois?

Sara respirou fundo antes de falar:

— Fui em cima da maca até a sala de cirurgia para poder continuar bombeando manualmente o coração de Dani. Me esterilizei para entrar na sala, e aí os cirurgiões assumiram.

— E depois?

— Assisti à cirurgia. — Sara piscou e, mesmo depois de três anos, ainda conseguia ver Dani deitada na mesa de operações. Os olhos fechados com fita, um tubo saindo da boca, peito aberto, lascas de costelas espalhadas pela cavidade como confete. — Os cirurgiões fizeram tudo o que podiam, mas Dani tinha sofrido danos demais. Foi dada como morta às duas e quarenta e cinco daquela manhã.

— Obrigada. — Maritza voltou a suas anotações sobre a mesa e começou a passar as páginas. Seu companheiro se inclinou para cochichar algo. — Meritíssima, pode me dar um momento?

— Rápido — respondeu a juíza Elaine Tedeschi.

O tribunal ficou quieto, exceto pelos membros do júri se mexendo na cadeira e uma tosse ou um espirro ocasional na galeria, que estava com cinquenta por cento de sua ocupação. Sara respirou fundo mais uma vez. Já estava no banco de testemunhas havia três horas. Eles tinham acabado de voltar do almoço e todo mundo estava cansado, mas, mesmo assim, ela mantinha as costas eretas, a cabeça voltada para a frente, os olhos no relógio no fundo da sala.

Havia uma repórter na galeria mexendo no celular, mas Sara estava se esforçando ao máximo para ignorá-la. Não podia olhar para os pais de Dani, porque o luto deles era quase tão arrebatador quanto a esperança de que alguma coisa, qualquer uma, pudesse lhes dar uma sensação de encerramento. Sara não queria olhar nos olhos deles e transmitir a sensação errada. O tribunal estava quente e abafado. Julgamentos nunca eram tão rápidos nem tão interessantes quanto na TV. Os fatos médicos podiam ser densos e confusos. Sara precisava que o júri focasse e ouvisse, e não se perguntasse por que ela tinha olhado para eles da maneira errada.

Esse processo não tinha a ver com Sara. Tinha a ver com cumprir a promessa que ela fizera a Dani Cooper. O homem que a machucara tinha de ser detido.

Ela se permitiu um olhar de relance para Thomas Michael McAllister, o Quarto. O garoto de 22 anos estava sentado entre seus advogados caros à mesa da defesa. Seus pais, Mac e Britt McAllister, estavam bem atrás dele. Segundo as instruções da juíza Tedeschi, Tommy era chamado de *requerido* em vez de *réu*, para deixar claro ao júri que era um caso civil, não criminal. O que estava em jogo não era prisão versus liberdade, e sim milhões de dólares pela morte culposa de Daniella Cooper. Mac e Britt podiam muito bem pagar, mas tinha outra coisa em risco, algo que nem sua enorme fortuna poderia garantir: a boa reputação do filho.

Até aqui, eles tinham feito todo o possível para garantir que Tommy estivesse protegido, desde contratar um relações públicas para moldar a narrativa midiática até contar com Douglas Fanning, advogado conhecido como "Tubarão" por sua capacidade de eviscerar as testemunhas.

O julgamento estava apenas em seu segundo dia, e Fanning já conseguira manter de fora o que chamava de "indiscrições juvenis" de Tommy, como se todos os jovens fossem presos aos onze anos por torturar o cachorro de um vizinho, acusados de estupro no penúltimo ano do Ensino Médio e pegos com um estoque de MDMA para uma festa inteira na mochila uma hora antes da colação de grau. Era o que 2.500 dólares por hora compravam: um predador transformado em coroinha de igreja.

Tommy, sem dúvida, estava vestido do jeito certo, trocando o terno sob medida com que aparecera numa coluna social da revista *About Town* por um preto prêt-à-porter, uma gravata azul-clara e uma camisa Oxford não muito bem passada — tudo, provavelmente, selecionado por um consultor de júri que, havia meses, formava grupos focais para descobrir as palavras-chaves e estratégias mais vantajosas, depois trabalhara de perto com Douglas Fanning para selecionar os melhores jurados e, naquele momento, estava com um júri paralelo em algum lugar próximo ao tribunal, apresentando as mesmas provas para ajudar a defesa a moldar sua abordagem.

Mesmo com tudo isso, ainda não tinha como esconder a inclinação arrogante do queixo de Tommy McAllister; ele havia passado a vida toda nos espaços mais exclusivos de Atlanta. Seu bisavô, cirurgião, não apenas fora pioneiro nas técnicas de artroplastia como ajudara a começar o que se tornou um dos maiores hospitais ortopédicos do estado. O avô de Tommy, general de quatro estrelas aposentado, era chefe de pesquisa de doenças infecciosas no Centro de Controle e Prevenção de Doenças. Mac, o pai do rapaz, era um dos cardiologistas mais respeitados do país, enquanto Britt, a mãe, tinha formação em obstetrícia. Portanto, não era surpresa que Tommy continuasse o negócio da família. Estava prestes a entrar no primeiro ano de medicina na Universidade Emory.

Mas ele era também o homem que tinha drogado e estuprado Dani Cooper.

Pelo menos, era o que Sara acreditava.

Tommy conhecera Dani Cooper pela maior parte da vida. Os dois haviam sido criados nas mesmas escolas particulares, sido membros do mesmo clube de campo, andado nos mesmos círculos sociais e, na época da morte de Dani, estavam matriculados em cursos pré-medicina na mesma universidade. Na noite da morte da jovem, Tommy foi visto discutindo com ela em uma festa de república universitária. A discussão fora acalorada. Ele tinha agarrado com força o braço de Dani. Ela se soltara dele. Ninguém sabia o que tinha acontecido em seguida, mas, quando bateu em uma ambulância estacionada em frente ao hospital, Dani estava dirigindo a Mercedes Roadster de 150 mil dólares de Tommy. Durante a autópsia, foi o esperma dele que encontraram dentro dela. Foi Tommy McAllister que não conseguiu fornecer um álibi para as horas entre Dani sair da festa e chegar ao Grady. Também era Tommy McAllister que conhecia os detalhes íntimos contidos nas mensagens ameaçadoras que Dani recebera na semana anterior à sua morte.

Infelizmente, o promotor do condado de Fulton só podia agir com evidências, não crenças. Julgamentos criminais eram decididos com base em culpa além da dúvida razoável. A própria Sara admitiria abertamente que, neste caso, havia dúvida. A festa tinha estado cheia de outros jovens próximos a Dani, e ninguém podia contradizer a alegação de Tommy de que a discussão fora resolvida. Ninguém podia contradizer a alegação de que o esperma dele estava dentro de Dani porque eles tinham transado consensualmente duas noites antes de ela morrer. Ninguém podia dizer de forma definitiva que Tommy saíra com Dani da festa aquela noite. Muita gente na festa conhecia os detalhes íntimos da vida dela. Mais importante: ninguém conseguia localizar o celular descartável que tinha enviado as mensagens ameaçadoras.

Por sorte, julgamentos civis eram decididos com base em preponderância de evidências em vez de dúvida razoável. Os Cooper tinham muitas provas circunstanciais a seu favor. O processo de morte culposa que abriram contra Tommy McAllister pedia danos de vinte milhões de dólares. Era muito dinheiro, sim, mas eles não estavam atrás da grana. Ao contrário de Mac e Britt, levar o caso até o julgamento lhes custara as economias de uma vida inteira. Os Cooper recusaram todas as ofertas de acordo, porque o que queriam, o que precisavam para entender a morte trágica da filha, era que alguém fosse publicamente responsabilizado.

Sara tinha alertado que eles provavelmente não ganhariam. Maritza lhes dissera a mesma coisa. As duas sabiam como o sistema funcionava, e raramente favorecia quem não tinha dinheiro. Pior: o caso todo dependia de o júri achar que Sara era uma testemunha crível. A sala de trauma na noite da morte de Dani Cooper estivera caótica. Por causa da natureza do caso, isso queria dizer que a vida pessoal da médica seria investigada nos mínimos detalhes. Para desacreditar seu depoimento, eles tinham que desacreditar seu caráter. Tudo que ela já fizera, tudo que já acontecera com ela seria dissecado, analisado e — mais perturbador de tudo — criticado.

Ela não tinha certeza do que a aterrorizava mais: ter as partes mais sombrias de sua vida expostas em um tribunal ou quebrar a promessa feita a Dani.

— Dra. Linton.

Maritza, enfim, estava pronta para prosseguir. Ela se dirigiu ao banco de testemunhas segurando uma folha de papel com as duas mãos. Não ofereceu a Sara, manteve-a perto do peito, tentando criar um suspense.

O truque funcionou.

Sara sentiu a atenção total do júri em Maritza.

— Gostaria de dar um passo para trás por um segundo, pode ser? Revisar algo de hoje mais cedo?

Sara fez que sim e, para ajudar a estenógrafa, disse:

— Tudo bem.

— Obrigada.

Maritza se virou e passou pelos jurados. Cinco mulheres, quatro homens, uma mescla típica do condado de Fulton de brancos, negros, asiáticos e hispânicos. Sara percebeu o olhar dos jurados seguindo a advogada, alguns analisando seu rosto, outros tentando estudar a folha de papel.

Maritza pegou o bloco de anotações amarelo que estava sobre a mesa e colocou no pódio. Estava com a caneta na mão. Colocou os óculos e baixou o olhar para as anotações.

Ela não era Douglas Fanning, mas era muitíssimo boa no que fazia. Maritza não precisava que um consultor de júri lhe dissesse o que vestir, e Sara também não. As duas eram mulheres de sucesso em campos dominados por homens e tinham entendido que, para o bem ou para o mal, para um júri importava mais sua aparência do que o que saía de sua boca. Cabelo preso para mostrar que eram sérias. Maquiagem leve para mostrar que, mesmo assim, se esforçavam. Óculos para mostrar inteligência. Saia modesta e paletó combinando para mostrar que ainda eram femininas. Saltos de no máximo cinco centímetros para mostrar que não eram exageradas.

Mostrar, mostrar, mostrar.

Maritza olhou para Sara e disse:

— Antes de pararmos para o almoço, você nos falou de sua formação e suas credenciais, mas, para lembrar o júri, você é tanto pediatra credenciada quanto médica-legista certificada em Medicina Legal, certo?

— Sim.

— Na noite em que Dani Cooper deu entrada no pronto-socorro, você estava contratada como pediatra de plantão pelo Sistema de Saúde Grady, mas, hoje, está contratada como legista pela Agência de Investigação da Geórgia, certo?

— Tecnicamente, meu cargo é médica-legista. — Sara se permitiu olhar para o júri. Eram as únicas pessoas no tribunal cuja opinião importava. — Com exceção de quatro condados da Geórgia, no estado, o cargo de legista é uma posição eleita que não exige diploma de medicina. Quando se suspeita de algum crime, o legista, em geral, encaminha a investigação da morte ao Escritório de Medicina Legal da Agência de Investigação da Geórgia. É aí que entramos eu e meus colegas.

— Obrigada pela explicação — disse Maritza. — Então, inicialmente, quando examinou Dani Cooper no pronto-socorro, você diria que estava usando ambos os campos de sua extensa experiência?

Sara pensou na melhor forma de colocar sua resposta.

— Eu diria que avaliei Dani primeiro como médica, depois como médica-legista.

— Você revisou o relatório de autópsia de Dani Cooper, já marcado como Prova 113-A?

— Revisei.

— Quais, se é que houve, foram as descobertas toxicológicas sobre substâncias controladas?

— Os exames de sangue e urina voltaram inconclusivos.

— Isso a surpreendeu?

— Não — respondeu Sara. — No hospital, Dani recebeu múltiplas substâncias, incluindo Dormonid, ou Midazolam, que foi usado como relaxante muscular pré-cirúrgico. Num exame toxicológico, essa droga pode imitar quimicamente o Rohypnol.

— Antes, você explicou para nós que o Rohypnol é a droga que chamamos de "Boa Noite, Cinderela", usada em estupros, certo?

— Sim.

— Sendo médica, ou alguém trabalhando em uma instituição de saúde, seria fácil roubar um frasco de Rohypnol, se quisesse?

— Rohypnol não existiria em um hospital dos Estados Unidos, porque o uso não é aprovado pelo Departamento de Saúde do país. E tentar roubar um frasco de Dormonid seria muitíssimo arriscado. Tem vários controles internos usados para evirar roubo e abuso — explicou Sara. — Por outro lado, Rohypnol é fácil de encontrar nas ruas, então, hipoteticamente, eu encontraria um traficante e compraria dele.

— Você consegue nos dizer se foi achada evidência de DNA durante a autópsia de Dani Cooper?

— Foram coletadas amostras de sêmen da parede vaginal e do cérvix de Dani, que foram enviadas para a Agência. Lá, o laboratório conseguiu gerar um perfil de DNA para comparação.

— Pode nos dizer a conclusão do laboratório?

— O DNA foi identificado, com certeza científica, como correspondente à amostra coletada de Tommy McAllister.

Maritza pausou de novo, fingindo revisar suas anotações enquanto dava ao júri tempo para refletir sobre a informação. Sara deixou o olhar viajar até Douglas Fanning. O Tubarão mantinha a cabeça baixa enquanto rabiscava no bloco de anotações, comportando-se, para todos os efeitos, como se nada que Sara disse pudesse ter qualquer importância. Ele tinha feito a mesma coisa durante o depoimento extrajudicial dela seis meses antes. Na época, ela reconhecera como estratégia para desestabilizá-la.

Naquele momento, ficou irritada ao perceber que estava funcionando.

Maritza pigarreou antes de continuar:

— Dra. Linton, pode me dizer o que mais você observou de incomum naquela noite?

— Me disseram que Dani estava dirigindo o carro, mas a laceração no torso dela era aqui, do lado esquerdo, logo abaixo das costelas. — Sara indicou a área em seu próprio corpo. — Quando você está dirigindo, o cinto vai do seu ombro esquerdo até a cintura. Se a laceração tivesse sido causada por um cinto de segurança, estaria do lado direito do corpo de Dani, não do esquerdo.

Maritza não forçou uma conclusão, seguindo, em vez disso, para a próxima peça do quebra-cabeças.

— Você viu as Provas 108-A a 108-F, os vídeos de segurança da parte externa do hospital naquela noite. Mostravam a Mercedes do requerido batendo de frente na ambulância, certo? Seria uma colisão frontal?

— Sim.

— Quais foram suas outras impressões assistindo aos vídeos de segurança? — Maritza viu Fanning começar a se mexer para protestar e completou: — Suas impressões como alguém que já esteve envolvida em investigações sobre acidentes com veículos automotivos?

Fanning se aquietou.

— Me pareceu que o carro estava indo na direção do estacionamento do pronto-socorro e, no último minuto, as rodas se endireitaram, a velocidade diminuiu e o carro bateu em uma das ambulâncias estacionadas — respondeu Sara.

— Muito bem, na imagem, não dá para ver o motorista pelo para-brisas, certo?

— Certo.

— Também na imagem, é possível ver que Dani foi retirada pelo lado do motorista da Mercedes, certo?

— Sim.

— Você afirmou ter lido o relatório de investigação do acidente preparado pela sargento Shanda London. Lembra a velocidade do carro quando bateu na ambulância?

— O módulo de controle eletrônico, ou ECM, mostrou que o carro estava a 37 quilômetros por hora no momento do impacto.

— Ontem de manhã, a sargento London falou sobre o ECM, mas você poderia voltar a ele?

— O módulo de controle eletrônico registra todos os dados nos segundos antes e depois de uma colisão. É como se fosse a caixa-preta de um avião, mas para um carro.

— Mais alguma coisa nos dados do ECM chamou sua atenção?

— Duas coisas: ele confirmou a desaceleração que eu tinha notado nas imagens de segurança; a Mercedes foi de 54 para 37 quilômetros por hora. E também revelou que o carro não freou antes do impacto.

— Meritíssima? — Maritza se aproximou da juíza com a folha de papel em uma das mãos. — Posso abordar a prova 129-A?

A juíza Tedeschi fez que sim com a cabeça.

— Pode.

Fanning finalmente se dignou a levantar o olhar. Então, deslizou os óculos de leitura até a ponta do nariz. As lentes estavam manchadas. Se Tommy McAllister estava programado para parecer um profissional jovem, mas esforçado, Douglas Fanning estava contraprogramado para parecer qualquer coisa que não o advogado de defesa astuto dos milionários que realmente era. Seu cabelo grisalho longo estava preso em um rabo de cavalo trançado. O terno estava amarrotado, a gravata, manchada. Ele usava um sotaque forte do sul que Sara não ouvia desde quando a avó estava viva. Frequentemente, fingia estar atrapalhado com as informações, como forma de dar menos peso a seu diploma de Direito de Duke. Enquanto Sara e Maritza se esforçavam para parecerem competentes e profissionais, Fanning receberia essas duas qualidades sem parecer se importar com merda nenhuma.

— Dra. Linton. — Maritza finalmente colocou a folha de papel no projetor. — Reconhece esta prova marcada como 129-A?

Sara tinha se virado, como todo mundo, para a imagem projetada na parede.

— É uma cópia do esquema corporal que baixei da internet para poder fazer anotações anatômicas apropriadas de minhas descobertas. É minha assinatura no pé da página, junto com a data e o horário.

— Você baixou o formulário da internet — repetiu Maritza. — Não teria sido mais fácil tirar fotos?

— Como profissional de saúde, qualquer dado que eu colete está sujeito ao HIPAA, uma lei federal que regulamenta o armazenamento e a disseminação de informações de saúde sensíveis. Meu celular do Grady não tinha câmera, e eu não podia garantir a segurança de meu aparelho pessoal.

— Está bem, obrigada. — Maritza apontou para a tela. — Esses Xs nas costelas representam o quê?

— As fraturas que contribuíram para o que chamamos de tórax instável.

— Você nos explicou esse termo hoje de manhã, então vou perguntar: no caso de Dani, o cinto de segurança poderia ser responsável pelo tórax instável?

— Na minha opinião, não. O carro não estava indo rápido o suficiente para causar esse dano.

— O que causou esse dano então?

Farring se mexeu de novo na cadeira. Estava deixando claro que, naquele momento, Sara tinha sua atenção. Sua caneta havia feito um risco cortando algo no papel. Ele fez barulhos como se fosse protestar, mas Maritza reagiu antes.

— Vou refazer a pergunta. — Ela manteve o olhar em Sara. — Em sua experiência como médica-legista, dra. Linton, que tipos de trauma podem causar um tórax instável?

— Tive um caso em que o falecido caiu do telhado de um prédio comercial de dois andares. Outro dirigia um caminhão que bateu em uma divisória de concreto na pista a aproximadamente 140 quilômetros por hora. Outra era uma criança que tinha sido espancada por um cuidador.

Todo o tribunal se encolheu ao mesmo tempo.

Maritza continuou:

— Então, não estamos falando de ir a 37 quilômetros por hora e bater em uma ambulância estacionada?

— Na minha opinião, não.

Fanning fez outro risco.

— Uma testemunha especialista anterior nos disse que o airbag dentro da Mercedes foi colocado em recall seis meses antes do acidente. Ele foi ativado, mas não temos ideia se da forma correta. Isso muda sua avaliação?

— Na minha opinião, não. — Sara viu Fanning fazer outra marca em seu bloco. — Mesmo que não tivesse airbag, o tórax de Dani batendo no volante naquela velocidade não teria causado ferimentos daquela gravidade.

— No caso de Dani, havia muito sangramento do tórax instável.

— Sim, mas internos, dentro do corpo. Externamente, o único sangue visível vinha da laceração superficial.

— Dani tinha um pneumotórax. Isso dificultava sua fala?

— Sim, o fluxo de ar dela estava restrito. Ela só conseguia sussurrar.

— Como médica, dada a situação gravíssima da jovem, você dá mais importância ao fato de ela te contar que tinha sido drogada e estuprada?

— Sim — respondeu Sara. — Em geral, quando tenho um paciente com sofrimento significativo, o foco dele é sair desse sofrimento. O de Dani era me contar o que tinha acontecido com ela.

Maritza voltou ao esquema corporal na tela.

— O que é aquele X na nuca de Dani?

— Indica traumatismo craniano por objeto contundente.

— Poderia explicar ao júri o que quer dizer com "traumatismo craniano por objeto contundente"?

Sara começou a responder, mas, de repente, foi tomada de ansiedade. Fanning a olhava diretamente, os olhos escuros, pequenos e brilhantes absorvendo cada detalhe enquanto ele segurava forte a caneta. Ela temia a inquirição dele quase tanto quanto ele claramente se deleitava em pensar nisso.

Maritza lhe deu um aceno de cabeça quase imperceptível. As duas sabiam o que estava em jogo. Era por Dani. Era para Sara cumprir sua promessa.

Ela se acalmou antes de se dirigir ao júri:

— Um traumatismo craniano por objeto contundente se refere a um golpe na cabeça que não perfura o crânio e resulta em uma concussão, uma contusão ou nas duas coisas.

Maritza questionou:

— O que Dani Cooper tinha?

— Uma concussão grau três.

— Como você chegou a essa conclusão?

— Entre outras coisas, achei um edema post mortem em sua nuca.

— O que é um edema?

— Um acúmulo de fluido no tecido ou nas cavidades do corpo — explicou Sara ao júri. — Como um inchaço. Quando você bate o joelho numa mesinha, por exemplo, o corpo manda fluidos como forma de dizer: "Ei, toma cuidado com seu joelho enquanto eu tento consertar".

— Grau três. — Maritza claramente estava tentando ajudar Sara a continuar focada. — Explique isso, por favor.

— Existem cinco graus de concussão, conforme a gravidade. Grau três é caracterizado por perda de consciência por menos de um minuto. Há também outros fatores, como reação pupilar, pulso, pressão arterial, respiração, padrões de discurso e resposta a questionamentos e, claro, o edema.

— O encosto da cabeça no banco do motorista poderia ser a causa da concussão grau três de Dani?

— Na minha opinião, não. — Sara viu a caneta de Fanning fazer outro risco enquanto ela se voltava novamente ao júri. — Pensamos no apoio de cabeça como algo para nos deixar confortáveis ao dirigir, mas na verdade é pensado para nossa segurança. Se você se envolve numa colisão frontal ou traseira, sua cabeça dá um solavanco para a frente e para trás. Essa contenção impede que você tenha um traumatismo cervical, um dano à coluna ou até que venha a morrer. Dada a velocidade da Mercedes, as estruturas de proteção dentro do apoio de cabeça não teriam causado esse trauma.

— Você teve oportunidade de olhar dentro da Mercedes antes de ela ser rebocada?

— Sim.

— Qual foi sua primeira impressão?

— Não tinha sangue no airbag.

— Por que isso é importante?

— Como discutimos, Dani tinha uma laceração superficial do lado esquerdo, que entrava pela blusa. Se o ferimento tivesse ocorrido durante o acidente, eu esperaria ver sangue no airbag.

Maritza pausou antes de seguir para a próxima peça do quebra-cabeças. Naquele momento, o júri tinha sido conquistado. A maioria tinha começado a escrever no caderno de espiral.

— Vamos focar essa palavra, "laceração". Ela tem um significado específico, não é, dra. Linton?

Fanning se recostou na cadeira. Tirou os óculos de leitura, mas manteve a caneta a postos. Sabia que tinha abalado Sara antes. Estava tentando repetir o feito.

Sara tentou se concentrar no júri.

— A gente classifica um ferimento como laceração quando o músculo, o tecido ou a pele é cortado ou rasgado. Do ponto de vista forense, é classificada como fendida, esticada, comprimida, rasgada ou cortada.

— De que tipo era a laceração de Dani Cooper?

— Fendida, ou seja, foi usada força contundente suficiente para rasgar a pele.

— E "superficial" significa o quê?

— Para ser óbvia, superficial quer dizer que não é funda — respondeu Sara. — Sangrando, mas sem precisar de pontos. O sangue em algum momento coagularia e a ferida se curaria sozinha.

— Havia algo dentro da Mercedes que pudesse ter causado a laceração?

— Não que eu tenha percebido.

— Você revistou o veículo?

— Sim — respondeu Sara. — Os ferimentos dela não faziam sentido para mim. Eu queria explicação.

— Quanto tempo você passou analisando o carro?

— Tive uns dez minutos antes do reboque chegar.

— Doze minutos, segundo o vídeo de segurança — informou Maritza. — Em sua experiência, tanto como pediatra quanto como médica-legista, o que você viu que poderia ter causado uma laceração superficial naquele mesmo local durante um acidente de carro?

— Vidro quebrado, embora todas as janelas da Mercedes estivessem intactas. O cinto de segurança, mas, de novo, o ferimento de Dani era do lado esquerdo, sendo que o motorista teria um machucado do lado direito. — Sara teve que dar uma pausa antes de continuar. Sua boca estava seca. Estavam chegando ao fim das perguntas de Maritza. — Também existem objetos que poderiam se tornar projéteis por estar dentro do veículo na hora do impacto. Já vi notebooks, brinquedos de plástico, tablets, celulares... qualquer coisa com uma ponta dura pode causar esse tipo de laceração se estiver se movendo com velocidade no momento do impacto.

— Você achou algo dessa natureza no carro?

— Não. Pelo que vi, o único item no veículo era um sapato, uma sandália preta rasteira enfiada embaixo do banco da frente. Tirando isso, o interior do veículo estava completamente limpo.

— Ouvimos que o carro foi levado para perto da calçada para que as vagas de ambulância ficassem desobstruídas. Você sabe quanto tempo ele ficou sem supervisão?

— Não sei o tempo exato, mas Dani ficou em cirurgia por três horas.

— Muito bem, vamos voltar ao seu desenho. — Maritza apontou de novo para a tela. — Essas marcas redondas vermelhas que você indicou na parte de trás do corpo de Dani... Pode explicar a importância delas?

— Na minha opinião — Sara viu Fanning fazer outro risco em seu bloco —, parecem marcas deixadas por dedos que pressionaram sua pele. O padrão sugere que alguém agarrou o posterior da coxa e a nádega, ambos do lado esquerdo.

— Você testemunhou alguém na sala de trauma ou de cirurgia agarrando-a nessas áreas?

— Não.

— E a equipe da ambulância, enquanto a tiravam do carro? — continuou Maritza. — Eu sei que você não estava presente quando Dani foi removida, mas poderiam ter causado essas marcas?

— As marcas que vi no corpo de Dani não eram recentes. Eu diria, pela cor, que tinham, no mínimo, uma hora.

— Você se baseou em que para estipular esse intervalo?

— Um hematoma aparece quando o sangue de um ferimento se infiltra na pele ou no tecido sob a pele. Com o tempo, ele perde oxigênio e começa a mudar de cor. Esse processo pode levar algumas horas ou alguns dias. É aí que surge a cor azul, roxa e até preta. Os hematomas de Dani eram vermelhos.

Na minha opinião — Sara viu a caneta de Fanning se movendo de novo —, a cor indica que os hematomas tinham pelo menos uma hora. Talvez mais.

— Você diz isso com base em sua experiência como médica?

— Como pediatra — explicou Sara. — Crianças vivem achando formas de ganhar hematomas e, muitas vezes, não são os narradores mais confiáveis de seus acidentes.

Uma jurada assentiu com a cabeça, como quem entendia. Estava na casa dos trinta e poucos anos, provavelmente era mãe e tinha uma criança pequena em casa. Sara a notara desde o início. Pensara nela como a "Tomadora de Notas", porque, de todos os jurados, era a que fazia mais anotações.

— Dra. Linton. — Maritza uniu as mãos enquanto se apoiava no pódio. — Deixe-me entender a sequência de eventos, por favor. Disseram a você que Dani Cooper estava dirigindo o carro?

— Sim.

— Mas a laceração na lateral do corpo não poderia ser resultado do impacto com a ambulância.

— Na minha opinião, não.

Fanning fez outro risco.

— E o tórax instável, na sua opinião, não foi causado pelo veículo batendo na ambulância?

— Na minha opinião, não.

Risco.

— E o trauma contundente na nuca não foi causado pelo carro batendo na ambulância?

— Na minha opinião, não.

Risco.

— E as marcas de dedos na coxa e nádega esquerdas de Dani Cooper, na sua opinião, não foram causadas nem pelo acidente, nem por como ela foi manuseada dentro do hospital?

— Na minha opinião, não.

Risco.

— Então, como médica-legista que viu centenas de vítimas de colisões veiculares, como médica que tratou centenas de pacientes envolvidos em colisões veiculares e como a médica que tratou Dani Cooper e viu a gravação de vídeo que registrou o acidente, como você concilia todas essas descobertas contraditórias?

— Não tem como conciliá-las — declarou Sara. — Os danos no corpo de Dani Cooper não foram causados pelo acidente de carro.

Maritza deu mais um momento longo para o júri absorver a informação.

— Dra. Linton, está dizendo que alguém machucou Dani Cooper antes de ela se sentar ao volante daquele carro?

— Na minha opinião profissional, Dani foi espancada gravemente com um objeto contundente. De algum jeito, conseguiu entrar na Mercedes e dirigir até o hospital, mas perdeu a consciência enquanto o carro virava para o estacionamento do pronto-socorro. O corpo dela ficou flácido, suas mãos caíram do volante, seu pé soltou o acelerador e o carro continuou até se chocar com a ambulância. — Sara olhou os jurados de frente. — Dani sabia que seus ferimentos representavam risco de morte. Ela me implorou, em seus últimos suspiros, para deter o homem que a tinha machucado.

De repente, o tribunal ficou em silêncio absoluto.

Os jurados olharam Sara de volta. A Tomadora de Notas apoiou o queixo na mão, claramente considerando a informação.

Houve só um *click* leve quando o relógio na parede marcou a passagem de mais uma hora.

O silêncio foi quebrado por Douglas Fanning suspirando pesado. Ele pegou os óculos e folheou ruidosamente as páginas de seu bloco de anotações. Houvera oportunidades para ele protestar durante o depoimento de Sara, mas ele tinha ficado calado. A médica não era doida de pensar que ele fora silenciado por seu domínio do assunto. Fanning estava confiante de que seu interrogatório seria tão brutal que o júri começaria a duvidar de cada palavra saída da boca dela.

— Obrigada, dra. Linton. — Maritza olhou a juíza. — Meritíssima, sem mais perguntas no momento.

Tedeschi olhou o relógio. Sara estava dividida entre querer acabar logo com a próxima parte ou esperar mais um dia. De qualquer forma, as mãos da juíza não foram para o martelo.

— Sr. Fanning — disse Tedeschi. — Temos mais uma hora na agenda. Gostaria de encerrar por hoje e voltar amanhã de manhã?

Douglas Fanning se levantou, alisando a gravata por cima da barriga protuberante.

— Não, obrigado, meritíssima. Não vou demorar.

Sara exalou devagar enquanto Fanning reunia seus pertences. O coração dela batia forte no peito. As mãos ficaram suadas. Como médica, ela aprendeu a compartimentalizar seus sentimentos, pois não dava para ajudar um paciente estando engolida pelo pânico ou luto. Naquele momento, enfrentando um homem cujo único trabalho era humilhá-la e envergonhá-la, ela precisava se esforçar para manter sua determinação.

Fanning estendeu o momento. Deu um longo gole em um copo d'água. Tentava, de novo, enervar Sara. Ela era uma testemunha ótima, o âmago do caso dos Cooper. O consultor de júri de Tommy, a pessoa responsável por mídia e os pais dele, em especial, deviam ter discutido, durante sessões de estratégia, que o objetivo principal de Fanning seria explodir a credibilidade de Sara em mil pedacinhos.

Britt McAllister, particularmente, teria fornecido bastante munição.

— Dra. Linton. — Fanning agarrou as laterais do pódio com visível exuberância. — Sabe quantas vezes nos últimos cinco minutos você falou a frase *"na minha opinião"*?

Sara fez que sim, porque tinha contado os riscos dele.

— Acredito que tenham sido doze vezes.

Fanning pressionou a língua no interior da bochecha, mas ela viu o flash em seus olhos. Ele não estava irritado, mas encantado. Sangue nos olhos.

— Isso mesmo — disse ele. — Doze vezes você falou a frase *"na minha opinião"*. É porque o que você acabou de nos dizer, toda essa conjectura sobre Dani ter sido espancada antes de entrar no carro, é só sua opinião, certo?

Sara sabia que não deveria ser ambígua.

— Sim.

— Estamos todos aqui neste tribunal por causa da sua opinião, certo?

Ela entrelaçou as mãos sobre o colo.

— Só posso falar por mim. Estou aqui porque me chamaram para depor.

— As circunstâncias da morte trágica de Dani... Você disse que não pareciam certas, com base na sua opinião. — Ele olhou por cima dos óculos. — Não é?

— Sim.

— Você convenceu o médico-legista do condado de Fulton a fazer uma autópsia em Dani Cooper, certo?

— Você teria que perguntar para o dr. Malawaki sobre o raciocínio dele.

— Mas você deu sua opinião a ele, certo?

— Sim.

— E à sargento Shanda London, investigadora do acidente para o Departamento de Polícia de Atlanta, você deu sua opinião a ela, certo?

— Sim.

Fanning voltou ao bloco de anotações. Passou o dedo pela lateral, como se quisesse se certificar de ter todos os fatos importantes, mas era só um preâmbulo.

— Em que ponto você descobriu que a Mercedes era de Tommy McAllister?

— A sargento London me contou.

— A sargento London disse em depoimento que você respondeu: "Caralho, eu estudei com o pai dele". Foi isso?

— Sim. — Sara deixou os lábios se abrirem para respirar um pouquinho, preparando-se para o que viria. — Mac e eu fizemos medicina juntos na Emory e fomos internos e residentes do Grady Hospital.

— Durante aquela época, a mãe de Tommy, dra. Britt McAllister, também trabalhava no Grady, certo?

— Sim. — Sara sentiu o nó de tensão se apertar. — Britt é mais velha. Acredito que estivesse cinco ou seis anos na nossa frente.

Sara percebeu Britt endurecendo em seu lugar. Ela sempre fora sensível com a diferença de idade. E com o fato de que tinha prendido Mac durante a graduação ao engravidar de Tommy.

— Vocês são próximos? — perguntou Fanning. — Você e os McAllister? Você socializa com eles?

— Não vejo nenhum dos dois há quinze anos.

— Porque você saiu do Grady depois da residência?

— Sim. — Sara precisou parar para engolir. Ele estava circulando o alvo. — Voltei à minha cidade natal para ficar com a família.

— Já retornaremos a isso. — Fanning a analisou com atenção para ver como ela reagia ao aviso. — Pode ficar tranquila.

Sara manteve a expressão passiva e esperou que ele fizesse uma pergunta.

— Em termos médicos, o que é uma *residência*?

— Depois de acabar a residência, você pode escolher começar a praticar clínica geral ou continuar sua educação em determinada especialidade médica. Para o último, você entra no que se chama de *fellowship*, quando recebe treinamento prático avançado numa especialidade específica.

— Uma especialidade é algo como cirurgia cardiotorácica pediátrica?

— Sim.

— O pai de Tommy, Mac, era seu maior concorrente durante a graduação, certo?

— Internos são constantemente avaliados em comparação um com o outro. Somos os maiores concorrentes uns dos outros.

— Seja como for, eram você e Mac que estavam disputando uma vaga em um *fellowship* muito prestigioso em cirurgia cardiotorácica pediátrica, não é? O Nygaard?

Ela resistiu à vontade de pigarrear.

— Seria preciso perguntar à dra. Nygaard quem ela estava considerando.

— Mas Mac conseguiu a vaga e você, como falou, voltou para casa, certo? Voltou para o sul da Geórgia, onde trabalhou numa clínica pediátrica. Certo?

Sara engoliu a parte de seu ego que queria dizer a ele que acabou comprando a clínica.

— Sim, certo.

— Como médica, como médica-legista, *na sua opinião*, o que é mais prestigioso, ser cirurgiã cardiotorácica pediátrica em Atlanta ou trabalhar para outra pessoa numa clínica pediátrica do sul da Geórgia?

Ele queria que ela parecesse estar na defensiva, mas Sara não lhe daria essa satisfação.

— Na hierarquia médica, Mac, definitivamente, está acima de mim. É um dos melhores cirurgiões de Atlanta.

Fanning levantou a sobrancelha. Não era só de Atlanta. Mac estava no top cinco de todos os rankings nacionais.

— Mesmo assim, deve parecer um belo revés. Num minuto, você está no auge da sua profissão. No seguinte, está lidando com dor de ouvido e nariz escorrendo.

A juíza se inquietou, claramente esperando um protesto, mas Maritza dissera a Sara que não faria isso a não ser que a médica olhasse para ela pedindo ajuda.

Sara manteve o olhar em Fanning. Ele estava, de novo, segurando o pódio, preparando-se para o bote. Ela só poderia esperá-lo chegar.

— Dra. Linton — recomeçou. — Você tem um interesse pessoal em tudo isso, não tem?

O estômago dela se apertou.

— Uma mulher de dezenove anos morreu. Eu levo isso para o lado pessoal.

— Mas tem mais do que isso, não é?

Sara não facilitaria para ele.

— Todo médico se importa com seus pacientes, mas, quando você perde um, leva ele no coração pelo resto da vida. Eu prometi a Dani que iria até o fim disto.

— *Iria até o fim disto* — ele repetiu a frase com um zelo de pregador. — Minhas filhas me dizem que tem uma frase: hashtag acredite nas mulheres. Você apoia isso, dra. Linton? Acredita nas mulheres?

Sara sentiu gosto de bile na boca. Ele estava a segundos do ataque.

— Em geral ou de forma específica?

— Bom, quando você está investigando um crime envolvendo abuso sexual, você sempre começa acreditando que a mulher está falando a verdade?

— Se eu estiver investigando, quer dizer que a vítima faleceu, então, não, não abordo o caso supondo que a vítima mentiu sobre ser assassinada.

Uma jurada riu.

O som foi alto e agudo na sala cavernosa.

Tinha vindo da Tomadora de Notas, a provável mãe de criança, a mulher que estivera prestando bastante atenção o tempo todo, a pessoa que o consultor de júri de Tommy provavelmente acreditava que seria eleita presidente do júri quando eles se reunissem para discutir o veredito.

A mulher claramente ficou morta de vergonha com sua reação. Então, cobriu a boca com a mão e deu um olhar de desculpas para o júri. Sacudiu a cabeça para Sara, como se pedisse desculpas para ela também.

Sara não respondeu, mas expirou de forma longa e lenta. A risada tinha mudado as coisas. O nó de tensão tinha se afrouxado. Ela sentia em cada parte do corpo.

Fanning também. Ele olhou as anotações, passou a língua pelos dentes superiores e disse:

— Meritíssima, pode me dar um momento, por favor?

— Seja rápido — respondeu a juíza.

Fanning voltou à mesa para falar com seu colega. Sara não conseguia escutá-los, mas sabia o que estavam dizendo. A risada significava que a Tomadora de Notas estava do lado de Sara? Se Fanning atacasse a médica, isso faria com que a potencial presidente do júri se voltasse contra Tommy? A mulher convenceria o júri a fazer o mesmo? Será que a estratégia de julgamento cuidadosamente preparada por eles iria desmoronar porque uma mãe de trinta e poucos anos tinha dado uma risada?

Sara só podia esperar.

Ela olhou para as próprias mãos. Viu o brilho da aliança de noivado. A pedra era de vidro verde barato, arranhado na lateral. Ela tinha precisado substituir a aliança de prata original por ouro branco porque havia oxidado no dedo dela. A única coisa que Sara amava mais do que o anel era o homem que lhe dera.

— Dra. Linton? — Douglas Fanning voltou ao pódio.

Sara olhou direto nos olhos pequenos e reluzentes dele. Deixou que a ansiedade e o temor se esvaíssem. Absolutamente nada do que fizesse agora influenciaria as próximas palavras dele. A única coisa que Sara poderia controlar era sua reação. O alívio que vinha dessa aceitação fez o canto da boca dela subir em um sorriso.

Ela disse:

— Sim?

— Uhm... — Fanning tinha se perdido. Olhou nervoso para seu colega e folheou suas anotações. — Os especialistas estão deixando de lado o antigo sistema de graus para concussões, certo?

— Depende do hospital, mas, na época da morte de Dani, era o protocolo.

— Está bem. — Ele pausou para pigarrear. — Concussões grau três vêm com perda de memória? Amnésia?

Ela ficou boquiaberta. Conseguiu dar sua primeira respiração profunda.

— Às vezes, mas, em geral, é temporário.

— E dificuldades de fala?

Sara respirou de novo. Naquele momento, era Fanning quem estava afobado. Ela estava ótima.

— Às vezes, mas são...

— Temporárias. — O fato de ele ter completado a frase por Sara era sinal claro de sua retração. Ele queria acabar logo com aquilo. Ateve-se ao roteiro em seu bloco. — E alucinações? Acontecem em concussões de grau três?

— Raramente. — Sara se esforçou para não demonstrar triunfo na voz. — Mas pode acontecer.

— Seus colegas, dr. Eldin Franklin e a enfermeira-chefe de trauma, Johna Blackmon, ambos testemunharam que não ouviram Dani dizer nada naquela noite. Você fica surpresa com isso?

— Não. Como eu disse antes, Dani estava sofrendo de um colapso pulmonar. — Sara tomou outro fôlego grande e purificador. — Além disso, na sala de trauma, cada um tem um papel claramente definido. Eu estava no comando, portanto, era meu trabalho me comunicar com a paciente. Eldin e Johna tinham suas próprias tarefas.

Fanning olhou para baixo em seu bloco de notas.

— Dani mencionou as mensagens anônimas em seu telefone?

— Não.

Outro relance.

— Drogar ou agredir alguém são crimes graves, certo?

— Sim.

Outro relance.

Você informou a seus colegas o que Dani lhe disse?

— Não — disse Sara. — Não houve tempo.

— E ao subir para a cirurgia? Você contou a algum dos cirurgiões ou enfermeiras?

— Não. — Sara sentia-se em piloto automático. — Não houve tempo.

— Só depois de mais de cinco horas você contou isso a alguém, certo? Você contou à sargento London sobre as alegações de Dani, mas só depois que ela falou que o carro pertencia ao filho de seu antigo rival, o dr. Mac McAllister. Certo?

— A sargento London foi a primeira pessoa a quem eu contei, sim.

— Me diga. — Fanning virou a página para seguir com a lista de perguntas. — Depois do sexo consensual, quanto tempo o esperma pode ficar na área vaginal?

— Quer o sexo seja consensual ou não, o esperma ejaculado pode ser encontrado no aparelho reprodutor feminino em qualquer momento até cinco a sete dias depois.

— Você tem alguma prova da data ou do horário em que o esperma foi depositado?

— Não.

— Você tem alguma prova, como uma arma que possa nos mostrar, de que algo foi usado para ferir Dani naquela noite?

— Não.

— Você tem provas do que causou os hematomas na coxa e na nádega dela?

— Não.

— Você tem provas de que Dani não tomou livremente drogas recreativas naquela noite?

— Não.

— Você tem provas de que ela saiu da festa com Tommy McAllister?

— Não.

— Você tem provas de como ela acabou dirigindo a Mercedes dele?

— Não.

— Você tem provas de que ela desmaiou ao volante antes de bater na ambulância?

— Não.

— Você tem provas definitivas de que Dani lhe disse que foi drogada e estuprada naquela noite?

— Não.

— Então, na verdade, não existem provas reais e verificáveis de todas essas coisas que você está alegando, certo, dra. Linton? — Fanning tirou o bloco de anotações do pódio. — É tudo a sua opinião.

Sara o viu caminhar de volta à mesa. Ela esperou enquanto ele se sentava em sua cadeira, colocava o bloco e a caneta sobre a mesa, alisava a gravata e o paletó e olhava para a juíza. Sara estava prendendo a respiração novamente enquanto a boca de Fanning se abria.

— Já terminei com esta testemunha, meritíssima.

E acabou.

Três anos de sofrimento. Seis meses de pavor. Quase quatro horas de depoimento.

Finalmente tinha acabado.

Sara esperava sentir euforia, mas o que ela sentiu, em vez disso, foi um entorpecimento dos sentidos. Ela ouviu a juíza dispensá-la como testemunha, mas o som viajou lentamente. A médica parecia estar se movendo através da água enquanto se levantava, encontrava sua bolsa e descia da tribuna. Só então olhou para Maritza, que lhe deu um aceno de aprovação com a cabeça. A mãe e o pai de Dani ofereceram sorrisos doloridos de encorajamento. Sara sentiu a repórter do jornal olhando para ela, digitando loucamente no celular. Britt também estava olhando fixamente, mas não por curiosidade. Ela apertava o braço de Mac e sua animosidade era como uma presença malévola no tribunal. O calor do ódio deles seguiu Sara até que as portas se fechassem atrás dela.

O corredor estava quase vazio. Era tarde. Havia uma multidão esperando nos elevadores. Sara não suportaria estar perto das pessoas naquele momento. Ela caminhou na direção oposta, encontrando o banheiro. Contornou as pias e entrou na última cabine. Ela sentou-se na privada, colocou a cabeça entre as mãos e se permitiu chorar.

Para Dani. Por seus pais.

E, finalmente, longe do holofote do tribunal, da repórter, de Douglas Fanning, do júri e da porra de Britt McAllister, Sara chorou. Ela tinha sobrevivido. Fizera todo o possível para cumprir sua promessa a Dani. Toda a ansiedade e o medo que a haviam assombrado cada vez que ela pensava em testemunhar estavam lentamente desaparecendo. Ela olhou para o anel em seu dedo, lembrando a si mesma que a vida sempre encontrava uma maneira de melhorar.

De repente, a porta do banheiro se abriu.

O som foi como uma espingarda sendo disparada.

Sara levantou a cabeça com cuidado e viu um par de Manolo Blahnik azul-marinho tocar o chão de ladrilhos. Os pés pararam à frente das pias. A torneira foi aberta a pleno vapor. Houve um momento de nada mais que o barulho da água circulando pelo cano antes de a mulher soltar um gemido baixo e lúgubre.

— Ah, meu Deus — sussurrou ela. — Ah-meu-Deus-ah-meu-Deus-ah-meu-Deus.

Os joelhos da mulher se dobraram e ela caiu no chão. Sua bolsa Kelly da Hermès de dez mil dólares caiu a seu lado, o conteúdo deslizando sobre os ladrilhos. Maquiagem, chaves, carteira, absorventes, chiclete. Sara puxou os pés para trás quando uns óculos de sol Cartier escorregaram por baixo da porta da cabine e bateram na base da privada. Ela os reconheceu. Eles tinham estado pendurados na bolsa que combinava com os sapatos que combinavam com o terno Versace que estava sendo usado por Britt McAllister.

— Meu Deus! — gritou Britt. Ela se dobrou, a cabeça quase tocando o chão do banheiro.

Sara manteve os pés erguidos fora do caminho. Havia inúmeras razões para ela não gostar de Britt McAllister, mas ela não conseguia ter prazer em ver outra mulher literalmente dobrada de dor. O momento era muito bruto, muito pessoal. Sara só queria desaparecer. Então, olhou para os óculos de sol e a cautela anterior voltou. Ela esperou por quase um minuto inteiro de lágrimas de Britt, torcendo, rezando, para a mulher abandonar os óculos e ir embora.

A mulher não fez isso.

Ela fungou enquanto se sentava, tentando se recompor. Fungou de novo. Independentemente dos óculos, ela iria querer papel para secar os olhos. A fechadura da porta da cabine se agitou quando Britt tentou abri-la.

Sara sentiu-se enjoada.

— O... — A voz de Britt ficou presa. — Olá?

Sara não sabia o que fazer, mas pegou os óculos escuros, ficou de pé no banheiro e abriu a porta.

Britt ainda estava de joelhos. Ela olhou para Sara. A surpresa foi registrada um segundo tarde demais. Britt estava claramente sob a influência de algo. Ela se balançava. Suas pupilas estavam do tamanho de alfinetes. Os olhos estavam vidrados de um jeito característico. Sara notou que uma caixa de comprimidos prateada havia caído sob a pia. Os minúsculos comprimidos azuis tinham um formato redondo com um risquinho no centro que identificava cada um como um Valium de dez miligramas. Havia mais de uma dúzia, o que era muito para se ter na bolsa.

Sara fechou a torneira e colocou os óculos de sol sobre a pia. Cada molécula em seu corpo queria sair dali. Britt nunca havia sido uma mulher de fácil convivência. Ela era mesquinha, conivente e muitas vezes cruel, mas era também uma mãe cujo filho estava em julgamento. Não importava que Tommy fosse culpado, ele ainda era filho dela.

Sara enrolou um pouco de papel higiênico e o entregou a Britt, perguntando:

— Você quer que eu vá buscar Mac para você?

— Não, eu... — A mão de Britt foi para a boca enquanto ela tentava conter suas emoções. — Por favor, Sara. Por favor, me diga que não é tarde demais.

Sara ouviu o desespero bruto por trás do pedido, mas aquilo teve o efeito oposto. Aquela mulher estava literalmente de joelhos implorando a Sara que voltasse ao tribunal e mentisse?

— Meu depoimento acabou. Eu contei a verdade sobre o que aconteceu.

— Você acha que eu não sei disso? — gritou Britt, as mãos se fechando no ar. — Eu sei que você contou a verdade! Eu sei o que ele fez com aquela garota!

Sara estava atordoada demais para responder.

— Eu sei quem ele é. — As mãos de Britt caíram sobre o colo. Ela desviou o olhar, mirando fixamente o chão. — Eu vivi com esse medo por vinte anos. Sei exatamente quem ele é.

Sara não conseguia se mover. Não conseguia pensar. Não conseguia respirar.

Eu sei o que ele fez com aquela garota.

— Ele vai parar agora — sussurrou Britt. — Tommy está assustado, eu sei que ele vai parar depois disso. Ainda dá tempo de ele se tornar um bom homem.

Sara sentia o coração batendo forte no peito. A mente dela estava acelerada, pois sabia que Tommy tinha sido acusado de estuprar outra garota dois anos antes da morte de Dani.

Sei exatamente quem ele é.

Devagar, Sara se ajoelhou na frente de Britt. Não sabia o que diria até as palavras saírem de sua boca.

— Como você sabe o que ele fez com Dani?

— Eu escutei eles.

— Você escutou eles? — Sara tentou não demonstrar a angústia na voz. Dani poderia ter sido salva. — Você ouviu Dani sendo...

— Não é culpa do Tommy. Ele ainda tem tempo de mudar. — Britt começou a sacudir a cabeça. — Ele vai aprender com isso. Ele não é igual ao Mac.

Sara estava chocada com o que escutava. Mal conseguia processar a informação.

— Mac também estava envolvido?

— Mac sempre está envolvido. — O tom de Britt era sem emoção, factual. — Não posso deter os outros, mas posso salvar meu menino.

— Os outros? — repetiu Sara. — Britt, do que você está falando?

Britt não respondeu. Em vez disso, secou os olhos com as mãos. O rímel espalhou-se pelas pontas dos dedos, pelo rosto. De repente, ela pareceu notar seus pertences espalhados pela primeira vez. Carteira. Batom. Chaves. Sua paleta de sombras tinha se quebrado, polvilhando o azulejo com tons terrosos. Britt começou a passar o dedo no pó. Sara observou, quase transfixada, enquanto as palavras de Britt ricocheteavam ao redor de seu cérebro.

Eu vivi com esse medo por vinte anos. Sei exatamente quem ele é.

Há vinte anos, Tommy tinha apenas dois anos de idade. Mãe alguma vivia com medo de que seu filho de dois anos se tornasse um monstro. Ela estava falando de Mac? O que Mac tinha feito?

Mac sempre está envolvido.

— Britt. — Sara se esforçou para evitar que sua voz tremesse. — Por favor, fale comigo. Eu não entendo. Tommy foi pedir ajuda a Mac na noite em que Dani morreu?

Britt não respondeu.

— Quem são os *outros*? — Sara podia se ouvir implorando, mas não se importava. — Você disse que não poderia impedi-los. Quem são?

Britt finalmente olhou para Sara. Ela apertou os olhos, tentando se concentrar.

— O que você está fazendo?

Sara notou a mudança no comportamento de Britt. A razão tinha começado a cortar o efeito do Valium. Mesmo assim, ela tentou:

— Por favor, fale comigo. Me conte o que aconteceu com Dani.

— Como eu… — A mão de Britt foi para o rosto dela. Ela olhou ao redor do banheiro como se tivesse acabado de perceber onde estava. — Você estava se escondendo na cabine? Me esperando?

— Não — disse Sara. — Britt, você acabou de me dizer…

— Eu não te disse nada. — Britt pegou as chaves, o batom e começou a jogar as coisas de volta na bolsa. Ela tirou os óculos de sol da pia enquanto se esforçava para ficar de pé. — Dado seu passado trágico, seria de imaginar que você evitaria a cabine para deficientes.

Sara sentiu como se tivesse levado uma bofetada na cara. Esta era a Britt McAllister de que ela se lembrava: raivosa, desagradável, cheia de rancor.

— O que quer que você ache que ouviu… — continuou a mulher.

— Eu sei o que ouvi.

Sara ficou de pé e voltou para a cabine. Então, pegou a bolsa na parte de trás da privada e se virou para sair.

Britt bloqueou o caminho.

— Não vou deixar você destruir meu filho.

— Dani Cooper também era filha de alguém.

— O que você sabe sobre ser mãe?

Sara sentiu cada grama de crueldade na pergunta. Britt, acima de qualquer um, sabia por que ela não era mãe. A médica não se seguraria mais.

— Você fez um ótimo trabalho com Tommy. É a segunda ou terceira vez que ele é acusado de estupro?

— Você não mudou nada, né? — Britt apoiou a mão na parede, deixando claro que Sara não iria a lugar algum. — Santa Sara, a filha do encanador, com suas bijuterias baratas e seus saltinhos, discursando lá do alto como se soubesse da porra toda.

Sara queria empurrá-la de volta para o chão.

— O que eu sei é que eu mesma vou te arrancar daí se você não sair da minha frente.

— Quanto você ganha na AIG, cem mil por ano? — Britt deu uma risadinha de escárnio. — Mac já tirou dois milhões só neste trimestre.

— Uau! — Sara encheu a palavra de sarcasmo. — Mande meus parabéns por lucrar com meu infortúnio.

— Você acha que o que aconteceu com você há quinze anos foi um infortúnio? — Britt riu. — Só um azar?

— Foda-se seu azar. — Sara fechou os punhos. Isso era uma palhaçada. Britt estava fazendo um de seus joguinhos psicóticos. — Saia do meu caminho.

— Coitada da Santa Sara. Tão brilhante. Uma perda tão trágica. Quinze longos anos sem saber, sofrendo, porque não conseguia ver o que estava embaixo de seu nariz.

Sara bloqueou as palavras dela. Tinha que sair dali antes de surtar.

— Eu te disse...

— Sara! — Britt sibilou o nome dela como uma cobra. — Você não está me escutando. O que aconteceu com você, o que aconteceu com Dani... Está tudo conectado.

Sara sentiu a boca se movendo, tentando formar uma resposta, mas não saiu uma palavra sequer.

— Você não se lembra da festa mista?

Sara tinha perdido a voz, os sentidos, o raciocínio.

Britt riu de novo.

— Sua vaca burra, você não sabe porra nenhuma mesmo.

2

Faith Mitchell estava sentada à mesa de sua cozinha, deslizando o dedo no celular.

— Jesus amado, que idiota.

— Quem é idiota? — Aiden Van Zandt, fazendo o jantar, levantou o rosto e olhou para ela.

— A Cara de Garfo. — Faith tinha nomes para todas as mães irritantes da pré-escola da filha. — Ela acabou de se gabar no Facebook por cheirar cocaína no encontro de sua turma do Ensino Médio.

Aiden riu enquanto pegava dois pratos do armário.

— Você vai prendê-la?

— Nem fodendo. Eu teria que assumir os dias de lanche que são dela. — Faith copiou um link para o estatuto da Geórgia sobre posse de substâncias controladas e postou sem comentários adicionais. Então deslizou seu telefone sobre a mesa para que Aiden pudesse ver. — Assim ela aprende.

Ele sorriu, mas disse:

— Não seja tão dura com ela. O problema de cheirar cocaína é que faz a pessoa ter vontade de contar para todo mundo que está cheirando cocaína.

Aiden era agente do FBI, mas trabalhava com contraterrorismo, não com narcóticos.

— Você já cheirou?

— Está brincando? — Ele arregalou os olhos por trás dos óculos. — Não depois que Regina Morrow morreu na primeira vez que tentou.

— Você leu a série *Sweet Valley High*?

— Eu tinha treze anos. Minha irmã me falou que tinha sexo nos livros. — Ele colocou o jantar sobre a mesa. — Eu te disse que ela era má.

Faith olhou para o ravióli robusto que ele tinha feito do zero com ingredientes que ele mesmo tinha comprado e levado para a casa dela. O cheiro era inacreditável. O molho parecia ter vindo de vegetais de verdade, não de um produto artificial.

— Desculpa por notar, mas estou vendo que você está surtando — falou Aiden.

— Não estou surtando — disse Faith, surtando.

Ela não gostava de homens que usavam óculos. Não saía com homens que pagavam as compras, cozinhavam massas frescas, tinham empregos estáveis com plano de previdência e que sabiam, sem que precisassem lhes dizer, que era preciso beber água. Ela saía com traidores, mentirosos, idiotas e caipiras que nunca tinham dinheiro para pagar a conta e desperdiçavam mil dólares em ingressos para ver jogos do time de futebol americano da Universidade da Geórgia, apesar de estarem com a pensão dos filhos seis meses atrasada.

Aiden continuou:

— Não faz mal aceitar ajuda de outras pessoas às vezes.

— Valeu, Dr. Phil. — Faith pegou o garfo, mas ele continuou olhando para ela como se esperasse algo mais. — Eu não sei o que você ouviu, mas estou bem.

— Está ótima presa no trabalho?

— Estou fazendo serviço administrativo, porque meu parceiro está infiltrado em uma missão ultrassecreta. — Faith deu de ombros. — Não tenho nem autorização para saber onde ele está.

Aiden limpou os óculos com a barra da blusa.

— Você sabe que fui criado por uma mãe solteira que trabalhava como policial. Eu sei como é difícil.

— Sério? — perguntou ela. — Porque meu filho foi criado por uma mãe solteira que trabalhava como policial e ele ainda acha que uma fada mágica da lavanderia branqueia as freadas das cuecas dele.

— Eu sou um pouco mais velho do que Jeremy.

— Só um pouco. — Faith o observou rir, mas era verdade. Ela havia parido Jeremy quando tinha quinze anos. E, três anos antes, apesar de usar quase todas as formas de anticoncepcional, ela tinha dado a seu filho universitário uma linda irmãzinha. — Ainda nem tenho quarenta anos e passei vinte e dois sendo mãe solteira.

— Acho sua exaustão apaixonante.

Faith sentiu seus olhos revirarem com tanta força que seria capaz de enxergar a própria bunda. Então, deu uma garfada na massa e seus olhos reviraram por uma razão diferente.

— Meu Deus, quem te ensinou a fazer isto?

— Meu pai. Todos os homens da minha família cozinham.

Faith se concentrou em mastigar. O pai dele tinha morrido quando ele era pequeno. Aiden estava dando indiretas de que estava aberto a conversar sobre o assunto, mas Faith fingia não entender, porque não estavam namorando e não era para ela se sentir de coração partido pensando nele como um garotinho de óculos parado ao lado do caixão do pai.

Ele continuou:

— Seria tão horrível ter alguém com quem contar? Talvez se você precisasse de alguma ajuda? Um favor, até?

— Aiden, eu sou uma pessoa muito reservada. Lembra quando gritei com você por falar com meu aplicativo Google Clock? — Faith sabia que ele sabia o que ela estava realmente querendo dizer. — Isto aqui é uma ficada, tá? Uma rapidinha.

— Seis meses não é lá muito rápido. — Aiden terminou sua cerveja. — Quem come a panqueca ruim?

— Isso é coisa de sexo? Você sabe como eu sou com higiene.

— É da vida — explicou ele. — Quando a gente faz panqueca, sempre tem uma panqueca ruim. Não dá para jogar comida fora. Alguém precisa comê-la.

Faith não queria, mas começou a sorrir.

— Meu pai comia a panqueca ruim.

— Viu?

Foi salva de mais introspecção quando seu telefone apitou. Soltou o garfo.

— Você precisa ir embora.

— O quê?

— Pelos fundos. — Faith já o estava puxando pelo braço. — Jeremy está quase chegando.

— Como você...

— Anda. — Faith abriu rápido a porta de correr. — Não quero que meu filho pegue meu pau amigo na casa de infância dele.

— Prefiro a história da rapidinha.

— E eu prefiro que você saia daqui. — Faith pegou a jaqueta de Aiden nas costas da cadeira e a jogou sobre ele. — Seu carro está na rua, né?

— Está. — Aiden ficou parado na porta. — Não ganho nem um beijo?

— Vai!

Ela o empurrou e puxou a porta com um solavanco. Deslizou a cortina pelo varão. Os faróis do carro de Jeremy iluminaram a frente da casa quando ele parou na entrada.

— Merda!

Faith enfiou o celular no bolso de trás da calça. Os potes e as panelas sujos foram enfiados nos armários. Ela passou uma esponja nas bancadas, jogou utensílios sujos aleatoriamente na máquina de lavar louças. Arremessou a garrafa de cerveja de Aiden no lixo, depois escondeu o prato dele na geladeira. Ouviu a chave de Jeremy girando na fechadura da porta da frente. Faith mal teve tempo de verificar seu reflexo no espelhinho junto à pia. Deu tapinhas no cabelo, rezando para que não parecesse que tinha passado a noite como uma rainha sendo fodida e comendo macarrão.

— Mãe? — Jeremy fechou a porta com um estrondo. Seus pés estavam pesados enquanto ele andava pelo corredor. — Você lavou meu moletom de capuz?

Faith cruzou os braços enquanto se apoiava no balcão.

— Seja mais específico, querido. Você tem dez mil moletons.

— O branco. — Ele olhou para a mesa com a refeição quase terminada dela. — Você foi no Olive Garden?

— Aham.

— Por que colocou no prato? — Suas suspeitas não eram injustificadas. — Você pegou pãozinho?

Ela invocou sua voz de mãe.

— Jeremy, eu sou diabética. Você sabe que eu tenho que tomar cuidado com os carboidratos.

Ele abriu a geladeira e enfiou a cabeça lá dentro.

— Por que você pediu dois?

Deus do céu, que filho enxerido ela tinha criado.

— Imaginei que você talvez viesse me visitar.

— Você está me rastreando? — Ele tirou o celular do bolso. — Mexeu na configuração do meu celular?

— Não acredito que você me perguntou isso. Claro que não. — Faith nunca tocaria no telefone dele. Ela tinha escondido o rastreador no porta-malas do carro dele. — Talvez seu moletom tenha ficado no seu quarto.

— Pode ser. — Jeremy continuava olhando o celular enquanto ia de ré para o corredor. — Você viu a foto que a vovó postou de Las Vegas?

Faith tinha bloqueado a mãe por usar emojis demais.

— Ela está curtindo muito.

— É. — Jeremy começou a subir as escadas, os olhos grudados na tela. — Fiz FaceTime com Emma hoje de manhã. Ela queria me mostrar o balde de Halloween do McDonald's que Victor conseguiu para ela.

Faith sorriu ao subir atrás dele. Amava que o ex gastara dois mil dólares para levar a filha e a nova namorada em umas férias no recesso do segundo semestre e Emma só queria saber do balde de plástico barato do McLanche Feliz.

— Mãe. — Jeremy tinha parado no topo da escada. Ele, então, baixou o olhar para Faith. Ela via que tinha algo o incomodando antes mesmo de ele abrir a boca. — A namorada do Victor anda postando vídeos da Emma no Insta. Você acha de boa?

— Se eu acho de boa uma mulher que eu nem conheço postando vídeos da minha filha para estranhos que talvez sejam pervertidos poderem ver? E se acho ok o pai da minha filha não ter culhão de falar para ela tirar porque temos um acordo de nunca postar em redes sociais fotos ou vídeos de nossa filha que pervertidos podem ver? — Faith deu de ombros com um solavanco violento. — Lógico.

O rosto de Jeremy ganhou uma expressão acanhada.

— Eu meio que descobri a senha dela.

— O quê?

— Da namorada nova. Ela se chama Delilah e tem um labrador chamado Rabisco. Então eu meio que brinquei com umas combinações e entrei na conta dela. — Jeremy estudou Faith, nervoso. — Deletei todos os vídeos de Emma.

Faith nunca tinha ficado tão orgulhosa dele na vida.

— Jeremy, isso é ilegal.

— É, bom. — Ele foi em direção ao quarto. — É minha irmãzinha.

Faith achou que o coração ia explodir de amor. Em vez de entrar no quarto atrás dele, ela abriu as portas do corredor da lavanderia. Nada estava perdido de verdade até que a mãe não conseguisse encontrar. O cesto de roupa suja tinha virado em cima da secadora. Ela imaginou que, pelo cheiro de suor e perfume Tom Ford, quase todas as peças eram de Jeremy.

— Boa. — Jeremy estendeu o braço para além dela e tirou o moletom do fundo da pilha. Cheirou, depois vestiu enquanto descia as escadas. — A gente se vê depois.

— Querido, espera um segundo. — Faith foi atrás dele, tentando não parecer carente. — Você tem aquele jantar com os caras da 3M no fim de semana, né?

— Uhm... — A atenção dele já tinha voltado ao celular. — Sim. Na sexta.

— É bem importante, né? — Faith tinha aprendido a colocar tudo como pergunta. — Você vai se formar na Georgia Tech e ir direto para um emprego dos bons, né?

— Isso. — Ele abriu a porta da frente. — Até mais.

Faith ficou pateticamente grata quando Jeremy se virou e a beijou na bochecha. Ela ficou parada na porta enquanto ele voltava ao seu Kia. A luz da varanda estava apagada, a noite tinha caído rápido. Seu garoto era uma mistura de Ombré Leather e transpiração ao entrar no carro. O motor ligou, os faróis acenderam. Ele deu ré tão rápido que quase arrancou a caixa de correio.

— Faith?

— Caralho! — Ela deu um pulo para trás, a mão buscando a Glock que não estava lá.

— Foi mal. — Sara estava espreitando nas sombras. Faith só via os cachos selvagens do cabelo dela. — Eu ia ligar no caminho, mas esqueci o telefone.

Faith tentou engolir de volta o coração, que saíra pela boca.

— Cadê seu carro?

— Eu vim a pé.

— Da sua casa? — Faith conhecia a rota, cheia de viciados e mendigos. — Você está maluca?

— Possivelmente. — Sara se virou para a rua, onde um vizinho andava com o cachorro. — Alguém me ofereceu vinte paus por um boquete. É pouco, né? Eu tenho todos os dentes.

— Dentes não são necessariamente uma coisa boa nesse caso.

Faith acendeu a luz da varanda e ficou atônita com o que viu. O cabelo ruivo de Sara estava uma bagunça. A roupa, amarrotada. Faith sabia que ela havia deposto no julgamento de Dani Cooper naquele dia. Obviamente, a médica tinha trocado os saltos por tênis e se arrastado pelos mais de três quilômetros até a casa de Faith. Seus olhos estavam injetados. Ela estivera chorando e, provavelmente, tinha bebido, a julgar pelo fato de que havia arriscado pegar hepatite em vez de se sentar em frente ao volante de sua BMW.

Faith fez um gesto de mão para ela.

— Entra. Está frio.

— Você tem álcool?

— Não, mas minha mãe está em Las Vegas e tem um bar cheio na casa dela.

— Topo.

A casa de Evelyn ficava apenas três ruas acima. Faith tirou as chaves do gancho na parede e trancou a porta. Ela tremia com o ar frio da noite ao descer as escadas de concreto, mas não se deu ao trabalho de voltar para pegar o casaco. Havia algo de revigorante no frio.

Sara estava esperando por ela na calçada. Claramente tinha ido até ali para conversar, mas se manteve em silêncio enquanto caminhavam. Faith inclinou a cabeça para trás e olhou para o céu noturno. Sem estrelas. A lua era uma lasca de unha. As luzes da rua eram tão espaçadas que elas só podiam se ver ocasionalmente. Não que importasse. A expressão de Sara era ilegível.

Faith decidiu deixá-la assumir a liderança, tanto figurativa quanto literalmente. Sara era quinze centímetros mais alta e Faith praticamente tinha que andar saltitando para manter o ritmo. Elas passaram pelo homem que passeava com o cachorro — por causa de Emma, Faith só conhecia os vizinhos por seus animais de estimação. Ele era o pai de Rosco. As pessoas que viviam na casa amarela eram as mamães do Tiger. O velho imbecil que nunca tirava a lata de lixo da calçada era o avô de Duffer.

Sara só falou quando elas dobraram a esquina.

— Você falou com Will?

— Não — disse Faith. — Você sabe onde ele está?

— A oeste de Biloxi. Ele me disse que estaria em casa por volta de uma da manhã de amanhã.

Faith olhou para o relógio. Era dali a seis horas.

Sara fungou. Tirou um lenço de papel do bolso da saia e limpou o nariz.

Faith podia contar em uma mão o número de vezes que tinha visto Sara chorar.

— Pelo jeito, o julgamento de Dani Cooper não está indo bem?

— Eu não sei. O veredicto, quero dizer, não sei para que lado vai. Talvez acabe bem, se o júri sentir pena dos pais de Dani. Mas aí os McAllister vão entrar com recurso, o que significa mais dinheiro, mais espera. — Sara não parecia esperançosa. — Sei lá.

— Sinto muito.

Faith sentiu a necessidade de pedir desculpas, embora não houvesse mais nada que ela pudesse ter feito. Sara havia pedido que ela revisasse o arquivo de Dani Cooper. Era raro, mas, daquela vez, Faith havia concordado com o promotor em não querer indiciar. As provas eram escassas. O GPS da Mercedes de Tommy não tinha sido ativado, portanto, não havia como rastrear o carro. A mansão dos McAllister, em Buckhead, tinha câmeras de segurança, mas, estranhamente, tinham dado defeito na noite em questão. Da mesma forma, as das ruas da cidade estavam fora de serviço, mas isso se devia mais à falta de financiamento do que a algum planejamento. A única razão pela qual os pais de Dani tinham uma chance ínfima de ganhar o julgamento era Sara ser uma testemunha muito convincente. Era a única pessoa que tinha ouvido as palavras de Dani no leito de morte. O caso inteiro dependia de sua credibilidade, e na opinião de Faith isso era um bom sinal.

— E você? — Sara esfregou os braços para lutar contra o frio. — Como vai o trabalho administrativo?

— Ah, você sabe — falou, mas Sara não tinha como saber. Ela nunca havia sido posta de lado na vida. — Amanda me enterrou em tanta papelada que nem consigo lembrar como é o sol.

— Valeu a pena deixar a mulher puta?

— Com certeza.

Em vez de rir, Sara deixou o silêncio voltar. Ela abraçou o próprio tronco e olhou para o chão à frente. Seus pés faziam um progresso constante. Um cão latiu ao longe.

Faith respirou fundo o ar frio e refrescante. Tentou soltar um pouco do estresse em seu corpo. Ninguém sabia onde ela estava naquele momento. Ninguém estava pedindo para falar sobre seu relacionamento, inundando sua caixa de entrada de emojis sorridentes, chorando porque seu cobertor do Totoro estava na máquina ou confessando, casualmente, que tinha violado a seção 1030 do Código Penal Federal, também conhecido como a Lei de 1986 sobre Fraude e Invasão de Computador.

Elas dobraram a esquina que dava na casa onde moravam a mamãe e o papai de Pappi. Lá na frente, Faith via o brilho suave da luz da varanda da casa de sua mãe. Evelyn mantinha um excelente estoque no bar e, pensando bem, Faith bem que queria uma bebida. Antes, ela teria que verificar sua bomba de insulina. Felizmente, tinha uma médica a meio metro de distância. Estava prestes a perguntar a Sara o que fazer, mas não teve tempo de abrir a boca.

— Eu fui estuprada — confessou Sara.

Faith tropeçou, equilibrando-se no último minuto. Sentia que tinha levado um soco na cara.

— O quê?

A médica não repetiu. Estava observando Faith com atenção, analisando a reação dela.

— Desculpa.

— Eu... — Faith sentiu as lágrimas brotarem em seus olhos. Sara era uma de suas melhores amigas. No mês seguinte, Faith seria madrinha de Will no casamento deles. Aquilo parecia um golpe físico. Ela buscou desesperadamente a resposta certa, mas só conseguiu dizer: — Quando?

— Há quinze anos. No Grady. Desculpa por nunca ter te contado.

— Não... não tem problema. — Faith tentou controlar as lágrimas. A pior coisa que poderia fazer naquele momento era levar Sara a achar que tinha que consolá-la. — Will sabe?

— Foi uma das primeiras coisas que contei para ele. Ainda nem estávamos namorando. Eu só soltei. — Sara voltou a caminhar, mas, desta vez, mais devagar. — Guardar esse segredo acabou com meu primeiro casamento. Jeffrey me via de uma certa forma. Achava que eu era forte. Eu não queria que ele me visse como vítima. Por favor, não me veja como vítima.

— Não vou. Não vejo. — Faith secou o nariz com a manga, mas não conseguiu pensar em nada a dizer, exceto: — Sinto muito.

— Não precisa — disse Sara. — Tenho pavor desse asterisco ao lado do meu nome. Não Sara, a pediatra, a médica-legista, a filha, a irmã, a amiga ou a colega. Sara, a vítima de estupro.

Faith entendia a raiva na voz dela. Era por causa do julgamento, do depoimento. Advogados de defesa não eram famosos pela discrição. E Faith só imaginava como Douglas Fanning a despedaçara alegremente. Claro que ela precisava de um drinque.

Sara continuou:

— Não quero ser definida por uma das piores coisas que já me aconteceram, sabe?

Faith sentia, de novo, Sara olhando para ela fixamente, desconfiada de como a amiga iria ou não reagir. Faith decidiu assumir o risco.

— Não tenho certeza do que dizer, exceto que sinto muito e que dizer para você que eu sinto muito é inútil pra caralho.

Sara deu uma risada seca.

— A maioria das pessoas quer saber se ele foi pego.

Faith atribuiu ao seu próprio choque a razão de não ter perguntado isso antes.

— E foi?

— Foi. Era o servente-chefe do pronto-socorro. Teve um julgamento. Dá para achar a transcrição no sistema de acesso público aos registros do tribunal. Seria mais fácil para mim você ler em vez de te contar os detalhes sórdidos.

— Eu não preciso...

— Mas pode — insistiu Sara. — Não me importo, porque é você. Ele recebeu uma pena de oito anos. Saiu e estuprou mais duas mulheres. Eu não tive permissão de depor no julgamento delas. O juiz disse que seria nocivo.

Mesmo assim, ele recebeu mais cinco anos. Saiu agora, mas está em liberdade condicional por algumas outras violações.

Faith ficou feliz pelo escroto estar sendo monitorado, mas não conseguia deixar de ler nas entrelinhas. O homem não estaria trabalhando no Grady se tivesse ficha criminal. Oito anos era uma pena mais do que longa para réu primário. Em geral, eles pleiteavam uma acusação menor e conseguiam liberdade condicional, o que significava que o que acontecera com Sara devia ter sido particularmente ruim.

— Eu não tenho vergonha — declarou Sara. — Não foi culpa minha.

Faith sabia como era inútil dizer que ela tinha razão.

— O negócio é que é tão carregado, sabe? Ninguém culpa você se seu carro for arrombado, se você for assaltado ou se seu avô for baleado por um assaltante, mas, com o estupro, tem uma forma como as pessoas esperam que você aja ou fale sobre isso, sei lá... — Sara balançou a cabeça, como se fosse um mistério que ela havia passado os últimos quinze anos tentando resolver. — É para eu soar ofendida, conformada, emotiva ou desprovida de emoção?

Faith não tinha uma resposta.

— As pessoas sempre têm uma ideia de como uma sobrevivente de estupro deve ou não existir no mundo. Elas julgam você com base em como acham que *elas* agiriam se isso acontecesse com elas ou como acham que *você* deveria agir, e não tem como satisfazer todo mundo. Então, você apenas diz a si mesma: por quê? Por que eu tenho que convencer alguém, geralmente um estranho, de que não merecia esse abuso traumatizante que me aconteceu e mudou minha vida? Ou, pior, por que tenho que convencer a pessoa de que não estou inventando... para quê? Para chamar a atenção? Ah, meu Deus, e quando sentem pena de você e te elevam a algum tipo de santidade, como se você fosse uma pessoa melhor porque sofreu? Devo me chamar de vítima ou de sobrevivente? Porque, às vezes, mesmo quinze anos depois, eu me sinto uma vítima. E outras vezes eu me sinto tipo, porra, sim, sou uma sobrevivente. Eu ainda estou aqui, né? Mas as palavras são tão politizadas, e tudo deixa de ter a ver com como você se sente e passa a ter a ver com como todos os outros se sentem. No fim das contas, é mais fácil calar a boca e tentar viver sua vida, e torcer, rezar pra caralho, para não vir à tona, para você não ter que lidar com aquilo de novo e de novo e de novo.

Ela estava divagando, mas Faith entendia cada palavra que saía da boca dela. Como policial, Faith tinha visto isso acontecer. Como mulher no mundo, também tinha visto isso acontecer. Naquele momento, sua alma estava tomada, porque o que ela sentia era completamente inútil. Ela queria *fazer* alguma coisa — que não ajudaria Sara nem um pouco.

Faith perguntou:

— Como você se sente em relação a isso?

— Naquela época, eu fiquei devastada. Não conseguia me concentrar no trabalho e parei de cuidar de mim mesma. O cara com quem eu estava morando não conseguiu lidar com essa confusão toda. E, tá bom, é justo. Não era o combinado lá no começo. — Sara abraçou o tronco de novo, mas, desta vez, parecia mais para se proteger. — Meus pais acabaram indo de carro até Atlanta e me levaram para casa. Foi aí que tudo ficou muito ruim. Eu entrava em pânico se minha mãe saísse do quarto. Minha irmã voltou da faculdade para ajudar a cuidar de mim. Meu pai dormia no chão com uma espingarda, porque era a única maneira de eu conseguir cair no sono. Meu Deus, foi uma época muito horrível para eles. Ainda me sinto culpada demais por fazer todo mundo passar por isso.

Faith não tinha dúvidas de que empunharia com prazer uma espingarda contra qualquer um que ameaçasse sua família.

— Como você se sente agora?

— Tento não pensar sobre o assunto — respondeu. — Porque, quando penso, o que sinto é raiva. Uma. Raiva. Fodida.

Elas estavam sob a luz de um poste. Faith via a emoção no rosto de Sara.

— Eu fiquei grávida do canalha.

O coração de Faith parecia ter sido perfurado. Ela sempre se perguntou por que Sara nunca havia tido filhos.

— Estava de sete semanas. Era uma gravidez ectópica, e eu conhecia os sinais, é claro que conhecia os sinais, mas ignorei a dor e deixei que piorasse. Talvez parte de mim achasse que eu merecia.

Faith viu Sara pegar o lenço novamente e assoar o nariz.

— Minha trompa rompeu antes de minha tia conseguir me levar para o hospital. A atonia uterina levou a um sangramento descontrolado e... e é por isso que não posso ter filhos. Eles tiveram que remover meu útero.

Sara deu de ombros como se não fosse nada, mas Faith tinha visto o quanto ela adorava crianças. Era tudo.

— O fato de eu ter sido estuprada... Eu me resignei em deixar tudo ser divulgado durante meu depoimento no julgamento de Dani. É parte do registro público e é provável que seja divulgado. Mas a gravidez e o que eu perdi por causa dela são coisas particulares minhas. Não foi mencionado no julgamento original contra o homem que me agrediu. Eu me recusei a depor contra ele se ele não fosse mantido de fora. Mas me conformei com a perda. Tive que me conformar. É uma tragédia, mas não quero que as pessoas achem que eu sou algum tipo de figura trágica. Não é quem eu sou.

Ela olhava diretamente para Faith, quase desafiando a amiga a replicar.

Faith, então, perguntou:

— Como Douglas Fanning conseguiria acessar legalmente suas informações médicas? Mesmo que fosse há quinze anos, tem leis sobre...

— Britt McAllister — Sara cuspiu o nome. — Ela era amiga do médico que estava de plantão quando fui levada para o hospital Emory. Ele contou para ela, que contou para todos os outros.

— Mas, legalmente, um médico não pode... — Faith deixou a voz falhar, porque, no fim das contas, isso não importava muito.

— Tenho vivido com esse pavor esmagador durante os últimos seis meses. De falar disso abertamente, colocar minha vida à disposição para todo mundo esmiuçar... Eu ficava repassando tudo mentalmente. Como eu deveria agir? O que deveria dizer? Como sequer descreveria isso? Como mulher? Como médica? — A voz de Sara estava tomada pela angústia. — A maioria das pessoas nem entende o que é uma gravidez ectópica. O óvulo está literalmente fora do útero. Não tem chance alguma de se tornar viável, mas o tratamento é classificado como aborto, o que significa que Douglas Fanning poderia dizer ao júri que eu fiz um aborto. Não importa que eu fosse morrer sem ter feito isso. Tudo o que Fanning precisava era de um jurado contra mim, e tudo o que os pais de Dani passaram perdendo a filha, o casamento, as economias da vida toda... teria sido em vão.

Faith contraiu a mandíbula. Ela muitas vezes odiava o mundo, mas não com aquela intensidade.

— Eu disse aos Cooper o que poderia acontecer. Não queria que eles fossem pegos de calça curta, mas eles quiseram que eu testemunhasse mesmo assim. Eles precisavam que eu testemunhasse. — Sara mordeu o lábio, lutando contra a dor. — Eu sou a única pessoa que ouviu Dani, então dependia só de mim contar a história dela. E Fanning, o maldito Tubarão, só precisava me fazer parecer uma assassina de bebês amarga, estéril e histérica que acusa pessoas de estupro por onde quer que vá.

Faith nunca havia encontrado um advogado de defesa que não fosse na jugular. Ela se amaldiçoou silenciosamente por não ter tirado folga do trabalho para estar no julgamento.

— Como é que ele abordou o assunto?

— Ele não fez isso. — O tom de Sara era cheio de surpresa, como se ela ainda não conseguisse acreditar. — Seis meses convivendo com ataques de pânico, e ele não tocou no assunto.

Faith sentiu as sobrancelhas se juntarem.

— Por quê?

— Talvez os grupos de foco e os consultores do júri o tenham convencido. Sou uma mulher articulada, com ensino superior, branca, hétero, com um diploma de medicina na parede e um anel de noivado no dedo. Isso provavelmente contou muito mais do que deveria.

Faith tinha visto como a inteligência e a confiança de Sara intimidavam homens menores. Ela sabia que tinha mais naquela história.

— Isso é bom, certo? O júri gostou de você, então vai acreditar que você está sendo sincera sobre o que Dani te disse.

— Talvez — Sara consentiu. — Fanning ainda tirou um pouco de sangue. Ele fez parecer que eu estava guardando rancor contra Mac McAllister por ter ganhado o *fellowship*. *Fellowship* que chegou a ser oferecido para mim. Você sabia?

Faith negou com a cabeça. Ela não tinha ideia de que *fellowship* Sara estava falando.

— Um dia antes de eu ser atacada, a dra. Nygaard me chamou. Ela faria o anúncio oficial na manhã seguinte. Assim, fui à festa mista mensal para comemorar, pois todos os internos iam em um bar perto de Grady, toda última sexta-feira do mês. Antes daquela noite, eu nunca tinha ido. Era muito raro eu ir a uma festa. Terminei o Ensino Médio um ano mais cedo. Eu estava sempre tão concentrada em me tornar a melhor médica possível que fiz a graduação em três anos. Contudo, não naquela noite. Naquela noite, eu saí. Tomei um drinque. Duas horas depois, cheguei ao Grady para o meu turno, e aí...

Faith viu Sara encolher os ombros de braços abertos.

— Eu fui drogada. Não sei quando, mas, uns vinte minutos depois do meu turno, eu estava conversando com um paciente e comecei a me sentir enjoada. Eu tinha tomado uma Coca-Cola no descanso médico mais cedo. Talvez ele tenha batizado a bebida. Me servi de uma garrafa com meu nome na geladeira. — Sara virou-se para Faith. — Ele era o servente-chefe. Tinha acabado de limpar o descanso. Possuía todas as chaves. O banheiro dos funcionários estava trancado, então eu tive que usar o banheiro dos pacientes. Inteligente, né? Como fechar um labirinto para o rato ir na direção certa.

Faith ficou em silêncio enquanto Sara olhava para o chão. Ela claramente precisava de um momento para se recompor.

— A cabine normal estava fechada com fita escrito MANUTENÇÃO, então eu tive que ir à de deficientes — disse Sara. — Ele foi muito rápido. Tinha pensado em tudo direitinho. Minha boca estava fechada com fita adesiva antes de eu conseguir pensar em gritar. Tentei reagir, mas ele me algemou no corrimão.

O cérebro de policial de Faith acordou. Restrição ilegal.

— Ele me esfaqueou. Usou uma faca de caça.

Lesão corporal grave.

— A lâmina serrilhada entrou aqui. — Ela colocou a mão na lateral esquerda do corpo. — Quase exatamente o mesmo lugar em que Dani teve uma laceração superficial.

Faith conhecia o local. Ela tinha visto as fotos da autópsia de Dani Cooper.

— Um dia antes de acontecer, alguém riscou a palavra *vaca* na lateral do meu carro.

Faith se encolheu com a palavra machista.

— Eu pensei que tinha sido Britt. Ela desprezava qualquer mulher que trabalhasse com Mac. Achava que todas nós estávamos tentando roubar o marido dela. Era bem capaz de destruir meu carro.

Faith tinha conhecido esse tipo de mulher em todas as fases de sua vida. Mas não era esse o ponto central do que Sara estava dizendo a ela.

— Você vê um padrão.

— Eu vejo uma *conexão*. — Sara colocou uma ênfase estranha na palavra. — Dani recebeu mensagens ameaçadoras. Eu recebi uma mensagem ameaçadora. Dani estava em uma festa. Eu estava em uma festa. Dani foi drogada. Eu fui drogada. Dani foi estuprada. Eu fui estuprada. Dani foi ferida do lado esquerdo. Eu fui ferida do lado esquerdo. Dani morreu no Grady. Eu quase morri no Grady.

Faith repetiu silenciosamente cada detalhe na cabeça. Ela entendia o que Sara estava falando, mas, como policial, também via a verdade nua e crua.

— Sara, não estou menosprezando nada do que você está dizendo, mas muitas mulheres são drogadas e estupradas. Dezenas de milhares, talvez centenas de milhares, de mulheres todos os anos. — Elas estavam longe dos postes de iluminação da rua, então Faith não podia avaliar a reação da amiga. — O detalhe sobre a ferida na lateral do corpo, sim, é uma coincidência estranha.

— Mas...

— Qual é a estatística? A cada dois minutos nos Estados Unidos uma mulher é estuprada. — Faith tinha pesquisado o dado angustiante quando descobriu que estava gestando uma menina. — O que acontece com esses caras é que, na maioria das vezes, são todos muito previsíveis. Todos eles seguem o mesmo livro de regras: perseguir, assediar, ameaçar, estuprar. O que aconteceu com você é... eu nem tenho palavras para isso e não quero diminuir sua experiência. Mas acontece muito. Todos os dias. A cada dois minutos.

— Sem conexão, então? — perguntou Sara. — Só azar?

— O pior azar de todos.

— Era o que eu achava também. — Sara parou de andar e se virou para olhar Faith. — Até Britt McAllister me dizer que não era.

Oi Leighann! Escrevendo pra saber se você achou aquele livro sobre Reforma Protestante

Haha q?

Lutero e Caetano na Dieta Imperial, Augsburgo, 1519?
Que você perguntou sobre na biblioteca semana passada?

Quem é?
Bibliotecária?

Eu amo seu senso de humor!
Eu sabia que tinha um exemplar em casa.
Posso deixar na sua casa, quer?

Número errado, de vdd

Você não quer mais saber da Reforma?
Vai ser difícil tirar 95 na sua tese.

mt engraçado é o Jake?
Babaca
Cê me enganou cara

Não é o Jake. Lembra que ele ia fazer trilha no fim de semana?
Terminou com a Kendra antes de colocar as coisas no carro.
Foi sozinho.
Podemos rir disso quando eu levar o livro.
Você continua no Windsong, né? 403-B?

         Uhhhh não sério quem é?
            Não moro aí
          Mudei mês passado
           Tô c meus pais

Engraçado, Leighann.
Como se eu não tivesse te visto andando no quarto ontem de noite...
de camiseta branca fina e calcinha de seda rosa...

           Quem é, crlho?
          Meu pai é policial.
         Vou ligar pra ele agora.

Uau, que legal!
A Coca-Cola sabe que o diretor de TI deles tem dois empregos?

      De vdd PARA com essa merda, não tem graça

Queria poder PARAR de pensar naquela camiseta apertada.
No jeito como mostra seus peitos.
Como quero beijar eles e morder seus mamilos com meus dentes
... de novo...

           Quem é vc, porra?

Você vai precisar de um espelho de mão.
Tem um na gaveta onde você guarda a maquiagem.
Procura o pequeno círculo preto na parte de trás do seu joelho esquerdo.
O que parece que alguém desenhou de canetinha.
Sou eu.

3

WILL TRENT ESTAVA SENTADO no fundo da sala de treinamento lotada da Agência de Investigação da Geórgia, tentando não adormecer. As luzes estavam apagadas. O calor explodia através das aberturas de ar. O monitor na frente da sala tremeluzia. A tela do notebook de Faith mantinha um brilho constante enquanto ela navegava pelo site da 3M.

Era para eles estarem aprendendo a usar o software atualizado da Agência, mas o cara que liderava o tutorial tinha o tipo de voz que era indistinguível do ranger do compressor de um velho ar-condicionado. Pior, ele não parava de balançar as mãos no ar, empunhando sua caneta laser como um Darth Vader drogado de metanfetamina. Will já havia desenvolvido uma fantasia sobre ser cegado temporariamente pelo laser, de modo a ter uma desculpa válida para se jogar no sofá de seu escritório e dormir.

— Agora — disse o Compressor. — Se olharem a seção G, vão notar que é muito semelhante à versão anterior marcada com D. Mas não se deixem enganar.

Will não conseguia mais resistir. Ele fechou os olhos. Seu queixo mergulhou até o peito. Sua missão secreta exigira que ele trabalhasse 24 horas por dia durante catorze dias consecutivos. Ele tinha passado quase a noite anterior toda e parte da madrugada dirigindo por quase seis horas direto em estradas sem iluminação. Voltara para casa e encontrara uma mulher que o havia distraído vigorosamente do descanso, além de três cachorros que tinham se acostumado a dormir do seu lado da cama.

Seu corpo doía. O crânio parecia que estava em um torno. Ele estava no limite.

Faith o acotovelou antes que sua cabeça batesse com tudo na escrivaninha.

Will apertou os olhos para a tela quando um novo slide apareceu. Sentiu um ardor afiado no canto do olho. Tinha arranhado o rosto em um punho e perdido um pouco de pele no processo. Já havia sofrido feridas muito mais terríveis, mas menos irritantes. Parecia o pior corte de papel de todos os tempos, mas no rosto.

— E aí tem esta área nova em azul — disse o Compressor. — Os que têm olho afiado talvez achem que parece familiar. Vou repetir: não se deixem enganar.

Faith soltou um suspiro longo e audível.

Will deu uma olhada no notebook dela. Ela estava digitando desde o início, mas, até onde Will podia ver, havia passado o tempo todo trocando mensagens com a mãe, combinando o preço de um triciclo, dando lances em um sino dos ventos de vidro, clicando em links dos laboratórios globais de pesquisa da 3M e, ocasionalmente, verificando um mapa interativo que parecia estar conectado a um rastreador GPS em tempo real.

Ele olhou para a frente, tentando ler o slide. As palavras se misturavam, as letras ricocheteavam como pulgas. Suas pálpebras voltaram a ficar pesadas.

Sem aviso prévio, as luzes do teto se acenderam.

Will apertou os olhos contra a dor que parecia uma facada em suas retinas. Depois, sentiu o corte de papel no canto do olho.

O Compressor fez um barulho cortante que provavelmente era para ser uma risada.

— Vejo vocês depois do intervalo.

— Ah, não — murmurou Faith. — Tem mais?

Will teve que perguntar:

— A última hora foi sobre o formulário 503 sendo substituído pelo 1632, certo?

— Sim.

— E as coisas que normalmente colocamos na caixa verde vão agora para a caixa azul?

— Certo.

— Só isso?

— Exato — disse ela. — O resto foi uma recapitulação da mesma merda que fazemos desde que cheguei aqui.

Will olhou para o relógio. O intervalo seria de apenas quinze minutos.

— Você conversou com Sara hoje de manhã?

— Sim.

Will estudou cuidadosamente a lateral do rosto de Faith, porque ela havia parado de olhar para ele e, de repente, estava muito interessada em seu leilão no eBay.

Ele perguntou:

— Como ela está?

— Sara? — Faith passou os olhos lentamente pela descrição que havia lido meia hora antes. — Ótima. Ela está linda hoje.

Sara de fato era linda todos os dias, mas não era esse o problema. Will era parceiro de Faith Mitchell havia quase cinco anos e, ao longo desse tempo, ele a tinha visto mentir ao mesmo tempo bem e prolificamente.

Até aquele momento.

Antes que pudesse pressioná-la para obter detalhes, Will ouviu um som de estalo agudo, como se alguém estivesse fazendo uma pipoca muito raivosa.

— Vocês dois — chamou a subcomissária Amanda Wagner da porta.

Ela estava usando um de seus terninhos vermelho-escuro e um par de scarpins pretos de salto fino. Seu cabelo, com frios grisalhos, havia sido recentemente penteado em forma de capacete. Ela olhou para o relógio, irritada que o estalar de dedos não tivesse colocado os dois de prontidão.

Ela disse:

— Vamos, eu não tenho o dia todo.

Will gemeu ao ficar de pé. A mesa não era feita para um homem de um metro e noventa que estava tentando dormir. Ele estava mancando quando chegou à porta.

Amanda deu a ele um olhar desconfiado, como se ele tivesse se machucado de propósito.

— Qual o problema com você?

Will se recusou a responder.

Faith disse:

— Por favor, me diga que alguém foi brutalmente assassinado para não termos que ver a segunda parte dessa aula.

Amanda lhe lançou um olhar.

— Você está resolvendo assassinatos direto de sua mesa agora?

Faith também se recusou a responder.

— Meu escritório.

A chefe começou a andar pelo corredor em ritmo acelerado, seus saltos pontiagudos afundando no tapete industrial como dentes de vampiro. Ela estava com o celular na mão porque não podia dar mais do que alguns passos sem avisar o resto de seu séquito.

Will deixou Faith ir à frente, porque Amanda ficava irritada quando ele fazia sombra nela. Todos seguiram os passos rápidos da chefe até o fim do corredor, depois desceram as escadas em fila única. Ele via o topo da cabeça das duas subindo e descendo na sua frente, uma com pitadas de sal, uma loira.

Ele deveria ter ficado pelo menos curioso sobre o porquê de Amanda estar levando-os até seu escritório, mas Will estava tomado pela súbita necessidade de falar com Sara. Alguma coisa havia estado estranha na noite anterior. E pela manhã. Ela já não estava em casa quando ele saiu do banho. Nenhum beijo. Nenhum bilhete. Definitivamente, não era a cara dela. Will descartara aquilo como dores do reencontro depois de ficarem separados por duas semanas. Agora, a falta incaracterística de duplicidade credível por parte de Faith o deixou preocupado.

Amanda tinha parado à porta. Will estendeu o braço, abriu e a segurou; depois os três seguiram pelo corredor seguinte.

Na noite anterior, Sara havia dito a ele que o julgamento tinha corrido tão bem quanto se poderia esperar. Douglas Fanning acertara alguns golpes, mas a vida privada e os detalhes íntimos da perda dela não tinham sido expostos. Naquele momento, enquanto rebobinava a conversa na mente, Will percebeu que Sara não tinha soado aliviada nem tinha agido como se estivesse aliviada. O que era estranho. Sara estava preocupada com o julgamento havia meses. Ela tinha perdido o sono, ficado acordada em momentos estranhos lendo, indo correr ou apenas olhando pela janela. Às vezes, ela precisava de distrações, outras vezes, pedia para ficar sozinha.

Will não havia se ressentido com nada disso. Ele conhecia o pavor dela, tinha vivido isso a maior parte da vida. Havia detalhes sobre sua infância que ele também não queria que as pessoas esmiuçassem. Um cara que crescera em um orfanato não era geralmente do tipo que gostava de falar sobre o porquê de ter crescido em um orfanato.

— Faith. — Amanda ainda estava digitando no celular quando entrou no escritório. — Quando vai finalizar aqueles relatórios?

Faith revirou os olhos para Will.

— Já terminei metade do...

— Envie todos por e-mail para mim até o fim do dia. — Amanda largou seu telefone sobre a mesa e cruzou os braços. — A filha da Bernice teve o bebê.

Faith fez os ruídos ininteligíveis que as mulheres fazem quando ouvem falar de bebês.

Will esperou que os barulhos se transformassem em um xingamento. Bernice Hodges era responsável pela unidade antifraude da Agência de Investigação da Geórgia. Eles trabalhavam em conjunto com o governo federal para processar as pessoas fisicamente aptas que recebiam ilegalmente pagamentos por invalidez. Alguém precisaria cobrir Bernice enquanto ela ajudava a cuidar da neta.

— Caralho. — Faith enfim tinha filtrado a parte sobre o bebê. — Você quer que a gente ande por aí com uma câmera tentando pegar algum babaca criminoso fazendo CrossFit?

— É exatamente o que eu quero que você faça — respondeu Amanda. — Algum problema?

— Pô, é lógico que tem... — Faith colocou o punho na boca para se calar e respirou fundo antes de continuar. — Não acha que nossas capacidades seriam mais adequadas para trabalhar em casos mais urgentes?

— A unidade antifraude da AIG ajudou a economizar noventa milhões de dólares do estado da Geórgia no ano passado. Eu diria que isso é bem urgente. — O telefone fixo de Amanda começou a tocar. Ela tirou a argola dourada da orelha e pegou o bocal. Ouviu por um segundo, depois disse a Will e Faith:
— Podem ir para o corredor.

Ela arrastou os pés até a porta e levantou o olhar para Will.

— Não sou só eu, né? Isso é uma palhaçada.

Will não discordava, mas havia coisas mais importantes em sua mente.

— Você conversou com Sara enquanto eu estava viajando?

Faith, de repente, ficou muito interessada em seu celular.

— Conversei, por quê?

— Ela te falou alguma coisa do julgamento?

— Só que estava feliz por ter terminado.

Faith não parava de olhar o celular. Tinha aberto um e-mail, mas não parecia estar lendo. Nem digitando uma resposta. Nem comentando sobre como era idiota.

Will ouviu Amanda bater o telefone no gancho.

— Faith — chamou. — Bernice está te esperando lá embaixo. Vai lá fazer a transição. Will, entra e fecha a porta.

Faith fechou a porta antes dele, e não muito suavemente. As fotos nas paredes de Amanda chacoalharam.

A chefe ignorou a desfeita, sentando-se atrás da escrivaninha. Ficou olhando Will como uma anaconda.

— O que aconteceu com seu olho?

— Anel de mindinho.

— E o dono do anel?

— Não vai usar aquela mão por um bom tempo.

— Não fica aí pairando. — Ela apontou uma cadeira para Will se sentar. — Não tenho tempo de ler seu relatório. Me fala em tópicos.

Will forçou seu cérebro por uns três segundos tentando mudá-lo para a engrenagem certa. Havia passado as últimas duas semanas investigando uma milícia do Mississippi como parte de uma missão para a equipe de terrorismo doméstico do FBI. O trabalho era tão extenuante quanto enfadonho. Ou talvez Will estivesse chegando a um ponto da vida em que não tomar banho, comer e dormir regularmente havia perdido o apelo.

Ele começou:

— Supremacistas brancos. Muito armados. Mal treinados. Odeiam o governo. Amam tequila, mas não amam de onde ela vem. Algumas encenações militares, mas nenhum deles foi das forças armadas. Foi aí que entrou o anel do mindinho. O cara estava completamente chapado. Tentou me derrubar. Pagou o preço. A maioria bebe demais, fuma demais e fica reclamando sobre o quanto odeia a esposa e quer estrangular a namorada.

— É engraçado como nunca se conhece um supremacista branco que também seja feminista. — Amanda juntou os dedos em cima da mesa. — Como está a Faith?

Ele fingiu ignorância.

— Ela me parece bem.

— Sério?

Amanda não acreditou, mas devia saber que Will não trairia a parceira. Faith supunha que tinha sido colocada em serviço administrativo porque foi bocuda demais com Amanda. A verdade era que o último caso deles a tinha afetado muito. E, se Will fosse sincero consigo mesmo, assumiria que tinha sido afetado também. Ele não estava completamente infeliz em passar umas semanas apontando uma câmera pela janela de uma van.

Amanda ordenou:

— Você vai me dizer se Evelyn precisar vir para casa.

Evelyn era a mãe de Faith. Também era a ex-parceira e melhor amiga de Amanda, o que tornava a vida de Faith tão difícil quanto era de se imaginar.

Ele fez que sim com a cabeça, mas disse:

— Ela vai ficar bem.

— Você sabe dançar?

Will estava acostumado às mudanças de assunto repentinas de Amanda, mas, daquela vez, foi como se ela tivesse inventado uma nova linguagem.

Ela explicou:

— Para o seu casamento no mês que vem.

Will esfregou a mandíbula com os dedos. Eles organizaram uma pequena reunião no apartamento de Sara, nada chique. No máximo, trinta pessoas.

— Wilbur. — Amanda contornou a mesa e sentou-se ao lado dele.

Ele muitas vezes esquecia como ela era minúscula. Sentada na beira da cadeira, Amanda parecia pequena o suficiente para caber no bolso dele, se ele fosse o tipo de homem que colocaria um escorpião vivo no bolso.

— Sei que seu primeiro casamento foi uma farsa, mas em casamentos de verdade a noiva e o noivo têm que dançar juntos — continuou ela.

— Tecnicamente, não foi uma farsa. Foi um desafio levado a sério demais.

Amanda deu-lhe um olhar afiado, como se ele fosse o único fazendo piada.

— A família de Sara é muito tradicional, então ela, provavelmente, vai começar a dança com o pai, aí ele vai entregá-la a você.

Will balançou a cabeça, pensativo. Ele não tinha ideia de onde Amanda queria chegar com aquilo.

Então ela colocou a mão no braço dele.

— Você precisa começar a ensaiar agora. Não se preocupe com a música. Toda canção lenta tem a mesma batida. Procure uns vídeos no YouTube.

— Eu... — Ele lutou contra a necessidade de gaguejar. Ela estava falando sério mesmo. — O quê?

— Ensaie, Wilbur. — Ela deu um tapinha no braço dele, então levantou-se e voltou para trás da mesa. — Todo mundo vai estar olhando. A família de Sara, as tias, os tios, os primos, as esposas deles.

Will tinha uma vaga lembrança de Sara explicando que tal pessoa era seu tio-avô do lado paterno e que tal pessoa era um primo de segundo grau da mãe dela, mas, então, os Hawks viraram uma partida de basquete em que perdiam por doze pontos e sua atenção se desviara do que ele, naquele momento, percebia ser uma conversa muito importante.

Amanda ponderou:

— Você sempre pode fazer aulas.

Will não diria *o quê* de novo.

— Aulas?

— Dê um paraquedas a um homem, ele voa uma vez. Empurre um homem de um avião, ele voa o resto da vida. — Ela pegou o celular sobre a mesa e começou a digitar. — Por que você ainda está aqui?

Will se levantou. Saiu do escritório dela. Fechou a porta atrás de si. Andou até o fim do corredor. Entrou na escada, mas foi-lhe negado um momento para refletir sobre o que havia acabado de acontecer, porque Faith o esperava no topo da subida.

— O que Amanda te disse? — perguntou.

— O... — Will teve que tirar outro segundo para reiniciar. — Ela me pediu para repassar minha missão.

— E?

— E aí ela disse que eu deveria fazer aulas de dança antes do casamento.

— Não é uma má ideia. Inclusive, sua madrinha vai dançar com todos os homens de menos de oitenta anos, enquanto o filho adulto dela fica de cara amarrada no canto. — Faith claramente pensou que isso resolvia o assunto. Ela começou a descer as escadas. — Esse negócio das fraudes é a maneira de Amanda enfiar mais um montão de merda pela minha goela abaixo. Eu sei que não deveria ter gritado com ela, mas fala sério. A última vez que você a irritou, ficou de serviço no aeroporto por uma semana. Isto já está durando um mês.

Will voltou a questões mais importantes.

— Você e eu estávamos falando sobre Sara.

— Estávamos? — Faith virou no patamar seguinte da escada, mas não antes que ele percebesse o olhar de pânico no rosto dela. — A minha preocupação é que minha chefe não me deixa fazer meu trabalho.

Will não tinha falado nada de preocupação, mas, naquele momento, estava se perguntando se deveria se preocupar com Sara.

— Você sabe como as investigações de fraude podem ser cruéis? — questionou Faith. — Quer dizer, com certeza, alguns deles são ladrões, preguiçosos, mas tem uns que estão só se virando. E daí se eles tiverem um dia bom e conseguirem jardinar ao ar livre com os netos? Vou pular de trás de um arbusto com uma câmera e tirar o auxílio deles?

Will já percebera havia muito tempo que Faith tinha uma estranha simpatia por pessoas que ferravam com o governo federal. Era a única característica que ela compartilhava com os milicianos do Mississippi.

Ele tentou:

— Talvez seja bom voltar ao trabalho aos poucos. Bom para mim, estou dizendo.

— Bom para você? — Ela estava quase abrindo a porta, mas se virou para olhar para ele. — Que porra isso significa?

Will percebeu que tinha entrado em uma armadilha. Faith sempre foi uma pessoa que se irritava com facilidade, mas, depois de trabalhar no caso mais recente deles, enfurecia-se a todo momento. Era por isso que ela estava em serviço administrativo e, também por isso, que eles estavam substituindo Bernice quando a equipe antifraude era perfeitamente capaz de cobri-la.

Faith ainda estava esperando uma resposta.

— Por que uma tarefa idiota é boa para você, Will?

— Você sabe como é se infiltrar. — Ela nunca havia trabalhado infiltrada. — Estou morando na floresta há duas semanas. Preciso de um tempo para recuperar minhas habilidades de investigador.

— Sério? — A voz dela tinha se tornado dura. — Eu não preciso que ninguém segure minha mão. Ainda mais você. Eu estou bem. Consigo fazer a porra do meu trabalho.

Will sabia que, se ela estivesse bem mesmo, não estaria tão irritada.

— Vamos dar uma respirada.

— Você está me dizendo para respirar? Eu não preciso respirar, caralho. Preciso fazer meu trabalho, como fui treinada para fazer. — Ela estava praticamente gritando com ele. — Não ganhei meu distintivo do nada que nem você, Will. Eu comecei nas ruas. Enquanto parava traficantes no meio da noite para dar multa de excesso de velocidade, eles podiam ter me dado um tiro na cara. Depois eu ia para casa, cuidava do meu filho e ficava ótima. Está me escutando? Eu estava ótima na época e estou ótima agora.

— Você tem razão. — Ele não ia dar a briga que ela queria. — Eu sei.

— Você sabe? Você sabe? — Ela não conseguia parar de tentar arrancar sangue. — Sabe quem não precisa dessa sua merda paternalista agora? Uma pista, investigador: a porra do nome dela rima com Maith.

Will levantou as mãos em sinal de redenção.

— Vai se foder.

Ela abriu a porta com um solavanco e saiu pisando duro no corredor. Will deixou a porta bater atrás dela e a observou através do vidro. Faith parou em frente à porta da sala de Bernice e forçou seus punhos a relaxarem antes de entrar.

Na primeira vez que Faith voou em cima dele daquele jeito, Will ficou preocupado. Naquele momento, ele sabia que era melhor deixar para lá. Uma coisa boa de crescer sendo cuidado pelo Estado era que isso lhe ensinava que as pessoas tinham que entender suas próprias paradas. Você não poderia fazer isso por elas.

A sala de Will ficava um andar acima, mas ele foi para o andar térreo. Abriu a porta da saída de emergência, depois protegeu os olhos do brilho repentino da luz do sol. O vento cortava o espaço aberto entre o edifício principal e as instalações do necrotério recentemente expandido. Will olhou para o chão enquanto andava pelo caminho. Havia duas vans estacionadas em frente à parte nova do prédio. Ele contornou uma porta de carga aberta.

A primeira coisa que o atingiu foi o cheiro, que não era dos cadáveres, mas dos produtos químicos que usavam para limpá-los. Duas semanas longe não era muito tempo, mas era um odor que qualquer pessoa estaria ansiosa para esquecer. Ele sentiu seus olhos ardendo com a cera de piso pungente e avinagrada enquanto se dirigia para o longo corredor que dava no escritório dos fundos. Um dos lados do recinto estava coberto com fotografias de cenas de crime e pedaços de provas altamente detalhadas. O outro tinha janelas de vidro com vista para a sala de autópsia. Um médico-legista júnior estava se posicionando ao lado de um corpo. Homem. Ferimento de bala na cabeça. O crânio tinha se aberto.

Will ouviu a voz de Sara antes de vê-la. Ela estava claramente ao telefone. Seu escritório era dentro do prédio principal, mas ela geralmente transcrevia suas anotações de autópsia dentro de um antigo armário de armazenamento. Uma mesa e uma cadeira de escritório tinham sido encostadas à parede. Uma cadeira dobrável estava apertada no canto ao lado.

Ele estava na porta, mas Sara não tinha ideia de que ele estava lá. O telefone de trabalho espreitava por baixo de páginas dispersas de anotações. Ele contou pelo menos três canetas, porque ela tinha o hábito de perdê-las. O celular pessoal dela estava preso entre o ombro e o ouvido enquanto ela digitava em seu notebook.

— Correto, mas na foto que você me enviou parece que ela está segurando com os cinco dedos. — Sara passou o dedo por suas notas manuscritas, verificando o que tinha escrito contra o formulário em seu computador. — Não, eu não me preocuparia. É menos eficiente, mas ela é uma gênia, então, quem liga?

Will supôs que Sara estivesse conversando com a irmã. Tessa e a filha haviam se mudado para o prédio de Sara no mês passado, mas elas ainda se falavam ao telefone pelo menos uma vez, às vezes duas por dia, muitas vezes sobre sua mãe, com quem Sara conversava dia sim, dia não, e Will havia sido informado de que tudo isso era perfeitamente normal.

Ele bateu na porta aberta.

Sara se virou e, ao vê-lo, sorriu. Ela estendeu a mão para segurar a dele.

— Tessie, preciso ir.

Will esperou que ela terminasse a chamada antes de se inclinar e lhe dar um beijo na bochecha. O cheiro dela era muito melhor do que o do resto do prédio.

Sara apontou para o notebook.

— Você pode me dar um segundo?

Will sentou-se na cadeira ao lado de sua mesa enquanto ela terminava. Virou-se para poder ver a cena. Faith pelo menos tinha falado a verdade em relação a uma coisa: Sara não estava apenas linda hoje. Ela estava gostosa pra caralho. O cabelo dela estava solto ao redor dos ombros. A maquiagem estava mais escura do que de costume. Em vez da roupa cirúrgica de sempre, estava usando um vestido verde bem ajustado que mostrava suas pernas e um par de sapatos que custavam mais de dois salários de Will, o que ele só sabia porque, acidentalmente, tinha visto a nota e se sentido como se um marcador de gado tivesse sido pressionado contra seus testículos.

— Pronto. — Sara fechou o notebook e se virou para Will. — Era a Tessa no telefone. Ela está preocupada com a maneira como Isabelle está segurando o lápis.

A filha de Tessa era um pouco mais velha que a de Faith.

— Isso existe?

— Sim, mas também, não. Tessa está disfarçando. Lem está sendo um babaca com o divórcio. — Ela tirou os óculos. — Você não deveria estar em treinamento de software agora?

Will estava exatamente onde deveria.

— Vamos dançar juntos em nosso casamento?

O rosto de Sara se iluminou com um sorriso.

— Você não quer?

Ele pensou que naquele momento teria que querer.

— O que rima com Maith?

A testa de Sara se franziu.

— Contexto?

— Algo que a Faith me disse. "O nome dela rima com Maith."

— Faith rima com Maith. Sua dislexia não gosta desse tipo de trocadilho. — Sara sorriu novamente, mas começou a girar o anel de noivado em torno do dedo. — O processamento ortográfico permite visualizar mentalmente símbolos de letras, o que ajuda a decifrar esse tipo particular de rima. Seu cérebro usa uma área diferente para o processamento da linguagem.

Will achou que deveria usar o cérebro para processar o que estava acontecendo bem na sua frente. Havia algo errado com Sara. Ela estava inquieta, e ela nunca ficava inquieta.

— Você já contou a Tessa sobre o julgamento de Dani?

O sorriso vacilou. Sara fez que não com a cabeça. Ela não havia contado nada à família sobre Dani Cooper, o que não era nem um pouco a cara dela, e, em retrospecto, havia sido um alerta vermelho gigante que Will havia deixado passar.

— Talvez, se eu te mostrar como seu cérebro processa a informação, isso ajude a contextualizar melhor a rima — respondeu.

Tessa era boa em disfarçar, mas Sara era mestra.

Ele a viu virar uma folha de papel e começar a desenhar o que ele supunha ser seu cérebro. O anel de noivado era um nítido contraste com as roupas caras. Um dos poucos itens que Will tinha recebido da mãe era sua coleção de bijuterias. Ela era adolescente quando morrera, trabalhando como prostituta nas ruas de Atlanta. Os gostos dela não haviam sido sofisticados. Por alguma razão, Will havia achado uma boa ideia pedir Sara em casamento com um dos anéis de sua mãe. Ele havia escolhido o vidro verde porque combinava com os olhos dela.

Sara o tratava como se fosse um diamante.

— Esta área — ela bateu no desenho com a caneta — é onde um cérebro típico...

Will cobriu a mão dela com a dele.

Ele usou o pé para fechar a porta devagar.

— Me fala da noite passada.

— O que tem?

— As coisas ficaram meio violentas.

— Não foi isso que eu pedi?

Ela franziu as sobrancelhas. Um desafio, mas também outro desvio. Sara era ferozmente inteligente, às vezes, para seu próprio mal. Will se lembrou do terror abjeto que o havia impedido de chamá-la para sair na primeira vez que se encontraram. E na segunda vez. E na quinta e sexta vezes. Ele ficava se retirando para seu lugar familiar, que Sara chamava de seu silêncio desconfortável.

Naquele momento, ele usou o silêncio estrategicamente.

Sara não durou muito.

— Você está dizendo que não gostou? — O sorriso dela tinha perdido a provocação. — Só preciso espirrar com muita força para provar que você está errado.

Will também sorriu, mas continuou pressionando.

— O que aconteceu no julgamento de ontem?

— Eu já te falei. — Sara tirou a mão e se recostou na cadeira. De repente, havia um espaço enorme entre eles. — Eu dei meu depoimento. Douglas Fanning perdeu a coragem. O tribunal está em recesso amanhã. A juíza quer que os advogados falem sobre um acordo, o que não vai acontecer, porque os Cooper não querem dinheiro. Eles querem que o mundo saiba que Tommy McAllister é a razão da morte dela.

Will estudou a expressão dela. Não havia rachaduras na armadura. Ela estava apresentando aquele seu lado que estava completamente no controle.

Ele disse:

— Eu estava pensando no último caso em que trabalhamos juntos.

Sara contraiu os lábios. O caso mais recente era o mesmo que estava fazendo com que Faith demonstrasse todos os sintomas de transtorno do estresse pós-traumático.

Will continuou:

— Uma das vítimas falou para você que, depois que aconteceu, depois que ela foi estuprada, ela não conseguia ficar com um homem a menos que ele a machucasse. Você se lembra?

Os lábios de Sara se abriram para respirar, mas ela não desviou o olhar.

— A mulher te perguntou se você também se sentia assim — disse Will. — Você respondeu que sim.

— Às vezes — corrigiu Sara. — Eu disse que *às vezes* me sentia assim.

— A noite passada foi uma dessas vezes?

— Você nunca me machucaria.

— Você queria que eu te machucasse?

Sara respirou mais uma vez. Ela olhou para o teto. Balançou a cabeça, mas não para discordar dele. Ele já a tinha visto fazer isso. Ela estava levantando barreiras, suprimindo seus sentimentos. O que era um ótimo truque em muitas situações, mas não desta vez.

— Esta versão Mulher-Maravilha da Sara que você está mostrando agora... pode fazer isso para você mesma, mas nunca precisa fazer para mim.

Sara enfim cedeu, mas não totalmente. Lágrimas brotaram em seus olhos. Ela usou as pontas dos dedos para tentar segurá-las.

— Eu não te contei ontem à noite porque tinha medo que você me obrigasse a fazer a coisa certa.

Will balançou a cabeça, mas não só porque nunca tentaria obrigar Sara a fazer algo que ela não quisesse. Nos anos em que ele a conhecia, a médica sempre tivera o impulso de fazer a coisa certa.

— Eu não quero fazer isso, Will. Não quero sacrificar a minha sanidade, minha identidade. Eu não quero voltar para aquele lugar escuro. Não quero fazer minha família passar por isso... ou você. — Ela se inclinou para a frente, as mãos presas entre os joelhos. — Não tenho certeza de que sobreviveria a isso.

Will sentiu sua ansiedade como um corpete de metal apertando o peito.

— O que aconteceu?

Sara colocou a mão sobre o coração como se precisasse protegê-lo.

— Eu tive um... não sei como chamar... desentendimento? Com Britt, ontem. Nós estávamos no banheiro. Eu tinha acabado de depor. Ela entrou e...

Sara tentou limpar os olhos de novo, mas já não havia como conter as lágrimas. Will pegou um lenço no bolso e ofereceu a ela, que o agarrou por um momento. Então ela respirou fundo como se estivesse prestes a mergulhar no fundo do oceano.

— Britt admitiu que sabe que Tommy é responsável pela morte de Dani Cooper.

A surpresa de Will foi apenas momentânea. Ele entendia as implicações. Sara tinha ficado arrasada quando o caso criminal contra Tommy McAllister tinha desmoronado. Britt havia entregado a acusação a Sara numa bandeja de prata.

— Será que ela está disposta a falar oficialmente? Como ela sabe?

— Não, ela não quer falar oficialmente. Estava completamente chapada quando me disse. Então percebeu que tinha falado demais e se transformou de volta em uma filha da puta total.

Will estava focado no medo original. Ela estava preocupada que ele a obrigasse a fazer a coisa certa. Até aquele momento, não havia nada de errado que ela tivesse feito.

— O que mais Britt falou?

— Que ela esperava que o julgamento parasse Tommy. Que ainda havia uma chance de ele ser um homem bom.

Will duvidava. Ele sabia, pelo relatório do detetive particular, que Tommy já havia sido acusado de estupro antes. Também sabia que esse tipo de crime raramente era algo isolado.

— O que mais?

Sara dobrou o lenço, achando uma seção limpa para secar logo abaixo dos olhos. Will esperou que ela continuasse. Tinha aprendido do jeito mais difícil que a futura esposa tinha uma memória quase perfeita. Ela provavelmente passara cada segundo desde o desentendimento recitando o diálogo na cabeça.

— Ela... — A voz de Sara falhou. — Ela falou que o que aconteceu comigo há quinze anos, quando eu fui estuprada, não foi azar.

— O que mais poderia ser?

— Não sei. — Sara desistiu de secar as lágrimas e colocou o lenço na mesa. — A interpretação óbvia seria que foi planejado, certo? Mas como é possível?

Will não sabia a resposta, mas conhecera mulheres como Britt McAllister. Elas usavam sua amargura como arma contra todos os outros. Sua ex-mulher era igualzinha.

— Tem alguma chance de que ela estivesse só fodendo com a sua cabeça?

— Talvez. — Sara deu de ombros, mas mais por esperança. — Ela conectou os dois crimes, Will. Ela disse que o que aconteceu comigo e o que aconteceu com Dani estão conectados. Esta é a palavra que ela usou: "conectados".

Sara olhava para ele com uma necessidade tão intensa que ele sabia que aquela seria a parte importante. Todo o resto tinha levado àquele momento, este era o divisor de águas entre o certo e o errado.

— Ela te disse como eles estão conectados?

— Não. Ela riu na minha cara e foi embora, mas... — Sara teve que parar para recuperar o fôlego novamente. — Dani foi perseguida. Ela foi ameaçada. Ela estava em uma festa. Ela foi drogada. Ela foi estuprada. Ela foi cortada aqui, do lado esquerdo.

Will viu Sara colocar os dedos logo abaixo das costelas. Ele tinha visto a cicatriz da faca de caça pelo menos mil vezes. Sua boca conhecia de cor a forma dentada.

— Britt disse que não é uma coincidência. Você também vê, certo?

Will silenciosamente repetiu o que Sara lhe havia dito sobre o desentendimento no banheiro, tentando juntar tudo em sua mente. Depois, ele acrescentou outra informação que havia caído no esquecimento.

— Você contou tudo isso a Faith ontem à noite?

Um olhar de remorso passou pelos olhos dela.

— Me desculpa. Eu deveria ter falado com você primeiro.

— Não me importo com isso. — Ele procurou as mãos dela, tentando aliviar sua culpa. — O que Faith achou?

Sara não respondeu de imediato. Ela olhou para os dedos entrelaçados. O polegar dela acariciou o dorso da mão dele.

— Que a maneira como Britt surtou por causa disso, a maneira como ela estava praticamente rezando no banheiro para o julgamento parar Tommy, significava que provavelmente existem outras vítimas que não conhecemos. E, se houver vítimas anteriores, vão surgir novas. Britt esperava que o medo da acusação o impedisse, mas não vai.

Will sabia que Faith tinha dito mais do que isso a Sara.

— Faith também vê a conexão, né? Britt vivia com medo de que Tommy se transformasse em Mac. Tommy é um estuprador. Você foi estuprada há quinze anos. Mac era alguém com quem você trabalhava. Então, ele estava envolvido no que aconteceu com você?

— Nós duas ficamos batendo cabeça exatamente nessa parede. Eu conhecia o homem que me estuprou. Vi o rosto dele enquanto acontecia. A identidade dele nunca esteve em dúvida. Ele estuprou de novo. Mac nunca teve nada parecido em seu passado. Era um cretino arrogante, mas sua reputação era imaculada.

— O Mac conhecia...

— Eles não se conheciam. — Sara nunca dizia o nome de seu estuprador nem nunca queria ouvi-lo. — Mac é o tipo de idiota que estala os dedos para os garçons, não tem como ele ser amigo de um servente de hospital. E, mesmo que fosse, você está falando de um nível de conluio que exigiria uma confiança enorme. O homem que me estuprou cumpriu oito anos de pena de trabalho. O advogado dele era um defensor público. Ele ainda está em liberdade condicional.

— Diga a parte louca em voz alta — pediu Will. — Quais são as chances de Mac ter subornado o servente para estuprar você e ele conseguir aquele *fellowship* ao qual vocês estavam concorrendo? Ou talvez a própria Britt o tenha subornado?

— Ele é um estuprador em série. Não precisa de dinheiro para ser convencido.

— Eu disse que é uma loucura — Will a lembrou. — Quais são as chances?

— Cadê o dinheiro? — perguntou Sara, e era uma boa questão. — Britt e Mac são multimilionários e o servente ainda vive na pobreza. O oficial de condicional dele me disse que ele está morando em uma casa de recuperação perto da autoestrada Lawrenceville. Se ele fez por dinheiro antes, é impossível pensar que, hoje, não chantagearia Mac ou Britt por mais dinheiro. Eles poderiam dar uma quantia suficiente para ele sair do país. Ele pode ser um estuprador sádico, mas não é idiota.

Will sabia que o que ela estava dizendo era verdade. Ele também era policial. Só via um caminho — o caminho que Faith teria visto na noite anterior, o caminho que Sara claramente queria evitar.

— Quando duas coisas estão conectadas, você investiga ambas. Então, para ver o que Tommy tem feito, teríamos que investigar o que aconteceu com você. E, se formos bons em nosso trabalho e encontrarmos a conexão de que Britt está falando, isso significa que vai haver um processo criminal, e se houver um processo criminal...

— Eu teria que testemunhar em tribunal aberto sobre tudo o que me aconteceu há quinze anos.

As lágrimas de Sara estavam caindo a sério agora. Ela parecia com medo, o que era a parte mais difícil de Will ver. A noiva havia passado mais de uma década tentando superar o que acontecera com ela em Grady. Ainda carregava as cicatrizes daquele dia. Ele tinha visto as marcas expostas ainda na noite anterior. Às vezes, o mundo fazia você se sentir tão entorpecido que a única emoção que conseguia se sobressair era a dor.

Ele se ajoelhou à frente dela. Segurou seu rosto entre suas mãos. A olhou nos olhos.

— Não há certo ou errado aqui. Há apenas aquilo com que você consegue viver. Tudo que você precisa saber é que estou do seu lado de qualquer maneira.

— Eu sei que está. — Ela respirou fundo outra vez, indo para o fundo do oceano. Havia tomado sua decisão. — Eu prometi a Dani que faria tudo o que pudesse para deter Tommy. Se isso significa expor minha vida a estranhos, então é isso que eu vou ter que fazer. Eu não conseguiria viver comigo mesma se a decepcionasse.

O coração de Will se partiu um pouco, porque, durante os últimos seis meses, ele tinha visto Sara vivendo com o terror abjeto de que exatamente isso pudesse acontecer. Ele alisou o cabelo dela para trás, tentou suavizar um pouco a preocupação da testa dela.

— Podemos manter isto informal, está bem? Nada tem que ser oficial ainda. Vamos nos encontrar com Faith hoje à noite e descobrir a melhor maneira de seguir em frente. Tá bom?

— Tá bom.

Sara deslizou para os braços dele. Will sentiu o corpo tremer enquanto ela se agarrava a ele. Mesmo assim, sabia que parte do tormento dela havia acabado após a decisão ter sido tomada.

— Tem mais alguma coisa? — perguntou Will.

— Preciso te contar sobre a festa mista daquela sexta-feira.

QUINZE ANOS ANTES

— Festa mista? — A voz de Cathy Linton estava perplexa na ligação de longa distância. — Não acredito que você está usando essa expressão.

Sara colocou a cabeça entre as mãos. Tinha ligado para a mãe para contar sobre receber o *fellowship* Nygaard e, naquele momento, estava explicando conceitos da vida social universitária.

— É como chamam uma festa fechada dada por uma fraternidade feminina e uma masculina juntas, geralmente em uma das casas.

— Mas nenhum de vocês é universitário mais. — A mãe continuava perplexa. — E é num bar, então, por que estão chamando de festa mista e não só de festa?

— Porque essa galera passou a vida toda obcecada por quem está dentro e fora do clubinho social deles.

— Que seja — cedeu Cathy. — Você conseguiu o *fellowship*, Sara. Se alguém merece comemorar nessa *festa mista*, é você.

— Sei lá. — Sara olhou a pilha de periódicos médicos que precisava estudar. Seu gato branco fofo dormia sobre eles. A cabeça de Apgar estava pendurada para o lado como uma segunda cauda. — Estou no plantão noturno por mais uma semana.

— Então, por que mencionou?

Sara não tinha mais certeza, mas sentia que tinha algo a ver com convencer os pais a não virem de carro até Atlanta para comemorar.

— Não dá para ficar vivendo que nem um monge — comentou Cathy. — Você nunca vai ter sucesso como médica se não tiver sucesso como ser humano.

Sara se sentiu atacada.

— Você acha que estou fracassando como ser humano?

— O que estou dizendo — começou a mãe, séria — é que estou muito feliz por você agora, mas, em algum momento, você vai chegar a um ponto em que esse controle tenso demais sobre todos os aspectos da sua vida vai fracassar espetacularmente. Alguma coisa vai acontecer. E pode ser boa ou pode ser ruim, mas você vai aprender com isso. E é uma mudança profunda. Mudanças mostram quem a gente é de verdade.

— Você está certa — respondeu Sara, embora discordasse totalmente.

Na verdade, este era o momento de exercer ainda mais controle. Sara seria a melhor cirurgiã que a dra. Nygaard já tinha treinado. Receberia ofertas atrativas de todos os hospitais e abriria um consultório de sucesso. Ia se casar e ter dois filhos antes dos 35 anos. Com sorte, seriam meninas. Tessa, neste ponto, já teria pelo menos uns três. Elas iam criar os filhos juntas e morariam perto uma da outra. Tudo seria perfeito.

Esse era o plano.

Nada mudaria isso.

— Meu bem — disse Cathy. — Você já devia saber que concordar comigo não vai me fazer ficar quieta.

— Isso, sim, seria uma mudança profunda.

Cathy riu.

— Sim, mas já nos desviamos do meu objetivo original, que é fazer você pensar menos e sair para o mundo. Você conseguiu o *fellowship*. Use esta noite para sair para um bar e se soltar um pouco. Sua irmã vive fazendo isso.

Tessa estava fazendo tratamento para clamídia.

— Mãe, todo mundo com quem eu trabalho nasceu para isto e teve o tipo de vantagem que eu nunca nem soube que existia.

— Isso é tão ruim?

— Não, eu fico grata de ter tido que me esforçar, mas também tenho consciência do que minha família sacrificou para me trazer até aqui.

— Não foi sacrifício algum — insistiu Cathy, embora os pais tivessem trabalhado que nem filhos da puta para as escolhas profissionais de Sara não serem limitadas por dívidas enormes de financiamento estudantil. Ela nem teria tentado o *fellowship*, quanto mais conseguido, sem o apoio deles.

Mesmo assim, a mãe insistiu:

— Se você quer nos pagar, pague com sua felicidade.

— Eu *estou* feliz. — Sara tinha ciência de que não soava feliz. Distraída, acariciou a cabeça do gato. Apgar rolou e quase caiu no chão. — Desculpa, mãe. Tenho uma dezena de artigos para ler até amanhã. Eu vou na festa mês que vem. Festa mista. Sei lá como chamam. Tá bom?

— Não, não está bom, mas já deixei claro o que eu quero. E você também. Discutir mais seria um desperdício de tempo para nós duas. — O tom de Cathy mostrava que era o fim do assunto. — Espera aí. Seu pai saiu do banho e quer te dar parabéns.

Sara pegou Apgar no colo. Ouvia o fio do telefone se esticando da cozinha para a sala. Imaginou o pai se acomodando na poltrona, colocando uma bolsa de água quente nas costas e gelo no joelho, porque tinha passado a vida se agachando em espaços apertados e consertando privadas entupidas para a filha mais velha poder virar *fellow* de pediatria cardiotorácica e a mais nova, paciente regular na clínica popular de Bryn Mawr.

— Docinho! — Eddie estrondou. — Eu estava cantando no chuveiro e entrou água na minha boca. Pena que não tinha ninguém na fila desse gargarejo.

Sara revirou os olhos, mas riu.

— Pai, que piada horrível.

— Consigo pensar em uma melhor — avisou ele, mas a poupou da tentativa. — Você conseguiu o *fellowship*, hein?

Sara sentiu um sorriso idiota na cara.

— Consegui, sim, pai.

— Não duvidei nem por um minuto. E você?

— Nunca — mentiu Sara. Mac McAllister era um concorrente forte. Ele tinha a capacidade, mas, mais importante, tinha a confiança. Sara ficara tão estressada de conhecer a dra. Nygaard que vomitara antes da entrevista.

— Meu amor, estou com um puta orgulho de você — falou Eddie. — Sei o quanto você tem trabalhado, mas quero que faça uma coisa para mim. Pode ser?

— Pode.

— Escuta sua mãe e vai para aquela porcaria de festa.

O telefone chiou de novo quando o fio se moveu. Ele tinha devolvido o bocal a Cathy. Sara sabia o que estava vindo, mas esperou mesmo assim. Seus pais muitas vezes discordavam, mas estavam sempre alinhados.

Os dois desligaram na cara dela.

Sara devolveu o telefone ao gancho e carregou Apgar pelo minúsculo apartamento de um quarto, que só conseguia pagar porque ficava em cima da garagem da tia Bella. Então, seus olhos encontraram o relógio da cozinha. Ela tinha cinco horas antes do início do plantão. Se quisesse ir à festa mista, a janela de oportunidade estava se fechando. Uma taça de vinho levava umas três horas para ser metabolizada. Ela sentiu os periódicos a chamando como sereias a atraindo para as pedras. A dra. Nygaard não dormia. Tinha fama de perguntar sobre estudos tão recentes que a tinta mal havia secado. Sara já havia marcado um artigo sobre cirurgia cardíaca minimamente invasiva usando minitoracotomia com canulação periférica. A equipe da doutora estava ativamente incluindo pacientes no estudo nacional. Ela esperaria que Sara tivesse uma compreensão mais do que superficial do procedimento.

Sara foi tirada de seus pensamentos pelo som de uma porta de carro batendo. Apgar pediu para sair do colo. Enquanto enchia a tigela do gato com ração, a porta se abriu.

Mason James perguntou:

— Você cortou a grama?

— Cortei. — Sara vivia procurando formas de agradecer a tia Bella. — Faz dois dias.

— Sua criatura maravilhosa. — Ele a pegou pelos braços e deu-lhe um beijo. — Eu não conseguiria achar a merda do botão para ligar um cortador de grama nem com uma arma apontada para minha cabeça.

Sara riu só de pensar nele entrando no galpão.

— Boa noite, jovenzinho. — Mason se abaixou para fazer carinho em Apgar. — Quais são seus planos antes do plantão?

Sara levou um momento para perceber que ele não estava perguntando ao gato.

— Minha mãe me disse para ir à festa mista, mas...

— A santa da sua mãe está certa. E eu amaria ter minha garota nos braços. — Ele deu outro beijo nela. — Vou tomar um banho rápido. A turma vai ficar chocada de você finalmente aparecer. E sem ser de roupa cirúrgica.

Sara o viu entrar no quarto e ouviu o chuveiro ser ligado.

A turma.

Ele pronunciava a expressão como um personagem de *O grande Gatsby*, coisa que ele meio que era. Tinha um motivo para a irmã se referir a ele como o homem chique de Sara.

Mason James era nascido e criado em New England. Sua mãe branca, anglo-saxã e protestante era calorosa como gelo-seco. Seu pai, emocionalmente fechado, tinha começado uma rede de centros de cuidados de urgência, depois fugido com a amante. Não que Mason passasse muito tempo com os pais. Ele tinha estudado em um colégio interno em Connecticut e cursado faculdade na NYU. Escolhera ir para Emory por ter ouvido falar que os invernos em Atlanta eram mais tranquilos.

Aliás, tudo na vida de Mason parecia ser uma busca por facilidade. Era exatamente dele que Sara estava falando ao dizer à mãe que as pessoas ao seu redor tinham nascido para aquilo. Era um bom médico — senão, Sara não conseguiria ficar com ele —, mas era a definição de privilegiado. Mason nunca se esforçaria mais do que o necessário para ficar na frente do bando. Era o tipo de homem de que Sara precisava no momento. Ele não fazia biquinho se ela ia melhor que ele nem tinha ciúme de ela se destacar. Era muito fácil conviver com ele. O sexo era bom. Ele nunca ia exigir nada dela, e ela nunca se casaria com ele.

Sara nunca poderia entregar seu coração a um homem que não sabia ligar um cortador de grama.

Ela foi até o armário fuçar suas roupas. Não tinha muita escolha. Mason tinha razão sobre a roupa cirúrgica. Sara não gastaria dinheiro à toa com vestidos, sendo que poderia usá-lo com livros e ração de gato. Felizmente, *a turma* não se arrumava muito. Ela decidiu, então, colocar uma legging preta e um suéter azul-claro do lado de Mason no armário.

Sara parou na frente do espelho. O suéter era bonito, mas estava com a gola puída. Ela via um buraquinho no cotovelo de uma das mangas. Ia se encaixar perfeitamente na turma. Uma coisa que ela tinha aprendido sobre pessoas ricas pra caralho era que elas podiam viver na imundície e andar por aí com buracos na roupa porque o que importava mesmo era que eram ricas pra caralho.

Mason entrou na sala pelado e com o cabelo ainda úmido. Surpreso, olhou Sara de cima a baixo.

— Eu gostaria de propor uma alteração na programação da noite.

Sara tirou um tempo para também admirar o corpo dele. Ela andava pegando plantões noturnos. Ele tinha dado sorte com uma série de plantões diurnos. Eles não transavam havia quase três semanas.

— O que você pensou?

— Fazer um amor gostoso, depois a festa mista, depois mais amor gostoso, depois você vai trabalhar e Apgar e eu curtiremos uma noite de meninos com uísque e *The Mentalist*.

Isso não parecia muito tempo para fazer amor gostoso, e Sara estava com a cabeça muito cheia para uma trepada rápida que a fizesse perder o foco.

— Meu turno começa às onze da noite. Se quer que eu beba hoje à noite, preciso que seja na próxima hora.

— Vou pedir para o Apgar deixar o DVD pronto. — Ele, então, pegou roupas aleatórias no armário e começou a se vestir. — Nygaard anunciará sua decisão amanhã. Isso tem algo a ver com sua primeira incursão em uma festa mista?

Sara contraiu os lábios.

— A não ser que você já tenha ficado sabendo... — Ele estava abotoando a calça jeans, mas parou. — Ficou?

Era outro motivo para Mason não ter potencial de longo prazo. Ela não confiava nele para guardar segredos. Perder o *fellowship* não era uma notícia que Mac McAllister merecia ouvir de alguém gritando para ele em um bar barulhento.

Ela falou:

— Você acha que eu esconderia isso?

— Acho, sim. — Ele pareceu não se perturbar com esse fato. Colocou uma camisa social velha e puída por cima da calça jeans e passou os dedos pelo cabelo. — Como estou? Apresentável?

Sara achou que ele estava bonito o bastante para ela reconsiderar a programação. Contudo, sua mãe tinha razão sobre sair mais. E o pai tinha mandado que ela fosse. E talvez fosse mesmo gostoso tomar um drinque cercada de adultos em vez de ficar sentada na mesa com a cabeça debruçada sobre o *American Journal of Neonatal and Pediatric Cardiology*.

O telefone tocou.

Mason estava mais perto da mesa de cabeceira e atendeu:

— Alô?

Sara o viu jogar um punho fechado ao alto. Um sorriso enorme se espalhou por seu rosto.

— Excelente, camarada, estamos saindo agora. — Ele colocou o telefone no gancho. Parecia muito animado. — Você nem imagina quem vai hoje.

4

WILL OUVIA O ESFORÇO na voz de Sara enquanto ela contava sobre a ligação.

— Mason falou que Sloan Bauer iria à festa mista.

— Bauer. — Faith levantou o olhar do caderno espiralado. — Pode soletrar?

Sara atendeu ao pedido.

Will colocou as mãos nos bolsos enquanto apoiava as costas na bancada. Eles estavam na cozinha de Faith. Os sinos de vento de metal na varanda dos fundos gemiam baixo. Estava frio e escuro lá fora. A porta de correr de vidro refletia as duas mulheres sentadas à mesa. Faith conduzia o interrogatório. Will estava deixando que ela liderasse, porque era assim que faziam entrevistas. O trabalho dele era observar e avaliar. Com Sara, sua única observação era que ela estava de volta no modo Mulher-Maravilha. A única pista que ela dava era não parar de girar distraidamente o anel de noivado.

Faith perguntou:

— Por que era tão importante para Mason Sloan estar lá?

— Ele adorava ela. Os dois eram da mesma parte do país. Conheciam as mesmas pessoas. Falavam a mesma língua. — Sara deu de ombros. — Ela era mais amiga dele do que minha, mas eu também gostava dela.

— Ela não estava morando em Atlanta?

— Não, Sloan foi fazer residência em Columbia depois da faculdade, e só ficaria na cidade por uma semana, pelo que me lembro. — Sara balançou a cabeça, quase pedindo desculpas. — É difícil lembrar de todos os detalhes. Depois do que aconteceu comigo, a festa desapareceu da minha cabeça.

— Mas algo aconteceu lá — disse Faith. — Foi isso que Britt te falou: "Você não se lembra da festa mista?".

Não era uma pergunta. Segundos depois de sair do tribunal, Sara tinha repassado cada palavra saída da boca de Britt McAllister. Tinha enchido uma ficha inteira, frente e verso, que estava ao lado do caderno de Faith na mesa.

Will sabia que só alguns detalhes naquela ficha importavam.

Ele disse:

— Tem duas avenidas de investigação. Uma é Tommy McAllister. A outra é Sara. Que pistas Britt deu para cada uma?

— Isso está ficando complicado. — Faith olhou sua geladeira, depois os armários da cozinha, e disse: — A gente deveria fazer uma daquelas paredes malucas com fios que nem fazem na TV.

Ela não esperou um consenso. Levantou-se e começou a olhar as gavetas. Cada uma estava cheia de coisas de criança e porcarias de cozinha. Ela encontrou uma tesoura, marcadores, fita adesiva da Hello Kitty, cartolina colorida, ímãs com personagens de desenho animado.

A mão de Will era grande demais para a tesoura. Ele usou a beirada da bancada para rasgar a cartolina em tiras, separando-as por cor. Sara começou a tirar as fotos e desenhos de giz de cera de Emma da geladeira.

Faith retirou a tampa de um marcador.

— Sara?

A médica pareceu relutante, mas pegou a ficha. Will viu o olhar dela indo para a frente e para trás enquanto ela procurava as informações relevantes.

Sara leu em voz alta:

— A primeira é: "Eu sei o que ele fez com aquela garota. Eu sei quem ele é".

Faith começou a escrever em letras de forma grandes numa tira de papel vermelho.

— Ela obviamente estava falando de Tommy. Coloque do lado esquerdo. Mac pode ficar do direito. Vamos fazer cabeçalhos para não confundir.

Eles esperaram Faith terminar de escrever. Em seguida, ela passou as tiras de papel para Sara. Will viu um leve tremor na mão da noiva quando ela começou a grudá-los na geladeira.

Ele, então, assumiu a tarefa, prendendo as tiras com os ímãs quando Sara as posicionava no lugar correto. Will sabia que o nome com mais informações deveria ser Tommy. Colocou a primeira pista de Britt abaixo dele.

— Próximo. — Sara levantou a ficha entre as mãos e leu: — "Eu vivi com esse medo por vinte anos."

Faith disse:

— Pela linha do tempo, acho que tem que ir para o lado do Mac.

Will esperou que ela terminasse de escrever e colocou a tira sob o nome de Mac.

Sara leu:

— "Eu sei que ele vai parar depois disso."

Will colocou a tira do lado de Tommy.

— "Eu escutei eles."

Will perguntou:

— Tommy?

— Por enquanto. — Sara continuou: — Mais duas: "Mac sempre está envolvido". Depois: "Não posso parar eles, mas posso salvar meu menino".

Faith perguntou:

— Será que ela está falando dos mesmos *eles*? Eu escutei *eles*. Não posso parar *eles*.

Sara deu de ombros mais uma vez.

— Dos dois jeitos, pode estar falando de Mac.

Will colocou as últimas duas tiras do lado de Mac. Ele esperou que a noiva lesse a próxima.

Ela disse:

— De Tommy e Mac, é isso. O resto era sobre mim.

Will disse a Faith:

— Precisamos de outra coluna. Chama de Conexão.

— Gruda no armário.

Faith escolheu cartolina rosa e escreveu o cabeçalho. Passou para Will, que usou a fita adesiva da Hello Kitty para grudar no armário de metal pintado ao lado da geladeira.

Então, olhou para Sara.

Ela respirou fundo antes de ler:

— "Quinze longos anos sem saber, sofrendo, porque não conseguia ver o que estava embaixo de seu nariz."

— Definitivamente faz parte da conexão — disse Faith, entregando o papel a Will. — Só pode ter a ver com a festa, né?

— Sim — concordou Sara.

Will trabalhou com a fita enquanto Sara lia a linha seguinte.

— "O que aconteceu com você, o que aconteceu com Dani... Está tudo conectado."

Will esperou Faith registrar as frases. De tudo o que Britt dissera, essa parte era a mais importante. Ele emoldurou a tira com fita cor-de-rosa, fazendo-a se destacar do resto.

Sara continuou:

— Só tem mais uma pista. Antes de sair, Britt falou: "Você não se lembra da festa mista?".

Faith e Will fizeram seus papéis enquanto Sara se afastava, o olhar absorvendo as várias informações. Will a via de canto de olho. A fachada de Mulher-Maravilha estava ruindo. O tremor não tinha sumido das mãos.

Faith estava mais interessada na parede maluca. A paixão dela era sintetizar dados.

— Se a identificação de Sara em relação ao servente fosse duvidosa, eu diria que condenaram o homem errado.

— Não é duvidosa — garantiu Sara. — Eu vi o rosto dele. Eu o conhecia. Não tem dúvida.

— A festa mista — falou Will. — Tudo definitivamente aponta para isso. Segundo Britt, aconteceu algo naquela noite diretamente conectado ao seu ataque, que está conectado ao de Dani Cooper.

Faith perguntou:

— Então, o que estamos dizendo? Mac falou para Tommy o que aconteceu com Sara, e Tommy curtiu e fez igual com Dani?

Sara estava balançando negativamente a cabeça.

— Não imagino que seja o tipo de coisa de que eles falassem na mesa de jantar. Quando eu fui embora, duvido que tenham voltado a pensar em mim.

— Britt pensou — Faith lembrou a ela. — Ela tinha muito a dizer no banheiro e sabe pelo que você passou. Por que você não...

Faith teve noção de parar, mas Sara não precisava ouvir as palavras. Estava fingindo estudar a parede maluca. Will viu a luz do teto refletir-se nas lágrimas que escorriam dos olhos dela.

Ele falou:

— Podemos definir como dois casos diferentes. Tommy é a ameaça atual. Estuprou uma vez, talvez duas. Britt está errada sobre o caso conseguir com que ele pare. Ele se livrou. Só falta os pais escreverem um cheque. Tommy pode estar já procurando novas vítimas. Nosso foco precisa ser ele.

Faith mudou de abordagem junto com Will, dizendo a Sara:

— Me lembra da acusação anterior de Tommy no Ensino Médio. Li o relatório do detetive particular dos Cooper, mas por que tudo acabou em um beco sem saída?

— Mac e Britt pagaram para fazer sumir — respondeu Sara. — O boletim de ocorrência listava a vítima como Desconhecida. Os registros da escola estão inacessíveis. A garota assinou uma cláusula de confidencialidade como parte do acordo. O investigador mal se lembrava do caso. Ele nem chegou a entrevistar a vítima. No fim, a família parou de colaborar. Só sabemos que teve um acordo porque apareceu na súmula. Está tudo selado.

— Que ótimo — murmurou Faith. — O sistema de justiça funcionando.

Sara cruzou os braços. Estava olhando a coluna de cartolina rosa.

— Não acredito que deixei Britt sair daquele banheiro. Se eu tivesse tido a presença de espírito de...

— Era demais — disse Will. — Você fez o que conseguiu.

— A parede maluca não está deixando as coisas mais claras — comentou Faith. — Podemos falar com Britt. É o próximo passo óbvio.

— Ela não vai mais falar. — Sara estava estudando as anotações, tentando ver a solução. De repente, apontou para o lado de Mac na geladeira, dizendo: — Quem são *eles*?

Faith sugeriu:

— Duas pessoas? Um grupo de pessoas?

— Eu fui atacada por uma pessoa só — contou Sara. — Nenhuma das descobertas da autópsia de Dani Cooper indicam que ela foi estuprada por mais de um.

Will sabia que elas tinham chegado à mesma parede na noite anterior. Precisavam de mais informação.

— Conta da festa mista. Do que você se lembra? — perguntou ele.

Sara fechou os olhos como se tentasse imaginar a cena.

— Era sexta-feira, então o bar estava lotado. Nosso grupo tinha umas quinze ou vinte pessoas. Havia uma turma principal que ia à festa mista todo mês. Era assim que eles se chamavam: *a turma*. O resto eles chamavam de *parasitas*. E tinha eu. Eu nunca fora à festa mista, mas Mason falava de como as coisas ficavam insanas. Às vezes, ele chegava trançando as pernas às quatro da manhã. Eles fechavam o lugar, depois iam para outro bar. Ele era bem mais sociável do que eu.

— Espera aí — disse Faith. — Quantos anos tinha Tommy quando os pais dele ficavam num bar até as quatro da manhã?

— Uns seis ou sete — respondeu Sara. — Eles contratavam uma babá.

— É uma escolha — falou Faith. — Eu só me permiti tomar remédio de gripe à noite quando Jeremy foi para a faculdade.

Will perguntou:

— Como você conhecia a turma? Do trabalho ou da faculdade?

— Os dois — respondeu Sara. — Mas Mason e eu íamos a jantares com eles. Passávamos alguns fins de semana jogando tênis em Piedmont. Tinha uma liga de softbol. Eu não era totalmente mosca-morta, mas a festa mista era sexta à noite e, quando eu tinha uma sexta livre, não queria passar num bar com gente bêbada e insuportável.

Will perguntou:

— Quem era insuportável?

Ela deu de ombros.

— Era só um tipo geral de insuportável que vem de beber muito. Não tinha uma pessoa que se destacava, todo mundo gostava de beber. É bem tedioso quando só você não está mamada.

Will entendia intimamente essa situação.

— A que horas você chegou no bar?

— Umas seis e meia. Fiquei por mais ou menos uma hora. Ou seja, cheguei ao hospital no máximo às oito. Meu plantão começava às dez.

Faith registrou os horários no caderno espiralado. Reuniu as tiras de papel roxo e destapou de novo o marcador.

— Vamos escrever uns nomes. Quem era da turma? Sloan, Britt, Mac, você, Mason... quem mais?

Sara respirou rápido e superficialmente antes de dizer:

— Chaz Penley. Blythe Creedy. Royce Ellison. Bing Forster. Prudence Stanley. Rosaline Stone. Cam Carmichael. E Richie... não lembro o sobrenome do Richie.

— Era Rich? — perguntou Faith enquanto continuava escrevendo. — Porque metade desses nomes parece de personagens de desenho animado e a outra metade, de atletas babacas de um filme de John Hughes.

Sara se permitiu um sorriso, mas falou:

— Eu sei que parece isso, mas nem todos eram um estereótipo. Rosaline era voluntária da Planned Parenthood. Chaz e eu passávamos alguns dias trabalhando em abrigos de sem-teto. Royce era membro do Médicos sem Fronteiras no verão. Blythe era mentora de um programa de garotas na área de ciência, tecnologia, matemática e engenharia em escolas municipais de Atlanta.

Will não estava interessado nos bons feitos deles. Ele começou a colar os nomes do outro lado da Conexão. No momento, tudo parecia estar separado, mas ele sentia no âmago que estavam indo na direção certa.

Ele disse a Sara:

— Fique naquela noite no bar. O que Britt estava fazendo?

Sara balançou a cabeça, mas respondeu:

— Estava pendurada em Mac o tempo todo que passei lá. Era isso que ela fazia. Se alguém falasse com ele, especialmente uma mulher, ela se inseria na conversa.

— Ela era ciumenta?

— Até era, mas Britt é uma daquelas mulheres que se definem pelo sucesso do marido. Toda a identidade dela estava conectada a ele. O que era estranho, porque ela já era uma médica de sucesso. Conseguiu ter um bebê durante a faculdade de medicina, e foi a melhor médica assistente da obstetrícia. Mac ainda era interno, mas Britt sempre aceitava a opinião dele, mesmo que ele estivesse errado. Principalmente se ele estivesse errado. Ela acabava com quem contrariasse isso.

— Que casal adorável. — Faith bateu a caneta na bancada. — O que você estava fazendo naquela noite? Ficou sentada em uma mesa ou de pé no bar?

— Fiquei andando por lá parte do tempo, conversando com pessoas diferentes. Aí, me sentei numa mesa do canto e fiquei presa em frente a Mac e Britt. Foi um dos motivos para eu decidir ir embora mais cedo. — Sara juntou as mãos. — Não era só por causa dela. Eu estava desconfortável perto de Mac porque sabia que ele tinha perdido o *fellowship*. A dra. Nygaard daria a notícia a ele no dia seguinte, antes de postar o anúncio.

— Conte sobre Mac — pediu Faith. — Como ele estava se comportando naquela noite?

— Cheio de desdém, arrogante. O de sempre. Ele conversou comigo, mas foi mais para me menosprezar. Nunca me viu de verdade como concorrente.

Will disse:

— Mas vocês dois estavam concorrendo ao *fellowship*?

— Estávamos — concordou Sara. — Mas Mac é igual ao Tommy. Ele sempre conseguiu tudo o que queria, então, com certeza, supôs que o *fellowship* já era dele.

— Você lembra o que bebeu naquela noite? — perguntou Faith.

— Uma taça de vinho branco. — Sara olhou as mãos de novo. — Eu estava de olho no relógio. Não consegui terminar a tempo de estar limpa para meu plantão, então deixei sobre a mesa.

— Quem comprou para você?

— Mason. Ele também comprou uns aperitivos, que todo mundo dividiu.

— Em algum momento, quando estava bebendo — disse Faith —, você foi ao banheiro ou...

— Minha bebida não foi batizada — interrompeu Sara. — Ecstasy líquido, Rohypnol, quetamina... tudo isso leva de quinze a trinta minutos para fazer o efeito esperado. Eu não senti nenhum dos sintomas, só depois de começar meu plantão, e isso foi quatro horas depois.

Faith bateu com a caneta enquanto analisava a parede maluca.

Will tentou ver como Sara estava. Os olhos dela estavam de volta ao anel de noivado. Seu polegar cutucava o arranhado no vidro. Desse jeito, ela o quebraria antes de ele conseguir colocar a aliança de casamento no dedo dela.

— Como você foi do bar para o hospital? — indagou Faith.

Sara levantou o olhar.

— A pé. São só alguns quarteirões. Eu senti que precisava espairecer.

— Espairecer por quê?

— Estava meio para baixo depois de conseguir o *fellowship*. Quando você trabalha muito para um objetivo, é quase deprimente conseguir, pois e agora? Qual o próximo objetivo?

— Faz sentido — disse Faith, embora Will visse que ela não achava que fazia. — Então, você não contou a Mac McAllister que conseguiu o *fellowship*?

— Não.

— E Britt McAllister não sabia?

— Não.

— E Mason?

— Não.

— E aqueles outros caras, o Richie Rich e a turma — Faith apontou para a lista —, ninguém sabia?

— Não por mim.

— Algum deles parecia estranho naquela noite?

— Não que eu tenha notado.

— E agora? Onde eles estão? O que estão fazendo?

— Eu...

— Ei. — Will manteve a voz suave, mas deu a Faith um olhar que mandava que fosse com calma. Isso não era um interrogatório, mas a vida de Sara. — Acho melhor dar uma pausa.

— Eu estou bem. — Sara apontou para as tiras roxas no armário, passando o dedo pela lista. — Mason está fazendo cirurgia plástica, abriu um consultório em Buckhead. Sloan é hematologista pediátrica no Hospital Infantil de Connecticut. Mac vocês sabem. Britt largou a medicina. Chaz é hospitalista no Atlanta Health. Não sei nada sobre Bing, exceto que ele era muito irritante.

Faith perguntou:

— Irritante do tipo sinistro?

— Irritante do tipo nerd, mas bem-intencionado. — Sara deu de ombros e continuou. — Tanto Blythe quanto Royce são otorrinos em Peachtree Corners. Eles se casaram depois de eu ir embora de Atlanta. Uns anos depois, ela o traiu com Mason, que a traiu com alguém cujo nome não lembro, mas foi duas esposas atrás. Ros faz ginecologia obstetrícia em Huntsville. Pru é mastologista no MD Anderson, em Houston. Cam estava no Bellevue, em Manhattan, mas morreu faz oito anos. Tirou a própria vida.

— Cameron? — Faith esperou que ela fizesse que sim, então escreveu algo no caderno. — Que tipo de médico ele era?

— Cirurgião de trauma, mas Bellevue é um centro de trauma nível I, então não era fácil.

— Você ficou surpresa de ele se matar?

— É triste, mas não incomum. Médicos têm a taxa de suicídio mais alta entre todas as profissões. É difícil conseguir ajuda. Dependendo do estado, precisamos renovar a licença a cada dois ou três anos e só alguns exigem que você informe se procurou ou não terapia ou ajuda psiquiátrica. Se mentir, pode perder a licença. Se disser que procurou ajuda, pode perder a licença.

— Isso não faz sentido — falou Faith.

— Se eu não estiver com a cabeça boa, posso acabar matando um paciente. Ou posso me autoprescrever qualquer coisa, de Prozac a Fentanil. Mas você tem razão, deveria ter um equilíbrio.

Faith analisou a lista.

— Richie Rich. Você lembra alguma coisa dele?

— Ele não foi para Emory. Entrou no Grady vindo de fora do estado. Usava gravata-borboleta. Falava demais. Se vestia bem demais.

Faith pareceu confusa.

— Como alguém pode se vestir bem demais?

— É uma questão de classe. Você pode gastar muito dinheiro em roupa, mas tem que ser do tipo certo, assim como seu carro. O mesmo vale para onde você mora, incluindo a parte da rua. E onde seus filhos estudam e quais organizações você apoia e o clube que você frequenta e… — Sara deu de ombros. — Eles são os guardiões do que é bacana e o que é forçar a barra. É um ideal que vive mudando.

— Ah — disse Faith. — São só um bando de gente odiosa.

— Exato.

Will sentiu que elas estavam indo na direção errada.

— Você foi a pé do bar até o hospital. Pode ter sido seguida?

— Por quem? — perguntou Sara. — Pelo servente? Mesmo que seja verdade, e daí? Eu sei agora que ele estava me perseguindo.

Will ouvia a irritação na voz dela, mas precisava continuar pressionando.

— Você pode ter visto ele fazendo alguma coisa no bar. Escolhendo outra vítima. Drogando uma vítima, até. Não importa se você viu mesmo, o que importa é se ele achou que você viu.

Sara fez que não, mas ele não conseguia saber se ela estava dizendo que não sabia ou se não conseguia se forçar a falar.

Faith perguntou:

— E Mason? Vale a pena falar com ele?

— Não — respondeu Sara. — Não posso pedir para ele reviver aquela noite. E não sei se ele faria isso. Mason não gosta quando as coisas ficam complicadas.

A péssima opinião de Will sobre Mason piorou.

— Me fala da Britt — pediu Faith. — Que tipo de vaca ela é? Como ela opera?

— Exatamente como no banheiro — disse Sara. — Sinceridade brutal e cruel. Ela anunciava que Pru tinha sido humilhada durante a ronda, ou que Blythe tinha feito merda em uma cirurgia, ou que Cam tinha perdido um paciente.

— Na época, como ela machucava você?

— Lembrando todo mundo constantemente que eu tinha sido pobre.

Will viu a reação de choque de Faith.

Sara também. O rosto dela ficou vermelho-escuro.

— Desculpa, eu devia ter dito pobre para os padrões deles. Obviamente, não pobre por nenhuma medida razoável. Meus pais deram uma vida ótima para mim e para Tess. Nós tínhamos... e ainda temos... muita sorte.

Will interveio:

— Continue naquela noite. Você falou que foi a pé do bar até o hospital?

— Sim.

— Estava tarde. — Will tinha uma teoria sobre por que Mason não se importava dela andar sozinha pelo centro de Atlanta no escuro, mas não era a hora de compartilhar. — Você viu alguém na rua?

— Nada digno de nota. E, quando cheguei ao hospital, não me lembro de ver ninguém nem escutar nada fora do normal. Entrei no elevador. Desci até o nível dois. Tem um lounge com camas e uma televisão. Não tinha ninguém lá. Eu li uns periódicos e dormi um pouco antes do meu plantão.

— Precisamos de um mapa para a parede. — Faith abriu o notebook. — A área ao redor de Grady mudou nos últimos quinze anos. O bar ainda fica no mesmo local?

— Eles derrubaram há um tempo. O quarteirão todo é, agora, de apartamentos de luxo com um mercado de alto padrão no térreo. — Sara se sentou à frente de Faith. — O bar era de um cara formado em Morehouse. Não lembro o nome, mas ele era hepatologista, que cuida de fígado, vesícula, pâncreas, dutos biliares. Enfim, todo mundo chamava de Biliar-dário.

Por algum motivo, Faith deu uma risada surpresa.

Sara olhou para Will e sorriu para ele.

Ele sorriu de volta.

— Tá bom, acho que consegui. — Faith virou o notebook para todos poderem ver o mapa. Apontou para o cruzamento de duas ruas. — Tem um mercado chique na esquina da Arendelle com Loudermilk. É isso?

Sara fez que sim.

— O Biliar-dário ficava no meio da Arendelle. Acho que tinha uma loja de sapatos ao lado. Tênis e coisas esportivas. Esse tipo de coisa.

Faith, de novo, olhou a parede maluca de pistas. Seus braços estavam cruzados. Ela claramente estava tentando criar um plano.

De repente, falou:

— Eu acho que a gente deve investigar assim. Começar com uma busca reversa da propriedade. Pegar o nome do bar, localizar o dono, passar pelas informações de folha de pagamento dele para localizar os ex-garçons, conversar com eles, ver se lembram de alguma figura suspeita daquela noite ou de uma das festas mistas. Depois, eu faria uma busca geral por boletins de ocorrência na área: houve algum outro ataque naquela noite ou perto? Alguém viu algo suspeito? Houve tentativas de assalto que poderiam ser estupros fracassados? Então, eu faria uma verificação de antecedentes minuciosa a respeito de Richie Rich e da turma para ver quais segredinhos sujos eles têm no armário. No fim, começaria a bater à porta deles e fazer perguntas.

Sara assentiu com a cabeça. Parecia esperançosa, o que era a pior parte.

Will não deixaria Faith dar esperança a Sara.

— Não podemos fazer isso. A Agência de Investigação da Geórgia tem que ser solicitada ou designada para trabalhar em uma investigação. Atlanta, em geral, joga com a gente, mas não temos justificativa suficiente para abordar o Departamento de Polícia. Eles nunca abririam um caso só com o que temos.

— Você não vai abrir caso algum. — Sara levantou o olhar para Will. — Achei que pudéssemos fazer isso de maneira informal.

Ele explicou:

— Esta é a parte informal.

Faith explicou a Sara:

— O número do caso que você usa nos seus relatórios de autópsia somos nós que geramos. Precisamos inseri-lo cada vez que pegamos depoimento de uma testemunha, falamos com um suspeito ou entramos no portal da AIG. Senão, tudo o que eu descrevi pode ser considerado ilegal, abuso de poder, intimidação policial ou... tenho certeza de que estou esquecendo alguma coisa.

Will completou:

— Uso não autorizado de recursos de segurança pública.

Ficaram todos em silêncio, tentando ver um jeito de contornar a situação. Então, ele falou:

— Posso usar um dos meus números de casos atuais. A gente teria pelo menos uma semana, talvez mais, até alguém dar o alerta.

— Não. — Sara estava decidida. — Sem chance.

— Espera aí — disse Faith. — Britt não é a única fonte para o que aconteceu naquela noite. Não precisamos de justificativa para conversar com alguém em condicional. Podemos interrogar Jack Allen Wright.

Sara se encolhera ao ouvir o nome do homem que a estuprara.

— Ah, caralho. — Faith sabia o que tinha feito. — Sara, eu...

A médica se levantou tão rápido que a cadeira voou para o outro lado do piso, e saiu da cozinha. Will escutou a porta da casa se fechar atrás dela.

Ele saiu para o corredor, mas não para ir atrás dela. Precisava de um minuto para se recompor e não destruir a mulher que era sua parceira havia cinco anos.

— Desculpa. — Faith estava parada atrás dele. Seu remorso era palpável. — Eu vou pedir desculpas.

— Espera ela voltar.

— É melhor eu ir ver como ela está — disse Faith. — Ou você. Um de nós.

— Você queria que eu fosse ver como você estava hoje de manhã?

Ela não respondeu.

Will se virou.

Faith tinha voltado para a cozinha. Estava encolhida sobre a cadeira. Então, abriu o notebook e começou a digitar.

Will continuava furioso com ela, mas não deixaria a parceira arriscar perder o distintivo e o salário por uma busca ilegal.

— Usa o meu login.

— Não estou usando login algum, estou usando o Google. — Ela levantou o olhar para ele. — A turma... todo mundo é médico e trabalha em hospitais. Podemos, pelo menos, confirmar onde estão. Fala um nome da lista.

Will não precisou olhar o armário. Recitou de memória.

— Dra. Sloan Bauer, hematologista pediátrica, Hospital Infantil, Connecticut. Faith digitou a busca.

A página do hospital carregou rápido. Sloan era magra como um galgo, com cabelo loiro comprido, nariz afilado e lábios que pareciam artificialmente volumosos. Seus óculos com borda dourada eram grandes demais para o rosto, mas ele imaginou que fazia parte do visual.

Faith disse:

— Mason estava transando com Sloan Bauer sem Sara saber, né?

— Aham. — Ninguém acompanhava a namorada ao trabalho tarde da noite quando a namorada que tinha vindo de fora da cidade ainda estava no bar. — Chaz Penley. Hospitalista. Atlanta Health.

Will olhou por cima do ombro de Faith enquanto ela digitava. Chaz Penley estava no topo da página, então, obviamente, era o chefão. Cabelo loiro e olhos azuis. Provavelmente, não lhe faltava companhia quinze anos antes, mas esses dias claramente tinham acabado.

— Acho que sabemos o que aconteceu com Rolf depois de dedurar os Von Trapp — comentou Faith.

— Imprime as fotos. — Will a viu passar pelas páginas anteriores e apertar Imprimir. — Blythe Creedy agora. Otorrino. Peachtree Corners.

Faith abriu outra aba. Depois outra. Passaram pelo resto da turma, imprimindo fotos de cada um. Royce Ellison. Bing Forster. Prudence Stanley. Rosaline Stone. Mac McAllister. Fotos de rosto profissionais acompanhavam longas listas de conquistas e especialidades em sites de hospital e páginas *sobre* de consultórios particulares com aspecto de elegantes. Todos os médicos pareciam as crianças que, no Ensino Fundamental, ficavam na mesa dos nerds.

Não que Will tivesse passado muito tempo no refeitório na escola. Em geral, ele estava na sala do diretor.

— Vamos ver a Britt — disse Faith. — Aposto que ela é igual a todas as outras mulherzinhas da turma da Barbie.

Encontrar Britt não foi tão fácil quanto os outros. Ela não estava listada em uma página de hospital ou consultório particular, porque não trabalhava mais como médica. Instagram, TikTok e Facebook não deram em nada, mas eles a acharam no Twitter.

A foto de perfil de Britt mostrava Mac abraçando Tommy, que usava capelo e beca. O banner ao fundo era o sol se pondo em um lago com montanhas à distância.

— Adicionando umas banheiras, podia ser um anúncio de disfunção erétil — ironizou Faith.

Ela rolou a página rápido demais para Will discernir qualquer coisa, mas continuou:

— Ela retuita muita coisa médica: artigos, orientações, outros médicos, paradas de mãe, mas não produz muito conteúdo original.

— Provavelmente, um profissional limpou a conta dela antes do julgamento de Tommy.

— Provavelmente. — Faith passou direto por um anúncio que tentou começar automaticamente. — No primeiro dia do julgamento, Britt tuitou: "Muito orgulho do meu Tommy por ser forte. Mal posso esperar para voltar a nossa vida normal. Um dia ele vai ser um médico maravilhoso que nem meu maridinho".

— Maridinho? Sério?

— É como as mãezinhas da internet chamam os maridos idiotas. — Faith continuou lendo. — Dia dois: "Não acredito no quanto meu Tommy é estoico. Esses tais especialistas não têm ideia do que estão falando. Esperem só quando for nossa vez!".

— E o dia do depoimento de Sara?

— "Tem muita mentira sendo dita hoje. Da última vez que chequei, perjúrio era ilegal. Meu Tommy nem devia estar aqui, mas vamos enfrentar isso como uma família." Espera, acabou de subir um novo. — Faith clicou no tuíte mais recente de Britt. — "Tribunal em recesso amanhã, aí vai ser nossa vez. Amém! Vou dar umas raquetadas de manhã e aí preparar o jantar para meus dois homens maravilhosos."

— Raquetada só pode ser em quadra de tênis — disse Will. — Dá uma olhada na Associação de Raquetes das Mulheres de Atlanta.

— Caceta, tem razão. Ela só pode estar na Associação. — Faith já estava abrindo o site. — Todas essas ex-mães poderosas são hipercompetitivas. Tênis é a única coisa que as impede de jogar a Range Rover de um penhasco.

Will reconheceu o logo verde-claro com uma raquete de tênis rosa no centro. Atlanta era uma cidade que amava tênis, o logo estava em todos os cantos da cidade. Faith navegou por um mapa da área metropolitana e escolheu o time de Buckhead. Havia uma tonelada de fotos de grupos — mulheres na quadra, mulheres segurando fitas e troféus, mulheres tomando vinho —, mas nenhuma legenda para dar nomes aos rostos botocados.

Will falou:

— Deve ter uma instituição de caridade ou evento que elas patrocinam.

— Caridade? — Faith pareceu duvidar, mas continuou navegando.

— Aí. — Will apontou para um peru colorido cercado de latas de comida. — Arrecadação de comida para o Dia de Ação de Graças.

— Como você sabe tanto sobre essa gente?

— Sou observador.

— E como, porra. — Ela clicou no peru, que a levou a outra página com mais um bando de fotos, mas, desta vez, individuais. Faith clicou em uma. Ela riu alto, triunfante, dizendo: — Dra. Britt McAllister, coordenadora de voluntários.

Britt estava usando um vestido de tênis rosa brilhante, uma raquete de tênis em uma mão e uma taça de vinho na outra. Sua testa era artificialmente rígida e a pele ao redor dos olhos era repuxada. O sorriso em seu rosto parecia estar lhe causando dor física.

Faith disse:

— Nem toda cirurgia plástica do mundo consegue apagar sua maldade.

Will pensou que era uma boa maneira de descrevê-la. Britt McAllister era uma mulher de aparência dura. Seus ossos eram pontiagudos demais, suas feições, proeminentes demais. Ela parecia magra demais, frágil demais, várias coisas demais. Ele se inclinou para olhar mais de perto, mas não para o rosto dela, queria ver o fundo. Britt estava de pé em uma quadra de tênis de saibro, mas as quadras públicas de Atlanta eram todas de concreto. Havia uma placa embaçada no prédio atrás dela.

Ele apontou para o medalhão dourado e azul, dizendo a Faith:

— Ela é membro do Clube de Campo e Cidade Piedmont Hills.

Faith deu um assovio baixo. Piedmont Hills ficava ao longo do rio Chattahoochee e era cercado por propriedades cujos preços começavam acima de dez milhões.

— Como você percebeu isso?

— Eu sou...

— Observador. Certo. Vamos colocar esses babacas na parede. — Faith imprimiu a foto de Britt. Will entrou na despensa, onde a impressora colorida estava escondida atrás de suprimentos de arte, vegetais enlatados, muitas sacolas de compras retornáveis e vários rolos de papel de presente enrugados.

Faith disse:

— Queria pedir desculpas para você também. Pelo que eu disse. Sei que não caiu mal só para Sara.

Will agradeceu com a cabeça a consideração ao dispor as fotos sobre a mesa.

— Estão faltando duas pessoas.

— Mason James é cirurgião plástico em Buckhead. — Faith abriu outra busca em seu notebook. Ofegou quando a foto foi carregada. — Puta merda.

Will esfregou o maxilar com os dedos.

Mason estava encostado em um carro esportivo, com o casaco jogado por cima do ombro como se fosse modelo de um anúncio da Hugo Boss. Seu cabelo estava tão perfeito que ele provavelmente tinha passado spray para ficar no lugar. A sombra de barba por fazer era perfeitinha demais para ser natural. A pior parte era o carro, um Maserati MC20 cor *Rosso Vincente*, o vermelho de quem tinha meio milhão de dólares para torrar em um carro.

— Meu senhor — murmurou Faith. — Desculpa, cara, mas, caralho, esse homem me faria passar de novo pela puberdade.

Will esticou o braço e bateu nas teclas para imprimir a página.

— E Cam Carmichael?

— Cameron.

Ela teve a decência de procurar pelo próximo na mesma aba que estava com a foto de Mason. A nova busca trouxe uma notícia de um site de fofocas.

Will reconheceu facilmente algumas das palavras na manchete gigante, porque elas eram bem comuns em sua linha de trabalho.

— Como um médico da emergência conseguiu uma Glock em Nova York? — indagou.

Faith se voltou para olhar para ele.

— Você leu isso?

— Eu não sou idiota — disse ele. — Imprime logo a porcaria do artigo.

— Que artigo? — Sara apareceu atrás dele e descansou a mão sobre o ombro de Will.

— Sara. — Faith se levantou. — Desculpa por ter sido tão descuidada. Eu não devia ter...

— Está tudo bem — Sara a interrompeu, o que deixava claro que não estava tudo bem, mas ela queria acabar com o assunto. — Eu não quero que ele seja contatado, tá? Nem que liguem para o agente de liberdade condicional, nem qualquer coisa do gênero. Combinado?

— Combinado — disse Faith.

Sara apertou o ombro de Will novamente, depois pegou o notebook.

Sem eles pedirem, ela começou a ler o artigo em voz alta.

— "O corpo do dr. Cameron Davis Carmichael, de 34 anos, cirurgião de trauma no Bellevue Hospital, foi encontrado nesta manhã após a irmã da vítima pedir para o Departamento de Polícia de Nova York fazer uma verificação no apartamento dele. A dra. Jeanene Carmichael-Brown, de Princeton, Nova Jersey, ficou preocupada por não ter notícias do irmão havia mais de uma semana. Um colega de Bellevue que deseja permanecer anônimo alegou que Carmichael tinha ficado abatido depois de perder um paciente e não aparecia no trabalho havia vários dias. Segundo o Instituto Médico Legal, a vítima morreu de um ferimento de bala autoinfligido. Uma Glock 19, que tinha sido relatada como roubada em Fairfax, Virginia, foi confirmada como a arma usada. A polícia relatou um aumento de uso de armas de fogo nos distritos policiais de Kips Bay. O investigador Danny DuFonzo, presente na cena, relatou que a polícia acredita que Carmichael tenha comprado a arma ilegal de um paciente do hospital. Qualquer um que tenha uma pista anônima pode entrar em contato com a organização Crime Stoppers."

— Ele perdeu um paciente — disse Faith. — Estava deprimido.

Sara voltou a colocar o notebook sobre a mesa, e descansou a mão sobre o ombro de Will outra vez. Não era para mostrar a ele que estava bem, era para se segurar nele.

— Qual é o plano? — perguntou Will.

— Não tem plano. — Sara tinha claramente tomado uma decisão. — Não temos justificativa para abrir um caso. Não sabemos o nome da primeira vítima de Tommy. Não temos uma maneira de abordar Britt que não coloque vocês dois no olho da rua, na pior das hipóteses, e no topo da lista negra de Amanda, na melhor. Agradeço por vocês terem tentado, mas a parede não se moveu. Aliás, ficou ainda mais impenetrável.

Faith parecia confusa.

— Você está nos dizendo para esquecer tudo isso?

— Sim — respondeu Sara. — Que outra escolha a gente tem?

— Podemos bater nas portas e falar com a turma. Não há mal nisso. Podemos entrar na internet agora mesmo com um cartão de crédito e fazer verificações de antecedentes.

— Para quê? — perguntou Sara. — Saber como Cam se matou, descobrir se Chaz é viciado em jogo ou se Pru foi processada por negligência médica... o que ganhamos com isso?

— Uma vantagem — respondeu Faith. — As pessoas fazem qualquer coisa para esconder seus segredos, seja um vício em jogo, um processo judicial ou o que quer que seja. Eles vão falar com a gente porque vão ficar preocupados da gente começar a falar deles.

— Não. — Sara não soava apenas frustrada. Ela parecia zangada. — Eu sinto que não deveria ter que repetir isto, Faith. Eu disse para esquecer tudo isso. Não tem nada que qualquer um de nós possa fazer.

— Claro que tem. — O tom de Faith era igual ao de Sara. — Não podemos deixar Britt se safar. Ela sabe de alguma coisa e te disse que tem uma conexão entre seu estupro e a morte de Dani. Entendo que, por razões pessoais, você queira deixar pra lá, mas você não se importa com Dani?

— Caralho, é sério? — Sara explodiu, e estendeu o braço para impedir que Will interviesse. — Me diz como ajudar a Dani! Me diz o que fazer! Não tem nada!

— Tem maneiras...

— Que maneiras? — exigiu Sara. — Eu não vou colocar vocês dois em risco, Faith. Você tem uma criança pequena em casa! Precisa do seu emprego, dos seus benefícios, da sua aposentadoria. Já feri gente suficiente por minha causa. Não vou deixar ninguém mais sofrer.

— Sabe quem precisa sofrer? — devolveu Faith. — Britt McAllister. Podemos começar por ela.

— Como? — Sara estava realmente pedindo uma resposta. — Me fala como você pode falar com Britt sem destruir sua própria vida.

— Temos uma razão legítima para ir atrás do que ela te disse no banheiro.

— Muito bem, vamos tomar isso como verdade. Mesmo assim, ninguém é obrigado a falar com a polícia se não quiser. Britt é mais rica que Deus e cercada de advogados. Você não vai conseguir passar do portão da casa dela. Ela vai mandar a empregada impedir sua entrada.

— Podemos segui-la. Fazer uma emboscada. Pegá-la com a guarda baixa.

— No tribunal? No spa? No estúdio de ioga? Você sabe como isso soa ridículo? Ela vai rir na sua cara e ir embora.

— No clube de campo dela. Ela é membro do Piedmont Hills.

— Faith...

— Não. — Faith apontou o dedo para Sara. — Você mesma disse que Britt é obcecada por status e classe. Ela não vai surtar na frente da galera dela, vai ficar envergonhada. Podemos usar isso a nosso favor.

— Você tem ideia do quanto esse clube é exclusivo? É cheio de juízes e políticos. Eles não deixam a polícia entrar e assediar seus membros.

— Vou pedir uma visita guiada.

— Eles não fazem visitas guiadas com pessoas que chegam da rua! — gritou Sara. — É um dos dez melhores clubes do país! Eles pesquisam seu nome, verificam se você tem patrimônio, conexões e acesso. Você tem alguma dessas coisas?

Faith não desistiria tão fácil.

— Tem que ter outro jeito de entrar.

— Você tem que ser membro ou conhecer um membro. É o único jeito de entrar. Você conhece um membro, Faith? Conhece alguém que desembolsou 250 mil dólares para entrar e paga dois paus por mês de mensalidade?

Will tinha que acabar com aquilo.

— Eu conheço.

5

Sara olhou para o reflexo embaçado de Will na parte de trás das portas do elevador. Ele estava irritantemente quieto enquanto eles subiam para o apartamento dela. A garganta de Sara estava dolorida por manter a voz elevada durante quase todo o percurso de mais de três quilômetros da casa de Faith até ali. Ela odiava ser o tipo de mulher que levantava a voz e odiava que Faith estivesse disposta a arriscar seu trabalho, que Will estivesse pronto para arriscar sua paz de espírito, tudo por causa de uns comentários idiotas de merda que Britt McAllister tinha feito na porra de um banheiro. Essa era a consequência que Sara mais temera nos últimos seis meses. Ser sincera sobre a agressão sofrida só tinha aberto novas feridas nas pessoas ao seu redor.

— Meu amor. — Ela tentou manter o tom equilibrado. — Você me disse que apoiaria qualquer decisão que eu tomasse. Esta é a minha decisão. Não vou deixar você fazer isso.

O *deixar* lhe garantiu um olhar cortante antes de ele voltar a mirar as portas.

Sara queria agarrá-lo. Sacudi-lo. Implorar-lhe que não fizesse aquilo. Eles encontrariam outra maneira de chegar a Britt McAllister.

Ela não deixaria que ele pedisse ajuda a sua tia Eliza.

Will não crescera em um orfanato do Estado por falta de opções. Na época da morte de sua mãe, ela tinha um parente vivo, um irmão que havia herdado uma riqueza inimaginável. O homem poderia facilmente ter providenciado a adoção particular de Will, contratado babás ou pagado taxas de colégio interno sem nunca ter visto o rosto do sobrinho, mas, em vez disso, sua esposa Eliza e ele deixaram Will apodrecendo nas mãos do governo.

Para Sara, a única coisa decente que o tio de Will já havia feito era morrer de um derrame havia três anos. O obituário declarou que ele estava no terceiro buraco do Clube de Campo e Cidade Piedmont Hills, do qual a esposa e ele eram membros de longa data. Se houvesse alguma justiça no mundo, Eliza logo se juntaria a ele. Ambos podiam queimar no inferno sobre suas pilhas de dinheiro sujo.

O elevador tinha chegado ao último andar. As portas se abriram. Will se afastou para que Sara pudesse ir primeiro, mas, em vez de sair, ela se virou, olhando para ele.

— Will, por favor. Não vale a pena o trabalho. Britt não vai se abrir de novo por magia. A única razão pela qual ela fez isso foi porque estava chapada e chateada e...

As portas começaram a se fechar. Will estendeu a mão para segurá-las para que Sara não fosse atingida. Mas, mesmo assim, ele não falou. Ela sabia que ele ficaria ali o resto da noite se ela não se mexesse. Ele era irritante quando queria.

Sara não teve escolha a não ser andar pelo corredor em direção ao seu apartamento. Ela esperava ouvir os cães do outro lado da porta, mas, quando sua chave girou dentro da fechadura, só havia silêncio.

— Ei, gente. — Tessa estava de pé na pia lavando pratos. Estava com a babá eletrônica no balcão para o caso de sua filha acordar. — Eu ia sair para passear com os cachorros, mas...

Will pegou as guias no gancho. Billy e Bob, os dois galgos de Sara, começaram a andar de um lado para o outro. Eles esperaram pacientemente que as guias fossem presas em suas coleiras enquanto Will tirava o saco de lixo da lata e amarrava a parte de cima.

Ele finalmente falou, mas não com Sara.

— Betty.

A cachorrinha estava empoleirada em sua almofada de cetim, então Will teve que caminhar até o sofá para pegá-la. Betty se aninhou no peito dele e lambeu seu pescoço, o que de certa forma diminuiu seu silêncio estoico. Ele deu a Sara um olhar de pesar enquanto agarrava outro saco de lixo. A chihuahua era uma cachorrinha perdida que ele não tinha tido coragem de deixar no canil.

Tessa esperou a porta se fechar atrás dele.

— Que frieza.

Sara não puxaria a irmã para aquela confusão.

— O que você está fazendo? A gente tem máquina de lavar louça.

— É melhor lavar à mão.

Sara não sabia melhor para quem, mas pegou um pano de prato para ajudar a secar a louça.

— Eu faço — disse Tessa. — Me faz companhia.

Sara se sentou, relutante. Desde que Tessa se mudara para o prédio, elas tinham voltado a um padrão familiar de a irmã fazendo mais do que deveria. Quando um homem estava no caminho de se tornar altamente bem-sucedido, a esposa cuidava das questões domésticas essenciais da vida. Se você fosse uma mulher no caminho do sucesso, vivia na imundície ou contava com a própria família.

Sara tentou novamente:

— Tess, você não precisava limpar as coisas para mim.

— Você está me ajudando com o aluguel.

— Por razões egoístas. — Sara pegou a babá eletrônica e ouviu uma respiração suave. — Como está minha lindinha?

— Sua preciosa Isabelle enfiou um pedaço de pão no nariz porque falou que queria ver que gosto tinha.

Sara sorriu.

— Ela está certa. A epiglote...

— Eu não dou meu consentimento para uma lição de anatomia.

Sara pousou a babá eletrônica no balcão e notou seu anel de noivado, sentindo a ansiedade se acumular dentro do peito. A parte mais difícil, a parte que Sara não queria admitir, era que ela queria que Faith e Will colocassem o dedo na cara de Britt. Ela queria que a mulher se sentisse encurralada, que ficasse assustada e desamparada, da mesma forma que Sara havia se sentido no banheiro. Mas usar Will para fazer isso acontecer, forçando-o a estabelecer uma conexão com uma mulher que o havia descartado como lixo, parecia o auge do egoísmo.

Sara não conseguia fazer isso.

— O que está acontecendo? — perguntou Tessa. — Você tem andado misteriosa ultimamente.

— Só cansada. — Sara mudou de assunto. — E você? Por que está aqui em cima lavando meus pratos na calada da noite?

Tessa cedeu logo.

— Lem ligou.

— Ah, é?

Sara não precisou fazer um pedido formal. Tessa se lançou em um relatório detalhado sobre a mais recente conversa com seu ex. Nenhuma das informações era nova ou inesperada. Sara sentou-se na banqueta e tentou ouvir, mas seus pensamentos não paravam de ser puxados para o passado.

Quinze anos antes, ao tomarem conhecimento do estupro de Sara, seus colegas no hospital se afastaram, alguns pediram demissão, outros solicitaram transferência para departamentos diferentes. Mason havia voltado aos instintos mais básicos. Bella, tia de Sara, tinha começado a dormir com um revólver carregado ao lado da cama. Suas outras tias, tios, primas e primos tinham se tornado pegajosos, distantes, muito inquisitivos ou nada inquisitivos. O pai nunca mais a olhara da mesma maneira. A mãe era hipervigilante até hoje. Tessa nunca havia se recuperado totalmente. Ela tinha mudado depois de ver Sara lutar para se reencontrar. Tessa sempre pensara que a irmã mais velha era invencível, a pessoa que a protegeria, independentemente de qualquer coisa. Todos tinham se sentido mais vulneráveis e à flor da pele por causa de sua conexão com Sara.

Por isso, ela não havia contado à família sobre Dani Cooper.

Por isso, ela não daria a Eliza a oportunidade de ferir Will.

— Então eu contei ao papai — falou Tessa. — E ele disse que, se eu decidisse assassinar Lem, deveria fazer isso com uma tampa de Tupperware, porque ninguém jamais encontraria as tampas.

Sara forçou um sorriso.

— Fala comigo antes de fazer qualquer coisa, eu sou boa com assassinatos.

— Claro. — Tessa deixou a água ir pelo ralo. — Tá, agora pode me contar sobre a tensão entre vocês dois. É nervoso por causa do casamento?

Sara negou com a cabeça, porque essa era a única coisa com a qual ela não precisava se preocupar.

— Se é que minha opinião vale alguma coisa, eu acho que ele é bom para você — disse Tessa. — Ele é diferente.

Imediatamente, Sara sentiu-se na defensiva.

— Ele não é assim tão diferente.

— Não estou falando da estranheza dele. Estou falando em comparação com todos os outros caras com quem você esteve.

— Todos os outros caras? — repetiu Sara, porque, fora algumas transas ruins de uma noite só, as duas sabiam que ela era uma monogâmica em série. — É uma lista curta.

— É exatamente disso que eu estou falando. — Tessa começou a dobrar o pano de prato. — Steve era chatíssimo.

— Todos os meninos são chatos no Ensino Médio.

— Os meninos que eu conhecia, não. Nem as meninas. — A irmã jogou o pano sobre a bancada. — Mason era cafona e exibido. Sua vida teria sido a mesma com ou sem ele.

Sara concordou em silêncio. Mason era o equivalente a maionese; só que da maionese ela sentiria falta se não existisse.

— Dá para pular direto para o que você quer dizer?

— Will sabe quem você é. Você é mais você mesma com ele do que com qualquer homem com quem eu já tenha te visto.

As pálpebras de Sara já estavam irritadas de tanto chorar. Ela olhou as fotos na geladeira atrás do ombro de Tessa.

— Ele é um homem bom.

— Ele é um homem muitíssimo bom — falou Tessa. — Pô, caramba, era disso que o Salt-N-Pepa estava falando em "Whatta Man". Ele tira o lixo sem ninguém pedir. Ele te escuta.

Sara riu, porque, naquele momento, ele, com certeza, não estava escutando.

— É melhor eu ir. — Tessa contornou a bancada. — Quando estiver pronta, você me conta o que está realmente incomodando você.

Sara fez que sim.

— Tá.

Tessa prendeu a babá eletrônica na calça jeans. Quando abriu a porta para sair, Will estava alcançando a maçaneta da porta. Eles fizeram uma dança rápida enquanto Tessa desviava dos galgos. Sara os ouviu falando suavemente um com o outro. Will fechou a porta. Ele gentilmente colocou Betty de volta em sua almofada e a noiva o viu andando pela sala. Seu maxilar não estava tão apertado, o tempo lá fora tinha feito bem a ele. Contudo, ela sabia que ele não havia mudado de ideia.

Will colocou seu celular sobre a bancada, na frente dela.

A tela se iluminou. O papel de parede mostrava uma foto de Sara em seu sofá com os três cães deitados ao redor dela. Ela se lembrou do dia em que a foto havia sido tirada, os Falcons estavam jogando na TV. Eles comeram demais no almoço, tinham tido o tipo de dia lento que faz você perceber que o que está fazendo de verdade é se apaixonar.

Sara tentou uma abordagem diferente.

— Por que você tem o número da Eliza?

Ele fez uma pausa antes de responder.

— Amanda me fez colocar nos meus contatos. Ela disse que eu poderia ter perguntas um dia.

— Alguma vez você já teve perguntas?

— Não dá para perguntar a verdade a uma mentirosa. — Obviamente, ele não iria perder o foco. — Britt McAllister é nossa única pista viável. A menos que ela tenha mentido no Twitter, vai estar no clube de campo amanhã de manhã, e Eliza é a nossa melhor chance de entrar.

Sara tinha que encontrar uma estratégia melhor. Ela tinha tentado gritar e implorar. Naquele momento, porém, iria afundá-lo em lógica.

— Então me explica como vai ser. Você convence Eliza a colocar você e Faith na lista de convidados. Você vai para o clube. Me conta como vai fazer Britt falar.

— Faith e eu vamos pegá-la sozinha, então...

— Esse tipo de clube tem espaços separados para homens e mulheres. Você vai chamar atenção.

— Eu estou acostumado a chamar atenção.

— Não dessa maneira — disse Sara. — E eu amo a Faith, mas ela também vai chamar atenção. Ela tem um ressentimento enorme com esse tipo de pessoa e de lugar. O que é justo, mas ela não vai ter a vantagem de estar em casa. Britt, sim, e vai usar isso a seu favor.

— Então eu coloco seu nome na lista de convidados — respondeu Will. — Você conhece Britt melhor do que qualquer um de nós. Sabe quais botões apertar e como se encaixar.

Sara estava quase sem palavras.

— Eu não sou investigadora. E você está esquecendo que ontem eu cedi completamente no banheiro. Deixei que ela passasse por cima de mim.

— Ela tinha o elemento da surpresa. Desta vez, você é que vai ter.

Sara começou a sacudir a cabeça, embora parte dela gostasse da ideia de uma desforra.

— Ainda tem um problema fundamental. Eu não vou fazer nada que signifique que você tenha que pedir um favor a Eliza. Ela vai querer algo em troca. Nada vale isso para mim, nem enfrentar Britt.

— Mas, se tivesse outra maneira, você aceitaria.

Ele era muito esperto. Tinha conseguido que Sara admitisse que ela queria fazer aquilo.

— Eu falei que te apoiaria. Isso é o que você quer. Eu estou te apoiando.

— Meu amor, por favor. — Sara não conseguia mais combatê-lo. — Estamos andando em círculos. Eu sei que você está cansado. Eu estou cansada. Vamos nos preparar para dormir. Podemos pensar melhor amanhã.

Ele nem fingiu considerar a sugestão.

— Me fala sobre Mac. Você disse que ele é igual ao Tommy. Em que sentido?

Sara não sabia de onde vinha a pergunta, mas, se falar sobre os homens McAllister lhe desse algum tempo, ela aceitaria.

— Eu só conheço Tommy do julgamento, e ele me parece um idiota arrogante, exatamente como o pai. Até a maneira como inclina o queixo para cima. É muito condescendente.

— E quando você trabalhou com Mac? Como ele era?

— Você está me interrogando?

— Só estou fazendo perguntas.

Ele a estava interrogando.

— Mac era brilhante, um dos melhores cirurgiões que eu já vi.

— Esse é o trabalho dele. Qual é a personalidade dele?

— Uma coisa influencia a outra. O coração é um órgão íntimo. Quando está dentro de uma criança, de um bebê ou de um feto, é como se você estivesse tocando a própria vida. É preciso ser confiante, paciente, cuidadoso, concentrado.

— Como você foi com Dani.

— O que eu fiz com Dani não poderia ter acontecido com uma criança. Elas são muito menores, mais vulneráveis. Pense em como o coração de Betty é pequeno.

— É minúsculo, do tamanho de uma ameixa — respondeu Will. — Como se conserta isso?

— Com as mãos.

Ele a olhou até ela se render.

— É o mais próximo que já cheguei de testemunhar um milagre. — Sara sentia-se envergonhada por soar tão simplista em relação a algo tão extraordinário. — Na minha primeira vez, eu estava auxiliando a dra. Nygaard em uma criança de dois meses com DSV, defeito no septo ventricular. Tem um buraco na parede entre as duas câmaras inferiores do coração, e é mais complicado do que eu estou fazendo parecer, mas, quando você abre o esterno, chega ao coração de verdade, é muito chocante a maneira como ele fica ali no peito. A cirurgia utilizou o bypass coronário, então o coração está completamente imóvel. Dá para perceber como é incrível, parece uma escultura. E então a dra. Nygaard me deixou assumir a reparação, e a maneira mais fácil de descrever é que é uma combinação de remendar *drywall* com cerzir uma meia.

Will pareceu confuso, talvez porque já tivesse feito as duas coisas.

— A gente usa um remendo de tecido para fechar o buraco e, depois de fechá-lo, é só isso. A gente tira o coração do bypass. Às vezes, é preciso dar um pequeno aperto para ele voltar ao ritmo, quase como um beliscão de incentivo. E é isso. Você deu àquela criança o resto da vida dela.

Will lhe ofereceu seu lenço.

Daquela vez, Sara não se importou de estar chorando. Não havia presente maior do que a vida de uma criança.

— Depois que o coração se cura, eles podem correr e brincar, se divertir e crescer e se casar e talvez ter seus próprios filhos. Mas é *você* dentro do coração deles. Foi você que tornou isso possível. Isso te dá uma conexão incrivelmente íntima com a vida de outra pessoa.

— Então — disse Will. — O que você está dizendo é que Mac é cuidadoso, presta atenção aos detalhes e... o que mais?

— Ele é arrogante e controlador. — Sara riu enquanto secava os olhos. — Todos os cirurgiões são arrogantes e controladores, você precisa disso para conseguir trabalhar. Mas dá para ser um bom cirurgião e um ser humano ruim. Mac nunca conseguia admitir quando estava errado. Ele culpava as outras pessoas quando um caso dava errado, era muito nervosinho. Seu maior problema eram os pais dos pacientes, pois ele não conseguia conversar com eles. Ele ficava técnico demais e perdia de vista o fato de que, depois de um tempo, eles não queriam saber de fração de ejeção e ondas T. Estão literalmente colocando o coração dos filhos em suas mãos.

— Eles querem que você tenha compaixão.

— É, mas também querem que você seja realista sobre o que esperar. Mac se recusava a ser honesto com os pais. Às vezes, você não consegue consertar tudo, só pode tentar dar seu melhor. Mac não conseguia lidar com essas conversas, especialmente se o prognóstico fosse ruim. Os pais são muito vulneráveis quando têm um filho doente. Eles desmoronam, agarram-se a você, discutem, gritam e querem rezar.

— Mac não gostava disso?

— Odiava. Chamava de *drama de pais* — disse Sara. — Uma vez, vi a dra. Nygaard acabar com ele por causa disso durante uma M&M, a reunião de Morbidade e Mortalidade. Toda vez que um interno tem um evento adverso, como uma morte, precisa apresentar o caso a uma sala cheia de médicos. Eles te questionam, esmiuçam suas decisões e tentam descobrir se você poderia ter feito algo diferente.

— Parece humilhante.

— Pode ser excruciante, mas também pode ser um espaço seguro para aprender. A menos que você seja Mac McAllister. Ele achava que não tinha nada a aprender. Ficava lívido sempre que alguém o questionava. Britt também, aliás. Ela tinha uma necessidade patológica de acreditar nele, e Mac tinha uma necessidade patológica de ser adorado.

— Foi por isso que você conseguiu o *fellowship* em vez dele?

Sara só diria isto a Will:

— A dra. Nygaard me ofereceu o *fellowship* porque eu era uma cirurgiã melhor.

Ele sorriu.

— Você é melhor na maioria das coisas.

Sara não se sentia particularmente boa em nada naquele momento. Ela estendeu a mão para o rosto de Will e gentilmente tocou a cicatriz que cortava uma de suas sobrancelhas em zigue-zague. A fina marca que saía de seus lábios era rosa-claro contra a pele. Ela pensou na primeira vez que o havia beijado. Os joelhos dela tinham fraquejado. Tinha se sentido tonta por causa do gosto dele, e só ficara sabendo depois que as cicatrizes em seu rosto e em seu corpo existiam porque os tios não tinham tido a decência básica de abrigar uma criança indefesa.

— Você está tentando me proteger — disse Will. — Pare com isso.

— Você está tentando me proteger — falou Sara. — Qual é a diferença?

— Tommy McAllister — respondeu ele. — Todas aquelas coisas que você me disse sobre Mac: que ele é arrogante, egoísta e mentiroso, gosta de colocar a culpa nos outros e não se importa com quem se machuca no processo. Tommy é exatamente igual ao pai. Ele se safou ferindo uma garota no Ensino Médio e, dois anos depois, Dani acabou morta. O cara vai se livrar do crime de Dani também. Mesmo que ele perca a ação judicial, não é Tommy que vai escrever o cheque. Você acha que Britt estava certa? Acha que o garoto vai aprender a lição? Ou acha que ele vai fazer de novo?

Sara deixou as mãos caírem sobre o colo. Lá no fundo, Britt sabia a verdade, assim como ela. Tommy faria aquilo de novo. Outra garota seria ferida, talvez acabasse morta. Outra família seria desfeita. Amigos, amantes, colegas de trabalho, colegas de classe, professores — todos seriam apanhados no horror de um único ato violento.

— Está bem — Sara cedeu. — Me coloca no clube.

A DOWNLOW

O CLUBE DE DANÇA pop-up era tão barulhento que Leighann mal conseguia se ouvir pensar. O baixo subia dentro de sua caixa torácica e ela não parava de ser empurrada. As pessoas jogavam as mãos para o ar, o rosto virado para cima, enquanto a música reverberava no espaço cavernoso.

— Vamos! — gritou Jake em seu ouvido.

Quando ela não se mexeu, ele arrastou Leighann para a multidão pulsante que tinha invadido a pista de dança.

A Downlow acontecia uma vez por mês em vários galpões ao redor da cidade. Ninguém sabia quando ou onde até receber uma mensagem no celular. A notícia da festa daquela noite tinha se espalhado pelo campus mais rápido do que sífilis. O galpão estava lotado de estranhos suados e cheios de mãos bobas, mas Leighann não deixaria o medo impedi-la de se divertir.

Já fazia quatro dias que ela não recebia uma mensagem assustadora do cara que chamava de Sinistrão. Leighann estava cansada de dormir no sofá de Jake, e ela não poderia se esconder pelo resto da vida. Não deixaria o Sinistrão vencer.

— Por aqui!

Jake dançava como um filhote de chimpanzé, os braços pendurados no ar, os joelhos balançando, um sorriso pateta no rosto. Leighann o imitou, pulando como se estivesse em uma cama elástica. Ela olhou para o teto. Havia um globo de discoteca jogando luzes coloridas. A música estava tão alta que ela quase conseguia ver o ar pulsando. Precisava de algo para ficar mais alta, então pegou o MD no bolso de Jake. As pontas de seus dedos roçaram a borda do saquinho plástico enquanto ele girava e se afastava.

— Jake! — gritou, mas ele já estava chimpanzeando uma garota que era muita areia para seu caminhão.

Leighann começou a rir enquanto ele fazia sua tentativa. A calça jeans de Jake era tão larga que ela via o cofrinho acima da bunda branca lisa dele.

Ela pegou o celular da bolsa para tirar uma foto. Congelou.

Havia uma notificação na tela.

O Sinistrão havia mandado outra mensagem.

A música se entorpeceu. Tudo se entorpeceu. Ela teve que piscar para sair do transe.

Procurou por Jake, mas ele já havia passado para outra garota. Havia dezenas de pessoas entre eles. Leighann olhou de novo seu celular. O mostrador da mensagem dizia que o texto fora enviado havia seis minutos.

Seus dedos estavam suados quando ela rolou a tela.

Oi, Leighann! Você está curtindo na Downlow??

Leighann escaneou a multidão, analisou a varanda, o bar que tinha quatro fileiras de estudantes suados esperando. Ninguém olhou para trás. Ninguém estava prestando atenção. Ela procurou por Jake novamente, mas ele tinha se afastado ainda mais. Ela só conseguia ver o topo da cabeça com o cabelo encaracolado enquanto ele pulava ao ritmo da batida.

O telefone dela vibrou novamente. Uma nova mensagem.

Por que você não está dançando??

O braço de Leighann deu um solavanco. Alguém tinha esbarrado nela. Ela quase derrubou o telefone. Outra pessoa a empurrou. Ela abriu caminho para fora da multidão. Ficou de costas para a parede. Sentiu que não conseguia recuperar o fôlego. O celular vibrou novamente. Outra mensagem havia chegado.

você está linda hoje...

Seu olhar ainda estava sobre a tela quando uma quarta mensagem apareceu.

Como sempre!!

Ela estava suando frio e podia sentir o coração batendo. Estava bêbada demais para lidar com isso naquele momento, mas seu cérebro recuperou uma memória de qualquer maneira. O espelho de mão de sua gaveta de maquiagem no banheiro. Após as primeiras mensagens bizarras, ela havia fechado todas as persianas do apartamento, subido na cama e se contorcido para olhar para a parte de trás do joelho.

Como o Sinistrão havia dito, tinha um círculo desenhado no centro exato da dobra de seu joelho esquerdo.

O celular dela vibrou de novo.

Não quer dançar??

Leighann começou a chorar. Ela precisava encontrar Jake. Ele lhe diria que o círculo no joelho dela era uma piada, que ela tinha ficado bêbada em uma festa na piscina, encontrado uma canetinha e feito ela mesma o círculo, que tinha pegado no sono e alguém havia desenhado ou que ela estava sentada na arquibancada durante o treino de corrida e uma das suas colegas da equipe achara que seria engraçado marcá-la.

Mas Jake não estava lá para dar essas desculpas, e ela sabia que suas colegas não eram tão doentias, que ninguém desenharia um círculo idiota no corpo dela como brincadeira e que, mesmo com o espelho, não tinha como Leighann ter desenhado aquele círculo perfeitamente redondo, perfeitamente centralizado na parte de trás de seu joelho esquerdo, porque nem toda a cerveja e o MD do mundo poderiam mudar o fato de que seria fisicamente impossível. Até porque ela era canhota, cacete!

Outra mensagem apareceu na tela.

Adorei o que você fez no cabelo hoje.

Ela fechou os olhos, pressionou a borda do celular na testa. Podia imaginar o Sinistrão escondido em um canto. Ou talvez ele estivesse na varanda olhando para baixo, observando-a, curtindo ver como ela estava aterrorizada, saboreando cada segundo do controle que tinha sobre a existência dela.

Todas as garotas que Leighann já havia conhecido tinham sido submetidas a esse nível de invasão pelo menos dez vezes na vida. Beckey saíra da loja de sucos e vitaminas e descoberto que algum babaca tinha cortado os pneus do carro dela. O ex-namorado de Frieda a tinha exposto com um monte de nudes que ela enviara a ele enquanto namoravam. Quando Denishia era pequena, o melhor amigo de seu irmão havia tentado passar a mão nela enquanto dormia, e o irmão ficara bravo com ela por contar aos pais.

Sem falar na internet, onde as ameaças de estupro, os insultos machistas e as fotos de pau não solicitadas inundavam todos os sites que Leighann visitava. Era esse o motivo de você olhar as redes sociais dos caras antes de sair com eles. De mandar mensagens a suas amigas antes e depois de um encontro. De manter seus serviços de localização ligados e seu spray de pimenta na bolsa e dormir no sofá suado onde seu amigo se masturbava, porque era aterrorizante ter uma vagina neste mundo.

Leighann não deixaria o Sinistrão vencer.

Ela levantou o queixo, ousada, enquanto seu olhar raivoso perscrutava o clube lotado, desafiando qualquer um a olhar para ela. Ninguém tinha coragem. Ela sentiu seu celular vibrar com outra mensagem, mas já estava de saco cheio daquela merda. Todo mundo sabia que a melhor maneira de lidar com um perseguidor era ignorá-lo. Quem não *agia* como vítima não poderia *ser* vítima.

Leighann desbloqueou o celular, bloqueou o número e apagou as mensagens. Guardou o aparelho de volta na bolsa. Abriu a boca e gritou alto e longo. Sem palavras, apenas som, enquanto girava na multidão de foliões, procurando por um estranho com quem dançar.

Ela não precisou procurar por muito tempo. Menos de um minuto se passou antes de um gato total chamar sua atenção. Ele estava dançando com outra garota, mas Leighann facilmente o convenceu a vir até ela. O cara dançava bem, seu corpo se movia no ritmo perfeito da música. Ele não era muito alto, mas estava em forma e era musculoso. Ele se aproximou cada vez mais. Logo, Leighann estava praticamente ondulando o corpo contra o dele, agarrando seus braços fortes para se segurar. Ele era mais velho, não tinha barba e o boné estava virado de lado. Ela sentiu a barba por fazer dele roçar sua bochecha quando ele se inclinou e sussurrou no ouvido dela:

— Vamos sair daqui.

Leighann riu da sugestão. Ele era bonito demais para estar tão sedento. Ela deixou as mãos viajarem pelas costas dele. Sua camisa estava úmida de suor. Corpos giravam apertados ao redor deles. Os dois não paravam de ser empurrados, o que os fez se aproximarem até não haver mais espaço entre eles. Apesar do baixo pesado da música, eles começaram a dançar lentamente, balançando juntos. Ele olhou para Leighann, as pálpebras pesadas porque estava chapado, cheio de tesão ou as duas coisas.

Ele tentou mais uma vez:
— Quer uma bebida?

Ela fez que não. Já estava meio bêbada e, além do mais, não seria uma dessas imbecis que se deixavam ser dopadas. O Sinistrão ainda estava por aí e ela tinha prometido a Jake que voltaria para casa com ele.

— Ah, vai — disse ele. — Você está me provocando ou o quê?

Leighann não se importava de provocá-lo. Ela lambeu os lábios para chamar a atenção para sua boca. Ele entendeu direitinho. Começou a beijá-la, docemente no início, mas depois, com força. Suas mãos pousaram na cintura dela, e ela sentiu seu corpo reagindo à língua dele. O clube começou a desaparecer. Eles estavam rodeados de gente, mas completamente sozinhos. O beijo foi se aprofundando. Ela ficou na ponta dos pés quando ele a agarrou e começou a se roçar contra ela.

Caralho, ela estava ficando com tesão.

Ele enfiou a mão embaixo da parte de trás da blusa dela. Leighann sabia que ele a estava testando. E, de fato, a mão dele se moveu e seu polegar começou a acariciar a lateral do seio dela. E foi muito gostoso. Então, a mão escorregou para a frente do sutiã. Ela estava prestes a dizer para ele ir mais devagar quando sentiu um beliscão dolorido.

A boca dela se separou da dele.

O primeiro pensamento de Leighann foi que o botão da manga dele havia raspado acidentalmente a parte inferior das costelas dela, mas a dor era intensa demais, familiar demais.

Uma picada de inseto? De abelha?

Uma agulha.

Leighann olhou para baixo e viu a seringa na mão dele. Ele colocou a tampa plástica da agulha, enfiou a seringa no bolso e foi como se ela nunca tivesse estado lá.

Exceto pela memória da dor logo abaixo das costelas dela e pelo calor líquido que corria através de seu corpo. A sensação em sua alma era de que algo ruim havia acontecido, e de que havia algo muito pior no horizonte.

A sala começou a girar. Ela tentou olhar para ele, memorizar seu rosto. Seus olhares se encontraram. O cara estava sorrindo enquanto a droga fazia efeito. Ela havia confundido fascínio predatório com desejo. Ele, então, passou o braço em torno da cintura dela enquanto sua outra mão a pressionava entre as omoplatas. Ele não estava abraçando-a, mas esperando para pegá-la quando ela desmaiasse. Todas as coisas que Leighann havia aprendido, todas as coisas que ela sabia com certeza que faria se aquilo acontecesse passaram rápido por sua mente...

Grite! Corra! Bata nele! Arranhe-o! Morda-o! Arranque os olhos dele! Chute as bolas dele! Acene com as mãos! Dê uma de doida! Tente chamar a atenção! Memorize o rosto dele! Certifique-se de que o DNA dele esteja debaixo de suas unhas! Vomite! Mije nas calças! Cague nas calças! Se jogue no chão!

Nada disso aconteceria.

Cada um dos músculos de Leighann parou de trabalhar ao mesmo tempo. A cabeça dela caiu para trás. Seus olhos ficaram enlouquecidos, procurando desesperadamente por Jake. Ela não conseguia controlar seus movimentos. A cabeça dela estava muito pesada. De repente, sua visão começou a ficar embaçada, as pálpebras tremeram. A música mudou. O novo ritmo batia dentro de seu peito. Ela viu mãos subindo na direção do teto. Luzes piscando. Globos espelhados de discoteca girando, girando, girando.

Depois, tudo ficou preto.

6

WILL ESTAVA NA ÁREA da recepção do Clube de Campo e Cidade Piedmont Hills. Antes de entrar pelas enormes portas principais, ele havia bloqueado mentalmente todo o caos da noite anterior. A única maneira de conseguir trabalhar disfarçado era remover seu eu real da narrativa. Will da Vida Real, o homem que estava preocupado com sua noiva, que estava preocupado que ela estivesse perto de surtar, permanecia enterrado bem no fundo de seu cérebro. Por enquanto, naquele lugar e naquele momento, ele era o sobrinho mimado que parecia um babaca de uma mulher que tinha um prazer perverso em ferir os outros.

Ele olhou ao redor da sala, projetando uma aura de privilégio entediado. O lugar conseguia parecer opulento e pobre ao mesmo tempo. Os carpetes sob os tapetes eram grossos o suficiente para a sola das botas afundarem, mas os próprios tapetes estavam puídos nas bordas. O estofo de seda nas cadeiras e nos sofás havia perdido o brilho. Correntes e cristais de ouro caíam do lustre ornamentado, mas várias das lâmpadas estavam queimadas. O teto era pintado com cenas pastoris de ovelhas gordas e muitas mulheres que ordenhavam sem conseguir evitar que a camisa lhes caísse dos ombros, mas havia teias de aranha nos cantos. Painéis de mogno esculpidos à mão cobriam todas as paredes visíveis. Os talhos não tinham sido reparados. Espelhos ornamentados compensavam algumas das seções mais danificadas.

Em todos os lugares para onde Will olhava, ele via seu reflexo. O que era um bom lembrete de quem ele deveria ser. Nada de terno completo. Seu cabelo estava penteado com gel e sua barba estava por fazer. Vestia um cashmere de manga comprida que Sara lhe havia dado no último Natal e uma calça jeans

Ferragamo apertada ainda com a etiqueta enfiada atrás porque ele devolveria no fim do dia. Talvez ele ficasse com as botas Diesel, mas só porque tinham saído pela metade do preço.

O único item que o ligava ao Will da Vida Real era o relógio de pulso, o Timex da velha guarda, nada chique, com uma correia de couro que estava descascando porque Will tinha suado todo o líquido do corpo com a milícia do Mississippi. Ele olhou o horário. Eliza havia pedido para ele encontrá-la ali exatamente às dez horas.

Ela estava dez minutos atrasada.

— Sr. Trethewey? — Uma loira magra se aproximou de Will com a mão estendida. Ela carregava uma pasta de couro grossa. — Eu sou Ava Godfrey, a diretora do clube. Sinto muito pela espera.

Will apertou a mão dela, mas não tinha ideia de por que ela o chamava de Trethewey. Ele dissera ao cara do portão que era sobrinho de Eliza, mas não havia informado nome algum.

— Sua tia está no salão. — Ava tirou um folheto da pasta. — Eu trouxe um mapa do clube. Espero que você e sua família desfrutem das instalações enquanto estiverem na cidade. Quando for o momento, ficarei feliz em fornecer informações sobre se associar.

Will fingiu estudar o mapa desenvolvido com cores, mas já havia memorizado a planta que ficava ao lado da porta da frente. Sara estava certa sobre a separação. O vestiário feminino ficava ao lado das quadras de tênis, no porão chamado de Pavilhão das Raquetes. As instalações masculinas eram na sede principal, perto de três restaurantes e dois bares. E havia ainda o Salão dos Homens, particular, no último andar. Como se o nome não fosse aviso suficiente, eles tinham acrescentado uma pequena linha de texto na parte inferior, dizendo que senhoras não eram permitidas.

— Pode vir comigo, por favor.

Ava não esperou por sua resposta. Ela passou pelo letreiro do Salão dos Homens e começou a subir as escadas, virada de lado por causa dos saltos altíssimos.

Will a seguiu à distância, apertando os olhos com a explosão de luz do sol que passava pelas janelas do segundo andar. O salão oferecia uma vista espetacular do campo de golfe. Céu azul brilhante, colinas ondulantes, o rio Chattahoochee serpenteando, golfistas ociosos em carrinhos enquanto esperavam pelo horário de sua partida.

No começo do relacionamento, Sara havia tentado ensiná-lo a jogar golfe. Na época, Will teria jogado cinco-marias se isso significasse ficar sozinho com ela.

Hoje, ele supunha que era um bom jogo se você fosse o tipo de homem que podia gastar cinco horas andando em um carro de brinquedo batendo em uma bolinha branca com um bastão.

Ele se virou de costas para as janelas. Apesar do sol inclemente, a sala parecia escura e deprimente. Pior, estava cheia dos odores de sua infância infeliz: charuto velho, cigarros queimando e bebida alcóolica derramada. O fedor permeava cada superfície, do longo bar na lateral da sala aos sofás e às poltronas de couro. Até o teto, pintado de marrom-escuro para esconder as manchas de tabaco, parecia ter absorvido um bafo de fumaça.

Só havia uma ocupante na sala.

Eliza estava no centro de um grande nicho semicircular no fundo. Tinha mudado desde a última vez que Will a vira. Ela sempre fora magra, mas, naquele momento, parecia ressequida. Quando bateu o cigarro no cinzeiro, Will viu a pele flácida pendurada no pulso ossudo como um fiapo de tecido molhado. Apesar disso, o rosto parecia pertencer a um corpo diferente. Will não entendia muito de cirurgia plástica, mas o médico que havia cortado e rearranjado suas feições tinha feito um trabalho bom pra cacete.

O rosto dela parecia mais jovem que o de Will.

Ava começou a andar até o nicho. No caminho, tagarelava descrevendo o clube, mas Will se desligou, com dificuldade em manter o disfarce porque cada músculo de seu corpo lutava para fazê-lo dar meia-volta.

— Bom dia, senhora. — Ava parou em frente a ela. — Trouxe seu sobrinho e a papelada.

Eliza tinha acompanhado o progresso deles pelo salão, mas baixado o olhar no último segundo, rolando o cigarro no cinzeiro já cheio. Sobre a mesa à sua frente, havia um Zippo dourado, um copo com líquido âmbar e uma cigarreira de ouro com iniciais dela gravadas.

Ava colocou a pasta de couro na mesa, o emblema do clube estampado em relevo dourado. Eliza não levantou o olhar nem quando Ava falou:

— Quando estiver pronta, senhora.

Will viu a mulher mais jovem entender a indireta e se apressar na direção das escadas. Quando ela se virou, Eliza continuava olhando o cinzeiro, aparentemente satisfeita de rolar o cigarro pela borda de vidro até o fim dos tempos.

— Eles proibiram fumar nas áreas comuns desde os anos 1990, mas, quando entrei no clube, eu avisei que era fumante e continuaria fumando — explicou ela.

Will olhava o topo de sua cabeça. Ela estava usando uma peruca e ele via os buracos no couro cabeludo falso.

— Este foi o meio-termo. Fico com este lugar só para mim até dez e meia. — Ela acenou com a mão, indicando o salão. — Sempre me dei melhor com os homens, mesmo. Mulheres são chatas demais com seus joguinhos mesquinhos.

Will sabia que ela estava fazendo um jogo mesquinho naquele exato momento.

Ele se sentou na cabine, mantendo a distância. A temperatura no canto tinha caído vários graus. Ele ouvia o vento chacoalhando as janelas grandes. Fumaça de cigarro enevoava o ar ao redor deles. A julgar pelo cinzeiro, ela estava lá fazia bem mais tempo que os dez minutos que ele desperdiçara lá embaixo.

Ele perguntou:

— Trethewey?

— Imaginei que você fosse querer ficar anônimo. Seu primeiro nome é John. Gostou? — Ela não só olhou para Will, mas absorveu cada detalhe. — Isso é cashmere?

Will puxou o braço quando ela estendeu a mão para tocar a manga da blusa.

— Calma, calma. Para morder, eu cobro mais. — O cigarro voltou à boca. Ela o olhou em meio à espiral de fumaça. — É Will ou Wilbur?

Will não respondeu. Não ficaria ali tempo suficiente para ela usar seu nome. Ela soltou fumaça pelas narinas.

— Bom, sobrinho, você é policial. Imagino que queira que eu coloque outro policial na minha lista de convidados. Quem vocês estão investigando no clube?

Ele continuou em silêncio.

— Tem muitos criminosos para escolher — continuou ela. — Deputados, senadores, juízes, puxa vida. Fazem conluio como se fossem gângsteres e dá para identificá-los pelas cores. Louis Vuitton, Ermenegildo Zegna, Prada. As Babacas de Birkin extorquem a galera durante as festas de fim de ano, tentando ver quem arrecada mais dinheiro para alimentar os pobres. É uma pena eles simplesmente não pagarem o que devem em impostos e deixarem os pobres se alimentarem sozinhos.

Will não tinha vindo para uma diatribe de ódio aos milionários. Ele estendeu a mão para a pasta de couro.

— Ainda não. — Eliza esperou que ele tirasse a mão da pasta. — Você me disse que precisa de um favor. Eu também.

Will já esperava que ela fosse dificultar as coisas. O que não tinha esperado era ficar fisicamente enjoado toda vez que a olhava.

— O que você quer?

— Seu silêncio.

Will dava seu silêncio rotineiramente, de graça.

— Se você está preocupada de eu contar às pessoas de onde você conhecia minha mãe...

— Não, não estou nem aí para isso. Metade das mulheres aqui são prostitutas. Pelo menos, eu era paga. — Ela amassou o cigarro cuidadosamente. — Preciso te contar uma coisa.

— Não sou seu padre.

— Que bom — respondeu Eliza. — Toda vez que entro na igreja, o altar pega fogo.

Will não riu.

— Quero que você me escute por trinta segundos sem me interromper. Aí, eu faço o que você pediu.

Ele olhou pela janela. Fingiu pensar no assunto, como se ouvi-la fosse algum tipo de sacrifício, porque ela realmente achava que Will se importava com o que ela tinha a dizer.

— E então?

Ele tirou o Timex e o colocou sobre mesa. Esperou o segundo ponteiro chegar até o doze e falou:

— Vai.

— Já te fiz um favor enorme.

Will olhou o segundo ponteiro fazer tique-taque na direção do um. Ela estava perdendo tempo, arrastando a coisa enquanto fumava.

— Eu te afastei do seu tio porque devia isso a sua mãe. Você não seria o homem que é hoje se tivesse morado na casa dele.

Ele viu o ponteiro passar pelo três, então pelo quatro. Ou Eliza estava se iludindo, ou estava brincando com ele. Will tinha convivido com gente problemática a vida toda. Algumas pessoas nunca se recuperavam. Algumas viam sua dor como licença para prejudicar todos os outros. Sobrevivência dos mais merdas. A ex-mulher dele era uma artista nisso, mas Eliza era a rainha.

Ela continuou:

— Sua mãe fugiu de casa por razões muito específicas, não tinha segurança lá, não tinha paz. Foi assim que ela acabou nas ruas. E foi assim que ela acabou morta.

Os trinta segundos dela tinham acabado. Will se recostou na cabine e olhou pela janela para o céu azul forte.

— Ela acabou nas ruas porque foi usada por um psicopata.

— Nem todos os psicopatas ficam espreitando em esquinas. — Eliza abriu a cigarreira com um estalo. — Tenho mais uma coisa para te dizer.

Will ouviu homens rindo no bar. Um punhado de golfistas começara a entrar no salão. Vestiam calças e camisas espalhafatosas. Alguns estavam acendendo charutos.

— Estou morrendo. — Eliza viu o rosto dele, procurando uma reação que ele nunca teria. — Você deixou claro que não quer meu dinheiro.

— Serviu para você comprar felicidade?

— Não, mas serviu para me dar menos infelicidades. — Ela estava com um sorriso perturbador. — Então, acho que vou deixar tudo para o Antifa e o Vidas Negras Importam.

Will era a plateia errada para as piadas dela.

— Está vendo aquele cara? — Eliza fez um gesto de cabeça para um dos homens do bar. — Ex-deputado. Foi pego enfiando os dedos gorduchos na calcinha errada. Hoje é lobista de uma empresa de tecnologia. Ganha milhões por ano.

Will tinha uma vaga lembrança de ouvir a história no noticiário, mas não fazia ideia de por que ela apontara o homem.

— O filho da puta gordo ao lado dele — continuou Eliza. — Professor titular de direito que cometeu uma fala racista. Ainda recebe salário enquanto joga golfe o dia todo.

A única surpresa de Will era a própria Eliza não estar sendo racista.

— E o outro, o escroto de gravata-borboleta. Ex-professor de medicina. Médico atuante. Foi pego com o pau para fora perto de uma paciente. Recebeu um belo acordo de saída e ganha uma fortuna como lobista.

Will virou de costas para o bar.

— Por que você acha que eu ligo para essa gente?

— Você está investigando alguém aqui — falou Eliza. — Estou te avisando que as chances não são favoráveis. Eles têm dinheiro demais, poder demais, alcance demais. Nenhum deles enfrenta as consequências de suas ações. Olha seu tio. Saiu impune.

O tio dele tinha caído morto a alguns metros de onde eles estavam.

— Uma hora, eles vão perder.

— Sobrinho, você conhece as regras deste jogo. Mesmo quando eles perdem, eles ganham.

Will esticou o braço para a pasta de couro.

— Veja Tommy McAllister. — De novo, Eliza esperou que ele tirasse a mão da pasta. — Vivem falando de processos por aqui, mas o de Tommy, por causa da morte culposa, é *o* assunto do momento. Não que alguém fale comigo. Eu sou a vaca infeliz no canto. Mas escuto as coisas.

Ele esperou que ela lhe contasse as tais coisas.

— Pobres Britt e Mac. Coitado do Tommy. Os pais da menina estão só querendo ganhar uma grana. Se vencerem, é só porque o júri quer punir o um por cento. Tommy é a vítima real. Aqueles filhos da puta gananciosos estão tentando arruinar a vida dele.

Will deslizou a pasta na direção dela.

— A gente tinha um acordo.

Eliza empurrou de volta.

— Você acha que caras como Mac e Tommy McAllister realmente pagam o preço de alguma coisa? Não do jeito que sua mãe pagou, não do jeito que *nós* pagamos.

Will passou a língua pela parte de trás dos dentes.

— Mac é um deus na comunidade médica. Reputação impecável. Herdou uma soma de dar nojo do papaizinho, que era um puta abusador, aliás. Eu podia te contar umas histórias sobre o que acontece de verdade neste salão que fariam até Calígula corar. — O cigarro apagado balançou nos lábios dela. — Na verdade, eu tenho pena é da Britt.

Will não conseguiu segurar sua expressão.

— Sobrinho, vou te dizer uma coisa. — Ela tirou o cigarro da boca. — As mulheres nascem com um buraco enorme no coração. Precisam de amor e segurança. Precisam se sentir valorizadas. Protegidas. Adoradas.

Will pensou que todo mundo precisava dessas coisas. Principalmente, as crianças.

— É aí que entram os cafetões — continuou Eliza. — Eles fazem você se sentir especial. Te arrebatam. Compram coisas para você. Garantem que você tenha comida, roupas e um teto acima da cabeça, e, antes de perceber, você não tem nada e eles controlam tudo. É aí que eles te mandam ajoelhar. E você ajoelha, porque eles têm todo o poder.

Ele a viu abrir o isqueiro e tocar o cigarro com a chama. Ela soprou a fumaça pelo canto da boca, para longe de Will.

— Eles dizem vida *fácil*, mas não é nada fácil. Os cafetões te enganam e te fazem abrir mão de tudo, para você ficar completamente impotente. Eles só precisam te dar um *olhar*, e você sabe que vai tomar uma surra mais tarde, que eles poderiam tirar tudo de você e te chutar para a rua. Te deixar sem nada. Partir seu coração. É aterrorizante viver com esse tipo de medo constante.

Will não precisava dos detalhes. Tinha passado seus primeiros dezoito anos vivendo com esse medo.

Ela falou:

— Olhe para o bar. Não se engane com as roupas horrorosas. A maioria é inofensiva, mas tem uns que são cafetões de verdade. Dá para ver como os outros homens reagem a eles. Um olhar, e são como cachorros correndo para o mestre. Vida longa ao homem maravilhoso.

Will olhou de relance o que lhe parecia um bando de homens de meia-idade acima do peso bebendo durante o dia, todos com a mesma possibilidade que o tio dele de ter um derrame fatal no campo de golfe.

— Eles controlam as esposas, abusam delas, as humilham, traem e tratam que nem merda. E elas aguentam. Dizem a si mesmas que amam o marido ou que um divórcio seria ruim para os filhos, mas a verdade é que estão aterrorizadas. Elas não querem ser pobres. E nem fodendo querem ficar sozinhas. Pelo menos, eu sabia que tinha sido comprada e paga. Britt ainda acha que tem escolha.

— Qual a questão aqui? — perguntou Will. — O filho de Britt estuprou e espancou uma menina de dezenove anos que morreu em decorrência dos ferimentos, mas é para eu deixar para lá porque o marido é cruel com ela?

— Só estou falando para você das probabilidades, sobrinho. — Ela começou a girar o cinzeiro com os dedos. — Sua mãe tinha opiniões bem fortes sobre o que era certo e errado. Era uma característica bizarra para uma prostituta, mas ela achava mesmo que o mundo deveria fazer sentido. É o que você acredita?

Will começou a colocar o relógio.

— Ela amava música. Você sabia?

Will tinha visto alguns pôsteres dela. Aerosmith. The Cure. Bowie.

— E amava ler também — contou Eliza. — Romances fáceis, quase sempre. Histórias de amor. Era doida por uma rasgação de corpetes. Vivia com o nariz enfiado num livro, quando não estava com ele enfiado na virilha de um homem.

Ele a olhou com raiva.

— Eu queria ter conseguido salvá-la. Queria ter podido fazer mais por você.

Will apertou bem a pulseira do relógio.

— Você está atrás de redenção?

— Eu? — Ela pareceu ofendida. — Redenção é para maricas.

Ele fez um gesto de cabeça para a pasta. Só precisava que ela preenchesse o formulário.

— Eu te dei mais de trinta segundos.

Os dedos ossudos de Eliza se arrastaram como patas de aranha enquanto ela abria a pasta. Havia uma caneta dourada presa lá dentro. Ela girou o corpo da caneta.

— Como se chama essa amiga que você quer que eu coloque na lista?

Will tirou um pedaço de papel do bolso. Tinha se antecipado e digitado o nome de Sara.

Eliza olhou o nome.

— Nada disso. Ava é uma enxerida. Vai pesquisá-la na internet. Vamos chamar sua amiga de Lucy Trethewey. Funciona para você?

Will não respondeu à pergunta.

— Ela não vai ter que mostrar a identidade?

— Ninguém aqui liga para identidade. Não é como se a pessoa estivesse tentando votar nos Democratas. — Eliza assinou na parte inferior do formulário com um floreio. — Meu número de membro é 1329. Fique à vontade para pedir o que quiser no bar.

Will a observou escorregar até o outro lado do nicho. Sua fragilidade ficava mais evidente conforme ela se movia, e ela claramente estava com dor. Ficar de pé exigia esforço. Quando ela se esticou para pegar os cigarros e o isqueiro, seu rosto se contorceu, e Will viu a velha sob a pele artificialmente repuxada.

Ele entregou a ela a pasta de couro, para que não precisasse se esticar de novo.

Eliza a segurou perto do peito, mas ainda não tinha ido embora.

— O último desejo da sua mãe foi que você vivesse. Você talvez seja o único homem que nunca a decepcionou.

Will não ficou vendo Eliza ir embora. Ela tinha deixado o pedaço de papel com o nome de Sara ao lado do cinzeiro. Ele o dobrou em dois, depois dobrou de novo. Então, colocou-o no bolso porque não queria que ninguém o encontrasse sem querer.

Ele odiava pensar em Sara neste lugar. E odiava ainda mais o fato de Eliza ter descoberto o que ele estava fazendo.

Os homens no bar tinham se dividido em grupos. O deputado da mão boba que virou lobista estava brindando com o professor de direito racista. O ex-docente de medicina que tinha mostrado o pau para uma paciente estava acariciando sua gravata-borboleta. Ele estava vestido diferente dos outros, e suas roupas eram quase boas demais. Ao contrário do homem com quem ele estava conversando. Seu interlocutor era mais alto, com queixo duplo e tinha o porte arrogante de um cirurgião cardiotorácico pediátrico.

Mac McAllister era exatamente igual sua foto.

Ele se levantou e tentou respirar sem estar entorpecido pelo veneno e pela fumaça do cigarro de Eliza enquanto se esforçava para tirar o Will da Vida Real da cabeça. Suas habilidades de disfarce o tinham mantido vivo em mais de uma ocasião arriscada. Um abusador sexual e um escroto usando calça de golfe xadrez não eram lá muito desafiadores. Will voltou à persona de sobrinho babaca enquanto ia na direção do bar.

— Richie? — chamou pelo homem de gravata-borboleta. — Meu Deus, é você? Não acredito! Qual a chance?

Richie se virou, claramente não o reconhecendo. Abriu a boca, mas Will ainda não deixaria que ele falasse.

— Quando foi a última vez que eu te vi? — Will sentia cheiro de álcool no hálito do homem ao apertar a mão dele e dar-lhe um tapa firme nas costas. Nem onze da manhã e o cara já tinha tomado umas. — Foi na festa de Royce e Blythe? Foi logo antes de ele descobrir sobre Mason, né? Meu Deus do céu, aquele cara pega qualquer coisa.

— Hum... — Richie olhou Mac, mas mesmo escrotos pervertidos tinham que seguir a etiqueta social. Ele sorriu para Will e disse: — Deve ter sido. Há quanto tempo foi?

— Para Royce, não faz tempo suficiente. — Will riu, aí fez uma expressão de surpresa. — Mac McAllister. Vocês estão reunindo a turma de novo sem mim? Quando é a festa mista?

O sorriso de Mac estava tenso, como o de um crocodilo. Ele não era tão solto quanto Richie. Aliás, tudo nele era bem tenso. Ele claramente estava prestes a perguntar quem raios era Will.

Will o roubou essa chance.

— Falando nisso, vocês foram ao velho bar ultimamente? Como a gente chamava?

— Biliar. — Mac estava observando Will dar um gole em um drinque.

Will balançou a cabeça.

— Não parece exatamente isso.

— Era Biliar-dário — ofereceu Richie. — Já faz um tempo que a gente vai no Andaluzia. É em uma travessa da Pharr. A velha turma continua junta, mas perdemos uns parasitas. Vamos fazer uma reunião de pais e filhos na sexta. Você tem...

— Qual era o nome verdadeiro? — interrompeu Mac. — Do Biliar-dário. Como se chamava?

— The Tenth — ofereceu Richie, embora a pergunta claramente fosse para Will.

Mac até que conseguiu esconder bem a irritação. Colocou o copo no balcão e o alinhou à beirada. Então, deu um olhar de advertência a Richie, que nem percebeu.

— Eles derrubaram o Biliar-dário faz séculos. Uma pena de ver.

Will respondeu:

— Provavelmente era o único jeito de limpar o piso.

Todos riram, mas Mac ainda estava desconfiado. Ele tentou de novo apertar Will.

— Faz um tempo que não te vejo no clube.

— Eu nunca devia ter me mudado de cidade. Richie, não entre em pânico, mas acho que estou vendo o fundo do seu copo. — Will levantou a mão para chamar o barman. — Você continua dando aula?

Ele trocou um olhar rápido com Mac.

— Você não ficou sabendo?

— Parece até que você esteve embarcado. — Mac estava mais confortável em falar, já que era às custas de outro homem. — O coitado aqui foi vítima do Me Too.

— Caramba, eu te entendo. — Will abaixou a voz. — Na verdade, é por isso que estou voltando para Atlanta. Pouparei vocês dos detalhes sórdidos, mas vou só dizer que a esposa insistiu em recomeçar do zero.

— Sorte sua. A minha fugiu com metade do meu dinheiro. — Richie tinha deixado o barman encher seu copo. Engoliu metade antes de voltar a falar. — Eu mal consegui ficar de pé.

— Bourbon, puro — disse Will ao barman, que, automaticamente, serviu uma dose dupla. — Mac, fiquei sabendo de seu filho. Que coisa horrível ter que lidar com isso. Como você e Britt estão?

Mac ficou ainda mais tenso, mas respondeu:

— A gente faz o que tem que fazer.

— Todo mundo quer um dinheiro fácil, né? — Will pegou o copo. O cheiro de álcool era nauseante. — Se acontecesse com o meu filho, eu ia pro ringue que nem você está fazendo.

— Qual a idade do seu filho?

Mac mordeu a isca e queria pistas da identidade de Will.

— Eddie tem vinte e dois. — Will juntou o nome do pai de Sara com detalhes sobre o filho de Faith. — Vai se formar no Instituto de Tecnologia da Geórgia em uns meses. A 3M está doida atrás do garoto. Tommy está fazendo medicina?

Mac relaxou um pouco os ombros, mas não muito.

— Se sobreviver ao julgamento.

— Ele é filho do pai dele — disse Will. — Vai sair até mais forte.

— Aquela porra de Sara Linton — falou Richie, enrolando as palavras. — Seria de se imaginar que aquela vaca já tivesse calado a boca.

— Linton? O que ela anda fazendo?

Will levou o copo de Bourbon à boca e fingiu beber para não socar os dentes de Richie até estarem no fundo do crânio.

Mac respondeu:

— Não é nada. Uma irritaçãozinha.

— Como sempre. — Richie apontou com o polegar para Mac. — Ela sempre teve inveja das habilidades dele.

Mac chacoalhou os cubos de gelo no copo.

— Com certeza fez um jogo de longo prazo.

— Olha o que aconteceu com Cam — falou Richie. — Por que ele e não ela?

— Rich — avisou Mac, olhando para Will.

Will levantou a mão como se estivesse tentando intermediar a paz.

— Não tem problema.

— Tem problema, sim — retrucou Richie. — Todo mundo com peninha da Santa Sara enquanto Cam apodrece no túmulo. Ah, não.

Mac devolveu suavemente o copo ao bar. Ficou em silêncio, mas algo nele sugava todo o oxigênio do salão. Eliza tinha razão em compará-lo com um cafetão. Mac dera o *olhar* a Richie, que rapidamente se ajoelhara.

— Desculpa. — Richie ajustou nervoso a gravata-borboleta. — Bebi um pouco demais e não consigo nem lembrar seu nome.

Mac ficou tenso, como o fio de um arco de caça. Estava esperando uma resposta.

Will forçou uma risada estrondosa. Deu um tapa nas costas de Richie.

— Cara, você é hilário. Continue sempre assim.

7

SARA DIRIGIU PELA ENTRADA sinuosa do Clube de Campo e Cidade Piedmont Hills. O guarda do portão mal tinha levantado o olhar de seu tablet quando ela forneceu o nome falso. Ela supunha que estava apresentável. Seu BMW X5 provavelmente se misturava com todos os outros carros que entravam, assim como o Porsche 911 de 1979 de Will, embora ele não tivesse pagado pelo carro esportivo clássico. Ele o tinha restaurado do zero com nada mais do que seu cérebro e suas duas mãos.

Ela contornou o prédio principal, que parecia um casarão francês. O campo de golfe tangenciava as águas apressadas do rio Chattahoochee. O lugar parecia cheio para um dia de semana. O tempo estava magnífico, apenas um pouco frio, com o sol perfurando um céu sem nuvens. Ela teve que diminuir a velocidade para alguns carrinhos de golfe passarem, e um dos homens tirou o chapéu para Sara.

As quadras de tênis ficavam a uma boa distância do prédio principal. Quanto mais ela se afastava do local da primeira tacada, menos carros havia. Sara engoliu o nervosismo ao virar no Pavilhão das Raquetes. Suas mãos ficaram escorregadias no volante ao se lembrar por que estava ali.

O que aconteceu com você. O que aconteceu com Dani... está tudo conectado.

Sara não daria a Britt um momento de paz até conseguir uma explicação.

Ela ouviu os baques surdos de raquetes acertando bolas enquanto se aproximava da quadra. O Porsche de Will estava em uma vaga levemente elevada no estacionamento, ele havia escolhido uma área ao lado que lhe dava uma vista das oito quadras de tênis de saibro e do Pavilhão das Raquetes, em cujo porão ficava o vestiário feminino. A elevação lhe dava uma clara linha de visão de todas as idas e vindas, como um falcão observando as presas.

Ele ainda não tinha visto Britt McAllister.

Sara parou em uma vaga atrás dele à esquerda. Will saiu do carro e ela mordeu o próprio lábio, porque odiava tudo na aparência dele. A polo de cashmere era bonita — ela havia escolhido para ele no ano passado —, mas a calça jeans justa e o cabelo com gel pertenciam a um tipo de homem totalmente diferente. Pior ainda, ele não tinha feito a barba de manhã, então seu rosto parecia áspero e cheio de restolhos.

A porta se abriu. Ele disse:

— Nem sinal dela.

O estômago de Sara se apertou enquanto Will entrava na BMW. O homem que havia violado Sara tinha uma barba desgrenhada, e a memória dos pelos grossos arranhando o rosto dela ainda conseguia enojá-la fisicamente. Em vez de oferecer a bochecha para Will beijar, Sara agarrou a mão dele.

Ele continuou:

— Faith acabou de chegar da patrulha de fraudes. Ela ligou para o Departamento de Polícia de Atlanta. Quer falar com o investigador que aceitou a denúncia de estupro contra Tommy no Ensino Médio. Talvez consiga convencê-lo a dar o nome da garota.

Sara estava mais interessada em como Will estava. Ao telefone, ele não tinha dito nada sobre o encontro com Eliza. Ela olhou para as mãos deles. Ele ainda estava agarrado a ela. Era, provavelmente, o mais perto que ele chegaria de admitir como tinha sido difícil estar na mesma sala que a tia.

— O nome que você me disse para dar no portão. Quem é Lucy Trethewey?

— Um dos pseudônimos da minha mãe. Eliza me colocou como John Trethewey. Entendeu? John é como chamam os cafetões. — Will manteve o olhar no prédio, mas ela sentia uma energia turbulenta vindo dele. — Por falar em nomes, o sobrenome de Richie é Dougal.

Sara sentiu a ficha cair. Agora ela se lembrava do hospitalista de gravata-borboleta.

— Como você descobriu?

— Arranquei do barman depois que Mac e Richie saíram do Salão dos Homens.

Sara sentiu seus lábios se abrirem de surpresa.

— Você viu os dois?

— Não só vi. Eu falei com eles.

Sara não sabia o que dizer.

— Eliza esquematizou tudo. Foi por isso que ela me pediu para encontrá-la no clube exatamente às dez. Ela sabia que eu estava investigando Tommy McAllister.

Sara não conseguia entender a enganação.

— Mas até ontem à noite você não estava. Como raios ela ficou sabendo?

Ele enfim se virou para ela. Will preferia falar do quebra-cabeça do que de seus sentimentos.

— Não é segredo que você é minha noiva. Você testemunhou no julgamento de Tommy ontem. Todo mundo no clube sabe do processo. Então, apareci do nada pedindo para Eliza colocar uma amiga no clube. Ela sabe que eu sou investigador e não é uma conexão difícil para quem está prestando atenção.

Sara não fez a pergunta óbvia: por que Eliza estava prestando atenção?

— Como se chama aquela lista? — disse ele. — Que se assina para jogar golfe?

— Planilha de *tee*. — Sara sabia que a informação era postada para qualquer membro do clube consultar. Era assim que se ficava sabendo quem estava jogando e quais horários estavam abertos. — Por quê?

— Eliza deve ter olhado e visto o horário que Mac jogaria. Aqueles caras têm uma rotina, pelo jeito. Ir no bar. Ir pro campo. Ela me manipulou direitinho. Até me fez esperar dez minutos para dar tempo deles enrolarem.

Sara viu o rosto dele se virar. Ele estava procurando Britt de novo. Ela não tinha escutado qualquer emoção em sua voz, mas, mesmo assim, sentiu a culpa da noite anterior subindo. Culpa dela. Will só havia entrado na linha de fogo de Eliza por causa de Sara.

Ela apertou mais a mão dele.

— Você disse que falou com Mac e Richie?

— Brevemente — disse ele. — Mac é exatamente como você descreveu e como Eliza descreveu. É um controlador arrogante. Você tinha razão sobre a forma como ele inclina a cabeça. Se aquele cara tivesse estudado comigo, teria levado um soco na cara todos os dias da vida dele.

Pelo som da voz dele, Will parecia, naquele momento, pronto para dar um soco nele.

— Ele falou algo do meu depoimento no julgamento de Tommy?

— Richie falou. Disse que você sempre teve inveja de Mac. E perguntou por que Cam estava morto e você continuava viva. Te chamou de Santa Sara.

Ela sempre odiara esse apelido. Qualquer uma seria uma santa em comparação com a turma.

— Por que ele mencionaria o suicídio de Cam em relação a mim? Estava dizendo como se fosse uma questão de um ou outro? Ou Cam se matava ou eu?

— Não tenho ideia, mas foi estranho. — Will voltou a olhar para Sara. — Richie podia estar só tentando causar impressão. Ele sabe o que Mac acha de você depor.

— O que mais ele disse?

— Algo do tipo: por que todo mundo tem peninha da Santa Sara enquanto Cam apodrece no túmulo?

Sara revirou a informação na mente. Outra afirmação do tipo um ou outro. Mas Will podia ter razão sobre ele querer impressionar Mac. O pouco que ela lembrava de Richie Dougal era que ele era meio puxa-saco. O que, provavelmente, era o motivo de continuar na vida de Mac. Havia um motivo para o cirurgião ainda ser casado com uma mulher que o idolatrava.

— É difícil me sentir insultada quando eu nem conseguia lembrar o sobrenome de Richie — falou Sara.

— É um bom jeito de ver a coisa. — Will se virou, de volta ao dever. — De todo modo, ele estava bêbado. Arranquei mais um pouco dele antes de Mac o calar. O bar a que eles iam, o nome real era The Tenth. A turma continua fazendo as festas mistas em um lugar novo chamado Andaluzia. De vez em quando, eles levam os filhos. Como se passassem a tocha, acho.

Sara sentiu uma traição inexplicável ao ouvir que a festa ainda acontecia. Por algum motivo, tinha suposto que o que acontecera com ela naquela noite no Grady tivesse alterado a turma de alguma maneira significativa.

— Nenhum dos dois estava usando aliança.

Sara achou que era um detalhe estranho para ele reparar.

— Muitos homens não usam.

— Este homem aqui usa. — Will virou o pulso para olhar o relógio. — Será que Britt mudou os planos?

— Pode ser.

Sara olhou fixamente para as quadras de tênis, que estavam cheias de mulheres ferozmente competitivas e tonificadas. Cada uma jogava a bola para o outro lado da rede como Steffi Graf enfrentando Martina Navratilova. Britt se misturaria facilmente com as jogadoras, se ela se dignasse a aparecer.

Sara respirou fundo enquanto pensava em enfrentá-la.

Quando Sara estava estudando para ser cirurgiã, passava a noite da véspera de uma grande operação visualizando o procedimento. Às vezes, ela até movia as mãos para as posições corretas, tentando treinar com seus dedos os movimentos de reparo pequenos e quase imperceptíveis. Sempre havia surpresas, mas mapear uma estratégia com antecedência era a melhor maneira de estar preparada.

Naquele momento, Sara mapeou seu plano para enfrentar Britt. Ela não estava atrás de briga. Queria ser direta, sincera e tentar conseguir o mesmo da mulher. Apenas uma delas estaria preocupada com as outras escutarem, e Sara teria o elemento surpresa, mas não por muito tempo. Ela tinha reduzido todas as suas perguntas a apenas três: Como a agressão de Sara, quinze anos antes, estava ligada à de Dani? Onde Mac e Tommy se encaixavam? Quem eram os *eles* que Britt não conseguia parar?

De repente, Will perguntou:

— Você me contou que a bolsa de Britt se abriu no chão do banheiro. Você viu o chaveiro dela? Tinha um logotipo?

Sara fechou os olhos, invocando a memória. Ela não tinha reconhecido o logotipo.

— Um círculo prateado com azul? Talvez uma cruz? Um rabisco ondulado?

— Estava em um chaveiro?

— Não, exatamente — falou Sara. — Eu esperaria Cartier ou algo caro, mas era um anel de plástico azul barato com um centro branco. Estava preso à chave com um cordão de nylon azul.

Will soltou a mão dela para pegar o celular no bolso da calça.

— Ei, Siri. Me mostre Apple AirTag.

Sara reconheceu instantaneamente a imagem do pequeno dispositivo de rastreamento.

— Era isso.

— Britt McAllister parece certinha demais para perder as chaves tanto assim. — Will enfiou o celular de volta no bolso e segurou a mão de Sara novamente. — Meu palpite é que ela dirige um Alfa Romeo Stelvio Quadrifoglio em azul Misano.

— Que específico.

— O rabisco ondulado que você viu no chaveiro é uma serpente, a Biscione. A cruz é a Cruz de São Jorge. Ambos datam das cruzadas. Estão no logo da Alfa Romeo desde o início dos anos 1900. Dois terços dos carros deste estacionamento são SUVs. O da Alfa Romeo é o Stelvio e o modelo mais caro é o Quadrifoglio. Chutei a cor com base no chaveiro plástico.

— Bom trabalho, Sherlock. — Sara tinha-o observado se debruçar em revistas de automóveis da forma como ela se debruçava sobre o *American Journal of Forensic Medicine*. — O que você acharia que eu dirijo se minha bolsa tivesse se aberto no chão?

— Um caminhão de lixo.

Ele estava sorrindo ao retomar a vigilância. Sara não era a organizada do relacionamento. O fato de ele não a assassinar toda vez que entrava no banheiro dos dois era um pequeno milagre.

Ela ouviu uma forte explosão de conversa enquanto um grupo de mulheres saía do vestiário e se dirigia para seus carros. Algumas das formações na quadra haviam começado a mudar. Sara olhou para o relógio de Will. Mal haviam se passado três minutos.

— É isto que você e a Faith fazem o dia todo? Ficam sentados em um carro esperando pessoas?

— Ela geralmente traz uns lanches. — Ele acariciou a mão dela com o polegar. — Mas você é uma companhia melhor.

Sara sorriu enquanto se recostava no banco. Uma mulher solitária estava andando em frente à entrada do vestiário enquanto falava ao telefone. Ela não parava de jogar a mão ao alto, claramente discutindo com alguém.

Will comentou:

— O marido está tentando explicar como adotou acidentalmente um chihuahua.

Sara riu. Ela adorava que Will tivesse adotado acidentalmente um chihuahua.

— Parece mais que ela acabou de descobrir que ele anda traindo ela.

— Você poderia ligar para Mason.

A sugestão foi tão do nada que Sara não soube bem como responder. Ele estava preocupado que ela fosse traí-lo com Mason ou estava pensando em contingências caso Britt não aparecesse?

Ela resolveu fazer uma pergunta neutra:

— De onde veio isso?

— Mason estava na festa mista e ele conhece todo mundo da turma. Pode ter visto algo naquela noite ou lembrar de algo. Ele também é médico e deve ter boa memória. Como era próximo de você na época, então, até um detalhe aleatório pode ter ficado na cabeça dele.

— Você se incomodaria de eu falar com ele?

— Deveria?

Ela esperou que ele a olhasse.

— Não.

Ele assentiu com a cabeça.

— Não sei como dizer isso, mas acho que Sloan Bauer...

— Estava transando com Mason enquanto a gente morava junto? — Sara enfim tinha achado um jeito de surpreendê-lo. — Eu meio que sabia, mas meio que não ligava. Ele nunca me deixou doida. Nunca achei que fosse explodir se estivéssemos no mesmo cômodo e eu não estivesse tocando ele.

Will baixou o olhar para as mãos unidas deles. Estava sorrindo quando se virou de novo para o Pavilhão.

Sara estava prestes a dizer algo meloso que o deixaria envergonhado pra caralho quando viu de relance algo azul metálico à distância.

Um SUV estava entrando no estacionamento do Pavilhão. O painel frontal do Alfa Romeo Stelvio tinha um pequeno triângulo branco com um trevo verde de quatro folhas, ou *quadrifoglio*, no centro. Britt McAllister estava ao volante, dirigindo devagar, procurando por um lugar para estacionar perto da quadra.

Sara sentiu o ácido começando a se revirar no estômago. Ela havia dito a si mesma que estava preparada para isto, mas, de repente, sentia-se muito despreparada. Ela não podia perder a coragem naquele momento. Não depois do que Will havia passado em nome dela. Não quando pensava em Tommy McAllister perseguindo sua próxima vítima. A palma da mão de Sara ainda guardava a memória do coração de Dani Cooper, como uma tatuagem invisível que permaneceria com ela pelo resto de sua vida. Se a médica não pudesse fazer isso por si mesma, tinha que fazer por Dani.

— Você está bem? — perguntou Will.

— Estou.

Eles tinham ensaiado alguns dos cenários na noite anterior. Sara precisava encontrar uma maneira de fazer Britt se sentir sem saída. Isso não aconteceria no estacionamento ao lado de seu carro nem na quadra rodeada por suas amigas. O melhor lugar era o mesmo da vez anterior: o banheiro feminino.

Britt saiu do SUV segurando o celular em uma das mãos e uma garrafa de água amarela na outra. Sua roupa de tênis, também amarela, tinha duas peças: uma blusa larguinha de manga comprida e uma saia solta que terminava alguns centímetros acima dos joelhos. Ela abriu o porta-malas do SUV e tirou uma mochila de couro amarelo brilhante que combinava com a roupa. Então, colocou um chapéu com um tom de amarelo tão próximo dos outros que Sara se perguntou se ela tinha mandado tingir sob medida.

— A mochila é bonita. Qual a marca? — perguntou Will.

Sara deu-lhe um olhar curioso. Ele nunca se interessava por marcas.

— Hermès. Ela pagou pelo menos uns cinco mil.

— O anel de plástico barato da AirTag me incomoda. — Ele estava esfregando a mandíbula outra vez. — Esses designers de alto nível fazem produtos como aquele. Olha como ela está vestida. Britt não compra acessórios na loja de um dólar.

Sara não havia notado esse detalhe, mas, naquele momento, passou a incomodá-la também.

— O número de sócia da Eliza é 1329, se você quiser pedir alguma coisa — comentou Will.

— Prefiro morrer de desidratação do que gastar um centavo do dinheiro dela.

Will não deu risada. Ele estava analisando Sara com aquela atenção toda.

— Não é tarde demais. Você sempre pode desistir. Podemos ir embora agora mesmo tomar um café.

Will não bebia café.

Sara apertou a mão dele uma última vez antes de sair do carro.

O vento fez sua saia subir enquanto ela fechava a porta. A médica viu Britt indo para o vestiário enquanto caminhava em direção ao Pavilhão. Sara verificou seu próprio reflexo na janela de um carro, o cabelo frouxamente trançado na parte de trás. A maquiagem era leve. Ela não pensava tanto em uma roupa desde seu primeiro encontro com Will. De manhã, tinha finalmente se decidido por um vestido para jogar tênis roxo-escuro de manga comprida da Lululemon. Era mais apertado na barriga do que o estilo que Britt estava usando, mas, como ela havia salientado, Sara não era mãe. Ela não tinha parido vinte e dois anos antes nem continuava ostentando uma gordurinha pós-parto com pele sobrando ao redor do tronco que nenhuma quantidade de cirurgia plástica poderia esconder.

Sara passou pela mulher que andava de lá para cá discutindo ao telefone. Ela olhou para Sara e revirou os olhos, o que significava que, com certeza, estava falando com o marido. Sara torceu seu anel de noivado, distraída. Tentou se preparar, mas percebeu que era desnecessário. Sentia uma estranha sensação de paz ao se aproximar da entrada do vestiário.

Até onde Sara sabia, Britt nunca havia tido amigos íntimos. Mesmo se não fosse tão odiosa, ela conseguia ser desagradável e um pouco irritante. Não sabia nada de cultura pop, não lia nem acompanhava o noticiário. Tinha sido uma ótima médica, mas não atendia havia anos. O tênis oferecia uma oportunidade única para suavizar a dureza de Britt. Tudo o que importava na quadra era o quanto você jogava bem. Se você estava em um time, as mulheres daquele time eram suas amigas. O clube dava a Britt o acesso a uma vida que ela não teria de outra forma. Ela se sentia segura aqui.

Sara estava prestes a destruir isso.

O ar quente flutuou à sua volta enquanto ela entrava no prédio. Havia um pequeno salão com algumas mesas, uma estação de lanches e uma máquina que servia vinho quando a pessoa colocava seu número de sócio. Quatro mulheres estavam jogando bridge na mesa maior, todas mais velhas, com pele cor de tabaco de décadas de exposição ao sol. Nenhuma estava olhando para a TV gigante na parede. Sara viu as palavras passando abaixo das notícias locais.

Estudante sumiu de uma boate ontem à noite... polícia pede informações...

Outro dia. Outra garota sumida.

Sara passou por um conjunto de portas duplas para o vestiário principal. Fotos de mulheres com trajes de tênis datadas de meados do século passado. Sara só podia pensar que algumas das jogadoras de cartas com pele de couro estavam entre as imagens em preto e branco de mulheres levantando troféus e raquetes sobre a cabeça. Havia um quadro de líderes perto das cabines do banheiro.

Britt McAllister estava listada como a décima nona melhor jogadora feminina de tênis do clube.

Nada mal para a idade.

Sara estava em um ângulo que dava para ver a fileira de pias. Nada de Britt. Todas as portas das cabines estavam entreabertas. Ela duvidava que Britt estivesse tomando banho ou relaxando na jacuzzi, na sauna seca ou na sauna úmida, então passou direto. Sobrava o vestiário.

Ela contou doze seções em forma de ferradura, cada uma com um banco no centro. Os armários eram grandes, do chão ao teto, o que infelizmente significava que Sara não conseguiria ver por cima deles. Tudo parecia caro, mas ligeiramente desgastado. Painéis de madeira escura, bordas douradas, placas de nome em relevo azul para combinar com as cores do clube. Miffy Buchanan. Peony Riley. Sra. Gordon Guthrie. Faith se divertiria.

— Eu disse para me deixar em paz, porra!

Sara reconheceu facilmente a voz de Britt McAllister.

Uma mulher mais jovem com um vestido e tênis azul saiu correndo da última seção em ferradura. Sua cabeça estava abaixada e ela parecia devidamente repreendida. Passou por Sara sem olhar para os lados.

O estômago de Sara voltou a se revirar. A ansiedade estava de volta. Ela se forçou a continuar andando, mas seus joelhos pareciam duros. Ela não voltaria para o carro e diria a Will que fracassara.

Encontrou Britt sentada em um banco. Estava cabisbaixa enquanto olhava fixamente para o telefone. O armário à frente dela estava aberto, mas a bolsa e a garrafa de água estavam a seus pés.

Ela deve ter sentido a presença de Sara, mas não levantou o olhar.

— Ainsley, me desculpa por ter gritado com você. Por favor, preciso de um minuto sozinha.

Sara percebeu uma pitada de desespero em sua voz. De todos os cenários para os quais havia se preparado — uma Britt desafiadora, uma Britt irritada, até uma Britt violenta —, este era o menos esperado.

A mulher parecia destroçada.

Sara não seria enganada para consolá-la outra vez. Então, respirou rápido antes de dizer:

— Britt.

A cabeça da mulher se levantou em um solavanco. Ela viu Sara e ofegou. Foi pega desprevenida demais para formar um insulto mordaz.

Sara cruzou os braços sobre o peito.

— Qual é a conexão, Britt? Como o meu ataque de quinze anos atrás...

A esposa de Mac levantou-se tão rápido que quase caiu para trás por cima do banco. Ela enfiou seus pertences dentro do armário, chutou a porta para fechá-lo e se virou para Sara. Abriu a boca, mas, em vez de falar, passou por ela. Não em direção à saída, mas em direção à sala molhada.

Britt só parou quando chegou à porta de vidro. Ela se virou para olhar para a médica antes de entrar.

Sara hesitou antes de segui-la. A energia de Britt era palpável. Ela não parecia estar drogada de novo, não estava enfurecida nem brandindo insultos como uma navalha. Se Sara tivesse que descrever seu comportamento com uma palavra, seria *assustada*.

E o medo poderia levar a um sem-número de erros. Sara segurou a porta de vidro antes que se fechasse. Ela deixou Britt ir na frente, passando pelos chuveiros. Um deles estava ocupado. Sara desviou de uma poça de água. Conseguia ouvir o borbulhar da jacuzzi, o murmúrio baixo das mulheres falando. Britt olhou através da porta de vidro da sauna seca. Havia duas ocupantes. Ela abriu a porta para a sauna a vapor. Um denso nevoeiro saiu dali. Britt tirou uma toalha da prateleira e olhou de relance para Sara antes de entrar.

A médica pegou uma toalha, mas hesitou novamente. Será que era uma idiotice segui-la para o único espaço onde elas não seriam ouvidas? Era algum tipo de ardil da parte da Britt para ter a vantagem?

A única maneira de descobrir era entrar.

O ar quente e úmido era pesado dentro dos pulmões de Sara. Azulejos iridescentes cobriam todas as superfícies. As luzes do teto não adiantavam muito. Ela mal conseguia ver Britt colocando uma toalha no cantinho do banco. Sara posicionou sua toalha mais perto da porta, mas permaneceu de pé enquanto Britt se sentava.

— Eu... um e-mail. — A voz de Britt falhou. — Recebi um e-mail.

Sara conseguia ouvir um eco abafado através da névoa. Ela se aproximou para poder ver o rosto de Britt, que estava com a cabeça entre as mãos. Tremia de novo. Era quase exatamente igual a dois dias antes no tribunal.

— Era d-do nosso... — Britt estava claramente atordoada. O vapor girava em torno dela enquanto ela olhava para Sara. — Os Cooper aceitaram nossa oferta de acordo.

Sara apoiou os dedos na parede para se firmar.

— Você está mentindo.

Britt não estava mentindo. Lágrimas corriam pelo rosto dela como condensação em um copo de água fria.

Sara não queria aquelas lágrimas. Ela queria respostas.

— Por que eles aceitariam seu dinheiro?

Britt balançou a cabeça. Ela não queria falar em voz alta.

— Me fala — disse Sara. — O que vocês fizeram com eles?

— Eu não fiz nada! — Sua voz estridente ricocheteou no teto alto. Ela pôs a mão na boca como se para refreá-la. — Foi um garoto que namorou Dani no Ensino Médio. Ele encontrou um telefone velho com umas fotos e veio atrás de dinheiro. Eles sempre querem dinheiro.

Sara sabia de que tipo de fotos ela estava falando. Quando trabalhava com pediatria, ela dava sermões sobre mandar nudes a todas as garotas que passavam por sua porta. Muito poucas ouviam.

— São muito ruins?

Britt deu um olhar incrédulo, porque ninguém pedia dinheiro a menos que fossem ruins.

— Planos abertos dela apertando os seios. Abrindo os grandes lábios. Dá para ver o rosto dela na maioria. Ela está de olhos fechados e...

Sara não precisava ouvir o resto. Britt tinha visto as fotos. Mac. Os advogados deles. Tommy. Quem mais?

— Duvido que a juíza fosse permitir que as fotos fossem usadas como prova, mas esse tipo de coisa sempre acaba na internet.

Sara afundou-se no banco. Ela achava que não dava para ficar com o coração ainda mais partido pelos pais de Dani, mas Britt havia encontrado uma maneira de quebrá-lo em pedaços.

— Por favor, diga que os Cooper não viram.

— As fotos foram enviadas ao advogado deles.

— Eles viram?

Britt ficou em silêncio, o que significava que os pais de Dani haviam testemunhado duas vezes a filha em sua posição mais vulnerável: na mesa de autópsia e quando Douglas Fanning lhes enviara os nudes.

— Vocês ameaçaram vazar as fotos. Foi por isso que eles aceitaram o acordo.

Britt olhou para Sara através do vapor que pairava no ar.

— Você acha mesmo que Mac me consulta antes de fazer alguma coisa?

— Você está me dizendo que teria impedido?

— Eu não posso impedir. Mac faz o que quer e eu não posso dar opinião.

— Esta é sua desculpa? Pobre Britt em sua gaiola dourada? — Sara não tinha esquecido por que estava ali. Naquele momento, isso era mais importante do que nunca. — Qual é a conexão? Como o que me aconteceu há quinze anos tem a ver com Dani?

Britt murmurou:

— Santa Sara ao resgate.

— Cala a boca. — Ela estava cansada daquela autocomiseração ranzinza. — Você me disse que queria que Tommy parasse. Me diz como fazer isso.

— Não vou deixar você machucar meu filho.

Sara lembrou-se do que tinha acabado de ver na televisão do salão.

— Outra garota desapareceu. Uma estudante.

— Tommy estava em casa ontem à noite. Ele não tem nada a ver com isso.

— Mas você viu a notícia e estava preocupada que fosse Tommy de novo. Ele não vai parar, Britt. Especialmente agora.

A mulher não respondeu.

— E Mac? Ele estava em casa ontem à noite?

O riso dela era quase irônico.

— Faz anos que Mac não fica de pau duro. A única coisa que ele chupa é a bombinha de asma. É chocante minha vagina não ter se fechado.

— Britt. — Sara não sabia como argumentar com ela, pois era muito instável. — O que aconteceu quinze anos atrás? O que eu não vi?

Ela não respondeu.

— Por favor — implorou Sara. — Não precisa me dizer diretamente, só me dê uma pista, um nome, algo para seguir. Algo que me ajude a descobrir.

Britt jogou a cabeça para trás. A pele dela tinha um fino brilho de umidade misturado com suor e lágrimas. Ela estava pensando. E, então, decidiu e começou a balançar negativamente a cabeça.

— Eu não posso te ajudar.

Sara buscou desesperadamente uma forma de convencê-la. Só conseguiu encontrar a conversa de Will com Mac e Richie. A história de um ou outro. Richie tinha falado sobre isso duas vezes.

Todo mundo com peninha da Santa Sara enquanto Cam apodrece no túmulo.
— Tem algo a ver com Cam?
Britt virou a cabeça para Sara. Seus lábios se abriram, mas, como da última vez, ela parou.
— Deixe isso para lá, Sara. Cam está morto. Não pisoteie a sepultura dele.
Sara não perguntou a ela sobre o túmulo de Dani Cooper.
— O que aconteceu com Cam?
— Ele enfiou o cano de uma arma na boca e apertou o gatilho. — Britt estava prestando atenção à reação dela. — Com certeza, você já lidou com isso no seu ramo de trabalho.
— Me diz o que não estou vendo.
Britt deu um suspiro pesado enquanto começava a se levantar.
— Estou atrasada para a minha partida.
— Britt, cacete, como você vai se sentir se Tommy machucar outra pessoa?
— Ele não vai machucar ninguém.
— Você sabe que vai. — Sara se esforçou para não gritar. — O que aconteceu na festa mista? Eu sei que Cam estava lá. O que ele estava fazendo?
Britt pausou de novo, mas, desta vez, entregou alguma coisa.
— Estava grudado em uma garrafa ou estava com a cabeça dentro da privada a noite toda.
Sara sentiu um comichão começando em sua memória.
— Ele estava bêbado?
— Ele estava na porra do chão. Isso é uma vantagem que você sempre teve sobre ele. Ele nunca teve culhão para medicina de emergência.
— Por que ele estava...
— Ele perdeu uma paciente.
Sara se percebeu assentindo com a cabeça. Ela se lembrava de Cam andando loucamente pelo bar, agarrando-se às pessoas, implorando que o ouvissem.
— Ele ficou arrasado. Não parava de beber. Mason teve que tomar as chaves do carro dele.
— Pena que Mason não entregou logo uma Glock para ele. Poderia ter nos poupado de quase uma década dele choramingando.
Britt tirou a toalha do banco e começou a sair.
Sara bloqueou seu caminho, mas ela não pareceu intimidada. Pelo contrário, entendeu como um desafio.
— Isto é vingança pelo tribunal?
Sara sabia que não poderia argumentar com Britt como mulher, mas podia falar com ela como médica.

— Dani tirou uma nota altíssima no vestibular para medicina, 515, ainda no Ensino Médio.

O choque de Britt foi genuíno. Até os estudantes universitários tinham dificuldade de obter essa nota alta no teste de admissão à faculdade de medicina. Sara duvidava que Tommy tivesse conseguido.

— Dani era a melhor aluna da escola. Seu discurso de oradora foi sobre a melhoria dos resultados de saúde nas comunidades carentes. Ela adorava química orgânica e era voluntária no centro de saúde da mulher. Dani queria fazer obstetrícia. — Sara percebeu que Britt foi afetada por suas palavras, pois a lembravam de sua própria trajetória. — Ela dirigiu até o Grady naquela noite porque sabia que precisava de ajuda. A vida dela estava se esvaindo. Ela sabia exatamente o que estava acontecendo e me fez prometer que iria pará-lo, Britt. Me ajude a fazer isso. Me diga qual é a conexão.

A outra contraiu tanto o maxilar que Sara praticamente ouviu seus dentes rangendo.

Elas se olhavam em silêncio, presas em um impasse, quando a porta se abriu. A entrada repentina de ar frio fez o vapor se movimentar. Uma mulher estava parada em trajes de banho, esperando para entrar, mas, pelo olhar estranho, não esperava encontrar Britt e Sara vestidas dentro da sauna úmida.

— Darcy! — falou Britt em uma falsa voz feliz. — Olha só você. Nem dá para saber que teve bebê.

O rosto de Darcy se abriu em um sorriso.

— Ela finalmente está atingindo os marcos. Muito obrigada por falar comigo sobre isso. Zander e eu estávamos muito preocupados.

— O prazer foi meu. Ai, esqueci as boas maneiras! — Britt virou-se para Sara. — Darcy, esta é Merit Barrowe. Ela trabalhava comigo no Grady.

— Merit. — Darcy apertou a mão de Sara. — Que nome adorável.

Sara não a corrigiu. Estava distraída demais por uma memória cristalina da festa mista daquela sexta-feira. Cam estava bêbado, enrolando as palavras, implorando para que as pessoas o ouvissem. Ele tinha conseguido alcançar Sara perto do bar. Seu hálito fedia a uísque e cigarros. Cam não parava de cuspir ao falar. Ele geralmente bebia demais, mas daquela vez era diferente. Ele estava se automedicando, tentando entorpecer a dor. Queria falar com Sara sobre o que tinha acontecido na emergência duas semanas antes, quando ambos estavam em um plantão na hora em que a tragédia aconteceu.

Cam havia perdido uma paciente.

Vinte anos. Pulsação fraca. Estado alterado. A mulher havia caído de repente no banheiro dos pacientes. Suas convulsões eram tão intensas que ela tinha chutado violentamente a privada. O som da porcelana rachando no meio tinha sido como um tiro de fuzil dentro do pronto-socorro. O pontapé foi duro o suficiente para quebrar o tornozelo da mulher.

Sara estava a duas cortinas de distância quando aconteceu. Ela não conseguia lembrar o que sua própria paciente tinha, mas se recordava dos detalhes sobre a morte da paciente de Cam por causa da conferência de morbidade e mortalidade.

Drogada. Amarrada. Possível abuso sexual.

Seu nome era Merit Barrowe.

8

Martin Barrowe havia sugerido o Prime Craft Coffee, na parte oeste de Atlanta, para discutir a morte de sua irmã. Will conhecia bem a região. Tinha passado a maior parte da adolescência nos armazéns industriais, trabalhando na fabricação de aço e na construção de displays para feiras comerciais. Essas empresas desapareceram havia muito tempo. As carpintarias e oficinas mecânicas foram demolidas e substituídas por empreendimentos de uso misto, apartamentos caros na parte superior e restaurantes, lojas de artigos domésticos e de roupas, tudo ainda mais caro, na parte inferior.

Pela maneira como estava vestido, Will misturava-se perfeitamente aos profissionais que frequentavam a elegante cafeteria. Ele estava com o par de fones de ouvido brancos de praxe, embora fosse o único cliente que não estava debruçado sobre um laptop. Ele acompanhava as linhas de texto em seu celular enquanto ouvia a inteligência artificial em seu aplicativo de conversão de texto em voz ler o relatório do investigador de quinze anos antes a respeito da morte de Merit Alexandria Barrowe.

> ... Os pais identificaram positivamente a falecida de vinte anos no escritório do médico-legista do condado de Fulton. Ver declaração juramentada. Impressão inicial: suspeita de overdose. A mulher alegou possível agressão sexual; resultados inconclusivos. Ver relatório do legista. A mulher foi vista pela última vez em uma festa no campus da Universidade da Geórgia. Ver depoimentos de testemunhas. Câmera de segurança entre o local da festa e o Grady Hospital não está funcionando. A mulher chegou pela entrada do lado oeste e fez sinal

para um segurança. Ver Alvarez, Hector, depoimento de testemunha. Alvarez acompanhou a mulher até o pronto-socorro. A mulher parecia intoxicada: fala enrolada, sem conseguir andar sozinha. Alegou agressão sexual, mas não deu detalhes claros. Após ser admitida no pronto-socorro, a mulher pediu para ir ao banheiro. Enquanto estava no banheiro, a mulher teve uma convulsão que resultou na quebra do tornozelo direito. Ver relatório do incidente no hospital. Causa da morte: suspeita de hipóxia pós-estado de mal epiléptico; indeterminada enquanto se aguarda o relatório toxicológico.

Will pausou o aplicativo.

Sara tinha explicado a ele que isso significava morte súbita inesperada após epilepsia. Barrowe tivera uma convulsão prolongada que gerou falta de oxigenação cerebral. Ela tinha sufocado.

De acordo com o relatório do médico-legista, Merit Barrowe não tinha histórico de epilepsia, o que indicava que a toxicidade das drogas era a razão de sua convulsão. Will trabalhara em casos em que cocaína, metanfetamina, MDMA e, em um caso, maconha em excesso causaram uma convulsão. Todas essas drogas estariam disponíveis em uma festa no campus.

Ele rolou a tela do telefone, deixando o aplicativo ler o relatório da autópsia. Não havia muito o que fazer. O médico-legista havia optado pelo que, às vezes, era chamado de autópsia parcial, o que significava que não havia aberto o corpo. Em vez disso, foi realizado um exame externo: raios X, fotografias, esquema corporal.

Will pausou o leitor e olhou para a ilustração. A fratura no tornozelo e a pancada na cabeça eram explicadas pela convulsão, e não havia contusão ou ferimento a faca no lado esquerdo que ligasse Merit a Sara e Dani Cooper. O único detalhe que o médico-legista havia apontado no lado esquerdo era uma tatuagem que estava pouco abaixo da axila, entre a quarta e a quinta costela. O comprimento foi registrado como 7,62 centímetros, mas não foi informada a altura. Não havia menção do que era a tatuagem, se palavras, símbolos ou um personagem de desenho animado. Havia apenas um monte de xs no esquema corporal, uma linha ligeiramente curva como a boca de um palhaço maníaco.

Ele tocou na tela do celular, clicando novamente na pasta principal, que continha todos os arquivos oficiais de polícia relacionados a Merit Barrowe. Abriu, então, a imagem do atestado de óbito dela. Os registros estaduais eram todos computadorizados hoje, mas, quinze anos atrás, ainda se usavam máquinas de escrever e canetas tinteiro. O aplicativo lia bem as primeiras linhas, mas as últimas apresentavam alguns obstáculos. A única salvação era o fato de que quem quer que tivesse preenchido o formulário o havia feito em letras de forma.

Merit Alexandria Barrowe. Cabelos pretos. Olhos verdes. Vinte anos. Causa da morte: overdose. O formulário tinha três opções: acidente, homicídio e suicídio. Nenhuma delas estava marcada. A seção que continha uma *breve explicação da causa da morte* havia sido deixada em branco.

O aplicativo não conseguia ler assinaturas, mas, felizmente, o nome do médico estava digitado. Will não ficou surpreso com o fato de o dr. Cameron Carmichael ter assinado a morte de Merit. Ele era o médico encarregado quando Merit morreu, portanto, era sua responsabilidade preencher a papelada oficial. A falta de sinalização de acidente, suicídio ou homicídio não era incomum, tampouco a ausência de uma *breve explicação*. Cam não era responsável por investigar as circunstâncias da overdose, mas, sim, a polícia. E era o médico-legista que poderia sinalizar e fornecer a explicação.

O fato de o investigador-chefe não ter solicitado uma autópsia completa dizia a Will muitas coisas sobre como o homem via o caso. Ele claramente não suspeitava de crime, apesar de duas testemunhas diferentes, Cam e o segurança, afirmarem que Merit havia relatado agressão sexual. O médico-legista também não havia contestado a avaliação, o que era curioso, mas, como no caso do atestado de óbito, não surpreendente.

O Departamento de Medicina Legal do condado de Fulton havia analisado três mil casos no ano anterior. Como quase todas as instituições médicas hoje, eles estavam com pouca equipe, esgotados e quase esmagados pelo acúmulo de casos. A situação não era muito melhor quinze anos antes, quando Merit Barrowe morrera. A economia estava à beira do colapso. Os governos estavam cortando orçamentos. Soldados estavam retornando de várias missões no Afeganistão e no Iraque. Os ânimos encontravam-se exaltados, a ansiedade era grande e os crimes violentos haviam aumentado.

Will procurou as fotografias da autópsia, mas só encontrou uma. A digitalização era colorida, mas a foto parecia desbotada. Merit Barrowe estava deitada sobre uma maca de aço inoxidável. Havia um lençol branco cobrindo-a até o pescoço. Seu cabelo curto estava penteado para trás e os olhos, fechados. Ela parecia muito jovem e muito sozinha sobre a fria mesa de metal.

Ele parou um momento para estudar o rosto dela. Era fácil esquecer o impacto que uma única morte poderia ter quando seu trabalho era repleto delas. Os pais de Merit a amavam, assim como seu irmão. Ela tinha amigos e, possivelmente, paixões e apenas vinte anos na Terra antes que tudo lhe fosse tirado.

Will voltou ao relatório da autópsia sem o aplicativo. Os formulários eram padronizados, então ele encontrou com facilidade o local em que deveriam estar listados os resultados da toxicologia. A palavra PENDENTE também lhe era familiar. Se o exame toxicológico havia chegado do Grady Hospital ou do laboratório de patologia do condado de Fulton, ninguém se dera ao trabalho de anexá-lo ao arquivo de Barrowe. E o investigador também não havia ido atrás.

Normalmente, Will procuraria o responsável pelo caso, mas ele sabia que Eugene Edgerton morrera de câncer no pâncreas havia nove anos.

Era o mesmo investigador que trabalhara no caso de agressão sexual de Sara.

— Você leu aquele relatório de merda? — Faith sentou-se em frente a ele com duas xícaras grandes e uma atitude péssima. — *A mulher alegou possível agressão sexual.*

Will pegou a que tinha chantilly no topo, supondo que o chocolate quente fosse para ele.

— O que não estou percebendo?

— A mulher? — repetiu Faith. — Merit tinha nome. A única razão para usar a palavra desse jeito em um relatório é se você for um canalha ou um incel.

Will misturou o chantilly em seu chocolate quente. Ele já havia dito a Faith que Eugene Edgerton tinha trabalhado em ambas as investigações.

— Edgerton fez uma prisão no caso de Sara.

— Sem querer ofender, mas Sara é uma médica branca de classe média. Edgerton nunca chamou Sara de "a mulher" no relatório. Ele nunca disse que ela *alegou* agressão sexual.

— Você está falando da diferença entre uma testemunha viva e uma morta — disse Will. — O relatório do médico-legista foi inconclusivo. Barrowe apresentava sinais de contusões e hematomas que poderiam ter sido causados por sexo consensual. Não foi encontrado sêmen.

— Ah, caralho, você está me dizendo que um estuprador usou camisinha? — Faith não queria uma resposta. — Estou te dizendo com cem por cento de certeza que Edgerton não acreditava que Merit Barrowe tivesse sido estuprada, por isso, não procurou um suspeito, não solicitou uma autópsia completa e não fez uma conexão com o caso de Sara, o que significa que Jack Allen Wright passou só oito anos na prisão, quando poderia ter passado vinte.

Will conseguia entender o ponto de vista dela, embora não concordasse com a forma como ela havia chegado a ele.

— Sabemos onde Wright estava na noite em que Merit Barrowe deu entrada no Grady?

— Fiz algumas ligações para o Departamento de Polícia, mas estou tendo dificuldades em conseguir um retorno. — Ela parecia mais irritada do que o normal. — Não consigo nem fazer com que Leo Donnelly me ligue para saber mais a respeito daquela estudante que desapareceu na Downlow ontem à noite. Aquele babaca inútil foi meu parceiro por quase uma década e não se dá ao trabalho de atender ao telefone.

Ambos sabiam por que as ligações dela estavam sendo ignoradas. Will havia investigado alguns oficiais de alto escalão do Departamento de Polícia de Atlanta. Um deles se aposentara e vários estavam na prisão. Em vez de ficarem agradecidos por Will ter ajudado a limpar a loja deles, ele poderia ser esfaqueado oitenta vezes no meio do quartel-general do departamento e todos os policiais que estivessem no prédio afirmariam não ter visto nada.

Faith era sua parceira, então era odiada tanto quanto ele.

Ele perguntou:

— Qual é o nome da estudante desaparecida?

— Leighann Park. Odeio dizer, mas ela teve sorte de desaparecer em um dia quase sem notícias. Pelo que vi na TV, foi para a balada com um amigo ontem à noite. Ele foi entrevistado hoje de manhã e falou que Leighann estava apavorada por causa de umas mensagens bizarras.

— Ameaças?

— Ele não falou, mas... — Faith deu de ombros. — Toda vez que uma mulher interage por um aparelho eletrônico, recebe uma foto de pau ou uma mensagem bizarra. É difícil saber o que é uma ameaça real e o que é babaquice.

Will torcia para ser só babaquice.

— Vamos voltar à autópsia de Merit Barrowe. Ela não apresentava contusão nem ferimento do lado esquerdo. Tinha uma tatuagem no alto das costelas, mas o legista não achou que era importante o suficiente para documentar.

— Porque Edgerton disse para ele que era uma overdose e mandou não perder tempo com isso, porque não acreditou na *mulher* quando ela disse a duas pessoas que tinha sido estuprada.

Will bebeu seu chocolate quente para dar a ela um momento para resmungar.

— Não é estranho Edgerton ter trabalhado nos dois casos?

— Não. — Faith tirou a tampa de seu chá e soprou o líquido para esfriar. — Aconteceram com duas semanas de diferença. Ele era o investigador sênior de plantão em ambas as noites.

Will estava familiarizado com o rodízio de plantão. Você trabalhava no mesmo horário durante um mês inteiro. Ele, então, acessou o calendário de seu celular e passou quinze anos para trás.

— Merit Barrowe deu entrada no hospital em uma sexta-feira à noite e morreu na manhã seguinte.

Faith parou no meio do gole.

— Dani Cooper também.

Nenhum dos dois precisava de um calendário para a próxima parte, mesmo assim, Will completou:

— E Sara também, só que ela sobreviveu.

— Cacete. — Faith pousou a xícara sobre a mesa. — Festa mista de sexta, estupro de sexta?

— A festa era apenas uma vez por mês, sempre na última sexta-feira.

— Tudo bem, mas isso é causa provável para pedir que o Departamento de Polícia reabra o caso da Sara, certo?

— Se você forçar a barra. — Will estava pensando em Amanda. Ela ficaria furiosa com eles por terem largado mão da investigação de fraude. Poderia até suspendê-los. Ou, pior, poderia se recusar a deixá-los seguir as pistas. — Cam escreveu no atestado de óbito que Merit Barrowe morreu em decorrência de uma overdose. Enquanto o médico-legista aguardava os resultados da toxicologia, ele colocou a causa da morte como indeterminada, mas o laudo toxicológico nunca foi registrado. Tecnicamente, isso significa que o caso ainda está aberto, mas precisaríamos que Atlanta nos pedisse ajuda, e Atlanta...

— Não retorna a porra das minhas ligações. — Faith pegou seu caderno espiralado dentro da bolsa. — Eu estava pensando no que Britt disse a Sara. Ou no que ela não disse. Por que aquela vaca está agindo com enigmas e segredos? Por que não pode simplesmente falar logo as coisas?

— Ninguém quer ser o vilão, ainda mais quando se trata do próprio filho — respondeu Will. — Jeremy é um bom garoto, mas e se não fosse? Você protegeria ele?

— Hora errada para perguntar. — Ela encontrou uma página em branco em seu caderno. — Ele não responde as minhas mensagens sobre o que vai vestir no jantar da 3M. Eu não sei o que está acontecendo e não tenho tempo para descascar esse garoto como se fosse uma cebola.

Will deu mais um gole no chocolate quente e olhou para a página em branco do caderno da parceira. Ela estava pensando em Jeremy.

— Britt? — perguntou para trazê-la de volta ao assunto.

— Certo. — Faith começou a escrever. — Britt disse a Sara que Cam estava bêbado na noite da festa. Que ele estava chateado com a morte de Merit Barrowe. Que não tinha culhão suficiente para medicina de emergência. Que ficava se lamentando sobre isso com qualquer um que quisesse ouvi-lo.

Will perguntou o óbvio:

— Cam conhecia Merit antes de ela ir parar no hospital?

— Teria sido bom se o Investigador Incel tivesse entrevistado ele — falou Faith. — Pelo que estou vendo, ele mal investigou o caso.

Will concordava. Edgerton havia registrado apenas três depoimentos de testemunhas. Um deles era o de Alvarez, o segurança do Grady; os outros dois eram de alunos da Universidade da Geórgia que tinham visto Merit em sala de aula naquele dia. Ele não havia localizado os participantes da festa, e não tinha nada nas anotações de Edgerton que indicasse que ele houvesse tentado.

Faith olhou para o celular.

— Martin disse que me mandaria uma mensagem quando chegasse. Ele já está cinco minutos atrasado. Dia errado para agir como um merdão irritante comigo.

Will também pegou o celular. Passou as fotos até uma que havia tirado no clube.

— Dei uma olhada no carro da Britt enquanto ela estava no vestiário. Isso estava preso por dentro da lataria acima da roda traseira esquerda.

Faith analisou a foto por um bom tempo.

— É um rastreador GPS?

Will viu sua própria confusão refletida na expressão da parceira. Ele tinha ficado tão chocado ao encontrar o pequeno rastreador magnetizado no carro de Britt que até escaneou a foto no Google Lens para confirmar que estava certo quanto à finalidade.

Faith perguntou:

— Se Britt está preocupada com o roubo do carro, não seria melhor o LoJack?

— Ela não precisa disso. Tem um aplicativo chamado Alfa Connect que mostra a localização do veículo em tempo real.

— Você entende demais de carros — disse Faith. — Por que Britt McAllister teria um rastreador em um carro que ela já pode rastrear?

— Por que uma mulher que carrega uma garrafa de água de quarenta dólares com cores combinando com a roupa teria um Apple AirTag preso ao chaveiro com um suporte de plástico barato?

— Porque a pessoa que a está rastreando quer que ela saiba que está sendo rastreada — refletiu Faith. — Que tipo de psicopata rastreia um carro?

Will ficou calado sobre a página de rastreamento que tinha visto no laptop dela. Se tivesse que adivinhar, Jeremy estava sendo monitorado tão de perto quanto Britt.

— Estamos achando que é o marido, certo?

— Sara me disse que Mac é maníaco por controle. No bar, com Richie, ele ficava ajustando o copo, alinhando-o com o balcão. Obsessivo compulsivo. — Will colocou o celular sobre a mesa, resistindo ao impulso de alinhá-lo à borda. — Minha tia me disse uma coisa interessante: que Mac é como um cafetão e Britt está comprada. Todo o seu poder vem de Mac, e ela usa isso para prejudicar outras pessoas. Às vezes, as vítimas são os piores abusadores.

Faith ficou com uma expressão estranha.

— É agora que você me conta sobre sua tia distante, da qual eu nunca tinha ouvido falar até ontem à noite?

— É agora que você me conta que o último caso te causou transtorno do estresse pós-traumático e que foi por isso que você mandou eu ir me foder ontem?

De repente, ela estava muito interessada em seu caderno.

— Eu queria me desculpar por isso.

Will olhou para o topo da cabeça dela e achou que aquele devia ser seu pedido de desculpas. Bebeu mais de seu chocolate quente enquanto analisava o resto da sala. Alguns dos clientes estavam olhando para ele, mas, pela primeira vez, Will não era o objeto de curiosidade. Faith usava seu uniforme da Agência de Investigação da Geórgia, calça cáqui, uma camisa polo azul-marinho com o emblema da instituição no bolso e a Glock presa à coxa. A arma, em particular, era como um sinal luminoso. Todo mundo odiava policiais até precisar de um.

— Amanda ficaria puta se soubesse o que estamos fazendo. — Faith não se importava com os olhares enquanto folheava seu caderno. — Não consigo entender nada disso. Precisamos colocar na nossa parede maluca de fios.

— É só uma parede maluca. Não temos o fio. Não sabemos por que Richie falou de Cam. Não sabemos o que Britt estava realmente tentando dizer a Sara. Não sabemos as conexões entre as duas agressões. Ou três, se acrescentarmos Merit Barrowe.

— Sabemos que Cam tem algo a ver com isso, o que é mais do que sabíamos ontem à noite — contrapôs Faith. — Você acha que Sara vai conseguir alguma coisa com Mason?

Will deu de ombros, fingindo que o som do nome de Mason não o irritava. No clube de campo, era ele quem tinha dito a Sara para ligar para o ex-namorado, que concordara prontamente em encontrá-la em seu consultório. Will não sabia até que ponto a conversa seria útil, mas sabia que valia a tentativa. Nenhuma daquelas pessoas era direta. A única esperança era que Mason dissesse algo que despertasse a memória de Sara.

— Isso te incomoda? — perguntou Faith. — Sara conversar com o ex-namorado extremamente lindo e sexy?

Will deu de ombros outra vez. Sara estava no consultório de Mason, mas voltaria para casa, para a cama deles.

— O que você descobriu sobre Martin Barrowe?

— Advogado. Amante de pitbulls. Torcedor do Braves e do Hawks. Trabalha em um escritório pro-bono e se chama de justiceiro social. Também é fã da Taylor Swift, mas quem não é? — Faith digitou no telefone. Mostrou uma foto a Will. — Cara bonito.

Will reconheceu imediatamente o rosto.

Martin Barrowe era um dos profissionais debruçados sobre um laptop em uma das mesas.

Will disse:

— Ele está aqui faz uns dez minutos. Ali no canto.

Faith sabia que não deveria se virar.

— Não é como se eu estivesse disfarçada. Tem letras amarelas neon de quinze centímetros da AIG na parte de trás da minha camiseta.

— Advogados de defesa não gostam de policiais.

— Advogados de defesa são uns filhos da puta que ajudam estupradores e assassinos a saírem livres. — Faith estava com o celular em uma das mãos. Will sabia que ela estava usando a câmera para olhar atrás de si. — O que ele está fazendo? Acha que está brincando com a gente?

Martin tinha fechado o laptop. Estava com as mãos entrelaçadas, a cabeça inclinada e de olhos fechados. Will tinha visto a mãe de Sara fazer isso muitas vezes.

Ele disse a Faith:

— Acho que ele está rezando.

Ela deu um suspiro pesado ao colocar o telefone sobre a mesa.

— Talvez a pessoa que não se parece com um policial e que não odeia advogados de defesa deva convidar ele para vir aqui?

Will achou uma boa ideia. Ele estava se levantando quando Martin Barrowe começou a enfiar suas coisas em uma mochila de couro de bola de beisebol. O homem olhou para a porta, mas viu Will pairando igual a um suricato por cima da sala lotada. Depois de um rápido momento de hesitação e reflexão, Martin decidiu ficar.

Ele colocou a mochila no ombro enquanto se dirigia para a frente do café. Faith estava certa, Martin era um cara bonito. Terno e gravata. Cabelo bem cortado. O bigode era fino, mas sem aquela penugem irritante abaixo do lábio inferior. Will achava que ele deveria ter uns trinta anos. Martin tinha uma semelhança impressionante com a foto da autópsia de Merit Barrowe, embora os quinze anos tivessem endurecido um pouco suas feições. O luto tinha um jeito único de marcar o rosto das pessoas.

— Sr. Barrowe? — Will ofereceu suas credenciais, já que ele não estava claramente identificado. — Sou o agente especial Will Trent. Esta é minha parceira, agente especial Faith Mitchell. Obrigado por se encontrar com a gente.

Martin manteve a mochila sobre o ombro e não se sentou.

— Quero que vocês saibam que meus pais morreram sem saber a verdade sobre o que aconteceu com minha irmã. Se vocês forem parecidos com aquele escroto inútil e preguiçoso que investigou a morte de Merit há quinze anos, não me façam perder tempo.

Faith se eriçou como um porco-espinho com o ataque a Edgerton, mas Will estendeu a mão para impedi-la de responder. Ele dedicara toda a vida adulta a uma vocação que falava sobre fraternidade e lealdade, mas descobrira, da maneira mais dura, que esses sentimentos não se estendiam àqueles que fugiam do considerado "normal".

— Você tem razão. O detetive Edgerton errou no caso de sua irmã.

Faith recuou diante da confissão, embora tivesse reclamado da mesma coisa cinco minutos antes. A mãe dela tinha sido policial e subira na hierarquia ao lado de Amanda, que ajudara Faith a ir para a AIG. Ela era tão policial que o azul corria em suas veias.

Por outro lado, Martin Barrowe teve a reação oposta. Ele estava tenso antes, mas uma pequena parte dele parecia ter relaxado.

— Errou em que sentido?

Will pensou em algo que Sara havia lhe dito na noite anterior sobre o poder da sinceridade.

— Olha, cara, eu não vou mentir para você, e a pior coisa que eu poderia fazer agora é te dar falsas esperanças. Estamos tentando encontrar um motivo para reabrir o caso da sua irmã, pois achamos que ele pode estar ligado a outros. Queremos conversar com você sobre as possibilidades e ver se tem *alguma coisa* que nos ajude nisso.

Martin passou a mochila para o outro ombro. Havia muito mais coisas na mochila além de seu MacBook Air de menos de um quilo e meio. As alças estavam esticadas na costura vermelha de beisebol.

— E se não tiver?

— Aí, vamos ter aberto algumas feridas antigas a troco de nada — admitiu Will. — Isso é totalmente possível. Assim como é possível que a gente encontre alguma coisa, mas não possa fazer nada. Você é advogado e deve saber que tem uma diferença entre achar que alguém é culpado e provar isso.

— E eu devo confiar que dois *policiais* vão fazer a coisa certa?

Até Will podia ouvir a maneira como Martin deu ênfase na palavra, como se a estivesse cuspindo da boca. Will deu de ombros.

— Espero que você confie, mas não posso te culpar se não confiar.

Martin não respondeu imediatamente. Ele olhou através das grandes janelas na frente da cafeteria, observando os carros passarem.

Will voltou a se sentar à mesa e terminou de tomar seu chocolate quente. Faith estava com o caderno de anotações à sua frente, mas havia largado a caneta.

De repente, Martin tomou sua decisão e deixou a mochila cair no chão com um baque forte. Ele puxou a cadeira e se sentou com cerca de trinta centímetros de espaço entre seu corpo e a mesa. Olhou para Faith, depois para Will, e então disse:

— Manda aí o que vocês têm.

Faith assumiu o controle.

— Sabemos que sua irmã estava em uma festa na Universidade da Geórgia naquela noite.

— Já está errado — disse Martin. — Merit estava estudando com uma amiga. Elas fumaram um pouco de maconha e tomaram uma ou duas cervejas, mas não era uma festa. E não foi na universidade. Merit era aluna de lá, mas estava estudando em um daqueles apartamentos que eles mantinham no centro da cidade para os alunos de medicina da Morehouse que eram internos no Grady.

Faith havia começado a transcrever a informação, mas levantou o olhar.

— A Morehouse é uma faculdade masculina. Merit estava namorando um aluno?

— Ela estava namorando uma garota cujo irmão era da Morehouse. O dormitório da minha irmã ficava na University Village, na North Avenue, então era mais fácil elas se encontrarem na casa do irmão.

— Espera — falou Faith. — Sua irmã era lésbica?

— Sim, era.

Will sabia no que Faith estava pensando. O relatório da autópsia de Merit Barrowe indicava contusões e hematomas que o médico-legista concluíra serem, provavelmente, resultado de sexo consensual.

Faith perguntou:

— Você disse ao investigador Edgerton que sua irmã era gay?

— Todos nós dissemos — respondeu Martin. — Eu estava com meus pais quando o grande investigador Eugene Edgerton reuniu a gente na sala de estar.

Ele disse que talvez a gente ouvisse algo sobre Merit ter sido estuprada, mas que não deveríamos acreditar nisso. Mamãe falou sem rodeios que Merit era lésbica. Meus pais nunca tiveram problemas com esse lance. Mas Edgerton tinha. Ele, então, começou a dar um sermão sobre como as jovens não sabem o que querem, e que ele odiava nos dizer a verdade, mas Merit estava traindo a namorada com um cara e foi por isso que ela mentiu e disse que tinha sido estuprada.

Faith tinha ganhado direito a um "bem que eu falei" gigantesco, mas parecia furiosa ao ver sua suspeita confirmada.

— Ele mencionou o nome desse suposto cara com quem sua irmã estava traindo?

— Não. Disse que queria proteger a privacidade dele e que não poderia arruinar a vida de um jovem. — Martin cruzou os braços em frente ao peito. — Vocês leram o relatório de Edgerton. *A mulher* isso e *a mulher* aquilo. O babaca nem teve a decência de escrever o nome da Merit.

Will, naquele momento, conseguia ouvir.

Faith perguntou:

— O irmão da namorada, qual era o nome dele?

— Não foi ele — respondeu Martin. — Ele estava em Howard naquela semana. Fez a graduação lá e voltou como mentor.

— Não estou perguntando porque acho que ele era o falso namorado que Edgerton inventou. Estou perguntando porque o último lugar em que Merit foi vista foi no apartamento dele.

— Vamos chamar de Meu Amigo — disse Martin. — Vocês não vão encontrar o nome dele nos depoimentos das testemunhas, nem o nome da namorada de Merit. Edgerton nunca falou com eles.

— Seu amigo estava trabalhando no Grady? — indagou Will.

— Ele era interno lá.

Will sabia que conseguir uma lista de internos da Morehouse de quinze anos atrás não seria difícil, mas estava mais interessado em descobrir por que Martin estava tentando proteger o cara.

Faith havia percebido a mesma coisa e, então, disse:

— Entendo que você não queira ser o motivo de dois policiais baterem à porta do seu amigo, mas a gente precisa conversar com ele.

— Para perguntar o quê?

— Com quem ele trabalhava, se a irmã dele alguma vez o visitou no Grady e levou Merit junto, se elas falaram com alguém lá, quais eram os nomes das pessoas.

— Que nomes você está procurando?

Faith trocou um olhar com Will, mas deu de ombros, eles não tinham nada a perder.

— São todos médicos — explicou ela, voltando a folhear seu caderno para encontrar a lista de Sara. — Chaz Penley. Blythe Creedy. Royce Ellison. Bing Forster. Prudence Stanley. Rosaline Stone. Cam Carmichael. Sara Linton. Mason James. Richie Dougal.

Will estava observando o rosto do homem, mas ele estava impassível.

— Estes são seus suspeitos?

— Não sabemos — respondeu Faith. — Eles trabalhavam no Grady há quinze anos. Estou sendo completamente sincera com você. Essa é toda a informação que temos.

Martin manteve os braços cruzados e ficou olhando através da janela. Era hora de decidir se deveria ou não confiar neles.

Will ficou surpreso quando ele confiou.

— Sabe aquela mulher, a dra. Sara Linton? Ela foi estuprada duas semanas depois da morte de Merit. Edgerton foi designado para os dois casos, mas ele só resolveu um.

— A dra. Linton deu uma identificação positiva — disse Faith. — O agressor trabalhava no hospital e ela conhecia o nome e o rosto dele.

A surpresa quebrou o comportamento combativo de Martin.

— Vocês já investigaram o caso da dra. Linton?

— Estamos investigando tudo — respondeu Faith. — Você conversou com Edgerton sobre uma possível conexão entre os dois?

Martin soltou uma gargalhada.

— Eu era um garoto de dezesseis anos que estava de luto pela irmã morta. Aquele homem mal me dava atenção. E a maneira como ele tratou meus pais... eu nunca vou perdoar o desrespeito, o desprezo que ele demonstrou por eles. Sei que o idiota está morto. Se eu me desse ao trabalho de encontrar o túmulo, mijaria nele.

Will tentou diminuir um pouco da hostilidade.

— Parece que você leu o relatório policial do investigador Edgerton.

Martin não respondeu. Em vez disso, inclinou-se e começou a vasculhar sua mochila, de onde retirou uma pilha grossa de pastas, e enunciou enquanto as deixava sobre a mesa.

— Boletim inicial. Relatório de Edgerton. Depoimentos de testemunhas. Relatório da autópsia. Relatório toxicológico. Atestado de óbito.

Faith se assustou ao ouvir *relatório toxicológico*. Ela pegou a cópia impressa e passou o dedo pelas linhas. A cruz do Grady estava no topo da página, o que significava que o documento havia sido gerado no laboratório do hospital. O sangue de Merit fora coletado no pronto-socorro antes de ela morrer.

Ela falou:

— Positivo para maconha, álcool e benzodiazepina.

Martin disse:

— Merit nunca tomou medicamento controlado. E, mesmo que tivesse tomado, Meu Amigo me explicou o relatório toxicológico. Ele disse que o nível de benzodiazepínicos encontrado no sangue de Merit era tão alto que ela teria desmaiado antes de engolir tantos comprimidos.

Faith perguntou:

— De que outra forma ela poderia tê-los ingerido?

— Me diz você.

— O médico-legista não encontrou marcas de agulha.

— E será que ele procurou direito?

Will aproveitou a deixa e puxou o arquivo da autópsia, que parecia ter mais folhas do que o que estava no arquivo oficial. As páginas extras continham fotos diferentes, que tinham envelhecido mal. Fazia muito tempo que ele não via páginas enviadas por fax. A impressão no papel térmico era tão clara que as palavras estavam acinzentadas. Os cabeçalhos com o número de telefone do qual o fax havia sido enviado eram pouco mais que pontos. A data havia quase desaparecido, exceto pelos dois últimos dígitos. O documento era de quinze anos atrás.

Ele folheou as últimas páginas. As fotos estavam tão claras que poderiam ser desenhos de linhas. A tatuagem sob o braço esquerdo de Merit estava ofuscada pelas linhas de suas costelas.

Will perguntou a Martin:

— Sua irmã tinha uma tatuagem?

— Segundo o relatório da autópsia, sim, mas eu era o irmão mais novo dela. Ela não dividiria algo assim comigo. E, com certeza, não contaria para a minha mãe. — Martin deu um sorriso triste. — Ser gay era uma coisa, mas profanar o corpo que o bom Deus te deu? Não, senhora.

Faith perguntou:

— O investigador Edgerton viu o relatório toxicológico?

— Eu mesmo o mostrei a ele — contou Martin. — Ele me disse que Merit estava se divertindo demais e deixou a situação sair do controle. O cara tinha uma teoria na cabeça e não a largava, por mais que eu jogasse fatos na cara dele. Típico de policial, achava que era mais esperto do que todo mundo.

Faith ignorou a provocação, batucando a caneta na mesa enquanto examinava suas anotações.

— Você sabe se sua irmã recebeu alguma mensagem ameaçadora na época em que morreu?

— Ela nunca mencionou algo do tipo, mas, como eu disse, eu era o irmão mais novo dela. — Ele deu de ombros. — Éramos próximos, mas, se ela tivesse sobrevivido, teríamos sido muito mais. Merit já teria tido filhos. E eu nunca vou saber o que é ser tio. Meus pais morreram sem ter um neto para amar.

Faith lhe deu alguns segundos.

— Merit tinha celular?

— Ela tinha um iPhone. Era caro pra cacete naquela época. Meus pais deram o aparelho por ela ter tirado nota máxima o ano inteiro. Nunca vi ela tão animada, fiquei com a maior inveja. — Martin fez uma pausa, tomado pela lembrança. — De qualquer forma, provavelmente, não aguentaria nem uma carga depois de todo esse tempo.

— Você não olhou quinze anos atrás?

Martin fez que não com a cabeça.

— Eu não sabia a senha, mas não parecia ser grande coisa. Naquela época, a gente não carregava a vida no celular. Merit, inclusive, ainda anotava seus contatos em uma agenda de verdade.

— Você ainda tem a agenda dela?

Martin deu de ombros.

— Talvez eu consiga encontrar.

Will não deixou de pensar em como a mochila do homem parecia pesada. Martin tinha conseguido achar todos os arquivos de Merit e, provavelmente, estava com o iPhone e a agenda de contatos na mochila.

Seu outro palpite era que Martin escondia mais coisas.

— Sr. Barrowe, vou apresentar uma hipótese, mas o senhor não precisa responder, só se quiser.

Martin soltou uma gargalhada, talvez porque conhecesse todas as táticas policiais existentes.

Will não estava interessado em táticas. Ele estava interessado na lei.

— A Geórgia tem uma lei de transparência que disponibiliza os documentos do governo ao público. Mas a lei exige que todos os registros policiais permaneçam selados se uma investigação estiver em andamento. É o caso da investigação da sua irmã, que, tecnicamente, nunca foi encerrada. A causa da morte de Merit está listada como indeterminada e, mesmo assim, você tem cópias de todos os registros.

Martin manteve a boca fechada, mas olhou nervoso para Faith enquanto ela folheava as pastas.

Will continuou:

— A outra coisa é que algumas dessas páginas foram enviadas por fax. Há quinze anos, só quem ainda usava aparelhos de fax eram agências governamentais e profissionais da área médica. Tenho vergonha de dizer que ainda usamos, mas o papel não é mais térmico porque descobrimos que ele desbota.

Will lhe deu um momento para refletir sobre o que havia sido dito.

Martin perguntou:

— Qual é a sua hipótese?

— Minha hipótese é que você conseguiu essas informações por meios não legais. Mas, como você é advogado, sabe que o prazo de prescrição já se esgotou para você. Isso me diz que você está preocupado em não colocar outra pessoa em apuros. Não legalmente, mas, talvez, com o conselho médico. Portanto, precisa saber que eu estou cagando para denunciar essa pessoa. — Will se inclinou para a frente na cadeira, diminuindo um pouco a distância que Martin havia colocado entre eles. — O que eu quero saber é por que compartilharam essas informações com você e o que mais você conseguiu descobrir.

— Não foi Meu Amigo — cedeu Martin. — Pedi pelo relatório toxicológico, mas você tem razão. Ele não quis arriscar perder a licença.

— Está bem — falou Will. — Como um garoto de dezesseis anos conseguiu todas essas informações?

Martin cruzou os braços de novo. Sua reticência foi subitamente substituída por um olhar de orgulho.

— Cameron Carmichael.

A cabeça de Faith se levantou como uma torre.

— Você está de sacanagem?

Will perguntou:

— Como?

Martin inspirou fundo, prendendo a respiração por um momento antes de soltá-la lentamente.

— Grande parte da minha família mora fora do estado ou no exterior, e nem todos puderam ir ao funeral de Merit. Assim, fizemos uma missa um mês depois que ela foi cremada. Tinha umas cem pessoas na nossa igreja. Todos eram familiares próximos. E Cameron Carmichael.

— Cam apareceu na missa? — inquiriu Faith. — Ele foi convidado?

— Claro que não — respondeu Martin. — A gente nem sabia o nome dele. Foi Edgerton quem contou para a gente que ela estava morta. Nunca ocorreu a nenhum de nós falar com o médico que tinha tratado ela. Estávamos arrasados. Vocês não têm ideia do que esse tipo de perda faz com uma família. A ferida nunca cicatriza.

Faith virou uma nova página em seu caderno espiral.

— Começa do início.

— Eu estava conversando com uma das minhas tias e, de repente, ouvi um cara gritando. — A voz de Martin ficou tensa. A lembrança claramente o afetava. — Cam estava se agarrando a qualquer pessoa que pudesse encontrar, chorando que nem um bebê, falando sobre como aquilo era uma porra de uma tragédia. Aquele *bosta* fez meu termômetro esquentar. Não se usa essa palavra perto da minha mãe. Não, senhor.

Faith perguntou:

— Você foi até o Cam?

— Pode apostar que sim. Mal era meio-dia e Cam estava bebaço. Falei que Merit era minha irmã e ele ficou louco de verdade. Me agarrou como se estivesse se afogando e começou a implorar para que eu o perdoasse. Tive que arrastá-lo para fora para ele não aborrecer meus pais ainda mais do que já estavam aborrecidos.

Will tirou algumas conclusões da história. Uma delas era sobre Cam. A outra era sobre um garoto de dezesseis anos que estava prestes a se tornar um homem.

Em silêncio, ele se comunicou com Faith, que acenou com a cabeça para que ele assumisse o comando.

Will perguntou:

— Como Cam se apresentou?

— Ele já chegou dizendo que tinha sido médico de Merit e que não tinha percebido os sinais de que ela havia sofrido uma overdose. Segundo ele, era culpa dele ela estar morta.

— Essas foram as palavras de Cam? Que era culpa dele ela estar morta?

— Foram exatamente essas as palavras dele. — Martin apoiou as mãos sobre a mesa. A postura defensiva havia desaparecido. — Olha, eu vou ser sincero com você, tá? Meu tio Felix sempre deixa uma garrafa de Bourbon no seu porta-luvas. Voltei para dentro da igreja, peguei as chaves dele e fui buscar a bebida. Cam queria fumar, então nos sentamos no Honda de merda dele e começamos a beber todo aquele bourbon.

— Você não bebeu muito — adivinhou Will. — Estava só ajudando Cam a ficar mais bêbado.

— Pode apostar que sim. Cam me contou o que aconteceu naquela noite. Merit deu entrada no pronto-socorro. Ela estava apavorada, e contou a Cam que havia sido estuprada. Tinha sangue seco em suas pernas. Ela nunca tinha feito sexo com um homem. Pelos hematomas, Cam percebeu que havia acontecido algumas horas antes de ela chegar ao hospital.

Will olhou para Faith novamente. Ela mordia o lábio inferior enquanto anotava cada palavra. Naquele momento, eles entenderam por que Edgerton não havia registrado o depoimento de Cam. No que dizia respeito a provas de corroboração, a avaliação em tempo real de uma agressão sexual feita por um médico era praticamente irrefutável.

— Cam me disse que Merit estava quase histérica. Ela não se lembrava de ter sido estuprada, mas sabia que tinha acontecido. Sua última lembrança era de ter saído da aula às quatro horas da tarde, mas não se lembrava de ter visto a namorada. Não se recordava de ter estado no apartamento do Meu Amigo.

Faith virou mais uma página e continuou escrevendo.

Martin seguiu:

— Cam queria chamar a polícia, mas Merit não deixou. Ela estava preocupada com meus pais, ok? Sabia que eles ficariam arrasados se descobrissem. Então, Cam se ofereceu para fazer um kit de estupro, caso Merit mudasse de ideia sobre registrar um boletim de ocorrência. Ela se negou. E aí ela disse a ele que queria ir ao banheiro. Cam sabia que Merit queria se limpar, mas implorou para ela fazer o exame de estupro, disse que seria o mais gentil possível, mas ela falou não de novo. Então, Cam a acompanhou até o banheiro e foi checar outro paciente. Vocês sabem o que aconteceu depois.

Todos eles sabiam. Merit Barrowe havia morrido naquele banheiro.

Will perguntou:

— Você sabe se Cam contou alguma coisa disso para Edgerton?

— Cam escreveu tudo em um depoimento de testemunha, mas Edgerton não aceitou. Disse para ele que Merit estava mentindo e que o médico-legista não havia encontrado sinais de estupro. Que, se Cam mexesse com isso, só puniria a família, porque, para Edgerton, o caso estava encerrado.

Faith perguntou:

— Você tem o depoimento?

Mais uma vez, ele pegou a mochila. Mais uma vez, Will teve certeza de que Martin estava escondendo algo.

Faith havia largado a caneta para ler o depoimento de Cam.

Will perguntou a Martin:

— Foi Cam quem recebeu o relatório toxicológico do laboratório do hospital, né?

— Foi.

Will folheou os arquivos sobre a mesa para encontrar o atestado de óbito oficial de Merit Barrowe. Ele apontou para a linha de assinatura.

— Cam preencheu o atestado de óbito dela. Ele listou a causa da morte como overdose, mas não especificou se foi acidente, suicídio ou homicídio. Deixou a caixa de explicação em branco. Se ele suspeitava de algo, deveria ter escrito lá. No mínimo, o médico-legista teria feito uma autópsia completa.

Martin inseriu a mão dentro de sua mochila sem fundo de novo. Retirou outra pasta, que abriu por cima dos outros arquivos. Will reconheceu o logotipo oficial do Departamento de Estatísticas Vitais da Secretaria Estadual de Saúde da Geórgia. Martin estava mostrando a eles o atestado de óbito da irmã. Não um fax ou uma cópia. A borda estava impressa em azul. A tinta da caneta esferográfica era azul. As teclas da máquina de escrever tinham marcado o papel. O formulário original deveria estar guardado no cofre de registros, não na mochila de um familiar de luto.

Martin perguntou:

— Conseguem perceber a diferença?

Faith virou os dois documentos em sua direção. Quase imediatamente, começou a fazer que sim com a cabeça.

— No atestado original, na seção de *breve explicação da causa da morte*, Cam escreveu: "Suspeita. Overdose não acidental. Agressão sexual". Aí, quando a gente vê o atestado no arquivo de Merit, essa mesma seção está em branco. Edgerton deve ter usado corretivo ou algo assim para encobrir o que Cam escreveu. Depois, fez uma cópia e a colocou no arquivo de Merit — Faith explicou para Will.

— Não — corrigiu Martin. — Edgerton fez Cam preencher um novo atestado de óbito, depois colocou o falso no arquivo oficial de Merit. Cam pegou o original de volta do hospital. Eles ainda não o tinham arquivado. É isso que vocês estão vendo aqui. O atestado de óbito real da minha irmã, da noite em que ela morreu, diz que a morte dela foi suspeita.

Faith se recostou na cadeira e olhou fixamente para Martin.

— O que você está dizendo é que Cameron Carmichael apareceu bêbado na missa da sua irmã. Depois, você, um garoto de dezesseis anos, sentou-se com ele em seu Honda com uma garrafa de bourbon. Em seguida, de alguma forma, conseguiu fazer com que ele falasse tudo, não só sobre a morte da sua irmã, mas sobre o fato de ele ter alterado um documento oficial, o que não só é crime, mas faria com que ele perdesse a licença médica?

Assim que ela explicou, Will percebeu o buraco gigantesco na história.

— Cam não foi à missa com toda essa papelada. O que você fez, revistou o carro dele?

— Levei ele de carro para casa. — Martin deu de ombros. — Não estou dizendo que revirei a casa dele, mas, hipoteticamente, ele talvez tivesse esses arquivos guardados em uma maleta trancada na prateleira de cima do armário.

— Puta merda — disse Faith. — Respeitei.

Will estava pensando na mochila de Martin.

— Não foi só isso que você encontrou, né?

Martin olhou através das janelas outra vez.

— Hipoteticamente?

— Claro — falou Will.

— Eu talvez tenha levado o laptop dele.

O peso da mochila finalmente tinha uma explicação. Ele havia trazido o laptop de Cam consigo também.

Faith disse:

— Em algum momento, Cam deve ter percebido que você roubou todas as coisas dele — disse Faith.

— Demorou 48 horas, mas, sim. Ele veio bater na minha porta e me xingou que nem um maluco. Graças a Deus, meus pais não estavam em casa. — Martin acenou com a cabeça para os arquivos. — Eu já tinha lido tudo o que estava na pasta e, obviamente, tinha algumas perguntas.

— Ele respondeu?

— O cara parecia o vilão no fim de um desenho do Batman — falou Martin. — Ele me contou tudo, nem pediu as coisas dele de volta. Cam confessou e depois saiu pela porta. Tentei ligar para ele algumas vezes, mas ele acabou mudando de número. Não tenho ideia de onde está agora.

Will entendeu que Martin não sabia que Cameron Carmichael se matara havia oito anos. Ele também entendeu que, por mais que Martin parecesse desprezar o homem, ainda o estava protegendo. A prescrição do crime não importava, o sustento de Cam estaria em risco se suas múltiplas violações éticas fossem expostas.

Faith perguntou:

— O que tinha no laptop de Cam?

— Muitos dos arquivos estavam protegidos por senha. Não sou da área de informática, nem conhecia ninguém da área. E não podia pedir ajuda à polícia. Nem naquela época nem hoje. Edgerton está morto, mas o Departamento de Polícia ainda vai proteger o cara. Vocês são assim mesmo.

Will esfregou a mandíbula enquanto pensava nos últimos detalhes. Havia algo de errado com a linha do tempo.

— A confissão de vilão do Batman. Cam te disse por que falsificou o novo atestado de óbito?

— Ele tinha um processo por dirigir embriagado. Sua licença médica seria suspensa, o que significava que ele definitivamente perderia o emprego. Edgerton se ofereceu para resolver o problema se Cam fizesse a mudança.

— Por que Edgerton queria que ele fizesse a mudança?

— Cam não tinha ideia, mas o policial o assustou muito. Era um cara grande com um temperamento instável. — Martin balançou a cabeça com a lembrança. — Ele assustou tanto Cam que ele ia embora da cidade. Já tinha um emprego em outro estado. Começou a procurar no mesmo dia em que Edgerton fez ele mudar o atestado de óbito. O cara estava apavorado, queria ficar o mais longe possível de Atlanta.

— Vamos voltar à questão do tempo — pediu Will. — A missa de sua irmã foi um mês após a morte dela. Naquele mesmo dia, você tomou posse desses documentos e do laptop de Cam. Dois dias depois, o médico apareceu à sua porta e contou para você que já tinha um emprego novo e que iria embora da cidade. Ele deixou o laptop e toda essa papelada com você e, desde então, você não viu nem teve notícias dele. Estou certo?

Martin fez um único aceno positivo com a cabeça.

— Sim.

Faith batucou com a caneta na mesa. Estava olhando para a linha do tempo. Havia colocado entre parênteses, mas Will podia ver a pergunta óbvia. À sua própria maneira, Martin Barrowe era tão ruim quanto Britt McAllister — jogando pistas como uma espécie de teste para ver se eles se agarrariam a elas.

Will continuou:

— Quando Cam estava fazendo sua confissão de vilão do Batman, ele contou para você quanto tempo tinha se passado entre a morte de sua irmã e o momento em que Edgerton chantageou ele para mudar o atestado de óbito dela?

— Disse, sim, e foi bem claro — respondeu Martin. — Edgerton apareceu na casa de Cam exatamente duas semanas e um dia depois da morte de minha irmã.

Will sentiu como se tivesse levado um soco na boca do estômago.

— Duas semanas e um dia?

— Isso — confirmou Martin. — No dia seguinte ao estupro da dra. Sara Linton.

9

A SALA DE ESPERA do Centro James de Cirurgia Estética era elegante e moderna como era de se esperar. Cadeiras de couro preto, sofá de veludo roxo, Daft Punk tocando baixo no alto-falante Bose sobre a bancada de madeira que tinha uma máquina de café expresso de aço inoxidável. As xícaras pretas foscas estavam dispostas sobre uma bandeja aquecida. Até os pauzinhos de mexer eram de um metal lustroso e chique.

Sara sempre achou que Mason acabaria na plástica. Sua astúcia e seu charme característicos eram exatamente o que o trabalho exigia, e o pagamento poderia ser astronômico. Não que ela culpasse Mason por aceitar o dinheiro. A medicina era um chamado, mas atender a esse chamado tinha um preço. A pessoa passava no mínimo 24 anos de sua vida estudando, depois outros ganhando salários de merda. Então tinha que escolher em qual especialidade trabalhar, uma decisão influenciada pelo fato de que estava se afogando em mais de meio milhão de dólares em dívidas. Não havia sistema melhor para empurrar os novos médicos para campos altamente especializados e lucrativos, em vez das áreas em que a ajuda era realmente necessária, como clínicos gerais que aconselhavam uma alimentação saudável e exercícios para que o paciente nunca precisasse consultar um dos especialistas.

Sara se levantou da cadeira. Como não podia se permitir começar a andar de um lado para o outro, fingiu estudar uma colagem gigante pendurada ao lado da porta para as salas de tratamento. Rostos, partes do corpo, dentes. Ela estava distraída demais para formar uma opinião, mas tinha certeza de que Mason havia passado várias horas discutindo a visão do artista com o galerista de luxo que lhe vendera a peça. Se havia uma coisa que Mason adorava fazer, era conversar. Provavelmente, era por isso que ele tinha deixado ela esperando.

Sara olhou para o relógio.

Will e Faith estavam no encontro com o irmão de Merit Barrowe naquele momento, e esta lembrança, por si só, começou a aliviar o frio no estômago de Sara. Tommy havia saído livre do processo civil de Dani Cooper e a médica não precisava ser detetive para saber que ele encontraria uma maneira de estuprar novamente. Britt, à sua maneira, havia ajudado, mas conseguira, também à sua maneira, turvar as águas. A morte de Merit Barrowe estava, de alguma forma, ligada à agressão sexual de Sara e à morte de Dani Cooper, e tudo isso, de alguma forma, estava ligado a Cam Carmichael.

Infelizmente, as duas melhores fontes de informação estavam mortas. Cam por suicídio. Eugene Edgerton, em decorrência de um câncer no pâncreas.

— Meu Deus, você está maravilhosa.

Sara se virou e encontrou Mason James parado à porta. Um sorriso malicioso estava estampado em seu rosto. Ele não se preocupou em esconder o olhar de apreciação que lançara ao corpo de Sara. O homem em si era tão elegante quanto o escritório, com o cabelo habilmente despenteado, roupas bem-ajustadas e a barba por fazer cuidadosamente esculpida. Ele parecia uma versão inferior da persona de clube de Will.

Antes que ela pudesse pensar em uma maneira educada de impedi-lo, ele beijou sua bochecha.

Sara cerrou os dentes ao sentir a barba rala no rosto.

Mason não pareceu notar.

— Você não imagina a minha alegria quando você ligou.

O olhar dele continuou descendo até o decote dela. Sara havia trocado a roupa de tênis por um vestido preto com cinto e uma fenda alta que, naquele momento, ela percebia que talvez estivesse passando a mensagem errada. Ela não havia dito a Mason por que queria vê-lo depois de tantos anos.

Por outro lado, ele não a havia pressionado a dar uma explicação.

— Podemos ir a um lugar reservado?

— Eu adoraria te levar para tomar um drinque de verdade, mas tenho um paciente daqui a meia hora. Uma verdadeira emergência. Precisa de Botox e preenchimento antes que o marido volte de Cingapura. — Mason abriu a porta. — Não se preocupe, meu consultório é à prova de som. Não quero que nenhum segredo seja revelado.

Sara não perguntou de quais segredos ele estava falando. Sentiu a mão dele pressionar sua lombar quando passou pela porta aberta. Uma jovem loira muito bonita estava atrás do balcão onde os pagamentos eram processados. Vitrines com loções e poções caras estavam discretamente iluminadas. As paredes eram repletas de fotografias de mulheres e alguns homens posando antes e depois da cirurgia. Ela não ficou surpresa ao encontrar fotos de crianças misturadas entre as plásticas faciais e os implantes de queixo. Mason estava oferecendo voluntariamente seu tempo para reparar fissuras labiais e palatinas em regiões carentes de médicos. Tessa estava certa ao dizer que ele era um pavão e tinha mau gosto, mas ajudar crianças necessitadas era um grande passo para redimir seu caráter.

Ele usou a mão para conduzir Sara gentilmente até seu escritório enorme. A luz do sol entrava pelas janelas que iam do chão ao teto. Mais couro, veludo, madeira e aço. Mais fotografias, desta vez, mais íntimas. Mason com uma adolescente vestida para jogar futebol. Mason e uma garota mais jovem sentados em cima de cavalos em algum lugar montanhoso.

Ela perguntou:

— Quantos filhos você tem?

— Uma dúzia, de acordo com meus depósitos mensais de pensão alimentícia. — Sua expressão se suavizou quando ele olhou para as fotografias. — Poppy tem nove anos, Bess tem onze.

Sara sentiu uma tristeza indesejável ao ver as duas meninas lindas.

— Enfim, vamos? — Mason indicou um sofá e uma poltrona no canto do recinto.

Sara escolheu a poltrona e Mason se sentou no sofá, tão baixo que seus joelhos ficaram dobrados quase até o peito. Ele não pareceu se importar, e se inclinou para a frente.

— Me conta sobre como você escolheu usar esse vestido magnífico para mim.

Sara tinha, literalmente, enfiado a mão no armário e tirado a primeira coisa que não estava suja.

— Eu deveria ter sido mais honesta com você ao telefone sobre o motivo pelo qual eu queria te encontrar.

— Santa Sara contando uma mentirinha? — Ele soprou ar entre os lábios. — Me fala, quando foi a última vez que nos vimos?

— Minha irmã estava no hospital — respondeu ela. — Você deu em cima de mim.

— Você gostou?

Sara não deveria ter ficado surpresa por ele ter ignorado a parte de Tessa estar no hospital.

— Faz muito tempo.

— Nem tanto — retrucou ele. — Muitas vezes me pergunto o que teria acontecido se tivéssemos dado certo.

Sara fez questão de notar a aliança de casamento no dedo dele.

— Que eu saiba, você já se casou pelo menos três vezes.

— Mas, talvez, se você tivesse sido a primeira sra. James, eu não teria sentido necessidade de encontrar as outras. — Ele lhe deu um sorriso de lobo. — Pensei em te pedir em casamento quando fomos morar juntos. Me ajoelhar. Comprar um diamante de verdade para você.

Sara sentia o calor do olhar dele em seu anel de noivado.

Os olhos de Mason voltaram lentamente para o rosto dela.

— Sabe, fico sentado neste consultório durante horas por dia dizendo às mulheres todas as maneiras de torná-las mais bonitas, mas estou olhando para você agora e não tem nada que eu possa melhorar.

Sara não podia deixar aquilo continuar.

— Mason.

— Tá bom, tá bom. — Ele riu como se estivesse brincando. — Pelo anel no seu dedo, deduzo que não está aqui para retomar nosso tórrido caso sexual.

Sara se impediu de cobrir o anel. Não conseguia suportar a ideia de que ele estivesse tirando sarro dela.

— Estou noiva. Ele é agente especial da Agência de Investigação da Geórgia.

— Ah, você vai se casar com outro policial. — Ele sorria de novo, mas com uma expressão afiada. — Você sempre gostou de um homem que bota o pau na mesa. Como é que chamam mulheres como você? Maria Farda?

Sara não gostou do tom mordaz dele.

— Maria Distintivo.

— E o pau na mesa?

— Quando ele é tão grande, não é preciso bater na mesa.

Mason jogou a cabeça para trás e riu.

— Meu Deus, senti falta do seu humor sujo. Tem certeza de que não podemos arranjar alguma coisinha à parte? Com certeza, você vai ficar entediada.

A única coisa de que Sara tinha certeza era que Will ficaria envergonhado se pudesse ouvir aquela conversa.

— Mason, eu vim aqui para falar sobre algo específico.

— Ah, parece sério. — Ele fez uma pantomima, colocando-se em uma posição de escuta. — Por favor, continue.

Sara teve que tomar fôlego antes de dizer:

— Preciso te perguntar sobre a festa mista de sexta-feira.

Mason levantou ligeiramente o queixo.

— Isso ainda está rolando? Não vejo a turma desde que saímos do Grady.

Sara notou a mudança na voz dele. Mason nunca se sentira à vontade para falar sobre coisas desagradáveis.

— Eu me referia a uma festa mista específica. A que fomos na noite em que fui estuprada.

Mason se recostou no sofá e esticou o braço ao longo do encosto. Olhou pela janela. Sara podia ver as ruguinhas em seus olhos, um leve arredondamento se formando em torno da mandíbula. Era como se a palavra *estupro* o tivesse envelhecido imediatamente. Ela se lembrou mais uma vez de que não era a única pessoa que havia sofrido com o ataque.

Ela não sabia o que dizer.

— Sinto muito.

Ele visivelmente se esforçou para reacender seu charme.

— O que aconteceu com aquele carinha? Seu gato branco e fofo.

— Apgar — disse Sara. — Ele chegou aos dezesseis anos antes de seus rins falharem.

— Um bicho magnífico. Ele adorava um uísque *single malt*. — As rugas ao redor de seus olhos se aprofundaram quando ele sorriu. — O nome era em homenagem a Virginia Apgar, né? Foi ela quem inventou a escala de Apgar?

— Isso. — Sara deixou que ele continuasse com sua conversa fiada. — Me disseram no abrigo que ele era fêmea, e só pensei em verificar depois que dei o nome a ele.

— Sim, agora eu me lembro. — O sorriso de Mason continuava tenso. — O velho Apgar teve sorte de ter ido embora na hora certa. Ultimamente, o mundo está desfavorável aos homens brancos. Uma época infernal.

— Controlar o corpo das mulheres junto com todo o governo federal e o judiciário não é suficiente?

— Ah, vá — desdenhou ele. — Você sabe que a maré já virou. Qualquer dia desses, todos nós vamos ser castrados igual ao pobre Apgar.

Sara conseguia lidar com conversa fiada, mas não queria saber de autopiedade.

— Mason, eu realmente preciso conversar sobre o que aconteceu.

Ele voltou a desviar o olhar.

— Não estou particularmente orgulhoso de como me comportei naquela época.

— Se você está preocupado que eu o culpe por alguma coisa, fique tranquilo. Cada um reage de forma diferente ao trauma.

— Você está passando pano para mim. Eu poderia, sim, ter feito mais. — De repente, ele ficou sério. — Imagino que você tenha ficado sabendo que eu comecei um relacionamento com a Sloan depois que a gente terminou.

Sara deixou passar a parte do *depois que a gente terminou.*

— Ouvi alguma coisa.

— A turma adora uma boa fofoca — comentou ele, como se Sara precisasse de ajuda para descobrir. — Aconteceu com a Sloan também, sabe.

Sara sentiu um peso no coração.

— Sloan foi estuprada?

— Na primeira semana da faculdade de medicina, dá para acreditar? Foi a um encontro com um colega. Bebeu um pouco. O cara forçou a barra com ela.

— Ela fez uma denúncia ou...

— Não, ela não queria fazer alarde. E o homem desistiu depois do primeiro ano, então ela nunca mais precisou vê-lo.

— Você sabe o nome dele?

— Ela nunca me contou. — Mason passou a mão na manga de sua camisa. — Queria deixar tudo para trás e seguir a vida. Não foi uma má ideia, na verdade, ela está bem melhor assim.

Sara mordeu o lábio. Não precisava que Sloan Bauer fosse apontada como um exemplo brilhante da maneira correta de se recuperar de um estupro.

Ela respirou fundo para se recompor, antes de dizer:

— Depois da faculdade de medicina, Sloan conseguiu uma residência em outro estado. Foi por isso que ela saiu da cidade?

— Não faço ideia. Qual é a palavra que eles usam agora? Gatilho? — Ele deu de ombros. — O que aconteceu com você foi um gatilho bem pesado para ela. Foi um período difícil para todo mundo.

Sara não conseguiu se conter.

— Que terrível para Sloan ter que lidar com meu estupro. Que sorte que ela tinha você.

— Não seja amarga, querida. Você sempre foi mais forte do que ela. Você tinha sua família. Ela só tinha euzinho, velho e chato. — Mason se inclinou para a frente outra vez. — Eu gostaria de fazer uma sugestão.

Sara esperou.

— Por que mexer com o passado? Isso não vai ser bom para ninguém. Você precisa deixar pra lá.

Mason James não tinha direito de tomar essa decisão por ela.

— Se você conseguir se lembrar de alguma coisa daquela noite, qualquer coisa...

— Eu fui em centenas de festas mistas, provavelmente o dobro de festas normais. Todas elas viraram um borrão.

— Sloan estava lá — afirmou Sara. — Você se lembra de ter recebido um telefonema antes de sairmos? Você ficou muito animado de saber que ela tinha voltado à cidade.

— Na época, ela era só uma amiga.

Sara não conseguiu pensar em uma maneira educada de dizer a ele o quanto não se importava.

— Cam estava muito bêbado naquela noite. Mais do que o normal. Você teve que tirar as chaves dele.

— Eu? — perguntou Mason. — Que cavalheirismo da minha parte.

— Ele tinha perdido uma paciente duas semanas antes. O nome dela era Merit Barrowe. Você lembra?

— Desculpa, querida. Eu te disse que não consigo me lembrar.

— Mas Cam...

— Vivia bêbado. Entrou e saiu do AA até o dia em que se matou. O apartamento dele era lotado de garrafas vazias.

Sara viu o arrependimento tomar conta do rosto de Mason. Ele havia dito mais do que pretendia.

— Você manteve contato com Cam?

Mason ficou em silêncio, tentando encontrar uma maneira de voltar atrás. Sara se lembrava desse lado dele. Calculista, sorrateiro. Havia uma razão para ela só ter descoberto que ele estava tendo um caso com Sloan depois.

— Acho que fiquei sabendo desses detalhes no velório de Cam. Teve uma reuniãozinha aqui com a turma, e Richie fez o discurso fúnebre. Ele sempre foi nosso arquivista. Contou algumas histórias e tal. Foi muito comovente.

Sara sentiu uma sensação nojenta de traição. Dois minutos antes, Mason a olhara nos olhos e afirmara que não via a turma desde que saíram do Grady. Cam tinha morrido havia oito anos. Sobre o que mais Mason estava mentindo?

— Coitado do Cam. — Ele suspirou. — O cara sempre teve tendência à depressão. Não foi um choque ter acabado se matando, na verdade.

Sara soltou outro suspiro nervoso.

— Sinto muito por ter perdido o velório.

— Você teria odiado. Só um monte de bebida e lembranças. — Mason se inclinou para a frente sobre os cotovelos novamente. — Querida, por que você está fazendo todas essas perguntas? Aconteceu alguma coisa?

Sara lutou contra a vontade de se afastar dele. Quando moravam juntos, Mason vivia mentindo sobre coisas triviais, embelezando histórias, encobrindo suas falhas. Isto era diferente. Ele estava mentindo para proteger ele próprio ou outra pessoa.

— Você ainda mantém contato com Richie?

Mason demorou um pouco para responder.

— Na verdade, não. Por quê?

— Por causa do que você disse sobre ele ser o arquivista do grupo. Aposto que ele se lembra daquela noite.

Mason pareceu surpreso.

— Acho melhor deixar isso pra lá.

Sara já havia perdido a conta do número de vezes que ele havia tentado avisá-la.

— Não tem problema. Posso encontrar o número dele na internet.

— Não. — A voz de Mason se elevou, e ele se esforçou para moderar o tom. — Quer dizer, claro que eu tenho o telefone dele. Quer que eu te mande?

Sara o viu tirar o celular do bolso. A luz do sol incidiu sobre a tela enquanto uma gota de suor escorria pela lateral de seu rosto.

Mason olhou fixamente para o telefone e depois para Sara.

— Melhor eu escrever para você?

Sara se virou enquanto Mason ia até a escrivaninha para pegar papel e caneta. Ele tinha o telefone dela. Poderia facilmente ter compartilhado o cartão de contato de Richie aproximando os aparelhos. O que estava escrito naquele cartão que ele não queria que ela visse?

— Já que está com a mão na massa, você se importa de escrever o nome de qualquer pessoa de quem você se lembre? Não só daquela noite, mas de qualquer outra noite — perguntou ela.

— Você conhece a turma. — A voz pareceu tensa. — Estava todo mundo lá.

— E os parasitas? Tinha um Nathan, um Curt e...

— Tomás e Benjamin. — Ele estava segurando a caneta com tanta força que ela podia ouvi-la arranhando o vidro da mesa. — Ana e Geny.

Os nomes não lhe pareciam familiares. Ela o observou caminhar de volta para sua cadeira, dobrar o papel em dois e entregá-lo a ela.

— É melhor eu me preparar para minha paciente. Dá para perder um dedo nas dobras nasolabiais dela.

Sara não aproveitou a deixa para sair. Ela não esperaria para ler os nomes até entrar no carro. Queria Mason bem na sua frente, caso ela tivesse alguma dúvida.

Ela abriu o bilhete dobrado. Os nomes estavam escritos abaixo do número de telefone de Richie. Ela entendeu que era a tentativa infantil de Mason de fazer humor.

Tomás Turbano. Benjamin Arrola. Ana Konda. Geny Tália.

Sara levantou o olhar para Mason.

Ele estava sorrindo outra vez, mas sem a tranquilidade anterior. Ele queria que ela fosse embora. Sabia que tinha falado demais.

Sara se lembrou de um comentário que Will havia feito sobre sua tia Eliza. Não dá para perguntar a verdade a um mentiroso. Ela dobrou o bilhete, colocou-o na bolsa e se levantou para sair.

Mason esperou até que Sara estivesse quase chegando à porta.

— Na verdade, eu me lembro do nome de um deles.

Sara segurou a maçaneta.

— Não tenho tempo para isso.

— John Trethewey.

Sara sentiu como se uma faca tivesse sido cravada em seu peito. Eliza havia dado esse pseudônimo a Will no clube. O fato de Mason estar falando nisso naquele momento significava que ele havia conversado com Mac ou Richie nas últimas horas. Será que eles sabiam que Sara se encontraria com Mason? Eles estavam trabalhando juntos de alguma forma? Mac, Richie e Mason eram os *eles* de quem Britt falara?

Mason perguntou:

— Esse nome te diz alguma coisa?

— Trethewey? — Sara tentou controlar suas emoções enquanto se virava lentamente para trás. — Como ele é?

— Alto, magro, loiro. Bem agressivo. Um pouco desagradável, na verdade.

Mason observava Sara com tanta atenção quanto ela o observava.

A médica, então, forçou a cabeça para começar a assentir.

— Ele era da ortopedia, né?

— Você está dizendo que se lembra dele?

— Não me surpreende que você não lembre. — Sara sentiu uma necessidade urgente de proteger o disfarce de Will. — John vivia dando em cima de mim e você nunca tomou uma atitude.

— O que você queria que eu fizesse? Desse um soco no focinho do cara?

— Você poderia ter começado não deixando um neandertal da ortopedia apalpar minha bunda toda vez que chegava perto de mim.

O sorriso de Mason estava de volta. Ele tinha acreditado no disfarce de Will.

— Os ortopedistas são todos uns ogros, mesmo.
— É por isso que a gente não deu certo, Mason. Você nunca leva nada a sério.
— E o seu policial que põe o pau na mesa e te deu um anel de máquina de chicletes, ele leva você a sério?
— Ele pode me levar para onde quiser.

DEPOIMENTO DE TESTEMUNHA DE DR. CAMERON CARMICHAEL, MÉDICO DO PRONTO-SOCORRO DE MERIT ALEXANDRIA BARROWE

Meu nome é dr. Cameron Davis Carmichael. Eu era um dos quatro residentes de plantão no pronto-socorro do Grady Hospital quando Merit Alexandria Barrowe foi trazida por um segurança chamado Hector Alvarez. Merit passou pela triagem por volta das 23h30. Só a vi no pronto-socorro perto da meia-noite. A primeira coisa que notei foi que estava muito abalada. Ela não parava de chorar. Eu diria que era quase incontrolável. TANTO QUANTO ME LEMBRO, foi isto que Merit me contou: a última coisa de que ela se lembrava era de estar em sua aula de Literatura 201 no Sparks Hall na Universidade da Geórgia. Quando se deu conta, estava escuro e ela estava deitada de bruços na rua, literalmente na sarjeta. Seu corpo estava todo dolorido. Ela pensou que pudesse ter sido atropelada por um carro. Conseguiu se sentar, mas, imediatamente, sentiu-se tonta. Ela vomitou. Podia ver uma substância branca e calcária em seu vômito. Depois que parou de vomitar, ela sentiu uma dor lancinante na parte inferior da barriga. Descreveu como pior do que sua pior cólica menstrual. Ela disse que sabia, pelo seu corpo, que um homem a havia estuprado, embora nunca tivesse feito sexo com um homem. Então, ela começou a ter flashes de memória: uma mão cobrindo sua boca. Seus tornozelos e pulsos, de alguma forma, presos. Estava muito escuro. Ela só conseguia ouvir a respiração pesada dele e sentir o gosto de tabaco em sua mão. Seu hálito tinha um cheiro doce, como de um xarope para tosse. O homem ficou em cima dela. Ela se lembra de uma dor muito forte, que acredito ter sido o rompimento de seu hímen. Isso foi tudo o que ela conseguiu se recordar sobre a agressão. No pronto-socorro, ela só me deixou fazer um exame visual. Imediatamente, notei sangue e sêmen secos na parte interna de suas coxas. Notei também hematomas de pelo menos duas horas antes. Seus tornozelos e pulsos também apresentavam hematomas. Devo mencionar que ela estava usando um sutiã preto, um short jeans cortado (no meio da coxa, não curto) e uma camiseta da universidade. Ela também usava meias brancas, mas apenas um tênis. Perguntei a ela se poderia chamar a polícia. Ela disse que não, pois estava muito preocupada com a possibilidade de seus pais descobrirem o que havia acontecido. Ela não queria que eles soubessem, principalmente o pai. Tinha medo de que ele fizesse alguma coisa, o que é compreensível. Ofereci-me duas vezes para realizar o kit de estupro, mas ela recusou nas duas vezes. Depois, ela disse que queria ir ao banheiro. Eu a alertei a não limpar prova forense alguma, mas ela me disse que não se importava. Eu a fiz prometer que, pelo menos, me deixaria ficar com suas roupas. Eu as guardaria para o caso de ela decidir usá-las como prova. Dessa vez, ela concordou. Dei a ela uma roupa hospitalar limpa para vestir, acompanhei-a até o banheiro feminino e fui chamado para atender outro paciente. Quando dei por mim, o alarme tinha disparado. Merit sofreu uma convulsão de grande mal que durou mais de cinco minutos. Liderei a equipe de trauma na tentativa de ressuscitá-la. Com base no que Merit me disse sobre a substância branca e calcária em seu vômito, o desmaio e a perda de memória, acredito que ela tenha sido drogada. Com base nos hematomas em seus tornozelos e pulsos, acredito que ela tenha sido amarrada. Com base em seu depoimento e em suas lembranças, nas lesões na parte superior das coxas e no sangue e sêmen secos, acredito que ela tenha sido estuprada. Juro que esta declaração é precisa e verdadeira, tanto quanto me lembro.

Cameron Carmichael, MD

10

Faith anotou a data e a hora abaixo da assinatura de Cam em seu depoimento de testemunha. Ele havia registrado suas observações uma hora após a morte de Merit Barrowe. Em seguida, iniciou uma investigação secreta pelas costas de Eugene Edgerton, coletando dados e detalhes, porque Cam sabia, em seu íntimo, que o que estava acontecendo era errado. O que era admirável até chegar à parte em que ele cedeu à chantagem, despejou um monte de merda quente no colo de um garoto de dezesseis anos em luto e se mandou da cidade.

Faith nunca pensou que chegaria o dia em que realmente sentiria pena de um advogado de defesa.

Ela olhou para a papelada espalhada sobre a mesa da cozinha. Denúncia inicial. Relatório de Edgerton. Depoimentos de testemunhas. Relatório da autópsia. Relatório toxicológico. Atestado de óbito.

Martin havia permitido que eles fizessem cópias de tudo, mas convencê-lo a entregar a agenda e o iPhone da irmã, bem como o laptop de Cam, exigira táticas de persuasão de primeira linha por parte de Will.

Felizmente, o irmão havia trazido o carregador do computador. Infelizmente, nem ele nem Faith tinham um cabo para um iPhone tão antigo, mas ela havia encontrado um na Best Buy a dez minutos de sua casa. Era para Jeremy estar pegando para ela naquele momento. Ela também veria se conseguia usar as habilidades de hacker ilegal do filho para descobrir a senha do iPhone e abrir os arquivos protegidos no laptop.

Se Jeremy se dignasse a aparecer.

Faith olhou para o relógio no fogão. Ele já estava quinze minutos atrasado.

Pelo menos, ela havia descoberto, por conta própria, que a agenda era um beco sem saída. Faith lera cada um dos contatos sem encontrar algo que levantasse suspeitas. Nenhum código óbvio. Nenhuma senha discriminada. Nenhuma pista que apontasse para o homem que havia sido responsável por sua morte.

Merit Barrowe tinha vinte anos quando morreu. A julgar pela caligrafia infantil, misturada com uma escrita mais confiante, a agenda, provavelmente, datava de sua adolescência. A capa mostrava Snoopy e Woodstock dançando. Dentro dela, Merit listara todos os nomes, alguns deles com números de dormitório, a maioria com números de telefone sem código de área. O registro mais triste era o de sua família: Mamãe e Papai.

Faith não podia se deixar levar pelo terror de pensar em como seria perder um filho. Ela olhou para a parede maluca, passando os olhos pelas tiras de cartolina vermelha, roxa e rosa que cobriam a geladeira e os dois armários da cozinha. Os cabeçalhos de Mac e Tommy com as declarações de Britt. A Conexão, que tinha mais declarações de Britt, mas nenhuma conexão de fato. As fotos da turma.

Um novelo de lã vermelha que ela havia encontrado na cesta de tricô da mãe estava sobre o balcão. A faixa ao redor da parte externa estava intacta, porque Will tinha razão. Era só uma parede maluca. Os fios conectavam nada a nada. A única certeza de Faith era que a filha voltaria para casa em quatro dias. Se Emma visse que sua cartolina tinha sido rasgada em tiras, que sua fita adesiva da Hello Kitty tinha sido usada, que seus desenhos tinham sumido da geladeira, ela teria um chilique tão grande que uns hobbits apareceriam para jogar anéis nela.

Os olhos de Faith escolheram aleatoriamente as missivas vermelhas de Britt no banheiro do tribunal.

Eu vivi com esse medo por vinte anos... Eu escutei eles... Mac sempre está envolvido... Não posso parar o resto deles, mas posso salvar meu menino... Você não se lembra da festa mista?

Ela olhou para o relógio novamente. Nada de Jeremy. Will e Sara não se atrasariam, eles chegariam em cinco minutos. Faith pegou seu celular pessoal e digitou o número de Aiden.

Ele não falou "alô".

— Você pode me dizer de novo por que queria que eu assediasse um criminoso sexual em liberdade condicional?

Faith sentiu um rubor de vergonha incomum. Ela havia prometido a Sara que deixaria Jack Allen Wright em paz. E tinha deixado. Era Aiden que estava se certificando de que o servente que tinha estuprado Sara Linton estava fazendo o que deveria fazer.

— Você disse para eu te pedir um favor. Isso é um favor.

— Me lembra de me preocupar menos com esse relacionamento.

— Não é uma má ideia.

Aiden fez um som de resmungo, mas ela conseguia ouvi-lo folheando seu caderno.

— Três anos atrás, Jack Allen Wright ainda estava com uma tornozeleira eletrônica como parte de sua liberdade condicional. Seus registros mostram que ele estava em casa, no trabalho ou nas sessões de terapia de grupo. Sem desvios. Eles o tiraram do monitoramento no ano passado.

Faith ficou só um pouco decepcionada. A agressão de Dani Cooper três anos antes havia sido investigada até o inferno. Se houvesse a mais remota possibilidade de Jack Allen Wright estar envolvido, o advogado tubarão dos McAllister teria embrulhado o estuprador de Sara com um laço vermelho brilhante.

E Britt McAllister não estaria fazendo piadas enigmáticas em banheiros femininos de Atlanta.

Faith perguntou:

— E agora? Alguma coisa na ficha dele?

— Wright está cumprindo totalmente a lei. O oficial de condicional falou com ele esta manhã.

— Falou com ele ou viu ele?

— Viu com os próprios olhos — respondeu Aiden. — O cara está trabalhando em um desses lugares que bombardeiam a pessoa com mensagens de texto e ligações para ver se ela quer vender a casa.

Faith achou que era um nível de inferno muito fácil para um estuprador em série.

— Manda o oficial surpreender o cara com um exame de drogas. Revistar a casa dele. Tentar pegá-lo com alguma coisa. Ele precisa voltar para a prisão.

— Devagar com o andor, mulher. Já fiz o oficial pensar que Wright pode ser o próximo Unabomber.

Ela sentiu as sobrancelhas franzirem.

— Por que ele acha isso?

— Porque eu faço parte da força-tarefa de terroristas domésticos do FBI para a região sudeste? — falou, como se fosse uma pergunta. — Faith, o que estamos fazendo aqui?

O olhar dela se fixou nas fotografias da turma.

— Preciso que você verifique alguns nomes para mim.

— Deixa ver se entendi direito. Eu pergunto por que você está me fazendo operar em algumas áreas legais bem obscuras, e sua resposta é me pedir para ir mais fundo em áreas mais obscuras ainda?

Faith havia aprendido da maneira mais difícil que não dá para estar meio grávida.

— Sim, é exatamente isso que estou pedindo para você fazer. Mais coisas obscuras. Você pode fazer isso por mim ou não?

Houve um longo momento de silêncio que deu a Faith tempo suficiente para se arrepender de ter queimado aquele relacionamento. Depois, ela teve mais alguns segundos de pânico ao perceber que estava de fato pensando naquilo como um relacionamento.

Aiden perguntou:

— Você não trabalhava para o Departamento de Polícia de Atlanta?

— Trabalhava.

— Não tem um investigador ou um policial de plantão lá com imunidade qualificada que possa te ajudar?

Faith não desistiria.

— Você quer comer a panqueca ruim ou não?

Aiden ficou em silêncio por mais um tempo.

— Me manda os nomes por mensagem.

Ela foi poupada de expressar qualquer gratidão pelo fato de Aiden ter desligado abruptamente.

Faith não tinha tempo para ficar sentada e refletir sobre o significado de tudo aquilo. Ela digitou os nomes das fotos do armário, certificando-se de que estava enviando para o telefone pessoal de Aiden, não para o celular oficial do FBI, porque ele tinha razão, os dois estavam mergulhando em algo muito obscuro. Se Faith tinha aprendido alguma coisa investigando idiotas nos últimos zilhões de anos, era nunca colocar seus crimes no celular do trabalho.

Ela enviou a mensagem para Aiden, depois passou o dedo na tela para acessar o rastreador GPS do carro de Jeremy. Ele havia parado no Dunkin' Donuts a caminho da casa dela. Seu estômago roncou. Ela enviou uma mensagem curta.

Cadê você? Você está me atrasando.

No DD quer alguma coisa

Era por isso que ela precisava rastrear o filho. Não dava para entender suas mensagens sem um contexto de localização.

Faith estava digitando seu pedido quando um par de faróis brilhantes passou pelas janelas. Ela andou pelo corredor e abriu a porta da frente.

Sara e Will estavam saindo do Porsche dele.

— Jeremy está atrasado. Pedi para ele trazer donuts.

— Você...

— Sim, eu disse para ele trazer chocolate quente, Will.

Ele deixou Sara subir as escadas à sua frente. Ela apertou o braço de Faith ao entrar na casa. Seu rosto parecia tenso, e Faith lembrou, pela bilionésima vez, como tudo isso era difícil para ela. E para Will, que observava a noiva com tanta atenção que, em qualquer outro contexto, Faith se perguntaria se precisaria emitir uma medida cautelar.

Ela os seguiu até a cozinha, desejando, tarde demais, ter se dado ao trabalho de limpar a bagunça da comida congelada do jantar. Jogou o recipiente de plástico no lixo e colocou o garfo na máquina de lavar louça.

— Amanda te procurou? — perguntou Faith.

— Não. — Sara estava revendo a parede maluca. Ela também trabalhava para Amanda, mas as duas tinham um relacionamento totalmente diferente. — Por que ela me procuraria?

Faith percebeu um olhar de Will. Sara tinha solicitado um dia de folga no trabalho para ver Britt e Mason, enquanto Will e Faith pediram para a equipe de fraude os encobrir. Era muito significativo a única pessoa honesta da sala ser aquela que não podia prender ninguém.

Will indicou os arquivos espalhados sobre a mesa da cozinha.

— Alguma coisa?

— Na verdade, não. — Faith enxugou as mãos no pano de prato. — Parece muito, mas, se tivesse um caso a ser resolvido com a papelada de Cam, Martin teria apresentado anos atrás.

Will folheou a agenda do Snoopy.

Faith já desistira havia muito tempo de tentar descobrir o que ele conseguia ou não ler. Ela ofereceu:

— Não tem sobrenomes. Os números, provavelmente, são antigos demais para serem úteis e, de qualquer forma, não podemos acessá-los sem autorização. Se o nome da namorada de Merit estiver aí, não faço ideia de quem seja.

— Outra agulha no palheiro — disse Will.

— A gente só tem palha. — O foco de Sara continuava na parede maluca. — Ainda temos as mesmas perguntas de ontem à noite: quem eram os *eles* que Britt não consegue impedir? E como raios eles estão ligados ao que aconteceu comigo?

Faith respondeu:

— Um deles pode ser Mason.

Sara negou com a cabeça.

— Acho que não.

A amiga ficou calada, mas sua cara exibia um pensamento.

— Eu sei o que você está pensando. Não sou uma boa juíza de quem é estuprador ou não.

— Não era isso que eu estava pensando — mentiu Faith, porque é claro que era.

Sara falou:

— Mason encobriria Mac e Richie, porque essa é a ideia que ele tem do que os homens fazem uns pelos outros. Para ele, é tudo um jogo idiota. Ele nunca pensa no que as coisas significam para as outras pessoas.

Faith assentiu com a cabeça, não porque concordasse, mas porque era mais fácil deixar passar.

— Que coisa mais frustrante. — Sara estava com as mãos na cintura enquanto olhava para os armários. — Ainda não sabemos de que conexão Britt estava falando. Será que ela está dizendo que o servente estuprou nós três: primeiro Merit, duas semanas depois eu e, quinze anos depois, Dani?

Faith podia sentir o olhar de Will abrindo um buraco em seu crânio. Ele claramente supunha que ela encontraria uma maneira de checar Jack Allen Wright. A parceira só fez um não discreto para ele com a cabeça e disse para a amiga:

— Tira Merit Barrowe da equação. No primeiro dia, no tribunal, Britt disse que a conexão era entre você e Dani. O servente não se encaixa no caso da Dani, ele é um ponto fora da curva.

— Sara também é — apontou Will. — Merit e Dani ainda estavam na faculdade quando morreram. Uma teve uma convulsão por causa da overdose, a outra morreu em decorrência de ferimentos causados por força bruta.

— Eu era alguns anos mais velha que as duas — disse Sara. — Fui esfaqueada. Eu vi o rosto dele e lembro todos os detalhes. A droga que Dani e Merit receberam tinha o objetivo de apagar suas memórias, e nenhuma delas conseguiu identificar o agressor. Ambas acordaram em lugares estranhos. Eu estava algemada ao corrimão do banheiro. O servente se certificou de que eu soubesse que era ele. Fazia parte do controle dele.

Faith disse:

— Sinto que precisamos dizer isso. Mac, Richie, talvez Cam Carmichael, talvez o servente e quem sabe Mason James, mas é provável que não. Talvez

Royce, Chaz e Bing. Todos eles poderiam estar envolvidos em algum tipo de clube de estupro, né?

Sara contraiu os lábios. Ela não fez sinal de ter escutado o que Faith havia dito, mas não precisava; estava analisando a parede desde que entrara na cozinha. Obviamente, Sara passara todas as horas que estava acordada, desde que Britt a confrontara no tribunal, repassando cada detalhe em sua mente. Havia entendido, desde o início, que as pessoas com quem trabalhara quinze anos antes, com quem havia jantado ocasionalmente, jogado softbol e tênis, poderiam, de certa forma, ser cúmplices da pior coisa que já havia acontecido com ela.

Will percebeu a ansiedade de Sara e se virou, sugerindo:

— Vamos atualizar a parede.

Faith observou Sara relaxar um pouco. Ela pegou a bolsa e retirou outra ficha de anotações.

— As coisas da Britt... quer dizer, só o que importa é que ela mencionou Cam e me disse o nome de Merit Barrowe.

— E o acordo — disse Faith. — Temos certeza de que aquelas fotos comprometedoras da Dani eram mesmo do celular de um ex-namorado?

— Não tem como a gente investigar isso — respondeu Will. — O resultado é o mesmo. Tommy se safou.

Sara olhou para a ficha.

— Não consigo imaginar como é para os pais da Dani saber que essas fotos comprometedoras existem. E elas ainda podem ser vazadas. Não há dinheiro suficiente no mundo que compre sua tranquilidade.

Faith reprimiu um tremor. Ela estava muito feliz por telefones celulares não existirem quando ela era adolescente. Não havia a menor chance de que ela não tivesse feito algo estúpido. Ela amava o filho mais do que a própria vida, mas Jeremy era a prova cabal de como uma garota de quinze anos pode ser imprudente.

— O que mais? — Will acenou com a cabeça para a ficha na mão de Sara. — E Mason?

— Ele não disse muita coisa que valha a pena repetir, mas, no mínimo, está mentindo sobre ainda estar em contato com a turma. Imagino que não tenha me enviado o cartão de contato de Richie porque não queria que eu visse onde ele está trabalhando. Mason perguntou sobre John Trethewey, o que significa que Mac ou Richie ligou para ele depois de falar com Will no clube.

Faith percebeu uma falha no raciocínio dela.

— Você acha que poderia ser o contrário? Mason ligou para Mac e Richie após você entrar em contato com ele, querendo ver se eles sabiam por quê? E um dos dois contou para ele que encontraram John Trethewey na boate?

Sara deu de ombros.

— É possível.

Will perguntou:

— Onde Richie está trabalhando?

Faith acordou seu laptop. Ela não havia fechado as abas da noite anterior.

— Ele é consultor de uma empresa chamada CMM&A.

Will parou atrás dela e apontou para a logo, que mostrava as letras CMM&A dentro de um círculo preto.

— Isso significa alguma coisa?

Faith negou com a cabeça enquanto folheava a página.

— Não que eu consiga pensar. Mas Cam, Mason e Mac seria óbvio demais?

Sara perguntou:

— Richie é consultor clínico ou outro tipo de consultor?

Faith leu a declaração de missão.

— "Somos especializados em facilitar a transição dos médicos para parcerias de financiamento que atendam às suas necessidades do século XXI."

— Ah — disse Sara. — M&A provavelmente é *mergers and acquisitions*, fusões e aquisições. Richie está ajudando hospitais a fazerem incursões em consultórios médicos.

Faith perguntou:

— Tradução?

— Os hospitais competem por pacientes, portanto, se compram o consultório de um médico, isso significa que ficam com todo o trabalho de laboratório, serviços de imagem, apoio cirúrgico e encaminhamentos dentro da rede. E, em troca, os profissionais não precisam se preocupar com papelada, faturamento e gerenciamento de registros eletrônicos de saúde. — Sara deu de ombros outra vez. — É um dinheiro muito bom, mas você acaba sendo mais uma engrenagem em um sistema de saúde enorme. Eles lotam sua agenda com consultas de quinze minutos, obrigam você a aprender práticas de gestão e aplicam preço dinâmico em seus pacientes. Depois, se você tentar voltar a trabalhar por conta própria, eles te amarram com cláusulas horríveis de não concorrência que colocam seu novo consultório a 160 quilômetros de distância de sua casa.

Faith só entendeu metade do que ela estava dizendo, mas Will pareceu compreender.

Ele perguntou:

— Os fundos de cobertura estão nessa?

— Eles são piores do que os hospitais. Querem retorno rápido e, por isso, arrancam o couro dos pacientes, o que significa que os prêmios das seguradoras aumentam, o que significa que o atendimento é prejudicado, o que significa que todos nós acabamos pagando por isso.

Essa parte Faith entendia. Ela teve que fazer dezoito meses de horas extras quando Jeremy fez uma idiotice com um skate e quebrou a clavícula. A melhor coisa que Will havia feito pela parceira era trazer uma pediatra de graça para a vida dela.

— Tá, então Richie é um saqueador corporativo. O que mais? — indagou Will.

Sara virou a ficha e olhou para ele.

— Quando Mason perguntou sobre John Trethewey, eu disse a ele que você era ortopedista.

— Ortopedista?

— Isso vai te ajudar com o disfarce se você vir os dois de novo. Um médico jamais falaria com um ortopedista sobre medicina.

Faith ficou confusa.

— Eles não são médicos também?

— São, mas... — Sara pareceu constrangida. — Eles são muito bons em serrar ossos e colocar parafusos, mas, se tiver uma complicação séria, você precisa de alguém que entenda de clínica médica e saiba qual é a parte de cima de um eletrocardiograma.

Will estava balançando a cabeça em sinal positivo.

— É como pedir a um carpinteiro para consertar seu computador.

Sara olhou para ele, sorrindo de uma forma que ela só sorria para Will.

— Exatamente.

Faith deixou que eles tivessem seu momento. Ela estava acostumada a ser a melhor amiga que fazia piada na comédia romântica dos dois.

Ela pegou a pilha de cartolina amarela e começou a fazer outro cabeçalho, este para Merit Barrowe.

— O que sabemos sobre Merit?

— Que precisamos de uma intimação para os arquivos de funcionários do Grady — começou Will.

Faith entregou-lhe o cabeçalho e observou-o colá-lo à direita das fotos da turma.

Ele continuou:

— O interno da Morehouse, o cara que Martin chamava de Meu Amigo, pode levar a gente até a namorada de Merit. A namorada talvez lembre alguns detalhes anteriores à agressão. Talvez tivesse um garoto na classe de Merit deixando ela desconfortável. Será que ela estava recebendo bilhetes ou mensagens de texto?

— Neste momento, uma intimação não vai rolar. — Faith se voltou para Sara. — E Cam? Ele ficou muito abalado com a morte de Merit. Isso é um comportamento normal de médico?

— Sim e não — respondeu Sara. — Cam já tinha perdido pacientes antes. Todos nós perdemos. Grady recebe os pacientes mais graves e, às vezes, você sente mais a perda de um do que de outros. Eu fiquei assim com a Dani.

Faith disse:

— Mas você não ficou bêbada e foi parar na missa dela.

— Não, mas conversei com o médico-legista e com a polícia, e incomodei o promotor tantas vezes que ele, educadamente, me mandou tomar no cu.

— Justo — falou Faith. — E Eugene Edgerton? Por que ele deixou a investigação de lado?

— Ele era corrupto. — Will não tinha problemas em criticar um policial ruim. — Desapareceu com o caso porque era incompetente ou porque foi subornado.

Faith começou a suar frio. Ela odiava ouvir em voz alta algumas verdades.

— Quem pagou a ele?

— Boa pergunta — respondeu Will. — Escreve aí.

Faith escolheu outra tira de papel amarelo. Ela escreveu e falou:

— Sara, você foi a única que conheceu Edgerton. Como ele era?

— A gente só se falou por telefone uma vez, e só o vi pessoalmente outras duas. A primeira foi quando ele me entrevistou no hospital. Da outra vez, quando estávamos no tribunal ouvindo o veredicto. — Sara claramente não gostava das lembranças. — Durante a entrevista inicial, ele parecia irritado com o que aconteceu. Eu não diria que era uma pessoa empática. Na maior parte do tempo, fiquei aliviada por ele estar levando o caso a sério.

Faith disse:

— Eles tiveram que cortar as algemas e remover a faca cirurgicamente. Até um policial ruim levaria isso a sério.

Sara olhou para suas mãos.

— Sinto muito — desculpou-se Faith. — Eu não deveria ter falado isso...

— Não tem problema. Você só está dizendo o que aconteceu. — Sara ofereceu a ela um sorriso fechado quando voltou a olhar para cima. — Edgerton foi a primeira pessoa com quem falei depois da agressão. Eu tinha acabado de sair da cirurgia e não conseguia parar de pensar no que eu poderia ter feito de diferente. Eu era legal com ele. Quero dizer, não com Edgerton, mas com o servente. Eu me sentia muito culpada por isso. Será que era legal demais? Será que dei a ele a impressão errada? Eu o levei a isso?

Faith observou Sara girar seu anel de noivado. Ela virava uma pessoa diferente quando falava sobre aquela noite no Grady. Toda a sua confiança se esvaía.

— Além do mais — continuou a médica —, o que Cam escreveu em seu depoimento sobre Merit, que ela estava preocupada com a possibilidade de seus pais descobrirem... Esse era, provavelmente, o meu maior medo também. Eu me sentia muito culpada por ter levado aquilo para a vida deles. Devia ter estudado perto de casa. Eu poderia ter ido para a Mercer em vez da Emory. Esse tipo de coisa. O que me lembro do detetive Edgerton foi que ele me deu um presente. Ele me disse que isso poderia ter acontecido em qualquer momento ou em qualquer lugar, e que eu deveria parar de me culpar e começar a culpar o homem que tinha me estuprado.

Will não se mexeu, mas algo na súbita tensão em seu corpo colocou Faith em alerta. A mão de Sara parara de girar o anel. Os dois olhavam por cima do ombro de Faith.

Sara disse:

— Oi, Jeremy.

O medo gelou o coração de Faith quando ela se virou.

Seu filho estava parado com uma caixa de donuts e um porta-copos de papelão. Parecia chocado, o que fazia sentido. Jeremy tinha se afeiçoado a Sara desde o momento em que a mãe os apresentara. Os dois eram nerds que faziam piadas obscuras sobre ciência e adoravam futebol americano universitário e problemas de matemática. Naquele momento, o jovem tinha acabado de ouvir Sara dizer em voz alta algo que o abalara profundamente.

Faith se levantou. Passou os donuts e as bebidas para Will, depois arrastou Jeremy para a sala.

— Está tudo bem — falou. Era o que sempre dizia quando algo incrivelmente ruim acontecia. — Está tudo bem.

— Mãe, ela... — A voz de Jeremy ficou embargada. Seus olhos brilhavam sob a luz suave da luminária ao lado do sofá. — Ela está...

— Está tudo bem — repetiu Faith.

Seu coração estava partido pelo filho e pela amiga. Ela estava presenciando, em tempo real, exatamente o que Sara mais temia quando falava sobre sua agressão. Jeremy a veria de forma diferente agora. Ela não seria mais a tia Sara, mas a tia Sara que havia sido estuprada.

— O que ela disse sobre... — Jeremy parou novamente. — Ela está bem?

— Sim, querido. Ela está bem. Preciso que você me escute. — Faith agarrou seus braços como se pudesse passar parte de sua força para ele. — A tia Sara e o tio Will estão aqui para trabalhar em um caso e precisamos de sua ajuda para invadir um laptop e um telefone antigos. Você consegue?

— Mas o que ela disse sobre...

— Não é da sua conta, tá? Só finge que não ouviu.

— Faith. — Sara estava parada ao lado do sofá. O sorriso em seu rosto era dolorosamente forçado. — Jeremy, eu fui estuprada quinze anos atrás. O homem foi pego e punido. Estou bem agora, mas, às vezes, ainda é difícil falar sobre isso. Especialmente agora. Estamos tentando descobrir se tem uma conexão com outros dois casos de mulheres que foram estupradas.

Jeremy estava claramente lutando para manter suas emoções sob controle.

— Uma delas é a estudante que desapareceu na Downlow?

Faith estava preparada para mentir para ele, como normalmente fazia, mas, por algum motivo, não conseguiu.

— Não temos informações neste momento. É por isso que precisamos de sua ajuda. Você consegue hackear um telefone e um laptop de quinze anos atrás?

Seu olhar se voltou para Sara e depois retornou. Ele ainda estava processando a notícia.

— Querido. — Faith colocou o cabelo dele atrás da orelha. — Você acha que consegue ajudar?

Seu pomo de adão subiu e desceu quando ele engoliu.

— Posso tentar.

— Que bom, querido. Obrigada.

Ele permitiu que Faith desse o braço a ele enquanto seguiam Sara de volta para a cozinha. Will ainda estava em alerta. O espaço parecia apertado com quatro pessoas. Sara não se sentou, mas se recostou em Will, que a abraçou pela cintura. O desconforto de Jeremy foi momentaneamente substituído por curiosidade ao observar a parede maluca. Faith tentou vê-lo como uma mãe em vez de uma investigadora, pois ele já estava atordoado o suficiente. Havia algo alarmante, assustador ou gráfico demais naquele mural?

A mãe concordou com a investigadora. Só tinha loucura ali.

Jeremy desviou sua atenção da parede e olhou para o laptop e o celular sobre o balcão. Will tirou a caixa de donuts do caminho — ele já havia comido três dos doze — e a ofereceu para Jeremy.

O menino fez que não com a cabeça. Ele não havia falado uma palavra sequer desde que entrara na cozinha.

Faith perguntou:

— Você trouxe o cabo para o telefone?

Jeremy tirou a mochila das costas e abriu o zíper de um dos bolsos para pegar o cabo. Ele estava muito quieto. Continuava em choque e, fora afirmar que estava tudo bem, Faith não tinha como melhorar a situação. A mãe estava prestes a dizer para ele deixar para lá e ir assistir a um filme ou sair com a namorada quando ouviu Sara respirar fundo.

— Jeremy. — Sara pegou o celular antigo de Merit Barrowe. — Estou curiosa para saber o que vai acontecer quando você ligar este aparelho. Ele não vai tentar se registrar numa operadora?

— Não sei. — Jeremy desenrolou o cabo sem olhar para Sara. Não tinha ideia de como lidar com a situação. — Posso pesquisar os protocolos.

Will havia percebido a tensão, ainda que não a fonte.

— Com o que você está preocupada? — perguntou à noiva.

— Se o telefone tentar se registrar, o chip pode travar. E aí a gente perde o acesso às informações. Certo, Jer?

— Sim. — Jeremy conectou o USB na fonte. — Nesses telefones mais antigos, o chip é embutido. Eu poderia abrir, mas não tenho as ferramentas certas. E, se tentar forçar, posso danificar alguma coisa.

Sara perguntou:

— Por onde o sinal é transmitido? Pela frente ou por trás?

Jeremy conectou o telefone ao cabo.

— A antena está embutida na parte de trás. Ela é conduzida através da caixa de metal.

Sara obviamente sabia a resposta, mas conduziu Jeremy em direção à solução.

— Tem alguma maneira de bloquear o sinal?

— Talvez. — Ele seguia com a cabeça baixa em vez de olhar para Sara. — Acho que daria para encontrar uma zona cega. Ou podemos dirigir até uma área rural.

— Isso parece imprevisível — disse Sara. — Não tem um jeito mais fácil de dissipar as correntes elétricas geradas pelos campos eletromagnéticos externos e internos?

Jeremy finalmente olhou para cima. E sorria.

— Uma gaiola de Faraday.

Sara sorriu de volta.

— Vale a pena tentar.

Jeremy começou a abrir e fechar as gavetas. Faith não sabia o que ele estava procurando, mas estava grata por Sara ter encontrado uma maneira de deixar seu filho à vontade. Também estava triste por Sara ser tão boa em algo com que ninguém deveria ter que lidar.

— A senha vai ter quatro dígitos. — Jeremy desenrolou uma folha de papel alumínio. Ele começou a embrulhar o telefone, criando uma espécie de visor para a tela. — Preciso de algumas informações pessoais sobre a dona do celular, pois só temos algumas tentativas antes de ele travar. As pessoas geralmente escolhem senhas fáceis de lembrar, como aniversários e datas comemorativas.

Faith não tinha certeza do que compartilhar. Ela nunca quis que o filho fosse exposto a essa vida. Optou pela agenda do Snoopy.

— O nome dela era Merit Barrowe e isto era dela.

Pela cara de Jeremy, parecia que ela tinha entregado uma descoberta arqueológica. Ele folheou a agenda.

— Ah, são contatos.

Ela disse a ele:

— O laptop era de um médico chamado Cameron Carmichael, e alguns dos arquivos são protegidos por senha. Não tenho muitas informações sobre ele, mas posso descobrir a data de nascimento dele, será que ajuda?

— Provavelmente não vai precisar. — Jeremy virou o laptop Dell de ponta-cabeça para examinar as especificações. — Ele usa criptografia DES. Posso baixar um programa que executa um ataque de força bruta. Isso pode quebrar a criptografia.

Faith presumiu que ele sabia o que estava fazendo.

— Tem uma maneira de usar um ataque de força bruta no telefone?

— Não, só se você for da Agência de Segurança Nacional. Mesmo os mais antigos são bem seguros. — Jeremy tocou na tela, mas nada apareceu, nem o mostrador vermelho de bateria fraca. — Precisamos esperar uns minutos para ver se ele consegue segurar a carga. Senão, posso reiniciar segurando os dois botões.

— E se não funcionar?

— É um disco rígido, então dá para tentar inicializar pelo meu MacBook. — Ele tirou o computador da mochila. — Isto aqui é ilegal?

— Nada é ilegal se for sua mãe que pediu. — Faith lhe disse a mesma coisa que sua mãe sempre lhe dizia.

Jeremy já tinha ouvido essa resposta antes.

— Vou procurar um malware. Talvez eu precise do seu cartão de crédito para comprar umas criptomoedas.

Essa história não parecia boa. Faith pegou a bolsa. Ela colocou o cartão de crédito ao lado dele no balcão, embora tivesse certeza de que ele já sabia as informações de cor. Se segurou para não pedir a ele que continuasse seu ataque hacker em outro lugar. Faith não queria que o filho ouvisse uma conversa sobre agressões sexuais, mas também não queria envergonhá-lo mandando-o para o quarto.

Ela olhou para Will e Sara.

— E agora?

Antes de responder, o parceiro teve que engolir inteiro o donut que havia enfiado na boca.

— Linha do tempo.

Faith poderia ter adivinhado a resposta. Will amava linhas do tempo.

— Na sexta à noite, Merit dá entrada na emergência. No sábado de manhã, ela está morta.

De soslaio, Faith viu Jeremy levantando o olhar de seu MacBook.

Sara também havia notado.

— Sabemos que Merit esteve na aula. Depois, ela foi para o apartamento dos internos da Morehouse. Em seguida, apareceu no Grady. Faith, conseguimos traçar a rota?

Faith não faria Sara segurar sua mão como a amiga fizera com Jeremy. Ela abriu o laptop e clicou na guia que mostrava um mapa da área ao redor do Grady. Virou a tela na direção de Sara e Will. Jeremy olhou por cima do ombro, mas Faith havia se certificado de que o computador estivesse fora do campo de visão dele.

— Aqui. — Sara apontou para um prédio. — Quase certeza que é onde ficavam os apartamentos da Morehouse.

Faith colocou um alfinete no local. Em seguida, arrastou o dedo ao longo do caminho entre os três locais.

— Sparks Hall, Grady e o apartamento da Morehouse. Todos a uma distância curta de caminhada. Estão basicamente em um triângulo.

— O centro da hipotenusa. — Sara tocou a linha do outro lado do ângulo de noventa graus. — Esse é o Biliar-dário.

— Richie me disse que o nome verdadeiro era The Tenth.

— Agora eu me lembro — disse Sara. — É de um ensaio de Henry Lyman Morehouse.

Will empurrou os donuts para Jeremy e esperou que ele escolhesse um.

— Faith, em que zona policial fica esse triângulo?
— Cinco. — Faith precisava de seu caderno. Ela pegou a bolsa. — Se o Departamento de Polícia me ligar de volta, posso descobrir quem patrulhava aquela rota quinze anos atrás. Talvez a pessoa se lembre de alguma coisa.

Will perguntou:
— O policial teria guardado seus cartões de campo?
— Depende. — Faith tinha guardado os seus, que eram documentos policiais com registros de incidentes que não mereciam um relatório oficial da polícia. Eram úteis se você encontrasse sempre as mesmas pessoas fazendo as mesmas coisas idiotas repetidas vezes. O que era praticamente a vida de um policial de patrulha. — Este é um daqueles momentos em que eu gostaria muito de ter a Amanda nisso. Ela colocaria o temor de Deus no Departamento.

Will disse:
— Vamos voltar à linha do tempo.

Faith bateu com o dedo na pasta que continha os depoimentos das testemunhas.

— Dois colegas de classe viram Merit Barrowe sair do Sparks Hall por volta das cinco horas da tarde. Podemos presumir que ela foi a pé até o apartamento da Morehouse. Eu estimo que ela deva ter ficado quatro horas estudando com a namorada. Cam observou que Merit passou pela triagem às 23h15, mas que ele só a viu como paciente por volta da meia-noite. Se as contas estiverem certas, o ataque durou cerca de duas horas.

Sara claramente não queria fazer conta. Ela pegou um dos três depoimentos de testemunhas que Eugene Edgerton havia se dado ao trabalho de registrar e leu em voz alta os detalhes pertinentes.

— Hector Alvarez, o segurança, disse que Merit Barrowe entrou cambaleando pela entrada oeste do hospital por volta das onze da noite. Ele encontrou uma cadeira de rodas para ela e a ajudou a se sentar. De acordo com a declaração exata de Alvarez, "a srta. Barrowe me disse que tinha sido estuprada. Ela estava chorando. Ela me disse que nunca tinha estado com um homem, o que eu entendi como uma forma dela me dizer que era virgem antes de tudo acontecer. Seu corpo estava doendo, ela me disse, e que estava doendo bem lá no fundo. Vi hematomas nos pulsos dela e um pouco de sangue nas partes baixas. Ela estava usando short, por isso que eu vi. Eu falei que as enfermeiras ligariam para os pais dela, e ela ficou muito nervosa. Não queria que ninguém contasse para seus pais. Ela estava especialmente preocupada com o pai, o que, como eu também sou pai, consigo entender. Se isso acontecesse com uma das minhas filhas, eu estaria por aí caçando o homem".

A sala ficou em silêncio e Jeremy claramente tinha percebido. Seu toque ficou suave no teclado.

Faith disse:

— Merit se recusou a registrar um boletim ou fazer um kit de estupro. Cam deu uma roupa para ela vestir. Ela foi para o banheiro e nunca saiu de lá. Pelo menos, não viva.

Sara analisou a declaração de Cam.

— O que Cam chamou de convulsão de grande mal agora é chamado de convulsão tônico-clônica generalizada. O primeiro estágio é o tônico, em que o paciente perde a consciência. Os músculos se contraem, o que faz com que ele caia se estiver em pé. É um choque enorme para o sistema. Às vezes, ocorrem gritos descontrolados ou os intestinos e a bexiga se soltam. Esse estágio dura entre quinze e vinte segundos. O segundo é o clônico, marcado por contrações rítmicas. Os músculos se contraem e relaxam, se contraem e relaxam. É o mais longo dos dois estágios, geralmente com duração de dois minutos ou menos. Merit ficou em tônico-clônico por mais de cinco minutos. Não tinha oxigênio no cérebro dela. Tecnicamente, foi o que causou a morte dela, mas houve outros fatores que contribuíram, se a gente analisar seu primeiro atestado de óbito.

Will perguntou:

— E as roupas de Merit coletadas por Cam?

Sara encontrou o relatório da autópsia e fez uma comparação.

— A roupa íntima de Merit não foi catalogada. Ela também estava sem o sapato esquerdo. Air Jordan Flight 23 branco e preto.

— O sapato desaparecido bate com o que Cam disse.

Faith escreveu os novos detalhes em dois pedaços diferentes de papel amarelo.

— Espera aí — disse Sara. — Dani estava descalça quando foi levada para a sala de ressuscitação. O inventário da Mercedes listou uma sandália de plataforma preta Stella McCartney. Só o pé direito, o esquerdo não. Presumi que o par tivesse se perdido entre o carro e o pronto-socorro.

— Essas coisas têm alguma relação? — perguntou Will.

Sara deu de ombros.

— Muita gente perde sapatos no pronto-socorro. E, se estamos tentando ligar isso a mim, eu fiquei com os dois sapatos.

— Tudo bem. — Faith pegou outra faixa amarela. — Mesmo assim, vamos prender na parede.

Will começou a grudar, dizendo a Sara:

— Continua no relatório da autópsia. O médico-legista não abriu o corpo. Isso parece certo para você?

Sara parecia estar refletindo, mas, assim como os policiais, um médico também não denunciava um colega.

— Ela estava em um ambiente hospitalar, então é uma morte assistida, e teve teste de amostra adequado, o que significa que fica a critério do médico-legista.

— Mas? — perguntou Will.

— É difícil questionar outro médico, especialmente quando não posso ver o corpo real e não sei o que o investigador Edgerton disse a ele. Minha regra geral, como médica-legista, é que uma mulher saudável de vinte anos que morre de repente de uma convulsão tônico-clônica, mesmo em um ambiente médico, merece uma autópsia completa. Por outro lado, o orçamento dos legistas estaduais é maior do que o do condado de Fulton, que é cronicamente subfinanciado. E eu tenho o apoio da Amanda, não sou muito questionada.

Faith teria rido se qualquer outra pessoa tivesse dito que Amanda a apoiava, mas a verdade é que ela sempre os protegia. Mesmo que, às vezes, fosse sob a mira de uma arma.

— E a tatuagem na lateral do corpo de Merit?

— Admito que é desleixado não registrar tudo o que foi visto no corpo. Normalmente, a gente escreve as palavras ou desenha uma imagem aproximada da tatuagem. Os xs são usados mais para designar feridas, lacerações, cicatrizes. — Sara folheou as páginas com as fotos da autópsia enviadas por fax, fazendo que não com a cabeça diante das imagens desbotadas. — Queria ter fotos melhores. Temos como conseguir o arquivo original?

— A digitalização que eu te mostrei é do arquivo original — respondeu Will. — Todo o resto deve ter sido triturado há anos. A única foto nítida que a gente tem é a que mostra Merit deitada sobre a mesa.

Sara se virou para a página de assinatura do relatório.

— Não conheço o médico, mas, mesmo que conhecesse, não poderia perguntar se, há quinze anos, um policial o subornou ou intimidou para mudar as anotações do caso. Nem pedir que ele explique por que não atualizou o relatório toxicológico. E essa é a parte mais surpreendente para mim. Mesmo antes de o estado implementar o software GAVERS para registrar eletronicamente os registros de óbitos, todos os procedimentos eram padronizados. Como médico-legista, você só tem casos abertos na sua mão. Quando sua parte é encerrada, você envia os originais para o promotor ou para o cofre de registros do estado.

Will perguntou:

— Mais alguma coisa que tenha se destacado?

Sara fez que não e voltou ao depoimento de Cam.

— E os hematomas nas coxas de Merit e as contusões no interior e ao redor da vagina? — Will aparentemente não se importava com o fato de o filho de Faith estar a dois metros de distância. — O legista concluiu que eram consistentes com uma relação sexual consensual, mas Merit era lésbica.

Sara deu de ombros.

— Dá para ficar com contusões e hematomas fazendo sexo lésbico.

A cabeça de Jeremy quase saiu do pescoço. Faith deu-lhe um olhar que derreteria um iceberg.

Sara havia percebido a troca e redirecionou a conversa.

— Vamos voltar à declaração de Cam. Ele a escreveu uma hora após Merit ser dada como morta, então acho que podemos considerar que é precisa. Merit descreveu: "Uma mão cobrindo sua boca. Seus tornozelos e pulsos, de alguma forma, presos. Estava muito escuro. Ela só conseguia ouvir a respiração pesada dele e sentir o gosto de tabaco em sua mão. Seu hálito tinha um cheiro doce, como de um xarope para tosse. O homem ficou em cima dela. Ela se lembra de uma dor muito forte".

Faith disse:

— Cam era fumante.

— Muitos dos membros da turma fumavam no bar — disse Sara. — Não lembro quem especificamente, mas ele, com certeza. E Mason nunca, se é que isso vale alguma coisa.

— E o cheiro de xarope para tosse no hálito dele? — continuou Faith. — Te diz alguma coisa?

Sara negou com a cabeça.

— Merit pode ter confundido álcool com remédio. Talvez algum tipo de licor?

— Ela não sentiu o gosto, então significa que ele não beijou a boca dela.

Sara desviou o olhar novamente. Faith percebeu que, sem querer, havia atingido outro ponto sensível. O servente devia tê-la beijado durante a agressão. Faith resistiu à vontade de limpar a própria boca. Ela não conseguia imaginar como devia ser difícil viver com essas lembranças presas em seus sentidos.

Will perguntou:

— Devemos falar sobre Sloan?

— Devemos falar sobre Sloan — repetiu Sara, menos como uma pergunta e mais como uma afirmação. — Faith, o que você me disse duas noites atrás?

Uma mulher ser estuprada não é uma anomalia estatística. Acontece inúmeras vezes por dia. O fato de Sloan ter sido estuprada pode ser uma coincidência.

— Ela estava no primeiro ano da faculdade de medicina durante a agressão — disse Will. — Isso a coloca mais perto da faixa etária de Merit Barrowe e Dani Cooper.

Sara cruzou os braços e se recostou na cadeira.

— Se acreditarmos em Mason, Sloan conhecia o agressor. Eles estavam em um encontro e ele a estuprou. Ela não denunciou. O homem foi reprovado na faculdade, então ela deixou tudo para trás e seguiu a vida.

Faith sentiu seu nervosismo aumentar.

— Ele disse isso, que ela seguiu a vida? Como se não fosse nada?

— Cada uma lida de forma diferente — disse Sara. — Não tem um jeito certo ou errado. Pode ter mulheres que acham que foi algo inconsequente.

— Pode ter mulheres que andem em Marte um dia.

Will perguntou a Sara:

— Você tem o telefone da Sloan? Ela conversaria com você?

— Não tenho, mas poderia encontrar. — Sara olhou para o lustre pendurado acima da mesa. Não era a reticência normal dela. Ela estava pensando em algo. — Estou tentando me colocar no lugar dela. Como eu gostaria de ser abordada para falar sobre meu estupro de duas décadas atrás? Uma ligação não parece o jeito certo.

— Podemos pegar um voo até lá e voltar no mesmo dia — sugeriu Will. — De avião, Connecticut fica a umas duas horas de Atlanta.

— Não quero emboscá-la. Também parece errado. — Sara descansou o queixo na mão. — Decidir entre brincar de pega-pega no telefone ou esperar o fim de semana... não posso arrastar mais isso, está atrapalhando demais nossa vida. E, agora que acabou o caso de Tommy, vai saber o que ele vai aprontar. A própria mãe dele está aterrorizada com a possibilidade dele machucar mais alguém. E a menina do noticiário... o fato de todos nós estarmos preocupados com o pior cenário mostra o que está em jogo.

Faith olhou de relance para Jeremy. Como sempre, ele estava com a cabeça abaixada para o celular. Olhou de novo, percebendo que não estava virado para o próprio aparelho. O papel alumínio foi o que o denunciara.

— Querido? — perguntou ela. — Você conseguiu acessar o celular de Merit?

— A senha dela eram os quatro últimos dígitos do número de telefone dos pais.

A voz dele soou estranha, o que significava que ele tinha visto mais do que Faith queria que ele visse.

Ela gentilmente tirou o telefone da mão dele. Antes que pudesse perguntar se ele estava bem, Jeremy voltou a atenção para a invasão do laptop de Cam. Sua mandíbula estava travada. Faith queria cobrir a tela com as mãos, mas sabia que isso não ajudaria. Ela olhou o celular de Merit. Havia dezenas de balões de texto, cada um contendo uma única linha de texto.

Faith voltou a se sentar à mesa. Ela rolou a tela de volta para o início. Limpou a garganta e disse:

— O primeiro contato foi dez dias antes da morte de Merit. Ele disse: "Olá, Merit. Você descobriu a que horas a biblioteca fecha no sábado?". Ela respondeu: "Sim, obrigada". Aí ele: "Eu gostaria muito de ver você outra vez. De preferência, com aquela blusa azul apertadinha". Em seguida, ela: "Quem é?". E ele: "Você ainda está morando na unidade 1629 da University Village?". Ela escreveu: "Quem está falando? Você está me assustando". E ele...

A garganta de Faith se fechou com as palavras seguintes. Seus olhos passaram para a frente e, de repente, ela estava pensando em sua preciosa filhinha e percebendo que um dia, em algum momento, inevitavelmente, Emma receberia esse tipo de atenção perturbadora e indesejada.

Ela se obrigou a continuar:

— Ele escreveu: "Quem quer alegrar seu dia dizendo o quanto você é bonita? Quem sonha com você muito mais do que deveria? Quem é um pouco mais perturbado do que todos os outros? Quem é que não merece o prazer da sua companhia? Quem é a pessoa que vai te decepcionar quando descobrir quem eu sou?".

Faith desviou o olhar do celular. Mesmo quinze anos depois, as mensagens ainda eram profundamente perturbadoras.

— Sem mais respostas de Merit. Ela morreu dois dias depois.

— Meu Deus — sussurrou Sara. — Isso me lembra as mensagens ameaçadoras que Dani também recebeu antes de morrer.

Faith havia lido o arquivo do caso Dani Cooper, mas passava a maior parte de seus dias lendo arquivos de casos.

— Você consegue se lembrar do conteúdo?

— Posso pegar para você, mas eram mais cirúrgicas, tipo uma versão adulta do que Merit recebeu. Ele mencionou que ela tinha uma pinta na perna. Ele sabia onde ela morava, em que apartamento estava, o nome de seu gato. — A mão de Sara foi para o pescoço. — As duas últimas linhas foram as piores: "Faça uma lista de tudo o que te deixa aterrorizada. Sou eu".

— Sou eu. — Faith voltou para o telefone de Merit. — "Quem quer alegrar seu dia? Quem sonha com você? Quem é mais perturbado? Quem não merece sua companhia? Quem vai te decepcionar?"

Sara respondeu:

— Sou eu.

As duas palavras pareceram pesadas no espaço lotado. Faith pensou novamente em seus filhos, em como sua maior preocupação com Jeremy era que ele se apaixonasse por uma garota que partisse seu coração e seu maior medo com Emma era que ela se apaixonasse por um homem que quebrasse seus ossos.

Ou pior.

— Mãe? — Jeremy tinha virado o laptop Dell de Cam para que ela pudesse ver a tela. Ele abriu o antigo navegador do Yahoo. — Eu chequei o histórico dele.

Faith viu a mensagem de erro na página.

12163 – CONEXÃO DE INTERNET PERDIDA

— O Dell não tem placa de wi-fi, mas digitei manualmente o endereço no meu MacBook e ele me levou a este grupo de chat.

— Quê? — Faith se levantou tão rápido que bateu na mesa. — Por favor, me diz que você usou um proxy para ocultar seu IP e não aparecer uma porra de equipe da SWAT arrombando nossa porta.

— Eu usei o Tor, mas ninguém está nem aí. — Ele clicou para abrir o e-mail. — O endereço de e-mail do proprietário do site era da AOL. Enviei um teste por uma conta fictícia do Gmail e ele voltou. Quer dizer que não dá para redefinir o login. É uma página fantasma.

Faith reprimiu sua admiração.

— Continua.

— Essa página foi criada há dezesseis anos — disse Jeremy. — A última vez que o administrador tentou acessar os registros foi há oito anos.

Will disse:

— Cam morreu há oito anos.

Jeremy continuou:

— Não teve muita atividade no chat nos dezesseis anos. Eles entravam aqui umas quatro vezes por ano. Quem quer que fosse o administrador, tentou apagar todas as transcrições dos chats, mas não as removeu da pasta de backup, que consegui restaurar.

Faith disse:

— Me mostra.

Jeremy clicou com o botão direito do mouse para mostrar o código-fonte HTML.

Faith não era programadora, mas sabia o suficiente sobre o assunto para fazer uma pergunta.

— O que são esses arquivos?

— Vídeos — explicou Jeremy. — O administrador também excluiu, mas a pasta de backup não conseguiu armazenar tantos dados. Os arquivos estão corrompidos.

— Você consegue ver quanto tempo tinham os vídeos? Origem? Localização?

— Talvez alguém consiga. — Jeremy parecia duvidoso. — Não quero mexer nisso porque posso estragar tudo.

— Minha vez. — Faith gentilmente o tirou do caminho para poder ler os registros do chat. Para ajudar Will, ela disse: — A página foi criada usando um modelo do WordPress para um grupo de chat. Você posta algo e alguém responde minutos, horas ou dias depois.

— Tipo o Reddit — comparou Will.

— Isso, mas privado, ou seja, só pessoas aprovadas pelo moderador podem postar, e ninguém pode ler nada sem fazer login. — Faith rolou a página para baixo. — São 38 páginas de postagens, todas sem linhas de assunto ou pseudônimos. Pelo que estou vendo, eles usaram os números 001 a 007.

Will apontou para as fotos da turma.

— Sete números. Sete caras. Do que eles estão falando?

Normalmente, Faith começaria pela primeira página, mas, pensando na morte de Cam, ela começou pela última, datada de oito anos antes, um dia após o suicídio. Não demorou muito para encontrar o nome dele.

Ela leu:

— O 007 postou: Vocês souberam que Cam estourou os miolos? A polícia me ligou. Meu número estava no telefone dele. 003 responde: Covarde de merda. Acho bom meu nome não estar no telefone dele. Vou mandar os policiais para a puta que pariu. 007 responde: Vou te dizer uma coisa, você não vai querer que a porra da polícia ligue para o seu trabalho. As mulheres não vão parar de falar sobre isso. 002 entra: Alguém precisa ir a Nova York e limpar essa merda. 003 de novo: Acho que ele tem uma irmã, mas ela odeia ele, como todo mundo. Por que ele não fez isso antes? Sete anos atrás, de repente? 004 faz uma aparição: E aí, meus caros. O que foi? 007: Lê desde o início, seu idiota. Cam se matou com um tiro na cabeça. A polícia me ligou para ver se eu sabia de alguma coisa. 004: O pobre coitado nunca teve muito entusiasmo pela vida. 002: Deveríamos ter esta conversa offline. 007: Alguém precisa se certificar de que Sloan está firme. 004: Sloan está sempre firme. 003: Acho bom ela não falar com os policiais. 004: Estou indo, senhores, vejo vocês no brunch. 003: Que porra a gente vai fazer? 007: Calem a porra da boca. Ninguém sabe de nada. Então, se a gente ficar de boca fechada, ninguém nunca vai saber. 003: E se eles falarem com a SS? Onde raios ela está? 007: Ensopada de mijo e vômito na Geórgia do Sul. 003: Exatamente onde é o lugar dela. 002: EI, IDIOTAS, VAMOS CONVERSAR OFFLINE.

— SS sou eu. — Sara estava atrás de Faith, lendo por cima de seu ombro. — Santa Sara na Geórgia do Sul. 004 é o Mason. É o estilo dele. E a covardia dele.

— Tem um total de quatro pessoas nesta conversa. Quem são os outros três? — perguntou Will.

— Não sei — respondeu Sara. — Vou perguntar a Sloan quando encontrar com ela amanhã.

11

Sara pensou em Sloan Bauer enquanto colocava a louça do café da manhã na máquina. Na época da faculdade de medicina, Sloan era incrivelmente competitiva em um grupo de pessoas conhecidas pela competitividade. Em muitos aspectos, Sara ficou feliz quando a outra foi fazer residência fora do estado, mesmo que fosse só por liberar espaço. Sloan era inteligentíssima, tinha um humor sombrio e, exceto pela parte em que estava transando com o seu namorado, parecia ser uma pessoa agradável.

Mesmo levando em conta a traição, a ideia de entrar em um avião para emboscar Sloan no trabalho ainda não parecia certa. No entanto, ali estava ela, planejando fazer exatamente isso. Pelo menos, não interromperia a agenda da mulher. Will havia sugerido que Sara verificasse as mídias sociais de Sloan antes de reservar um voo para Hartford. De acordo com o Instagram, ela apresentaria, naquele dia, um *paper* em um congresso de Oncologia e Hematologia Pediátrica em Nova York. Distrair Sloan de seus colegas parecia um pouco menos ruim do que distraí-la de crianças muito doentes.

Infelizmente, Sara não tinha nenhuma opção melhor. Britt não abriria mais a boca. Os relatórios da polícia e da autópsia de Merit Barrowe só geraram mais perguntas. Faith não conseguiu fazer o rastreamento reverso do número de quinze anos antes que havia enviado as mensagens ameaçadoras para o iPhone de Merit. Os arquivos do laptop de Cam, protegidos por senha, estavam além das habilidades de hacker de Jeremy. O site do chat parecia ser a única pista viável, e tanto Sloan quanto Sara haviam sido mencionadas nas postagens.

Ensopada de mijo e vômito na Geórgia do Sul.

Quando Faith leu as palavras em voz alta, Sara sentiu como se tivesse levado um soco na cara. Ela presumiu que tanto a amiga quanto o filho acharam que a mensagem era uma referência ao trabalho de Sara como pediatra. Só Will sabia a verdade.

Quinze anos antes, a droga que o servente dera a Sara a deixara tão enjoada que ela mal conseguira chegar a tempo ao banheiro. A náusea não havia se dissipado durante a agressão. Nem depois. Sua bexiga estava cheia quando tudo começou. Sara ainda se lembrava de estar pendurada no corrimão da cabine, as algemas prendendo seus braços, os joelhos nus cravados nos ladrilhos frios, o estômago contraído enquanto vomitava, os olhos bem fechados enquanto o vômito e a urina se espalhavam pelo chão.

A faca havia se afundado até o cabo na lateral de seu corpo. Ela não conseguia ficar de pé, falar acima de um sussurro ou gritar por socorro. Estava encharcada em seus próprios excrementos. Quase dez minutos se passaram até uma enfermeira a encontrar. Depois, outra veio correndo. Em seguida, os médicos. Por fim, os paramédicos, os policiais e os bombeiros.

Todos a tinham visto ensopada em mijo e vômito.

Sara respirou fundo, segurou a respiração por cinco segundos, depois expirou pelo mesmo tempo e continuou o ciclo até que seu coração não parecesse que iria explodir dentro do peito. O exercício de respiração era uma versão da coerência cardíaca. A frequência cardíaca aumenta ligeiramente quando você inspira e diminui quando expira, portanto, cronometrá-los poderia, teoricamente, acalmar o sistema nervoso parassimpático, o sistema nervoso central e o cérebro.

O exercício tinha sido ensinado a ela pelo pastor de sua mãe, imagine só. Sara havia se desentendido com o pastor Bart desde seu primeiro dia na Escola Dominical, mas ele a conhecia bem o suficiente para explicar a ciência por trás do processo. Ela tinha que dar crédito a Bart por chamar a atenção para o complexo pré-Bötzinger no tronco cerebral, especialmente porque ele tinha que levantar a voz para ser ouvido através da porta trancada do quarto de infância dela. Naquela época, Sara ainda estava se recuperando de sua gravidez ectópica, sentindo a perda devastadora do futuro que havia planejado com tanto cuidado. Bart ficou sentado no corredor por várias horas, durante vários dias, até que a jovem finalmente conseguiu encará-lo.

O fato de Bart ser homem talvez tenha sido a parte mais aterrorizante do processo. Nos meses que se seguiram à agressão, Sara não suportava ficar sozinha com qualquer homem que não fosse seu pai. Namorar estava fora de cogitação. Se o estupro ensinava alguma coisa, era que a confiança e a intimidade eram dois lados da mesma moeda. A médica passou horas na internet lendo inúmeras postagens de sobreviventes que falavam sobre a dificuldade com conexões físicas. Elas chamavam de recuperação, como se o estupro fosse uma doença. E talvez fosse, mas ninguém tinha a cura perfeita. Algumas mulheres optavam pelo celibato. Outras transavam com qualquer coisa que se movesse. Algumas se esforçavam no sexo como se fosse um obstáculo a ser superado. Umas se resignavam a nunca se recuperar. Sara quase se enquadrou na última categoria. Anos se passaram até ela se sentir à vontade para estar com um homem. O fato de ter encontrado seu primeiro marido, de ter encontrado Will, parecia um milagre.

Não que ela fosse admitir isso ao pastor Bart.

Nem ao conselho médico estadual. Um médico poderia perder a carreira por consultar um psicólogo capacitado, mas, como em todas as facetas da vida nos Estados Unidos, havia uma exceção religiosa.

Sara colocou uma pastilha na máquina de lavar louça e iniciou o ciclo. Seus olhos viram a TV na sala de estar quando ela se levantou. Sara havia deixado no mudo depois que Will saiu, mas ela leu o *closed caption*.

... está desaparecida há 48 horas. A polícia pede que qualquer pessoa que tenha informações se manifeste. Park, estudante da Universidade Emory, foi vista pela última vez...

Sara desviou o olhar.

Seu telefone mostrava que o voo para Nova York estava no horário. Ela tinha conseguido pegar o último assento no das 8h15 e estaria na conferência de Sloan logo depois que ela apresentasse seu *paper*. Sara não seria uma babaca total tentando fazer isso antes. Seu voo de volta estava marcado para as 17h15, mas ela poderia ficar na lista de espera de qualquer um dos voos anteriores de volta a Atlanta.

Pelo menos, esse era o plano. Sara não conseguia imaginar qual seria a reação de Sloan depois de não se verem por quinze anos. No mínimo, seu comportamento poderia dizer a Sara se Mason havia ou não ligado para ela para se certificar de que estavam todos de acordo.

Sara olhou a hora. Estacionar no aeroporto era um pesadelo, então precisava sair logo. Enviou uma mensagem para a irmã: *Vou ficar ocupada o dia todo. Te ligo de noite.*

Ela esperou Tessa reagir com um coração.

Sara sentiu uma pontada de culpa por ter mentido. Ela não havia contado à irmã sobre Dani Cooper. Não havia contado sobre Britt, Merit ou qualquer outra coisa. Sara se convenceu de que estava protegendo a família, mas a verdade era que ela estava protegendo a si mesma. Ela amava a irmã. Tessa era sua melhor amiga. Mas havia algumas coisas que ela nunca entenderia.

Um dos efeitos mais traumatizantes de ser estuprada era saber que havia apenas uma outra pessoa no mundo que sabia exatamente o que você tinha passado, e essa era o monstro que a havia atacado. Durante uma agressão, a vítima normalmente entra em pânico, sua reação de luta ou fuga desencadeia uma onda de adrenalina, sua alma se enche de terror e seu corpo fica congelado pelo choque. O agressor não entra em pânico. Ele está completamente no controle, porque o controle é o objetivo do estupro. É ele quem memoriza cada movimento seu, cada som, cada expressão, porque, ao contrário de você, ele quer se lembrar dos detalhes. Um passará o resto da vida tentando esquecer. O outro, sentindo prazer com a lembrança.

Sara olhou novamente a televisão. Estava passando o boletim meteorológico, mas ela podia ver a barra de rolagem na parte inferior.

Leighann Park foi vista pela última vez na boate pop-up Downlow, na zona oeste de Atlanta. A polícia incentiva qualquer pessoa que tenha visto algo naquela noite a se manifestar.

Sara encontrou o controle remoto sobre o balcão e desligou a TV. Pegou o telefone do trabalho e ligou para Amanda.

— Dra. Linton — atendeu ela. Amanda era muito mais formal com Sara do que com Will e Faith, talvez porque a médica não tinha medo dela. — O que posso fazer por você esta manhã?

— Preciso tirar outro dia de folga, estou em dia com meus casos. Já pedi para Charlie me substituir, então não deve ter problema.

Amanda ficou em silêncio por um instante.

— Imagino que seja por causa do casamento.

Sara sentiu as sobrancelhas se franzirem. O mais difícil em relação a Amanda era que ela tinha um relacionamento estranhamente complicado com Will, com que Sara ainda não tinha aprendido a lidar. Dizer a ela que esses dias eram chamados de dias pessoais, porque eram pessoais mesmo, não funcionaria.

— Sim — mentiu Sara. — Preciso resolver alguns detalhes de última hora.

— Está satisfeita com seu vestido? — perguntou Amanda. — Suponho que sua mãe e sua irmã tenham a acompanhado nas provas. Você optou por um estilo tradicional?

— Ah, não. Não vou usar vestido de noiva. — Sara teve que parar por um segundo para se acalmar. Normalmente, Amanda fazia perguntas rápidas sobre resultados de autópsia e a agenda. — Seria um pouco demais, considerando que não é minha primeira vez.

— Mas é a última, acho. — Amanda fez uma pausa por um momento. — Como é o seu vestido? Onde você comprou?

Sara teve que reiniciar do zero. Amanda não gostava de conversa fiada, muito menos de conversas por educação.

— É um vestido midi com renda de tule. Branco. Decote princesa. Carolina Herrera.

— O comprimento midi fica bem em você — comentou a chefe. — Você tem os ombros perfeitos para um decote princesa. Imagino que sua mãe tenha pérolas, mas, se ela não tiver, você pode pegar as minhas emprestadas.

— Pérolas?

Sara nunca tinha usado pérolas, não era uma debutante.

— Minha mãe herdou da minha avó e depois eu herdei da minha mãe. Meu bisavô era um joalheiro flamengo que lucrou com a mania dos colares de pérolas inspiradas nas pérolas da Cruz Vermelha em comemoração ao Armistício de 1918.

— Que incrível. — Sara sentiu a cabeça balançando. Ela não conseguia se lembrar de uma conversa mais bizarra. — Uma história e tanto.

— Algo emprestado, pelo menos. Sem pressão. Você pode decidir quando vir. Ou levo para o trabalho amanhã. — Amanda pareceu perceber o que estava falando. — A menos que você precise de um terceiro dia de folga, dra. Linton?

— Não, obrigada. A gente se vê amanhã.

Sara encerrou a ligação. Não sabia o que era mais chocante: Amanda falando sobre um decote princesa ou oferecendo suas relíquias de família.

A porta se abriu e Will entrou, comendo o último pedaço de um pão doce do posto de gasolina. Os galgos de Sara ergueram a cabeça em sinal de saudação, mas Betty pulou do travesseiro e se entrelaçou nas pernas dele enquanto deixava as chaves de Sara no balcão da cozinha. Ele se abaixou e pegou a cadela para que ela pudesse lamber o açúcar de seus dedos.

Havia tanta coisa errada em toda aquela entrada dele que Sara teve que morder a língua. O tanto que Will malhava era a única razão pela qual o pâncreas dele não se parecia com um bloco de queijo suíço.

Ele a beijou no rosto enquanto entrava na cozinha.

— Seu tanque de gasolina está cheio e completei o líquido de lavagem do para-brisa. Você não notou que a luz laranja estava acesa?

Sara tinha percebido que, se ignorasse coisas como essas, Will resolveria por ela.

— Acabei de ter uma conversa muito estranha com a Amanda. Ela estava perguntando sobre o casamento.

— Ela também falou disso outro dia. — Ele colocou Betty no chão e lavou as mãos na pia da cozinha. — Ela disse que, depois da cerimônia, você começaria dançando com seu pai e depois ele a entregaria para mim.

— Me entregaria? Que nem um saco de batatas?

Will secou as mãos. Depois, alisou o colete de seu terno completo. Estava com aquela expressão que dizia que ele estava pensando em algo que Sara não gostaria de ouvir.

— Você deveria gravar sua conversa com Sloan Bauer.

Sara sabia que Will gravava entrevistas, mas ele tinha um bom motivo e Sara, não.

— Isso é legal na Geórgia, mas e em Nova York?

— Também. É legal, desde que uma das partes saiba que a conversa está sendo gravada. — Ele tirou uma Coca-Cola da geladeira, não tinha ingerido açúcar suficiente naquela manhã. — Connecticut exige o consentimento de uma das partes, a menos que seja por telefone, aí ambas as partes precisam saber. A Pensilvânia exige consentimento das partes envolvidas. Assim, se você cruzar uma fronteira estadual, tenha cuidado.

Sara sabia que Will estava falando sério, ele claramente havia feito a pesquisa.

— Você vai me grampear como num filme de máfia?

Ele girou a tampa da garrafa.

— É um aplicativo no seu telefone, o mesmo que eu uso. Tem uma inteligência artificial que pode transcrever a conversa.

Sara sentiu uma sensação de desconforto. Já era ruim o suficiente ela estar armando uma cilada para Sloan Bauer. Mas gravar secretamente a mulher parecia uma violação ética. Ela sabia que Will não concordaria, então mudou o tópico.

— O que eu vou perguntar para ela?

— Você não passou metade da noite acordada pensando nisso?

Ela puxou a frente do colete dele.

— Quer me lembrar de como passei a outra metade?

Will largou a Coca-Cola, cruzou os braços e encostou-se no balcão. Houve um tempo, no início do relacionamento deles, em que ela conseguia distraí-lo facilmente. Essa época já havia passado.

Sara continuou:

— Sloan pode se recusar a falar comigo.

— Pode — concordou Will. — Mas e se ela não fizer isso?

Sara deu um suspiro audível, porque ele tinha razão sobre como ela havia passado a outra metade da noite. Sua mente pensara em todas as situações de como o encontro com Sloan poderia ser.

— Ela nunca se deu bem com Britt. Tenho quase certeza de que elas se odiavam. E o que Britt me disse... nas duas vezes, tinha muita coisa que me tocava pessoalmente por causa da minha ligação com Dani Cooper. E por causa do que aconteceu comigo há quinze anos. Não sei se Sloan vai sentir a mesma urgência.

— Você tem medo dela achar você louca?

— Não sei do que eu tenho medo — admitiu Sara. — Parte de mim acha que voar até lá é a coisa certa, mas outra parte acha que é incrivelmente cruel. Dei uma olhada no Instagram da Sloan. Ela é casada e tem um filho. E se Mason não estivesse só falando merda dessa vez? E se Sloan realmente tiver conseguido seguir a vida? E se o fato de eu aparecer e falar "Ei, ouvi dizer que você também foi estuprada" fizer ela entrar em parafuso?

— Britt fez você entrar em parafuso.

— E por isso eu deveria retribuir?

— Não — disse ele. — Você pode cancelar o voo. Tentaremos encontrar outra maneira.

Os olhos de Sara encontraram a televisão. A tela preta a encarou de volta. Uma jovem estava desaparecida. Ela era muito atraente e tinha uma rede social ativa, o que fez com que seu desaparecimento recebesse ampla cobertura.

Ela continuou:

— Fico pensando em Tommy McAllister. Eu vi o que ele fez com Dani. Ele não só a estuprou, ele a drogou e a espancou até tirar a vida dela. Eu literalmente segurei o coração dela e senti os cacos das costelas quebradas nos meus dedos.

Will também estava acompanhando as notícias.

— Britt disse que Tommy estava em casa na noite em que Leighann Park desapareceu.

— Britt não saberia a verdade nem se estivesse embaixo do nariz dela. E ela não me respondeu onde Mac estava naquela noite, disse apenas que ele era impotente.

— Impotente em geral ou impotente só com ela?

— Eu não pedi detalhes, mas, meu Deus, você transaria com aquilo ali?

Will fez que não com a cabeça.

— De qualquer forma, isso responde sua própria pergunta. O que você quer perguntar a Sloan?

Sara finalmente cedeu.

— Quero saber o nome do homem que a estuprou.

— Você acha que ele faz parte da turma?

Sara deu de ombros.

— Quem sabe?

— Sloan disse ao Mason que o cara repetiu o semestre e saiu da faculdade de medicina.

— Mason não é um narrador confiável. — Sara havia notado na noite passada que Will ficava com a mandíbula contraída sempre que o nome de Mason era mencionado. — É possível que Sloan tenha mentido para ele sobre os detalhes, porque sabia que Mason não gostava de complicações. Eu te disse que não dava para contar com ele.

Will claramente não se acalmou. De qualquer maneira, ele não queria falar sobre isso.

— O que mais você quer perguntar a Sloan?

Como acontecera com Britt na manhã anterior, Sara tinha elaborado uma lista de perguntas.

— Britt percebeu algo que aconteceu na festa mista. Será que Sloan também percebeu?

— Considerando que também foi agredida, ela guardaria um detalhe importante para si mesma se outra mulher fosse estuprada?

— A empatia e a cumplicidade não são como você imagina. Mesmo mulheres que são estupradas podem ser umas escrotas com outras mulheres estupradas.

— Tudo bem. — Will não precisava de uma explicação. Ele já tinha visto sua cota de escrotos no sistema de assistência social infantil. — O que mais?

Ela continuou sua lista.

— Sloan se lembra de ter ouvido alguma coisa naquela noite ou naquela semana? Cam contou alguma coisa para ela? Mesmo que ela não tenha achado importante na época, talvez algo tenha ficado em sua cabeça. Talvez o fato de eu fazer a pergunta ajude alguma coisa a se encaixar. Ou talvez o fato de me ver desperte velhas lembranças e ela acabe em posição fetal no chão.

A expressão de Will se suavizou.

— Vou perguntar uma coisa: se você estivesse nas redes sociais, teria fotos nossas juntos, certo? Com os cachorros e sua família. De fora, pareceríamos felizes.

— Nós *somos* felizes. — Ela acariciou a bochecha dele. — Eu te amo. Você é o meu coração.

Ele virou a mão dela e beijou a palma. Depois a segurou.

— Falar com Sloan vai ser diferente do que foi com Britt. Mais estressante. Mais complicado. Um tipo diferente de emoção.

Sara entendeu o que ele estava dizendo. Ela se protegia de Britt, porque esperava o pior. Com Sloan não era assim. Ela havia sido agredida e estava por perto na época da agressão de Sara. As duas tinham uma história em comum que nenhuma delas queria. Ambas sabiam como ferir uma à outra de maneiras que Britt jamais poderia sonhar.

— Se você fizer a gravação, não será para mim. Será para, no momento certo, você poder se concentrar no que Sloan está dizendo, não em tentar memorizar tudo o que sai da boca dela. Você pode apagar depois, se quiser. Só estou tentando ajudar a aliviar um pouco a tensão. Os últimos dias foram muito estressantes.

— Para você também. — Ela acariciou o cabelo dele para trás. — Sinto muito por ter te arrastado para isso.

— Sinto muito por Mason não ter ajudado. — Sua mandíbula estava contraída outra vez. — Mesmo que ele não esteja envolvido, ele sabe que tem alguma coisa acontecendo e optou por olhar para o outro lado.

— Não se preocupe com ele. Ele sabe que estou comprometida.

— Não estou preocupado com ele. — A mandíbula de Will contava uma história diferente. — Ele zoou sua aliança?

— Ele me zoou por ser uma Maria Distintivo. — Sara passou os dedos na lateral do rosto dele. — E eu disse que você tem um pau enorme e que eu não me canso dele.

Os lábios dele se contraíram em um sorriso.

— Santa Sara. Sempre tem que dizer a verdade.

Ela sorriu de volta, porque ele não fazia nem ideia. Ela lhe deu um beijo rápido na boca e depois disse:

— Baixa o aplicativo de gravação e me mostra como funciona.

Will pegou seu celular pessoal no balcão da cozinha. Sara observou as mãos dele enquanto ele digitava a senha dela para instalar o aplicativo. Três anos antes, ela sonhava em beijá-lo, mas o que realmente a conquistou foi a primeira vez que Will segurou sua mão. Ele acariciou os dedos dela com o polegar, e Sara sentiu um calor tão forte que teve que ir ao banheiro para jogar água fria no rosto. Terminar o resto do plantão tinha sido uma dificuldade.

— Posso ir com você para Nova York, se quiser. Ficar esperando na rua. Com certeza deve ter um parque — falou Will.

— Não, eu consigo ir sozinha.

— Eu sei que você consegue. — Ele levantou o olhar do telefone. — Mas estou aqui se você precisar de mim.

Sara sentiu uma onda repentina de emoção. Era o milagre de sua recuperação. Ela confiava com cada fibra de seu ser que Will sempre estaria ao seu lado.

Como sempre, ele percebeu o humor dela.

— Você está bem?

Sara fez que sim.

— Com o app, a transcrição fica salva na nuvem?

— Eu fiz backup no seu Google Drive, então, se quiser apagar, olha lá também. — Ele devolveu o telefone. — Programei o botão do lado. Basta apertar duas vezes para começar a gravação.

Sara apertou duas vezes. A linha vermelha fina começou a se desdobrar como um eletrocardiograma.

— E se eu quiser parar?

Ele colocou a mão por cima da dela e apertou duas vezes o botão de novo. Aí, deixou seus dedos roçarem de leve o braço dela. Ela sentiu a pele reagindo ao toque dele. Will estava se abaixando, o rosto deles estavam próximos. O coração de Sara deu a cambalhota familiar quando os lábios dele tocaram os dela. A cicatriz acima da boca dele ainda era tão elétrica quanto ela havia imaginado.

Ele levou as mãos até a cintura dela.

— Quando você precisa sair?

Ela olhou o relógio. Tinha dez minutos.

— Tenho o tempo exato de me despedir de você.

— E como você vai se despedir de mim?

— Com a boca.

Will a beijou de forma intensa e sensual e começou a soltar o cabelo dela. Sara desabotoou a calça dele. De repente, os dois congelaram ao ouvir o som de uma batida firme na porta.

Ele disse:

— Eu vou matar a sua irmã.

— Não se mexa. Eu me livro dela.

Sara estava tentando pensar na forma mais rápida de se livrar de Tessa sem envergonhar Will quando abriu a porta.

Mas não era Tessa quem tinha batido.

Uma mulher mais velha de aparência frágil estava em frente à entrada. Suas roupas de marca não conseguiam esconder a estrutura gasta e esquelética do corpo. Suas costas eram curvadas como as de um gato todo eriçado de Halloween. Ela de pé era meio instável. Não estava fumando, mas uma névoa de cigarros mentolados permanecia no ar. Seu cabelo loiro oxigenado parecia tão falso quanto a pele que se esticava lisa sobre o crânio dela.

O corpo de Sara percebeu quem era antes do cérebro. Um fio de suor escorreu pelo seu pescoço. Ela disse:

— Eliza.

O olhar reumático da mulher foi direto para o anel de Sara.

— Era a joia favorita dela. Ela usava o tempo todo.

Sara cobriu o anel com a mão.

— Ela ficou muito triste com o arranhão. Foi da porta de um carro. — Eliza acenou com os dedos retorcidos na direção do anel. — Ela ia fazer um programa com um joalheiro para arrumar. Você deveria fazer isso também, quer dizer, remover o arranhão, não fazer um programa. Sua mãe iria querer que o vidro fosse consertado.

A última parte havia sido dita para Will. Ele estava de pé atrás de Sara. Havia um calor saindo dele, uma espécie de raiva fervente. Ela estendeu a mão por sobre Sara, mas ele não a pegou.

A cabeça de Eliza se inclinou em um leve aceno.

— Sobrinho.

— Que porra você está fazendo aqui? — Sua voz tinha um rosnado baixo que fez com que os pelos finos na nuca de Sara se eriçassem. — Como você sabe onde eu moro?

Eliza começou a responder, mas foi acometida por uma tosse repentina e estridente. Ela estalou os lábios, engolindo a bile que havia enchido sua boca.

— Você tem uma casa a quatro ruas daqui. Vocês dois passam os fins de semana lá, mas os dias de semana aqui.

Ele perguntou:

— Eu deveria estar surpreso por você ter contratado um detetive particular para me investigar?

— É preciso saber onde está a família.

— Eu não tenho família — disse Will. — O que você está fazendo aqui?

— Você me visitou. Achei que eu deveria retribuir o favor.

Will começou a fechar a porta.

Eliza falou:

— Alguém no clube está tentando entrar em contato com você.

Will segurou a porta antes que ela se fechasse.

Eliza sorriu como uma bruxa, os dentes anormalmente retos e brilhantes em seu rosto esquelético.

— Essa pessoa está muito ansiosa para conversar.

— Quem? — perguntou Will.

Eliza não respondeu.

— Você não vai me convidar para entrar?

Sara olhou para Will. O olhar duro em seu rosto poderia ter sido esculpido em granito. Ela silenciosamente implorou para que ele recusasse o pedido de Eliza.

Ele mal reconheceu a súplica. Abriu a porta, convidando o demônio para entrar.

O ar no apartamento pareceu mais denso quando Eliza cruzou a soleira da porta. Seus saltos arranharam o piso de madeira como garras de gato. Ela puxou a bolsa pesada mais para cima no ombro. A cada vez que exalava, seus pulmões emitiam um chiado úmido. A luz do sol não a favorecia. Sara adivinhou, pelo estado deplorável de seu corpo, que a mulher estava lidando com uma forma agressiva de câncer. A julgar pelo ruído e pelo cheiro de cigarro, seus pulmões estavam tomados por tumores. Se houvesse um Deus no céu, eles teriam comido os ossos dela.

— Que raios é isso? — Eliza estava dando a Betty um olhar de nojo.

Sara pegou o cachorro antes que Will o fizesse. Ela estalou a língua para os galgos, depois trancou todos eles na grande despensa que ficava ao lado da cozinha. Quando ela se virou, a tensão só havia aumentado.

Eliza estava olhando através das janelas do chão ao teto como uma turista apreciando a vista.

Já Will estava olhando para Eliza. Seus punhos se fechando e se abrindo; seu corpo praticamente vibrava de raiva.

Sara disse a Eliza:

— Já fez o tour. Quem está tentando entrar em contato com Will?

Eliza desviou o olhar do horizonte de Atlanta e o concentrou em Sara.

— Seus olhos são do mesmo tom de verde que os dela.

Sara sentiu a súbita e inesperada angústia de Will. Ele nunca tinha visto uma foto da mãe. As únicas documentações de sua existência eram uma certidão de nascimento e um relatório de autópsia desbotado.

— Verde era a cor favorita dela. — Eliza soltou outra tosse adoentada. — Ela era alta que nem você. Engraçado, acho que os meninos realmente se casam com a mãe.

— Para de falar com ela. — Will parecia tenso, um animal pronto para atacar. — Quem te pediu para entrar em contato comigo?

Eliza colocou a mão na bolsa, mas não tirou um cartão de visita ou um bilhete. Ela segurou uma pilha grossa de papéis.

— Esta é sua cópia de um fundo que eu criei. Você vai ter que esperar até eu morrer, mas fica tranquilo, não vai demorar muito.

A cabeça de Will estava tremendo antes mesmo de ela terminar.

— Eu já disse que não quero seu dinheiro.

— Não vou dar o dinheiro para você. O fundo é para beneficiar crianças que estão saindo do orfanato. Um apoio para ajudar as crianças a encontrarem o caminho para a faculdade, ensino técnico ou o que quer que você decida.

— Não vou decidir nada — respondeu Will. — Seu dinheiro não tem a ver comigo.

— Infelizmente, tem. Você está listado como um dos curadores. — Eliza deixou os documentos caírem sobre a mesa de centro com um baque forte. E dirigiu-se a Sara: — Você é a outra administradora. Obviamente, você entende mais de dinheiro do que ele.

Sara se esforçou para manter a boca fechada. Conseguia ver as letras em negrito no topo da página. FUNDAÇÃO WILBUR E SARA TRENT.

— Presumi que você fosse pegar o nome dele — falou Eliza.

Sara mordeu a língua com tanta força que sentiu gosto de sangue. Amanda era a única razão pela qual Will tinha um nome. Ele era Bebê Anônimo até ela intervir.

— Enfim. — Eliza fechou a bolsa. — Vocês podem ler sobre isso nos documentos.

— E você pode enfiar os documentos no cu — disse Will. — Eu não vou fazer isso. Nós não vamos fazer isso.

— Então o dinheiro vai ficar no banco, gerando mais dinheiro. Não posso levar para onde estou indo e, sinceramente, não vou saber se você o usou ou não, então, eu que me foda ou seus companheiros órfãos que se fodam. Na verdade, não estou nem aí. — Eliza direcionou seu foco de volta para Sara. — Fico feliz por ele ter encontrado alguém.

A médica não conseguiu mais se segurar.

— Espero que o câncer nos seus pulmões dê metástase no cérebro.

— Seu pedido foi atendido. — Apesar da notícia, Eliza estava sorrindo. — Muito bem, sobrinho. Essa aqui é um ótimo partido.

Will deu um passo ameaçador em direção a ela.

— Você vai sair por aquela porta ou vou jogá-la pela janela.

— Meu corpo se quebraria antes do vidro.

— Não me ameace com piadas.

Sem pensar, Sara deu um passo para trás. Ela não tinha certeza do que qualquer um deles iria fazer.

Eliza quebrou o impasse com uma risada estridente. Pegou a bolsa novamente e entregou a Will uma folha de papel dobrada.

— Como eu disse, essa pessoa está muito ansiosa para falar com você. Fez parecer bastante urgente.

Will abriu o bilhete, esperando tempo suficiente para dar a impressão de que conseguia ler as palavras antes de enfiá-lo no bolso. Ele acenou com a cabeça para os documentos do fundo.

— Pega suas coisas e vai embora.

— Calma, não consigo fazer isso de forma rápida. — Ela começou a sair, mas não sem dar uma última olhada no anel de Sara. Sua expressão mudou. Havia um sentimento de tristeza. — Ela realmente ficou com o coração partido quando o vidro foi arranhado. Conserte para ela, tá?

Sara não lhe daria a satisfação de uma resposta.

Eliza colocou a bolsa sobre seu ombro ossudo. Acenou com a cabeça para Will antes de começar a caminhar dolorosamente devagar em direção à porta da frente. Seu equilíbrio estava prejudicado, os tumores em seu cérebro deviam estar pressionando os nervos cranianos. Eliza estendeu a mão para o lado, um contrapeso inútil para um navio que estava afundando. Quando ela alcançou a porta, seus dedos artríticos erraram a maçaneta. Ela tentou uma segunda vez. A porta se abriu. Ela não olhou para trás. Os dias de saídas dramáticas de Eliza haviam acabado. A única coisa que ela deixou em seu rastro foi o odor de cigarros velhos e a fúria de Will.

A porta mal tinha se fechado quando ele gritou:

— Caralho!

Will chutou a mesa de centro com tanta força que ela bateu na parede e lascou. Papéis, jornais e os documentos do fundo que Eliza criara se espalharam.

Parecia que o coração de Sara ia sair pela boca.

— Inferno!

Ele bateu com o punho na parede. O revestimento de gesso se abriu. A pele do dorso da mão dele também. Escorria sangue dos nós dos dedos.

— Will...

— Caralho! — Ele tentou sacudir a mão para se livrar da dor. — Caralho!

Com o coração acelerado, Sara o observou andar pela sala. Os cães começaram a uivar. Estavam arranhando a porta da despensa.

Sara começou a andar até eles, mas Will chegou antes. Ele abriu a porta. Os cães não saíram correndo. Billy e Bob entraram sorrateiramente na cozinha, de cabeça baixa, olhando nervosos para Will. Betty começou a choramingar. Não queria sair da despensa escura.

O medo deles conseguiu fazê-lo voltar a si. A dureza de seu rosto foi se esvaindo aos poucos e ele viu a mesa lascada, o buraco na parede. Só conseguiu segurar o olhar de Sara por um segundo. Ele se ajoelhou na frente dos cães e fez ruídos suaves enquanto acariciava seus rostos rosados. Os galgos se encostaram nele e Betty, enfim, parou de choramingar. Ela se virou de lado, mostrando a barriga para que ele a acarinhasse.

A mão de Will tinha quase a metade do tamanho do cachorro. Sara sempre se esquecia de como ele era grande. Will tinha a tendência de se curvar, não gostava de atenção. Preferia ouvir do que falar e tinha uma vergonha persistente e infundada de sua dislexia. Sua infância tumultuada lhe dera um desejo de calma e paz. Ele havia passado a vida inteira em busca de segurança.

Eliza havia destruído isso em minutos.

— Isso não deveria ter acontecido. Perdão — desculpou-se Will.

Ela levou a mão ao peito, tentando acalmar o coração.

— Está tudo bem.

— Não está. — Will se levantou, segurando Betty nos braços como um bebê. Os galgos caminharam ao lado dele enquanto ele a colocava cuidadosamente de volta na almofada. Will esperou que Billy e Bob subissem no sofá. Fez carinho atrás das orelhas deles, dizendo a Sara: — Eu deixei ela me afetar. Desculpe.

A médica contraiu os lábios. Ele ficava se desculpando, sendo que a culpa era de Sara. Ela havia trazido Eliza para a vida dele, e foi para ajudá-la que ele tinha ido ao clube.

— Quer que eu dê uma olhada na sua mão?

— Não. — Ele flexionou os dedos, estremecendo com a dor. — Você está bem?

— Estou. — Sara enxugou as lágrimas de seus olhos. Ela havia ficado abalada com a explosão repentina. Odiava ver Will sofrendo. — *Você* está bem?

— Posso colar tudo de novo. — Ele se referia à mesa de centro. — E vou consertar a parede no fim de semana.

— Eu não ligo.

Will pegou seu lenço e limpou o sangue da mão. A manga de seu paletó estava manchada de vermelho-escuro. Ele estava agitado, tão desconfortável quanto ela.

— Deixa eu dar uma olhada nos seus dedos. — Sara esperou que ele viesse até ela, e examinou gentilmente os danos na bela mão dele. O quinto metacarpo havia sofrido o impacto contra a parede, mas ela não sabia se tinha quebrado. O sangramento não ia coagular. Ele precisaria de pontos e uma semana de antibióticos. — Quero que a gente pare com isso. Tudo isso. Vou cancelar meu voo. Temos coisas mais importantes na nossa vida.

— Eliza não tem nada a ver com o que estamos investigando.

— Ela se tornou parte disso — afirmou Sara. — Ela contratou um detetive particular e você está sendo seguido. Ela conhece a pessoa que está tentando entrar em contato com você no clube. Ela pode fazer alguma coisa, Will. Ela pode...

— Olha para mim. — Will segurou o rosto dela entre as mãos. — Eu te disse quando a gente se conheceu que não sei desistir. Não podemos deixar ela vencer.

— Olha o que acabou de acontecer. — Sara se esforçou para evitar que sua voz falhasse. — A questão não é ela ganhar. É a gente perder.

— Eu perdi você?

— Claro que não. Você nunca vai me perder. Nunca mais me pergunte isso.

— Então escuta o que estou dizendo. — Ele usou o polegar para enxugar as lágrimas dela. — Eliza quer foder com a nossa vida. Ela já teve dezoito anos meus. Não vou dar mais um dia a ela. E muito menos você. Combinado?

— Will…

— Combinado?

Ele a olhou com tanta necessidade que Sara sentiu uma dor física no coração. Ela sabia o que ele estava fazendo, porque era culpada da mesma coisa. Quinze anos antes, respirar fundo não era o único mecanismo de enfrentamento que o pastor Bart havia defendido através da porta trancada do quarto de Sara. Sair da cama. Tomar banho. Vestir-se. Sair de casa. Ir para o trabalho. Fazer seu trabalho. Permitir que a negação amorteça as bordas afiadas da memória. Deixar a passagem do tempo trazer alguma distância. Então, quando você estivesse pronta para enfrentar o que aconteceu, os cortes não pareceriam tão profundos.

Sara assentiu com a cabeça.

— Combinado.

Will soltou um suspiro lento de alívio. Então, colocou a mão no bolso e encontrou o bilhete dobrado de Eliza. O sangue manchou o papel branco. Naquele momento, ele deixava impressões digitais cor de ferrugem em tudo o que tocava.

As mãos de Sara estavam firmes ao desdobrar a página. O nome estava em letra cursiva, claramente um garrancho de médico, com um número de telefone que não era o mesmo que Mason havia dado a Sara no dia anterior.

Ela disse:

— Richie Dougal. Ele escreveu: *estou te procurando*.

— Ele não está procurando por mim — falou Will. — Está procurando por John Trethewey.

EM FRENTE AOS APARTAMENTOS WINDSONG — CENTRO DE ATLANTA

ELES TINHAM UM GATO cujo nome oficial era Pepper, mas, como todo gato, ele recebera vários apelidos. Sr. Bigode. Menino Maroto. Depois, quando ficou mais velho, Pancinha de Leon.

Ele era inconstante, indo de membro em membro da família durante o dia, mas, toda noite, encaminhava-se para o pé da cama de Leighann. Em seus últimos anos, desenvolvera um ronco pronunciado. Às vezes, o som de buzina acordava Leighann. Em algumas ocasiões, ele sonhava estar perseguindo esquilos ou coelhos, e ela sentia as patinhas dele batendo em sua perna enquanto ele corria atrás dos bichos durante o sono.

Leighann estendeu a mão para acariciar a cabeça peluda dele, mas Pancinha não estava lá. Então, tentou rolar na cama, mas sentiu uma dor no rosto. Suas pálpebras estavam fechadas com uma espécie de crosta, e ela estendeu a mão, tentando limpá-las. As pontas de seus dedos estavam sujas de areia. Ela piscou várias vezes.

Pequenas manchas verdes se espalharam por sua visão. Seus olhos não se abriam totalmente. Ela queria voltar a dormir. Queria que Pancinha se aconchegasse nela. Ela sentia frio, a pele estava formigando. Ela precisava fazer xixi. Uma brisa gelou seus nervos.

Isso não estava certo.

Leighann respirou fundo como se estivesse voltando dos mortos. As manchas verdes eram pequenas folhas em vários tons de esmeralda. Ela viu galhos, ramos e um raio de luz vindo de cima. Levou os dedos à boca. Seus lábios estavam rachados. Sangrando.

Não havia como se sentar. Ela teve que se arrastar pela terra com as nádegas e os cotovelos para sair de baixo da espessa fileira de arbustos. Tuia. Leighann só conhecia o nome porque a mãe lhe dissera quando a estava ajudando a se mudar para seu primeiro apartamento.

Olha só essa sebe, querida, que linda. É uma tuia.

Uma súbita explosão de luz solar invadiu seus olhos. Seu cérebro latejava dentro do crânio, acompanhando os batimentos cardíacos. Ela ouviu o canto dos pássaros e os motores de carros. Leighann se encolheu, usando a mão para bloquear o sol implacável.

O prédio onde ficava seu apartamento se erguia à sua frente. Os carros enchiam a rua, esperando no semáforo. Era a hora do rush matinal, ela podia ver pelos motoristas. Alguns estavam tomando café. Uma mulher passava delineador nos olhos enquanto esperava o semáforo abrir.

Mas que raios estava acontecendo?

Leighann olhou para as próprias pernas. Pequenas manchas de sangue cortavam a pele. Por ter rastejado sob a cerca? Por ter se deitado no chão? Ela não se lembrava de como havia chegado ali. Leighann estava na casa de Jake, dormindo no sofá, escondida, evitando o Sinistrão. Jake a havia chamado para ir à boate com ele. Ela queria, mas o fez implorar mesmo assim. Depois, eles dirigiram até o novo local da Downlow. E então...

Leighann apoiou a cabeça nas mãos. As batidas não paravam. Ela procurou a bolsa e encontrou-a sob a sebe. Fez um rápido inventário, não de memória, mas por hábito. Sempre que saía, ela reduzia os conteúdos da bolsa: carteira de motorista, cartão de crédito, uma nota de cinco e outra de vinte, batom, hidratante para as mãos, absorvente interno, celular. A única coisa que estava faltando era a camisinha de emergência.

Seu coração parou. Ela colocou a mão entre as pernas.

Estava sem calcinha.

Os olhos de Leighann se fecharam. O vômito subiu à sua boca.

Que merda ela havia feito?

O barulho repentino da buzina de um carro fez seu cérebro quase explodir. Leighann se esforçou para se levantar. Seus pés estavam descalços. Ela pegou o sapato direito, mas não conseguiu encontrar o esquerdo e não se importou. Ela tinha que entrar. As agulhas de pinheiro cravaram-se nas solas de seus pés descalços. Um líquido quente escorria pela parte interna de suas coxas. Ela puxou para baixo a bainha de sua minissaia, estava usando seu vestido de balada, um justo e curto com mangas bufantes e bem decotado. O cérebro de Leighann se encheu de recriminações.

O que você achou que aconteceria? Por que estava usando esse vestido? Por que conversou com ele? Por que dançou com ele? Por que confiou nele?

Ela pressionou os dedos contra as pálpebras.

Ele.

A lembrança era fugaz. Um globo espelhado girando. O baixo pulsando nos alto-falantes. Corpos suados na pista de dança. O rosto dele. Por que ela não conseguia se lembrar do rosto dele?

Ela ouviu a porta de um carro se abrir. Um homem estava entrando em um Kia azul. Era óbvio que a tinha visto, mas também era óbvio que a estava evitando deliberadamente.

O que você esperava?

Leighann segurou a bolsa e o sapato enquanto caminhava pela grama. O asfalto do estacionamento estava frio sob seus pés. Ela viu seu Toyota RAV-4 estacionado na vaga de sempre. Em vez de entrar no saguão do prédio, ela deu a volta pela lateral. A porta da escada estava sempre aberta. Ela entrou no vestíbulo e apoiou as costas na parede. Seu corpo tremia de frio. Ou talvez pela lembrança.

Jake com as mãos no ar. Balançando ao som da música. Garotas o cercando. Corpos se apertando. Luzes piscando. Os lábios de um estranho roçando a orelha de Leighann — quer uma bebida?

Sua garganta parecia em carne viva quando ela engolia. Sua mandíbula doía. O vômito voltou a pressionar sua boca, mas, desta vez, ela não conseguiu segurar. A jovem se dobrou e vomitou com tanta força que seus olhos lacrimejaram. A bile espirrou no concreto bruto. Ela sentiu o líquido quente atingindo suas pernas nuas como alfinetadas. Agarrou-se ao corrimão para não cair.

Leighann se levantou com muito esforço e começou a subir a escada. As luzes do teto piscavam contra as paredes escuras de blocos de concreto. Sem aviso, seu corpo se encheu de dor. Seus seios estavam doloridos. Os músculos da parte inferior das costas e das pernas pareciam ter terminado uma maratona. Pior ainda, ela sentia uma dor intensa dentro do corpo. Pior do que cãibras, pior do que uma noite difícil.

Ela precisava tomar um banho. Sua pele estava saindo de seus ossos.

Leighann se segurou com força no corrimão, enquanto subia as escadas. Seu apartamento ficava no terceiro andar, mas parecia estar no Everest. Os degraus eram lâminas cortando seus pés descalços. O líquido entre suas pernas não parava de escorrer. Ela não queria olhar para baixo. Não conseguia olhar para baixo.

A porta do corredor era tão pesada que ela teve que usar o peso do corpo para abri-la. Leighann cambaleou pelo corredor, ainda sem olhar para baixo, mas sabia que estava deixando um rastro de sangue. Ela quase gritou quando chegou à porta de seu apartamento. Ela digitou o código na fechadura eletrônica.

— Leighann! — Sua mãe se levantou do sofá. — Onde você estava?

A jovem estremeceu com o som estrondoso da voz da mãe. Então, deixou a bolsa e o sapato caírem no chão.

— Mãe, eu preciso...

— A gente estava tão preocupado! — gritou sua mãe. Ela estava soluçando, correndo pela sala, até que envolveu Leighann em um abraço apertado. — Onde você estava?

— Mãe, eu...

Ela colocou a mão sobre a boca, pois vomitaria de novo. Afastou-se da mãe e correu em direção ao banheiro, mas mal conseguiu trancar a porta. Leighann caiu de joelhos em frente ao vaso sanitário. Teve uma ânsia tão forte que parecia que tinha uma faca apunhalando suas entranhas. Seus intestinos se contraíram. O mijo escorria pelas pernas.

— Filha! — A mãe estava batendo na porta. — Por favor, abra a porta! Querida! Onde você estava? O que aconteceu?

— Estou bem! — berrou. — Me deixa em paz!

— Não! Fala comigo! Por favor!

Leighann levou as mãos à cabeça, o cérebro girando dentro dela. Ela tinha galhos no cabelo. Folhas. Pedaços de terra. Sua pele estava grossa e suja. Ela se esticou até o chuveiro, tentando encontrar a torneira para abrir. Uma rajada de água bateu nos azulejos.

— Leigh, o que você está fazendo? — A mãe chorava, os dedos batendo com força na porta. — Querida, por favor, me deixa entrar. Você tem que me deixar entrar.

Os olhos de Leighann evitaram o espelho do armário de remédios enquanto ela se levantava do chão. Ela desceu o vestido apertado pela cintura e pelas pernas. Suas coxas estavam salpicadas de pontos pretos e azuis. O líquido que escorria de dentro dela era uma mistura de sangue, urina e alguma outra coisa. Ela estendeu a mão para trás, até a bunda. Quando olhou para seus dedos, estavam manchados de sangue e merda.

Ela teve ânsia de vômito de novo, mas seu estômago estava vazio.

— Leighann? — A voz da mãe estava tensa. Ela estava implorando, suplicando. — O que aconteceu, meu amor? O que aconteceu?

Globo espelhado. Dançando. Pulsando. Hálito quente no ouvido dela — você está me provocando ou o quê?
— Querida, eu sei que é difícil, mas... — A voz da mãe falhou com a emoção. — Você não pode tomar banho, está bem? Não lave isso.
Isso.
Sangue. Mijo. Merda. Saliva. Esperma.
Evidências.
Sua mãe sabia, o que significava que seu pai sabia, o que significava...
Leighann fechou os olhos e a escuridão a envolveu. A dor começou a diminuir. O corpo estava ficando dormente e o cérebro, nublado pelo silêncio. Ela foi dominada pelo desejo de desaparecer, de deixar de ser ela mesma, de se tornar uma mulher em extinção. A ausência de peso tomou conta dela. Os braços pareciam estar flutuando e os pés queriam sair do chão.
A boca dele tão próxima — Vamos sair daqui.
Não.
Leighann forçou os olhos a se abrirem, e foi como se seu corpo voltasse à vida. Os pulmões puxavam o ar, os pés sentiram o frio do chão e a pele absorveu o quente do vapor do chuveiro. Estava nua no meio do banheiro. A água continuava caindo enquanto sua mãe implorava para entrar. Havia um espelho de corpo inteiro na parte de trás da porta. Leighann não queria se ver, mas precisava, para ter certeza de que ainda estava lá.
Lentamente, ela se virou e olhou para seu corpo nu no espelho.
Ela começou a gritar.

12

Faith sabia que era melhor não se olhar no espelho da cozinha enquanto a arrumava após o café da manhã. Seus olhos tinham bolsas embaixo de bolsas. Ela havia passado horas da noite anterior lendo cada linha do chat que Jeremy havia encontrado no laptop de Cam. Depois, imprimiu tudo e leu mais uma vez. Depois, fez anotações. Depois, adormeceu sentada no sofá. Estava tão exausta de manhã que ligou o fogão e cozinhou ar por dez minutos antes de perceber que o aparato de fazer ovos poché ainda estava sobre a bancada.

Como tudo naquele caso que não era um caso, ela tinha loucura de mais e fios de menos. Faith sentia falta dos benefícios de realizar uma investigação oficial, e não apenas da capacidade de emitir mandados. Na AIG, havia um escritório com agentes que passavam o tempo debruçados sobre computadores tentando decifrar arquivos. Todos seriam úteis para quebrar as senhas dos seis PDFs no laptop de Cam. Havia também a questão dos arquivos de vídeo corrompidos do site. E vai saber o que mais havia no disco rígido. Ou no iPhone de Merit Barrowe.

A pior parte, a que Faith só admitia nas horas de desespero, era que ela realmente sentia falta da capacidade de Amanda de ir direto ao ponto no meio da merda.

E tinha muita merda.

Para cada pequeno detalhe que Faith havia obtido na noite anterior, ela tinha mais dez perguntas, sendo a principal delas quem ainda estava pagando pela hospedagem do site de chat. O e-mail da AOL não tinha dado em nada, mas alguém havia colocado um cartão de crédito na GoDaddy para manter o site ativo por dezesseis anos. Era um descuido? Será que a renovação fora engolida por um monte de outros domínios registrados? Não havia como saber, porque o *Whois*, o site que fornecia as identidades dos proprietários de sites, listava o registro como privado.

Outra situação em que um mandado seria útil.

Faith olhou para a mesa da cozinha. Os arquivos roubados de Martin Barrowe estavam ordenadamente empilhados ao lado das transcrições do chat e de outras porcarias que ela imprimira na noite anterior e algumas horas antes, na esperança de que alguma coisa, qualquer coisa, se encaixasse.

Nada havia se encaixado.

Ela olhou para a parede maluca. Fio algum se ligava.

Faith havia acrescentado uma nova seção a outro conjunto de armários. As tiras de cartolina eram azuis. O cabeçalho dizia CLUBE DO ESTUPRO, que era como ela estava chamando o site de chat, embora, tecnicamente, o nome de domínio fosse CMMCRBR.com.

Chaz, Mac, Mason, Cam, Royce, Bing, Richie?

Sete homens. Sete nomes. Sete números, de 001 a 007.

Faith havia gerado um perfil para quatro dos números, que eram os mesmos que haviam aparecido na última conversa sobre Cam.

002, 003, 004, 007.

Se Sara estivesse certa, 004 era Mason James. Com base no que Faith ouvira sobre aquele babaca covarde, o perfil se encaixava. 004 ria de piadas grosseiras, fazia algumas próprias e, quando as coisas tomavam um rumo sombrio, ele se retirava da conversa.

007 e 003 eram obviamente amigos na vida real. Viviam fazendo comentários sarcásticos um com o outro. 003: segura a onda, guarda pro campo de golfe, veado. 007: Por falar em veado, como vai sua vida sexual?

Considerando que 007 era o número mais descolado, por causa de James Bond, Faith concluiu que Richie Dougal era o 003. Ninguém que usava gravata-borboleta era descolado.

Quanto a Mac McAllister, sua personalidade o colocava diretamente no território 002. Suas postagens eram as mais cautelosas e controladoras — EI, IDIOTAS, VAMOS CONVERSAR OFFLINE.

Sobrava 007 como o homem misterioso.

Faith olhou para as fotos da turma. Os únicos suspeitos vivos eram Chaz Penley, Royce Ellison e Bing Forster. Um hospitalista, um otorrinolaringologista e um nefrologista, ou especialista em rins. Com base nas postagens, todos eram idiotas, mas um deles era um filho da puta particularmente desagradável. Para o deleite dos outros homens, ele falava sem parar das suas conquistas sexuais, do tamanho de seu pênis, se a mulher estava *com tesão pra caralho* ou se era *um bloco de gelo*, se ela era *apertadinha* ou *arrombada*, se *caiu de boca que nem uma jiboia* ou se o pau dele parecia estar *tocando um badalo*. Nem as mulheres de quem ele parecia gostar se saíam bem — eram *vadias carentes, putas histéricas, psicopatas de merda, depósitos de porra.*

Ele nunca falava o nome delas, mas houve uma ocasião em que atacou uma das mulheres da turma:

007: Alguém ouviu o que a Pru disse hoje à noite? Precisei de todo o meu autocontrole para não enfiar meu pau no fundo da garganta dela. 003: Não sei se o seu pinto de lápis tem tamanho pra calar a boca dela. 004: Por favor, senhores, acho que a Pru estava brincando. 007: Ela precisa de uma foda forte para relaxar. 002: A gente vai mesmo fazer isso de novo? 004: Não comigo. Estou indo. 007: Eu ia amar esmigalhar a bct dela. Dividir no meio que nem o Mar Vermelho. 003: O sangue é lubrificante, Mestre. 007: Lembrete amigável, nem toda urina é estéril. 003: Ui.

Faith entendeu o comentário sobre urina como uma pista que apontava para Bing Forster, embora duvidasse que fosse necessário ser especialista em rim para saber de urina. A menção a Pru devia significar Prudence Stanley, uma especialista em câncer de mama da Carolina do Sul. Curiosamente, o nome de Blythe Creedy nunca havia sido mencionado, embora ela tivesse sido casada com Royce Ellison e o tivesse traído com Mason James — outro detalhe que não havia sido mencionado nos chats. Rosaline Stone, a obstetra e ginecologista do Alabama, também foi ignorada. Sloan Bauer fez uma aparição ao lado de Santa Sara. As duas foram mencionadas quando o grupo central estava em pânico com as possíveis consequências do suicídio de Cam.

007: Alguém precisa se certificar de que Sloan está firme. 003: Acho bom ela não falar com os policiais. 003: E se eles falarem com a SS? Onde raios ela está? 007: Ensopada de mijo e vômito na Geórgia do Sul. 003: Exatamente onde é o lugar dela.

Faith voltou a analisar a parede, deixando seus olhos percorrerem as tiras azuis incompletas: 001, 005, 006. Ela não havia conseguido atribuir nomes aos números de forma definitiva, mas tinha alguns palpites. Por processo de eliminação, um deles tinha que ser Cam Carmichael. Faith achava que era o 006, o que menos havia postado. Embora o site tivesse dezesseis anos, os autores dos posts só tinham estado ativos durante oito. 006 fez várias aparições no início, geralmente para reclamar de pacientes, quase sempre mulheres, mas desapareceu por completo depois de dezoito meses. Depois que Merit Barrowe e Sara Linton foram estupradas.

Sobravam 001 e 005.

As postagens deles pareciam pertencer a um manual de "Como ser desprezado pelas mulheres". Sua primeira troca de mensagens aparecia na primeira das trinta e oito páginas de transcrições do chat.

005: Essas vacas deveriam ser sinceras sobre o que querem dos homens, que é dinheiro e segurança. Desde que eu esteja fornecendo essas duas coisas, posso fazer a porra que eu quiser. 001: Ok, mas sabendo que o dinheiro é seu. 005: Obviamente, se ela me deixar, ela vai embora sem nada. Até as roupas eu paguei. 001: Vão dizer que a gente odeia as mulheres, mas a gente só odeia as vacas metidas.

Faith tinha ficado com a antena ligada da primeira vez que lera a palavra "vaca". Dois dias antes de Sara ser estuprada, a mesma calúnia repugnante havia sido gravada na pintura da lateral de seu carro. Depois, Faith leu a palavra no chat zilhões de vezes e percebeu que eles a usavam com tanta frequência que ela quase perdera o significado.

A policial se lembrou de seus dias de patrulha, quando era chamada de vadia com tanta frequência que começou a responder.

Ela empilhou as páginas e as alinhou sobre a mesa. Mais uma vez, desejou ter os recursos de dados da AIG. Eles poderiam analisar cada post, procurar marcadores de identificação e, mais importante, isolar o uso de palavras para poder comparar com as mensagens assustadoras e ameaçadoras que haviam sido enviadas para o iPhone de Merit Barrowe.

Faith encontrou a impressão da captura de tela. Ela releu as mensagens:

Quem quer alegrar seu dia dizendo o quanto você é bonita? Quem sonha com você muito mais do que deveria? Quem é um pouco mais perturbado do que todos os outros? Quem é que não merece o prazer da sua companhia? Quem é a pessoa que vai te decepcionar quando descobrir quem eu sou?

Ela foi acometida por um estremecimento involuntário. O recado era inteligente por causa da negação inerente. Daria para ler de uma forma — que alguém tinha um *crush* — ou de outra — que alguém era obcecado e perigoso.

Faith era policial havia tempo suficiente para saber como um policial o leria, especialmente quinze anos atrás. Era fácil ver os alertas vermelhos em retrospecto, mas as pessoas enviavam alertas vermelhos o tempo todo. Ameaças de morte, de estupro, de bomba — as pessoas jogavam palavras como se não fossem nada. Na maioria das vezes, eram babacas idiotas desabafando. Às vezes, era sério. Descobrir a diferença era quase impossível, principalmente quando você tinha dez outras chamadas acumuladas no rádio.

Ela colocou a captura de tela do celular de Merit de volta na pilha e olhou para os balões de mensagens. Será que Eugene Edgerton tinha visto isso? Será que ele sabia que Merit Barrowe estava sendo perseguida? O cara claramente tinha entrado no caso com um resultado em mente, Will havia dito isso na noite anterior. Edgerton era ruim, corrupto ou ambos. Estava morto havia anos, mas seus registros bancários ainda existiam. Se alguém tivesse pagado a Edgerton para fazer o caso desaparecer, haveria um rastro.

Outro excelente momento para ter o poder de um mandado.

De repente, seu celular pessoal começou a tocar. Faith rezou para que alguém do Departamento de Polícia estivesse finalmente retornando suas ligações, mas era Aiden. Ela ignorou o fato de que uma parte muito pequena e não investigativa dela achava muito gostoso ver o nome dele.

— Bom dia — disse ele. — Eu fiz suas coisas duvidosas.

Faith olhou para as fotos da turma. Ela não havia se esquecido de pedir a Aiden que investigasse secretamente os antecedentes deles.

— E?

— Vários tons de cinza — disse ele. — Chaz Penley foi processado por dirigir embriagado em Atlanta há dezesseis anos. Reduziram para operação imprudente de um veículo motorizado. Ele acabou fazendo um acordo para comparecer a aulas de controle da raiva. Royce Ellison declarou falência há quatro anos, mas parece que se saiu bem. Bing Forster está limpo. Richie Dougal resolveu um processo de assédio no ano passado, mas, obviamente, está selado. Mason James está limpo, mas tem dinheiro infinito. Mac McAllister, idem.

— Penley. — Faith havia percebido o momento e a acusação. Quinze anos antes, Edgerton havia feito o registro de dirigir embriagado de Cam desaparecer. Talvez Penley tivesse conseguido um acordo semelhante um ano antes disso. — Você pode me conseguir uma cópia do processo?

— Você não pode conseguir uma por conta própria?

Faith ficou calada.

— Tudo bem — disse Aiden. — Dougal é interessante. Ele perdeu o emprego por causa do processo de assédio, mas seu crédito não foi afetado. Aliás, ele parece ter lucrado com isso.

Faith percebeu que havia mais.

— E?

— Ele trabalha para uma empresa, a CMM&A. Eles atuam como intermediários entre hospitais e fundos de hedge que querem comprar consultórios médicos. Muito dinheiro. Dei uma olhada, mas não consegui encontrar nada sobre eles. O site deles não tem informação alguma. Cheio de enrolação e um número de telefone. Sem escritório. O endereço é uma caixa postal.

Faith havia encontrado mais ou menos a mesma coisa.

— Obrigada por procurar. De verdade.

Ele não respondeu, o que era incomum. Aiden não era um homem que gostasse de um longo silêncio. Faith se sentou à mesa da cozinha e apoiou a cabeça na mão. Ele estava terminando com ela. Não que houvesse muita coisa para terminar. Ela havia feito tudo o que estava ao seu alcance para afastá-lo. Por que ele havia deixado que ela o afastasse?

Ele disse:

— Você deveria saber algo sobre mim, tá? Sou o beagle mais irritante que você já conheceu.

Ela olhou para cima.

— O quê?

— Eu sou um beagle — repetiu. — Se você tentar esconder algo de mim, eu vou encontrar. E vou latir muito até isso acontecer.

Enquanto ia atrás dos pedidos duvidosos, Aiden continuou investigando. Faith nunca se sentira tão atraída por ele como naquele momento.

— O que você descobriu?

— A empresa, CMM&A. Eles a protegeram com algumas ltdas., mas os três membros da diretoria estão na sua lista. — Aiden fez uma pausa dramática. — Charles "Chaz" Penley, Thomas "Mac" McAllister e Mason James.

Faith disse:

— Ah...

— É só isso que eu recebo, um ah? — Aiden também tinha o direito de parecer desapontado. — Achei que você fosse ficar impressionada com meu puta talento.

— E estou — disse Faith. — Mas é que saber que esses brancos ricos pagaram a fiança de outro branco rico e que todos eles estão ficando mais ricos não me leva a lugar algum.

— E se eu dissesse a você que fui ao local de trabalho deles?

Ele estava sendo sexy novamente.

— E?

— Fica em um prédio chamado Triple Nickel, na Warren Drive, 555. Saindo da autoestrada Buford, perto do aeroporto. Tem uma mesa no saguão, algumas cadeiras, um beco nos fundos. Barras contra roubo por toda parte. Câmeras na saída e na entrada, além do estacionamento e do beco. O local é fechado. Conversei com o pessoal do salão de manicure ao lado e eles me disseram que nunca veem ninguém entrar ou sair. E que eu deveria parar de mexer nas minhas cutículas.

Faith se sentiu dando de ombros, mas tinha que dizer algo sobre a iniciativa dele, que a havia poupado do trabalho.

— Obrigada por verificar, mas isso também não me leva a lugar algum.

— Ah — repetiu ele. — Já ocorreu a você que, se você me dissesse aonde quer chegar, eu poderia te ajudar a chegar lá?

Essa ideia nunca havia passado pela cabeça dela.

Ele disse:

— Muito que bem, talvez você fique mais feliz com meu último ato duvidoso. Consegui que o oficial de condicional de Jack Allen Wright fizesse uma inspeção surpresa. O cara tinha revistas pornográficas debaixo do colchão.

Desta vez, Faith tinha algo para comemorar. Os termos da liberdade condicional da Geórgia para criminosos sexuais os proibiam de comprar ou possuir qualquer material pornográfico ou sexualmente explícito. Se você fosse pego, sua liberdade condicional seria revogada e você voltaria direto para a prisão.

Ela só tinha uma pergunta.

— Revistas?

— É mais fácil se livrar de uma revista pornô do que limpar um disco rígido.

Faith pensou em algo.

— Wright tinha um computador?

— Tinha, sim. Nada de pornografia, mas, sem surpresa, ele é fã de sites incel.

Faith havia passado quase a noite inteira lendo o que poderia ser considerado um site incel.

— O que você sabe sobre *incels*?

— Celibatários involuntários. O movimento foi iniciado na década de 1990 por uma estudante universitária canadense que criou um site para posts de anônimos solitários, socialmente desajeitados, geralmente virgens, chamado *Alana's Involuntary Celibacy Project*.

— Alana? — perguntou Faith. — Uma mulher?

— Irônico, né? Uma mulher começou fazendo algo bom para ajudar as pessoas, depois um grupo de homens estragou tudo.

— Nunca ouvi falar disso — disse Faith, pesando no sarcasmo. — Que loucura.

— É um hospício, mesmo — respondeu ele. — O movimento incel atual é a engrenagem principal que faz rodar toda a máquina de supremacia masculina. Principalmente brancos e jovens, todos homens, todos expressando ódio, misoginia, vitimização, autoaversão, uma noção de que têm direito ao sexo, um amor pela violência contra mulheres e o lado obrigatório do racismo.

— Como você sabe tanto disso?

— Porque, de vez em quando, eles assassinam pessoas. E, geralmente, a primeira vítima, se não todas as vítimas, é uma mulher. — Aiden pausou. — Ei, eu já te contei que faço parte da força-tarefa de terrorismo doméstico do FBI para a região sudeste?

Faith se sentiu sorrindo.

— É mesmo?

— Aham, as mulheres em geral amam isso. Elas me acham beeem sexy.

Ela não conseguiu evitar uma risada.

— Eu posso ir aí hoje à noite te mostrar meu distintivo.

O celular de trabalho de Faith começou a tocar. Ela disse a Aiden:

— Mando mensagem quando estiver voltando para casa.

O aparelho estava escondido em algum lugar dentro da bolsa, que parecia um saco de ração. Faith precisou tirar quase tudo para achá-lo. Quando viu a tela, sentiu uma careta se formando. Tocou a tela para atender.

— Caralho, Leo. Eu te liguei noventa vezes.

— Você acha que eu não tenho nada para fazer?

— Eu sei que você não tem — retrucou ela. — Eu fui sua parceira por dez anos. Sua personalidade mudou desde então?

— Estou tentando melhorar — respondeu ele. — É um processo.

Faith olhou o relógio no fogão. Precisaria se apresentar logo, logo no esquadrão antifraude.

— Você ouviu alguma das minhas mensagens?

— É por isso que estou ligando. Você estava procurando Leighann Park, né?

Faith pressionou a mão na bancada. Naquele momento, percebia que estava carregando um temor desde o instante em que ficara sabendo do desaparecimento da garota. Outra universitária assassinada. Outra mãe sem uma filha. Outra mulher cujo nome seria esquecido no segundo em que mais uma desaparecesse.

— Onde você a encontrou?

— Aqui — respondeu Leo. — Ela acabou de aparecer na delegacia.

* * *

O som dos gritos dos detentos da delegacia era tão familiar para Faith que ela mal registrara o barulho. Leo havia colocado ela e Will em um banco de metal em frente à mesa do carcereiro. O banco era torturante por natureza. O assento não era largo o suficiente, o metal era tão frio que Faith conseguia sentir no cólon. Havia ganchos para algemas em intervalos de um metro e meio, pois era ali que os presos se sentavam enquanto esperavam para serem autuados. Faith não deixou de perceber que Leo não os levara para a sala do esquadrão, que era um pouco mais confortável. O homem carrancudo sentado ao lado dela era o motivo pelo qual nenhum dos dois era bem-vindo.

Ela deu uma olhada no perfil de Will. Ele estava curvado, de costas para a parede, caso contrário, a linha dos olhos dela estaria no ombro dele. A única coisa que ela conseguia perceber era que tinha acontecido alguma coisa. Will não era muito falante, mas, nesta manhã, estava ainda menos. Suas mãos estavam apoiadas no colo e ele olhava fixamente para a frente. Havia um curativo enrolado em sua mão esquerda, que ia até o dedo mindinho. Ele não havia explicado a origem do ferimento quando Faith perguntou. Ele olhara para a própria mão, depois para ela, e perguntara se ela havia descoberto alguma coisa ao ler as transcrições do chat.

Faith não conseguia mais ficar sentada no banco. A falta de sono, a ansiedade, a frustração — tudo isso a estava deixando mais agitada que um viciado em drogas. Ela se levantou. Havia um teclado ao lado da porta que dava para os fundos. Ela ainda se lembrava de seu código de quatro anos antes. Ela o digitou e esperou. A luz vermelha piscou três vezes. A porta não se abriu.

Ela disse a Will:

— Isso pode ser um desperdício de tempo completo. Não temos ideia se Tommy McAllister tem algo a ver com isso. Ou Mac. Ou qualquer um dos outros idiotas do Clube do Estupro.

Will ficou em silêncio, mas uma sobrancelha levantada significava que ele tinha percebido o apelido de Clube do Estupro.

— A gente tem um emprego de verdade, e era para estar trabalhando nele. — Ela olhou para o relógio. — A equipe antifraude não pode continuar cobrindo nós dois desse jeito. Amanda vai descobrir. Acho que a gente deveria dar mais cinco minutos para o Leo e depois ir embora daqui.

Will voltou a olhar para o nada.

Faith andava de um lado para o outro, concentrando-se no único quebra-cabeça que talvez pudesse resolver. Havia uma pequena lista de coisas capazes de deixar Will infeliz, terminando com a máquina de venda automática não ter mais pão doce e começando com qualquer coisa que deixasse Sara infeliz. Faith sabia que a amiga estava em um avião naquele momento, e não havia como prever como seria o encontro surpresa com Sloan Bauer. A única esperança era que a mulher se lembrasse de alguma coisa daquela porcaria de festa mista.

Will perguntou:

— Sara te encaminhou as mensagens ameaçadoras enviadas a Dani Cooper antes dela morrer?

— Ela pediu para o advogado mandar. A primeira impressão é que o homem é mais velho, porque usou pontuação. Ou ele está tentando fazer a gente pensar que é mais velho. — Faith estava feliz por ter algo para fazer. Ela pegou seu celular pessoal na bolsa. — Ele começa meio neutro, depois vem toda essa merda pessoal sobre o que ela está fazendo, onde mora, o nome do gato dela. Ela fica perguntando quem é ele, mas ele só piora. Com certeza, o cara gosta de aterrorizar mulheres.

Will esperou enquanto Faith olhava para a tela e lia.

— "Fico pensando naquela pinta na sua perna e como quero beijar... de novo..."

Will perguntou:

— Dani tinha uma pinta na perna?

— O relatório da autópsia revelou que sim. Na parte interna da coxa direita, bem no alto, perto da virilha, a alguns centímetros de uma pequena cicatriz que ela, provavelmente, conseguiu na infância. Não daria para ver se ela estivesse usando short. Talvez biquíni?

Will acenou com a cabeça para que ela continuasse a ler as mensagens.

— Dani respondeu: "Não tem graça. Diz logo quem você é, porra". — Faith rolou a tela para baixo. — Ele respondeu: "Tem caneta e papel na gaveta do lado da sua cama. Faça uma lista de tudo que te deixa aterrorizada. Sou eu".

— "Sou eu." — Will esfregou a mandíbula com os dedos. Seu mindinho ficou para fora como se ele estivesse tirando sarro dos britânicos que bebem chá. — Tinha caneta e papel dentro da gaveta?

— Não sei, mas é provável.

— Ele tinha acesso ao apartamento dela. Deve ter revistado quando ela não estava lá.

Faith sabia aonde isso iria chegar. Jack Allen Wright tinha sido servente. Fazia sentido que ele trabalhasse em um prédio residencial.

— Wright estava na cadeia quando Dani morreu — disse ela a Will. — Desde então, ele trabalha em um call center, é da casa pro trabalho e vice-versa todo dia. Você vai ficar feliz de saber que ele violou a liberdade condicional ontem. Está detido no condado de Dekalb até a audiência. Imagino que a Defensoria Pública vai pedir que ele volte para a prisão.

— Você prometeu para Sara que não ia fazer nada.

— Acho que já estabelecemos que sou uma péssima mentirosa.

Will lhe deu um olhar de censura.

— Vamos dizer, uma péssima pessoa que é uma mentirosa incrível. — Ela fez uma pausa. — Mas você está feliz por ele estar preso.

Will fez que sim e perguntou:

— O que mais você descobriu?

— O empregador de Richie, a empresa de fusões e aquisições. Os proprietários se enrolaram sob o nome de um monte de entidades, mas ela pertence a Chaz Penley, Mac McAllister e Mason James.

Will pareceu surpreso, mas não por causa da informação. Ele sabia que Faith não tinha as ferramentas necessárias para ir tão fundo.

— Richie pediu para minha tia entrar em contato comigo. Vou almoçar com ele no clube.

Faith sentiu o queixo querendo cair no chão.

— Você não pensou em me contar isso durante os últimos dez minutos de silêncio desconfortável?

— Foi incômodo?

Faith deu de ombros. Ela estava acostumada com isso. Colocou o celular de volta na bolsa.

— O que você acha que Richie quer?

— Não faço ideia.

Will apoiou a mão sobre o banco, mas olhou para o dedo mindinho machucado e pensou melhor.

— Você vai me contar como isso aconteceu?

— Vai me contar do seu transtorno do estresse pós-traumático?

— Você vai me contar da sua tia?

— Você vai me contar quem está fazendo a sua investigação paralela?

Faith tinha outros *você vai*, mas deixou para lá.

— Tecnicamente, é *nossa* investigação paralela.

— É para eu responder ou você quer continuar falando sozinha?

— Segunda opção. — Faith voltou a andar de um lado para o outro. — Odeio dizer isso, mas queria que pudéssemos acessar o cérebro de Amanda. Estamos perto demais, mas não estamos vendo o quadro geral.

— Como assim?

Faith tinha uma coisa em mente.

— Edgerton. Ele fez o caso de Merit Barrowe desaparecer. Será que foi porque ele não queria que ninguém o relacionasse com o de Sara duas semanas depois?

— Na linha do tempo de Martin Barrowe, ele bateu na porta de Cam no dia seguinte à agressão à Sara — disse Will. — Edgerton forçou Cam a mudar o atestado de óbito de Merit para que não houvesse nada suspeito. Não parece coincidência.

— O que nos leva de volta à Britt, que disse para Sara que tinha uma conexão entre o que aconteceu na festa e o que aconteceu com ela. Cam está no centro disso. Ele deve ter dito algo na festa.

— Talvez Sloan Bauer possa nos ajudar. — Will não parecia esperançoso. — Seu investigador secreto pode tentar abrir os arquivos protegidos por senha no laptop de Cam?

Faith fez que não com a cabeça. Havia uma linha tênue entre duvidoso e criminoso, e ela não pediria a Aiden que a cruzasse. Pelo menos, não naquele momento.

— O que eu quero mesmo saber é o que há naqueles vídeos corrompidos do site.

— Você não conseguiu descobrir pelos chats?

— Não. O melhor palpite é pornografia, mas os vídeos nunca foram mencionados nas conversas.

— A pornografia existe há quase tanto tempo quanto a internet — comentou Will. — Me fala das transcrições dos chats. Alguma pista?

— Não. A maior parte era o 007 se gabando de todas as vacas idiotas que ele engasgou com seu pau. — Ela percebeu a surpresa de Will. — Palavras dele, não minhas.

— Como o resto do grupo reagiu?

— Com brincadeiras e incentivos. Exatamente o tipo de besteira que seria de se esperar.

— E o 004?

Ele se referia a Mason James.

— Se você me perguntar, ele é tão ruim quanto o resto. Talvez pior. Ele lê a conversa de merda deles, às vezes ri, mas, quando eles ficam realmente desagradáveis, ele vai embora.

— Ele não tem coragem de chamar a atenção deles.

— Exato. — Faith cruzou os braços enquanto se encostava na parede. — Há alguns anos, ouvi um dos amigos de Jeremy falando mal de uma garota e fiquei muito orgulhosa do Jeremy, porque ele mandou o cara calar a boca. Por que isso é tão difícil? Meu filho tinha dezenove anos. Esses caras são adultos.

— Quando você faz parte de um grupo, é difícil ser a única pessoa que discorda do que o grupo está fazendo. É mais fácil concordar para se dar bem. Caso contrário, você fica completamente isolado. — Will deu de ombros. — Sem mencionar que eles podem se voltar contra você. As pessoas que estão fazendo coisas ruins não gostam que digam que estão fazendo coisas ruins. Se você chamar atenção para as besteiras que cometem, elas tentarão destruí-lo.

Faith teve a sensação de que eles não estavam mais falando de Mason James. Quando ela conheceu Will, o carro dele havia sido pichado com as palavras RATO de um lado e FILHO DA PUTA do outro. Ninguém investigaria o crime porque os investigadores eram os responsáveis. Will era a razão pela qual eles haviam sido relegados a um banco de metal duro na detenção em vez de cadeiras de plástico duro na sala do esquadrão.

Faith olhou novamente para o relógio.

— A que horas o voo da Sara pousa?

— Dez e meia. — Ele também olhou para o relógio. — Ela vai pegar o trem para o congresso em que Sloan vai falar, na Times Square. Vai me ligar quando estiver voltando para o aeroporto.

— Provavelmente, você ainda vai estar ocupado com o novo melhor amigo de John Trethewey, Richie Dougal.

— Provavelmente.

Os dois se viraram quando a campainha da porta soou.

— Mitchell. — Leo Donnelly tinha ficado mais redondo e com os olhos mais apertados desde que a parceria deles havia terminado. — Você ainda está aqui?

— Obviamente — disse ela. — Que porra é essa de fazer a gente esperar?

— Você entende a palavra *cortesia*, tipo o departamento está fazendo à agência a *cortesia* de incluir vocês na nossa investigação? — Leo olhou para Will de soslaio como se tivesse acabado de ver uma pústula inflamada no saco de outro homem. — Especialmente por causa do Tropeço aí.

Will virou a cabeça, mantendo sua postura encurvada no banco de metal.

— Você conhecia um detetive da zona cinco chamado Eugene Edgerton?

Leo pareceu ofendido.

— O que você vai fazer, desenterrar o cara do túmulo e investigá-lo?

Will disse:

— Acho que ele foi cremado.

— Seu merda — disse Leo. — Edgerton era um bom policial. Tinha seus problemas, mas fazia o trabalho.

— Então, você o conhecia?

Leo abriu a boca, depois a fechou.

— E Merit Barrowe? — indagou Will. — Vinte anos, estudante da Universidade da Geórgia. Morreu há quinze anos.

— Esse cara — disse Leo a Faith.

— E os policiais de patrulha da zona cinco na mesma época? Você tem algum nome?

— Manda o seu rato parar de chiar para mim — pediu Leo a Faith. — Eu fiz todo o esquadrão esconder o queijo dos sanduíches para ele não roubar.

Will se levantou. Ele era mais alto do que o outro, além de mais jovem e mais em forma, e não emanava cheiro de fracasso como se fosse um peido molhado.

Will continuou:

— Leighann Park. O que aconteceu?

A gordura na parte de trás do pescoço de Leo se dobrou como um edredom quando ele olhou para Will.

— Muito barulho por nada. A mãe dela é produtora da rádio WSB e mexeu uns pauzinhos quando a filhinha não apareceu depois de uma noite de festa.

Isso explicava por que o caso havia se tornado notícia tão rápido.

Faith perguntou:

— O que Leighann disse que aconteceu?

— Que ela acordou nos arbustos em frente ao apartamento dela hoje de manhã. Não lembra como foi parar lá. Tomou um banho, trocou de roupa e foi com a mãe para a delegacia. Minha opinião é que ela se divertiu demais e surtou quando percebeu que a mãe tinha chamado a polícia. Não queria perder a mesada, então inventou uma história para se livrar da encrenca.

Faith mordeu a ponta da língua por alguns segundos para tentar reprimir o desejo de dar um tapa na cara dele.

— Leighann estava desaparecida há 36 horas. Ela foi voluntariamente a uma delegacia de polícia esta manhã. Era apenas para dar um oi ou ela tinha um crime real que queria denunciar, tipo sequestro e estupro?

— Espertinha — disse Leo. — Tenho um teste fácil para essas garotas. Se eu entro na sala e elas parecem aliviadas em me ver, significa que algo ruim aconteceu. Park não parecia aliviada.

Faith ficou incrédula.

— Que merda de teoria é essa?

— Sou um cara grande com uma arma no cinto. Se algo ruim acontecesse com ela, ela ficaria aliviada ao me ver, pois sabe que isso significa que ela está segura.

Faith não ouvia algo tão idiota havia tempo.

— Já ocorreu a você que uma mulher pode se sentir assustada porque o homem que a estuprou era um cara grande armado?

— Essa mulher só está com medo da mãe tirar a graninha dela — insistiu ele. — Você deveria ver como ela está vestida. Parece que está pronta para outra balada.

Will disse:

— Donnelly, eu esqueci. Como você se vestiu depois de ser estuprado?

Leo lhe lançou um olhar malicioso.

Faith não era de segurar a língua, mas, para variar, ela tentou. Will fez o mesmo, embora não tenha precisado de esforço. Apesar de tudo, ambos sabiam que Leo tinha razão ao dizer que aquilo era uma cortesia. Se eles piorassem a situação, poderia chegar aos chefes dele, o que significava que poderia chegar a Amanda, o que significava que Will e Faith teriam sorte se encontrassem emprego recolhendo carrinhos no supermercado por dez dólares a hora.

Leo foi o primeiro a falar, soltando ar entre os lábios úmidos com um barulho.

— A gente vai falar com ela ou não?

— Você e quem mais? — perguntou Faith. — A gente é muita gente.

Ele voltou a fazer aquilo com os lábios, mas, por fim, digitou o código na porta.

Os gritos das celas de detenção foram se dissipando à medida que eles entravam no prédio. Faith deu uma olhada na sala do esquadrão ao passar por ela. Dez anos de sua vida tinham sido passados na escrivaninha ao lado do elevador. Ela viu a mesma onda de expressões em todos os rostos. Um sorriso de reconhecimento para Faith, um olhar de ódio ardente para Will. Era como assistir a um truque de mágica, se a sua magia viesse de uma necessidade de sacrifício ritualístico.

Leo parou em frente à porta da sala de interrogatório. A placa de OCUPADO estava afixada.

— Você vai dizer obrigada antes de me mandar à merda ou o quê?

— Obrigada — disse Faith. — E vai à merda.

Leo fez uma saudação para ela e voltou para a sala do esquadrão.

Will disse a Faith:

— Precisamos entrar de boa.

Faith estava pensando a mesma coisa; eles não podiam olhar para Leighann Park apenas como uma possível pista. Ela era uma jovem cuja vida havia mudado no decorrer de 36 horas. Estatisticamente, havia cerca de cinco por cento de chance de Leo estar certo sobre as motivações dela. Isso deixava uma chance de 95 por cento de que a jovem tivesse sido raptada e agredida. Se isso tinha ou não algo a ver com os McAllister, o Clube do Estupro ou as mortes de Merit Barrowe e Dani Cooper, era irrelevante. Ela era uma vítima que merecia justiça. Ou, pelo menos, o que justiça queria dizer.

Will bateu à porta antes de abri-la. Ele deixou que Faith entrasse antes dele.

Leighann Park estava sentada sozinha à mesa com as mãos agarradas à frente. Ela se assustou quando a porta se abriu. Seus olhos vermelhos exibiam um rímel. Os lábios brilhavam com um gloss rosa-chiclete. Um contorno deixava as bochechas mais proeminentes. A sombra azul contornava suas pálpebras. Ela havia penteado o cabelo e a camisa branca justa estava aberta para mostrar o decote e a renda de um sutiã preto. Faith podia ver as pernas nuas e bem torneadas sob a mesa. A saia preta justa parava no meio da coxa e os saltos de dez centímetros estavam rentes ao chão. Ela não estava com as pernas cruzadas, mas com elas separadas por alguns centímetros. Mesmo na sombra da mesa, Faith via uma série de hematomas em sua coxa que pareciam que alguém havia mergulhado os dedos em tinta e depois os pressionado contra a pele dela.

Faith apresentou suas credenciais.

— Sou a agente especial Faith Mitchell, da Agência de Investigação da Geórgia. Este é meu parceiro, Will Trent. Posso me sentar?

A jovem não respondeu. Ela pegou a carteira de identidade de Faith de suas mãos e estudou a foto cuidadosamente. Em seguida, passou o dedo sobre o nome de Faith.

A agente olhou fixamente para o cabelo desgrenhado — Leo tinha razão quando disse que Leighann parecia estar voltando para uma balada. Mas eram dez da manhã, não havia balada alguma aberta. Os homens, em geral, supunham que as mulheres só se vestiam para atraí-los, quando o fato era que, às vezes, elas queriam apenas parecer gostosas pra caramba para elas mesmas. Era uma espécie de armadura contra o mundo.

A boca da jovem, a rigidez de sua postura, mostrou a Faith que ela precisava disso.

Leighann devolveu a identificação a Faith e lançou um olhar ressabiado para Will.

— Cadê o Fala Merda?

Faith elogiou-a silenciosamente pelo apelido.

— O investigador Donnelly deu uma saída. Se você não se importar, gostaria de conversar com você sobre o que aconteceu.

— Tudo bem. — Leighann se recostou na cadeira, os braços cruzados. Sua hostilidade era como uma terceira pessoa na sala. — Eu já contei para o Fala Merda o que aconteceu. Eu estava na festa. Minha memória se apaga depois disso. Literalmente. Acordei sob uma cerca viva. Você precisa mesmo ouvir isso de novo?

Faith indicou a cadeira.

— Posso me sentar ou você prefere que eu fique de pé?

— Que merda é essa de "posso"? — Leighann olhou para Will outra vez. — Por que ele não está dizendo nada?

Will explicou:

— Estamos realizando o que chamamos de entrevista informada sobre trauma. O objetivo é criar confiança entre nós três para você se sentir à vontade para contar para nós sobre sua experiência.

— Bom, não está funcionando — disse ela. — Meu deus do céu, moça, senta, porra. Qual é sua altura?

A última pergunta tinha sido para Will.

— Cerca de um metro e noventa.

— Você parece a porra do Hodor. Quer dizer, não por ser feio, mas grande e... caralho. Jesus Cristo, não estou flertando com você, tá? Só preciso de um minuto.

Faith sentou-se na cadeira em frente a Leighann enquanto a mulher enxugava furiosamente as lágrimas dos olhos. Não era a primeira vez que Faith encarava uma vítima de abuso sexual. Ela havia aprendido a fechar seu coração para as histórias delas, mas dessa vez era diferente. Faith estava pensando em como Leighann parecia hostil e irritada e se perguntando se seria assim que ela mesma se apresentaria se algo horrível acontecesse com ela.

Leighann continuou:

— O Fala Merda disse que minha mãe não poderia ficar aqui comigo.

— Você se sentiria mais confortável se sua mãe estivesse aqui?

— Caralho, não. Ela já está... — Leighann parou. Seus dentes estavam cerrados enquanto ela tentava conter as lágrimas. — O que você precisa de mim?

— Por onde você gostaria de começar?

— Que tal pelo fato de eu ter perdido quase dois dias da merda da minha vida? — questionou ela. — Quero dizer, caralho. Não tenho nenhuma lembrança do que aconteceu, só uns flashes e tal. E não, não me lembro do rosto dele. Ele era branco, mas e daí? Todo mundo é branco. Ele é branco.

Ela gesticulou com raiva na direção de Will. Faith não sabia se Leighann queria que ele fosse embora ou se queria que ele ficasse para poder provar seu argumento.

— Não lembro qual era a cor do cabelo dele nem dos olhos. Não lembro se ele era baixo ou alto ou... bom, ele não era tão alto quanto esse cara.

Will ofereceu:

— Posso ir embora, se você quiser.

— Se eu quiser? O que é isto, a delegacia militante? — Leighann enxugou os olhos com o punho. O rímel se espalhou por suas bochechas. — Eu estava bebendo. Não estava usando drogas, mas tentei. Eu teria tomado MD. Eu queria tomar. E estava vestida que nem uma vadia. Assim: está vendo o que estou usando? É bem parecido com o que eu estava vestindo na noite em que aconteceu, só que eu coloquei a porra do meu vestido na máquina de lavar. Minha mãe me disse para não fazer isso, mas eu fiz mesmo assim.

— Seu vestido? — perguntou Faith. — Mais alguma coisa?

— Eu não estava usando calcinha, se é isso que você quer dizer. — Ela enxugou os olhos novamente. — Sim, eu estava de sutiã, mas sem calcinha. Coloquei antes de sair para a festa, mas... caralho, sei lá. E um dos meus sapatos sumiu.

Faith se esforçou para manter o tom de voz uniforme. Tanto Merit Barrowe quanto Dani Cooper estavam sem o sapato esquerdo.

— Você sabe se é o pé direito ou o esquerdo que sumiu?

— O esquerdo. E era um Marc Jacobs de seiscentos dólares, de veludo azul, salto quadrado e cadarço. Da mesma cor do meu vestido. — Ela limpou o nariz com o dorso da mão. — Lavei o vestido com água quente, o que foi uma coisa idiota.

— Não tem problema — disse Faith. — Às vezes, ainda dá para obter provas das roupas depois de lavadas. Podemos pegar quando você quiser.

— Quando eu quiser? — perguntou ela.

— Fica a seu critério.

— Você está deixando as coisas a meu critério? — Sua raiva se acendeu e ela bateu com as mãos na mesa. — Eu fiz todas as coisas erradas, tá? Tomei um banho. Esfreguei a merda toda de mim. Borrifei o chuveirinho em cada buraco que tenho. Eu não conseguia... eu me sentia suja, tá? Não consegui não me limpar. E vomitei as tripas. E me mijei. Estava saindo sangue da minha bunda, parecia que alguém tinha enfiado uma faca lá dentro. Mesmo assim, fiquei de joelhos e limpei o banheiro. Usei água sanitária, o que foi outro grande erro. Limpei todas as evidências. Que tipo de idiota faz isso?

Faith tentou confortá-la:

— Não tem jeito certo ou errado de fazer isso...

— Gata, você acha que eu nunca vi um *Dateline*? — Leighann bateu com o punho na mesa. Ela estava furiosa. — Eu limpei a porra da minha própria cena do crime. Qual caralho é meu problema?

Faith se lembrou de algo que Sara lhes contara sobre sua entrevista com Eugene Edgerton. O homem tinha, pelo menos, dito uma coisa boa.

— Leighann, sabe o que você está sentindo agora? Essa raiva? As recriminações? Direcione essa raiva para longe de você e coloque onde ela deve estar: no homem que a estuprou.

Leighann pareceu atônita. Depois, horrorizada. Ela cobriu o rosto com a mão e começou a chorar.

Era a palavra *estupro*. Nenhuma mulher queria ouvir isso.

— Leighann, está tudo bem. Você está segura agora.

Leighann tentou se recompor. Ela fungou e limpou os olhos novamente.

— Isso faz parte da entrevista sobre trauma? Dizer que a culpa não é minha?

— É algo que eu diria para minha própria filha se estivesse sentada na frente dela nesta sala. A culpa não é sua, você não fez nada de errado. É direito seu ir a uma festa, beber, dançar e se divertir. O filho da puta que machucou você é que é o monstro. Não você.

Leighann voltou a secar os olhos. Faixas escuras borradas saíam deles.

— Eu sempre pensei que seria mais inteligente. Eu *sou* inteligente, não faço burrice. Mas fiz a maior delas.

Faith pegou um pacote de lenços de papel de sua bolsa e o colocou sobre a mesa.

A jovem pegou alguns deles, mas não os usou.

— Não paro de ter esses flashes, como se fosse um filme antigo passando. Vejo a festa, depois vejo um... um cobertor. É de pele branca, tipo uma pele de carneiro. Mas não sei.

Faith percebeu que Will estava mexendo no bolso para ligar o aplicativo de gravação.

A policial perguntou:

— Você pode me contar mais sobre o cobertor de pele de carneiro?

— Talvez fosse um tapete? Meu rosto estava nele. Eu lembro, estava no meu nariz. Os pelos ou pele de ovelha ou como quer que se chame. — Leighann limpou o nariz. — Eu senti o cheiro de alguma coisa.

— Você conseguiria descrever para mim?

— Doce? Tipo, talvez, suco de cereja?

Faith cerrou os dentes para não colocar palavras na boca da mulher. Merit Barrowe havia dito a Cam que o hálito de seu agressor tinha cheiro de xarope para tosse.

— Você se lembra de mais alguma coisa sobre o cheiro?

Leighann fez que não com a cabeça.

— Pergunta outra coisa.

— E seus pensamentos? Tem alguma lembrança do que estava pensando enquanto a agressão acontecia?

— Em que momento? — perguntou ela. — Foram dois dias, porra. Quer dizer, caralho, moça, você sabe quantas vezes um cara pode transar com você em dois dias? Porque eu, com certeza, não sei. Enfim, não lembro.

Faith a observou começar a rasgar o lencinho.

— Eu ficava me esquecendo de como respirar — disse Leighann. — Estava dormindo e acordava achando que estava sufocando, mas era porque meu cérebro tinha parado de dizer aos meus pulmões para respirar.

Faith resistiu ao impulso de pegar seu caderno. Ela não queria interromper o fluxo de pensamentos.

— Meus braços e minhas pernas... eu não conseguia mexê-los. Controlá-los, quero dizer. Eles estavam se mexendo, eu sentia eles se mexendo, mas eu estava dormindo, e era também um manequim. Ele ficava me movendo, me colocando em poses diferentes, eu acho. — Ela levou a mão à testa. — O que mais? Me ajuda a lembrar.

— Você conseguiu ouvir algo enquanto estava acontecendo?

Ela fez que não, mas respondeu:

— Um tipo de som de ronronar? Sei lá. Não tipo um gato, mas um som eletrônico de ronronar. *Zzzzt. Zzzzt.* Caralho, o que era?

Faith não conseguia identificar o som, mas queria manter o ritmo.

— E seus sentimentos enquanto acontecia? Onde você estava emocionalmente?

— Meus sentimentos? — A hostilidade dela parecia prestes a explodir, mas foi rapidamente dissipada. — Eu não estava com medo.

Faith percebeu o choque de ansiedade da garota.

— Lembra, não tem certo ou errado.

— Mas eu não entendo. Por exemplo, quando estava acontecendo, por que eu não estava com medo? Eu deveria ter ficado apavorada, mas estava meio entorpecida? Ou fora de mim? Tipo, não só na minha cabeça, mas fora do meu corpo. Parecia que eu estava desaparecendo. Tinha um ruído branco em meu cérebro, e meus braços e minhas pernas... achei que fossem se soltar do meu corpo. Não estou entendendo. Eu estava vendo acontecer? Será que isso realmente aconteceu comigo?

Faith notou que a mão de Leighann havia se movido para o lado esquerdo. A palma da mão pressionava a região da última costela.

— Leighann, você pode me dizer por que sua mão está aí?

Ela olhou para baixo e virou a mão para cima como se a resposta estivesse escrita em sua palma. Por fim, olhou para Faith.

— Ele me drogou. Foi aqui que a agulha entrou. Bem aqui.

— Quantas vezes?

— Eu não sei. — Ela colocou a mão de volta na lateral do corpo. — Na festa, pelo menos. Eu senti a picada, mas foi mais tipo um belisco forte. E, mais tarde, eu me lembro de ter acontecido mais tarde, mas não quantas vezes, nem onde eu estava, nem o que estava acontecendo. É por isso que minha memória está tão ruim? Ele me drogou?

Faith não deveria tirar conclusões, mas não conseguiu se conter.

— É o que parece.

— Faz sentido — disse Leighann. — Porque... porque eu não conseguia me lembrar. Mas, se ele me drogou, tipo, se ficou me drogando, faria sentido. Tipo, eu não estava com medo. Então, talvez tenha sido Xanax, Valium ou algo do gênero?

Faith podia sentir Leighann recuando, como se, no momento em que ela tinha uma explicação para sua perda de memória, nada mais importasse. Ela perguntou:

— Leighann, e antes de você estar na festa? Tem alguma coisa desse momento que você possa nos contar?

Ela suavizou os lábios. Estava claramente se retraindo.

Faith não podia deixá-la fechar-se novamente.

— Se você quiser, podemos encontrar outro momento para conversar. Você está no controle aqui.

Leighann assentiu, mas não pediu para sair.

— Eu estava dormindo no sofá do Jake, estava com medo de ficar na minha casa.

— Por quê?

— As mensagens — disse Leighann. — O Fala Merda não contou para vocês?

Faith mataria Leo Donnelly mais tarde.

— Você pode me mostrar?

— Não, eu apaguei. Não sei por que, mas eu apaguei. — Ela passou os dedos pelo cabelo. — Essa foi outra coisa burra que eu fiz. Vi nos olhos idiotas do Fala Merda quando contei para ele, tipo *sua puta burra*. E é isso mesmo. Não sei por que apaguei. Parecia que eu estava retomando o controle, sabe? Meio que *Vai se foder, idiota, estou apagando suas merdas.*

— Você consegue se lembrar de alguma coisa sobre as mensagens?

— Ele sabia de coisas — disse Leighann. — Sabia que eu estava procurando um livro na biblioteca sobre a Reforma Protestante. E sabia onde eu morava, até o número do meu apartamento. Ele disse algo sobre o que eu estava vestindo, tipo a cor da minha calcinha, o que foi nojento. E ele sabia onde meu pai trabalha e...

Leighann levou a mão à boca. Ela fechou os olhos e as lágrimas escorreram.

Faith se permitiu dar uma olhada em Will, que observava Leighann. Ambos sabiam que a garota era frágil. Até um leve empurrão poderia ser demais. Eles só podiam esperar.

Leighann demorou quase um minuto para conseguir falar novamente. Ela tirou mais lenços de papel do pacote, enxugou os olhos e respirou rápido.

— Ele me disse para pegar o espelho na minha gaveta de maquiagem. Tipo, ele sabia que estava lá. É lá que eu guardo esta merda. E ele me disse para olhar a parte de trás do meu joelho esquerdo, que tinha um círculo lá. E eu olhei. Fiz o que ele disse. Peguei o espelho e me retorci na cama. Tinha um círculo desenhado na parte de trás do meu joelho, bem no meio, um círculo perfeito.

Faith tirou o caderno de anotações da bolsa e o abriu em uma página em branco. Clicou no topo da caneta e colocou os dois em frente a Leighann.

— Desenha para mim.

A jovem pegou a caneta com a mão esquerda e desenhou um círculo do tamanho de uma moeda de dez centavos. Em seguida, preencheu-o cuidadosamente, sem ultrapassar a linha.

— Era desse tamanho? — perguntou Faith.

— Talvez um pouco menor? Mas era perfeito, completamente redondo, como se ele tivesse traçado uma caneta ao redor de algo. E estava exatamente no meio. — Leighann balançou a cabeça. — Sei lá. Eu devia ter tirado uma foto, mas esfreguei até sumir. Fiquei muito assustada, e o Jake me disse que, provavelmente, alguém estava fazendo uma brincadeira comigo. Ficamos bêbados algumas noites antes de eu ver isso. Quero dizer, é idiota, mas talvez um dos meus amigos tenha desenhado?

— E o Jake? — perguntou Faith. — Será que foi ele que desenhou?

— Agora você parece o Fala Merda. Ele disse que eu estava transando com o Jake e que não queria que minha mãe soubesse que não sou virgem. — Ela jogou as mãos para o alto. — Olha a novidade: minha mãe sabe que eu não sou virgem. Ela me levou para botar a porra de um DIU quando eu tinha quinze anos. Segurou minha mão enquanto enfiavam uma agulha na minha perereca.

Faith tentou ser cuidadosa.

— Há quanto tempo você conhece Jake?

— Dois anos. Que importância tem isso?

— Eu sei que Jake é seu amigo, mas...

— Não tem nada de *mas*, moça. O Jake não fez essa merda comigo. Ele estava na festa comigo. Eu vi com meus próprios olhos ele dançando com uma garota enquanto eu estava recebendo mensagens do Sinistrão.

— Do Sinistrão?

— Era assim que a gente chamava ele.

— Jake também viu as mensagens?

— Sim, mas você não está ouvindo a parte importante. Eu estava recebendo mensagens do Sinistrão enquanto via o Jake na pista de dança. É por isso que sei que não era ele.

— Tudo bem.

— Não me venha com tudo bem como se eu fosse louca — disse ela. — Foi o Sinistrão que me mandou a mensagem. Foi ele que fez isso comigo. É exatamente o mesmo cara.

— Eu entendo.

— Acho bom entender mesmo, porra. Não quero que vocês, idiotas, vão atrás do Jake. É assim que homens desarmados tomam tiro de policiais nas costas.

Faith tentou levá-la de volta ao assunto.

— Podemos falar um pouco mais sobre as mensagens? Teve mais alguma coisa que o Sinistrão disse que você acha importante?

— Sim, eu ficava perguntando para ele quem raios ele era e ele dizia: "Procura o pequeno círculo preto. É isso que eu sou".

— "É isso que eu sou"? — O cérebro de Faith viu a transcrição das mensagens ameaçadoras que Dani Cooper havia recebido. — Foram essas as palavras exatas dele? "É isso que eu sou?"

— Não, foi...

A voz dela falhou outra vez. Ela pressionou os dedos contra as pálpebras. Sua raiva deu lugar à devastação e ela começou a soluçar. Encostou a testa no tampo da mesa, as mãos no rosto.

Faith sentiu como se um torno estivesse apertando seu coração. Emma, às vezes, fazia a mesma coisa na mesa da cozinha.

— Será que... — sussurrou Leighann: — Você pode fazer ele ir embora? Por favor, faz ele ir embora. Eu preciso que ele vá embora. Por favor.

Will colocou o celular na bolsa de Faith antes de sair pela porta. Ele a fechou suavemente. Faith mal conseguiu ouvir o clique.

— Leighann — disse ela. — Ele já foi. Você está bem. Você está segura.

Ela manteve a testa apoiada na mesa, o rosto ainda entre as mãos. As lágrimas se espalharam pela superfície de metal e Leighann estendeu a mão silenciosamente.

Faith a segurou. Ela podia sentir a garota tremendo.

— Desculpa — sussurrou Leighann. — Fiquei com medo.

— Está tudo bem, querida. — Faith segurou a mão dela com força. — Você quer parar? Posso chamar sua mãe ou levar você para casa. Não precisamos fazer isso.

— Eu preciso — falou ela. — Eu sei que preciso.

— O que você precisa fazer é cuidar de você — ponderou Faith. — É só isso que importa.

O aperto de mão de Leighann ficou mais forte.

— Eu não conseguia apagar. Tentei e tentei, mas não saiu.

— O que não saiu?

Faith esperou, mas não houve resposta. Ela se lembrou de não insistir, de deixar a vítima assumir a liderança. Em silêncio, ela contou os segundos na cabeça, esperando, rezando para que a garota continuasse.

Leighann se endireitou devagar e soltou a mão de Faith.

Havia um olhar de determinação no rosto da jovem. Ela permaneceu em silêncio e abaixou a cabeça. Suas mãos tremiam enquanto ela abria os pequenos botões de pérola da camisa branca justa. Quando o tecido se abriu, Faith viu hematomas, marcas de dentes, vasos sanguíneos rompidos criando pontos vermelhos em sua pele.

Leighann afastou a camisa dos ombros. Seu sutiã push-up preto era de renda transparente e suas aréolas eram círculos escuros sob o material transparente. O fecho era na frente. Seus dedos ainda tremiam quando ela separou os ganchos. A jovem segurou o sutiã fechado com o polegar e os dedos.

— Foi isso que ele me mandou na mensagem.

Faith observou-a afastando o sutiã do seio esquerdo.

Havia duas palavras escritas ao redor do arco de seu mamilo.

Sou eu.

13

— Sou eu — repetiu Sara ao telefone.

A ligação de Will a tinha tirado da apresentação de Sloan. Ela levantou o olhar para o átrio altíssimo de vidro do Marriott Marquis da Times Square. O cérebro dela quebrou visualmente a frase: *sou eu*. Verbo, pronome pessoal como predicativo. O pronome *eu* respondendo a todas as perguntas feitas a Merit Barrowe quinze anos antes: Quem quer alegrar seu dia? Quem sonha com você? Quem é mais perturbado? Quem não merece sua companhia? Quem vai te decepcionar quando descobrir quem eu sou?

Sou eu.

Ela perguntou a Will:

— Você viu a foto do seio da Leighann?

— Tem três. Uma de frente, uma de perto e uma de lado — respondeu ele. — Faith descreveu para mim, pois Leighann não queria que eu visse. O que é compreensível. E não tenho certeza de como eu poderia colaborar.

Sara sabia que a dislexia de Will, às vezes, dava a ele uma percepção de pistas que outras pessoas não percebiam. Ela também sabia que, às vezes, ele presumia erroneamente que o atrapalharia.

— Leighann disse que ela se esfregou no chuveiro. Você sabe o que foi usado para escrever as palavras?

— Marcador permanente hidrográfico, de tinta preta — informou ele. — Ela se esfregou com tanta força que sangrou, aparentemente.

Sara fechou os olhos ao pensar no pânico de Leighann. Ela sabia como era perceber que seu corpo não pertencia mais somente a você.

— Seria melhor usar álcool isopropílico.

— Vou me certificar de que Faith diga isso a ela — falou Will. — Ela conseguiu que Donnelly mandasse o caso para o departamento de crimes sexuais. Agora estão levando a sério. Estou conversando com o amigo de Leighann, Jake Calley. Ele confirmou ter visto as mensagens. A polícia mandou a equipe técnica vasculhar o telefone dela para ver se consegue encontrar os backups.

— Eles enviaram o sapato e o vestido dela para o laboratório?

— Até onde eu sei — confirmou ele. — Faith conseguiu uma descrição dos dois.

— Havia alguma marca de agulha das injeções?

— Temos que esperar o exame físico.

— E aquele ronronar mecânico que a Leighann ouviu? — perguntou Sara. — Será que significa alguma coisa?

— Vou te enviar o áudio da entrevista dela para você ouvir no avião. É difícil de identificar, muitas máquinas fazem ruídos como esse. Pode ser um compressor, um aquecedor, a estática de um rádio, uma máquina de ruído branco...

— Estou pensando na tatuagem que foi mencionada na autópsia de Merit Barrowe — disse Sara. — Talvez fosse marcador permanente, não uma tatuagem. Talvez ele tenha escrito *sou eu* na lateral do corpo dela.

— Talvez — concordou Will. — Mas você não viu nada escrito na Dani.

— Não vi — confirmou Sara.

— E um tapete branco de pele de carneiro? — perguntou Will. — Leighann disse que se lembrava do rosto dela pressionado em um tapete.

— Dani não ficou consciente por tempo o bastante para entrar em detalhes.

Sara piscou e estava de volta ao Grady, sua mão apertando o coração de Dani para fazê-la sobreviver.

Ela continuou:

— Mesmo sem um tapete de pele de carneiro, muitos detalhes do ataque a Leighann se assemelham aos de Dani Cooper e Merit Barrowe. As mensagens ameaçadoras. As drogas e o sequestro. A perda de memória. O odor adocicado no hálito dele. E tem o escrito no seio de Leighann que corresponde às mesmas palavras das mensagens para Dani. A calcinha e o sapato esquerdo desaparecidos. Isso não são suposições, são conexões claras.

— Tem razão. Expusemos tudo para a polícia, mas o pessoal não quer nem chegar perto de Merit Barrowe. A provável corrupção de Eugene Edgerton poderia abrir muitos de seus casos antigos. E se levarmos em conta o médico-legista corrupto, estamos falando de centenas de veredictos sendo anulados.

— Ele parecia mais frustrado do que irritado. Will sabia como a política poderia impedir uma investigação. — O caso de Dani também está fora dos limites.

Eles estão apavorados com os McAllister, os advogados e o dinheiro deles. E é justo, acho. Ninguém quer ser processado.

— Isso significa que eles não vão mostrar a Leighann um conjunto de fotos com Tommy McAllister?

— Você realmente acha que Faith não conseguiria inserir uma sorrateiramente? — perguntou ele. — A memória de Leighann foi apagada. Ela não o reconheceu.

— Alguns dos sintomas que ela descreveu apontam para Rohypnol: a perda de memória, a desorientação, a depressão respiratória. Mas 36 horas é muito tempo para ficar sob o efeito dele. Não me surpreenderia se tivesse sido misturado com quetamina, que tem uma propriedade mais alucinógena, mas aumenta a frequência cardíaca e a pressão arterial. É um equilíbrio delicado se você está tentando derrubar alguém, mas mantém a pessoa viva.

— Então, precisaria de conhecimento médico?

— Na minha opinião, sim.

Sara observou um grupo de médicos que se aglomerava no balcão da cafeteria. O congresso de Oncologia e Hematologia Pediátrica estava em andamento. Sloan estava apresentando seu trabalho, *Explorando a gênese de diferenças de sexo no manejo de dor em casos hematológicos pediátricos*, na sala principal. A pesquisa era fascinante, além de uma distração bem-vinda. Sara tinha começado a fazer anotações.

— Faith quer que a gente inclua Amanda no que estamos fazendo — avisou Will.

Sara contraiu os lábios. Incluir Amanda significava contar a ela toda a história, significava contar a mais uma pessoa o que havia acontecido quinze anos antes. De repente, ela percebeu a ironia de que o que ela temia era exatamente o que estava prestes a jogar em cima de Sloan Bauer.

Will disse:

— A imprensa vai ficar em cima disso. A mãe de Leighann vai fazer bastante pressão nos policiais. Vai ter muita atenção. Talvez algumas testemunhas da boate se apresentem.

— Não tem câmera de segurança?

— Era uma festa pop-up em um armazém que está programado para ser demolido. Havia dois seguranças. Nenhuma câmera. Nenhuma equipe extra. Mas eles só aceitavam cartão de crédito, então, pelo menos, há uma maneira de rastrear possíveis testemunhas.

— Isso é bom.

Como sempre, Will percebeu que havia algo errado.

— Você está bem?

— Você não me enviou uma mensagem há duas horas pedindo para eu parar de perguntar se você está bem?

— É diferente — respondeu ele. — Eu sei que estou bem.

Ela se percebeu sorrindo.

Will prosseguiu:

— Passei na Ace e comprei um kit de remendo para a parede. Acho que vou conseguir aplicar a primeira camada antes do seu avião pousar.

— Acho bom, mesmo — brincou ela. Mas depois ficou séria. — Desculpa por ter trazido Eliza de volta para a sua vida.

— Ela nunca esteve na minha vida e ainda não está — corrigiu ele. — Você ficou preocupada que eu fosse jogar ela pela janela?

— Um pouco, mas só porque ela, provavelmente, tinha razão sobre o fato do corpo dela se quebrar antes de chegar ao vidro. Seria difícil explicar os hematomas para a médica-legista do condado de Fulton.

Ele riu.

— Você quer que eu leia para você os documentos do fundo?

Em vez de dizer que não, ele perguntou:

— Você ainda está em dúvida sobre falar com Sloan?

Sara se obrigou a parar de girar a aliança.

— Minha mãe sempre diz para *tomar cuidado ao perseguir fantasmas, porque você pode encontrar demônios.*

— Você sempre pode pegar um voo mais cedo.

Sara gostava do fato de ele continuar dando a ela a chance de desistir.

— Isso talvez ainda aconteça de qualquer forma. Sloan não é obrigada a falar comigo. Não sei se eu falaria.

— Falaria, sim, se isso significasse ajudar alguém. E, pelo que você me contou sobre a Sloan, ela também quer ajudar as pessoas.

— Talvez. — Sara observou quando alguns médicos começaram a sair da sala principal. A apresentação de Sloan deveria estar no fim. — Desculpa por não ter podido te dar tchau direito hoje de manhã.

— Você pode compensar deixando eu te dar oi hoje à noite.

— Que tal eu te dar tchau enquanto você me dá oi?

— Combinado.

Sara encerrou a ligação.

Ela respirou fundo, tentando acalmar os nervos. Não era apenas a perspectiva de falar com Sloan. Ela ainda estava se recuperando da visita chocante de Eliza, da explosão ainda mais chocante de Will, de ter que fazer três suturas no nó do dedo dele, de esperar ansiosamente por um táxi para levá-la ao aeroporto, de correr que nem uma louca pelo terminal e de chegar ao portão momentos antes de fecharem a porta.

O gim-tônica duplo que ela tinha bebido antes da decolagem não fora uma de suas melhores decisões. Sara pensou em tomar mais um, mas, como todo médico, temia o som do piloto no rádio perguntando se alguém poderia ajudar em uma emergência médica.

Em vez de usar o tempo no ar para se concentrar ou beber até cair e esquecer de tudo, ela acabou ouvindo a playlist que Will havia feito para a viagem. Alabama Shakes. Luscious Jackson. P!nk. Era raro um homem que fazia uma playlist com as músicas de que você gostava em vez de impor as músicas favoritas dele a você. Sara não teria conseguido suportar duas horas de músicas desconhecidas de Bruce Springsteen.

Uma súbita explosão de conversas a tirou de seus pensamentos. A sala principal havia começado a se esvaziar. Sara se levantou, ajustando o distintivo pendurado no pescoço para que ficasse virado para dentro. Ela prendera as credenciais da agência em um cordão amarelo brilhante que encontrara no chão do banheiro feminino. Se ela tinha aprendido alguma coisa ao longo dos anos, era que não se podia questionar alguém com um cordão corporativo.

Sara verificou a fila no café para ter certeza de que não havia perdido Sloan. Conseguia identificar as gerações de mulheres na medicina apenas pela roupa: as mais velhas usavam terninho preto, azul-marinho ou vermelho bem-cortado e salto alto. As da idade de Sara usavam blusa colorida e saia preta ou azul-marinho com salto baixo. As jovens médicas recém-formadas vestiam o que achavam mais confortável: vestidos bonitos e esvoaçantes, camisas justas, até calça jeans e tênis. O ano de 2017 foi o primeiro em que mais mulheres do que homens ingressaram na faculdade de medicina. Sara percebeu que elas haviam sido poupadas da antiga prática de aconselhar as médicas a se vestirem de forma conservadora se quisessem ser levadas a sério por seus pacientes.

Sloan Bauer tinha recebido o mesmo conselho, mas ela estava usando muito mais acessórios do que a política retrógrada permitia. Brincos de argola, pulseiras, um medalhão de ouro no pescoço. Sua aliança de casamento era inesperadamente discreta, fina de ouro, diferente da pedra gigante que Britt McAllister ostentava.

Sara observou Sloan se mover com a fila em direção à máquina de café expresso que sibilava. As pessoas não paravam de se aproximar dela para fazer perguntas ou comentar sobre sua apresentação. A médica merecia os elogios. Seu currículo era o mais impressionante de todo o grupo, incluindo Mac. Ela se formou na Boston College, concluiu a faculdade de medicina na Emory University, fez estágio no NYU Langone Medical Center, concluiu seu *fellowship* em hematologia na Johns Hopkins e atualmente era chefe de hematologia pediátrica no Children's Hospital, em Connecticut. O congresso era um grande acontecimento para ela, um ponto alto em uma carreira impressionante.

Isso explicava o frio no estômago de Sara. A sensação de que aquilo estava errado não tinha só voltado, mas começou a corroer sua determinação. Ela se afastou de Sloan e voltou a olhar para os elevadores. O átrio ficava no oitavo andar. Sara podia trocar o voo e estar de volta a Atlanta antes da hora do rush. Will havia lhe dito que eles poderiam encontrar outro jeito.

— Sara Linton?

Ela sentiu o nó se apertar, e não teve escolha a não ser se virar.

— Pensei que fosse você. — Sloan estava caminhando em sua direção, com um grande sorriso. — Meu Deus, você está igual.

— Sua palestra foi ótima. — Sara acenou com a cabeça em direção à sala de conferências. — A sequela da dor mal administrada na anemia falciforme foi algo revelador.

Sloan fez que não ligava para o elogio, mas Sara percebeu que ela estava satisfeita.

— O que você está fazendo em Nova York? Ah, caramba, não está pensando em se mudar para cá, né? Não consigo lidar com a concorrência.

— Não, eu continuo em Atlanta.

Sara juntou as mãos. Ela ainda podia desistir. Tantos anos haviam se passado desde que Sloan estava na faculdade de medicina. Se ela fosse parecida com Sara, o que havia acontecido com ela em Emory, a dor de ter sido abusada sexualmente, devia ser algo que havia se esforçado muito para superar.

— Sara? — Sloan estava lhe lançando um olhar curioso. — Não me diga que você está aqui por diversão. Nem eu iria em um congresso médico nas férias.

— Não, eu... — Sara se esforçou para encontrar sua voz. Ela havia percorrido todo esse caminho às custas emocionais de tanta gente. E havia prometido a Dani Cooper que não desistiria. — Quero conversar com você sobre o que aconteceu comigo no Grady. E sobre o que aconteceu com você na Emory.

A expressão acolhedora de Sloan mudou tão rápido que foi como ver uma porta se fechar.

— Como assim?

Sara estava ciente de que estavam em um espaço público, então falou baixo:

— Mason me disse que...

— Filho da puta.

Sloan não tinha se dado ao trabalho de sussurrar. Ela percebeu os olhares curiosos da fila do café e fez um sinal para que Sara a seguisse para longe da multidão.

Sloan parou perto das janelas imponentes, que deixavam o frio passar pelo espaço entre seus vidros. Ela não deu a Sara a chance de explicar.

— Este é o lugar errado para essa palhaçada.

— Eu sei. Desculpa.

Sloan começou a balançar a cabeça. Estava claramente furiosa.

— Eu me recuso a fazer isso. Pode ir embora. Eu estou indo.

Sara sentiu seu coração afundar enquanto Sloan se afastava. Ela não podia culpar a mulher, sabia, desde o início, que era uma coisa incrivelmente ruim de se fazer. Sloan tinha ido em direção aos elevadores e segui-la parecia uma ofensa. Sara procurou as escadas, percorrendo o salão com os olhos.

— O que ele disse? — Sloan havia retornado, a raiva ainda explícita. — É algum tipo de piada que ele conta em jantares? "Vocês não vão acreditar, senhores, mas por acaso acabei transando com duas garotas que foram..."

Sara lutou contra sua própria tristeza quando Sloan parou antes de dizer a palavra.

Estupradas.

— Não sei o que Mason anda fazendo em jantares, mas eu não duvidaria. Só falei com ele porque Britt...

— Britt? Por que você ainda está falando com esses babacas tóxicos? — questionou Sloan. — Sara, eles nunca foram seus amigos. Eles riam de você pelas costas. Eles te chamavam de...

— Santa Sara — completou. — Eu sei.

Sloan cruzou os braços. Estava claramente tentando recuperar a compostura.

— O que é isto? O que você quer? Me envergonhar? Isso é algum tipo de vingança por ter tirado Mason de você?

— Claro que não. Não tinha nada para tirar. — Sara sentiu sua determinação finalmente desmoronar. Ela tinha que sair dali. — Sloan, me desculpa. Você tem razão, eu não deveria ter vindo. Vou embora. Sua pesquisa é incrível, você vai realmente ajudar os pacientes. Você tem muito do que se orgulhar. Desculpa por ter estragado seu momento.

Desta vez, foi Sara quem se afastou. Ela girou o anel no dedo enquanto procurava uma placa de saída. O hotel era enorme, com duas alas diferentes que davam para duas ruas diferentes. Sara se sentia enjoada, fora de si. As autorrecriminações a inundaram quando ela finalmente desistiu das escadas e se dirigiu à coluna do elevador em forma de minarete.

Por que ela tinha feito essa viagem idiota? O que ela achou que fosse acontecer?

Suas mãos tremiam enquanto ela tentava entender aqueles elevadores idiotas. Não havia botão para subir ou descer, era preciso digitar o andar desejado em um painel. Sara estava procurando o andar do lobby quando uma mão passou por ela e tocou os números do 31º andar. A pulseira de ouro no pulso de Sloan bateu no console quando ela retirou a mão.

— Muito bem. — Sloan jogou seu copo de café cheio no lixo. — Vamos terminar isso no meu quarto.

Sara não podia. Dava para ver as lágrimas nos olhos de Sloan. A maquiagem cuidadosamente aplicada começaria a escorrer. Ela tinha recebido a sala principal para apresentar seu trabalho, o público tinha ficado fascinado, sua pesquisa era convincente — ela deveria estar comemorando seu triunfo, não levando Sara para seu quarto de hotel para falar sobre algo que, provavelmente, passou quase duas décadas tentando esquecer.

— Sloan — tentou Sara. — Eu vou embora. Não precisa...

O elevador chegou com um som alto. Sloan se juntou à multidão que entrou no carro e Sara seguiu-a com relutância. Foi empurrada contra turistas suados com casacos bufantes que iam para o restaurante no último andar. Ela tentou chamar a atenção de Sloan, mas a outra estava de costas para ela.

Houve risadas nervosas quando o vagão deu um solavanco. O núcleo de concreto do elevador subia pelo centro do edifício, criando um átrio elevado desde o saguão até o topo do restaurante. Cada andar era circundado por uma varanda de concreto branco. Sara via as portas dos quartos que passavam pelo elevador de vidro. O lugar a fazia lembrar de um prédio futurista. Ela tentou chamar a atenção de Sloan novamente, mas ela olhava para o celular como se estivesse estudando uma lâmina no microscópio.

O elevador finalmente parou no 31º andar e Sara esperou que Sloan saísse lá do fundo. A expressão da mulher era de aço, sua mandíbula estava cerrada. Ela atravessou o hall dos elevadores e virou à esquerda na longa varanda. Sara a seguiu de longe e viu Sloan parar em frente a uma das portas. Sua mão estava na bolsa, como se ela ainda estivesse decidindo se deveria ou não fazer aquilo. Finalmente, ela tirou o cartão-chave e abriu a porta.

Do corredor, Sara conseguia ver que a suíte tinha uma sala de estar ao lado do quarto. A vista dava diretamente para o rio Hudson, onde o *Intrepid* estava atracado. A mesa de centro tinha champanhe esfriando em um balde de gelo. Flores. Morangos cobertos de chocolate.

Sloan a convidou a entrar na sala, dizendo:

— É meu aniversário de casamento. Meu marido vai se juntar a mim hoje à noite. A gente ia ter uma noite romântica na cidade.

Sara percebeu a implicação: tudo isso estava arruinado.

— Cada coisa ruim que você está pensando sobre mim neste momento… eu estou pensando também.

— Isso é para servir de consolo?

— Não, mas é a verdade.

Sloan deixou a bolsa cair no chão. Ela entrou no outro cômodo e disse a Sara:

— Me pega alguma coisa do frigobar, preciso usar o banheiro.

Sara nem olhou para o relógio quando abriu a pequena geladeira e selecionou quatro minigarrafas de Bombay Sapphire e uma de Fever Tree. Ela tinha bebido mais hoje do que em meses. Will passara a infância fazendo a conexão entre o cheiro de álcool e a violência incalculável, da mesma forma que Sara passara os últimos quinze anos estremecendo ao pensar na barba de um homem arranhando seu rosto. Ambos tentavam respeitar os limites um do outro. Havia cerca de 1.300 quilômetros entre os dois naquele momento. Já era limite suficiente.

Ela servia as bebidas quando Sloan voltou do banheiro.

Sloan parecia trêmula. Claramente tinha passado mal no banheiro. Mesmo assim, ela pegou um dos copos, tomou um gole de respeito e o bochechou antes de engolir.

— Você ainda vomita às vezes quando pensa nisso?

Sara assentiu com a cabeça.

— Sim.

— Sente-se.

Sloan se recostou na poltrona.

Sara se sentou no sofá. Seu celular estava no bolso e ela pensou em usar o aplicativo de gravação, mas não conseguiu. Ela só conseguiu dizer:

— Sinto muito.

— Eu sei que você sente, e que este seja seu último pedido de desculpas. — Sloan terminou seu drinque, foi até o frigobar e encontrou outra minigarrafa de gim. — O que eu disse lá embaixo… eu sei que você não estaria aqui por um capricho. E sei que você não estaria aqui por causa do Mason.

— Sua imitação dele falando sobre estupro em um jantar foi perfeita.

— Ele é um bosta sem noção. — Ela virou o gim diretamente da garrafa, esvaziando-o em dois goles. Em seguida, olhou para o champanhe que estava esfriando no balde. — Meu marido leu em algum lugar que a gente tem que beber champanhe quando está triste, para ficar feliz.

Sara deu de ombros.

— Tentar não custa nada.

Sloan pegou a garrafa e começou a abrir o papel alumínio.

— Eu deveria ter sido mais generosa com você quando aconteceu.

— Quando eu fui estuprada? — Sara sentiu um choque pelo fato de a pergunta ter saído tão facilmente. — Normalmente, faço tudo o que posso para evitar dizer essa palavra.

— Nós duas estamos no pior clube de todos os tempos. — Sloan tirou a rolha, pegando-a na mão. — É mais fácil falar sobre estupro com alguém que já passou por isso. Você não precisa se explicar, nem se preocupar em lidar com os sentimentos ou com as reações da pessoa, nem... me dá isso.

Sara bebeu o resto de sua taça para que Sloan pudesse enchê-la de champanhe.

— Quando seu marido chega?

— Ele tem que pegar nossa filha no treino de futebol e depois vem de trem. — Sloan encheu as duas taças até a borda. — Ele sabe, mas ela não. Fico dizendo a mim mesma que preciso encontrar o momento certo, mas a verdade é que não sei se quero que ela saiba. Nem se quero lidar com o fato dela saber, o que é um fardo completamente diferente.

Sara não tinha a resposta.

— Quantos anos ela tem?

— Ela está naquela idade em que percebe que eu sou a filha da puta mais idiota que já passou pela face da Terra.

— Treze?

Sloan assentiu com a cabeça enquanto tomava um gole de sua taça.

— A Molly é a única coisa boa que eu já tirei de um caso de uma noite. Odeio quando as mulheres falam dos filhos como se fossem seres mágicos, mas ela realmente me ajudou a me curar.

Sara tomou um gole de champanhe, embora fosse doce demais.

— Caralho, desculpa. Eu sei que você não pode...

— Está tudo bem. Tive quinze anos para me acostumar. — Sara deu de ombros. — E já estou naquela idade em que não importa mais.

— Não me venha com essa bobagem. Você não é velha demais e não está acostumada — retrucou Sloan. — Eu não te conheço bem, mas sei disso.

Sara achou que, se elas fariam isso, era melhor ficar confortável. Ela se recostou no sofá com a taça e disse:

— Meu noivo tem uma cachorrinha que ele resgatou do canil. E eu a amo; quer dizer, é um cachorro, obviamente eu amo. Mas às vezes eu vejo ele sendo tão doce e paciente com ela e sinto um vazio por dentro, do tipo: "Que direito eu tenho de privar esse homem de ser pai?".

— Ele quer ser pai?

— Ele diz que não, mas...

Sara não compartilharia os sentimentos particulares de Will. Ele já havia dito a ela mais de uma vez que sabia demais sobre todas as coisas ruins que poderiam acontecer a uma criança para se sentir confortável em colocar uma no mundo.

E apesar disso...

— Sabe o que eu odeio? — perguntou Sloan. — Sinceramente, odeio muita coisa, mas odeio mesmo quando as pessoas dizem: "Tudo acontece por um motivo". Tipo, sério? Qual é o motivo?

Sara fez que sim com a cabeça, porque ela também não tinha a menor ideia.

— Eu gosto de "O tempo cura todas as feridas".

— Infelizmente, não impede que você vomite as tripas em um Marriott.

Sara levantou a taça em um brinde.

Sloan também brindou.

— E "Pelo menos isso te deixou mais forte"?

— Ah, sim, uma das minhas favoritas. Estupro como um exercício de formação de caráter.

Elas brindaram uma à outra novamente.

Sloan disse:

— Minha pergunta favorita é: "Você disse não?".

— É uma loucura, mas é difícil falar quando sua boca está fechada com fita adesiva.

— Desculpa, mas só é estupro se ele te ouvir dizer um "não" firme.

Sara riu.

— E quando perguntam: "Você tentou lutar com ele?".

— Essa é a minha favorita — disse Sloan. — Todo mundo sempre ac é fácil dar um chute no saco de um cara, mas o saco é mais difícil de encontrar do que se imagina.

— "E gritar? Você tentou isso?"

— Claro, essa é fácil. Exceto quando suas cordas vocais congelam.

— "O que você estava fazendo lá, em primeiro lugar?"

— "O que você estava vestindo?"

— "Você enviou os sinais errados?"

Sloan riu.

— "Se tivesse acontecido comigo, eu teria arrancado os olhos dele."

— É, mas eu estava algemada.

— Meus pulsos estavam amarrados na cama.

Sara sabia que elas tinham parado de jogar o jogo.

Sloan levou a taça à boca, mas não bebeu.

— Talvez eu devesse ter mordido ele, dado uma de Mike Tyson na orelha dele. No nariz. No rosto. Qualquer coisa. Mas não fiz isso, só fiquei ali deitada e esperei acabar.

Sara observou Sloan passar o dedo na borda da taça.

— Eu saí com ele porque quis. Estávamos oficialmente em um encontro. Eu tinha bebido demais. Nós dois bebemos. — Sloan colocou a taça vazia sobre a mesa. — Sabe, se você fica bêbado, entra atrás do volante de um carro e mata alguém, ninguém livra sua cara, tipo, ah, você nunca mataria alguém se estivesse sóbrio. Não é possível que você seja um assassino. Vá com Deus.

— Não — disse Sara. — Não livra.

Sloan deixou a cabeça cair para trás na poltrona. Ela olhou para o teto.

— Eu não teria conhecido meu marido se não tivesse sido estuprada. Teria ficado em Atlanta. Provavelmente, teria sido a primeira ou a segunda sra. Mason James.

Sara esperou.

— O nome dele é Paul — disse ela. — Sei que não é para a esposa amar o marido e tal, mas eu amo o meu. Ele me dá apoio, me ouve e faz uma coisa muito surpreendente. Às vezes, quando estamos conversando, ele diz: "Você tem razão".

— O meu também faz isso. — Sara teve vontade de sorrir ao pensar em Will. — Nunca entendi as mulheres que preferem ser toleradas a serem amadas.

— Essa sou eu com meu primeiro marido. — Sloan voltou a se sentar. Ela colocou mais champanhe na taça. — E com meu segundo. E quase com meu terceiro. Não tenho ideia de por que fiquei aceitando me casar com eles. Tive que transar com muitos sapos antes de conhecer o Paul.

— Depois que aconteceu, achei que eu nunca mais fosse transar com outro sapo.

Sloan deu um sorriso irônico.

— Mason me ligou quando a primeira filha dele nasceu. Queria se desculpar. Disse que, agora que era pai, tinha entendido.

Sara sentiu um enorme revirar de olhos. Era uma piada na internet — homens que tinham filhas e, de repente, percebiam que estupro, assédio sexual e agressão eram muito ruins.

— Ele nunca me pediu desculpas.

— Tecnicamente, eu não chamaria de um pedido de desculpas. Ele me disse que *queria* se desculpar, mas, na verdade, não *pediu* desculpa. — Ela pigarreou para imitar Mason outra vez. — Vou lhe dizer, Sloany, é muito comovente olhar nos olhos da minha filha. Faz meu peito inchar com a necessidade urgente de protegê-la. Agora percebo que o que aconteceu com você foi bastante terrível.

Sara tentou não demonstrar amargura em sua risada.

— Se você desistir da medicina, pode trabalhar como dublê de voz do Mason.

— Bom. — Sloan tinha ficado reservada. Ainda estava pensando se conseguiria ou não fazer isso. Finalmente, olhou para Sara. — Eu não estou completamente desconectada das fofocas, sei que o filho do Mac e da Britt está sendo julgado por estupro.

— Você ficou surpresa?

— Nunca fico surpresa quando alguém é estuprado.

Sara também se sentia assim.

— Eles encerraram o caso ontem de manhã. Ele se safou.

— Geralmente, é o que acontece. — Sloan abaixou a cabeça outra vez e olhou para o teto. — Antes mesmo de você abrir a boca lá embaixo, tive a sensação de que era por causa da Britt que você estava aqui.

— Por quê?

— Ela é uma puta cruel e você foi atrás do filho dela. Ela tinha que tirar um pedacinho. — Sloan olhou Sara nos olhos outra vez. — Nunca escondi nada de você conscientemente. Preciso que você saiba disso.

Sara pensou de novo em seu celular com o aplicativo de gravação, mas preferiu deixá-lo lá, e disse:

— Tudo bem.

— Eu fiquei muito ferrada depois do que aconteceu comigo. Você entende isso.

— Entendo.

— Eu me mudei do estado para me afastar dele.

— Mason me disse que o cara saiu da faculdade de medicina.

— Não. — Sloan balançou a cabeça. — Ele continuou na Emory. Eu era obrigada a vê-lo todos os dias durante o curso. Fazíamos as rondas juntos. Era um tipo de tortura lenta e desgastante fingir que estava rindo das piadas dele, tentando não gritar a plenos pulmões.

Sara mordeu o lábio inferior para não perguntar o nome do homem. Ela tinha que deixar Sloan fazer isso em seu próprio tempo.

— Eu comecei a beber de verdade mesmo só após ser estuprada. — Ela acenou com a mão para a garrafa de champanhe quase vazia. — Isso era o meu café da manhã.

— Sloan...

— Não ouse sentir pena de mim — advertiu ela. — É sério.

Sara assentiu, embora a culpa fosse inevitável. Seu medo de acabar com Sloan estava acontecendo em tempo real.

— Eu queria falar com você quando você foi estuprada, mas Mason me disse para deixá-la em paz — continuou Sloan. — Provavelmente estava certo. Quero dizer, eu estava transando com ele pelas suas costas. Mas eu tinha essa fantasia de que poderia ser... não sei, sua mentora de estupro?

As duas sorriram. Todo mundo queria fazer alguma coisa, mas ninguém sabia o que fazer de fato.

Sloan perguntou:

— O que Britt disse para você?

— Que o meu estupro estava relacionado a algo que aconteceu na noite da festa.

Sloan pareceu genuinamente surpresa.

— Ela também explicou como isso estava relacionado?

Sara abriu a boca, mas Sloan respondeu à pergunta:

— A Britt não iria dizer como. Ela é uma psicopata. Ela se apresenta como feminista, mas só consegue ser forte quando outra mulher é fraca. Você sabe que Mac estava abusando dela, certo?

Sara sentiu algo se encaixar. Ela sempre achou um pouco inquietante o fato de Britt nunca ter saído do lado de Mac, mas, naquele momento, conseguia ver que ele queria que fosse assim.

— Emocionalmente?

— E fisicamente — disse Sloan. — Você nunca notou os hematomas?

Sara não tinha notado muitas coisas.

— Eu não passava muito tempo com ela.

— Ela largou a medicina depois de ter uma hérnia cervical. Não sei exatamente o que aconteceu, mas acho que Mac a empurrou da escada. O timing fazia sentido. Britt ganhava um salário bom enquanto Mac estava estudando, mas, quando terminou o *fellowship*, ele se certificou de que Britt ficasse em casa. Não que alguém sentisse pena dela. — Sloan deu uma risada seca. — Ela é uma vítima ruim, sabe?

Sara sabia. As pessoas tinham uma quantidade infinita de compaixão por mulheres que eram o tipo *certo* de vítima — empáticas, estoicas, ligeiramente trágicas. Britt era furiosa demais, cruel demais, para alguém sentir qualquer coisa além de uma sensação de carma por ela estar recebendo o que merecia.

Mas Sara não tinha ido lá para falar se Britt McAllister merecia ou não piedade. Então, respirou fundo antes de perguntar:

— Você pode me dizer o que lembra da festa, ou de qualquer coisa que tenha acontecido naquela época?

Sloan estava compreensivelmente reticente, mas se esforçou.

— Cam estava bêbado e falando arrastado. Ele ia ao banheiro, vomitava, depois voltava e bebia mais um pouco. Não era muito diferente do que ele normalmente fazia em um fim de semana, mas, daquela vez, estava visivelmente pior. Eu chamaria de compulsão e purgação.

Sara assentiu.

— É disso que me lembro também.

— Eu ficava pedindo para o Mason lidar com ele, fazer ele ir embora.

— Ele, pelo menos, pegou as chaves do carro de Cam.

— Meu herói — disse Sloan. — Cam estava chateado por ter perdido uma paciente.

— Merit Barrowe — falou Sara. — Duas semanas antes da festa, ela deu entrada no pronto-socorro. Tinha sido drogada e estuprada e teve uma tônica-clônica no banheiro. Ela morreu.

— Nunca me esqueci do nome dela — contou Sloan. — Cam estava furioso com sua morte. Ele me disse que a polícia nem se deu ao trabalho de investigar o que tinha acontecido, que o policial responsável era um babaca. Cam contou para ele que a garota tinha sido drogada e estuprada, mas o cara não acreditou ou não se importou.

Sara esperou que ela continuasse.

— Cam estava reunindo documentos, arquivos e todas essas coisas para provar que Merit tinha sido estuprada e assassinada. Quer dizer, ele estava um pouco aficionado ao assunto. Queria me mostrar as provas e ficava me implorando para eu ir até o apartamento dele. Eu falei que de jeito nenhum. — Sloan olhou diretamente para Sara. — Errar uma vez é humano, mas duas é burrice, né?

Sara quase deixou cair a taça em sua mão.

— Foi Cam que te estuprou?

Sloan a observava atentamente.

— Mason não te contou?

Sara só conseguiu fazer que não a cabeça.

— Isso, sim, é surpreendente. Ele faz mais fofoca do que minha filha de treze anos. Mas talvez não. Ele protege qualquer um da turma. É o código deles. — Sloan se inclinou para a frente, pegando a garrafa de champanhe. Depois, pensou melhor e voltou a se recostar na poltrona. — Na primeira semana da faculdade de medicina, Cam me convidou para sair. Ele não fazia meu tipo. Fumante inveterado, sem graça, triste e alcoolista. Mesmo assim, eu estava animada. Você sabe como é. Seus padrões caem e você aceita qualquer corpo quente que caiba na sua agenda.

Sara ainda estava em choque com a notícia. Ela se forçou a concordar com a cabeça para que Sloan continuasse.

— Comprei um vestido novo. Decotado, obviamente. Botas de couro até a coxa. Ele me levou na Everybody's Pizza. Aliás, esse lugar ainda existe?

Sara negou com a cabeça.

— Fechou faz uns anos.

— A gente bebeu muita cerveja. — Sloan estava olhando para a garrafa de champanhe. — Ele me convidou para ir na casa dele. Eu estava me divertindo muito. É isso que me pega. Depois que você supera as palhaçadas do Cam, ele passa a ser engraçado de verdade e parecer sincero de um jeito doce. Estávamos caminhando de volta para o apartamento dele e me lembro de ter sentido um arrepiozinho quando ele segurou minha mão.

Sara observou enquanto Sloan começava a girar a aliança de casamento no dedo.

— A gente deu uns amassos no sofá. Eu gostei. Percebi que queria sair com ele de novo, mas eles nunca ligam de volta se você dá no primeiro encontro, então... — Sloan respirou fundo. — Eu disse que iria embora. Ele começou a me beijar de novo, dizendo que queria que eu passasse a noite com ele, que estava levando aquilo a sério. E eu acreditei. Então, fui para o quarto com ele.

Sara observou Sloan se levantar. Ela começou a andar pelo quarto, as mãos na cintura.

— O apartamento dele era muito arrumadinho. Foi o que mais me chamou a atenção. Eu tive irmãos. Eles jogam coisas por todo lado, deixam roupas no chão, mas Cam, não. Ele tinha até aberto a cama, que nem num hotel. Fiz uma piada dizendo que ele estava esperando que eu cedesse ao charme dele. — Ela parou perto da janela e olhou a vista do rio. Seu comportamento havia mudado, estava tentando falar do que havia acontecido sem se colocar novamente naquele lugar sombrio. — A gente voltou a se beijar e as coisas ficaram bem quentes. E aí ele prendeu minhas mãos acima da cabeça. Prendeu de verdade, para eu não poder me mexer. Não gosto disso, nem na época, muito menos agora. Pedi para ele me soltar. Ele segurou mais forte. Tentei me contorcer para me livrar, mas...

Sara observou a mão direita de Sloan ir até seu pulso esquerdo. Sua voz ressoava calma no cômodo amplo.

— O rosto dele mudou completamente. Foi como ver uma máscara cair. Em um segundo, ele era um cara doce e charmoso e, no seguinte, seu rosto estava retorcido como um monstro. Ele abriu minhas pernas com um chute e usou seu peso para me prender. Eu mal conseguia respirar. Ele tinha pelo menos vinte quilos a mais do que eu.

Sloan se virou para Sara, pressionando as costas na janela.

— É estranho, porque, no início, não entrei em pânico. Em vez disso, tive uma lembrança de quando entrei no quarto e ele acendeu as luzes. Vi uma corda comprida de seda preta pendurada na cabeceira da cama. Tinha um laço amarrado na ponta, tipo um nó corrediço. Então era isto que eu estava pensando quando ele me amarrou: sua idiota, por que você não notou a porra da corda?

Sara contraiu os lábios. Ela sabia como seria inútil dizer a Sloan que não era culpa dela.

— Ele ficou tentando... não posso chamar de beijo. Ele enfiava a língua na minha garganta. Meio tipo, não sei, fodendo meu rosto. Minha mandíbula doía por causa disso. Nossos dentes ficavam se chocando. Seu cara fez isso?

Sara assentiu com a cabeça.

— É uma ótima lembrança para levar para o resto da vida, né? — Sloan levou os dedos ao pescoço. — Paul foi o primeiro homem que eu consegui beijar sem pensar no gosto da maldita amoxicilina do Cam. Lembra dele a carregando como se fosse uma garrafa de água? Ele tomava para a acne.

Sara havia se esquecido desse detalhe, mas se lembrou de Cam tomando o antibiótico direto do frasco. Tinha um sabor adocicado, quase como um remédio para tosse.

— Pelo menos, eu consegui dizer não para ele. Toda vez que eu tentava gritar, ele enfiava a língua na minha boca. Ele me mordia, me arranhava. Até arrancou alguns fios do meu cabelo. — A mão de Sloan foi para a nuca. — Ele me estuprou. Sem camisinha, lógico. Pelo menos, foi só penetração vaginal, mas, Jesus, doeu. Ele nunca fechou os olhos. Mal piscava. Ficava grunhindo que nem um porco, batendo contra mim com tanta força que minha cabeça batia na cabeceira da cama. Ele não durou muito, o que acho que foi uma bênção. Se masturbou e gozou na minha cara. Depois, desamarrou meus pulsos e me agradeceu. Dá para acreditar nessa parte? "Obrigado. Eu precisava disso." Em seguida, saiu para fumar um cigarro.

Sara observou Sloan torcer as mãos nervosamente.

— Eu não sabia o que fazer, a não ser me limpar e me vestir. — Ela levantou um ombro. — Eu estava em choque. Entorpecida. Desesperada para ir embora antes que ele voltasse para tentar de novo. Cam estava na varanda da frente do prédio dele quando saí. O cara me deu um beijo na boca, e eu deixei. Não disse uma palavra sequer. Não o afastei. Só conseguia pensar em fazer um exame de sangue. Eu estava preocupada com a possibilidade de pegar algo dele, estar grávida ou as duas coisas. Mas eu disse que a gente se via mais tarde, e ele respondeu: "Eu me diverti esta noite. Te ligo amanhã".

Sara quase conseguia ouvir as recriminações silenciosas que passavam pela mente de Sloan. Provavelmente, eram parecidas com as suas. Todos esses anos depois, ela ainda pensava eu todos os *eu deveria*, como se houvesse uma palavra mágica, uma ação mágica, que o teria impedido.

Sloan enxugou os olhos.

— Eu tinha essa ideia de que era uma pessoa forte. Cam destruiu isso. Na verdade, foi um assassinato, porque eu nunca mais fui eu mesma depois que ele me estuprou. Nunca me senti completamente segura. Nunca confiei completamente em alguém. Até meu marido, que é a pessoa em quem mais confio no mundo... tem só 99 por cento da minha confiança. O outro um por cento se foi para sempre.

Sara era especialmente qualificada para entender.

— Eu não conseguia admitir que tinha sido estuprada — confessou Sloan. — Demorou cerca de uma semana para eu aceitar o que tinha acontecido e, até lá, já havia passado tempo demais. É o que sempre dizem, certo? Por que você esperou tanto tempo para ir à polícia? E o que eu diria para os policiais? Eu me embebedei com ele. Voltei para a casa dele com a intenção de deixar ele me comer. Mudei de ideia. Ele me forçou mesmo assim. Isso foi há quase vinte anos. Naquela época, ninguém acreditaria em mim.

Sara sabia que a passagem do tempo não havia mudado tanto assim as coisas. Todos diziam que era a palavra de um contra a do outro, como se o que uma mulher dizia tivesse o mesmo peso que o que um homem dizia.

— E ele me ligou mesmo no dia seguinte. Me chamou para sair. Entrei em pânico. Disse que já tinha planos. Dias depois, nova ligação. Me chamou para sair outra vez. Eu ficava dando desculpas: tinha que ir na biblioteca, tinha que estudar, tinha uma festa de aniversário ou um compromisso familiar. Ele era muito insistente e eu quase aceitei só para que ele parasse.

Sara sabia que não era exagero.

— Aguentei isso por mais de um mês. Então, ele começou a flertar comigo na sala de aula. As pessoas ficavam me provocando, diziam que ele estava apaixonado. Um dia, ele me seguiu até meu apartamento e eu explodi, gritando: "Por que eu sairia com você se você me estuprou?".

Sara a observou enxugar as lágrimas.

— Ele pareceu horrorizado. Ou, pelo menos, foi assim que ele agiu. Começou a chorar, o que me irritou muito. Durante todo aquele tempo, eu não tinha chorado. E ali estava esse estuprador chorando que nem um bebê na rua, esperando que eu o consolasse?

Sara sentiu sua própria indignação ecoar na voz de Sloan.

— Ele continuou falando que era um mal-entendido. Que achou que eu estava interessada nele. Que gostava mesmo de mim. Que achou que era isso que eu queria. Quer dizer, eu fui para casa com ele. Fui eu quem o beijou. Fui eu quem o seguiu até o quarto. A parte em que eu disse não, em que eu tentei gritar, em que eu lutei para me afastar porque parecia que ele estava usando uma lixa dentro de mim... ele não se lembrava. Tinha bebido demais.

Sara observou Sloan sentar-se novamente na poltrona. Ela estudava a garrafa de champanhe, claramente querendo terminá-la.

— Em retrospecto, estou feliz por ele ter me amarrado, sabe? Porque, senão, seria fácil colocar a culpa em mim.

Sara achava que sabia o que Sloan queria dizer, mas perguntou:

— Colocar a culpa em você?

— Dá para argumentar contra todas as outras coisas, mas não contra o fato de alguém ser amarrado contra a vontade. Não é tão claro quanto o que aconteceu com você, mas é algo em que dá para se apoiar.

Sara se percebeu assentindo com a cabeça. Havia um tipo estranho de hierarquia entre as vítimas de estupro. Sara era considerada uma das sortudas. O crime era flagrantemente óbvio. Sara era uma médica branca, de classe média, com boa reputação e forte apoio familiar. O investigador tinha sido compreensivo, o promotor fora convincente e o júri tinha feito alguma forma de justiça.

Menos de um por cento dos estupros resultava em uma condenação criminal.

— Foi assim que eu peguei ele — disse Sloan. — Quando confrontei Cam, ele tinha uma desculpa para tudo, mas aí eu perguntei: "Se você achava que era isso que eu queria, por que teve que me amarrar?".

— Ele tinha uma resposta?

— Claro que não. Ficou genuinamente atônito, vi no rosto dele. Ele não sabia a diferença entre sexo e estupro. — Sloan voltou a esfregar os pulsos. — Tentei me afastar, mas ele me seguia. Ficava me perguntando: "Eu te estuprei? Eu te estuprei mesmo?". Chegou a um ponto em que eu disse que chamaria a polícia se ele não me deixasse em paz. Eu não facilitaria as coisas para o cara. Porém, ele queria que eu melhorasse as coisas para ele. Sinceramente, foi por isso que fui embora de Atlanta. Eu quase conseguia lidar com o fato de ter sido estuprada, mas não conseguia lidar com Cam fingindo ser a porra da vítima.

Sara a observou tentar dar de ombros, mas ela ainda estava com raiva.

— Foi isso que aconteceu. — Sloan juntou as mãos. — Depois que saí da Emory, vi Cam algumas vezes, mas nunca sozinho. Eu voltava às escondidas para Atlanta para ver o Mason, e ele me levava para jantar ou algo assim, e, às vezes, Cam estava lá por acaso. Não acredito no tempo que levei para me defender. Eu era muito idiota.

— O que fez você finalmente parar de falar com eles?

— Você — respondeu Sloan. — Eles foram muito desagradáveis com você. Eu nunca participei, mas não te defendi, o que é muito pior.

Sara não iria culpá-la.

— Você lembra em que sentido eles foram desagradáveis? Disseram algo específico?

— Na verdade, não. E eu bebia muito naquela época. Não consigo lembrar.

— Você consegue me dizer alguma coisa sobre a festa mista?

— Cam não me deixava em paz. Eu implorava para Mason fazer alguma coisa, mas ele tinha na cabeça que a gente poderia *resolver o mal-entendido*.

Soava exatamente como Mason.

— Você disse que Cam queria que você soubesse que ele estava investigando a morte de Merit Barrowe?

— Sim. Ele usava isso como se pudesse se redimir. Então, voltou a se lamuriar, dizendo que sempre me amou.

Sara sentiu o álcool em seu estômago começar a se revirar.

— Ele disse isso, que amava você?

— Sim. — Ela assentiu lentamente com a cabeça, perdida na lembrança. — Não consigo descrever o quanto fiquei enojada. Ele não parava de falar da cruzada dele para obter justiça para Merit, agindo como se uma coisa pudesse anular a outra. E não poderia. Ser um cara legal uma vez na vida não apaga o fato de ser um estuprador idiota durante todo o resto. Especialmente se você não conseguia admitir.

— Se serve de consolo, a cruzada do Cam mal durou duas semanas — explicou Sara. — Ele parou de investigar o estupro de Merit quando o responsável pelo caso dela se ofereceu para fazer um processo de dirigir embriagado desaparecer.

— Tem certeza de que era só dirigir embriagado?

Sara sentiu outra peça se encaixar.

— Você não acha que foi a primeira mulher a ser estuprada por Cam.

— A corda estava amarrada na cabeceira da cama quando cheguei lá — lembrou Sloan. — O modo como ele me agarrou, me colocou na cama e me amarrou exigia prática.

Sara pensou a mesma coisa sobre o homem que a havia estuprado. Ele era rápido demais, concentrado demais, para ter sido sua primeira vez.

— Cam chegou a escrever alguma coisa, como bilhetes ou mensagens?

— Por quê?

Sara percebeu que ela não tinha respondido à pergunta, mas explicou:

— Merit Barrowe recebeu mensagens ameaçadoras. Dani Cooper, a garota que o filho de Mac e Britt foi acusado de estuprar, recebeu mensagens ameaçadoras. E tem algumas semelhanças com o que aconteceu comigo.

— Cam está morto.

— Eu sei.

Sloan se inclinou para a frente, os cotovelos apoiados nos joelhos.

— Cam me ligou antes de se matar.

— Quando?

— Logo antes de puxar o gatilho, de acordo com a polícia. — Sloan juntou as mãos. — Meu número foi o último que ele discou. Os investigadores apareceram no meu trabalho. Acho que eles esperavam que eu fosse chorar, mas nunca ri tanto na minha vida. O alívio inundou meu cérebro que nem gás hélio. Na verdade, eu me senti saindo do chão. Até aquele momento, eu não tinha percebido o peso que carregava sabendo que Cam Carmichael ainda estava no mundo.

Sara ansiava por esse tipo de alívio.

— O que Cam te disse ao telefone?

— A mesma papagaiada de antes sobre estar apaixonado por mim, querer se casar comigo e outras besteiras. Depois, ele se desculpou. Disse que precisava que eu soubesse que ele nunca tinha se perdoado. Assim... que bom. Ele não deveria se perdoar, ele quase me destruiu. — Sloan cruzou os braços novamente. — Aí ele me disse que tinha mandado uma caixa pelo correio para meu trabalho: "Faz o que você acha que é certo".

Sara foi para a beirada do sofá.

— O que tinha na caixa?

— Um pen drive.

Sara sentiu seus lábios se abrirem em surpresa. O laptop de Cam. Os arquivos protegidos por senha. Os links corrompidos do site de chat. Ele havia deixado dados em seu rastro.

— Eu nunca olhei o conteúdo. Desculpa, mas achei que... — Os músculos de seu pescoço se tensionaram enquanto ela lutava contra a emoção. — Cam estava morto. Achei que, se olhasse o pen drive, se tivesse alguma coisa terrível nele, eu estaria dando a ele outra maneira de continuar me machucando.

Sara não podia criticar aquela lógica.

— Cam deu alguma pista do que tinha nele?

— Não, desculpa.

Sara se lembrou de que Sloan não havia respondido à sua pergunta anterior.

— Ele deixou algo escrito?

— Sim.

— O que dizia?

— Coisas pessoais. Coisas sobre aquela noite. — Sloan precisou de um momento. Ela olhou para o teto novamente. — Ele disse que sempre me amou, que desejava que as coisas tivessem sido diferentes, que eu era uma pessoa linda e que ele sabia que eu faria a coisa certa.

— O que é a coisa certa?

Sloan fechou os olhos por um momento.

— Tem certeza de que quer fazer isso?

Pela primeira vez, Sara teve a sensação de que Sloan não estava contando tudo. Em silêncio, ela repassou os últimos minutos da conversa. A outra dissera que Cam havia lhe enviado uma caixa pelo correio. Um pen drive de oito anos antes tinha cerca de metade da largura de um cartão de visita e era um pouco mais grosso que um smartphone.

Sara disse a Sloan:

— Acho que não entendi sua pergunta. Do que eu não teria certeza?

— Depois de derramar o leite, você não pode voltar atrás — falou Sloan. — É a mesma escolha que tive com o pen drive. Você olha, corre o risco de se machucar de um jeito novo ou continua sua vida?

Sara não via como uma escolha.

— Agora você realmente parece o Mason.

— Seguir em frente tem seu valor.

— É muito fácil para você dizer isso. Cam está morto.

Sloan se recostou.

— Nada é fácil.

— Você tinha razão antes. Eu não vim para cá por capricho. Você acha que eu não considerei o preço que isso está me cobrando? Cobrando dos meus amigos? Do homem com quem vou me casar? — Sara não teve outra escolha a não ser implorar. — Sloan, por favor. O que mais Cam te enviou?

Ela respirou fundo e se conteve por alguns segundos. Em vez de responder, ela pegou a bolsa do chão e retirou o celular de dentro dela. Então, digitou um número. Encostou o aparelho no ouvido e esperou que alguém atendesse.

— Paul, tem um saco lacrado na gaveta de baixo do meu armário de arquivos preto no porão. Preciso que você traga para mim quando vier para a cidade. — Ela ficou em silêncio por um momento. — É, esse mesmo.

Sara esperou até Sloan desligar, e perguntou:

— O que tem no saco?

— A calcinha de Merit Barrowe.

14

WILL ESTAVA ESPERANDO NA entrada do salão de jantar Beira-Rio do clube de campo, que, como anunciado, oferecia uma vista imponente do rio Chattahoochee. A maioria dos homens estava em mesas redondas, quase todos com trajes *business casual*, e os demais com roupa de golfe ou terno e gravata. Advogados, médicos, banqueiros, gastadores de herança. Will não estava ansioso para voltar a usar seu disfarce de John Trethewey. Ele se sentia muito mais confortável fingindo ser um bandido. Ele era convincente em ambos os papéis, mas vinha do fato de você saber que podia dar uma surra em qualquer pessoa, em vez de saber que podia comprá-la.

A diferença não era sutil.

Pelo menos, os bandidos podiam se vestir de forma mais confortável. Will tinha passado no shopping depois da entrevista com Leighann Park para devolver suas roupas idiotas de antes e comprar novas. Dessa vez, a calça jeans justa era de algum estilista italiano, e ele se sentia usando uma braguilha do século XVI. As botas Diesel aparentemente faziam parte de seu guarda-roupa naquele momento. Quanto à camisa, optou por um modelo semelhante à polo de cashmere que Sara havia escolhido para ele. O custo tinha sido chocante. Will suava quando inseriu o cartão de débito na máquina.

A porta se abriu atrás dele e Will se virou. Homens com calças de golfe berrantes. Nada de Richie, embora eles tivessem marcado de se encontrar cinco minutos antes. Will achou que era coisa de gente rica deixar os outros esperando, então aproveitou para examinar o salão de jantar novamente à procura da hostess. Só conseguia ver garçonetes indo de lá para cá, e, se alguma delas havia notado que Will estava esperando, tinha ignorado o fato. Elas andavam silenciosamente de um lado para o outro no carpete de padrão espalhafatoso. Os redemoinhos peludos creme e marrom tinham o objetivo de esconder as manchas, mas não havia nada que pudesse ser feito em relação ao respingo de vinho tinto que parecia sangue espalhado no canto. Uma coisa que ele aprendera sobre clubes de campo incrivelmente caros era que eles não eram tão bem conservados quanto um hotel de beira de estrada.

Will esfregou a cicatriz do maxilar. A barba por fazer estava espetando e ele precisaria se barbear antes de Sara chegar em casa. Também teria que usar uma lavadora de alta pressão para tirar a gororoba do cabelo. De novo, olhou para o relógio. Tinha que presumir que Sloan havia concordado em falar com Sara. Parte dele esperava que ela ligasse para ele dez minutos depois do último telefonema para dizer que não tinha dado em nada. Outra parte sabia que Sara era muito boa em levar as pessoas a fazerem a coisa certa.

Seu celular tocou e Will olhou a mensagem com um joinha de Faith. Estava com a equipe de antifraude esta tarde. Chegaria um momento em que Amanda descobriria o que os dois estavam fazendo, mas, em muitos casos, era mais fácil pedir perdão do que permissão. Amanda nunca havia gostado de ser a vítima de um desses casos.

— Sr. Trethewey? — A hostess finalmente apareceu. Era magra e muito jovem, vestida com saia preta e camisa branca. — Por aqui, por favor.

Ele a seguiu pela sala de jantar, tentando se lembrar por que estava lá. Entre a mão suturada, o corte de papel que demorava a cicatrizar no canto do olho, causado pelo anel de dedo mindinho de um miliciano, e as etiquetas ainda presas na parte de trás das roupas, cada passo parecia uma espécie de tortura lenta. Ele se esforçou para tirar tudo isso de sua mente e deixar John Trethewey se encaixar em seu lugar. Pária devido a uma acusação de MeToo. Pai de um filho mal-humorado chamado Eddie, que compartilhava uma trajetória notavelmente semelhante à do filho de Faith, Jeremy. Marido de uma esposa decepcionada. Um idiota querendo recomeçar.

A hostess não o sentou em uma das mesas redondas, em vez disso, abriu uma porta nos fundos. Ao lado, havia uma placa dourada que Will não se deu ao trabalho de decifrar. Ele estava mais curioso a respeito dos homens na área privada do salão de jantar.

Richie Dougal havia trazido uns amigos.

Mac McAllister sentava-se à mesa quadrada, Chaz Penley, ao lado dele.

— John. — Richie se levantou para apertar a mão de Will. — Você se lembra…

— Chaz — disse Will. Ele tinha visto a foto do homem na parede maluca de Faith. Cabelo loiro. Olhos azuis. Acabado. Ela havia feito uma piada sobre ele ter dedurado os Von Trapp aos nazistas. — Eu mal o reconheci. Pelo jeito, não anda se exercitando muito.

— Pelo jeito, você ainda é um babaca, Trethewey. — Chaz estava sorrindo ao apertar firme a mão de Will. — Por onde você andou?

— Aqui e ali.

Will se sentou em frente a Mac. Colocou o celular virado para baixo, certificando-se de ter acesso fácil ao botão que ativava o aplicativo de gravação. Uma garçonete apareceu de repente e colocou um copo de bebida alcoólica na frente dele. Ela também encheu seu copo de água. Os outros homens a ignoraram, então Will fez o mesmo.

E começou:

— Eu estava no Texas. Que inferno. Um dia você não tem energia elétrica, no outro estão dizendo que você tem que ferver a água. O país inteiro está cagado.

— Com certeza — disse Richie. — Você tem que ver os buracos da minha rua.

Chaz perguntou:

— O que rolou com sua mão?

Will olhou o curativo. Sara o preparara em relação à linguagem.

— Me livrei de uma Fratura do Boxer. Pelo menos ainda consigo usar uma seringa.

Chaz olhou para Mac, num reconhecimento tácito de que Will não havia, de fato, respondido à pergunta.

— Querem mais alguma coisa, senhores? — indagou a garçonete.

Richie continuou ignorando-a e se dirigiu a Will:

— Tomamos a liberdade de pedir filés. Tudo bem por você?

— Certeza que não é melhor uma saladinha? — perguntou Will, olhando para Chaz.

Todos riram, mas a postura tensa de Chaz mostrou que o golpe tinha sido eficaz.

Mac abaixou de leve a cabeça, dispensando a garçonete. Ela saiu de ré da sala, fechando a porta atrás de si.

— Belo peito, hein — comentou Chaz.

— Demais. — Richie terminou o copo de uísque. Tinha um segundo esperando à sua frente sobre a mesa. — John, obrigado por vir tão de última hora. Só desculpa a gente não poder fazer isso no campo. Você já jogou nele?

— Não muito. Prefiro tênis, basquete. Alguma coisa para acelerar a frequência cardíaca.

— Olha o atleta da orto! — falou Chaz, mas a piada não agradou.

Will usou seu silêncio para deixar a piada morrer um pouco mais. Levou um bom tempo desenrolando o guardanapo de tecido e colocando-o sobre o colo. Não era difícil entender a dinâmica entre os três. Mac era o líder. Não tinha falado desde que Will entrara na sala. Richie parecia um labrador, doido para agradar, responsável pela conversa fiada. Chaz agia com mais precisão, tentando conseguir informações. Claramente estava mais alto na cadeia de comando. Também claramente, Mac gostava de vê-lo sofrer bullying.

— Tá bom — disse Will. — Por mais que eu curta um filé de graça, por que estou aqui?

Mac continuou em silêncio, mas Richie e Chaz sorriram como crocodilos. Richie começou:

— A gente queria te dar as boas-vindas de volta a Atlanta.

Chaz completou:

— Eu não sabia que Eliza tinha parentes vivos.

Will deu de ombros.

— É sempre bom puxar o saco de uma tia rica.

— Ela está à beira da morte — comentou Chaz.

Will se recostou na cadeira, esperando que continuassem.

Richie começou o segundo copo.

Mac, enfim, entrou na conversa.

— O que houve com sua mão?

Will olhou de novo o curativo.

— Não consegui me afastar de uma situação de gatilho.

Chaz cuspiu uma risada. Will sabia que o cara tinha sido forçado a fazer aulas de controle de raiva como parte de uma conciliação por dirigir embriagado dezesseis anos atrás. A frase vinha direto de "Controle Seu Temperamento para Iniciantes".

Mac perguntou:

— Esposa? Filho?

Will bebeu de seu copo d'água, fingindo querer diminuir sua irritação.

— Eddie é um pouco mais novo que Tommy. Você sabe como eles são. Começam a achar que podem enfrentar o velho. Um negócio meio primitivo. A gente tem que colocá-los no lugar.

Os três aproveitaram para trocar olhares. Não estavam desaprovando, mas calculando.

Will colocou o copo sobre a mesa.

— Falando em filho, acho que Tommy se livrou de uma boa no julgamento.

Mac olhou um segundo para Will antes de responder:

— Se você chama eu ter que dar um cheque de dois milhões de dólares de se livrar...

— É barato para Britt não ficar choramingando por causa da reputação do bebezinho dela.

Mac se permitiu um sorriso.

— Isso é.

Will empurrou seu uísque para Richie.

— Estou tomando oxicodona com paracetamol para a mão. Fica pra você.

Richie pegou o copo como um urso colocando a pata num pote de mel.

Chaz disse:

— Tentei te encontrar nas redes sociais, Trethewey. Você é um fantasma.

— Que bom — falou Will. — Paguei uma bolada para isso.

Mac voltou à conversa:

— O que aconteceu no Texas?

Will deu um olhar gelado a ele.

— Por que a curiosidade?

— Só estou conversando — respondeu Mac. — Somos todos amigos.

— Somos, é? — Will jogou o guardanapo de pano de volta sobre a mesa. — Vocês se esforçaram bastante para me trazer aqui. Vou admitir que estava curioso, mas estou começando a achar que é a porra de um interrogatório.

— Espera aí. — Mac levantou as palmas das mãos, pedindo para Will ficar sentado. — Desculpa por isso, faz tempo que a gente não se vê.

— E eu não sei? — falou Will. — Descobri sobre Cam no caralho de um congresso. Teria sido bom ser convidado para o velório. Foi ele que me trouxe para a turma, né?

Richie tinha colocado a língua na lateral da bochecha.

— Cam trouxe você? — perguntou Mac. — Não me lembro desse detalhe.

— Vocês pelo jeito esquecem muitos detalhes — disse Will. — Sei que sempre fiquei meio de fora, mas quem você acha que conseguiu o emprego para ele em Bellevue? Nem uma palavra de agradecimento de qualquer um de vocês, seus babacas, por ter tirado o cara da cidade. Sabe como teria sido ruim se ele tivesse ficado aqui?

— Desculpa — murmurou Richie. — Tempos difíceis.

Will bateu a mão na mesa, demonstrando hostilidade aberta.

— Eu tive que colocar 2.500 quilômetros entre minha família e a boca de merda do Cam. Que bosta.

Ninguém se manifestou.

— Então, e aí? Ainda estão preocupados se eu vou guardar o segredo de vocês? Acham que eu voltaria para Atlanta se não tivesse guardado?

Os homens ficaram completamente em silêncio. Will não sabia se tinha ido longe demais, só conseguia ouvir as facas e os garfos batendo na porcelana no salão de jantar. Ele manteve a calma, olhando cada um deles direto nos olhos. Todos o encararam de volta, examinando seu rosto como se pudessem ler seus pensamentos.

O que ele sabia? O que ele queria? O quanto Cam havia contado?

— Não — disse Richie finalmente. — Não estamos preocupados com você.

Will percebia que todos eles estavam muito preocupados.

Mac perguntou:

— Como foi que você conheceu Cam mesmo?

Will deu um gemido audível.

— Ah, pelo amor de Deus, tudo o que Cam me disse morreu com Cam. Eu tenho muito mais problemas neste momento do que me preocupar com um coitado bêbado que não conseguia lidar com uma boa farra.

O olhar de Mac não saía de Will. Havia nele uma frieza que não havia se mostrado com tanta clareza antes. Will pensou em Sara descrevendo a enorme alegria de ver um coração vivo pela primeira vez. Mac McAllister nunca tinha olhado nada com alegria em toda a sua vida.

— Enfim. — Will bateu na mesa outra vez. — O que vocês querem de mim?

A porta se abriu antes que alguém pudesse responder, e duas garçonetes trouxeram o almoço deles. Bifes com batatas assadas cheias de recheio. Mais uísque. Copos de chá gelado. O silêncio era incômodo enquanto a comida e a bebida eram servidas. Os copos vazios foram retirados. As mulheres saíram pela porta como se estivessem deixando a sala do trono.

Chaz e Richie pegaram seus talheres e começaram a comer. Apenas Mac e Will não se mexeram.

Mac perguntou:

— Quais são seus planos em Atlanta, John?

Will deu de ombros.

— Encontrar um emprego. Sustentar minha família. O que mais eu vou fazer?

Chaz estalou os lábios ao redor do garfo, perguntando:

— Eliza não está ajudando com isso?

— Prefiro não viver com o pé daquela vaca velha no meu pescoço, muito obrigado. — Will se lembrou de algo que Faith havia dito do chat. — Se quer saber, alguém precisa enfiar um pau na boca daquela mulher para ela engasgar.

Richie soltou uma gargalhada, o que não foi surpreendente. Mas aí Chaz riu. Então Mac também começou a rir. Ele chegou a se inclinar, segurando a mesa como se precisasse se impedir de rolar no chão. Todos estavam rindo tanto que Will sentiu a necessidade de se forçar a participar.

— Puta que pariu. — Chaz bateu com a mão na mesa. — Muito bem.

Mac disse:

— Cam realmente te colocou na roda, né?

Will continuou sorrindo, sem ter certeza do que tinha acabado de acontecer, mas sabendo que tinha chegado muito perto da escuridão que corria dentro daqueles homens ricos e cheios de privilégios.

Richie ergueu seu copo.

— Ao Cam.

Chaz disse:

— Cam.

Mac levantou seu copo.

— Um dos grandes Mestres.

— Antes do filho da puta perder a coragem. — Richie tomou seu drinque.

Will se juntou a ele, procurando silenciosamente em seu cérebro uma maneira de trazer a palavra *mestre* novamente. O que eles queriam dizer com Cam ter perdido a coragem? Será que tinha algo a ver com Merit Barrowe? Will não conseguia ver uma maneira de fazer a pergunta, tinha que aceitar a vitória daquele momento. Todos haviam relaxado e o interrogatório de John Trethewey havia terminado. Ele não tinha certeza do que havia causado a súbita demonstração de confiança, mas sabia que era melhor não insistir. Will pegou a faca e o garfo, tentando cortar o bife com a mão machucada.

Mac também começou a comer.

— Você contou que seu filho está prestes a se formar na faculdade?

— Se ele conseguir tirar a cabeça da bunda. — Will deu uma mordida no bife e tentou não engasgar. O tempero era estranho, a carne estava cheia de cartilagem. Ele tinha comido coisa melhor no orfanato. — Eddie faz alguma coisa com polímeros. Sinceramente, só me interesso pelo que os headhunters estão dispostos a pagar.

— 3M, né? — Richie também estivera prestando atenção ontem de manhã. — Nada mal.

— Ele quer viajar pelo mundo. — O que Will ouvira Faith falar sobre a empresa era suficiente para dar uma palestra. — Eles têm uma sede em Sidney, e não seria má ideia manter o menino longe. Deixar ele se tornar independente.

— A grana é boa? — Chaz lambeu a comida do garfo, a língua se esticando como a de um réptil.

— Boa o suficiente para ele ir para Sidney. — Will teve que se forçar a engolir a carne. Ele foi atrás da batata, achando que ninguém conseguiria estragar uma batata assada recheada. Estava errado. — A mãe dele também. Vou ter pelo menos um mês de paz quando ela for visitá-lo.

— Está tudo planejado — disse Mac.

— Vamos torcer para o idiota mandar bem na entrevista.

Richie disse:

— E a...

Houve um barulho repentino, como um cachorro choramingando. Will sentiu John Trethewey começar a sumir. O som o fez se lembrar dos cachorros de manhã, quando ele havia perdido a cabeça por causa de Eliza. Ele, então, olhou ao redor da mesa, mas ninguém notara o deslize. Ninguém estava prestando atenção nele, os três olhavam uns para os outros que nem um grupo de adolescentes que acabaram de descobrir que a pornografia existia.

Então, mais uma vez, ele ouviu o choramingo. Vinha da ponta de Mac da mesa.

Richie disse:

— Você quer mostrar para ele?

Chaz tirou um pedaço de carne dos dentes.

— Você que deveria mostrar.

— Me mostrar o quê? — perguntou Will.

Mac enfiou a mão no bolso do paletó e encontrou o iPhone. Os choramingos continuaram até desbloquear a tela e entregar o telefone a Richie.

Will manteve a boca fechada enquanto Richie se aproximava de sua cadeira e mostrava a tela a Will. Havia quatro painéis, cada um com a visão do interior de uma casa. Will deduziu que o aplicativo estava conectado a um sistema de segurança, mas as câmeras estavam em espaços íntimos: um quarto, um banheiro, uma sala de estar e uma cozinha.

Só podia ser a casa dos McAllister, a mansão com o portão e a equipe completa. Os cômodos eram palacianos, decorados com um branco suave, como em uma revista de arquitetura. A lente tinha um efeito de bolha, o que significava que as câmeras estavam ocultas, o que significava que Mac estava andando em uma linha tênue. Era ilegal na Geórgia gravar alguém, sem consentimento, em uma área privada.

Will pensou no GPS no carro de Britt, no AirTag em suas chaves. Ela sabia que Mac a estava rastreando, e também deveria saber sobre as câmeras.

— Olha isso.

Richie tocou em um dos painéis inferiores para dar um zoom na cozinha. O som estava no máximo, Will conseguia até ouvir a água correndo. A câmera estava acima da pia da cozinha, apontada diretamente para Britt McAllister.

O rosto dela estava sem expressão, e Will pensou em todo o Valium que Sara tinha visto no chão do banheiro do tribunal. A mulher estava, definitivamente, sob efeito de alguma coisa. Suas pálpebras estavam pesadas, a boca frouxa, enquanto ela lavava a louça. Ela vestia uma camisola preta e fina, como uma dona de casa entediada em um filme pornô. Só que ela estava coberta de suor, o cetim, grudado em sua pele, então usou um pano de prato para limpar o rosto. Seu cabelo estava despenteado.

— Mac aumentou o aquecimento há uma hora. — Chaz limpou a comida que caíra de sua boca. Parecia quase alegre. — Chega um alerta no telefone toda vez que ela está à vista das câmeras.

Will perguntou:

— Ela não pode abrir uma janela?

— Não sem Mac apertar o botão de pânico do alarme. — Richie estava rindo. — Ele controla as luzes, as cortinas, as fechaduras.

— E os empregados?

Dessa vez, Mac respondeu:

— Só vão duas vezes por semana. Britt não trabalha. Ela tem muito tempo para cuidar da casa.

Will colocou um sorriso maldoso no rosto, uma imagem espelhada do sorriso de Mac. Eliza já havia dito isso antes, ele era como um cafetão e, como todo cafetão, queria controle total.

— Mostra para ele como fazer aquilo, Rich — pediu Chaz.

Richie olhou para Mac pedindo permissão, que fez que sim com a cabeça.

— Aqui. — Richie apontou para um ícone de uma nota musical na parte inferior da tela. — Toca nesse.

Will olhou para Mac de novo. Seu queixo estava ligeiramente levantado e a expressão presunçosa era a mesma que ele havia mostrado quando Will intimidara Richie, a mesma que ele havia mostrado quando Will zoara Chaz por causa de seu peso. O que quer que estivesse acontecendo com a turma, Mac era o centro de tudo. Ele se divertia vendo as pessoas sofrerem.

— Vai lá. Toca na nota musical na parte de baixo — falou Mac.

Will tocou na nota.

A explosão repentina e estrondosa da música o fez estremecer. A reação em tempo real dentro da casa foi mais acentuada. Britt pulou da pia e sua boca se escancarou enquanto ela gritava ao ouvir o súbito som de death metal. O estrondo saía do pequeno alto-falante do telefone e reverberava pela cozinha. As mãos de Britt taparam os ouvidos e ela continuou a gritar enquanto caía no chão, agachada contra os armários, a boca aberta de terror.

Will percebeu Mac observando-o, avaliando sua reação. Will forçou a boca em um sorriso, uma aproximação da presunção de Mac, de sua malícia, de seu prazer repugnante com o abuso de sua esposa.

Na tela, a cabeça de Britt estava entre os joelhos. Seus ombros estavam balançando para cima e para baixo. Ela estava tentando não hiperventilar.

Richie começou a pegar o celular, mas Will segurou o pulso do homem com a mão e tocou a nota musical para parar o death metal. Ele olhou fixamente para o celular, deixando a vista embaçada para não ver o terror de Britt. Não havia algo para bloquear o som. Britt estava chorando tanto que fazia um som de uivo enquanto tentava recuperar o fôlego.

Will lambeu os lábios e deu uma olhada para Mac. Depois, novamente para o telefone.

— Por quanto tempo ela vai ficar assim?

— Não muito — disse Mac. — Uns dez, quinze minutos.

Dez, quinze minutos.

Will já havia entrado em pânico assim, mas não desde a infância. Dez minutos. Quinze minutos. Um minuto já era suficiente para parecer que você morreria. Quantas vezes Mac havia feito isso com Britt? Quantos homens riram do sofrimento dela?

A mulher começou a engolir ar, tentando se acalmar. Will olhou para os outros ícones na parte inferior da tela. Um termômetro. Um cadeado com ferrolho. Um automóvel.

— Você controla as fechaduras?

— Eu controlo tudo — respondeu Mac. — Incluindo o carro dela.

— O desgraçado desligou o motor do carro numa autoestrada. Ela estava a 120 por hora — disse Richie. — Ela literalmente se cagou.

— Britt se recusou a voltar para o carro por causa do cheiro. — Chaz deu uma risadinha enquanto dobrava a casca da batata assada e a enfiava na boca. — A vaca foi na concessionária no dia seguinte e pagou em dinheiro por um carro novo.

— Dinheiro do Mac — comentou Richie.

Will forçou seu sorriso a permanecer no lugar, perguntando a Mac:

— Ela não consegue descobrir como impedir você de mexer com ela?

— Você sabe como são as mulheres — falou Mac. — Ela não entende de tecnologia.

— Ela não quer que ele pare — comentou Richie. — A mulher gosta.

Will estudou Britt na tela novamente. Ela estava agarrada à bancada, ainda tentando se acalmar. Se gostava, estava fingindo bem.

— Ela vai se vingar com o cartão de crédito — falou Chaz. — Quanto custou aquela bolsa da última vez, Mac? Cem mil dólares?

— Cento e dez — disse Mac.

— Valeu a pena.

Will deslizou o telefone de volta para Richie, tentando fingir que não queria virar a mesa e dar uma surra em cada um dos babacas daquela sala.

— Sinto sua dor, cara. Minha esposa estourou o limite de todos os cartões dela depois do Texas.

— Dos cartões *dela*? — questionou Richie.

Will riu como um homem que não ganhava metade do salário de sua futura esposa.

— Bem colocado.

— Como você conseguiu segurar ela depois do...? — Richie acenou com a mão.

Will esperou que ele terminasse a frase.

Richie parecia desconfortável.

— Você disse que teve um problema com o MeToo.

Chaz perguntou:

— É, o que foi?

Will se tornou hostil novamente.

— Teve a ver com o meu pau. Quer ver?

— Não, não, não. — Chaz ergueu as mãos. — Só estava vendo se tudo estava resolvido. Você tem um acordo de confidencialidade?

— Eu tenho cara de quem está na prisão, ô, filho da puta?

Richie riu desconfortavelmente, mas perguntou:

— Foi tão ruim assim?

Will bebeu um pouco de chá, sem responder.

Mac perguntou:

— E sua esposa?

Will deu de ombros.

— Prerrogativa conjugal. Ela não pôde testemunhar.

— O Texas é um estado de comunhão de bens. Ela teria ficado com metade se tivesse ido embora.

— Não com o pacto antenupcial — disse Will. — Essa foi uma coisa boa que Eliza me ensinou. Nunca deixar uma vaca controlar seu dinheiro.

— Você vai herdar? — indagou Mac. — É por isso que voltou para a cidade?

— Porra, acho bom eu herdar, sim. — Will não sabia aonde o questionamento estava indo, mas estava perto de descobrir. — A não ser que ela queira morrer na casa de repouso mais merda que eu conseguir encontrar.

— Eu enfiei minha sogra numa dessas — disse Chaz. — Tinha cheiro de mijo. A única vez que entrei no lugar, eu cheguei a engasgar.

Mac sorriu.

— Tem mulher que merece ficar ensopada no próprio mijo.

Outra súbita explosão de risos sacudiu o ar.

De todas as coisas das quais eles haviam rido, essa foi a que causou mais danos a Will. Eles estavam falando de Sara. Sua pele ficou quente de repente, seus músculos, tensos. Ele sentiu uma dor aguda quando seu punho se fechou por reflexo. Ele não podia matar esses homens — não sem arruinar seu disfarce —, mas podia fazer com que continuassem falando, pois cada palavra que saísse da boca deles poderia levá-los a uma cela de prisão.

— Por falar em mijo — continuou Will —, eu teria pagado para ver a cara da Linton quando ela soube do acordo de Tommy.

— Porra — disse Mac. — Eu teria dado um milhão a mais para ver ela receber a notícia.

— Total — concordou Chaz. — Vamos torcer para ser o fim.

— Acho bom ser, mesmo — falou Richie. — A menos que Santa Sara queira ser acorrentada a uma privada outra vez.

Houve outra rodada de risadas estridentes e, mais uma vez, Will se forçou a se juntar a eles. Enquanto isso, sua mão estava tão apertada que ele sentia o sangue saindo por entre as suturas.

Chaz perguntou a Will:

— Por que você voltou para Atlanta? Com certeza, você tinha outras opções.

Will sentiu o gosto de sangue na boca. Ele havia mordido a parte interna da bochecha.

— Eddie já estava na Universidade da Geórgia, e minha esposa queria ficar perto dele. Eu tive que ceder um pouco.

— Você devia disciplinar um pouco a sua esposa — aconselhou Mac. — Sabe que ela não vai deixar você, então por que não se divertir um pouco?

Will se obrigou a assentir com a cabeça.

— Talvez você possa me colocar em contato com sua empresa de segurança.

Mac levantou uma sobrancelha.

— Eu não arriscaria esse tipo de exposição. Era um projeto de pai e filho.

Will não deveria ter ficado surpreso com a informação, mas ficou. Ele tinha visto o relatório da autópsia de Dani Cooper, e os dois eram o típico "filho de peixe, peixinho é".

Então, perguntou a Chaz:

— Você tem filho?

— Chuck. Ele é um pouco mais novo que Tommy, mas os dois sempre se deram bem. — Chaz perguntou a Richie: — E a Megan, como está?

— Só atrás do meu dinheiro — disse Richie. — Vocês não fazem ideia da sorte que têm de terem filhos homens. Sou totalmente a favor dos direitos das mulheres, mas elas levaram isso longe demais.

— Nem me fala. — Chaz continuou olhando para Will. — Você disse que ainda consegue segurar uma seringa. Não está fazendo cirurgia?

Will bebeu um pouco de chá para tirar o gosto de sangue da boca. Então, transformou-se novamente em John Trethewey e começou a falar o que Sara havia lhe ensinado.

— Eu estava fazendo PRP, células-tronco, um pouco de cortisona, tramadol. Sem convênio. Dinheiro adiantado. Mais se eu levar o anestesista móvel, que é o que todo mundo quer. É um bom negócio.

— Fazemos muito disso na região metropolitana de Atlanta — disse Chaz. — Principalmente por meio de clínicas particulares, mas vários hospitais estão entrando nisso. Muito lucrativo, como você disse.

Will segurou seu copo.

— Vocês estão pensando em trabalhar com ortopedia?

— Somos investidores — declarou Mac. — Procuramos clínicas que precisem de giro rápido, localizamos novos fluxos de renda e monetizamos serviços existentes com um modelo de concierge.

— Concierge para orto?

Esse era o verdadeiro motivo pelo qual eles haviam convidado John Trethewey para almoçar, e era por isso que estavam fazendo perguntas tão específicas. Queriam ter certeza de que seu caso de assédio no Texas era um livro fechado, porque tinham visto a oportunidade de ganhar mais dinheiro.

Ele disse:

— Não tem muito lucro em botas e talas.

— É aí que entra a taxa de associação — disse Richie. — Chaz?

Chaz assumiu o comando, falando sobre clientes de alto valor líquido, o suprimento interminável de idosos em busca de curas mágicas que os fizessem se sentir mais jovens. Will fingiu interesse, tentando ignorar a pulsação do sangue que corria em seus ouvidos. Ele já havia trabalhado disfarçado mais vezes do que poderia contar. Já havia levado uma surra, tido uma arma enfiada na boca, sido revistado para verificar se havia escutas telefônicas e uma vez quase tivera a mão decepada, mas nunca, jamais, havia sentido o desejo de quebrar o disfarce como estava sentindo naquele momento. Se ele achasse que conseguiria se safar, teria atirado na cara de cada um desses psicopatas.

Chaz disse:

— Sabemos que é muita coisa. Leve o tempo que precisar.

Mac completou:

— Mas não muito tempo.

— A gente sabe que você vai ter que pensar no assunto — falou Richie.

— Em que assunto? — perguntou Will. — Vocês falam, falam e não chegam ao ponto.

— O ponto — disse Mac — é colocar você em uma dessas clínicas. Você seria o nosso homem lá dentro. Para conhecer a empresa e dizer onde precisamos cortar gordura.

Will forçou suas mãos a se abrirem. Uma das suturas havia se rompido e sangue pingava na calça jeans italiana.

— Como se fosse um espião?

— Não *como se fosse* um espião, um espião *mesmo* — disse Richie. — Estamos procurando maximizar nossos retornos. Você entra, diz onde cortar e onde reforçar. Não pense a longo prazo, pense em termos imediatos: o que podemos fazer agora para o lugar parecer bom no papel?

— A gente não está nem aí se a empresa virar merda depois da venda — continuou Chaz. — Não é problema nosso.

— O que eu ganho? — perguntou Will. — Vocês estão me pedindo para fazer dois trabalhos, basicamente.

— Você vai ser recompensado — disse Mac. — Digamos, dois por cento da venda?

Will riu.

— Dois por cento é uma piada. E para onde eu vou quando vocês venderem?

— Vai para a próxima e tira mais dois por cento — disse Chaz. — Você não seria o primeiro. Descobrimos que o modelo é muito bem-sucedido para todas as partes.

Will balançou a cabeça.

— Dois por cento nem pensar. Preciso ver uns números concretos. E não esqueçam quem é minha tia. Se vocês me ferrarem, os advogados dela vão acabar com vocês.

Mac pareceu impressionado.

— Estamos todos aqui para ganhar dinheiro. A gente sempre cuida dos nossos.

— Eu não sou dos seus — disse Will. — Quero ter uma participação significativa. Acho que mereço isso, e não só por causa de Cam. Dezesseis anos atrás, eu me contentava em estar do lado de fora, olhando para dentro. Agora não.

Houve outro silêncio prolongado. Ele havia tocado em um ponto sensível. Mac disse:

— Você saiu bem depois de sua provação no Texas, não é?

Will se recostou na cadeira.

— Pois é. Fiquei mais forte. Mais inteligente.

— É mesmo?

— Vocês encontraram alguma coisa sobre mim ou sobre meu caso na internet? — perguntou Will. — Sou um fantasma, porque sei o que estou fazendo.

Chaz disse:

— Ele não está errado. Nosso pessoal não conseguiu encontrar nada.

Will achou que isso lhe dava espaço para ser mais duro.

— Eu já fui bonzinho por tempo suficiente, mereço me divertir um pouco.

Mac soltou uma risada.

— É um pedido e tanto.

— Eu não peço coisas — disse Will. — Eu tomo à força.

Chaz e Richie estavam atentos, praticamente à flor da pele.

Will manteve o olhar em Mac, porque Mac McAllister era o chefe.

— A gente não vai encerrar esta conversa hoje — declarou Mac. — Por que você não se encontra com a gente na festa mista de sexta-feira? Leva o Eddie. Ele pode conhecer o Tommy. Chaz vai levar o Chuck.

Will perguntou a Richie:

— Qual é o nome da sua menina? Maggie?

— Megan não vai estar. — Richie não havia falado tão claramente ainda. Ele era um pai de merda, mas sentia a necessidade de proteger a filha. — Ela não faz parte disso.

— É — disse Chaz, como se fosse um combinado.

— Então — disse Mac —, vemos vocês dois na festa de sexta?

Will estudou cada um deles: Mac com a inclinação imperiosa do queixo, Richie com os olhos reumáticos e alcoolizados, Chaz com a boca molhada e reptiliana. Eles haviam se aberto para Will, mas não o suficiente, e ele precisava mostrar que era digno de confiança. Ainda observava a escuridão deles. Se ele fosse apresentar um caso contra eles, precisava ter acesso ao interior.

— Claro — aceitou Will.

Ele só precisava de um filho.

15

— **M**EU FILHO. — FAITH AGARROU Jeremy pelos ombros e o afastou da parede maluca da cozinha. — Você precisa escutar quando eu digo que isso não é da sua conta.

Jeremy tentou parecer indiferente.

— Era da minha conta quando você precisou de ajuda.

— Não, não era. — Faith tirou uma caixa de biscoitos da despensa para distraí-lo. — Precisei de ajuda com o computador e o telefone, e você fez um ótimo trabalho.

— Eu fiz um trabalho meia-boca. — Ele abriu os biscoitos. — Posso decifrar os arquivos protegidos por senha se você me der mais tempo.

— Você deveria usar seu tempo pensando no que vai vestir no jantar da 3M amanhã à noite. — Ela tentou arrumar o cabelo dele. — Será que eu não posso dar uma aparada rápida?

Ele afastou as mãos dela.

— Mãe!

— Só estou tentando ajudar. Esses caras corporativos são muito cheios de não me toques. Seu cabelo desgrenhado lindinho com moletom com capuz e calça jeans não vai dar conta do recado.

— O que você sabe sobre caras corporativos?

— Já prendi vários. — Faith deu um tapinha no ombro dele. — Vai, querido, preciso do cômodo para poder trabalhar. Se manda.

Mesmo assim, Jeremy não se mexeu.

— Tenho meia hora antes de me encontrar com Trevor e Phoenix. Pensei em ficar no sofá.

Normalmente, ouvir que o filho queria, de verdade, ficar sob seu teto seria um presente, mas Faith não o queria tão perto da cozinha.

— Tudo bem, mas só até Will e Sara chegarem. Não quero que você se envolva nisso, tá?

— Aham.

Jeremy levou os biscoitos quando saiu correndo da cozinha.

Faith contou até vinte, depois virou a cabeça para o canto. Ele estava no sofá, no que ela chamava de "a posição": coluna curvada no encosto, fones de ouvido Beats cobrindo as orelhas, pés com meias sobre a borda da mesa de centro, controle do Xbox nas mãos. Tecnicamente, os fones de ouvido Beats e o controle do Xbox eram de Faith, mas este era o problema de ser mãe — nada era seu de verdade.

Ela voltou para a cozinha e enviou uma mensagem rápida para Aiden, dizendo que teria que desmarcar a noite. Em seguida, ignorou o sentimento real de decepção, porque Faith não era o tipo de mulher que gostava de ser a única pessoa a roncar em sua cama.

Ela olhou para a parede maluca, que continuava sem fios, mas só porque Faith deixaria Will fazer as honras. Eles tinham duas conexões a fazer:

Primeiro: Dani Cooper recebeu uma mensagem com as palavras "sou eu". Essas mesmas palavras haviam sido escritas no seio esquerdo de Leighann Park.

Segundo: Merit Barrowe, Dani Cooper e Leighann Park não tinham sapatos esquerdos.

Faith havia imprimido fotos do Air Jordan Flight 23 de Merit, da sandália preta plataforma Stella McCartney de Dani e do Marc Jacobs de veludo azul, salto quadrado e cadarço de Leighann.

A única certeza de Faith era que, naquela idade, essas jovens tinham mais dinheiro para comprar sapatos do que ela para comprar comida.

A policial se forçou a parar de olhar para a parede maluca, que, em breve, estaria cheia de fios. Ela catalogou mentalmente o trabalho que havia feito nas últimas duas horas. As pilhas de impressos sobre a mesa estavam organizadas: as transcrições do chat do Clube do Estupro, os arquivos que Martin Barrowe roubara de Cam Carmichael, uma cópia do depoimento de testemunha de Leighann Park, o arquivo do caso de Dani Cooper, as mensagens e o relatório da autópsia, um pen drive que continha a gravação de áudio que Will fizera da entrevista de Leighann, cópias das três fotos de ângulos diferentes que Faith tirara das palavras que haviam sido escritas no seio de Leighann.

Faith estremeceu, enterrando as fotos mais fundo na pilha, para o caso de Jeremy entrar novamente.

O laptop de Cam ainda estava sobre o balcão, e os arquivos protegidos por senha precisavam ser abertos. Talvez os processadores de dados da AIG conseguissem restaurar os arquivos de vídeo corrompidos do chat. Talvez conseguissem encontrar alguma informação escondida no antigo iPhone de Merit Barrowe.

Talvez.

O item mais importante era a lista contínua de mandados que Faith queria emitir: os registros do GoDaddy para descobrir quem era o dono do site do Clube do Estupro, os registros de funcionários do Grady de quinze anos atrás, a lista de internos da Morehouse do mesmo período, os registros bancários de Eugene Edgerton, os registros bancários do médico-legista que tinha ferrado a autópsia de Merit, os contatos do iPhone de Merit.

Tudo estava pronto para ser mostrado a Amanda. Eles só precisavam descobrir como apresentar o caso sem que ela os estripasse que nem um porco selvagem.

Faith deu uma olhada em Jeremy outra vez. Ele ainda estava usando os fones de ouvido dela enquanto jogava Grand Theft Auto. Ela sabia que ele mantinha o volume alto o suficiente para romper os tímpanos, mas não arriscaria que o filho ouvisse algo que não deveria e abaixou o som do laptop enquanto se sentava à mesa.

Seu caderno em espiral e sua caneta já estavam à mão. Ela abriu o e-mail e encontrou a gravação de áudio que Will havia feito de seu almoço com Mac, Richie e Chaz no clube de campo. Ele a tinha preparado para algumas das piores partes, mas Faith tinha a sensação de que isso não ajudaria a tornar o que ela estava prestes a ouvir menos difícil.

Ela apertou play.

Houve o estrépito suave de talheres batendo em pratos, um murmúrio baixo de conversa. Aí, alguns cliques abafados de Will colocando o celular na mesa. A voz dele saiu sussurrada do alto-falante do laptop dela:

Eu estava no Texas. Que inferno. Um dia você não tem energia elétrica, no outro estão dizendo que você tem que ferver a água. O país inteiro está cagado.

O tom de voz dele fez Faith se encolher. Will era assustadoramente bom em soar como um cara que pertencia a um clube de campo. Ela fechou os olhos, tentando imaginar o ambiente, mas só o que conseguiu evocar foi a cena do jantar no *Titanic*, quando Jack respirou o ar rarefeito da primeira classe.

Ela balançou a cabeça para limpá-la, concentrando-se nas vozes dos homens. Eles conversaram mais um pouco: a mão machucada de Will, Chaz precisando perder peso, os peitos da garçonete. A cabeça de Faith permaneceu nas mãos enquanto ela tentava identificar quem era quem. Richie Dougal, Chaz Penley, Mac McAllister. As fotos deles estavam no armário da cozinha, mas nenhum deles soava como ela tinha imaginado. A voz de Richie era um pouco anasalada. A de Chaz, aguda. A de Mac era suave, mas, claramente, ele era o tipo de homem que estava acostumado a deixar os outros esperando por cada palavra sua. Ele raramente falava, mas, quando o fazia, era com precisão cirúrgica.

O que rolou com sua mão? O que aconteceu no Texas? Cam te trouxe? Eu não me lembrava desse detalhe.

Faith havia percebido logo que Mac gostava quando Will retrucava os outros homens. Se ela estivesse aconselhando um de seus filhos a lidar com um valentão, diria para dar a outra face. Mas ela ficava feliz de ouvir Will revidar. Ele conseguiu mencionar Cam logo no início, agindo como se estivesse por dentro do que tinha acontecido com a investigação de Merit Barrowe. Ele até levou o crédito por ter tirado Cam de Atlanta. E, então, usou uma frase que Faith lhe dera a partir das transcrições do chat do Clube do Estupro. Estava falando da tia dele. Ou da tia de John Trethewey.

Se quer saber, alguém precisa enfiar um pau na boca daquela mulher para ela engasgar.

A explosão de risos fez o estômago de Faith revirar. Ela olhou novamente para as fotos dos homens enquanto eles continuavam a rir. Um hospitalista, um cirurgião cardiotorácico, um nefrologista. Todos pareciam tão normais, o tipo de pessoa em quem se podia confiar.

Ela se obrigou a desviar o olhar.

A gravação do almoço continuou, e Faith percebeu uma mudança no tom. Eles estavam mais à vontade com John Trethewey, mostrando mais abertamente quem eram. A piada grosseira sobre fazer a tia engasgar havia feito com que Will entrasse no clube. Ela ouviu os homens brindarem a Cam Carmichael como se ele fosse uma espécie de viking a caminho de Valhala.

Richie: Ao Cam.
Chaz: Cam.
Mac: Um dos grandes Mestres.
Richie: Antes do filho da puta perder a coragem.

— Merda. — Faith parou a gravação.

Ela procurou nas páginas das transcrições do chat do Clube do Estupro até encontrar o que estava procurando. 007, 004, 003 e 002 estavam falando sobre um comentário que Prudence Stanley havia feito em um de seus muitos jantares.

007: Ela precisa de uma foda forte para relaxar. 002: A gente vai mesmo fazer isso de novo? 004: Não comigo. Estou indo. 007: Eu ia amar esmigalhar a bct dela. Dividir no meio que nem o mar Vermelho. 003: O sangue é lubrificante, Mestre. 007: Lembrete amigável, nem toda urina é estéril.

Faith tinha visto muitos filmes de vampiros. Ela não tinha notado o *Mestre* por causa da proximidade com *sangue*, sem perceber que poderia haver algo mais na palavra. Estava em letra maiúscula, o que significava que estava sendo usada como um título. O fato de ter aparecido duas vezes e de ter sido usada em referência a Cam era um alerta vermelho gigante.

Ela procurou Jeremy por cima do ombro antes de apertar o play de novo. Apesar da tranquilidade anterior entre os quatro homens, a conversa ficou um pouco tensa. A ansiedade de Faith aumentou quando Will começou a responder a mais perguntas, especificamente sobre a esposa e o filho. Ela não sabia o que era mais perturbador: ouvir Will falar que nem um babaca ou ouvi-lo usar o currículo de Jeremy para falar de um filho fantasma chamado Eddie.

O som de um cachorro choramingando fez com sentisse um nó no estômago. Will a avisara sobre a tortura eletrônica de Mac contra Britt, mas ouvi-la em tempo real era horrível. Faith já havia lido sobre essa forma de abuso doméstico. Viver com um agressor era excruciante, mas Mac explorando as ferramentas para monitorar e controlar Britt por meio da Internet das Coisas era outro nível de sadismo. A música de death metal tinha conotações nazistas. Faith baixou o volume o máximo possível para abafar o som dos gritos aterrorizados de Britt. Ela não queria imaginar a mulher encolhida no chão, não queria pensar em Britt McAllister como vítima, principalmente porque ela tinha o hábito de vitimizar outras mulheres.

Quando tudo terminou, Faith estava suando. Ela se lembrou de um detalhe do processo civil de Dani Cooper: o servidor que registrava o sistema de segurança dos McAllister havia falhado na noite de sua morte. Não tinha vídeos que a mostrassem chegando à casa ou saindo na Mercedes de Tommy. Faith se perguntou se havia gravações de dentro da casa.

Ela fez uma anotação em sua longa lista de coisas para checar se esse não caso virasse um caso. Depois, aumentou o volume e ficou ouvindo a conversa. A quantia em dólares que esses homens jogavam como se fossem Tic Tacs era impressionante. Faith sempre achou que gente rica não falasse de dinheiro, mas, pelo jeito, isso era só perto de gente pobre. Ela estava quase no fim da gravação quando ouviu um clique estranho no som. Aumentou o volume mais alguns tiques, depois voltou dez segundos para ouvir novamente.

Chaz: *Eu enfiei minha sogra numa dessas.*

Will: *Eu teria pagado para ver a cara da Linton quando ela soube do acordo do Tommy.*

Faith voltou de novo. Tinha certeza de ter escutado um clique, uma mudança sutil no ruído de fundo, entre a fala de Chaz e a de Will. Ela sentiu sua sobrancelha se franzir. Por que ele editaria a gravação? Ele nunca tinha feito isso antes.

Sara.

Chaz devia ter dito algo sobre Sara que Will não queria que Faith soubesse.

Ela lutou contra sua intromissão natural. Aiden não era o único beagle irritante disposto a latir atrás de uma pista. Faith odiava quando as pessoas tentavam esconder coisas dela, era uma das características que a tornavam tanto uma boa policial quanto uma mãe enxerida. Naquele momento, porém, ela teve que fazer a escolha de deixar aquilo para lá. Se Will estava escondendo algo particular sobre Sara, deveria ser por um bom motivo. Além disso, Faith já havia traído Sara ao ir atrás de Jack Allen Wright.

Ainda assim, a decisão lhe deixou um gosto ruim na boca.

Faith ouviu o resto da gravação, mas não havia outras falas sobre Sara, Cam ou qualquer outra coisa além do propósito de convidar John Trethewey para almoçar. Ela suportou a proposta agressiva deles, pedindo que ele fosse um espião em um de seus consultórios. Ficou impressionada com a maneira astuta com que Will conseguiu dar a volta por cima. Ele era surpreendentemente bom em se infiltrar em outras personalidades, Faith não tinha ideia de como ele fazia isso. Por mais que ela fosse mestre em mentir, não conseguiria segurar a mentira por muito tempo.

A gravação parou depois que eles deram detalhes do local de encontro para a reunião de sexta-feira. *Business casual. Bebidas por nossa conta. Alguns dos antigos parasitas vão estar. Davie, Mark, Jackson, Benjamin, Layla, Kevin, até a maluca da Blythe talvez apareça. Não esquece de levar o Eddie. Queremos muito que ele conheça os meninos.*

Faith olhou suas anotações.

Mestre.

Ela voltou a folhear as páginas, procurando os perfis que havia gerado para os membros anônimos do chat. 001: Royce? 002: Mac? 003: Richie? 004: Mason. 005: Chaz? 006: Cam. 007: Bing?

Faith tentou analisar os pontos de interrogação. Ela estava bastante certa de seus palpites da manhã, mas ouvir a gravação de Will a fez repensar a lista. Naquele momento, Mac, definitivamente, parecia mais o 007. Por outro lado, ele não parecia querer sujar as mãos. Tinha envolvido o próprio filho na perseguição e no assédio a Britt, e o fato de ter chamado a criação da vigilância de um projeto de pai e filho era repugnante.

De todas as coisas que a incomodavam, o choramingo realmente se destacava.

Havia parte de Faith que se perguntava por que Britt não ia embora, embora ela soubesse que nunca era tão simples assim. Violência doméstica era um dos crimes mais complicados — parte agressão, parte controle coercitivo, parte lavagem cerebral, parte cárcere privado. Independentemente de a vítima estar morando em uma mansão ou em um conjunto habitacional, havia vários tipos diferentes de motivos para ficar. Isolamento, vergonha, constrangimento, negação, medo de perder os filhos ou de virar sem-teto e o temor muito real da violência, pois o momento mais perigoso para a vítima era quando ela tentava deixar o agressor. Dizer a alguém para sair pela porta era fácil quando você nunca tinha levado uma pancada de porta na cabeça tantas vezes que acabou com uma fratura no crânio.

Era uma das muitas razões pelas quais Faith nunca deixaria um homem controlar seu dinheiro.

— Mãe! — chamou Jeremy. — Will chegou!

Faith se virou quando o parceiro entrou na cozinha. Ele estava sozinho.

— Cadê a Sara?

— Ainda voando. Ela teve que esperar o marido da Sloan chegar. — Will parecia mais irritado do que o normal. — Cam estuprou Sloan durante a faculdade.

— Puta merda — sussurrou Faith, e se levantou para dar uma olhada em Jeremy novamente. Ele estava de volta à Posição, com fones de ouvido. — Como? Quer dizer, o que aconteceu?

— Foi durante um encontro. Cam tentou enganá-la, fazendo de conta que tinha sido um mal-entendido. Destruiu a vida dela e seguiu a dele. — Will se sentou à mesa, o que foi estranho. Normalmente, ele gostava de ficar à espreita e se inclinar. Só se sentava quando Amanda estava no recinto. — Logo antes de Cam se matar, ele enviou para Sloan uma caixa com um pen drive, uma carta e a calcinha de Merit Barrowe da noite em que ela morreu.

Faith se afundou na cadeira.

— Puta merda.

— O pen drive e a carta desapareceram, Sloan jogou fora. — Will deu de ombros, mas ele sabia o quanto os itens eram valiosos. — Sara está com a calcinha. A cadeia de custódia é uma merda, estava em um saco lacrado em um armário de arquivos no porão da Sloan há oito anos.

Faith tentou entender esse fluxo repentino de informações.

— Mas se a calcinha tiver o DNA de Merit e conseguirmos associá-lo a alguém do Clube do Estupro...

— O Clube do Estupro.

Faith estremeceu quando ele pronunciou cada palavra da frase. Ouvir aquelas palavras ditas por outra pessoa fazia parecer ainda mais nojento. Ela se levantou e foi até a parede para tirar o cabeçalho, agradecendo a Deus por Sara não ter visto CLUBE DO ESTUPRO escrito em letras maiúsculas.

— Precisamos analisar o DNA da calcinha. Depois, encontrar um jeito de conseguir amostras de todos os outros membros dessa gangue. Nenhum deles está no nosso sistema, por isso eles conseguiram se safar por tantos anos.

— Podemos coletar o DNA amanhã, durante a festa — sugeriu Will. — Levar nosso próprio pessoal para se passar por garçons e pegar os copos deles.

— Isso vai custar muito dinheiro. Amanda não vai ficar feliz.

Will deu de ombros, nada daquilo deixaria Amanda feliz.

— Sloan não sabia do chat. Ela não esteve em Atlanta nos últimos quinze anos. Cortou relações com Mason alguns meses depois que Sara foi atacada.

— Alguns meses?

— O trauma atinge cada um de forma diferente.

— O que nos leva a Britt — disse Faith. — Eu estava tendo que me lembrar de que sair de uma situação de abuso nunca é fácil.

— O medo do desconhecido é um motivador poderoso — comentou Will. — Se você for muito maltratado, não vai saber como viver sem alguém o maltratando.

Faith sabia que ele estava falando por experiência própria. Sua ex-mulher era o tipo de pessoa que já tinha sido maltratada tantas vezes que não sabia como era estar com um homem bom.

— Você não colocou os fios? — Ele estava olhando para as fotos dos sapatos de três mulheres diferentes sobre a mesa. — Temos duas conexões: os sapatos e o "sou eu".

— Achei que você gostaria de juntar tudo.

Will ergueu a mão machucada para mostrar que não conseguiria.

— Você descobriu alguma coisa com a gravação do almoço?

— Mac chamou Cam de um dos melhores Mestres.

— "Antes do filho da puta perder a coragem." — Will estava repetindo a fala de Chaz. — O que mais?

Faith pensou sobre a seção da gravação que Will havia editado, mas disse:

— Eles parecem monstros. Todos eles.

— Porque são.

Will apoiou a mão machucada na única parte da mesa que não estava coberta com papéis. O sangue havia passado pelo curativo e os dedos dele estavam inchados. Faith sabia que não deveria oferecer remédio, porque a resposta-padrão de Will à dor era a aceitação estoica.

— Você está com tudo pronto para mostrar a Amanda?

— Estou. — Faith se sentia enjoada toda vez que pensava na reação da chefe. — Eu já escaneei tudo e vou fazer o upload para o servidor se ainda estivermos vivos depois de amanhã de manhã.

— Vamos dar uma olhada em tudo. O que temos?

— Merit Barrowe, Dani Cooper, Leighann Park. — Faith cruzou os braços enquanto se recostava na cadeira. — O Departamento de Polícia não vai tocar em Merit ou Dani, mas está investigando o ataque a Leighann. Eles estão indo com tudo, a imprensa está em cima. Os chefes estão de olho. Falei com o investigador de crimes sexuais, um tal de Adam Humphrey. Ele tem cara de fuinha, mas está levando essa merda a sério e não vai estragar tudo que nem o Donnelly. Ele tem muito a provar sobre a maneira correta de fazer uma investigação de agressão.

— Leighann confia nele?

— Adam está trabalhando nisso, mas vai conseguir. A altura não é um problema, pelo menos. Ele é mais baixo do que eu. — Faith não conseguia mais ficar sentada. Ela juntou as fotos dos sapatos e começou a colá-las nos armários. — Como está a Sara?

— Não muito bem — respondeu Will, mas ele próprio não parecia muito bem.

Faith o ouvira falar sobre sua tia Eliza na gravação. Ela não fazia ideia de que tipo de relacionamento eles tinham, mas não podia ser fácil lidar com o fato dela estar morrendo.

O que Faith diria a seguir não facilitaria a vida dele.

— Eu estava analisando os quatro casos, tentando encontrar consistências. Merit, Dani, Leighann, Sara.

Will começou a balançar a cabeça.

— O caso da Sara não se encaixa nos outros três, o modus operandi é diferente. O servente foi pego, ele não foi cuidadoso e estava agindo por conta própria.

Faith puxou três fios vermelhos do novelo da mãe. Obviamente, ela concordava com ele, mas tinha que testar a teoria.

— Britt disse que tinha uma conexão.

— Edgerton é a conexão.

Faith se virou. Ele parecia muito seguro de si.

— Pense na linha do tempo — disse Will, porque ele sempre queria pensar na linha do tempo. — Volte quinze anos. Merit Barrowe é sequestrada, drogada e estuprada. Ela consegue chegar até o Grady, mas morre. Algum tipo de overdose que desencadeia uma convulsão, mas ninguém, exceto sua família, parece se importar. Cam está bisbilhotando, fazendo sua investigação paralela, mas Edgerton não quer ir a fundo e sabe como afastá-lo. O resultado é que tudo se dissipa.

Faith acenou com a cabeça para que ele continuasse.

— Duas semanas depois, Sara é estuprada. O caso dela chama muita atenção, não é como o da Merit. Saiu nos jornais e causou uma comoção. O Grady está envolvido, porque a médica trabalha lá. A Emory está envolvida, porque ela se formou lá. Os chefes do Departamento de Polícia estão observando, não tem como fazer esse caso desaparecer.

Faith captou a narrativa.

— Edgerton foi até Cam no dia seguinte ao estupro de Sara e o subornou para abandonar a investigação paralela.

— Tudo bem, mas tire Eugene Edgerton da história — continuou Will. — Este é o cenário: você é o investigador de plantão da zona 5 e fica com o caso de Merit. Então, duas semanas depois, você pega o de Sara. Você é um bom policial e quer fazer seu trabalho. O que você faz?

— Trabalho nos dois casos — disse Faith. — Dois estupros em duas semanas, ambos no Grady ou perto. Um deles é uma estudante, o outro é uma médica. Isso é caso para uma força-tarefa. Boto a patrulha para me ajudar com batidas e conversas, enquanto outros investigadores obtêm gravações de câmeras de segurança, analisam casos anteriores, rastreiam cartões de campo. Eu entrevisto a namorada de Merit, seus professores e o interno da Morehouse. Vou procurar similaridades com o caso de Sara: testemunhas, espectadores, colegas, locais, eventos, horários. Tento descobrir se algum nome aparece nos dois crimes.

— Certo — falou Will. — Agora, finge que você é Eugene Edgerton e que foi pago para fazer desaparecer a agressão e a morte de Merit Barrowe. E você faz isso. Então, Sara é estuprada.

— Eu entro em pânico — arrisca Faith. — Toda a atenção em torno de Sara vai chamar a atenção para Merit. Assim, tenho que classificar o caso de Merit como overdose para ela não aparecer quando procurarem por agressões semelhantes na região. Por isso, forço Cam a alterar o atestado de óbito e garanto que o médico-legista não faça perguntas. Faço com que os chefes saibam que as duas coisas não estão relacionadas: Merit teve uma overdose; é uma tragédia, mas ela era estudante, merdas acontecem. Enquanto isso, estou trabalhando que nem um louco no caso da Sara e prendo o servente em quatro horas. Forneço ao promotor todas as peças para um caso perfeito. Wright vai para a prisão e Sara volta para casa. Eu pareço um herói.

— E então? — provocou Will.

Faith ficou quieta, pensando no que estava acontecendo. Ela ainda não estava vendo.

— A conexão é que não tem conexão — explicou Will. — Eugene Edgerton se certificou disso e manteve o caso de Merit compartimentalizado. Mentiu sobre as circunstâncias da morte dela para que uma investigação maior não fosse iniciada. Ele protegeu o homem que estuprou Merit e causou a morte dela.

— Puta merda — disse Faith, o que, aparentemente, era sua resposta preferida da noite. — Se Sara não tivesse sido estuprada, nós nem saberíamos o nome de Merit Barrowe.

— Se Britt McAllister tivesse ficado de boca fechada, também não saberíamos o nome de Merit. Quem quer que tenha pagado a Edgerton recebeu o que comprou. — A voz de Will soou áspera. Ele olhou para o relógio, estava pensando em Sara. — Se vale de alguma coisa, Sloan não achava que era a primeira vítima de Cam. Ela parecia ter certeza de que o cara já havia estuprado antes.

— Geralmente é assim mesmo. — Faith desistiu do fio vermelho e voltou a se sentar à mesa. — Estamos presumindo que Merit foi atacada por alguém do Clube do Estupro, certo?

Will assentiu com a cabeça.

— As mensagens que Merit recebeu há quinze anos eram semelhantes às que Dani e Leighann receberam. E sabemos que as duas estão ligadas por causa do "sou eu".

— Certo. Então, quinze anos atrás, Cam sabia que Merit era vítima do Clube do Estupro? — Faith esfregou o rosto com as mãos. — Vamos chamar só de Clube, tá?

Will assentiu novamente.

— Sara acha que Cam sabia que alguém do Clube era responsável pelo que aconteceu com Merit. Estupro e agressão não são incomuns no pronto-socorro do Grady. Merit não foi a primeira vítima que Cam atendeu, mas foi a única com a qual ele ficou realmente chateado. Alguma coisa o tocou e Cam percebeu que o que o Clube e ele estavam fazendo era errado.

Faith teve dificuldade para dar crédito ao homem.

— Cam devia saber que apontar Edgerton para o Clube levaria à sua própria prisão, e não tinha como eles irem todos para a cadeia sem arrastá-lo junto.

— Os bêbados não são conhecidos pelo planejamento estratégico — disse Will. — Pensa bem. O cara ainda estava na casa dos vinte anos e já tinha sido processado por dirigir embriagado. Ele era um alcoolista inveterado. Estava se torturando com alguma coisa. Cam sabia que o que estava fazendo era errado e procurava absolvição em uma garrafa. Viu Merit como sua única chance de redenção e Edgerton se recusava a ajudá-lo. Não sou daqueles que dizem que os criminosos querem ser pegos, mas Cam Carmichael queria ser pego.

— Que peninha. — Faith sabia que a ex de Will também tinha problemas com drogas e álcool, mas, mesmo assim, não passaria pano para Cam. — Ele poderia ter feito um favor para todo mundo e botado aquela arma na cabeça antes.

— Britt disse quase a mesma coisa à Sara.

— Meu Deus. — Faith empalideceu com a comparação. — Vamos falar do que aconteceu com Leighann Park.

Will esperou.

— Alguém desenhou um círculo na parte de trás do joelho esquerdo dela — disse Faith. — Ela é canhota, mas eu tentei fazer isso com a mão direita no meu joelho direito. Deus sabe que não sou tão flexível quanto alguém de vinte anos, mas meu desenho ficou uma merda. E colorir dentro das linhas, então, nem pensar. Leighann me disse que estava no meio exato da parte de trás do joelho dela e perfeitamente redondo. É impossível ela ter feito isso em si mesma.

— O amigo viu? Jake Calley?

— Sim. Ele queria tirar uma foto, mas ela não deixou. Ficou compreensivelmente assustada.

Will começou a esfregar a mandíbula.

— Alguém desenhou o círculo. Alguém sabia que Leighann estava procurando um livro na biblioteca. Alguém lhe enviou uma mensagem. Alguém fez uma revista no apartamento dela. Alguém sabia que tinha um espelho na gaveta dela.

— "Sou eu" — citou Faith.

— E Dani Cooper?

Faith continuou a lista.

— Alguém sabia que ela queria ser voluntária em uma campanha política. Alguém sabia que ela tinha uma pinta na parte superior da coxa. Alguém sabia que ela guardava uma caneta e um papel na gaveta de cabeceira.

— O que você faria se um estranho começasse a te enviar mensagens assim?

— Reverteria o rastro e... — Faith percebeu que ele queria dizer se ela fosse uma pessoa normal. — Não sei, mas com certeza eu ficaria assustada. Tem detalhes pessoais e íntimos. Onde você quer chegar com isso?

— Mas você daria trela? Porque esse é o problema. As mulheres responderam. Elas poderiam ter bloqueado, mas não fizeram isso. Seria como um spam, em que o estuprador envia várias mensagens na esperança de que uma pessoa aceite? Ou é mais direcionado, com ele fazendo toda a pesquisa? O cara gasta tempo escolhendo as mulheres que ele acha que vão ter maior probabilidade de responder.

Faith balançou a cabeça.

— Se o estuprador conhece as vítimas, então a vítima conhece o estuprador. Leighann não reconheceu o cara na boate. Até onde sabemos, Merit não disse o nome do homem que a sequestrou. Dani também não deu um nome a Sara.

Will disse:

— Você ouviu a gravação de Richie, Mac e Chaz. Eles pareciam uma equipe, certo? A maneira como cada um tinha uma função, fosse para me convencer sobre a porcaria de espionagem corporativa deles ou para tentar descobrir o quanto eu sabia sobre Cam. Eles se revezavam.

Faith parou, porque, de repente, as coisas começavam a fazer sentido.

— Eles trabalham em equipe. Um envia as mensagens. Outro vasculha o apartamento. Outro ouve as conversas. Outro faz a vigilância.

— E outro estupra.

Faith pegou a pilha de transcrições do chat.

— 007 se gaba de todas as mulheres com quem está transando. Os outros o incentivam. Talvez ele não estivesse descrevendo conquistas, mas descrevendo estupros.

Will esperou que ela continuasse.

— "007: Vou dizer a vocês, meus queridos, que a moça de ontem à noite tinha uma bocetinha apertada. Tive que abrir como se fosse uma lata de sardinhas. 003: Você teve que usar seu canivete? 002: Ela pegou no sono?"

Will ficou em silêncio enquanto Faith procurava por outra entrada.

— Isto foi quatro meses depois. "007: Por que as loiras fazem tanto barulho? 004: Eu adoro um bom grito. 003: Talvez ela estivesse gritando porque seu pau é do tamanho de um SUV. 002: Matchbox ou Hot Wheels? 007: Ela, com certeza, gostava dele grande e duro. 004: Senhores, sinto que isto não é para mim."

— Mason. — A mandíbula de Will estava contraída. — Eles estão colocando tempo entre os estupros. Você disse ontem à noite que geralmente tem um intervalo de quatro meses entre as postagens, né? Então, são pelo menos três mulheres por ano ao longo de dezesseis anos.

— Ou seja, 48 vítimas. Meu Deus.

Faith examinou silenciosamente mais passagens. Dada a teoria deles sobre como o Clube funcionava, ela estava vendo tudo sob uma luz completamente diferente.

Ela leu:

— "007: Eu só queria me afastar daquela vaca gritando o mais rápido possível. 002: A gente vai mesmo fazer isso de novo? 003: Adoro essas garotas com peitão. 007: Eram prótese de solução salina. 003: Era tipo apertar um balão ou um saco de feijão? 007: Era tipo apertar a buzina de uma bicicleta, porque ela não parava de berrar."

Will perguntou:

— Se 007 é o estuprador, como 003 saberia o tamanho dos seios da mulher?

Faith olhou para o laptop de Cam.

— Os arquivos corrompidos no site eram vídeos.

— Vigilância por vídeo?

— Faria sentido se eles se revezassem. Também é muito inteligente, porque, se um cara for pego, ele está separado dos outros. As acusações não seriam um problema. Com um bom advogado, daria para conseguir que elas fossem retiradas.

— Eles podem pagar bons advogados — disse Will. — Estão acostumados a se livrar de problemas. Olha o julgamento do Tommy. Os Cooper fizeram um acordo, porque os investigadores do Mac descobriram aquelas fotos antigas que Dani mandou para o namorado. Bater numa porta assim custa dinheiro.

Faith fuçou para achar os prints das mensagens enviadas a Dani antes de ela morrer.

— "Sei que você ama ver o parque do seu quarto de canto."

— Ele sabe porque a está observando — comentou Will. — E Leighann?

Faith achou o depoimento de testemunha de Leighann.

— "Em uma das mensagens, o Sinistrão disse que meu viu andando pelo quarto de camiseta branca e calcinha rosa, e eu surtei, porque era o que eu estava usando na noite anterior ao falar ao telefone. Ele deve ter me visto pela janela, porque eu esqueci de fechar a persiana."

Faith deixou de lado o depoimento. Ela olhou para as pilhas de documentos, o caderno espiral quase cheio, o laptop, o telefone, as montanhas de dados.

— Qual é a única pergunta que Amanda vai fazer e para a qual não vamos ter resposta?

— Onde está o caso? — perguntou Will. — O Departamento de Polícia está cuidando da Leighann e ninguém pediu para a gente investigar. Onde entra a AIG?

— Ela vai ter que enfiar a gente no caso da Leighann — respondeu Faith. — Deve ter alguns favores para Amanda cobrar. Ela é muito boa em obrigar as pessoas a fazerem o que ela quer.

Will olhou para o relógio outra vez, faria isso até Sara pousar. Ele disse a Faith:

— Eles estão trazendo os filhos para o Clube, certo? Tommy e Chuck. E agora acho que querem que John Trethewey leve Eddie para fazer o processo seletivo.

Faith havia pensado a mesma coisa.

— Leighann disse que o cara que a drogou no clube era bonito, não tem como Chaz, Mac ou Richie se encaixarem nessa descrição. Eles são todos um bando de pervertidos gorduchos, nojentos e cinquentões. E pensa no que eles estão fazendo: vigiando, procurando, escutando. Eles teriam que ter a aparência ideal para se aproximar tanto dessas moças. Um cara velho chamaria atenção.

— Essa é outra boa pergunta. Como eles estão escolhendo as vítimas?

— Bom... — Faith deu de ombros. — Esses jovens colocam cada segundo da vida na internet. E ainda tem os aplicativos de namoro, DMs, Snapchat. Mandado, mandado, mandado.

Will estudou silenciosamente a parede.

— Mac parece ser o cara que está no comando, certo?

— Certo.

— Então, faria sentido que fosse ele quem escolhesse as vítimas.

— Se Dani tivesse alguma ligação com Mac, teria sido revelada no julgamento de Tommy.

— Ela era amiga do filho dele — ponderou Will. — Eles não teriam procurado além disso.

Faith pensou em outra coisa.

— A empresa que eles administram, a CMM&A. O C, provavelmente, significa Chaz. O M é Mac. Estamos presumindo que fusões e aquisições, em inglês, são o M e o A, mas e se o M for Mason e o A for alguém que não conhecemos?

Will ficou olhando para ela. Ela tinha claramente jogado a dislexia na cara dele, mas ele não tocaria no assunto.

Faith reformulou:

— Esses caras colocam as iniciais em tudo: o endereço do site de chat, o nome da empresa. Tem uma inicial sem um nome para se juntar a ela, e ele começaria com A.

Will perguntou:

— Poderia ser um nome do meio?

— Talvez? — Faith começou a fazer uma anotação em sua lista de coisas a serem oficialmente investigadas. Um animal de estimação da família, um parente sem contato há muito tempo, uma namorada do Ensino Médio. A equipe de processamento de dados da agência era incrivelmente boa em encontrar informações pessoais estranhas. — Podemos perguntar à Sara quando ela aterrissar.

— Vamos deixar ela dormir hoje à noite — pediu Will. — Ela quer tomar a iniciativa de falar com a Amanda amanhã de manhã, e vai tentar assumir a culpa.

— Ela conhece a Amanda? — perguntou Faith. — Ela é tipo um camelo da culpa, nunca esgota.

— É você que ela vai punir. Minha hora vai vir mais tarde, pois tenho que ir à festa. Você é dispensável.

Faith sentiu uma queimação no estômago. Amanda não era só a chefe de Faith, era a melhor amiga da mãe dela. Era a madrinha de Jeremy e Emma. Eles a chamavam de tia Mandy da mesma forma que Faith e seu irmão mais velho sempre a chamaram, porque ela era parte da família deles.

Nada disso impediria Amanda de obrigar Faith a ficar verificando antecedentes criminais de licenças de loteria e de bebidas alcoólicas pelo resto de sua infeliz carreira como policial.

Will disse:

— Vamos precisar de vigilância pesada na festa mista, com equipe de garçons para coletar DNA e funcionários como pano de fundo. Talvez o cara do FBI para quem me emprestaram no caso da milícia do Mississippi possa participar. Ele deve um favor pra gente.

Faith sentiu uma súbita onda de calor.

— Quem é mesmo?

— Van — respondeu Will. — Você trabalhou com ele naquela coisa no ano passado.

Aiden Van Zandt.

— O idiota de óculos?

Ele lhe deu um olhar curioso.

— Você sabe que eu não confio em homens que usam óculos. Por que eles não conseguem enxergar? — Faith bateu em uma tecla de seu laptop para acordá-lo. Ela tinha que tirar Will de perto de Aiden. — Qual é o nome do lugar onde vocês vão se encontrar?

— Andaluzia. É um restaurante bar na Pharr Road, como um lugar para happy hour.

Ela começou a digitar a busca, os dedos suados. Will ainda a estava observando atentamente.

Ele disse:

— Hipsters, banqueiros, advogados. Estilo mercado financeiro. Talvez a gente precise entrar em contato com o Departamento de Polícia para encontrar um garoto que possa fingir ser meu filho.

Faith lambeu os lábios. Ela estava piscando demais, e sua pele coçava sem parar. Um caso clássico de reações reveladoras.

— Boa sorte para encontrar um policial que não pareça policial.

— Eu posso fazer isso.

Faith se virou e viu Jeremy parado na porta da cozinha. Os fones de ouvido dela estavam pendurados no pescoço dele, porque ele tinha ouvido toda a conversa.

— Eu posso fingir ser o Eddie.

Mais tarde, Faith lhe daria um sermão sobre bisbilhotar.

— Era para você ter se encontrado com seus amigos faz vinte minutos.

— Eu disse para eles que não poderia ir. — Jeremy colocou os fones de ouvido sobre a bancada. — Eu posso fazer isso, posso fingir que sou o filho do Will.

Faith reprimiu uma revirada de olhos.

— Sem chance.

— Mãe, pensa bem. Nenhum policial vai conseguir falar que nem um aluno da universidade. Ou parecer um. Tommy e Chuck vão sacar a um quilômetro de distância.

Will se levantou.

— É melhor eu ir passear com os cachorros antes que a Sara chegue em casa.

— Mãe, eu...

Faith o interrompeu apenas com um olhar, e esperou até ouvir Will fechar a porta da frente.

Finalmente, dirigiu-se a Jeremy:

— Em primeiro lugar, não fala Tommy e Chuck como se você fosse parte disso, porque você não é. Em segundo, sua bunda magra e achatada vai estar no jantar da 3M amanhã à noite, então, caso encerrado, Inspetor Bugiganga.

Jeremy estava com uma expressão preocupante, ele não estava rindo nem a provocando de volta. Estava sério.

— Eu cancelei com a 3M.

Faith estava quase chocada demais para responder.

— Você fez o quê?

— Eu cancelei. Não quero trabalhar na 3M.

Ela precisou fazer uma pausa para recuperar o fôlego.

Faith tinha em mãos uma investigação horrível de estupros múltiplos e seu filho havia decidido que aquele era um bom momento para jogar uma granada no meio de sua vida perfeitamente planejada. Não havia ar suficiente na sala para abastecer seus pulmões. Ela se levantou da mesa para poder olhá-lo nos olhos.

— Ok, você tem outras opções. A Dupont e a Dow são ótimas também.

— Eu sei que tenho outras opções.

— Ótimo. — Ela tentou não demonstrar ansiedade na voz. Desemprego era uma coisa que aterrorizava Faith desde o momento em que ela o pegou no colo pela primeira vez. — Você vai se formar em dois meses e vai conseguir escrever sua própria história.

— Ou escrever multas. — O rosto de Jeremy não perdeu aquela expressão perturbadora. — Eu estava pensando que talvez fosse isso que eu quisesse fazer. Trabalhar no ramo de escrever multas. Talvez entrar para a polícia, como você e a vovó.

Faith começou a rir. E riu tanto que teve que se dobrar ao meio. O som era como uma foca grunhindo. Depois, se engasgando com um polvo. Depois, grunhindo de novo. Ela enxugou as lágrimas enquanto se levantava.

— Ah, querido, por favor, fala isso para a sua avó quando ela chegar de Las Vegas. Ela vai se mijar de rir.

Jeremy estava seriíssimo.

— Acabei de dizer que quero entrar para o Departamento de Polícia de Atlanta. Por que você está rindo?

— Porque é uma piada. — Faith riu novamente. Ele estava levando aquilo longe demais. — Você se formou em engenharia química em uma das instituições públicas de elite do país, e vai trabalhar em um escritório de terno e gravata.

— O tio Will usa um terno completo para trabalhar.

— O tio Will é um nerd — respondeu Faith. — Por que você está usando ele como exemplo? Seu tio verdadeiro pode até ser um babaca, mas, pelo menos, é médico.

— Quem mais eu vou usar? — quis saber Jeremy. — Victor era o único cara que eu conhecia, mas você teve que ir lá e ter um bebê com ele.

— Ei, não foi de propósito — disse Faith. — E você está mesmo me dizendo que seu avô não estava lá com você todas as tardes quando você voltava da escola? Ele o levou para o acampamento de ciências e para o acampamento da banda e...

— Tá bom, mãe, já entendi. Sim, o vovô estava lá comigo. Eu tenho saudade dele todos os dias. Mas você precisa me ouvir. — Jeremy a olhou diretamente nos olhos, o que era a parte mais assustadora de toda aquela conversa. — Não estou falando isso de bobeira, está bem? Pensei muito no assunto.

Faith sentiu como se tivesse levado uma marretada no estômago. Ele estava falando sério. Caralho, ele não podia estar falando sério.

— Você não vai ser policial.

— Você é policial. A vovó era policial. A tia Mandy é policial. — Jeremy apontava o dedo com raiva na direção dela. — O que você está tentando dizer, hein, mãe? Você acha que eu não sou forte o suficiente? Que não sou capaz?

— Estou dizendo que você é meu filho! — gritou Faith. É claro que ele não era capaz. Ele ainda tinha cara de bebê e bochechas de esquilo. — Você pode fazer qualquer coisa com a sua vida, Jeremy, qualquer coisa. Toda a sua vida linda está à sua frente. Você tem opções com as quais eu só poderia sonhar.

— E eu tenho que desistir dos meus sonhos para poder viver os seus?

— Sonhos?

A palavra se retorceu no cérebro dela. Faith precisou de mais um momento para recuperar o fôlego. Seu corpo começou a tremer. Parecia que ela teria um ataque cardíaco, e teve que se esforçar para manter a voz estável.

— Escuta. — Ela agarrou os braços dele, querendo fazê-lo recuperar o juízo. — Você quer dar multas? É assim que acontece: você para alguém por excesso de velocidade e não sabe se a pessoa vai atirar em você ou te esfaquear ou...

— Eu sei como é o trabalho.

— Não sabe, não, querido. É... perigoso. É perigoso demais.

— Você e a vovó sempre me disseram que não era.

— A gente mentiu! — gritou ela. — Nós duas mentimos para você o tempo todo!

— Que ótimo, mãe. Muito obrigado. — Ele começou a se afastar, mas voltou a se virar. — Sou um homem adulto e não preciso da permissão da minha mãe.

— Você não é um homem adulto! — Faith estava incrédula. — Você quer mesmo saber como é o trabalho? Quer?

— Você acha que consegue me contar a verdade?

— Claro! É uma bosta — respondeu. — É difícil, você trabalha o tempo todo por um salário de merda e vê as pessoas nos piores dias possíveis. Elas atiram umas nas outras por causa de um par de meias, espancam a esposa até a morte ou sufocam o filho, e você chega em casa e só consegue pensar que é melhor colocar a porra da sua arma no cofre porque você não quer se sentir tentada a usá-la.

Jeremy parecia atônito. Ela viu a garganta dele se contrair.

Ela havia falado demais. Era tudo demais.

A garganta dele se contraiu novamente.

— É isso mesmo que você acha?

Faith não podia recuar.

— Às vezes.

Ele sustentou o olhar dela por alguns segundos antes de olhar para o chão.

— Querido, me desculpa, eu...

— Você também pode ajudar as pessoas, eu sei que pode. Você me contou coisas boas.

— Você ajuda talvez uma pessoa, mas o resto odeia você. — Faith nunca havia sido tão honesta com ele. — Eu aguento um monte de merda só para fazer meu trabalho. Você sabe quantos idiotas já agarraram minha bunda, tentaram me apalpar, cuspiram em mim, cuspiram na minha cara de verdade, fizeram comentários obscenos ou ameaçaram me estuprar se eu não calasse a boca? E algumas dessas coisas foram feitas pelos caras de uniforme, Jer. A irmandade é só para homens.

Ele balançou a cabeça, obstinado.

— Eu não vou ser esse tipo de policial.

Faith queria rir na cara dele de novo. Ele era tão ingênuo.

— Ninguém pensa que vai ser esse tipo de policial.

— Você vê as notícias, mãe? Tem um motivo para as pessoas odiarem policiais.

— Se eu vejo as notícias? É claro que eu vejo as notícias. Todas as pessoas com quem converso veem as notícias. Por que você acha que elas me odeiam tanto? Por que você acha que não confiam em mim? Por que acha que tenho que implorar para verem que estou tentando ajudar?

— É por isso que eu quero fazer o trabalho. — Jeremy ficou ainda mais estridente. — Não dá para mudar o sistema de fora para dentro e não quero ficar sentado em um laboratório o dia todo. Quero fazer a diferença.

— É isso que você quer, fazer a diferença? — Ela sentiu uma pontinha de alívio. — Que ótimo, querido. É só conseguir um bom emprego corporativo que pague muito bem e doar tudo o que puder para alguma causa...

— Não vou pagar para outras pessoas fazerem o trabalho por mim.

— Ah, pelo amor de Deus. Ouve bem o que eu estou dizendo. Você não muda o trabalho, o trabalho muda você.

— Você não sabe se isso vai acontecer.

— Estou vivendo isso! — bradou Faith. — Quer saber por que estou trabalhando em uma mesa? Não é porque Will estava em uma missão. É porque um cara, um cara nojento e sádico, mutilou, estuprou e torturou mulheres, e eu não consigo fechar os olhos à noite sem ver o que ele fez com o corpo delas. As marcas dos dentes deles estavam em seus seios. Ele esfolava elas, deixava coisas dentro delas. Ele não teve nem a decência de matar as mulheres. Largou todas sozinhas para morrer. Ninguém conseguiu salvá-las. Eu não consegui salvá-las!

A voz de Faith ecoou pela casa. Ela estava tremendo tanto que seu corpo balançou na frente dele.

Jeremy estava olhando para o chão novamente, e mordia o lábio inferior para conter o tremor. Tinha lágrimas nos olhos.

Ela havia falado demais de novo, mas ele tinha que saber a verdade.

— Eu não aguentava mais. Amanda me colocou para fazer trabalho administrativo porque eu estava prestes a surtar, tá? O Will fica falando que eu tenho transtorno do estresse pós-traumático, porque eu claramente tenho. Estou com raiva e instável. Não estou dormindo. A única coisa que quero é trabalhar neste caso idiota que vai acabar na minha demissão. É isso que esta profissão faz com você. Ela tira tudo. Tudo, menos *você*, meu bebê. Não vou permitir isso. Não posso permitir. Você não vai fazer isso.

Jeremy continuou olhando para o chão.

Sem os gritos de Faith, a casa pareceu mortalmente silenciosa. Ela ouviu a secadora funcionando no andar de cima, o som da pia do banheiro pingando, porque ela colocava a vida em risco todos os dias para ajudar pessoas que a odiavam, mas mesmo assim não podia pagar uma porcaria de encanador.

— Mãe. — A voz de Jeremy estava tensa. — Por que você não me contou?

— Porque meu trabalho é proteger você. — Ela colocou a mão no coração para evitar que ele saísse pulando do peito. — Por favor, querido. Por favor, me deixa proteger você.

Ele ficou calado por muito tempo. Muito tempo. Seu filho era estoico. Pensativo, atencioso, científico. Ele pesava tudo de forma muito metódica, desde o tênis que iria comprar até o filme que veria e o que pediria para o jantar. Nada em Jeremy era espontâneo. Nem cancelar o jantar da 3M. Nem dizer a ela que queria ser policial. Nem falar que era seu sonho usar uniforme que nem a mãe, a avó e a tia.

E, ainda assim, Faith teve um momento de esperança antes de começar a balançar a cabeça lentamente.

Ele olhou para ela de novo. Bem nos olhos.

— Você não pode me dizer o que fazer com a minha vida.

Lágrimas escorriam por seu rosto, ela o estava perdendo.

— Posso, sim. Eu pari você.

— Uma vez — respondeu ele. — Vinte e dois anos atrás.

Faith queria rir, mas estava assustada demais.

— Jeremy, por favor.

A postura desleixada dele desapareceu. Então, endireitou a coluna, fortalecendo-se enquanto olhava para ela. Era tão alto. Quando foi que ele tinha ficado tão alto?

Jeremy perguntou:

— Por que você não pede demissão?

A pergunta não tinha resposta.

— Se você odeia tanto seu trabalho, por que não pede demissão?

— Filho. — Faith colocou as mãos sobre o braço dele novamente. Ela estava desesperada por uma saída para aquilo e nunca desejou tanto a presença da mãe quanto naquele momento. — Essa é uma decisão muito importante. Vamos conversar sobre isso quando a vovó chegar em casa.

— Ela só vai chegar no domingo — falou ele. — Will precisa de alguém para trabalhar disfarçado amanhã à noite.

Faith deixou as mãos caírem. A arrogância de policial ele já tinha.

— Você sabe quanto tempo os policiais treinam antes de serem autorizados a se infiltrarem? As avaliações psicológicas, as operações de campo, os cursos jurídicos, os anos e anos de trabalho duro?

— Eu sou aluno universitário, assim como o Eddie. Conheço o Will há cinco anos e tenho a mesma idade do Tommy e do Chuck. Já fui no Andaluzia, sei como parecer um estudante em um bar.

Ela só conseguiu fazer que não com a cabeça.

— Você acha que é tão fácil assim?

— Eu ouvi a gravação, mãe. Will não se dá bem com o filho. Eu sei como é ficar de mau humor em um canto. Segundo você, é uma das minhas especialidades. — Jeremy cruzou os braços. — Diz que eu estou errado.

— Você está errado, porque é trabalho para a polícia. As situações nunca saem do jeito que você planeja. As pessoas são loucas e são motivadas por coisas que você não consegue compreender.

— Você sempre me diz que a gente só aprende a fazer as coisas fazendo.

— Eu estava falando da porra da roupa suja, não de arriscar sua vida.

— Tá bom — disse ele. — E se eu odiar?

Pela primeira vez, Faith não teve uma resposta imediata.

— Eu poderia me disfarçar, acabar odiando essa história e decidir entrar em contato com a 3M. Ou com a Dupont. Ou com a Dow. Eles vão retornar minhas ligações, sou formado em engenharia química em uma das instituições públicas de elite do país.

Ele era inteligente demais para seu próprio bem.

Por sorte, Faith era mais.

— A decisão não é minha, querido. É da Amanda. Você quer fazer isso? Vai ter que ser adulto e pedir permissão para a tia Mandy.

Ele sorriu, porque ela tinha caído direto na armadilha dele.

— Combinado.

16

WILL FICOU DO LADO de fora da porta fechada do escritório de Amanda, observando Faith caminhar até o fim do corredor. Ela se virou e voltou em sua direção. Estava murmurando para si mesma. Os olhos estavam vermelhos e inchados, as roupas, amassadas. Até Will percebia que o cabelo dela não estava com a aparência normal.

A situação com Jeremy estava acabando com ela. Faith não queria que o filho fosse policial, mas não tinha o poder de impedi-lo. Ela poderia apoiar a decisão dele ou fazer com que ele se ressentisse da mãe pelo resto da vida. Nenhuma das duas opções parecia ser algo que ela pudesse aceitar. Faith contara a Will que, na noite anterior, tinha passado três horas soluçando histericamente para a mãe em Las Vegas e, por fim, chorado até dormir no beliche de Jeremy.

A noite de Will com Sara tinha sido menos dramática, mas, ainda assim, dolorosa. Como prometido, ele lhe enviara por e-mail a gravação de Leighann Park e o arquivo de áudio não editado de sua conversa no almoço com Mac, Chaz e Richie. Sara ouvira tudo no avião, mas não quis falar do assunto ao chegar em casa. Ela nem conseguira chegar ao chuveiro, desabara direto na cama. Estava exausta por causa dos voos, arrasada pela conversa com Sloan, profundamente chateada com Leighann Park e com uma ressaca louca por ter bebido durante o dia. A última parte era algo que Will teria que deixar para lá. Ele tinha se mantido calmo, mas aquilo o incomodara.

Incomodara muito.

— Caralho — murmurou Faith, parando na frente de Will. — Quanto tempo isso vai demorar?

— Sara está contando tudo para ela. — O parceiro olhou para o relógio. Sara estava no escritório de Amanda havia quase meia hora. Sua atenção aos detalhes tinha suas desvantagens. — Você quer esperar na sala de descanso?

— Não, não quero ver você ingerir doze barras de chocolate enquanto eu tomo um chá de camomila que foi esguichado de um saco plástico. — Faith passou os dedos pelo cabelo bagunçado. — Ele está lá embaixo, Will, está esperando no saguão. Ele até vestiu a porra de um terno.

Ela se referia a Jeremy. Will o tinha visto quando ele entrou no prédio. O garoto tinha dividido o cabelo ao meio e penteado direitinho. Parecia estar na fila de espera para as fotos da escola.

Faith disse:

— Ele não tem, né? Ele não tem o que é preciso.

Will deu de ombros, porque ninguém sabia o que tinha até o seu estar na reta.

— Eles não jogam as pessoas do nada em uma viatura. Ele vai passar por um treinamento e, talvez, ele não dê conta.

— Meu filho não vai largar a academia de polícia — disse Faith. — Ele tem um diploma universitário e é neto de Evelyn Mitchell. Eles vão arrastar ele pelo colarinho se precisar.

Will não tinha como argumentar contra isso. Faith podia estar contaminada com o fedor de Will, mas a mãe dela ainda era considerada realeza na polícia.

Faith disse:

— Não vou conseguir, é você que vai ter que falar.

Will não era muito falante, então procurou mentalmente por um assunto seguro.

— Estava frio hoje de manhã e Betty estava tremendo quando eu saí com os cachorros. Os galgos da Sara têm uns casaquinhos. Talvez eu devesse...

Faith estava olhando como se ele fosse louco.

— Não, bobão. Lá dentro. Com a Amanda. Você vai ter que falar. Eu não vou conseguir.

Will ajeitou seu colete. Geralmente, era Faith quem recebia o spray de pimenta com as perguntas de Amanda, mas falou:

— Sem problemas.

A porta se abriu e Sara pareceu surpresa ao encontrá-los esperando como crianças malcomportadas em frente à sala da diretora.

— Eu deixei ela a par de tudo, mas não faço ideia de como foi. Ela não falou muito.

— Merda — sussurrou Faith. — Meu filho está tentando se matar e minha filha volta para casa em dois dias. Minha casa está uma zona. Minha vida está desmoronando. Parece que alguém pegou uma pá e deu na minha cara. Estou prestes a perder meu emprego.

Sara disse a ela:

— Passo lá amanhã para ajudar a desmontar a parede maluca.

— Obrigada. Vamos ver se ainda vou estar viva depois disso.

Faith pegou sua pasta do chão. Ela lançou um olhar desesperado para Will antes de entrar no escritório de Amanda.

Will ficou para trás, e perguntou a Sara:

— Como está sua dor de cabeça?

Ela não respondeu, e segurou gentilmente a mão machucada dele. Não havia suturado novamente por causa do tempo.

— Você tomou o antibiótico?

Ele assentiu com a cabeça.

— Tenho que colocar o trabalho em dia, então vou ficar aqui até tarde da noite. — Ela levou a mão ao rosto dele. — Prometi para a Faith que revisaria as transcrições do chat para ver se consigo associar os nomes aos números. Fora o Mason.

Will sentiu seus dentes rangerem. Ele odiava o som do nome de Mason na boca dela.

— Vai ter áudio do bar hoje à noite. Ouvir pode ajudar a refrescar sua memória.

— Não — disse ela. — Eu realmente não quero ouvir o Jeremy chamando você de pai.

Sara tocou a bochecha dele antes de ir embora, o que deixou uma sensação de tristeza em seu rastro. Will sabia que não deveria ir atrás dela. Nem tudo podia ser consertado.

— Wilbur — Amanda gritou. — Isso não vai começar sem você.

Ele esperou até que Sara desaparecesse na virada do corredor e, então, começou a andar em direção ao inferno em que estava se metendo.

Amanda estava posicionada que nem uma hiena atrás da mesa. Suas garras estavam apoiadas no mata-borrão de couro, sua coluna, ereta. Ela seguia Will pela sala com sangue nos olhos.

Faith estava curvada em frente a ela, como uma adolescente, a pasta espalhando tudo pelo chão.

Will ocupou o outro assento. Ele não se curvou.

— Por que me sinto como a única humana em um filme dos Muppets? — perguntou Amanda.

Will sempre ficava um pouco incomodado quando ela fazia referências à cultura pop.

— Amanda, eu...

— Por que a dra. Linton, que não é investigadora, está me contando os passos investigativos que ela deu nos últimos dias na tentativa de resolver três crimes não solucionados, crimes esses que não estão sob a alçada deste escritório?

Will abriu a boca, mas Amanda levantou um dedo.

— Estou com minha médica-legista viajando para Nova York, um dos meus agentes visitando um clube de campo, a outra se esquivando de suas obrigações. Agora, querem que eu coordene uma operação secreta de última hora que vai exigir que eu acione o Departamento de Polícia, sem mencionar que precisarei estourar o que resta do meu orçamento em um caso que não é oficialmente uma investigação da agência?

Will disse:

— A culpa é minha.

Amanda arqueou uma sobrancelha para ele.

— Sara trouxe esse caso para mim, mas eu tomei a decisão de levá-lo adiante. Eu envolvi a Faith e fiz com que ela me acobertasse quando eu deveria estar trabalhando com a equipe antifraude. É tudo culpa minha.

Amanda não havia piscado desde que ele entrara.

— A dra. Linton me deixou com a impressão de que ela era a única culpada.

— A dra. Linton está errada.

— É mesmo? — perguntou Amanda. — Você mexeu os pauzinhos com o condado de Dekalb para Jack Allen Wright ser pego com uma cópia de *Gatas Peitudas* debaixo do colchão?

Will sentiu a boca ficar seca. Sara não sabia sobre Wright, o que significava que Amanda havia descoberto por conta própria. O que significava que, como sempre, ela já estava dois passos à frente deles.

Ela ainda não havia terminado.

— Você acionou seus contatos na polícia para poder falar oficialmente com uma mulher de vinte anos que foi sequestrada e estuprada por 36 horas?

Will disse:

— Falei com Donnelly sobre a possibilidade de ter casos em andamento que ele talvez quisesse investigar. Começou com o julgamento de Dani Cooper. Tinha semelhanças entre eles...

Faith gemeu.

— Pelo amor de Deus, Amanda. Você sabe que nós dois estamos enfiados até o pescoço nisso. O que você quer que a gente diga?

Amanda se concentrou nela como um raio laser.

— Você está por um fio.

— Corta o fio, então — disse Faith. — Me joga no abismo. Não estou nem aí. Mas vai rápido.

Amanda parecia preparada para atender ao pedido. Will abriu a boca para interceder, mas a chefe fez algo que ele raramente a via fazer.

Ela recuou.

— Tudo bem. — Ela se sentou novamente na cadeira. — O que nós achamos? O que sabemos? O que podemos provar?

Will esfregou a mandíbula. Ele olhou para Faith, ela estava igualmente perplexa. Amanda estava pedindo que eles analisassem o caso e Will não daria tempo para reconsiderar. Então, começou a falar:

— O que achamos: Mac McAllister, Chaz Penley, Richie Dougal e talvez dois ou três outros passaram os últimos dezesseis anos procurando mulheres para estuprar. Eles dividem o trabalho para não ter uma única pessoa conectada a uma vítima específica. Um cara persegue. Um cara envia mensagens ameaçadoras. Talvez um outro a drogue. Por fim, um a transporta. Um diferente, que achamos que chamam de Mestre, estupra. Eles alternam as tarefas para que ninguém fique mais exposto do que os outros. É como uma célula com subdivisões e foi assim que eles conseguiram se safar por tanto tempo. É preciso colocar todos juntos para rastrear o crime.

Faith entrou na conversa:

— O que sabemos: Merit Barrowe, Dani Cooper e Leighann Park foram vítimas que se encaixam no modus operandi do grupo. As semelhanças entre seus casos são próximas demais para serem coincidências, mesmo com quinze anos de diferença. Todas receberam mensagens ameaçadoras. Todas foram drogadas, sequestradas e estupradas. Todas ficaram sem o pé esquerdo do sapato após o ataque. Air Jordan. Stella McCartney. Marc Jacobs. Dani recebeu uma mensagem com as palavras "sou eu". Quando Leighann acordou depois da agressão, tinha as palavras "sou eu" escritas no seio esquerdo com marcador permanente hidrográfico preto.

Will concluiu:

— O que podemos provar: os sapatos estão sendo levados como troféus, que é a única coisa que liga as três mulheres. E isso é tudo.

Amanda juntou os dedos enquanto pensava sobre o assunto.

— Como a agressão da dra. Linton está relacionada?

— Não está — disse Will. — Britt McAllister está desesperada e quer que Sara faça Mac e a turma pararem. Ela sabe o que está acontecendo e acha que pode proteger o filho disso.

— Um pouco tarde para isso — comentou Amanda. — Eu disse à dra. Linton para deixar a calcinha de Merit Barrowe com a perícia. Estupro na Geórgia prescreve depois de quinze anos, mas isso é reiniciado quando tem DNA para testar. Não que ele seja algo mais do que uma descoberta de fatos. Sem testemunhas, seria fácil argumentar que o sexo foi consensual. O que nos leva à morte de Merit. Mesmo com o relatório toxicológico, não dá para provar que ela não teve uma overdose por conta própria. *Ipso facto*, não tem caso.

— A investigação de Leighann Park também não é conclusiva — falou Faith. — Ela não se lembra do que aconteceu. Talvez a gente consiga o DNA do vestido ou do sapato dela, mas, mesmo assim, é uma acusação de estupro, não de homicídio. Ela não é uma boa testemunha, o que não é culpa dela. Mas os jurados podem ser uns babacas que julgam pelas aparências. Se ela for bonita demais, isso significa que ela enganou o cara. Se ela não é bonita o suficiente, está mentindo para chamar a atenção. Se o estuprador é bonito, então ele não precisaria forçar as mulheres a transar. Tudo isso aponta para o cara sair livre. Na melhor das hipóteses, ele se declara inocente, talvez se registre como agressor sexual e siga com a vida.

Will continuou a partir daí.

— Temos ainda menos sobre Dani Cooper. E temos quase certeza de que tem outras vítimas, mas não sabemos quem são.

Amanda perguntou:

— Quantas vítimas? Há quantos anos?

Faith respondeu:

— Pelo menos, três por ano há dezesseis anos.

— Então — falou Amanda. — Não estamos lidando com crimes individuais. Este é um caso de conspiração.

Will odiava admitir que era por isso que eles precisavam de Amanda desde o começo.

— RICO?

Ela estava se referindo à lei de Organizações Corruptas e Influenciadas pelo Crime Organizado da Geórgia. A RICO, em nível federal, tinha sido criada para acabar com a máfia. A Geórgia havia ampliado o escopo de atuação e, mais importante, não exigia a existência de uma empresa para constituir extorsão. Bastava provar um padrão de conduta ilegal. O estado havia usado isso para perseguir uma galera, de escritórios de contabilidade até artistas de rap, com níveis variados de sucesso.

Amanda pediu:

— Quero um resumo.

Will disse:

— Com a RICO, o prazo de prescrição de cinco anos pode ser estendido até a data da descoberta ou do último ato. A pena mínima é de cinco anos, a máxima, de vinte.

Faith continuou:

— Os crimes previstos incluem qualquer ato ou ameaça que envolva assassinato, sequestro, cárcere privado, abuso e agressão, suborno, obstrução da justiça, tráfico de drogas perigosas.

— Isso inclui Merit Barrowe, Dani Cooper e Leighann Park — completou Amanda. — Continue.

— Em 2019, o estado acrescentou cafetinagem e coação à prostituição — disse Faith. — As transcrições do chat podem apoiar o argumento. Além disso, se conseguirmos acessar os vídeos corrompidos no site, significa distribuir materiais obscenos por meios digitais.

— Preciso me informar juridicamente sobre isso, mas estou gostando do que estou ouvindo. — Amanda fez uma anotação em seu bloco. — Algum de vocês tem uma teoria sobre como as vítimas são selecionadas?

A mesma pergunta havia sido feita na noite passada. Will respondeu:

— Achamos que Mac McAllister é quem escolhe, mas isso é um pressentimento. Não temos certeza. Não temos nenhuma prova.

Faith disse:

— E não sabemos como ele seleciona.

Amanda sugeriu:

— Rede social? Por meio do filho? Qual é o nome dele?

— Tommy — disse Will. — O garoto cresceu com Dani Cooper, então foi assim que ela foi escolhida. Chaz Penley tem um filho chamado Chuck, que tem mais ou menos a idade de Tommy. Talvez um deles tenha visto Leighann em um bar ou em um evento de universitário.

— E Merit Barrowe?

— Não faço ideia — disse Faith. — O caso não foi investigado, porque o investigador, Eugene Edgerton...

— Era um policial corrupto — concluiu Amanda. — Você perguntou à sua mãe sobre ele ontem à noite?

A expressão de Faith se tornou ríspida.

— Como você sabe que conversei com minha mãe ontem à noite?

Amanda não titubeou.

— Evelyn é minha melhor amiga há quarenta anos. Para quem você acha que ela ligou depois de falar com você? Você tem sorte de ela não ter me mandado para sua casa com uma arma tranquilizadora.

As narinas de Faith se dilataram, mas ela permaneceu em silêncio.

— Evelyn conheceu o Eugene naquela época — disse a chefe. — Ele se aposentou cedo e comprou uma casa no lago Lanier.

— No lago? — Will conhecia a área. Os preços dos imóveis à beira-lago estavam acima de dois milhões. — Então ele era corrupto mesmo.

— Sim, era.

— Por que você perguntou sobre como as vítimas eram selecionadas? — Faith estava conversando com Amanda.

— Esse é o ponto fraco da cadeia. Se descobrirmos como as meninas são selecionadas, conseguimos chegar ao responsável. Quando pegarmos o responsável, achamos os outros. — Amanda abriu os braços e deu de ombros. — Confiem em mim, lidei com homens poderosos durante toda a minha vida. Eles nunca se lançam sobre a própria espada, mas tentam acabar com todos os outros ao seu redor. O que mais?

Faith continuou:

— Estou com o laptop de Cam Carmichael e o telefone de Merit Barrowe. Precisamos que os serviços digitais quebrem sete arquivos protegidos por senha. Há também alguns vídeos corrompidos no site. Não tenho certeza se podem ser recuperados, mas não sou especialista em informática.

Amanda indicou com a mão para que a policial continuasse.

Ela, então, abriu seu caderno em espiral sobre a mesa.

— Fiz uma lista de mandados que precisamos emitir.

Amanda passou o dedo pela página.

— A GoDaddy vai levar pelo menos duas semanas para entregar qualquer informação sobre a propriedade do site. O Grady, sete, no máximo. As informações bancárias de Edgerton, um mês ou mais. As do médico-legista, mesma coisa. Os arquivos são tão antigos que talvez nem existam mais. Por que Cam Carmichael não está aqui? Precisamos ver os extratos bancários dele também. Fazer um processo por dirigir embriagado desaparecer não é nada. Nova York é uma cidade cara e ele se mudou para lá de última hora. Cauções, instalação de luz e gás, serviço de mudança interestadual, quebra do contrato de aluguel em Atlanta. Duvido que um alcoolista estuprador fosse bom em economizar para emergências.

Faith começou a escrever um novo registro na lista.

Amanda perguntou:

— O que são essas gravações de câmeras de segurança?

— De dentro da casa — explicou Faith. — Mac conectou alguns dos cômodos internos para áudio e vídeo. Ele está abusando eletronicamente da esposa.

Will completou:

— Um quarto, um banheiro, a sala de estar e a cozinha.

— Mantenha na lista, mas precisamos de mais coisa se quisermos invadir a casa. O Departamento de Polícia não é a única organização neste estado que não quer se deparar com o muro de dinheiro dos McAllister. — Amanda empurrou o caderno de volta para Faith. — Onde as vítimas estão sendo mantidas?

Will olhou para Faith.

Faith olhou para Will.

Mais um motivo para terem chamado Amanda. Eles não tinham nem pensado nessa pergunta, mas as mulheres haviam sido sequestradas. Isso significava que ficavam presas em algum lugar. Leighann sumira por 36 horas. Na linha do tempo de Merit Barrowe tinha uma lacuna de pelo menos duas horas. Ninguém sabia como Dani Cooper tinha ido parar no Grady, pois o GPS da Mercedes de Tommy não estava ligado. As câmeras que a cidade tinha em quase todas as esquinas estavam apontadas para a direção errada ou quebradas.

Faith disse:

— Apareceu uma informação quando... quando eu estava pesquisando a empresa para a qual Richie Dougal trabalha. CMM&A.

Amanda perguntou:

— Você estava pesquisando sobre ela?

— Sim, eu sozinha — disse Faith. — A empresa tem sede em um prédio chamado Triple Nickel, na autoestrada Buford. Eu dei uma olhada. Tem uma mesa com um telefone, algumas cadeiras e uma porta nos fundos. O salão de beleza ao lado diz que nunca viu alguém usar, mas Leighann estava drogada, não é como se ela estivesse gritando. Alguém poderia facilmente entrar e sair pelos fundos sem ser visto.

— Você verificou isso? — Amanda deixou a pergunta pairar no ar por alguns segundos antes de continuar. — Coloca na sua lista, mas não podemos fazer vigilância. Não temos dinheiro nem contingente, e, no momento, muito menos justificativa legal.

Faith estava balançando a cabeça enquanto acrescentava à lista.

— Vamos voltar às mensagens ameaçadoras — pediu a chefe. — Como ele conseguiu os números de telefone?

Will olhou para Faith novamente, que já estava olhando para ele. Outra coisa que eles não haviam considerado. O homem que enviou as mensagens assustadoras precisaria de uma maneira de conseguir os números de telefone das mulheres.

Amanda disse:

— Voltem para Merit Barrowe. Quinze anos atrás, a maioria dos planos de celular ainda cobrava por minuto. Os iPhones eram uma novidade muito cara e ainda usávamos BlackBerrys. Se você fosse dar seu número, seria o fixo.

Faith perguntou:

— As pessoas ainda passavam cheques? Em uma loja, tinha que fornecer seu número de telefone se pagasse com cheque. Se tivesse alguém atrás, poderia ouvir.

— Algo a se considerar — concordou Amanda. — A dra. Linton me disse que Leighann Park se lembrava de um tapete de pele de carneiro.

— Isso não aconteceu com Dani ou Merit, mas uma morreu antes de conseguir dizer qualquer coisa e a outra nunca foi investigada — falou Will.

— E o barulho que Leighann ouviu? O som mecânico.

Faith respondeu:

— Você mesma pode ouvir, tenho todos os arquivos de áudio em um pen drive: a entrevista de Leighann, o almoço de Will no clube. Também digitalizei as autópsias, os depoimentos de testemunhas e as anotações da investigação. Está tudo pronto para ser usado, só preciso de um número de caso para fazer o upload para o servidor.

— Vamos torcer para eu poder te dar um — disse Amanda. — Vou ter que pedir um grande favor à polícia para que as coisas aconteçam. O caso de Leighann Park é de alto nível, a mídia está em cima. Precisamos agir com muito cuidado.

Will viu a mão de Faith se fechar. Ela não se importava com a política, apenas com o filho.

Amanda também tinha percebido.

— O que você quer que eu faça em relação a Jeremy?

Faith largou a caneta e se recostou na cadeira. Lágrimas brotaram em seus olhos.

Will achou que era uma boa hora para sair da sala, mas Amanda o impediu.

— Sente-se.

Will obedeceu.

Faith fungou, limpando o nariz com o dorso da mão. De repente, a sala parecia muito pequena.

— Evelyn e eu tínhamos costume de levar você junto para fazer vigilância — disse Amanda a Faith. — Duas mulheres em uma caminhonete com um bebê no banco de trás. Ninguém nem olhava para nós, a gente era invisível.

Will ouviu Faith fungar novamente. Ele bem que queria ser invisível.

— Uma vez colocaram a gente na frente de uma loja de penhores — continuou Amanda. — O criminoso estava pagando em dinheiro por baixo dos panos por relógios roubados. Entramos, pegamos o bandido e, quando estávamos arrastando o cara algemado para fora da loja, vimos que tinha alguém na parte de trás da caminhonete da Ev. Uma das garotas da esquina precisou de um lugar e entrou em nosso carro, que balançava sem parar. Você dormiu o tempo todo.

— O tempo todo? — disse Faith. — Você deixou o cara terminar?

— Não demorou muito — falou Amanda. — Faith, você nasceu nesta vida. Lembra como sua mãe e eu prendíamos fotos e pistas na parede do seu quarto?

Faith lançou a Will um olhar de advertência, como se ele fosse trazer à tona a parede maluca da cozinha dela.

— Evelyn vivia tentando protegê-la, mas você era uma criança muito intrometida. Lembro uma vez que ela te encontrou no chão da cozinha no meio da noite, lendo os arquivos do caso dela e analisando as fotos da autópsia. — Amanda fez uma pausa. — Isso a faz lembrar de Jeremy?

— Eu nunca olhei as fotos.

— Só porque você é sensível — disse Amanda. — Mas você leu os relatórios. Queria se envolver. E, quando disse à Evelyn que entraria para a polícia, ela ficou com o coração partido.

— Ela ficou orgulhosa de mim.

— Ela estava apavorada — refutou a chefe. — Tomamos quase metade de uma caixa de tequila naquele fim de semana.

Faith usou o punho para enxugar as lágrimas, e Will pensou no lenço que estava em seu bolso de trás. Havia lenços de papel na mesa de Amanda. Ele poderia colocar a caixa mais perto da parceira. Ou poderia lhe oferecer um lenço. Ou poderia se sentar em silêncio e tentar se misturar ao estofamento de couro falso.

Amanda disse:

— Seu pai ofereceu a você cinco mil dólares para terminar a faculdade em vez de entrar para a polícia, lembra?

Faith apontou na direção de Will.

— Será que ele realmente precisa estar aqui agora?

Will permaneceu em silêncio, mas tentou sair da sala novamente. Como da primeira vez, Amanda mandou que ele voltasse e se sentasse.

— Wilbur, você já contou para a Faith como veio parar na AIG?

Ele esfregou a mandíbula enquanto entendia por que ela o obrigara a ficar.

— Will tentou ir para o Exército. Tentou o McDonald's. Tentou roubar uma loja. Tentou a cadeia de Atlanta.

Will podia sentir Faith olhando para ele, pois nunca havia lhe contado nada disso. Não era da conta dela.

Amanda continuou:

— Eu usei toda a minha influência para garantir que ele viesse parar aqui. Policiais, juízes, oficiais de condicional... todo mundo que eu podia apertar, apertei com força. Eu não deixaria que ele seguisse o caminho errado. E, com certeza, não deixaria ele trabalhar em um lugar onde eu não pudesse cuidar dele.

Will olhou para sua mão machucada. Seus dedos estavam latejando. Ele se perguntou por quanto tempo teria de tomar os antibióticos.

— Vou perguntar uma coisa para você — continuou Amanda. — Em quem você confia para proteger o Jeremy? No Leo Donnelly ou no homem sentado ao seu lado?

Will via Faith querendo argumentar, mas Amanda tinha razão. Faith não poderia fazer as escolhas de Jeremy por ele, mas podia levá-lo em uma direção melhor.

— Hoje à noite no bar — disse Faith. — Como funcionaria?

— Vamos tratar Jeremy como um informante, assim, vamos estar cobertos em relação aos riscos.

— Ótimo.

— É uma questão burocrática, Faith. Ele já tem idade suficiente para assinar na linha pontilhada.

— Ele não vai odiar. — Faith enxugou os olhos outra vez. — Jeremy disse que ele talvez odiasse, mas não vai. É emocionante. É perigoso. Ele tem 22 anos, ou seja, não está pensando em como vai ser daqui a dez anos.

— Ele está esperando lá embaixo. — Amanda olhou para o celular antes de virá-lo sobre a mesa. Ela perguntou a Faith: — Me diz o que você está sentindo. Trazemos ele para o grupo ou o expulsamos?

— Meu sentimento é que tenho tantos sentimentos que estou me afogando neles. — Ela levantou as mãos. — Ele é legalmente adulto, não posso trancá-lo no quarto. E sou uma péssima juíza para saber se é ou não uma má ideia, porque ele é meu bebê e tenho pavor de perdê-lo.

— Os esquilos perdem 75 por cento das nozes que enterram. É por isso que existem árvores.

— Agora parece ser um momento apropriado para uma metáfora de nozes? Amanda suspirou.

— Leva o laptop e o telefone para os serviços digitais. Diz para a Liz começar a trabalhar imediatamente que vou dar um número de caso para ela mais tarde. Pede para a Caroline mandar Jeremy até aqui.

Faith colocou tudo de volta em sua pasta, pegou a caixa de lenços de papel sobre a mesa de Amanda e a colocou debaixo do braço antes de sair.

Will começou a segui-la, mas percebeu, de novo, o olhar de Amanda e se sentou. Imaginou que fosse acabar servindo de lição de vida para Jeremy também. Ele agarrou os braços da cadeira e uma dor aguda ziguezagueou em sua mão.

Amanda começou:

— Sara me contou como você machucou o dedo.

Will riu. Sara não havia contado nada.

O suspiro de Amanda admitia a derrota.

— Como está Eliza?

— Morrendo.

— Já era hora — afirmou a chefe. — Como você vê o desenrolar desta noite? Mac, Chaz e Richie vão estar lá. Quem mais?

— Mason James. — Will odiava o nome de Mason na própria boca quase tanto quanto odiava na boca de Sara. — Royce Ellison e Bing Forster. Blythe Creedy talvez vá. Tem também um grupo que eles chamam de "parasitas", um total de dez, talvez quinze. Richie só me deu os primeiros nomes quando me convidou, acho que eles vão fingir que me conhecem, porque o Mac me aceitou no grupo.

— De quantos corpos precisamos do nosso lado?

— Encontrei a planta do prédio na internet. Eles alugam o local para festas — disse Will. — A área do bar é grande, uns 160 metros, com cerca de vinte mesas altas e oito nichos ao longo da parede que o separa do salão de jantar. Acho que precisa de pelo menos três garçons para coletar o DNA. Eu gostaria de ter duas pessoas na porta da frente, duas nos fundos e uma do lado de fora, em frente à entrada. Precisamos de alguém no salão de jantar, para o caso deles se espalharem pelo bar. Tem uma área coberta para fumantes atrás do prédio, e o ideal seria ter alguém lá também.

— Dez pessoas — falou Amanda. — Posso me instalar dentro do restaurante, estou naquela idade em que voltei a ser invisível. Adam Humphrey é o investigador que está trabalhando no caso de Leighann Park. Precisamos que ele esteja lá. Faith não pode estar no prédio, ela está envolvida demais. Vou colocá-la no centro de comando móvel, com Charlie Reed nos monitores. Ele vai manter sua parceira calma. Posso chamar algumas mulheres da equipe de antifraude. Quem mais?

— Aiden Van Zandt deve um favor pra gente. É um cara confiável. Seria bom ele estar lá. — Will disse essa última parte para agradar Faith. Sara tinha visto o agente do FBI saindo da casa dela algumas noites antes. — Como não temos tempo suficiente para grampear o local, estamos falando de câmeras corporais, fones de ouvido e microfones?

— Todos os itens acima. — Amanda começou a fazer uma lista. — Considerando que você será o líder, estou hesitante em pedir alguém para a polícia. Se você precisar de ajuda, eles não vão se esforçar. Assim, vou ter que tirar algumas das minhas velhas garotas da aposentadoria. Tudo bem por você?

Will assentiu, ele sabia que as garotas da Amanda eram da pesada.

— E Jeremy?

— Não precisamos de alguém muito experiente para John Trethewey apresentar como filho — disse ela. — Se ele estiver nervoso, volátil, mal-humorado ou fizer alguma besteira, você pode usar isso. Não é uma operação que envolva armas. Ninguém vai ficar desconfiado de um menino de 22 anos que tem um ataque de fúria com o pai ou que fica sentado que nem uma estátua. Só precisamos que ele diga que se chama Eddie.

Will não tinha tanta certeza.

— Em um nível profissional, é uma má ideia. Ele é filho da Faith, e ficarei mais focado em protegê-lo do que em obter informações. Ele não sabe o que está fazendo. Pior ainda, acha que é um jogo.

— Pode deixar que eu tiro essa ideia da cabeça dele — garantiu Amanda. — Você precisa saber que isso não é uma brincadeira para Jeremy, ele não está tentando se esquivar das responsabilidades nem se rebelando contra a mãe. Ele disse a Evelyn no ano passado que queria entrar para a polícia.

Will percebeu que Evelyn não tinha compartilhado essa informação com Faith.

— E?

— Ev fez ele prometer que esperaria a formatura na universidade. Ela achou que ele perderia o interesse.

— Faith não perdeu o interesse.

— Faith era uma mãe solteira de dezenove anos com um filho para sustentar e um desejo ardente de sair da casa dos pais. As prioridades dela eram outras.

— Quais são as prioridades do Jeremy? — perguntou Will.

— As mesmas que as suas. Ele quer fazer a coisa certa. Quer ajudar as pessoas. Ele quer provar que é um homem.

Will esfregou a mandíbula. Só tinha conseguido ler duas expressões no rosto de Amanda: condescendência e irritação. Ele não sabia o que ela estava pensando naquele momento.

— Você acredita mesmo que pode empurrar Jeremy para a agência?

— Eu empurrei você, não? — Amanda claramente não esperava uma resposta. — Esqueci de mostrar as pérolas para Sara. Ela tem um pescoço longo e vai precisar de alguma coisa para quebrar o decote princesa. Mas, como eu disse, sem pressão. A mãe dela pode ter algo que ela prefira.

Will se sentiu preso em uma viagem no tempo. Ela estava falando em uma língua desconhecida para ele.

— Suponho que, com suas atividades extracurriculares, você não tenha tido tempo para procurar aulas de dança.

Will tinha pesquisado danças de casamento no YouTube. Pai/filha, mãe/filho, noivo/irmã, noiva/irmão, *flash mob*, *striptease*. Todo mundo tinha uma coisa diferente.

— Sara não vai fazer a dança de pai e filha. Música lenta é só balançar, então acho que estou bem.

— Ah.

Amanda pegou uma partícula imaginária de sujeira de sua mesa.

Will olhou para o topo do cabelo salpicado de grisalho dela. Seu corpo lhe dizia que ele não estava entendendo alguma coisa. Seu colarinho estava apertado e começou a suar.

— Oi, tia Mandy. — Jeremy entrou no escritório com um sorrisão bobo no rosto, que Amanda conseguiu afastar com um olhar incisivo. — Quer dizer, chefe... subchefe... hum... sra. Wagner.

Amanda o deixou sofrer com o silêncio.

Jeremy olhou para Will em busca de ajuda, mas ele não estava ali para ajudar. Will achou que o mínimo que poderia fazer por Faith era tentar assustar o filho dela.

— Obrigado pelo seu tempo — começou Jeremy. — Eu queria pedir... pedir formalmente... que a senhora me permita trabalhar na operação secreta hoje à noite no Andaluzia.

Amanda prolongou o silêncio mais um pouco.

— Explique seu raciocínio.

Jeremy começou a se sentar, mas depois pensou melhor.

— Eu me encaixo no perfil de filho do Will. Tenho a idade certa e mais ou menos a cor dele. Sou aluno universitário e cresci observando minha mãe e minha avó. Sei que o trabalho policial é difícil. Sei que não existe uma operação típica, que as coisas podem dar errado. Você tem que estar preparado para isso. Eu estou preparado.

Amanda perguntou:

— Você está preparado para falar com Tommy McAllister e Chuck Penley?

A confiança de Jeremy se enfraqueceu, mas ele se segurou bem.

— Eles vão querer falar com você — continuou Amanda. — Esta é a única razão para você estar lá. É uma reunião de pais e filhos, que não podem ficar sentados como se fossem estátuas.

Jeremy assentiu com tanta força que o cabelo caiu em seus olhos.

— Vamos fazer uma encenação — disse Amanda. — Will é Tommy McAllister. Jeremy, você finge ser Eddie Trethewey.

Will demorou um pouco para se levantar. Ele era quinze centímetros mais alto do que Jeremy e tinha uns dezoito quilos a mais de músculo. Will havia trabalhado disfarçado em prisões. Quando você estava lá dentro, aprendia a arte da violência. Se fosse realmente bom nisso, não precisaria usar os punhos. Você olhava para um cara de uma certa maneira e o intimidava, porque sua postura, sua força óbvia, seu desprezo insensível pela vida transmitiam a ele o fato de que você preferiria levar uma facada no olho antes de deixá-lo vencer.

O pomo de adão de Jeremy balançou como uma linha de pesca enquanto ele olhava para o parceiro de sua mãe.

Will perguntou:

— Pronto?

Jeremy assentiu com a cabeça.

— Ei, cara. — Will deu um soquinho de leve no ombro do rapaz. Ele pegou emprestada uma das frases de Chaz. — Belos peitos daquela garçonete.

Jeremy não conseguiu tirar o sorriso do rosto.

Will teve que lembrar a si mesmo que era o filho de Faith, caso contrário, ele teria dado um soco bem mais forte no ombro dele.

— Esta situação é engraçada?

Jeremy olhou para Amanda.

— Não olhe para ela. Olhe para mim. — Will se aproximou de Jeremy. — Tommy McAllister estuprou uma mulher e ela morreu. Isso é engraçado? Você vai rir dele?

— Eu não estava...

— Você leu os arquivos na mesa da sua mãe. Leu as descrições do que aconteceu com aquelas garotas. Ouviu algumas das gravações. Isto não é um jogo. Tem três mulheres que foram sequestradas e estupradas. Duas delas morreram. Isso é engraçado?

O rosto de Jeremy ficou mais branco que papel.

— Não, senhor.

— Eu sei o que você está pensando — disse Will. — Você está dizendo a si mesmo: "Eu vou ser bom quando for a sério. Isto é só um treino". Mas não é assim que funciona. Você ensaia para não ter que pensar nisso no campo.

Jeremy concordou outra vez com a cabeça.

— Tommy McAllister e Chuck Penley não vão tentar fazer amizade com Eddie Trethewey porque estão se sentindo sozinhos. Eles estão querendo ver se você toparia ou não estuprar uma mulher.

— Ok. — Jeremy respirou fundo. — O que eles vão dizer?

— Eles vão testá-lo, pressioná-lo, tentar descobrir seus limites. Os peitos não vão ser o pior.

Jeremy não sorriu dessa vez.

— Eles vão começar aos poucos. Vão assediar a garçonete, por exemplo. Se você ficar ok com isso, eles vão escolher uma mulher no bar. Vão falar merda dela, muita merda. Falar de foder, chupar, falar que o namorado dela é corno manso. E vão ficar atentos à sua reação, em como você olha para elas. Você não vai conseguir passar confiança, você precisa melhorar sua raiva.

— Raiva deles?

— De mim — explicou Will. — Seu pai é um idiota. Ele não te respeita. Ele acha que você é um idiota. E você o odeia por isso, mas também quer provar que ele está errado.

— Você fez algo ruim no Texas — disse Jeremy. — Foi acusado de agressão sexual. Todos os meus amigos de lá descobriram e todo mundo sabe que você é culpado. Os pais da minha namorada obrigaram a gente a terminar o namoro. Você fez a gente se mudar para Atlanta sem falar comigo. A mamãe chora o tempo todo. Sei que ela não vai largar você por causa do dinheiro, e eu odeio ela por isso, mas também não quero ser pobre. Vou perder meu carro, minha mesada. Provavelmente, vou ter que abandonar o curso. Minha vida vai estar acabada. Tudo porque você não conseguiu manter o pau dentro da calça.

Will olhou para baixo, pois Jeremy tinha pressionado o dedo no peito dele. O garoto teve o bom senso de tirá-lo.

O policial perguntou:

— Você pesquisou no Google "como escrever uma história de origem" ontem à noite?

Jeremy ficou vermelho da mesma forma que Faith ficava quando era pega em flagrante. Mesmo assim, ele perguntou:

— Isso importa? Eu não preciso falar com eles, e vou deixar claro que não estou interessado nisso.

Amanda perguntou:

— O que isso significa?

— Quando eles me sondarem, posso mandar eles calarem a boca. — Jeremy deu de ombros. O gesto era todinho de Faith. A lógica também. — Não vou estar lá para me transformar no melhor amigo de Tommy ou Chaz. Não sou policial nem investigador. Não vou encontrar a pista que vai resolver o caso e colocar todo mundo atrás das grades. Esse é o trabalho do Will. Vocês só precisam mesmo que eu esteja lá. Né, pai?

A última pergunta foi dirigida a Will, e era perturbador ouvir isso. Naquele momento, ele conseguia entender por que Sara se incomodaria.

Amanda disse:

— Jeremy, saia e feche a porta.

Will voltou a se sentar na cadeira quando a porta se fechou. Ele não diria a Amanda que o garoto tinha acabado de manipular os dois, porque era óbvio que o garoto tinha acabado de manipular os dois.

— Você quer que eu diga a Faith que ele vai fazer?

— Evelyn vai dizer. — Amanda virou o celular outra vez e começou a digitar. — Ela pegou o voo da madrugada ontem à noite de Las Vegas para Los Angeles, depois seguiu para Atlanta. Veio direto do aeroporto para cá e já está no prédio.

— Foi uma noite bem longa.

Amanda levantou o olhar de seu telefone.

— É isso que as mães fazem.

17

WILL ESTAVA PARADO EM frente ao centro de comando móvel enquanto esperava Sara ligar de volta. Richie Dougal havia lhe dito que a festa mista começava às sete da noite. Ele planejava aparecer com Jeremy vinte minutos atrasado. Amanda tinha passado a última hora lentamente colocando seu pessoal. Algumas das garotas da velha guarda que ela havia tirado da aposentadoria. Alguns dos agentes da equipe antifraude de Bernice. Adam Humphrey, o investigador do Departamento de Polícia que estava trabalhando no caso de Leighann Park. Todos eles haviam estudado o layout do prédio, marcado todas as entradas e saídas, anotado os pontos de estrangulamento, analisado as melhores rotas de fuga e, ainda assim, Will não conseguia se livrar da sensação de que algo ruim aconteceria.

Era por isso que Jeremy era uma distração. Will precisava se concentrar no trabalho, mas, naquele momento, só conseguia pensar que tinha que garantir que o filho de Faith estivesse seguro.

Ele se recostou no ônibus. O ronronar suave do gerador do centro de comando móvel foi abafado pelo barulho que vinha de uma doca de carga ativa. Eles haviam estacionado atrás de um hipermercado a duas ruas do Andaluzia. O local era isolado, mas não silencioso. Caminhões descarregavam suas mercadorias e funcionários do armazém olhavam abertamente para Will. Ele não podia culpá-los. Para o mundo exterior, ele devia parecer um cafetão esperando para levar algumas de suas garotas para uma festa.

O centro de comando móvel, antigamente, tinha mesmo essa finalidade. Era um ônibus de festa convertido que a agência havia confiscado de um traficante de drogas e adaptado com monitores e computadores para que pudessem espionar os bandidos com relativo conforto. Will estava de novo usando sua roupa de idiota, a calça jeans apertada com uma mancha de sangue da mão machucada, as botas Diesel e uma camisa social justa com uma estampa caxemira esquisita.

Esse último item não tinha sido outra compra no shopping, mas uma cortesia da divisão de investigações especiais da AIG. A estampa escondia os cabos de fibra óptica que alimentavam o microfone dentro do colarinho e a câmera *pinhole* embutida no botão no centro do peito. O fio descia pela perna de Will até um transmissor preso na lateral de seu tornozelo. A calça jeans se embolava em torno da caixa preta fina, o que não tinha problema, mas ele preferiria ter ali o coldre com a Sig Sauer Nitron compacta que Sara lhe dera de aniversário.

Seu celular vibrou com uma chamada. Will verificou a luz do receptor no tornozelo para ter certeza de que o transmissor estava desligado antes de atender. Ele não queria que cada palavra que saísse de sua boca fosse ouvida dentro do ônibus.

Ele perguntou a Sara:

— Está tudo bem?

— Agora está — disse ela. — Isabelle deixou cair um dos brincos da Tessa no triturador de lixo. Tive que encontrar a chave Allen para mover a placa do rotor.

Will achava essa uma das maiores vantagens de morar com uma filha de encanador. Ele ouviu Sara se movimentando pela cozinha, as coleiras dos cães estavam tilintando porque era a hora do jantar. Sara estalou a língua duas vezes e os galgos se acalmaram. Apenas a coleira de Betty continuou tilintando, porque Will era um molenga e Sara não interferiria.

Ela perguntou:

— Como Faith está?

— Não muito bem.

Will olhou para trás, para o ônibus. As janelas estavam escurecidas, mas ele supôs que Faith continuasse rígida no canto enquanto observava Charlie Reed grampear seu filho. Felizmente, Jeremy poderia usar óculos, então, não tinha necessidade de colocar uma câmera na camisa dele. As armações de plástico preto combinavam com seu estilo de estudante. A lente de alta definição estava completamente escondida. Ainda assim, a maneira como ele tocava nervosamente as armações era um problema. A esperança de Will era que parecesse um tique, em vez de um sinal de alerta.

Ele perguntou a Sara:

— Como está sua dor de cabeça?

— Finalmente passou. Me lembra de ir devagar da próxima vez.

Will esperava que não houvesse uma próxima vez, e ela percebeu o motivo do silêncio dele.

— Você tem algo para me dizer?

Will observou um carregador movendo um palete de caixas. Ele havia trabalhado em um depósito para ajudar a pagar a faculdade. Era uma atividade árdua, mas, por fim, Will conseguira comprar uma motocicleta, colocar um teto sobre a cabeça e, de vez em quando, fazer uma refeição que não fosse no micro-ondas. Então, a mulher que acabou se tornando sua primeira esposa chegou à cidade que nem um furacão e roubou tudo o que ele tinha para poder alimentar seu vício.

— Estou preocupado com o Jeremy, não gosto de ir com alguém que eu não sei como vai se comportar.

— Tem muita gente de olho nele.

— Sim. — Até Will podia sentir a tensão incômoda na conversa. Ele achou que era melhor ser homem e falar do assunto. — Não gostei muito de você ter ficado bêbada no meio do dia.

— Jura? — Sara riu. — Nem imaginava que sua cara de cu era por causa disso.

Will se sentiu sorrindo.

— Desculpa, eu sei que eu que tenho que lidar com essa parada.

— Nós dois temos que lidar com várias paradas.

Will podia ouvir a pontada de tristeza na voz dela. Ele sabia que Sara estava pensando no que havia perdido quinze anos atrás. Também sabia que não havia qualquer coisa que pudesse dizer para melhorar a situação.

Ela falou:

— É melhor eu começar a ler as transcrições do chat. Me liga quando estiver a caminho de casa.

— Ei — disse ele. — Eu sempre me esqueço de dizer, mas eu te amo muito.

— Que coincidência doida, eu também te amo muito.

Will esperou que ela desligasse, e manteve o celular na mão enquanto abria a porta do CCM. A súbita explosão de luz brilhante o fez piscar. Charlie Reed estava sentado no console, verificando a imagem dos óculos de Jeremy. Como previsto, Faith permanecia rígida no canto, observando cada movimento dele. Jeremy não era a única razão pela qual ela estava assustada, Aiden Van Zandt estava ajustando a câmera dentro de seu chapéu de caubói. Amanda e Evelyn conversavam com Kate Murphy, que havia trabalhado com elas na polícia. Murphy estava trabalhando como diretora assistente de inteligência do FBI. E também era a mãe de Aiden.

Faith lançou a Will um olhar de pânico desenfreado enquanto ele subia as escadas.

— Jeremy. — Ele esperou pela atenção do garoto. — Para de mexer nos seus óculos. Você está se entregando.

— Desculpa. — Jeremy não conseguiu se conter e tocou os óculos novamente. — Desculpa.

Will parou na frente dele.

— Você está nervoso?

Jeremy assentiu com a cabeça, mas perguntou:

— É uma pegadinha? Se eu disser que não, você vai me falar que eu deveria estar, mas, se eu disser que sim, você vai me falar que eu não vou dar conta?

Will segurou o ombro de Jeremy para tranquilizá-lo.

— Para de pensar demais. Volta para o seu disfarce, aquele babaca irritadinho que não tem interesse em falar merda com os outros babacas. Certo?

A cabeça de Jeremy começou a balançar positivamente.

— Certo.

Will pegou um iPhone que Charlie havia colocado sobre o console. Não havia senha para desbloqueio. A divisão de serviços de dados da AIG havia criado um perfil digital de Eddie Trethewey.

Will entregou o aparelho a Jeremy.

— É exatamente igual ao seu iPhone. Os contatos são falsos, mas todas as ligações que você fizer vão para este console. Charlie ou sua mãe vão atender, dependendo do contato que você escolher. Os e-mails e mensagens também são falsos, mas, se alguém ler, vão fazer sentido. As fotos mostram várias mulheres. Escolhe uma para ser sua namorada, caso alguém pergunte.

O dedo de Jeremy deixou uma marca de suor quando ele passou pela tela. Will continuou:

— Se precisar de ajuda, é só clicar rápido no botão lateral cinco vezes.

— É assim que meu telefone funciona — disse Jeremy. — Quer dizer, todos os iPhones. Você clica cinco vezes e ele pergunta se você quer chamar a polícia.

— Este não pergunta. Ele faz a ligação, e *a polícia* é a sua mãe correndo pelo estacionamento com uma escopeta. Entendeu?

— Sim, senhor.

— Will? — Charlie estava segurando um fone de ouvido minúsculo entre um par de pinças. O dispositivo era pequeno o suficiente para caber dentro do canal auditivo sem ser visto, mas não a ponto de escorregar para o tímpano.

— Pronto?

Will tentou não estremecer quando Charlie inseriu o dispositivo. Os fones de plástico tendiam a esquentar, mas a qualidade do som era boa. Ele ouviria qualquer conversa que Jeremy estivesse tendo. Porém, no momento, só o que Will conseguia ouvir era a respiração pesada dele. Will olhou para Faith, ela precisava acalmar o garoto.

— Querido — disse ela. — Vamos tomar um pouco de ar.

— A equipe um acabou de assumir a posição. — Charlie rolou sua cadeira até o banco de monitores. — Vamos enviar a equipe dois dentro dos próximos dez minutos. O bar está começando a ficar movimentado.

Will olhou por cima do ombro de Charlie. Doze telas mostravam doze pontos de vista diferentes. Metade da equipe de vigilância já estava no local.

Os três agentes da AIG que se passavam por garçons estavam encarregados de coletar copos, guardanapos descartados ou qualquer outra coisa que pudessem usar para fazer perfis de DNA do Clube.

Adam Humphrey estava sentado em um banco em frente à porta principal. O posto tinha um quê de trabalho sem sentido, mas o investigador parecia feliz por estar incluído.

A equipe um estava em uma mesa alta na frente do bar. Dona Ross e Vickye Porter eram duas velhas amigas de Amanda. A primeira havia colocado sua bolsa sobre a mesa para que a câmera escondida capturasse o longo bar de madeira.

Evelyn e Amanda formavam a equipe dois, com câmeras ocultas dentro da bolsa. Elas ficariam posicionadas na parte de trás do bar, inclinadas de modo que pudessem gravar as duas entradas para os banheiros e a porta de saída que levava à área de fumantes atrás do prédio.

Do lado de fora, Aiden ficaria em uma das duas mesas de piquenique. A câmera escondida em seu chapéu de caubói apontaria para qualquer lado que ele virasse a cabeça.

Kate Murphy estaria sentada em um nicho dentro do restaurante. A câmera no broche em seu blazer capturaria qualquer um que saísse do estabelecimento.

Todos usariam seus telefones para gravar o áudio, mas apenas Jeremy e Will estavam equipados com microfones e câmeras, porque os dois falariam com os suspeitos: Mac e Tommy McAllister, Richie Dougal, Chaz e Chuck Penley, Royce Ellison e Mason James.

— Querido.

Faith estava do lado de fora com Jeremy, mas sua voz era um sussurro no ouvido de Will. Ele procurou no painel de controle uma maneira de desligar a transmissão. Três dos botões de volume tinham três rótulos diferentes, mas a caligrafia de Charlie estava além das habilidades de Will.

Faith disse:

— Respira fundo.

Will ouviu Jeremy bufar como um cavalo de corrida.

A mãe perguntou:

— Você se sentiria mais confortável se eu ficasse no meu carro em vez de no ônibus?

— É seu trabalho estar no ônibus — respondeu Jeremy. — Além disso, você vai mentir e ouvir de todo jeito.

— Will não está aqui para ser sua babá. Você entende isso?

— Sim.

Faith fungou, o que significava que ela estava chorando de novo.

Will olhava desesperadamente para os rótulos. Ele perguntou a Charlie:

— Foi uma galinha que escreveu isso?

— Desculpa. — Charlie riu, apontando. — Esse é você, o da esquerda é Jeremy e o da direita é Amanda.

Will baixou o botão do meio. O choro de Faith desapareceu.

— Will? — Charlie tinha colocado os fones de ouvido. — Seu transmissor está ligado?

Will se abaixou e apertou o botão da caixa fina.

— Teste. Teste.

Charlie ajustou alguns dos mostradores.

— Estamos prontos para começar.

Amanda bateu palmas para chamar a atenção de todos.

— Escuta, pessoal. Precisamos ter muito cuidado esta noite.

Evelyn zombou, ficando em posição de sentido. Kate Murphy estava com uma expressão divertida no rosto. Ela provavelmente não recebia ordens havia mais de décadas.

Amanda disse:

— Will, seu trabalho é se entrosar ainda mais com o grupo. Não vamos resolver qualquer coisa esta noite, mas você pode fazer progresso gradual. Se conseguir obter informações deles, melhor ainda, mas nosso foco é coletar amostras de DNA. O alvo principal é Mac McAllister, seguido por Richie Dougal e Chaz Penley. Os secundários são Tommy McAllister e Chuck Penley, por quem podemos combinar o DNA familiar. Quando obtivermos os perfis deles, faremos uma comparação com o DNA da calcinha de Merit Barrowe. Se conseguirmos uma correspondência, vamos ter um ponto de partida. Entendido?

Will assentiu com a cabeça.

— Entendido.

— Aiden — continuou Amanda. — Quero você nas comunicações. Charlie, conecte para ele poder ouvir. Se alguma coisa acontecer com Jeremy, quero você no bar rápido. Este é seu trabalho hoje à noite: cobrir Jeremy. Está claro?

— Sim, senhora.

Aiden ofereceu sua orelha para Charlie e Will percebeu, pela careta no rosto do homem, que ele já havia usado um dos minúsculos fones de ouvido antes. Charlie colocou o botão e fez uma nova etiqueta para a placa. Eles começaram a testar os níveis de volume.

Amanda virou-se para Kate.

— Você está armada?

Will sentiu sua mandíbula trincar. Tá bom que não era uma operação que envolvia armas, aham.

Kate deu um tapinha na bolsa.

— Carregada.

Evelyn se ofereceu:

— Estou com meu revólver.

Kate perguntou:

— Você ainda guarda em um saquinho de bijuteria?

Todas riram do que era claramente uma piada interna.

Amanda foi a primeira a parar. Ela olhou para o relógio.

— Kate, assuma a posição no restaurante. Aiden, você também. Will, Evelyn, fiquem aqui. Charlie, precisamos do ônibus.

— Senhoras. — Aiden inclinou seu chapéu de caubói em direção à porta.

Charlie ofereceu a mão a Kate como uma espécie de acompanhante. Ela praticamente deslizou pelas escadas. Will estava ciente do fato de que havia uma certa elegância na mulher. Ela tinha a idade de Amanda, mas parecia ser de uma época diferente.

— Faith? — Amanda estalou os dedos, pedindo que ela voltasse para dentro. — Venha aqui. Vamos lá.

Faith subiu as escadas, cansada. O olhar que ela deu para a mãe estava cheio de desejo aberto de que Evelyn, de alguma forma, fizesse tudo aquilo desaparecer.

Will estudou as transmissões ao vivo no banco de monitores. A entrada do lado de fora e do lado de dentro. Três visões diferentes de três agentes diferentes equilibrando bebidas e petiscos de bar enquanto fingiam ser garçons. O bar estava com metade da capacidade ocupada. Homens e mulheres de roupa social bebiam e colocavam amendoins na boca. Will examinou o rosto deles, nem sinal do Clube, mas ele achava que alguns dos parasitas já deveriam estar no local. Eles apareceriam às sete horas da noite em ponto. Os populares sempre chegavam tarde.

Faith disse a Amanda:

— Jeremy precisa de um minuto.

Will aumentou o volume do som para poder ouvir e só o que ele ouviu foi a respiração pesada de Jeremy. O que quer que Faith tivesse dito ao garoto, não tinha sido uma conversa animadora. Ele tomou um fôlego e depois vomitou. Os respingos ecoaram no cérebro de Will. Ele ajustou o volume para baixo. Amanda se aproximou e ajustou seu fone de ouvido também.

Evelyn não precisava ouvir Jeremy para saber o que estava acontecendo, e disse a Faith:

— Você está deixando ele nervoso.

Faith limpou o nariz.

— Você me colocou com Leo Donnelly?

— Como é?

— Quando eu fui para homicídios, fui colocada com o investigador mais preguiçoso da força.

Evelyn piscou para Amanda, mas disse a Faith:

— Foi só azar.

— Foi, é? — perguntou Faith. — Ou você garantiu que eu ficasse com um parceiro que nunca seria a primeira equipe a se apresentar?

Evelyn fingiu confusão.

— Por que eu faria isso?

— Por que eu acabei na AIG quando você saiu da força?

Amanda entrou na conversa:

— Isso foi só sorte.

— Foi, é? — repetiu Faith. — Ou vocês duas passaram o tempo todo microgerenciando minha carreira?

— Será? — perguntou Evelyn, mas ninguém se deu ao trabalho de responder. — Mandy, quando estiver pronta, vou estar no carro.

Faith mordeu o lábio inferior como se precisasse se impedir de explodir. Will presumiu que ela não estava pensando no GPS que tinha colocado no carro do filho.

— Faith — disse Amanda. — Você pode decidir fazer isso parar. Will pode inventar alguma desculpa.

— É tarde demais. — Ela começou a balançar negativamente a cabeça. — Jeremy vai acabar na polícia, não vou conseguir protegê-lo. A influência da minha mãe vai acabar já, já, e todos os homens dela estão se aposentando. Os caras novos me odeiam por causa do Will.

— Você já considerou o FBI? — perguntou Amanda. — Aiden poderia cuidar dele. Ele está claramente ansioso para fazer você feliz.

A boca de Faith se abriu. Depois fechou. Depois, abriu novamente.

— Tem alguma parte da minha vida livre da porcaria da sua curiosidade?

— Na verdade, não.

Will ajustou o volume do microfone de Jeremy outra vez. Felizmente, o garoto tinha parado de vomitar. Ele estava recebendo uma bronca da avó.

— E isso sem contar o meu silêncio no último ano.

— Sim, senhora — disse Jeremy.

— Ok, este é o fim da palestra. É a sua única chance, menino. Ou caga ou sai da moita.

— Sim, senhora.

Will ouviu Jeremy dar uma fungada que se transformou em uma bufada, que era o que geralmente acontecia depois que você vomitava, o que Will ainda se lembrava de sua primeira vez como infiltrado. Ele era apenas um pouco mais velho que Jeremy. Amanda não havia dito a ele para cagar ou sair da moita, mas não teve escrúpulos em ordenar que Will parasse de choramingar e fizesse a porcaria do seu trabalho.

De repente, ele percebeu um movimento no monitor. Dona tinha movido a bolsa para capturar Richie Dougal entrando no bar. Ele estava com as sobrancelhas franzidas ao olhar em volta e depois ir direto pegar uma bebida.

Amanda também tinha visto.

— Will, você vai primeiro. Ev e eu ficaremos paradas por cinco minutos para que Jeremy e você tenham tempo de se acomodar.

Will trocou seu telefone pelo que Charlie lhe entregou, e disse a Faith:

— Jeremy está bem, tá? Tudo vai funcionar exatamente como a gente planejou. Não vou deixar que algo de ruim aconteça com o seu filho.

Faith parecia desesperada para acreditar nele, mas, pela primeira vez, estava sem palavras.

Will a deixou com Amanda. Charlie passou por ele ao descer as escadas e deu um aceno firme para que ele soubesse que cuidaria de Faith. A operação estava prestes a começar. Will encontrou Jeremy atrás do ônibus. Parecia que alguém tinha arrancado uma corda do topo da cabeça do garoto e apertado todas as articulações de seu corpo. Will pegou seu lenço e o ofereceu a Jeremy. O momento de assustá-lo havia acabado. Naquele momento, ele precisava que Jeremy fizesse a porcaria do trabalho dele.

Então, perguntou:

— Você está bem?

— Sim, tudo certo. Estou bem.

A voz de Jeremy ecoou no ouvido de Will. Felizmente, Charlie baixou o volume do fone de ouvido.

— Você sabe dirigir carro manual?

Jeremy fez que sim com a cabeça.

Will, então, lhe entregou as chaves de seu Porsche. Elas atingiram Jeremy em cheio no peito e, em seguida, começaram a cair. Jeremy mal conseguiu pegar as chaves antes que elas atingissem o chão. Ele pareceu morto de vergonha, que não era o que Will estava querendo. Tudo o que ele podia fazer era caminhar em direção ao carro. Esperou Jeremy entrar. Então esperou que ele descobrisse como destravar a porta.

Os dois tiveram um momento de dificuldade com os bancos. Jeremy teve que puxar o dele para a frente enquanto Will inclinava o dele para trás, pois a última pessoa que havia entrado no banco do carona fora Faith, cujas pernas tinham o comprimento aproximado de um poodle.

O jovem segurou a chave como se não conseguisse descobrir onde colocá-la. Will disse:

— A ignição fica em cima...

— À esquerda. — Jeremy colocou a chave. — Eu sei.

Will ouviu o barulho do motor ganhando vida, o assento vibrava com o barulho do escapamento.

— Coloquei um minimotor de arranque de alta rotação no verão passado. Eu estava tendo dificuldade com partida, mas não queria colocar o relé solenoide montado remotamente.

Jeremy lançou um olhar idêntico ao que Faith havia dado quando contou a ela sobre a nova peça.

— Cara, você me perdeu.

— Vamos logo.

Cuidadosamente, Jeremy deu a partida no carro. Ele não tinha mentido sobre saber dirigir um carro manual, mas o seis cilindros tinha 180 cavalos sob o capô, e nenhum deles gostava de andar devagar. O carro deu um solavanco quando ele dobrou a esquina do prédio. Jeremy pisou no freio e depois no acelerador, o que fez os dois se inclinarem em sincronia.

Will disse:

— Sua tia Amanda me ensinou a dirigir.

Jeremy olhou para ele e Will imaginou Faith sentada ao lado de Charlie no ônibus com a mesma expressão de surpresa no rosto.

— Ela tinha um Audi A8 Quattro com uma distância longa entre os eixos. Aquilo parecia um tanque.

Jeremy parou em um sinal vermelho.

— Eu me lembro desse carro. Era verde-escuro.

— Couro castanho — disse Will. — Ela mantinha o assento tão puxado para a frente que o volante praticamente tocava o peito dela.

Jeremy riu.

— Ela ainda faz isso.

— Eu bati em um meio-fio na minha primeira vez. Amassei o pneu traseiro. — Will sentiu-se suar com a lembrança. — Quase tive um ataque cardíaco, sabia que ela ia me matar.

— E matou?

— Não, ela me fez trocar o pneu por um novo. Depois me fez pagar. Demorou um ano inteiro para eu conseguir.

Jeremy virou na avenida principal assim que o sinal mudou de cor.

— Eu sei que a AIG não paga muito, mas até minha mãe pode pagar um pneu novo.

— Eu ainda estava na faculdade — explicou Will. — Amanda estava tentando me recrutar e eu, até então, só tinha andado de moto. Ela me disse que eu teria que passar no teste de direção antes de me deixarem entrar na academia.

Jeremy estava prestando muita atenção. Faith, provavelmente, também.

— Amanda não recruta agentes. Esse nunca foi o trabalho dela.

Will não tinha uma resposta, porque ele estava certo.

Jeremy virou no estacionamento. Letreiros de neon de bar piscavam nas janelas. Penas coloridas azuis, turquesas e verdes se espalhavam ao redor da porta. Estátuas de pavão se destacavam das liríopes que revestiam as calçadas. Eles chegaram ao Andaluzia, que, de acordo com o site, tinha esse nome em homenagem à fazenda de Flannery O'Connor, não à comunidade autônoma da Espanha.

Jeremy disse:

— A polícia paga mais do que a agência.

— Se é pelo dinheiro, eu ficaria com a 3M.

Jeremy mastigou a parte interna da bochecha enquanto andava pelo estacionamento em busca de uma vaga.

— Foi minha mãe que mandou você fazer isso?

Will apontou para uma vaga.

— Ali.

Jeremy estacionou o carro e olhou para Will.

— Estou bem, tá? Não precisa ficar de babá.

Ele era o filho de Faith, Will ficaria de babá, sim. Ainda assim, não precisava humilhar o garoto. Ele fez um aceno de cabeça para Jeremy.

— Ótimo.

Will saiu do carro e examinou o estacionamento. Poderia estar em um clube de campo. Todos os carros eram de marcas de luxo, a maioria SUVs. As placas eram dos condados de Fulton e Gwinnett. Ele não viu um Maserati MC20 Rosso Vincente, mas Mason James, provavelmente, estava cansado no fim do dia. Entrar e sair de um carro esportivo baixo seria difícil para suas costas e seus joelhos.

Will tirou o telefone da agência do bolso de trás da calça. Os dados falsos tinham sido adaptados para John Trethewey, mas o botão na lateral não pedia ajuda. Will, então, clicou nele três vezes e a visão dos óculos de Jeremy apareceu na tela. Ele viu o garoto olhando para baixo enquanto trancava o Porsche. Depois, percebeu-se analisando o telefone enquanto Jeremy caminhava na direção dele pelo estacionamento aberto.

O policial clicou no botão uma vez para se livrar da transmissão ao vivo e colocou o aparelho de volta no bolso enquanto Jeremy se juntava a ele. Ambos caminharam em direção à entrada.

Adam Humphrey havia colocado o braço sobre o encosto do banco. Seus olhos passaram pela dupla enquanto ele olhava para a rua. Will sabia que a câmera em seus óculos estava transmitindo as imagens para o ônibus, assim, quando Adam olhou em sua direção novamente, Will fez um leve aceno de cabeça, esperando que Faith entendesse isso como uma segurança.

Ele deixou Jeremy abrir a porta. Imaginou que era o tipo de demonstração de poder que John Trethewey adotaria. No momento, Will precisava esquecer tudo o mais que se passava em sua cabeça — preocupar-se com Faith, o filho dela, Amanda, Sara, até Aiden Van Zandt, porque ele era um cara legal e o histórico de namoros de Faith apontava para uma separação ruim — e se concentrar em ser um ortopedista babaca que tinha fugido do Texas sob a nuvem de uma acusação de estupro.

— Richie! — gritou ele do outro lado da sala.

O cara olhou duas vezes e abriu um grande sorriso de reconhecimento, mostrando suas facetas incrivelmente brancas.

— Pô, só tem a gente aqui. Nem os parasitas se deram ao trabalho de aparecer.

— Eles que se danem — disse Will. — Este é o meu garoto, Eddie.
— Eddie. — Richie deu uma olhada para Jeremy. — Prazer em conhecê-lo.
— Aham.

Jeremy pegou o celular, virou o topo da cabeça para Richie e começou a mandar uma mensagem.

Will balançou a cabeça para Richie. Richie balançou a cabeça de volta.

— Tá bom, garoto. — Will colocou as mãos sobre um dos ombros de Jeremy. — Vai lá. Os adultos precisam conversar.

Jeremy saiu apressado em direção à terceira mesa a partir da porta dos fundos, exatamente aquela para a qual ele deveria ir. Dois dos agentes de antifraude de Bernice ocupavam o espaço. Eles se afastaram para que ele pudesse ficar com o lugar.

Will se acomodou em uma banqueta de bar ao lado de Richie, ele podia ver Jeremy refletido no espelho atrás das garrafas de bebida. Outra agente de Bernice estava como garçom. Ela passou por trás dele com uma bandeja carregada.

— Desculpa pelo meu filho. Ele puxou a mãe — começou Will.

— Não precisa pedir desculpas. Pelo menos, ele apareceu. Minha filha acha que sou um porco fascista e machista. Ela nunca retorna minhas ligações, só quando quer alguma coisa.

Will ouviu o fone de ouvido estalar. Charlie havia aumentado o som do microfone de Jeremy. Ele, então, deu uma olhada rápida na sala. Dez agentes cobririam o lugar por causa de um alcoolista deprimente no bar.

— Cadê o resto da turma, cara? Cheguei muito tarde ou muito cedo?

— Nenhum dos dois. Eles são uns babacas. — Richie virou o drinque e pediu outro. — É cada vez mais difícil fazer eles virem. Ninguém mais respeita a tradição.

— Mas devem respeitar algumas, né? — perguntou Will.

Richie fez que não com a cabeça, mas Will não sabia se ele queria dizer "ultimamente não" ou "nunca".

— Senhor?

Will reconheceu Louisa Jennings, da equipe de Bernice. A mulher retirou cuidadosamente o copo de Richie e o substituiu por um novo. Pelo menos, eles conseguiriam uma amostra de DNA com essa colossal perda de tempo e recursos.

Will pediu:

— Old Pappy, puro.

Louisa colocou um copo no balcão. O Old Pappy que estava sob o balcão havia tido seu bourbon substituído por chá gelado. Ela serviu uma boa dose.

— Achei que Blythe fosse aparecer.

— Você sabe que ela só gosta de provocar. Diz que vem e depois não vem. Não é de admirar que Bryce seja tão neurótico — explicou Richie.

— Também, com Mason farejando por aí.

— Tem isso. — Richie acenou com a mão, desdenhando. — Mason transou com todas as esposas, menos Britt. Só o Mac consegue quebrar aquele gelo.

Will pegou seu copo de chá e se virou.

— Quem escolheu este lugar, hein? Está cheio de banqueiros e putas velhas e feias.

— O Mac gosta. Perto de casa. — Richie acenou com os dedos no ar para pedir seu terceiro drinque, embora claramente não fosse o terceiro da noite. — O que você achou da nossa proposta de ontem?

Will deu de ombros.

— Foi interessante.

— Mas?

— Não tenho certeza se quero ser espião. Ou ser controlado pelo Mac.

— Meu amigo, você não está errado de se sentir assim. — Richie viu seu copo ser enchido com uma dose tripla de uísque. Will pediu mais um pouco de chá gelado. — Não me entenda mal, sou grato por ter um emprego, mas não é fácil trabalhar com Mac. E Britt... bem, você sabe o quanto ela é uma vaca.

— E Chaz?

— Desde que os cheques cheguem, ele não está nem aí. — Richie diminuiu o ritmo dessa vez, tomando de gole em gole em vez de virar. — Mas vou dizer uma coisa, e talvez você se identifique com isso, é uma vida solitária pra caramba depois do que passamos. Você tem sorte de ainda ter sua família.

Will levantou uma sobrancelha.

— A palhaçada do MeToo. — A voz de Richie era um sussurro rouco. — Nunca pensei que sentiria falta da minha esposa, da minha filha. Trabalhei duro por quase vinte anos para dar a elas uma vida confortável e, no segundo em que as coisas ficam complicadas, elas me abandonam. Nada de festas de aniversário ou Dia de Ação de Graças. Caralho, vou acabar pedindo a ceia de Natal em um delivery. Megan não me deixa nem participar da formatura dela, diz que seria muito humilhante.

— Não é muito mais fácil para mim — contrapôs Will. — A esposa ainda está me dando um gelo, e eu fico falando: "Você fez a escolha de ficar, então, bota um sorriso no rosto ou acha outra pessoa que possa pagar pela sua vida".

— E isso rola?

— Irmão — disse Will. — Não tem nada rolando na minha casa.

Richie deu uma gargalhada.

— Senhor, não tem nada melhor do que a sensação de uma boca quente e úmida.

Will ergueu seu copo no ar, e deu uma olhada em Jeremy novamente. O garoto ainda olhava para o celular. Will não sabia se ele estava tentando se manter no personagem ou tentando não chamar atenção, mas, de qualquer forma, ele estava feliz por Jeremy estar naquele nicho.

— Como vão, senhores?

Will poderia ter adivinhado que Mason James soaria como um cara de um filme de gângster dos anos 1930. Ele se virou lentamente no banco do bar. Mason estava vestido com calça jeans e uma camisa social justa, igual à de Will. No entanto, de alguma forma, ele conseguia parecer que tinha gastado milhares de dólares a mais na roupa. Até suas botas pareciam mais elegantes.

— Trethewey — disse Mason. — Há quanto tempo.

Will deu um aperto de mão um pouco mais firme do que o necessário. Mason não pareceu se importar e deu um tapinha no ombro dele. Era quase tão alto quanto Will, mas parte de sua altura vinha da maneira como ele tinha penteado o cabelo na frente para parecer uma calopsita.

— O que você anda fazendo, Johnny? Ouvi dizer que teve uns problemas no Texas.

— Duvido que você tenha ouvido — disse Will. — Paguei muito dinheiro para que você não ouvisse.

— Claro, nada desagradável. — Mason lhe deu um tapinha no ombro novamente. — Onde você acabou? Foi na ortopedia?

Sara tinha dado a Will algumas piadinhas para conquistar a simpatia de Mason.

— Psiquiatria de ossos.

Mason levou um segundo para pensar antes de jogar a cabeça para trás e rir.

— Ah, *trauma*tologia! Amei!

Will também riu, mas ficou mal de ver aquele escroto rir da piada de Sara, especialmente porque era uma piada que ela tivera que explicar para ele.

— Amigos, a próxima rodada é por minha conta. — Mason retirou seu cartão preto de uma carteira de couro grossa. — Mas não vão pirar demais, tenho que pagar as mensalidades da escola.

— Você tem grana, seu idiota. — Chaz Penley havia se juntado ao grupo. Ele deu um aperto de mão em Will, junto com um tapa no braço. — John. Que bom que você veio.

Will viu uma versão mais jovem de Chaz atrás dele, um verdadeiro Rolf antes de dedurar os Von Trapp.

— Caceta, aquele é o Chuck? Ele é a sua cara.

— Chuck, este é o dr. Trethewey. — Chaz empurrou o filho na direção de Will. — Cadê seu filho?

— No nicho ali no canto, com a cara enfiada no celular. — Will apontou para Jeremy. — Vai lá dar um oi para o Eddie, garoto.

Chuck claramente não gostava de receber ordens de um estranho, mas também não tinha interesse em ficar bêbado com os amigos detestáveis do pai.

— Cadê os parasitas? — perguntou Chaz. — De quem vamos tirar sarro?

— Do Richie é que não — disse Mason. — A menos que alguém queira falar sobre aquele penteado para cobrir a careca.

Will deixou as risadas de lado enquanto os homens se provocavam. Ele olhou no espelho e viu Chuck sentado em frente a Jeremy. Conseguia ouvir as vozes deles em seu fone.

— ... não sei por que ele queria que eu viesse para este lugar idiota — disse Chuck.

— Nem fala — disse Jeremy. — Não suporto ficar perto desse babaca.

— Tommy está aqui?

— Quem é Tommy?

— Johnny. — A mão de Mason estava agarrando um dos ombros de Will novamente, o que acabaria levando a mão de Mason a ser quebrada. — Como está sua esposa?

— Linda — disse Will, mas só para ver a decepção no rosto de Mason.

— Ruim para o meu negócio, mas bom para você, eu suponho. — Mason se recuperou rápido. — Conte-nos o que você realmente tem feito.

— Analisando algumas ofertas. — Will girou o corpo para que o outro tivesse que soltar seu ombro. — Não tenho certeza se vamos ficar em Atlanta, minha esposa gosta daqui, mas Eddie vai se formar em alguns meses. Eu preferiria a Costa Oeste.

— Aqueles lacradores do inferno. — Richie estava falando arrastado. — Eu ficaria longe de lá, John, o estado inteiro está uma merda.

— É incrível como eles conseguiram construir a quarta maior economia do mundo. — Mason deu uma piscadela para Will. — Boas oportunidades de negócios para homens como nós. Sem seguro. Dinheiro na mesa.

Will adivinhou que ele estava falando das pilhas de dinheiro que dava para ganhar com os idosos.

— John. — A mão de Richie pousou no braço de Will. — Não dê ouvidos a ele, você precisa ficar de boa por um tempo. Confia em mim.

Will o encarou com um olhar.

— Como eu fico é problema meu.

— Como fica em relação ao quê?

Mac finalmente apareceu e não se deu ao trabalho de apresentar Tommy. O filho de Mac já estava caminhando em direção à mesa nos fundos. Will reconheceu Tommy das fotos, mas o teria identificado facilmente pela descrição de Sara. A inclinação arrogante do queixo fazia com que seu rosto parecesse quase mais convidativo a um soco do que o de Mason.

— John. — Mac tomou o lugar de Mason, pousando a mão em um dos ombros de Will. — Que filho bonitão. A mãe ainda penteia o cabelo dele?

Will deu uma bufada irritada.

— Ela ainda segura o pau dele quando ele mija.

Houve mais risadas estridentes.

Will se virou, forçando a mão de Mac a se afastar, e chamou a atenção de Louisa. Seus olhos se voltaram para o espelho. Tommy havia se sentado na cadeira ao lado de Chuck. Suzan, também da equipe antifraude, estava tirando os copos velhos e colocando novos. O DNA de Chuck Penley estava registrado. Agora, só precisavam de amostras de Mac e Mason.

— Desculpa, cara. — A voz de Jeremy murmurou através do fone de ouvido de Will. — Eu disse para o meu pai que vou sair daqui em meia hora.

— Você vai de Uber? — perguntou Tommy. — Sei de uma festa que está rolando em uma casa em Brookhaven.

— Nem, valeu. — Jeremy voltou ao celular.

Chuck e Tommy se olharam. Eles não estavam acostumados a serem rejeitados.

— Senhor? — Louisa estava atrás do balcão.

— Tira essa merda daqui — disse Will. — Traz mais um para o meu amigo. Pappy para mim e...

— Bruichladdich vezes dois — interrompeu Chaz. — Mason?

— Desculpem, senhores, tenho uma cirurgia bem cedo.

Mac completou:

— Idem. Não posso ficar muito tempo. Eu só queria ter certeza de que daria uma palavrinha com John.

Will sentiu sua irritação começar a aparecer. Mac e Mason não se livrariam das amostras de DNA.

— Não tenho certeza se posso confiar em um homem que não bebe.

Mac parecia distraído, mas o comentário funcionou. Ele pediu a Louisa:

— Scotch, mas dá uma diluída com água, pelo amor de Deus.

Ela, então, começou a preparar os pedidos. Will olhou para o trio de rapazes outra vez. Jeremy continuava grudado no celular e Tommy e Chuck claramente não estavam felizes. Como tática, o silêncio grosseiro, provavelmente, parecia seguro para Jeremy, mas Will já tinha visto ânimos se exaltarem por causa de pequenas ofensas.

Ele ouviu quando Chuck tentou envolver Jeremy, perguntando:

— Então, você está na Universidade da Geórgia.

— Sim — disse Jeremy.

Tommy perguntou:

— Você conhece Bradley Walford?

— Não — disse Jeremy.

— O que você está estudando? — Chuck tentou novamente.

Jeremy suspirou.

— É complicado demais para explicar.

— John. — Mac estava ao lado de Will, segurando o uísque e a água. — Espero que não tenhamos sido muito insistentes ontem. Chaz tem uma tendência de falar mais do que a boca.

— Tem mesmo. — Will encostou seu copo no de Mac. — Aos velhos amigos.

— Hum... ok. — Mac não bebeu. Ele colocou o copo de volta no balcão.

— A gente pode conversar um segundo?

Will usou o dorso da mão para mover o copo em direção a Mac.

— Claro.

Mac franziu as sobrancelhas. Não era o tipo de pessoa que era pressionada. Mesmo assim, pegou o uísque e fez sinal para que Will o seguisse.

Will não tentou desviar o olhar de Jeremy enquanto caminhava para o fundo da sala. Trethewey estaria monitorando o filho, incentivando-o a fazer amizade com os filhos dos homens que queriam empregá-lo.

Jeremy olhou de relance para o celular, mas logo desviou.

Em seu ouvido, Will ouviu Chuck dizer:

— Seu pai é meio babaca.

— Ele não é *meio* babaca — disse Jeremy. — Ele *é* um babaca.

— O que ele fez? — perguntou Tommy. — Não pode ser pior do que Richie. O cara abriu um buraco na parede para poder se masturbar olhando as pacientes que estavam se trocando na sala ao lado. A enfermeira pegou ele batendo uma.

Chuck começou a rir.

— Tipo aquele episódio de *Family Guy* em que o Peter vai à loja de ferramentas para comprar uma furadeira.

Jeremy não disse nada. Sua atenção ainda estava no celular.

Will passou por Amanda e Evelyn. Suas bolsas estavam apontadas para os banheiros e para a porta da área de fumantes. Nenhuma delas olhou para ele.

— John, eu vou direto ao ponto. — Mac colocou seu copo sobre o parapeito da janela. — O que você disse sobre Cam ontem, que você tirou ele da cidade. Percebi que nunca o agradeci direito por cuidar de nosso amigo.

Will sentiu seu coração começar a bater mais rápido. Ele estava procurando uma oportunidade para falar de Cam. Mesmo assim, deu de ombros como se não estivesse nem aí.

— Eu fiz o que tinha que fazer.

— Bom, não. O fato é que você não tinha que fazer nada. Você nunca esteve envolvido nas nossas... — Mac parecia procurar a palavra. — Atividades.

— É assim que vocês chamam? — perguntou Will. — Eu não saberia, porque vocês nunca me deram um gostinho.

— Eu não sei o que Cam te contou, mas era muita conversa. Principalmente, conversa. Ele foi o único que agiu mesmo e... — Mac parou novamente. Apesar de todas as suas jogadas de poder, ele não era muito eloquente. — O que Cam fez foi inconcebível. Não fazíamos ideia de que ele estava realmente realizando a fantasia.

— A fantasia? — Will perguntou.

— Obviamente, ficamos todos enojados quando descobrimos. — Mac pegou seu copo e finalmente deu um gole. — A gente pensa nas coisas, certo? A gente tem essas ideias na cabeça e fala delas, mas, na vida real, nunca é algo que a gente faria.

— Quanto "a gente".

Mac deu uma risada meio envergonhada.

— Normalmente, não sou eu quem tem estas conversas.

— Não me diga — disse Will. — Quem é, então?

Mac terminou seu uísque e colocou o copo de volta sobre o parapeito da janela.

— Sobre a oferta de emprego...

— Não estou interessado.

— Ah, tudo bem.

Mac olhou de volta para o grupo.

Will se virou, mas não conseguiu ver para quem Mac estava olhando.

— Quanto? — Mac perguntou. — A questão é sempre essa. Quanto você está querendo?

Will levou um momento para entender o que Mac estava dizendo. Cam. A fantasia. A oferta de emprego. Eles estavam tentando comprar John Trethewey. Porém, ele precisava que Mac dissesse isso.

— Quanto pelo quê?

— Seu silêncio, obviamente.

— Meu silêncio sobre o quê?

Mac começou a ficar desconfortável, e olhou para o bar mais uma vez, provavelmente procurando o homem que fazia essa parte. Will também deu uma olhada. Chaz? Richie? Mason?

— Me diz — pediu Mac —, o que exatamente Cam contou para você?

— Tipo o chat? — Will observou a arrogância de Mac escorrer pelo seu rosto. — Ou o pequeno rodízio que vocês faziam com aquelas garotas?

Mac limpou a boca com a mão.

— Ok, então Cam lhe contou um bocado.

— Só o suficiente para abrir meu apetite — disse Will. — O que vocês fizeram foi inteligente. Um se diverte um pouco enquanto os amigos dão cobertura. Teria sido útil no Texas. E eu gostaria de tirar proveito disso agora.

— Por que você acha que continua acontecendo?

— Eu li sobre o julgamento do Tommy. Vocês estão trazendo ele para o grupo, certo? Isso me agrada e vai ao encontro dos meus desejos. — Will olhou para Jeremy. — Queria que meu filho tivesse coragem de fazer algo assim.

— Confiança sempre foi um dos pontos fortes de Tommy.

— Talvez seja confiante demais, né? Ele quase foi pego. Ele seguiu o plano?

Mac limpou a boca de novo.

— Não tenho autorização para discutir nada além de dinheiro.

Will via que Mac estava perto de seu ponto de ruptura. A pior coisa que poderia acontecer naquele momento era um homem mais esperto tomar o lugar de Mac. E o único substituto que lhe veio à mente foi Chaz Penley. Isso explicaria os olhares furiosos que o homem não parava de lançar para os dois. Chaz estava claramente fazendo com que Mac sujasse as mãos para variar. Talvez a turma não estivesse mais tão unida. O julgamento de Tommy devia ter assustado todos eles.

Will perguntou:

— Quanto você acha que vale o meu silêncio?

— Seria ... não sei, algo próximo a quinhentos mil?

Will sentiu a boca ficar seca. Mac McAllister estava lhe oferecendo meio milhão de dólares.

— O que eu faria com esse dinheiro? Não é como se eu pudesse botar num banco.

— Cripto?

— Vai se foder.

Mac segurou Will antes que ele pudesse ir embora.

— Podemos te pagar com o dinheiro da empresa.

Will se virou para trás.

— Como isso funcionaria?

— Um salário — explicou Mac. — Tudo de forma transparente. Vamos descontar impostos, previdência social e tudo mais.

Ele estava listando crimes federais como se fosse uma lista de compras.

— Sua solução é cortar o dinheiro pela metade?

— Não, não foi isso que eu quis dizer. Digamos que a gente chegue a sete dígitos. Poderíamos pagar ao longo de um ano. Parte em dinheiro para ajudar com pequenas coisas. A maior parcela em salário para tudo ficar registrado no papel. Tenho certeza de que você pode dar um jeito nos números. Quando precisam, os contadores sabem ser criativos.

Will não tinha ideia de como um milhão de dólares seria pago ao longo de doze meses, mas não era o tipo de dinheiro que dava para esconder em um balanço.

Mac disse:

— O que acha de continuarmos essa discussão?

Will reconhecia um recuo completo quando via um. Mac precisava debater o assunto com o grupo.

— Eu geralmente sou pago pelo meu tempo.

O sorriso de Mac se revelou. Ele pensou que tinha pegado Will em uma armadilha.

— Qual é o seu valor por hora?

— Vamos começar com 25 mil. — Will precisava dele cometendo um crime. — Em dinheiro.

— Posso providenciar.

— E a papelada? — perguntou Will. — Como recebo meu salário?

— Posso mandar preparar os documentos a seu critério — disse Mac. — Contrato de trabalho, seguro etc. A gente diz que você é um consultor.

— Que nem Richie?

Mac ergueu as sobrancelhas, mas não revelaria todo o esquema.

— O que acha, John? Você esquece os delírios do nosso amigo bêbado, deprimido e bem morto, e a gente te dá um pequeno colchão para ajudá-lo a se reerguer. Temos um acordo?

Will fingiu pensar no assunto. O dinheiro era um bom ponto de partida, mas lavar por meio da corporação deixava Mac sujeito a acusações de suborno comercial. Ele tinha um dever fiduciário para com a corporação. Naquele momento, Mac poderia alegar que estava apenas falando bobagem. Will precisava ter o dinheiro em mãos, o cheque de pagamento transferido para uma conta bancária falsa, para o caso ficar bem claro.

— Vamos nos encontrar no clube amanhã — disse Will. — Podemos...

— Seu escroto! — A voz de Tommy estava aguda no ouvido de Will.

Ele se virou. Tommy estava falando alto o suficiente para que todos os outros na sala também olhassem para ele. Seu rosto estava contorcido de raiva.

— Você é mais escroto do que o babaca do seu pai — gritou para Jeremy.

Jeremy deu de ombros, mas estava claramente nervoso.

— Dane-se.

— Não venha com dane-se para mim, seu escroto.

Will começou a ir até eles, mas Mac colocou uma mão em seu braço.

— Deixa eles resolverem isso.

— Tom — disse Chuck. — Calma, cara. Ele só estava...

— Não se mete nessa porra!

Tommy empurrou Chuck violentamente contra a mesa. Cadeiras tombaram. Copos se quebraram. Jeremy quase deixou cair o celular quando pulou para longe da carnificina. Sua boca estava aberta. Ele parecia confuso, sem noção, com medo e, pior, completamente sozinho.

— Seu filho da puta insignificante!

O punho de Tommy se ergueu para trás.

Ele não queria atacar Chuck.

Ele estava ameaçando Jeremy.

Will atravessou a sala em quatro passos rápidos, mas deixou Tommy em paz. Em vez disso, agarrou Jeremy pelo colarinho e o levou em direção à porta dos fundos, porque ele não deixaria o filho de Faith levar uma surra. O ar da noite mordeu seu rosto e Will sentiu o cheiro de fumaça de cigarro e cerveja velha. Aiden se levantou, os punhos cerrados, mas Will lhe lançou um olhar para que ele se afastasse. Um casal estava sentado a uma das mesas de piquenique. Eles rapidamente entraram correndo enquanto Will empurrava Jeremy com força suficiente para fazê-lo tropeçar, mas não com tanta força que ele caísse no chão.

— Puta que pariu! — Jeremy colocou a camisa de volta no lugar. — Eu...

Will ouviu a parada abrupta e se virou para ver o motivo.

Chuck os observava da porta aberta.

— Eu quero ficar em paz, pode ser? — Jeremy continuou ajustando a camisa. Ele estava claramente abalado. Também estava claramente tentando manter seu disfarce. — Puta que pariu, pai. Que porra é essa?

— Seu merdinha. — Will deu um tapa no peito dele. — Eu te disse que o Tommy é filho do Mac. Quer ficar com sua mesada? Seu carro? Sua vida? Não estraga tudo para mim.

Chuck estava com um sorriso familiar no rosto quando Will se virou para a porta, mas teve a inteligência de se afastar para que o homem pudesse passar.

Will examinou o bar. Amanda e Evelyn continuavam sentadas à mesa. As duas estavam olhando para o celular de Amanda, provavelmente assistindo à transmissão ao vivo dos óculos de Jeremy.

Mac estava de volta com a turma. Os homens riam de novo, brincando, batendo nos ombros uns dos outros. Mac deu de ombros para Will, dizendo: *Fazer o quê, né?* Chaz sorria ao acenar para Will.

Will não foi até lá. Ele se virou para o banheiro masculino, fechou a porta e se encostou nela. Então, pegou seu celular e clicou no botão três vezes. Ele passou a ver o que Jeremy estava vendo: Chuck Penley parado à sua frente.

— Cara, tem que segurar até se formar — disse Chuck.

— Ele é um filho da puta. — Jeremy ainda parecia abalado, mas estava tentando. — Eu sei me cuidar, não preciso dele se intrometendo que nem a merda da minha mãe.

— Real — disse Chuck, mas não parecia convencido.

Jeremy olhou para a porta vazia que dava para o prédio.

— Ele não se arriscaria a irritar Mac, só quer saber de dinheiro.

— Mac não está irritado. Ele adora colocar a gente um contra o outro. Todos eles curtem. — Chuck tirou um maço de cigarros do bolso do paletó. — Quer?

A imagem na tela foi para a frente e para trás enquanto Jeremy balançava a cabeça.

Will viu Aiden Van Zandt nas sombras. O agente do FBI continuava tenso, pronto para intervir se Jeremy precisasse dele. Não havia como saber se Chuck sabia que ele estava ali. A única certeza de Will era que Faith devia estar gritando para os monitores no ônibus. Devia estar implorando a Jeremy que calasse a boca, que fosse embora, que se sentasse no carro de Will e esperasse até a hora de ir embora.

Jeremy não iria embora.

Ele perguntou a Chuck:

— Qual é o problema dele, afinal?

— Do Tom? — Chuck soprou fumaça pelo canto da boca. — Você soube do julgamento dele, né?

— Ele estuprou aquela garota.

— Mano! Supostamente! — Chuck deu uma risada desagradável. — A Dani era legal. Quero dizer, ela podia ser metida, mas era legal.

— Ela morreu.

— Tom não teve nada a ver com isso. — Chaz soltou mais fumaça. — Ela bateu com o carro dele. A culpa foi dela.

Jeremy olhou para o chão. Will viu que um de seus tênis estava se desamarrando e que a bainha de sua calça jeans estava rasgada. Faith, provavelmente, estava correndo pelo estacionamento. Ela não ficaria brava com Jeremy, mas com Will. Ele havia prometido que manteria o filho dela em segurança e em vez disso o arrastara por um bar e o deixara do lado de fora com o filho de um sádico.

Jeremy perguntou:

— Ele fez mesmo?

— Se estuprou ela? — Chuck deu mais uma tragada no cigarro. — Não de verdade. Quer dizer, metade dos caras do Ensino Médio comeram Dani, então não é como se a boceta dela não estivesse aberta para negócios. A maior puta do bairro.

— Eles namoravam?

— Não, cara. Ela colocou o Tom na zona de amizade e o cara ficou atrás dela por anos. Estou surpreso dele não ter pegado a mina antes.

— Verdade. — Jeremy estava olhando para seus sapatos novamente. — Ela era gostosa?

— Gostosa pra caramba — disse Chuck. — Mas nervosinha. Tipo a Britt, acho. Meu pai diz que precisa de um macaco hidráulico para abrir os joelhos de Britt McAllister.

A risada de Jeremy soou forçada para Will, mas Chuck não pareceu notar. De repente, ele perguntou a Jeremy:

— Quer ver uma coisa?

Os óculos de Jeremy se moveram enquanto ele dava de ombros.

— Quero.

— Você não pode contar pra ninguém, tá? — Chuck olhava para ele atentamente. — Tipo, real. É uma parada bem foda.

Outro dar de ombros.

— Tá.

Chuck deu uma última tragada no cigarro antes de jogá-lo na grama. Pegou seu celular e passou os dedos pela tela. Ele ergueu o aparelho para Jeremy ver.

A imagem estava pausada.

Dani Cooper.

Completamente nua. Olhos fechados. Cabeça para trás.

Ela estava deitada em um tapete branco de pele de carneiro.

Jeremy perguntou:

— Quem é essa?

— Tom me mandou. — Chuck estava sorrindo. — Dá play.

O dedo de Jeremy tocou a tela.

Will levou a mão ao ouvido para escutar, mas o banheiro estava silencioso o suficiente para ser possível ouvir tudo o que Jeremy estava ouvindo. O som abafado de pele roçando contra pele. Os gemidos suaves. Os tapas rítmicos. O som arrepiante de risada. Will sentiu como se seu sangue estivesse se transformando em vidro moído. Ele olhou para o teto. Não havia nada que ele pudesse fazer.

O filho de Faith estava assistindo a um vídeo de Dani Cooper sendo estuprada.

18

FAITH ANDAVA PELA COZINHA como se estivesse afundando em areia movediça. Ela fechou as persianas para o sol do meio da manhã não entrar. Ela havia passado mais uma noite se revirando, preocupada e chorando. Não se sentia tão privada de sono desde que Emma tivera uma crise respiratória durante as férias de primavera.

Ela parou, ouvindo Jeremy no andar de cima. Ele ainda estava dormindo. Só dava para ouvir a torneira pingando no banheiro do corredor. Faith sempre ficava feliz em receber o filho em sua casa, mas isso era diferente. Ela não conseguia se lembrar da última vez que o filho havia se deitado no sofá e colocado a cabeça no colo dela. Jeremy não tinha chorado exatamente, mas o fato de que ele claramente queria chorar foi o bastante para fazê-la achar que se despedaçaria em um milhão de pedaços.

O vídeo.

Chuck só havia reproduzido três minutos do que era obviamente uma gravação mais longa. Faith assistira ao vídeo do centro de comando móvel, seus olhos vendo tudo através dos olhos do filho.

Dani Cooper com a cabeça para trás, os lábios entreabertos, os olhos fechados, não em êxtase, mas porque estava drogada e fora de si. Seu corpo nu era a única cor no quarto. As paredes haviam sido pintadas de preto. O piso de concreto era preto. O tapete de pele de carneiro era branco e claro, mas tinha manchas. Alguns fios haviam secado e endurecido com a sujeira.

O som do gemido da jovem ainda assombrava Faith. Dani estava presa em algum lugar entre a vigília e o sono. Se estava consciente do que estava acontecendo, a única vantagem da droga era que não conseguia se lembrar quando chegou ao Grady.

Não dava para ver o homem que a havia sequestrado no vídeo, mas suas mãos apareceram enquanto ele manipulava o corpo mole da garota. Sem anéis nos dedos. Nada de relógio. Nenhuma marca de identificação, mas eram mãos de um homem jovem, a pele lisa, um pouco de pelo escuro nos nós dos dedos, então Faith tinha que presumir que pertenciam a Tommy McAllister.

Dava para ouvir o som da risada a sangue-frio dele enquanto fazia Dani posar para a câmera, virando-a de lado, de costas, de barriga para baixo, aumentando e diminuindo o zoom. Ele não a manuseava como uma boneca, porque seria mais gentil com uma boneca. Ele a jogava de um lado para o outro, empurrava-a e a cutucava. Em determinado momento, enfiou os dedos na boca dela e no meio das pernas. A câmera aproximou-se de seus seios, de seus lugares íntimos. Depois, ele a colocou em um pequeno tripé e capturou o ato de estuprá-la.

Faith se sentou à mesa da cozinha e esfregou os olhos. Mesmo já tendo visto muita depravação ao longo de sua carreira como policial, Faith colocava este vídeo como uma das cinco coisas mais horríveis que ela havia testemunhado. Se ainda somasse o fato de o filho estar nesta história... não havia palavras para descrever sua angústia.

A pior parte, a parte mais inaceitável, era que Jeremy continuava querendo entrar para a força.

Faith encostou a testa na mesa, abriu a boca e respirou fundo várias vezes. A única coisa que a impedia de gritar era saber que, até o fim do dia, alguém estaria pagando o preço pelo que seu filho havia sido forçado a assistir.

O plano de Amanda exigia que duas equipes atacassem de duas direções diferentes. Ela escolhera como nome Operação Dominó, porque uma peça derrubaria a outra e, com sorte, o restante delas cairia em seguida.

Will lideraria a primeira equipe e se encontraria com Mac McAllister para almoçar no clube de campo à tarde. Mac, em tese, levaria 25 mil dólares em dinheiro, além de documentos de emprego no valor de um milhão de dólares.

A agência já havia gravado Mac admitindo que o suborno seria em troca do silêncio de John Trethewey. O dinheiro que estava sendo entregue era bom, mas o cheque de pagamento seria o último prego no caixão de Mac McAllister. Quando o dinheiro estivesse na conta de John Trethewey, o canalha seria preso por fraude eletrônica, evasão fiscal, suborno comercial e lavagem de dinheiro. Ele poderia pegar de cinco a vinte anos de prisão, e teria que procurar um acordo para se manter fora da prisão.

Era aí que a segunda equipe entrava em cena.

Amanda havia encontrado um juiz para assinar um mandado de busca e apreensão para o iPhone de Chuck Penley. Os óculos de Jeremy haviam gravado o vídeo de Dani Cooper e Chuck dizendo que Tommy McAllister havia lhe enviado o arquivo. Essas duas informações forneceram uma justificativa legal mais do que suficiente para a busca no telefone do garoto.

Quando o mandado fosse cumprido, não seria preciso ser um gênio para descobrir que o filho de John Trethewey tinha ido à polícia. Chaz Penley ficaria apavorado com o fato de que o vídeo não era a única coisa que os Trethewey estavam discutindo. Ele estaria desesperado para salvar a própria pele e a do filho.

A única questão era saber qual homem trairia o grupo primeiro. Eles só tinham uma moeda de troca nos bolsos. Mac ofereceria o Clube para obter uma sentença reduzida? E Chaz? Ou será que os dois se arriscariam num julgamento, gastando pilhas de dinheiro, destruindo suas reputações, perdendo suas carreiras e suas famílias, na esperança de que um júri os considerasse inocentes?

Independentemente do que decidissem, não havia como o Clube sobreviver à bomba que estava prestes a explodir na vida deles. Se Amanda fizesse tudo certo, o dominó começaria a cair até o fim da semana.

Faith havia sido afastada das duas operações, mas estava determinada a fazer a sua parte. Ela se obrigou a se sentar e pegou a pilha de páginas da impressora. A equipe de serviços digitais não tinha conseguido recuperar os arquivos de vídeo corrompidos no site de chat. Felizmente, tiveram mais sorte com os arquivos protegidos por senha no computador de Cam Carmichael.

Eram todos PDFs. Cam havia tirado prints das transcrições de chat que tinham sido apagadas do site do Clube no dia seguinte ao estupro de Sara Linton. As postagens criavam uma espécie de história de origem para os membros. A primeira entrada era de dezesseis anos antes e, ao contrário das entradas posteriores, postadas principalmente por 002, 003, 004 e 007, todo o grupo parecia estar envolvido.

002: Vocês precisam ser mais cuidadosos, seus imbecis. 005: E desde quando você manda aqui? 001: Bem colocado. 003: Por que a gente te daria ouvidos? 002: Vocês quase foram pegos, seus burros. 004: Desculpem, senhores, mas isto não tem nada a ver comigo. 006: Covarde de merda. 002: E você não é? 007: O que você quer que a gente faça? 003: Sou a favor da diversão, mas não vou para a prisão por isso, só para vocês saberem. 005: Nem eu, então vocês precisam resolver isso, seus imbecis.

Faith anotou a data. Ela precisaria entrar em contato com Adam Humphrey para ver se ele estava disposto a acessar o banco de dados do Departamento de Polícia. Essa era a prova de que Merit Barrowe não tinha sido a primeira vítima do Clube. Pelo que Faith estava lendo, o estuprador da mulher quase havia sido pego e a vítima zero devia ser próxima de alguém do grupo. A maneira sofisticada como eles encobriram os rastros com Dani Cooper e Leighann Park apontava para um planejamento deliberado. As transcrições revelavam como eles chegaram à solução.

006: A gente devia dividir as tarefas. 002: Exatamente. 001: Explica? 006: Trabalhar como se fosse um caso no pronto-socorro. Colocar especialistas. 002: Ah, falou o poderoso cirurgião de trauma. Sério, olha a gente fazendo mesmo isso de novo. 007: Para de ser uma putinha. 006: Estou tentando achar uma solução. 003: OK, você até que não está viajando. 002: A coisa precisa ser compartimentalizada. 006: É o que eu estava tentando dizer.

Faith estava com seu caderno espiral aberto. Ela encontrou sua lista de perfis para o grupo de chat. Havia presumido que o 006 fosse Cam Carmichael. Ele era o único cirurgião de trauma do Clube. Então, marcou o nome dele antes de continuar a ler.

005: Você já pensou que alguns de nós gostariam de participar? 001: Quando foi que você criou coragem de ser Mestre? 003: Aqui, nada de Mestre, eu gosto de assistir. 005: Todos nós gostamos de assistir, mas alguns de nós querem molhar o pau. 006: Vamos fazer um rodízio, que nem em uma consulta de pronto-socorro. Todos podem se revezar. 002: Porra, quer parar com isso de pronto-socorro? Todos nós sabemos segurar um bisturi. 007: Ele tem razão. 006: Então é isso que a gente vai fazer. 002: Quem vai gerar uma escala? 007: Quem você acha? 002: Por que todo o planejamento sempre fica para mim?

Faith passou o dedo pelos perfis. Ela havia chutado que 002 era Mac McAllister, mas 002 tinha um certo nível de maldade que Faith não ouvira na voz de Mac na última noite. Ela olhou para a parede maluca. Chaz Penley era um forte candidato. Antipático, malicioso, organizado. No almoço do clube de campo, ele tinha sido o cara dos números, fazendo a apresentação de vendas para trazer John Trethewey para o grupo.

O que significava que 007 talvez fosse Mac. Em postagens posteriores, ele falava de suas conquistas, que Faith, naquele momento, entendia serem atos de estupro. Ela teria apostado seu próximo salário que os arquivos de vídeo corrompidos no site eram semelhantes ao que Tommy havia filmado de Dani Cooper. Britt havia dito que Tommy estava se transformando no pai. Será que ele aprendera com o homem que era chamado de Mestre?

Faith tentou tirar o vídeo da cabeça e voltou aos perfis.

Por processo de eliminação, Richie Dougal só podia ser o 003. Ele havia dito que gostava de assistir. Na noite anterior, Tommy havia revelado que o momento MeToo de Richie era porque ele havia feito um buraco na parede para poder ver suas pacientes se despindo.

Faith fez outra marcação na lista.

Royce Ellison e Bing Forster poderiam ser 001 e 005. Ou Faith poderia estar indo pelo caminho completamente errado, porque todos aqueles sádicos estavam começando a soar como gerentes de nível médio.

002: Cargos a serem preenchidos? 005: Mestre. Escravizador. 006: Puta que pariu, temos que parecer um bando de racistas também? 002: É importante ser politicamente correto quando estamos falando de perseguir, assediar, sequestrar, drogar e estuprar jovens. 007: Então, essas são as posições? 002: Entrar e sair em rodízio, quem está no banco pode assistir. 005: De acordo. 006: Sim. 001: Sim. 003: Claro. 007: Envio o alvo do próximo trimestre quando tiver detalhes.

Faith teve que parar por um momento. Tinha sido muito fácil. Um para perseguir. Um para assediar. Um para sequestrar. Um para drogar. Um para estuprar. Cinco homens diferentes. Sete membros do Clube. Mason havia saído, Cam havia se matado com um tiro na cabeça. Royce e Bing não tinham estado na festa mista ontem, mas Chuck e Tommy, sim. Eles estavam claramente sendo trazidos para o Clube.

O que levava ao que Britt havia dito a Sara quatro dias antes.

Não posso impedir o resto deles, mas posso salvar meu menino.

Faith não achava que isso fosse possível. Na noite anterior, Tommy estava disposto a dar um soco em Jeremy por causa de um desentendimento sobre uma falta marcada em um jogo de futebol americano dois anos antes. Ele era instável, irritado, propenso à violência e tinha se filmado estuprando Dani Cooper. Havia sido acusado com credibilidade de estuprar uma garota no Ensino Médio e levara a polícia até a porta da família no Ensino Fundamental por ter machucado o cachorro de um vizinho.

Não era uma questão de salvar Tommy, era uma questão de salvar todos ao redor dele.

Faith se forçou a ler os outros prints. A lista havia sido postada pelo 002. Cada homem recebeu uma tarefa. Cada homem tinha uma vez. Não eram permitidas substituições. Era evidente que 007 estava escolhendo as vítimas. Os olhos de Faith percorreram as linhas em busca de seu número.

007: Mandei mensagem para vocês com a foto do alvo. 007: Endereço do alvo enviado. 007: Número de telefone do alvo a caminho.

Cada homem escreveu de volta a mesma resposta.

001: Confirmado. 002: Confirmado. 003: Confirmado. 005: Confirmado. 006: Confirmado.

Mason James estava visivelmente ausente das maquinações, mas Faith supôs que ele lesse os chats. Afinal, 004 ainda estava acessando o site havia oito anos, quando todos descobriram que Cam havia se retirado permanentemente do Clube.

Faith ouviu um carro entrando em sua garagem. Sara havia se oferecido para ajudá-la a desmontar a parede maluca para Emma não ver que a fita da Hello Kitty tinha sumido e começar a girar e se debater no chão da cozinha que nem uma minhoca.

— Oi? — A voz de Sara era suave enquanto ela caminhava pelo corredor. Faith havia lhe dito para entrar por trás para não acordar Jeremy.

— Cozinha.

Faith empilhou as sete páginas e as colocou por cima das outras transcrições do chat. Ela precisaria de algumas caixas de arquivo. Com sorte, os serviços digitais poderiam fazer algo com as montanhas de papelada.

— Bom dia. — Sara colocou a bolsa no balcão. Ela foi atraída novamente para a parede maluca. As tiras vermelhas, roxas, rosas e amarelas de cartolina pareciam um projeto de arte escolar fracassado. — Conversei com Will no caminho para cá. Ele marcou de encontrar Mac no clube à uma da tarde.

Faith só se sentiria aliviada quando tudo estivesse terminado.

— Alguma coisa sobre a calcinha de Merit Barrowe?

— O laboratório encontrou duas linhas diferentes de DNA. Precisaremos de uma amostra de Martin Barrowe para excluir o DNA dela. O segundo perfil é masculino, desconhecido. — Sara analisava as tiras de cartolina amarela. — Vai levar até o fim de semana para analisar o código genético de todo mundo que estava lá ontem à noite. Menos do Mason, ele nem tocou em um copo.

— Isso é incomum?

— Não sei — admitiu Sara. — Faz muito tempo que eu não saio com ele.

Faith notou a relutância de Sara quando ela desviou a atenção da parede. Parecia que a noite dela tinha sido tão tranquila quanto a de Faith.

— Will está chateado por causa do Jeremy.

— Will fez exatamente o que deveria ter feito. — Faith já havia conversado com ele duas vezes naquela manhã. — Eu quase conseguiria aceitar Jeremy levar um soco, mas os óculos dele podiam ter quebrado. Tommy e Chuck teriam visto o sistema eletrônico da câmera e tudo teria sido em vão.

— É assim que Jeremy vê a situação?

— Sim, infelizmente. — Faith mordeu o lábio inferior. Ela não choraria de novo. — Ele ainda quer entrar para a força.

— Eu posso conversar com ele — ofereceu Sara. — Tem outras maneiras de servir. Fiz um curso de medicina legal em Quantico no outono passado. Eles têm um monte de brinquedos legais, com certeza você conhece alguém que poderia colocá-lo lá.

Faith teve vontade de rir. Quantico significava o FBI.

— Todo mundo sabe que eu estou saindo com o Aiden?

Sara não precisou responder.

— Kate Murphy é incrível.

— Ela é aterrorizante. — Faith não sabia como agir perto da mãe de Aiden. A mulher era talentosa demais, bonita demais, diferente demais de tudo o que Faith jamais seria. — Vou mudar de assunto. Você tem ideia do dono de alguma voz com base nas transcrições do chat? Tenho quase certeza de que Cam é 006. Mason é 004. Mac poderia ser 007.

— Foi o que eu percebi, também. — Sara se encostou na bancada. — O 002 tem uma marca. Ele fica repetindo alguma variação da frase "A gente vai mesmo fazer isso de novo?".

Isso era demais para as habilidades investigativas de Faith. Ela voltou a folhear as páginas. Seus olhos captaram as palavras...

007: Ela precisa de uma foda forte para relaxar. 002: A gente vai mesmo fazer isso de novo?

007: Eu só queria me afastar daquela vaca gritando o mais rápido possível. 002: A gente vai mesmo fazer isso de novo?

002: Ah, falou o poderoso cirurgião de trauma. Sério, olha a gente fazendo mesmo isso de novo. 007: Para de ser uma putinha.

Faith percebeu outra coisa.

— O 002 está sempre falando mal do 007. Quem teria coragem de ficar falando assim com Mac Fodão McAllister?

— Ninguém. Então, ou Mac não é 007 ou... — Sara deu de ombros. Ela havia chegado aos mesmos becos sem saída que Faith. — Consegui ir um pouco mais longe com as mensagens enviadas para Merit Barrowe. Para mim, parecia Cam.

Faith encontrou o print do celular de Merit. Ela leu:

— "Quem quer alegrar seu dia dizendo o quanto você é bonita? Quem sonha com você muito mais do que deveria? Quem é um pouco mais perturbado do que todos os outros? Quem é que não merece o prazer da sua companhia? Quem é a pessoa que vai te decepcionar quando descobrir quem eu sou?"

— É um pouco patético — disse Sara. — Sou perturbado. Não mereço sua companhia. Você vai ficar decepcionada quando descobrir quem eu sou.

Faith começou a balançar positivamente a cabeça, porque parecia óbvio agora.

— Ele romantizou a situação, acreditava que estava escrevendo uma carta de amor em vez de persegui-la. Aí, Merit entra no Grady e ele vê de perto o estrago que eles fizeram.

— Sloan Bauer me disse que Cam ficou horrorizado quando ela o acusou de tê-la estuprado. Aparentemente, ele não se deu ao trabalho de aprender a diferença entre sexo e agressão. — Sara cruzou os braços, ela não parecia compreensiva. — Cam tentou fazer a turma parar, contestando o atestado de óbito de Merit, coletando o relatório da autópsia, guardando a calcinha dela. Mas aí Edgerton deu uma saída fácil para ele.

— E a Glock deu uma saída fácil para Cam. — Faith soltou um longo suspiro. Ela tinha que encontrar uma maneira de parar esses animais. — O nome da empresa, CMM&A. A inicial A significa alguma coisa para você?

Sara fez que não com a cabeça.

— Tudo isso é muito frustrante. Já descobrimos tanto, mas sempre voltamos ao mesmo lugar em que estávamos na primeira noite.

Faith entendia o que ela queria dizer.

— Não podemos provar qualquer coisa. O Clube está ativo há dezesseis anos e, neste momento, Tommy é o único que vai ser acusado de estupro. E quem sabe se isso vai se sustentar no tribunal? O rosto dele não está no vídeo.

— Vamos conversar sobre isso — disse Sara. — Que outras perguntas você tem?

— O som de *zzt-zzt* que Leighann Park descreveu não tem explicação. Não sabemos como eles estão conseguindo os números de telefone das vítimas nem como elas estão sendo selecionadas. Amanda acha que essa é a chave para descobrir quem está no comando. Se fizermos uma conexão entre o Mestre e as vítimas, desvendamos o caso. E ainda temos os sapatos. — Faith apontou para as fotos que ela havia colado nos armários perto da pia. — O Air Jordan Flight 23 da Merit. A sandália plataforma Stella McCartney da Dani. O Marc Jacobs de veludo com cadarço de Leighann. Alguém está levando troféus. É o tipo de coisa que um júri adora. Se o sapato servir, a carapuça também.

Sara estudou as fotos.

— Muito lindo esse salto grosso.

— Não é? — Faith não usava saltos desde que Emma transformara sua lombar em um trampolim. — A única outra coisa é o tapete de pele de carneiro que Leighann descreveu na entrevista. Ele também aparece no vídeo da Dani. Deve ter uma quantidade significativa de DNA naquele tapete. O que você acha?

Sara contraiu os lábios.

— Você não assistiu ao vídeo? Está no servidor.

Sara fez que não.

— Eu não queria fazer o Will passar por isso de novo. E, com tudo o que está acontecendo, já estou tendo problemas suficientes para dormir.

— Nem me fala — disse Faith. — Até esta semana, eu achava que a pior notícia que Jeremy poderia me dar era me dizer que eu seria avó antes de fazer quarenta anos.

— Sinto muito. Não consigo imaginar como a noite passada foi assustadora para você.

— Estou muito feliz que o Will estava lá. — Faith enxugou os olhos. Ela não mencionou o fato de ter ficado feliz por Aiden estar lá também. — Ninguém avisa que 99 por cento de ser mãe é andar por aí atordoada, perguntando-se que caralho acabou de acontecer.

Sara olhou para as mãos e começou a girar o anel. Faith não perguntou no que ela estava pensando porque as duas sabiam: Sara adoraria estar andando por aí atordoada.

Faith empilhou mais alguns papéis. O som da água pingando no andar de cima aumentava o desconforto.

— Me manda uma foto da sua torneira. Posso encomendar uma arruela online.

— Você sabe fazer isso? — perguntou Faith.

— Sou filha de encanador. — Sara colocou um sorriso no rosto. — Tessa pode consertar para você e pode até trazer Isabelle para brincar com Emma.

Era mágica acontecendo bem diante dos olhos de Faith.

— Ela vai adorar. Eu vou adorar.

— Então está combinado.

Faith não conseguia ignorar a alegria forçada na voz de Sara, e teve que perguntar:

— Você nunca se cansa de facilitar as coisas para os outros?

Sara fez que não com a cabeça, mas não estava negando. Ela estava dizendo que não conseguia falar do assunto, e apontou com a mão para a parede da cozinha.

— Por onde você quer começar?

Faith gemeu que nem uma velha ao se levantar.

— Vamos desmontar a parede maluca. Não se preocupe em ser cuidadosa, já sei que a fita adesiva vai arrancar a tinta.

Sara era mais alta. Ela começou pelos armários, puxando as várias tiras de fitas adesivas que o sr. Adesivinho tinha usado para emoldurar a Conexão.

O que aconteceu com você, o que aconteceu com Dani... Está tudo conectado.

— Não acredito que sacrifiquei meus armários por causa de uma ricaça chapada que não conseguiu ficar de boca fechada em um banheiro. — Faith tirou as tiras vermelhas com as falas de Britt. — Fico me perguntando se a desgraçada estava mesmo tão chapada. Sei que ela estava chorando, mas talvez fosse de alívio. Ela poderia estar manipulando você desde o começo. Estamos dando a ela exatamente o que ela queria. Tommy está protegido e o Clube, provavelmente, vai parar quando Mac for preso.

— Não sei. Parte de mim acha que ela cometeu um deslize. Depois, parte de mim lembra que ela era uma das cirurgiãs mais habilidosas que já vi. Com certeza, me atingiu com precisão. — Sara pegou com cuidado outro canto da fita. — Britt é uma daquelas mulheres que diz que se dá melhor com os homens quando, na verdade, as outras mulheres odeiam as palhaçadas dela e os homens gostam dela porque ela sacaneia as outras mulheres.

Faith havia se deparado com esse tipo de mulher durante toda a sua carreira como policial.

— Will disse que Britt é uma vítima e também uma agressora. Acho que ele está falando por experiência própria.

Sara estremeceu quando arrancava uma grande faixa de tinta. Ela nunca falava sobre a vida pessoal de Will e Faith sabia que ela não começaria naquele momento.

— Vamos voltar à sua lista de perguntas. E o barulho que Leighann ouviu?

Faith pendurou um desenho que Emma havia feito de um urso panda ou de uma lata de feijão preto.

— O único *zzt-zzt* que me vem à mente é o de um mata-mosquito.

Sara parou de puxar a fita e olhou para Faith.

— Era um *zzt* ou era mais tipo um zumbido mecânico?

— Como assim?

— Quando eu era pequena, meu pai comprou uma filmadora RCA na Radio Shack. Ainda tem centenas de fitas VHS em nosso porão.

Faith sorriu, apesar das circunstâncias.

— Meu pai também tinha uma dessas.

— Você se lembra do som que ela fazia quando você aumentava e diminuía o zoom?

Faith acabara de se lembrar. Parecia exatamente o ruído que Leighann havia descrito — um *zzt-zzt* mecânico quando a estabilização óptica trabalhava em conjunto com o foco automático.

Faith disse:

— O vídeo era de alta definição, então eles não estão usando VHS.

— A digital é melhor ainda. Os metadados vão mostrar o local, a data, a hora e, talvez, até o dono da câmera.

— Se conseguirmos pegar o tapete de pele de carneiro, vai ter o DNA de todos que já estiveram nele.

— Se — Sara repetiu, porque esse caso estava cheio de "ses" e nenhuma ação. — Você ouviu algo parecido com um ruído de zoom no vídeo da Dani?

Faith negou com a cabeça. Ela só se lembrava do gemido horrível.

— Eu estava ocupada demais surtando para ouvir algo específico.

— Você disse que o vídeo está no servidor, certo?

Sara pegou a bolsa e tirou um par de AirPods.

— Meus fones de ouvido estão na sala.

Faith se sentou à mesa, abriu seu Mac e sincronizou os AirPods de Sara com ele. Sara já estava de volta com seus Beats quando Faith fez o login no servidor da agência.

— Eu posso assistir sozinha. Você não precisa ver de novo — falou Sara.

Faith esperou que a amiga se sentasse. Ela clicou para abrir o arquivo e aumentou o volume. Com as duas já com seus respectivos fones, Faith deu play.

O vídeo era igualmente horrível na segunda vez. Os braços e as pernas de Dani sendo manipulados. Seu corpo sendo violado. O rosto dela sem vida, porque a jovem não tinha ideia de onde estava ou do que estava acontecendo.

Faith fechou os olhos, concentrando-se no som. Respiração pesada. Um homem rindo. Movimento. Lábios estalando. As respirações superficiais de Dani. *Zzt-zzt.*

Os olhos de Faith se abriram e ela olhou para Sara. As duas reconheceram o som. A estabilização óptica, o foco automático.

A policial tirou os fones de ouvido, não precisava ouvir mais. Tocou a barra de espaço para parar o vídeo.

— Faith. — Sara levou a mão ao coração. — As fotos da Dani nua. As que foram mostradas para os pais dela. Britt me disse que um dos ex-namorados de Dani as encontrou em um celular antigo e que eram ruins, ruins o suficiente para os Cooper aceitarem um acordo.

— Está bem.

— Quando estávamos no vestiário — disse Sara —, Britt descreveu as fotos para mim. Disse que os olhos de Dani estavam fechados, mas que dava para ver o rosto dela. Ela estava apertando os seios. Abrindo os grandes lábios. É exatamente assim que a menina está sendo mostrada. As fotos não eram de um namorado da escola. Eles tiraram prints do vídeo. Veja.

Faith observou Sara rebobinar e avançar os vários frames. Dani não tinha controle motor. Suas mãos ficavam onde eram colocadas. Nos seios. Entre as pernas. Qualquer um com um mínimo de conhecimento de edição de fotos conseguiria fazer com que as poses parecessem voluntárias.

Faith disse:

— Você acha que Britt sabe sobre o vídeo?

— Mac vai estar no clube com Will daqui a duas horas. Posso ir até a casa dela e perguntar. Ela talvez esteja pronta para conversar.

— E se Mac vir você nas câmeras?

— Will pode impedi-lo de olhar o celular.

Faith não duvidava disso, mas havia um problema.

— Precisamos conversar com Amanda sobre isso. Não quero mais esconder as coisas dela.

— Concordo — disse Sara. — Mas isso pode ser outro dominó. Não tenho dúvidas de que Britt vai apoiar Mac nas acusações de suborno, mas ela não vai apoiar se a vida de Tommy estiver em risco e vai jogar Mac aos lobos.

— Você concordaria com esse acordo? — perguntou Faith. — Deixar Tommy solto para Mac ser preso?

— Não, Tommy tem que ser preso também. Isso não é negociável.

Faith não poderia deixar que ela acreditasse que seria tão simples assim.

— Tem a maneira como você quer que o sistema funcione e a maneira como o sistema realmente funciona.

— Então, Britt ganha de novo?

Faith não tinha uma resposta. Não era só Britt. Tommy McAllister continuaria a ferir mulheres até que alguém encontrasse uma maneira de impedi-lo. Infelizmente, muito mais mulheres sofreriam antes de isso acontecer.

Sara estava pensando a mesma coisa. Ela soltou um suspiro lento enquanto se recostava na cadeira. Olhou para a imagem pausada de Dani no laptop. Devia estar pensando na promessa que fizera a ela havia três anos.

Ou talvez não.

Sara endireitou-se, apontando para a tela.

— Você consegue ampliar e melhorar essa área do vídeo?

— A área ao redor da pinta?

Sara assentiu com a cabeça.

Faith fez uma captura de tela e depois abriu num aplicativo gratuito de edição de fotos. Ela ajustou os filtros até a pinta escurecer e a pele de Dani ficar mais clara. Ela percebeu que Sara não estava perguntando por causa da pinta, mas pela cicatriz que tinha cerca de 2,5 centímetros de diâmetro. A pele tinha uma leve depressão, quase como um furo. As linhas azuis das veias de Dani se separavam como o fluxo de um rio ao redor de uma pedra. Faith ajustou o círculo de cores até que a cicatriz ficasse rosada.

Então, ela se lembrou de um detalhe da primeira noite em que haviam erguido a parede maluca.

— Você disse que a cicatriz era antiga, provavelmente da infância de Dani?

Sara não respondeu. Sua cabeça estava em transe. Ela parecia confusa.

— Leighann tinha alguma cicatriz visível?

— Uhm...

Faith empurrou as pilhas de documentos até encontrar as três fotos que havia tirado do peito de Leighann: de perto, de longe e de lado.

Sara escolheu a vista lateral.

A jovem havia levantado o braço acima da cabeça, deixando o seio mais proeminente para que Faith pudesse documentar as palavras escritas ao redor do mamilo. Na hora, a policial não havia prestado atenção à cicatriz desbotada no lado esquerdo do corpo de Leighann. Naquele momento, porém, via que a linha fina e rosada estava alguns centímetros abaixo da axila, apontando como uma seta em direção ao seio.

Sou eu.

Sara perguntou:

— Cadê o relatório da autópsia de Merit?

Faith encontrou facilmente as páginas enviadas por fax.

Sara apontou para os três Xs no esquema corporal. Estavam no mesmo local que a cicatriz de Leighann Park.

— O legista disse que era uma tatuagem, mas e se fosse uma cicatriz? E se Edgerton fez ele mudar a designação para uma tatuagem? Isso explicaria por que ele não tinha identificado o que estava escrito.

— Por que Edgerton queria que a cicatriz fosse trocada por uma tatuagem?

Sara colocou o relatório de volta sobre a mesa, a expressão de confusão havia desaparecido de seu rosto.

— Isso não pode ser o que estou pensando.

— O que você acha que é?

Sara olhou para Faith.

— Depois de uma cirurgia aberta do coração, fica uma cicatriz de esternotomia mediana. O cirurgião abre seu esterno, conecta-o outra vez e fecha a incisão. Você fica com uma cicatriz significativa no meio do tórax, às vezes, com algo entre vinte e trinta centímetros.

Faith não tinha ideia de onde aquilo daria.

— Nenhuma das vítimas tem uma cicatriz no meio do peito.

— Pois é. — Sara mostrou a foto do peito de Leighann. — Essa cicatriz é de uma minitoracotomia anterolateral esquerda. Esse tipo de incisão é usado para reparar um DSA ou DSV: defeito do septo atrial ou ventricular, um buraco entre as duas câmaras superiores ou inferiores do coração.

Faith observou enquanto Sara segurava o esquema corporal da autópsia de Merit Barrowe.

Ela apontou para os três Xs.

— Mesmo local: uma cicatriz de minitoracotomia anterolateral esquerda. Provavelmente, o mesmo procedimento.

Sara virou o laptop para Faith.

Ela apontou para a cicatriz abaixo da verruga de Dani Cooper.

— Acesso transfemoral para um cateterismo cardíaco esquerdo. Se o DSA for pequeno o suficiente, você pode introduzir um implante especial através do cateter. A pressão dentro do coração o mantém no lugar até que o tecido cresça por cima.

Faith ficou sem entender.

— Reconheço várias dessas palavras, mas nenhuma delas faz sentido juntas.

— Quando eu estava no Grady, a dra. Nygaard fazia parte de um estudo do NIH para testar a cirurgia cardíaca minimamente invasiva usando minitoracotomia com canulação periférica. Os pacientes tinham a oportunidade de inscrever-se aleatoriamente, e a maioria dos pais de crianças do sexo feminino aceitava. Os resultados são semelhantes, é uma escolha apenas estética. Eles preferem que a filha cresça com uma cicatriz mínima na lateral do tórax em vez de uma cicatriz de trinta centímetros no meio do decote.

Faith começara a entender, mas esperou que Sara continuasse.

— A dra. Nygaard é canhota, igual a mim, então a preferência dela era entrar pelo lado esquerdo. Todos os residentes e *fellows* de cirurgia dela eram treinados para a abordagem pelo lado esquerdo, a menos que o lado direito fosse mais vantajoso por um motivo específico. Quando não estavam operando, os *fellows* auxiliavam a dra. Nygaard na clínica, onde acompanhavam os pacientes, ajudavam a avaliar possíveis candidatos à cirurgia, lidavam com pais ansiosos e os orientavam durante os procedimentos.

Naquele momento, caiu a ficha de Faith.

— Todos os residentes e *fellows* cirúrgicos da dra. Nygaard.

— Onde você sempre tem que fornecer um endereço e um número de telefone atualizados?

— Em um consultório médico.

— Merit, Dani, Leighann. É assim que as vítimas são selecionadas. Mac McAllister trabalhou no coração delas.

19

Sara estava sentada sozinha no banco do carona do Lexus de Amanda. O motor estava ligado para que o aquecedor pudesse aquecê-la e Frank Sinatra preenchia o ambiente com sua voz marcante. Amanda estava encostada na BMW de Sara, estacionada em frente ao Lexus. Sua cabeça estava inclinada para baixo enquanto ela falava ao telefone.

A conversa parecia tensa.

Amanda estava em uma teleconferência com o promotor público assistente sênior do condado de Fulton e com o gabinete do procurador-geral do estado. Eles estavam coordenando uma espécie de operação de espionagem. Sara estava prestes a bater na porta de Britt McAllister. Desta vez, não seria necessário confiar na memória de Sara ou em sua capacidade de rabiscar as lembranças em um cartão. Ela estava usando uma jaqueta de veludo verde musgo com uma câmera embutida no botão do bolso esquerdo do peito e um microfone na lapela direita. O transmissor estava em seu bolso lateral. Amanda montou uma estratégia com os advogados, porque queria ter certeza de que eles fariam tudo exatamente de acordo com as regras para que a gravação não fosse descartada no tribunal.

Eles não sabiam se Mac estava guardando os vídeos das câmeras dentro da casa nem onde estava o servidor. Não faziam ideia se ele poderia ou não apagar remotamente as unidades da mesma forma que as câmeras externas da casa foram apagadas na noite em que Dani Cooper morreu.

Amanda começou a andar entre os carros. Sua mão se estendeu em um gesto amplo de frustração, mas, se Sara sabia uma coisa sobre a vice-diretora, era que ela sempre conseguia dar um jeito.

Parte de Sara não conseguia deixar de pensar que aquilo era trabalho demais à toa, considerando o longo e tedioso histórico de Britt de distribuir becos sem saída. Ela havia choramingado falando sobre os *demais*, mas não quis dizer seus nomes. Falou de Cam, mas Cam estava morto. Ela os apontou para Merit Barrowe, mas não havia nada que pudessem fazer a respeito daquilo. Ela disse que havia uma conexão entre Sara e Dani Cooper, mas a mais óbvia parecia ser o fato de ambas terem sido estupradas. O que também as ligava a quase meio milhão de mulheres americanas todos os anos.

Mac era a verdadeira conexão.

Britt nunca teve a intenção de apontar Sara para Mac. Sua explosão de honestidade desleixada e induzida por drogas no banheiro do tribunal tinha sido um erro. Desde então, ela fora forçada a limpar tudo. Ela havia mencionado o nome de Merit Barrowe no vestiário e oferecido Cam como suspeito. Britt destruíra o nome e a reputação dele. Colocar a culpa de tudo em um homem morto não era uma estratégia ruim, mas ela não sabia que Sara tinha visto o vídeo de Dani e que ela tinha lido as transcrições do chat, os relatórios da autópsia e o depoimento de testemunha de Cam. Mais importante: Britt havia se esquecido de que Sara era uma excelente médica.

Os programas de residência eram projetados para oferecer instrução completa em várias disciplinas, mas, em termos práticos, pareciam projetados para esmagar seu ânimo. Longas horas de trabalho. Salário baixo. Zero respeito. Pouquíssimas recompensas. Durante o primeiro ano, você ficava se debatendo, tentando não matar ninguém. E só ganhava o título de residente se chegasse ao segundo ano. Cada residência é diferente, mas, em geral, todos os participantes passam por blocos de rodízios clínicos dentro de sua especialidade: emergência, clínica médica, pediatria, psicologia, neurologia e cirurgia. Cada bloco pode durar de quatro a nove semanas e, enquanto você está trabalhando em um específico, realiza todas as tarefas, desde o preenchimento da papelada até a triagem de pacientes e a assistência em cirurgias de coração aberto.

Sara havia se apaixonado pela cirurgia cardiotorácica pediátrica durante sua primeira rotação com a dra. Nygaard. Mac também, mas por motivos diferentes. Sempre que se tratava de operar o coração de um bebê, os riscos eram maiores, mas o prestígio também. Cada um deles tinha se esforçado para fazer parte da equipe da dra. Nygaard com a maior frequência possível. Cada um deles disputara o *fellowship*. Ambos receberam a oferta. Apenas um deles estava em condições de aceitá-la.

E então ele explorou isso em benefício de seus próprios impulsos doentios.

Sara olhou para seu celular, ela havia falado com os pais de Dani Cooper. A jovem tinha nascido com um defeito do septo atrial *ostium secundum*, o tipo mais comum de DSA. Sua equipe médica havia adotado uma abordagem de "esperar para ver se o buraco de cinco milímetros fecharia espontaneamente". Aos seis anos, Dani relatou fadiga e arritmia, de modo que um cateter foi inserido em sua artéria femoral para corrigir o buraco.

A dra. Nygaard foi a cirurgiã.

Mac McAllister era seu *fellow*.

Faith ligara para a mãe de Leighann Park, que também havia sido tratada no Grady. A jovem havia nascido com um DSA que foi reparado quando ela começou a apresentar sintomas aos sete anos.

A dra. Nygaard foi a cirurgiã.

Mac McAllister era seu *fellow*.

Faith também conversara com Martin Barrowe. Ele era adolescente quando a irmã morreu, então teve que fazer algumas ligações telefônicas para familiares para descobrir a verdade. Merit havia nascido com uma anomalia na válvula mitral, e um anel artificial foi implantado para reforçar a válvula. A cirurgia fora realizada no Grady. Ninguém na família conseguia se lembrar de quem havia realizado o procedimento, mas sabiam que Merit precisava fazer consultas de acompanhamento todos os anos para garantir que o anel estivesse funcionando adequadamente.

Esse tipo de acompanhamento de rotina, geralmente, era feito por um residente de cirurgia.

Mac McAllister era o residente cirúrgico da dra. Nygaard na época da morte de Merit.

O cirurgião era a peça-chave que Amanda estava procurando para desvendar o caso. Ele havia escolhido as vítimas e facilitado ou participado do estupro de Merit Barrowe. Ele tinha feito um jogo de longo prazo com Leighann, esperando até que ela chegasse aos vinte anos para atacá-la. Dani, provavelmente, também havia sido marcada, mas Tommy, de alguma forma, bagunçara tudo. Não havia como saber quantas ex-pacientes Mac, o Mestre, tinha em sua lista de alvos. Nos últimos dezesseis anos, ele, provavelmente, tinha visto milhares de bebês e crianças em seus momentos mais vulneráveis. Depois, observara e esperara até elas terem idade suficiente para realizar suas fantasias doentias.

Como médica-legista, Sara tinha visto exemplos horríveis de crueldade, mas, como médica, como cirurgiã, como uma mulher que já tivera a honra de consertar o coração de tantas crianças, ela não podia deixar de pensar que Mac

McAllister era um dos seres humanos mais depravados que existiam na face da Terra. A violação da relação médico-paciente era indescritível.

A porta se abriu. Amanda tinha terminado sua ligação. Ao entrar no carro, em vez de falar, enfiou a mão no bolso da jaqueta de Sara e tirou a caixa preta fina que estava conectada aos fios do microfone e da câmera que serpenteavam pelo forro. A luz do transmissor estava apagada, mas, mesmo assim, ela desconectou os fios.

— É isto que precisamos da Britt: o que ela sabe sobre o Clube? Quem são os membros? Há quanto tempo ele está funcionando? Como Tommy virou membro?

— Ela não vai entregar o filho.

— Deixe claro que Tommy já foi pego com a mão na botija, que temos o vídeo da Dani. Nenhum júri vai olhar para essa gravação e dar um veredicto de inocência. A única coisa que Britt pode fazer agora é negociar termos com os quais ela possa conviver. Ela nos dá as informações sobre Mac e o Clube e nós garantimos que o filho dela não morra na prisão.

Sara sentiu o estômago dar um nó. No que lhe dizia respeito, Tommy merecia morrer na prisão.

— Britt sabe que não tenho condições de oferecer um acordo com validade legal.

— Você não está lá para negociar, você está lá para ajudar — explicou Amanda. — Faça com que ela acredite que está se aproximando como amiga. Convença-a de que você está preocupada com o garoto. Você está do lado dela, segure sua mão, seja atenciosa, pareça simpática e até compreensiva, para ela confiar em você o suficiente para se abrir.

Sara não sabia se conseguiria ter esse nível de duplicidade.

— O quanto posso contar a ela?

— O quanto for necessário para ela falar, seja muito ou pouco — respondeu a chefe. — Todas as outras peças estão no lugar, o dominó já começou a cair, é só uma questão de quem vai conseguir sair do caminho.

— E se o Tommy estiver em casa?

— Ele está no clube jogando golfe com os amigos e não vai sair da propriedade sem a gente saber. O centro de comando móvel já está montado na rua para a operação do Will.

— Britt deve ter funcionários em casa e na propriedade.

— Em um sábado? — questionou Amanda. — Coloquei alguém para vigiar a casa desde as oito da manhã. Ninguém entrou. Tommy saiu ao meio-dia, e Mac, faz cinco minutos.

— Está bem. — Sara não acrescentou que tinha ouvido na gravação de Will que Britt só tinha funcionários duas vezes por semana. — E as câmeras dentro da casa? O Mac recebe um alerta quando Britt entra em um dos quartos que têm câmera.

— Eu instruí Will a se certificar de que Mac desligue o celular. Não vai ser uma tarefa difícil, considerando que os dois estão abertamente cometendo um crime.

Sara viu outro problema.

— Essas pessoas vivem de fofocas. Alguém vai ligar para Britt assim que o mandado for entregue no telefone de Chuck Penley.

— O mandado só vai ser entregue depois que você sair, e a primeira pessoa para quem Chaz Penley vai ligar é o advogado dele, que vai dizer para ele e o filho ficarem de bico bem fechado. — Amanda se virou em seu assento para encarar Sara. — Posso te dar um conselho?

Sara assentiu com a cabeça, ela realmente precisava.

— Quando Wilbur era criança, dei um jeito da minha delegacia promover um amigo secreto no orfanato. Obviamente, tirei o nome dele. Ele tinha tendências artísticas, então comprei um daqueles brinquedos mecânicos de desenhar que você chacoalha para apagar, aquele que tem a moldura vermelha e botões brancos.

— Um Traço Mágico.

— Isso — disse Amanda. — Eu disse para ele que, enquanto estivesse fazendo um desenho, ele deveria pensar em todas as coisas que o incomodavam. O lar de acolhimento ruim, as crianças que o intimidavam, os tios desprezíveis, qualquer coisa e qualquer pessoa que já tivesse magoado ele. E aí, quando terminasse o desenho, ele só precisava sacudir, fazer desaparecer, esquecer.

Sara mordeu o lábio inferior. Essa história explicava muito sobre Will.

— Meu conselho para você agora é fazer o mesmo. Esquece o que isso significa para você pessoalmente. Para de se preocupar com Faith, Jeremy, Will e o que você viveu há quinze anos. Bloqueia a mesquinhez e o rancor de Britt. Esquece tudo isso e se concentra em trazer Britt McAllister para nosso lado. Ela é nossa melhor chance de parar esses homens. Precisamos que ela diga a verdade. Entendido?

Sara assentiu com a cabeça.

— Entendido.

— Abre o porta-luvas.

Sara fez o que lhe foi pedido. Havia apenas um item lá dentro, um saco de veludo roxo de bijuteria, mas o que estava lá dentro não eram imitações de joias. Sara percebeu, no momento em que o segurou, que estava com uma arma na mão. Ela puxou o cordão dourado com borlas e tirou um revólver de cano curto. Ele era pequeno, um pouco maior que uma nota de um dólar, e cabia perfeitamente em sua mão. Will era o especialista em armas, mas até Sara sabia que o revólver era velho. Parecia algo que Colombo guardaria no bolso de sua capa de chuva.

— Essa foi minha primeira arma de reserva. Um .38 S&W de ação única, modelo 36 — contou Amanda. — É o mesmo que Angie Dickinson usava quando interpretou Pepper Anderson em *Police Woman*.

Sara estava aprendendo todo tipo de coisa sobre Amanda neste dia. Ela liberou o cilindro, a arma estava carregada. Não havia segurança, só era preciso puxar o cão para trás e apertar o gatilho.

Sara perguntou:

— Por que está em um saquinho de bijuteria?

— Para não entrar fiapo da bolsa no percussor. Quando eu comecei, era considerado deselegante uma mulher usar um coldre — explicou Amanda. — Só pegue a arma se você se sentir confortável em usá-la.

A médica sabia como usar, mas estava indecisa quanto à parte do conforto. Mesmo assim, ela colocou o revólver de volta no saquinho e o guardou na bolsa. Então, olhou para o relógio no painel do carro de Amanda.

12h52.

Will se encontraria com Mac em oito minutos.

Ela perguntou:

— Quais as chances de Mac realmente ser preso?

— Acho que boas. E, mesmo que não fossem, lutar contra o estado e o governo federal é muito caro. Ele vai perder a reputação e, em algum momento, o consultório vai falir. A casa vai deixar de existir. Os carros. O clube. A melhor maneira de prejudicar os ricos é fazer eles ficarem pobres.

Sara sabia que tinha coisas muito piores.

— Esses crimes são de colarinho branco, ele vai acabar tirando férias no resort da polícia federal.

Amanda disse:

— Dra. Linton, se você vai fazer isso, tem que se entregar totalmente.

Sara olhou para as mãos. Ela havia começado a girar o anel outra vez e virou as palmas para cima. Nunca esqueceria a sensação de segurar o coração de Dani. O mapa das artérias a lembrava um desenho topográfico. Artéria coronária direita. Artéria descendente posterior. Artéria marginal direita. Artéria descendente anterior esquerda. Artéria circunflexa.

Leighann Park. Merit Barrowe. Dani Cooper.

Mac tinha sido, de alguma forma, responsável pela batida do coração delas, mas, em vez de sentir admiração por sua capacidade de curá-los, ele os havia escolhido para serem destruídos.

Ela disse a Amanda:

— Conta comigo.

— Boa menina. — A chefe começou a conectar os fios de volta ao transmissor. — Mais uma coisa. Não fala para o Will que você está fazendo isso, ele precisa se concentrar em Mac McAllister, não em você.

— Eu não posso...

— Permita que eu acabe com a sua ideia de que sou orientada por sua bússola moral — disse Amanda. — Este é o meu circo e Will é o meu peão. Entendeu?

Sara não sabia o que era mais irritante, o que Amanda havia dito ou como ela havia dito. Mesmo assim, ela respondeu:

— Sim, senhora.

Amanda ligou o interruptor para ativar o transmissor. Verificou se a luz verde estava acesa e, em seguida, enfiou-o de volta no bolso do paletó de Sara. Elas não precisavam de um centro de comando para uma pessoa só. O receptor estava no porta-copos, era do tamanho de um walkie-talkie antigo e um cabo o conectava a um tablet. Amanda colocou um par de fones de ouvido para se certificar de que tudo estava funcionando, enquanto Sara olhava para a tela do tablet. A câmera no botão da jaqueta mostrava as mãos de Amanda segurando o tablet. A resolução era nítida, mas ela teria que manter uma certa distância de Britt para poder capturar o rosto da mulher.

— Toma cuidado com o microfone — advertiu Amanda. — Ele é muito sensível, então, se você coçar o pescoço, mover demais a jaqueta, ou, Deus me livre, encostar nele, o áudio não vai ser captado.

Sara colocou os dedos na lapela e sentiu o pequeno microfone na extremidade do fio.

— Sim, é exatamente isso o que você não deve fazer. — Amanda abaixou os fones de ouvido. — O transmissor tem um alcance de oitocentos metros, então vou me instalar em uma rua mais adiante. O parque na frente da casa dos McAllister é muito movimentado, não quero correr o risco de alguém ligar para a polícia ou para Britt para falar de um carro suspeito. Precisamos de uma palavra de segurança caso você se encontre em apuros.

Sara olhou a vista da rua da propriedade McAllister. Se ela estivesse em apuros, Amanda teria que passar por um cruzamento importante, dirigir por uma rua sinuosa, passar pelo portão da frente e atravessar a entrada de carros do comprimento de um campo de futebol. Depois, ela teria que encontrar Sara dentro da casa, que, provavelmente, tinha uns dez mil metros quadrados.

Sara sugeriu:

— Luck be a Lady? Strangers in the Night? New York, New York?

— Se estiver pedindo sugestões de músicas de casamento, "Fly Me to the Moon" é a escolha óbvia. — Amanda tinha reconhecido facilmente os clássicos de Frank Sinatra. — O objetivo de uma palavra de segurança é ser facilmente incorporada à conversa para a pessoa que está fazendo você se sentir insegura não perceber.

— Traço Mágico — disse Sara.

Amanda assentiu com a cabeça.

— Quando você estiver pronta.

Sara saiu do carro e o ar frio fez sua pele formigar. Ela tinha começado a suar assim que Amanda lhe dissera para abrir o porta-luvas. Sara iria mesmo entrar na casa de Britt McAllister com uma arma carregada? Ela era médica, não investigadora.

Era também a única pessoa com quem Britt talvez de fato conversasse.

Sara entrou em sua BMW e ligou o motor. O relógio marcava 12h56. Ela manteve o botão com a câmera apontado para longe do telefone enquanto enviava uma mensagem para Will com um joinha, porque é claro que ela havia dito a ele que faria isso. Eles se casariam no mês seguinte, Sara não seria o tipo de esposa que mentia para o marido.

Will rapidamente enviou de volta seu próprio joinha. Ela observou os pontinhos dançando e, em seguida, ele enviou um cronômetro. A contagem regressiva havia começado. Ele conseguira que Mac desligasse o celular.

Sara soltou um suspiro lento antes de começar a dirigir.

O Lexus de Amanda seguiu à distância enquanto Sara ia em direção a Buckhead. Na primeira vez em que Sara visitou Atlanta, havia um cinema pornô no distrito comercial, mas, naquele momento, o Village estava lotado de lojas de luxo e restaurantes que cobravam mais de vinte dólares por um hambúrguer. Ela virou em uma rua lateral, e o concreto rapidamente deu lugar a parques exuberantes, árvores antigas e grandes lotes de imóveis. Andrews Drive. Habersham. Argonne. Muitas das casas eram da época da Primeira Guerra Mundial. As construções luxuosas não haviam parado durante a Grande Depressão, a área havia se expandido exponencialmente ao longo dos anos e, como em todas as cidades do mundo, a população negra e pobre havia sido afastada e substituída pela elite branca e rica.

Mac e Britt McAllister certamente faziam parte desse grupo. Sua casa de tijolos em estilo georgiano estava localizada em vários hectares em uma colina, com um belo paisagismo. Sara olhou as imagens de satélite e viu piscina, casa de apoio da piscina, quadra de tênis, campo de futebol, casa de hóspedes, estacionamento para cerca de vinte carros e pelo menos cinco vagas de garagem.

Ela olhou pelo espelho retrovisor novamente. Amanda estava encostando seu Lexus. Sara continuou dirigindo e virou à esquerda na rua dos McAllister. Não havia outros carros à vista. Uma mulher e um homem empurravam um carrinho de bebê e outro casal caminhava com um adolescente em direção ao parque. Sara pensou em sua conversa com Sloan Bauer em Nova York. Elas haviam brincado sobre o fato de as pessoas considerarem o estupro como um exercício de formação de caráter. Sloan disse que não teria conhecido o marido se não tivesse sido agredida. Mesmo se nunca tivesse sido estuprada, Sara não teria acabado em uma propriedade espetacular em Buckhead, mas tinha a mesma certeza de que teria experimentado a alegria de um bebê crescendo dentro de seu corpo.

Ela recebeu uma mensagem no celular.

Amanda: *Teste?*

Ela queria ter certeza de que o microfone estava transmitindo.

Sara disse:

— Escafoide, semilunar, triquetral, pisiforme, trapézio...

Outra mensagem apareceu na tela.

Amanda: *Ótimo.*

Sara imaginou que ela não queria ouvir o resto dos ossos do carpo. Também achava melhor parar de brincar e aceitar que estava prestes a fazer aquilo.

Ela tentou não olhar para o relógio enquanto subia a rua, mas não havia como parar a contagem mental. Amanda não levaria segundos para chegar até ela, mas minutos. Longos minutos. Depois viriam os portões de ferro. Depois, o airbag do Lexus de Amanda explodiria, se ela conseguisse passar.

Depois... depois... depois... depois...

Sara parou na entrada da garagem, ao lado do interfone. Os imponentes portões tinham um M cursivo de cada lado. Sara não apostaria no Lexus de Amanda contra eles, mas, com sorte, essa batalha nunca aconteceria. Ela baixou a janela e apertou o botão para ligar para a casa. Olhou diretamente para a câmera acima do interfone. Sara podia imaginar Britt dentro da casa olhando para o rosto de Sara na tela e decidindo se deveria ou não atender.

Britt finalmente tomou sua decisão. Houve uma explosão estática de ruído branco, então ela disse:

— O que você está fazendo aqui?

— Preciso falar com você.

— Vai se foder.

A estática desapareceu. Britt havia desligado.

Sara apertou o botão novamente. Nada. Quando ela o pressionou pela terceira vez, manteve o dedo em cima por tempo suficiente para se fazer notar.

A estática voltou.

— O que foi?

— Você quer manter Tommy fora da prisão?

Britt ficou em silêncio. Sara podia ouvir uma música animada ao fundo. Mais alguns segundos se passaram. Depois, mais um pouco. Britt encerrou a ligação novamente.

Sara segurou o volante e olhou para os portões. Não desistiria. Ela os escalaria se fosse necessário.

Felizmente, não precisou. Os portões começaram a se abrir.

Sara respirou fundo mais uma vez antes de seguir em frente pela entrada sinuosa. Havia uma lagoa. Uma ponte passava por cima de um riacho de águas brancas. Finalmente, a casa apareceu. Sara teve que admitir que era espetacular. O elaborado pórtico de entrada era sustentado por colunas jônicas de mármore que pareciam estar segurando a linda janela tripartida no segundo andar. As mísulas suntuosas eram esculpidas no mesmo mármore macio. A entrada da garagem se tornava circular no topo da colina e uma fonte com água borbulhando de uma urna servia como ponto central. Cercas de buxo aparavam a entrada de pedra britada. Sara podia ouvir ao longe um soprador de folhas, o pássaro não oficial de Atlanta.

Britt estava na porta da frente aberta quando Sara saiu do carro. Ela estava vestida com roupas de ginástica, calça de moletom lilás e camiseta regata combinando com um colar de ouro grosso, uma munhequeira de tênis e seu anel de noivado. Estava de braços cruzados. Uma fina camada de suor cobria sua pele bronzeada, o que explicava a música animada. Devia ter uma academia completa na casa. Aparentemente, Britt estava se concentrando em seu corpo com o mesmo ímpeto que exibia quando se concentrava na medicina. Os bíceps eram bem definidos, os deltoides eram tonificados por horas na quadra de tênis.

— O que você quer dizer com o Tommy ir para a prisão? — Quis saber Britt. — Isso é algum tipo de piada de mau gosto?

Sara decidiu sair batendo.

— Você achou que eu não descobriria que as fotos que você mostrou aos pais de Dani Cooper vieram do vídeo que Tommy gravou?

Britt colocou as mãos na cintura.

— Não sei do que você está falando.

Sara começou a subir as escadas.

— O que você está fazendo?

— Não vou ter esta discussão na varanda da sua casa.

— Isto parece uma porra de *varanda* para você? — Britt indicou as colunas. — Philip Trammel Shutze selecionou esse mármore a dedo em uma pedreira na Itália.

— Menina, que impressionante.

Sara olhou para ela, esperando.

Britt deu meia-volta e entrou na casa.

Sara passou os dedos em uma das colunas de mármore enquanto entrava. O hall de entrada não era tão impressionante quanto o exterior sugeria. Dois corredores separados levavam às alas esquerda e direita da casa, uma escada modesta se curvava até o segundo andar. O lustre era moderno, pequeno demais para o espaço. O tapete e as paredes eram brancos. O piso de madeira estava manchado de branco. A arte nas paredes mostrava esboços a carvão de corpos de mulheres em papel branco brilhante. Era como estar preso em um sanatório dos anos 1920.

Sara perguntou:

— Foi você quem decorou?

— Esta não é uma visita social — disse Britt. — De que vídeo você está falando?

— Aquele que Tommy filmou enquanto estuprava Dani Cooper.

A expressão de Britt não revelou nada.

— Dá para ver o rosto de Tommy? Alguma marca de identificação?

Sara sabia que era melhor não mentir. Britt tinha visto, pelo menos, partes do vídeo.

— Os metadados vão mostrar onde foi filmado, quem gravou, a data, a hora... tudo.

Britt deu de ombros.

— Metadados podem ser falsificados. Qualquer especialista em computação vai declarar isso em juízo.

Sara percebeu que Britt estava só ligeiramente preocupada. Ela tinha dinheiro demais para ter medo de verdade.

— Por que você começou isto? No banheiro do tribunal. Por quê?

— Eu não comecei nada. — Britt baixou o tom de voz. — O que você está tentando conseguir, Sara? Você não pode ter seus próprios filhos, então está tentando tirar o meu?

A acusação não foi tão ofensiva quanto da primeira vez. O que Sara notou foi o fato de Britt ficar repetindo a mesma coisa. Talvez ela tivesse perdido o dom. Quinze anos antes, sua crueldade poderia matar alguém.

— E então? — exigiu Britt.

Sara repetiu seu encolher de ombros.

— Tem razão, eu não posso ter filhos. Mas não sou eu quem está tirando Tommy de você. Mac está fazendo isso bem debaixo do seu nariz.

— Que bobagem — retrucou Britt. — Você sempre teve ciúmes do Mac. Não suporta o fato dele viver a vida nos próprios termos.

— Quando alguém diz que está vivendo a vida em seus próprios termos, sempre tem alguém pagando por isso.

Britt soltou uma risada.

— Santa Sara e suas homilias de menina do interior.

— Aqui está uma homilia da Agência de Investigação da Geórgia — disse Sara a ela. — O que achamos? O que sabemos? O que podemos provar?

— E?

— Sabemos que Mac faz parte de um grupo de homens que está estuprando mulheres. Sabemos que é descentralizado, cada um tem sua própria tarefa. Sabemos que as vítimas são perseguidas. Elas recebem mensagens cada vez mais ameaçadoras. São filmadas. Suas casas são revistadas. Então, quando chega a hora certa, são drogadas. Sequestradas. Estupradas.

O rosto de Britt ficou pálido, mas ela havia se formado como obstetra. Ainda conseguia manter a calma sob pressão.

— Onde essa teoria se encaixa? Achar? Saber? Provar?

— Nós sabemos. Mas precisamos de ajuda para provar. E você precisa de ajuda para salvar Tommy da prisão.

— Ele não está no vídeo da Dani.

— Quanto dele você assistiu?

Britt desviou o olhar.

— Tommy é inocente. Você não pode provar nada.

— Acontece que júris em julgamentos criminais, muitas vezes, não dão a mínima para as provas. Não estão nem aí para ciência ou especialistas. Eles se importam com a intuição, e vão ficar enojados com esse vídeo.

— O juiz não vai permitir que seja usado como prova.

— O juiz vai permitir, sim, porque o vídeo é o caso inteiro. — Sara não lhe deu tempo para se recompor. — Como você acha que a AIG sabe do vídeo, para começo de conversa?

A expressão de surpresa de Britt mostrou que ela não havia considerado a pergunta até aquele momento.

— Tommy enviou o vídeo para alguém e essa pessoa o denunciou. Porém, ter posse do vídeo é um crime. — Sara achou que era hora de mentir. — A AIG ofereceu um acordo para essa pessoa testemunhar contra Tommy e a papelada foi assinada hoje de manhã. Tommy vai ser preso até o fim do dia.

A mão de Britt foi até o pescoço. A pele havia se ruborizado.

— Quem?

— Você vai descobrir quando a acusação for revelada.

Britt acariciou seu pescoço. Ela estava pensando, tentando ver todos os ângulos. Mac era quem geralmente cuidava das coisas, aquilo estava além de sua capacidade.

Mesmo assim, ela disse a Sara:

— Por aqui.

Sara a seguiu pelo longo corredor que levava ao lado direito da casa. Havia um closet, um lavabo e uma biblioteca espaçosa com um sofá Chesterfield de couro branco e uma poltrona reclinável. Não se via nada pessoal. Nenhuma foto de família ou souvenir. Nenhum diploma ou prêmio. O nível extremo de arrumação era perturbador. Não havia uma partícula de sujeira ou poeira à vista.

Britt passou pela sala de estar com uma TV gigante, cadeiras e sofás estofados. A cozinha tinha armários brancos e bancadas de mármore Calacatta Gold. As torneiras eram douradas, assim como as ferragens dos armários. Uma banqueta de couro branco tinha sido encaixada em um canto. Um corredor nos fundos levava ao que parecia ser a ala que abrigava a suíte principal. Sara podia ver um banco branco no fim da cama. Os lençóis eram brancos. As paredes eram brancas. O carpete era branco.

Na verdade, tudo o que ela tinha visto na casa era branco ou dourado, exceto os livros na biblioteca, a tigela de frutas na ilha da cozinha e a caixa verde de lenços ao lado. Até o deque da piscina era branco, o que Sara podia ver através das grandes janelas que davam para o quintal. A luz do sol entrava, fazendo com que tudo parecesse antisséptico e limpo. A luz forte, provavelmente, era muito útil para as câmeras ocultas que capturavam o conceito aberto da sala de estar.

Will descrevera os cômodos que tinha visto no celular de Mac. A cozinha espaçosa. A sala de estar monocromática. O quarto principal com sua cama de dossel. O banheiro com dois lavabos e um chuveiro gigante.

Até onde Sara sabia, não havia câmera no hall de entrada. Nem nos longos corredores que saíam dele. Britt a levara a dois dos quatro cômodos que Mac podia monitorar.

Ela estava fazendo um showzinho? Pedindo ajuda? Será que esperava que um alerta no telefone de Mac o fizesse correr para casa para salvá-la?

— Podemos nos sentar aqui. — Britt tirou sua bolsa de tênis de couro de uma das oito poltronas altas e acolchoadas na ilha central ampla. Ela jogou a bolsa no chão. A raquete estava para fora, como o leme de um navio. — Estou suada demais para o sofá.

Sara pegou a cadeira na extremidade oposta da ilha para a câmera de botão capturar o rosto de Britt e deixou sua bolsa cair no balcão. O baque pesado a fez lembrar que o revólver de Amanda estava lá dentro. Ela deu uma olhada no corredor dos fundos até o quarto. A luz do closet estava acesa, lançando um triângulo branco no fim do corredor. Sara sentiu uma enorme sensação de desconforto, e torceu para Amanda estar certa de que Britt estava sozinha em casa.

A anfitriã perguntou:

— Como posso ajudar o Tommy? Como seria isso?

Sara se lembrou do que Amanda havia lhe dito sobre parecer estar do lado de Britt. Lembrou-se também de algo que Faith lhe falara: a melhor maneira de evitar que um suspeito ligue para um advogado era aconselhar que ligasse para um advogado.

— Primeiro, você precisa falar com um advogado. Você tem seu próprio dinheiro? Sua própria conta-corrente?

— Por quê?

— Porque você quer que o advogado trabalhe para você, não para o Mac.

— Está bem. — Britt assentiu com a cabeça. — E depois?

— O advogado vai entrar em contato com a AIG para fazer um acordo. Você pode trocar a vida do Tommy pela do Mac. — Sara acrescentou: — Mas você precisa ser sincera. E tem que ser o tipo de informação que o mande para a prisão.

— E se ele não tiver nada a ver com isso?

Sara teria rido em qualquer outra circunstância. Depois de tudo o que aconteceu, Britt ainda estava tentando protegê-lo.

— A AIG sabe que o Mac está envolvido.

— Como eles sabem disso?

Sara não tinha nada a perder.

— Todas as mulheres que foram estupradas eram pacientes do Mac.

— Isso é ridículo, ele opera crianças.

— O que estou prestes a dizer se enquadra nas coisas que a agência pode provar — afirmou Sara. — Todas as vítimas foram confirmadas como pacientes de Mac. Ele as tratou, ajudou a salvar sua vida e, depois, esperou elas crescerem para estuprá-las.

Britt desviou o olhar. Finalmente, algo havia rompido seu exterior rígido. Um som saiu de sua garganta quando ela tentou engolir. Lágrimas escorreram de seus olhos. Enquanto sua cabeça tremia, ela pegou um lenço de papel da caixa. Brit não queria acreditar.

Sara continuou:

— Merit Barrowe se consultou com Mac quando ele era residente. Seu marido estava fazendo o *fellowship* quando ajudou nas cirurgias realizadas em Leighann Park e Dani Cooper. A AIG vai conseguir os nomes de todas as pacientes em que ele tocou e fazer uma referência cruzada com as agressões relatadas. É só uma questão de tempo até essa lista crescer.

Britt tirou outro lenço de papel da caixa.

— E se Mac concordar em testemunhar?

— Não é assim que funciona — disse Sara. — Não se negocia para baixo. Você sempre negocia para cima. Mac é o líder.

— Você está errada — disse ela. — Não é Mac que está no topo, mas Mason. Mason está no comando.

Sara estava quase surpresa demais para responder. Se não fosse pelas transcrições do chat, ela talvez tivesse chegado a acreditar no que Britt dizia.

— Como você sabe que é o Mason?

— Eu tive um caso com ele há uns anos. Você sabe como ele gosta de se gabar. Ele me contou tudo. Como tudo começou, o que eles faziam. Posso testemunhar contra ele, posso fornecer datas, nomes e detalhes.

Sara não duvidava do caso, mas o homem responsável era reservado e astuto. Mason não era nada disso. E ela não havia se esquecido de onde estavam sentadas. Britt havia levado Sara para a cozinha porque queria que Mac ouvisse o que ela estava dizendo. Dessa forma, eles poderiam contar as mesmas histórias.

Fingindo que acreditava, Sara perguntou:

— Quando isso começou?

Britt não respondeu. Ela pegou a fruteira e tirou um inalador de salbutamol. Mac havia desenvolvido asma adulta durante a residência, e Sara o vira dar uma baforada em seu inalador inúmeras vezes. Naquele momento, ela observava Britt girá-lo de ponta a ponta no balcão, da mesma forma que Sara girava seu anel quando precisava sentir uma conexão com Will.

Britt havia sido torturada e intimidada por Mac. Assistido a ele envenenar o próprio filho. Mas, inacreditavelmente, ainda estava procurando maneiras de protegê-lo.

Sara lhe deu mais um momento antes de repetir:

— Quando isso começou?

— Com Merit Barrowe. — Britt fungou. Suas lágrimas haviam sumido. — Foi por isso que eu te dei o nome dela na sauna. Eu sabia que você investigaria o caso dela. Eu esperava que isso te levasse ao Mason.

Merit Barrowe não tinha sido a primeira vítima. Sara sabia, pelas transcrições do chat, que tinha havido pelo menos uma agressão anterior. Todos eles haviam entrado em pânico porque quase foram pegos.

— Certo — disse Sara. — Como começou?

Britt segurou o inalador.

— No início, todos achavam que era um jogo. Seguir as meninas, assustar elas, mas Mason queria levar para o próximo nível. Ele estuprou um dos alvos e os outros descobriram, mas não fizeram nada. Ficaram, sim, com raiva por não terem visto.

Sara notou o uso da palavra alvo. Era assim que 007 chamava as vítimas no grupo de chat.

— O que aconteceu depois?

— Mason decidiu que eles precisavam compartilhar o risco. — Britt segurou firme o inalador. — Disse que eles deveriam fazer um rodízio tipo especialistas no pronto-socorro. Cada homem trabalharia em uma especialidade diferente. O próprio sistema fazia com que pudessem negar. Se um deles fosse pego enviando mensagens para uma garota, não poderia ser conectado àquele que a seguia. Esse tipo de coisa.

Sara mordeu o lábio inferior. Outra mentira gigante. Nos chats, 006 fizera a sugestão de eles se revezarem como especialistas no pronto-socorro e 002 o provocara: *ah, falou o grande cirurgião de trauma.* Cam Carmichael era o único cirurgião de trauma no grupo.

Então, perguntou a Britt:

— E o Cam?

— Cam era patético. Ele bebia demais. Falava demais. — Britt começou a girar a bombinha outra vez. O rolamento de esferas em seu interior batia contra o metal. — Cam gostava de mandar mensagens para as garotas, ele achava que estava escrevendo cartas de amor para elas, considerava-se um romântico. O idiota realmente acreditava que um dia iria se casar com Sloan Bauer, quando estava claro para todos que ela não suportava ficar perto dele.

Essa parte, pelo menos, parecia ser a verdade.

— Então Cam viu Merit no Grady e percebeu que o que eles estavam fazendo era errado?

— Para quem acredita na história dele — disse Britt. — Mason teve que pagar Cam para sair da cidade. Ele trabalhou com um intermediário, um dos parasitas. Um homem chamado John Trethewey.

Outra mentira fácil de demonstrar. E também a prova de que Britt sabia muito mais do que eles pensavam inicialmente.

— John, o ortopedista?

— Cam falou com ele sobre o que estava acontecendo. A única coisa que conseguiu calar a boca dele foi uma Glock.

— Foi só isso que precisou para fazer Cam ir embora, dinheiro?

— Ele tinha sido processado por dirigir embriagado — continuou Britt. — Tinha um investigador que Mason conhecia do pronto-socorro que cuidava desse tipo de coisa. Todos eles o usaram em algum momento, exceto Mac. Ele não estava envolvido em nada relacionado à polícia.

Sara tentou empurrá-la mais para o lado da verdade.

— Então Mason estuprava as mulheres, mas Chaz, Richie, Royce, Bing, Cam e Mac faziam todo o trabalho de base? Seguir as moças. Mandar mensagens para elas. Invadir as casas. Perseguir. Gravar.

— No início, todos se revezavam nas diferentes tarefas, mas acabaram encontrando seus nichos. No fim das contas, Mason era o principal responsável pelo ato — disse Britt, o que era uma forma covarde de dizer estupro. — Mac nunca participava do revezamento. Ele nunca invadiu uma casa nem gravou ninguém. Ele seguia as meninas às vezes. De brincadeira. Ele estava se divertindo. Para ele, era só isso, um pouco de diversão.

Sara duvidava que alguma das mulheres que estavam sendo seguidas achasse aquilo divertido.

— E?

— Richie gostava de gravar e fotografar. Pelas janelas, no carro ou em um café. — Britt parecia não perceber que estava demonstrando amplo conhecimento sobre o conteúdo dos vídeos. — Com certeza, você sabe por que Richie foi demitido do hospital. Ele é um pervertido nojento.

Todos eles eram nojentos.

— E Bing e Royce?

— Bing nunca esteve envolvido. Royce desistiu logo no início, ele nunca perdoou Mason por ter transado com Blythe pelas costas dele, então desapareceu da turma. — Britt deu de ombros, como se estivesse falando de perder alguém de sua equipe de tênis. — Mas Chaz... Chaz adorava. Ele vivia incitando Ma... Mason. Você sabe como o Mason adora atenção. Ele se gabava o tempo todo. Era nojento de ouvir.

Sara ignorou o deslize. Britt quase dissera Mac em vez de Mason porque era dele que ela estava falando. Seu marido era o Mestre. Era ele quem escolhia os alvos e quem havia estuprado dezenas de mulheres.

— Quem incluiu Tommy?

Britt colocou a bombinha de pé no balcão e olhou para Sara.

— Mason.

— E Chuck?

— Penley?

Britt foi pega de surpresa. Seus olhos examinaram o rosto de Sara. Ela estava pensando na conversa, tentando ver de onde tinha vindo a pergunta.

Sara lhe disse:

— Tem muita coisa que a AIG sabe, Britt. É assim que eles te pegam: fazendo perguntas para as quais já sabem a resposta.

— Você está tentando me pegar?

— Estou tentando te ajudar.

Britt deu uma risada curta e aguda, e pegou a bombinha de novo.

— O que mais você quer saber? Ou confirmar?

Sara perguntou:

— O que aconteceu com a Dani?

Britt olhou para o teto, ela havia se mantido calma até aquele momento. Respirou fundo e depois soltou o ar lentamente. Então, repetiu o processo.

Sara reconheceu o mecanismo de enfrentamento. Falar sobre Dani poderia significar implicar Tommy. Britt seria ainda mais cuidadosa daqui para a frente.

— O regime de medicamentos é complicado e... — Britt se conteve. — Você tem que administrar nos horários adequados.

Sara sentiu que deveria estar fazendo uma lista de todas as maneiras pelas quais Britt continuava a se implicar. Ela perguntou:

— Rohypnol e quetamina?

Britt lançou-lhe um olhar cauteloso de respeito.

— Mason foi chamado para consertar.

Sara notou que ela não havia dito quem tinha pedido ajuda.

— Consertar o quê?

— Houve uma hipocorreção. A preocupação era a depressão respiratória. Ela acordou e houve uma luta. As coisas se tornaram físicas. Eles tentaram subjugá-la, mas Dani conseguiu escapar. Ela entrou no carro.

— No carro do Tommy.

Britt não reconheceu o esclarecimento.

— Ela dirigiu até o hospital. Bateu de frente com a ambulância. E, aí, a Santa Sara foi ao socorro dela.

Sara ignorou a provocação, concentrando-se na linguagem cuidadosa que Britt estava usando — *hipocorreção, preocupação, subjugar*. Havia uma maneira mais fácil de descrever o acontecido.

— Tommy ficou preocupado quando a respiração de Dani ficou superficial. Ele diminuiu o coquetel de drogas e Dani acordou. Tommy pediu ajuda, mas Dani conseguiu lutar contra eles. Alguém a espancou com um objeto contundente. Mesmo assim, ela conseguiu fugir.

Britt franziu os lábios.

— Eu não sei os detalhes. Só fiquei sabendo depois.

— Onde Dani estava sendo mantida?

Britt balançou a cabeça.

— Não faço ideia.

Sara sabia exatamente para onde Tommy tinha levado Dani. Este mausoléu com suas paredes brancas e móveis brancos. Haveria um tapete de pele de carneiro manchado em algum lugar. Uma câmera digital. Um tripé. Iluminação profissional. Era para lá que Mac trazia suas vítimas. Era ali que Tommy aprendera a ser o homem que é hoje.

E Britt tinha vivido sob este mesmo teto enquanto isso acontecia.

— Isso é suficiente para a AIG fazer um acordo? — perguntou Britt. — Eu contei tudo o que sei sobre o Mason para você. Tudo o que eles estavam fazendo. Tommy e Mac estavam na periferia, na melhor das hipóteses. Mason é o líder e é ele quem tem que ir para a prisão.

Sara estava preocupada desde o início com o fato de que tentar arrancar a verdade de Britt McAllister fosse ser uma perda de tempo. A socialite havia tido tantas oportunidades de se livrar daquela loucura, mas, a cada vez, ela se refugiava na segurança de sua vida tóxica. Ela era tão viciada no sadismo de Mac quanto em seus comprimidos azuis.

Sara disse:

— Você era uma médica excelente.

Britt pareceu surpresa com o elogio.

— Sei que a gente nunca se deu bem, mas nunca duvidei de que você se importava com seus pacientes. Você era muito gentil com eles e era a única coisa que me impedia de te odiar.

Britt soltou uma risada.

— Muito obrigada.

— Não é tarde demais — disse Sara. — Seria difícil, mas você poderia voltar para a medicina. Poderia ser voluntária, viajar, trabalhar com crianças, fazer um doutorado ou ajudar outras mulheres. Você poderia mostrar ao Tommy que a mãe dele merece ser respeitada.

Britt pareceu perplexa.

— De que raios você está falando?

— Por que você sempre o protege? — perguntou Sara. — Mesmo quando Mac era um mero interno, você tratava ele como um deus. O ego dele é tão frágil assim? Será que o pênis dele cairia se ele tivesse que admitir que está errado?

— Você não entende — respondeu Britt. — Sua vida é tão pequena comparada à minha.

Sara sabia para onde aquilo estava indo.

— Porque eu não sou mãe?

— É. — A resposta de Britt foi simples assim. — Só uma mãe entenderia.

— Vamos ver, pode falar.

— Não posso abandonar meu filho. Mac já tem muita influência na vida dele e Tommy adora o pai. — A voz dela estava ficando mais dura. — Se eu deixasse Mac, Tommy estaria perdido para sempre. E meu marido encontraria um modelo mais novo e mais jovem para me substituir. Todos os nossos amigos escolheriam Mac e seu brinquedinho. Eu acabaria sendo uma puta velha e seca vivendo sozinha, e Mac continuaria no topo do mundo.

— Isso não parece amor. Parece que você não pode deixá-lo vencer.

— Não tem diferença alguma — disse Britt. — Estamos juntos há 22 anos. Só o que nos resta é a competição. Como posso machucar ele? Como ele pode me machucar?

Sara sabia como Mac machucava Britt.

— Ele abusa de você.

Britt pareceu atônita, pois achava que fosse segredo.

— As pessoas viam os hematomas desde o Grady — disse Sara. — Você tem um rastreador GPS nas suas chaves, no seu carro. Mac acompanha todos os seus movimentos. Você não consegue respirar sem ele saber.

— Ele não sabe de tudo. — A sobrancelha de Britt se ergueu. Ela estava falando sobre o que havia dito a Sara nos últimos dias, mas ainda tinha tanto medo de Mac que não conseguia dizer as palavras diante das câmeras dele. — Você é a única pessoa qualificada para entender como o trabalho de Mac é delicado. As crianças e seus pais dependem dele. Ninguém mais pode fazer o que ele faz. O estresse pode ser insuportável. Se ele se distrai com um ou outro joguinho, não é nada comparado ao que ele dá ao mundo. Vai ser um prazer eu me sacrificar por ele.

— Muita gente pode fazer o que Mac faz — disse Sara. — E, mesmo que isso não fosse verdade, ele não tem o direito de abusar de você.

— Não é abuso, é uma compulsão — afirmou. — Tudo o que o Mac faz, toda vez que ele me machuca, sei que o que ele está realmente dizendo é que ainda me enxerga. Sabe quantas mulheres de 47 anos podem dizer isso sobre o marido? Mac sempre me enxergou. Ele me ama.

Sara balançou a cabeça. Ela não tinha palavras para esse tipo de pensamento.

— Olha isso. — Britt indicou sua bolsa de tênis de couro. — Custou dez mil dólares.

Sara a observou tirar a raquete e jogá-la casualmente sobre a bancada. O logotipo da Chanel estava bem visível na empunhadura.

— Seis mil, e eu uso para aquecer. — Britt apontou para suas joias. — Este colar custou dezoito mil. O bracelete, vinte. Comprei um diamante de noivado novo para mim. Quatro quilates. Noventa mil dólares. A aliança foi trinta.

— Então Mac tortura você, mas tudo bem, porque você compra coisas caras que ninguém liga?

— Todo mundo liga, Sara, é isso que você nunca entendeu. Você anda com esse anel barato no dedo e acha que isso a torna especial, mas já, já você vai descobrir. Você não está ficando mais jovem. Não vai conseguir trazer ele de volta com uma boceta apertada e peitos empinados. — Britt se inclinou sobre a bancada. — Chamar e segurar a atenção deles, esse é o jogo. Casamento é um esporte sangrento, e qualquer um que diga o contrário está mentindo.

Sara sabia que ela estava errada. Seu primeiro casamento não tinha sido assim e seu relacionamento com Will não era assim.

— Você está escolhendo torná-lo um esporte sangrento.

— Você sabe quantas vacas de vinte anos estão por aí esperando para me substituir? Tudo o que elas precisam fazer é bater os cílios e eu vou embora. Não importa quantas refeições eu pule, o quanto eu me exercite ou quantas agulhas espetem no meu rosto, não posso competir com a juventude. O jogo não é justo.

— Então é só não competir.

A risada de Britt era tão dura quanto seu rosto.

— Sua vaca burra. Você acha mesmo que é tão fácil assim? Os homens podem fazer o que quiserem, eles tratam as mulheres que nem absorventes. Nós absorvemos a raiva e o abuso deles e, quando ficamos sujas demais com a nojeira deles, trocam a gente por um novo em folha.

— Você está falando só de um certo tipo de homem.

— Não, de todos. Eles pegam e pegam e não dão nada. — Britt segurou o inalador. — Você sabe quantas vezes eu já pedi para Mac parar de largar a porcaria da bombinha dele por aí? É a única coisa que eu pedi para ele fazer, a única coisa, e ele não consegue.

Sara observou Britt abrir uma das gavetas. Ela jogou o inalador junto com itens aleatórios. Canetas, trocados, pacotes de chicletes e balas.

Britt disse:

— Se Deus existe, ele vai ter um ataque de asma no carro e vai bater de frente com a porra de um ônibus.

Sara olhou para a gaveta fechada, enquanto outra peça do quebra-cabeça se encaixava. Como pediatra, ela havia escrito sua cota de receitas de salbutamol. O medicamento causava secura na boca e deixava um gosto residual de giz. Ela sempre dizia a seus pacientes para mascar chicletes sem açúcar ou chupar balas. Por causa disso, o hálito deles tendia a ter um cheiro doce e enjoativo.

Merit Barrowe disse a Cam que o homem que a havia estuprado tinha um hálito doce, como xarope para tosse.

Leighann Park disse a Faith que o homem que a estuprou tinha um hálito doce, como suco de cereja.

E, no entanto, como todo o resto que Britt havia revelado, não havia nada que pudesse fazer com essa informação. Pensar e saber eram muito diferentes de provar.

— Esta conversa foi uma perda de tempo — disse Britt. — Tommy não teve qualquer coisa a ver com esse vídeo. É óbvio que é fake. Alguém está tentando incriminá-lo. Pelo que sei, pode ser você. Eu ficaria feliz de fazer uma declaração sobre como você sempre se ressentiu do Mac.

Sara deu uma risada surpresa.

— Você passou os últimos vinte minutos se implicando em todo tipo de atividade criminosa. Você sabia quando a turma começou e conhecia o regime de drogas e o conteúdo dos vídeos de perseguição. Você sabia como eles operavam. Sabia também sobre Dani e como ela foi drogada e espancada. Sabia sobre...

— Boa sorte no banco das testemunhas. Nosso advogado não vai ser tão brando com você da próxima vez. — Britt pegou sua bolsa de tênis do chão. — Você não passa de uma vaca invejosa e estéril.

Sara percebeu uma súbita ameaça de lágrimas. Ela odiava que Britt ainda pudesse machucá-la.

— Pode ir embora agora. — Britt começou a abrir o zíper dos bolsos da bolsa e retirou uma agenda de tênis. — Tenho que criar a escala de jogadoras para o próximo mês, o planejamento sempre fica para mim.

Sara sentiu os pelos da nuca se arrepiarem. As palavras soaram estranhamente familiares.

Britt percebeu a mudança.

— O que foi?

Sara ficou sem palavras, algo estava errado. Ela se sentia trêmula e enjoada.

— Pelo amor de Deus. — Britt bateu com a agenda no balcão. — A gente vai mesmo fazer isso de novo?

Neste momento, Sara parou de respirar e teve que se forçar a soltar o ar. A mesma frase havia aparecido tantas vezes nas transcrições do chat. 007 fazia um comentário sarcástico ou machista e 002 respondia: *a gente vai mesmo fazer isso de novo?*

Sara soltou mais um suspiro para conseguir falar.

— Você me disse que Bing não estava envolvido no grupo.

Britt levantou o olhar da agenda.

— E?

Sete membros do grupo. Sete números nas transcrições do chat. Faith tinha feito a pergunta mais cedo: Quem teria coragem de ficar falando assim com Mac Fodão McAllister?

A esposa dele.

— Foi você — disse Sara. — Você é o 002 no chat do grupo.

As narinas de Britt se dilataram e ela ajustou a agenda.

— Você não está falando coisa com coisa.

— Encontramos o chat do grupo. Você ajudou a elaborar as regras para manter todos seguros — disse Sara. — É assim que você mantém a atenção do Mac. Você passou os últimos dezesseis anos ajudando ele a estuprar outras mulheres.

As veias do pescoço de Britt estavam saltadas.

— Eu não sei de site nenhum.

— Sabe, sim — disse Sara. — Você postava como 002. Cam postava como 006. Mason era o 004, ele sabia o que estava acontecendo, mas não ligava. Mac era o 007, o Mestre. Ele escolhe os alvos e você faz a lista. Você distribui as tarefas e cria as regras. E esta casa, este manicômio, é onde Mac se filma estuprando as ex-pacientes dele.

Britt ficou perfeitamente imóvel. A única coisa que a denunciou foi o rubor vermelho que subia de seu peito.

— Eu mandei você ir embora.

— Senão você vai fazer o quê? — perguntou Sara. — Chamar a polícia?

A mão de Britt repousou sobre o balcão.

— Você não entende.

— Porque eu não sou mãe? Você fica usando essa palavra como se eu não soubesse exatamente quem você é. Mac não é o único sádico nesta casa. Você também estuprou aquelas mulheres. Tommy não seria do jeito que é se você não fosse uma mãe de merda.

O exterior gelado de Britt começou a se quebrar e lágrimas inundaram seus olhos. Seus lábios estavam trêmulos.

Então ela pegou a raquete de tênis e se virou.

— Meu Deus!

Sara ergueu as mãos para bloquear o golpe, e o aro da raquete bateu em seu pulso esquerdo. Ela ouviu o osso rachar, mas estava atordoada demais para sentir a dor.

Britt começou a recuar a raquete no movimento de *backhand*.

Sara procurou sua bolsa, tateando com a mão direita. Ela não teve tempo de encontrar o saquinho de veludo roxo e usou a própria bolsa como escudo. A raquete bateu no fundo da bolsa e a cabeça de Sara foi jogada para trás. Seu nariz se estilhaçou. A alça foi arrancada de sua mão. O conteúdo saiu voando, com a arma caindo do saquinho com cordão e batendo no piso de madeira.

O mundo parou.

Nenhuma das duas se mexia.

Só que Britt não estava olhando para o revólver. Sua atenção estava voltada para a fina caixa preta que havia caído do bolso da jaqueta de Sara. Os fios ainda estavam conectados às entradas. A luz verde estava acesa.

— O que... — Britt estava ofegando tanto que mal conseguia falar. — O que é isso?

Sara também estava ofegante. Seu pulso estava latejando. Ela não conseguia mexer os dedos. Não havia como chegar até a arma. Ao longe, ela ouviu o barulho de uma sirene de polícia, Amanda estava a uma rua de distância. Depois, um cruzamento. Depois, outra rua. Depois, um portão. Depois, a entrada de carros. Depois, a casa.

— É um transmissor. A polícia esteve observando você o tempo todo. O fio vai para a câmera dentro deste botão.

Os olhos de Britt seguiram o dedo de Sara até o botão.

— Você está ouvindo a sirene? — O ar passou chiando pelo nariz quebrado de Sara. Ela segurou o pulso quebrado. Fratura radial distal. O choque inicial havia dado lugar a uma dor quase incapacitante. — Eles vão chegar logo.

Britt baixou lentamente a raquete. Ela não olhou para Sara, mas diretamente para a câmera do botão.

— Fui eu. Fui eu quem bateu na Dani. Ela estava tentando fugir. Eu persegui ela até a garagem e bati nela. Presumi que estivesse morta. Deixei ela lá.

A confissão fez o coração de Sara estremecer.

— A raquete de tênis ainda está na garagem. A Babolat Pure Aero Plus verde-limão. Tentei limpar, mas o sangue dela está impregnado nas ranhuras. Meu DNA está na capa. Fui eu.

Sara só se importava com a raquete de tênis que Britt ainda segurava. A mulher estava volátil, sem opções. A sirene do carro de Amanda estava muito longe. Assim como a arma no chão.

— Mac não machucou nenhuma delas — disse Britt para a câmera. — Eles estavam só se divertindo um pouco, para aliviar o estresse. As meninas nem sabiam o que estava acontecendo. A maioria delas nunca reclamava ou, se reclamava, aceitava dinheiro. Era um bom dinheiro. Elas não procuraram polícia e ficaram bem depois. Todas ficaram bem.

Sara mordeu a língua. Nenhuma delas tinha ficado bem.

— Eu não só estabeleci as regras — continuou Britt. — Eu criei o site. Eu designei os trabalhos. Eu sabia do que eles gostavam, para o que eram mais adequados. Eles traziam as garotas para cá porque eu mandava. Eu filmava e fiz todos os vídeos. Estão armazenados no servidor no porão. Tudo foi orquestrado por mim. Eu sou a culpada. Aceito toda a responsabilidade.

A sirene estava se aproximando.

Britt também a ouviu. Então, olhou para a raquete de tênis, mas não a balançou novamente. Ela a colocou de volta sobre o balcão.

Depois se abaixou e pegou a arma.

— Britt!

Sara se esforçou para se levantar, mas o esforço foi desnecessário, Britt não apontou a arma para ela.

Ela encostou o cano na lateral de sua própria cabeça.

— Esta confissão é minha declaração de morte. Juro que é verdade. — Britt ainda estava falando para a câmera. — Tommy, Mac, eu amo vocês.

— Abaixa a arma — pediu Sara. — Por favor.

— Não quero que meus meninos vejam isso. — Britt deu um passo para trás. Depois outro. Ela estava indo para o corredor do quarto. Para longe da câmera de Sara e da de Mac. — Só me deixa ir, Sara. Me deixa ir.

Sara não deixaria. Britt seria responsabilizada por seus crimes. A médica havia feito uma promessa a Dani. Ela havia jurado pelo coração da garota.

Os Cooper mereciam justiça, assim como Leighann Park e a família de Merit Barrowe. Todos mereciam algum tipo de justiça. Sara cambaleou até o corredor. A dor lhe causava náuseas. O nariz latejava. A mão esquerda estava completamente dormente. Então, segurou o pulso junto ao corpo.

Britt desapareceu dentro do closet.

Sara foi atrás dela e a encontrou de pé no centro do cômodo. A arma ainda estava encostada na lateral de sua cabeça. O closet era pintado de rosa brilhante, como o de uma adolescente. Um lustre de cristal pendia do teto. Os móveis eram feitos sob medida. Sapatos e roupas no valor de centenas de milhares de dólares ocupavam todos os cantos e compartimentos.

Exceto por uma área.

Havia uma antessala ao lado do closet. As portas de correr estavam abertas. Paredes brancas. Pisos brancos. Um tapete de pele de carneiro imundo. Uma câmera digital. Um tripé. Iluminação profissional.

— É aqui que tudo acontece. — Britt ficou em frente a um espelho de três faces. Sua mão começou a tremer. O cano bateu contra seu crânio. — Mac gosta que eu assista. Ele quer que eu me sinta incluída.

Um estrondo alto sacudiu o ar. Amanda tinha atravessado o portão da frente. A sirene soou enquanto ela corria para a entrada da garagem.

— A gente compartilha... — Britt engoliu em seco. — A gente compartilha isso. É algo que ele só faz comigo.

Sara não olhou para Britt, para o quarto branco nem para o tapete manchado. Ela estava paralisada nas fileiras de sapatos. Nenhum deles era Louboutin ou Jimmy Choo. Havia tênis, mocassins, chinelos. Nenhum par, apenas o pé esquerdo. As luzes no teto estavam acesas emoldurando-os como em uma vitrine de loja. Quase cinquenta no total. Sara reconheceu três das fotos da parede maluca de Faith.

Um Air Jordan Flight 23.

Uma sandália plataforma Stella McCartney.

Um Marc Jacob de veludo azul com cadarço.

— Meus troféus. — Britt parecia orgulhosa, feliz por finalmente ter tudo às claras. — Eu que peguei. Eu fiz isso, tudo isso. Mac pode ter outras mulheres, mas ele traz elas para casa, para mim. Ele sabe que eu vou protegê-lo. Eu sempre protegi.

Sara não conseguia processar o que estava ouvindo. Seu único objetivo era impedir que Britt puxasse o gatilho.

— Britt, abaixa a arma. Tommy ainda precisa de você.

— Não tente me salvar, Santa Sara. Não depois de tudo o que eu fiz com você.

— Isso não importa, a gente vai se entender.

— Você ainda não entendeu, né?

— Não. — Sara ignorou o tom de provocação na voz dela. — Eu ainda não entendi. Por que você não me explica?

— Eu sou a razão para Jack Allen Wright ter te estuprado.

A sirene desapareceu. A visão de Sara foi longe.

Um tipo de dormência percorreu seu corpo e seus sentidos começaram a se apagar. Ela só conseguia ouvir o som suave da voz de Britt.

— Eu sabia que você ia ganhar o *fellowship*, mas não podia deixar que você tirasse isso do Mac.

Sara sentiu o sangue escorrer pela garganta.

— Jack era obcecado por você. Eu o via tirando fotos, seguindo você por aí, roubando coisas da sua bolsa, pegando mechas do seu cabelo. É muito fácil convencer um homem a fazer as coisas violentas que ele quer fazer.

Sara engoliu o sangue.

— Eu falei para Jack que você se achava melhor do que ele. Que estava transando com todos os homens do hospital, menos com ele. Não precisou muito para pressioná-lo naquela noite. Deixei as algemas no armário dele. Coloquei o xarope de ipeca no seu refrigerante para que você vomitasse. Fechei o banheiro dos funcionários, coloquei fita adesiva nas outras cabines. Disse ao Jack exatamente onde você estaria, incluindo a janela de tempo. Foi como dar corda em um brinquedo e empurrá-lo na direção certa. Ele cuidou do resto.

Sara piscou e estava de volta ao banheiro. Pulsos algemados ao corrimão. A boca com fita adesiva. O odor forte dos produtos de limpeza. O cheiro de sua própria urina. O sangue pingando da lateral do corpo, a vida ameaçando se esvair, mas ela só conseguia pensar no gosto persistente de sua boca imunda quando ele forçou a abertura de sua mandíbula para beijá-la.

— Foi brilhante. — O sorriso de Britt não vacilou. — Mais do que eu jamais poderia ter imaginado. Quero dizer, ele te esfaqueou. Ele te esfaqueou de verdade.

As lágrimas embaçaram a visão de Sara.

— Você acha que eu sou uma dona de casa patética? — Britt descansou a arma no ombro. — Consegui fazer Jack te estuprar. Consegui que Edgerton fizesse o caso da Barrowe desaparecer. Fiz com que o médico-legista mudasse o relatório. Deixei Mac se divertir, eu protegi meu marido. Fiz com que ele conseguisse o *fellowship*. Construí esta vida para nós, essa vida magnífica. Criei nosso lindo filho. Eu sou incrível.

Sara sentiu os joelhos querendo ceder, o peso era grande demais para suportar.

— Você quase ficou depois que tudo aconteceu — disse Britt. — Mas aí você teve sua gravidez ectópica, e eu pensei: que presente. Porra, que presente. Ela nunca vai se recuperar disso. Nunca. E eu estava certa.

Os dentes de Sara começaram a bater, a dor era esmagadora. Tudo o que ela havia perdido. O *fellowship*. Seu futuro cuidadosamente planejado. Seu senso de segurança. Sua capacidade de confiar por inteiro, de amar sem reservas. Seus filhos — duas meninas. Tessa teria três. Elas criariam as crianças juntas e morariam perto, e nada disso havia acontecido por causa de Britt McAllister.

— Você... — A garganta de Sara ameaçou se fechar. — Você é cruel demais.

Britt deu de ombros.

— É. Sou eu.

Ela encostou o revólver na cabeça. Seu dedo apertou o gatilho.

Nada aconteceu.

Nem um clique.

— Sara! — Amanda estava dentro da casa, correndo pelo corredor. Seus passos ecoavam como batidas de tambor. Ela tinha ido na direção errada. — Sara!

Britt estudava o revólver, tentando descobrir por que ele não tinha disparado.

Sara alcançou o microfone em sua lapela e apertou o fio para silenciar o som.

— Puxa o cão para trás com o polegar.

Britt puxou o cão para trás.

Ela apontou a arma para a cabeça.

Dessa vez, funcionou.

UMA SEMANA DEPOIS

WILL ESTAVA NA PIA da cozinha secando a louça enquanto Faith a lavava. O clima estava quente. A churrasqueira estava soltando fumaça dos últimos pedaços de algaroba. Ele olhava através da janela para Sara e a irmã dela. Estavam sentadas à mesa ao ar livre, cada uma com uma criança no colo. Tessa estava segurando Isabelle, Sara, Emma. Seu nariz havia sido quebrado e seu braço estava engessado, mas Sara, mesmo assim, conseguia segurar uma vareta e soprar bolhas de sabão. As meninas não paravam de estender as mãozinhas para estourá-las. Betty pegava as que elas perderam. Os galgos estavam jogados na grama, eram preguiçosos demais para fazer qualquer coisa além de assistir.

Ele nunca havia feito um churrasco em casa. Na verdade, nunca tinha recebido tanta gente. Jeremy, Aiden, os pais de Sara, a tia extremamente egocêntrica dela, todos tinham passado por ali. Faith, Tessa e suas filhas eram os únicos retardatários. O que era bom, mas também um lembrete do motivo pelo qual Will nunca havia recebido tanta gente em casa. Ele não precisava de médico algum para lhe dizer que era introvertido, embora tivesse uma médica que parecia amar ficar comentando isso.

— Ei — disse Faith. — Presta atenção, estou ficando sem espaço.

Will pegou uma pilha de garfos e os colocou sobre um papel-toalha. Antes de Sara entrar em sua vida, ele só tinha duas tigelas, dois pratos, dois garfos, duas facas e duas colheres. No último ano, havia trazido mais itens sorrateiramente. Os Linton tinham muitas ideias sobre como fazer uma refeição adequada. O pai usava dois garfos em cada refeição. A irmã usava tanto pano de prato que parecia que era milionária. A mãe havia se ofendido moralmente com talheres e pratos descartáveis.

Não que Will estivesse reclamando. Todos estavam ali para ajudar Sara enquanto ela se curava. Nos primeiros dias, nenhum deles saiu do lado dela. Não era a primeira vez que ele notava que grande parte da força de sua noiva vinha da família.

Faith bateu em seu ombro.

— Como Sara está se saindo?

Ele deu um tapinha nas costas dela.

— Pergunta para ela.

— Já perguntei. — Faith o cutucou de novo. — Ela me disse que estava tentando lidar com isso. Não consigo imaginar como. Aquele vídeo da Britt foi brutal. O que ela contou a Sara sobre Jack Allen Wright... não sei se eu conseguiria me recuperar.

Will começou a secar outro prato.

— É estranho como o som foi cortado no final — continuou Faith.

Ele devolveu o prato.

— Você não lavou direito.

Faith usou a unha do polegar para raspar uma gota de ketchup.

— Você está com raiva da Amanda por ter deixado a Sara ir à casa da Britt?

— A decisão foi da Sara — disse Will. — Não dá para ficar julgando em retrospecto. Amanda nunca teria deixado Sara chegar perto daquela casa se soubesse do que Britt era capaz. Fico feliz que tenha acontecido desse jeito.

— Você está irritantemente diplomático hoje. — Faith começou a lavar outro prato. — Mas eu não estou feliz com parte do jeito como aconteceu. Estou cansada de ver fotos do rosto botocado da Britt por todo lado. Parece até que é uma celebridade que morreu.

Will também se sentia assim. Pela primeira vez em sua vida adulta, ele havia parado de ligar a TV pela manhã. Só entrava na internet se fosse absolutamente necessário.

— Todo mundo só quer saber da puta louca da Britt — disse Faith. — Ninguém está nem aí para o fato de que quase cinquenta mulheres foram estupradas ao longo de dezesseis anos.

— E a lista? — perguntou Will. O Departamento de Polícia havia encontrado uma planilha no laptop de Britt que listava todos os alvos, mas ela havia usado apenas as iniciais dos nomes. — Eles localizaram alguma das vítimas?

— É complicado por causa da privacidade das pacientes. Os consultórios médicos e os hospitais estão resistindo aos mandados. Algumas das mulheres se manifestaram por conta própria, mas não querem dar declarações oficiais. Elas têm pavor de que seus nomes vazem, recebam ameaças de morte e sejam perseguidas por repórteres. Enquanto isso, a imprensa não dá a mínima para os pais de Dani Cooper nem para Leighann Park. Martin Barrowe é como se nem existisse. É só Britt, o tempo todo. Sempre a mulher ruim é a mais celebrada.

Will já tinha visto isso. Britt McAllister estava na primeira página de todos os sites e jornais. Ela havia sido transformada em memes, a maioria incluindo uma raquete de tênis. Seus antigos amigos do clube de campo davam entrevistas exclusivas. O *Dateline* e o *48 Hours* lançaram episódios às pressas. O Hulu estava filmando um documentário. Algum outro streaming estava trabalhando em um filme biográfico. A HBO, também.

Britt havia encontrado, por fim, uma maneira de ofuscar os homens de sua vida.

Felizmente, o sistema jurídico não funcionava com base em *clickbait* e visualizações. A gravação que Sara havia feito colocava tudo em contexto, mas o último prego no caixão era a ciência.

O DNA de Dani e Leighann no tapete de pele de carneiro correspondia ao de Mac e Tommy McAllister. O de Chaz Penley estava nas paredes do quarto branco. O de Richie Dougal, no chão do armário. Como se não bastasse, havia um servidor no porão que continha mais de trinta vídeos. Estava conectado ao sistema de home theater. O Clube não se contentava em aterrorizar as mulheres. Depois que acontecia, eles faziam uma análise dos métodos. Sara tinha comparado com as reuniões de Morbidade e Mortalidade que aconteciam durante a residência.

— Sabe o que também me deixa puta? — Faith havia lavado todos os pratos e começado a pegar as tigelas de sorvete. — A polícia está recebendo todo o crédito por ter resolvido o caso. O chefe está no pódio como se fosse um astro do rock. Leo Donnelly fica atrás dele em todas as coletivas de imprensa. A gente se matou de trabalhar. Poderíamos ter sido demitidos. Metade da tinta dos armários da minha cozinha foi arrancada. Jeremy se arriscou no bar. Sara foi atacada por uma maníaca. A agência é que deveria estar dando a volta da vitória.

Will também estava irritado, mas era o acordo que Amanda havia feito com o gabinete do procurador-geral do estado e com o promotor público do condado de Fulton.

— Pelo menos, o nome de Sara não está sendo mencionado.

— Nenhum de nós está sendo mencionado.

Will olhou para ela.

— O que você descobriu?

— Você acha que a polícia me conta alguma coisa? — Nem Faith conseguia mentir tão bem. Ela ainda tinha suas fontes. — Eles não têm nada para acusar

Royce Ellison, foi esperto de sair na hora certa. Chuck Penley abriu o bico em troca de liberdade condicional, alega que não teve algo a ver com a Dani. Ele descobriu depois, não podia acreditar no que estava vendo no vídeo, mas não podia fazer qualquer coisa. Um merda.

— Chuck disse o que aconteceu com Dani?

— Tommy ficou bêbado, discutiu com Dani e decidiu que escolheria seu próprio alvo da lista. Mac e Britt saíram à noite. Tommy errou nos remédios e ligou para eles em pânico. Os pais chegaram em casa e resolveram o problema. Mais ou menos. — Faith deu de ombros. — Britt não estava mentindo sobre o DNA na raquete de tênis. Foi ela quem bateu na Dani. Mas todos são culpados de homicídio. Mac e Tommy estão tentando fazer um acordo para evitar a pena de morte. De qualquer forma, os dois vão morrer na cadeia.

Will começou a arrumar as tigelas. Sara tinha razão, ele realmente precisava de mais espaço de bancada.

— Foi Mac que recrutou o Tommy para o Clube?

— Chuck não sabe muito bem os detalhes. Ele diz que Tommy descobriu os vídeos de estupro por acidente quando estava no Ensino Médio. — Faith deu de ombros outra vez. — Vai saber o que aconteceu depois, mas o filhinho da mamãe obviamente gostou do que viu. Talvez Chuck, também. Eu apostaria um dinheirão que não é a última vez que aquele idiota vai falar com a polícia.

Will é que não aceitaria a aposta.

— E Richie Dougal?

— Nenhuma surpresa: o Dr. Gosto-de-Ver teve um caso de diarreia bucal. Ele trocou informações sobre o que aconteceu com Leighann por uma pena de só dez anos. Richie foi quem gravou e a perseguiu. Britt enviou as mensagens. Tommy a sequestrou na Downlow. Mac estuprou. Chaz largou ela na frente do prédio. — Faith enxaguou uma tigela. — Essa foi a moeda de troca de Richie. Ele entregou Chaz, que vai pegar vintão.

Vinte anos na prisão seriam uma eternidade para um homem como Chaz Penley.

— Meio arriscado atacar Leighann Park durante o julgamento de Tommy.

— Sim, é como se esses caras realmente ricos e bem-sucedidos se divertissem correndo riscos enormes só para ferrar com as pessoas.

Ela tinha direito de ser sarcástica.

— Quem desenhou o círculo na parte de trás do joelho de Leighann? — perguntou Will.

— A mesma psicopata que escreveu *sou eu* no peito dela. — Faith drenou a água da pia. — Britt estava seguindo Leighann para saber detalhes de sua vida.

Até que a jovem bebeu demais e se descuidou em uma festa. Acabou em uma espreguiçadeira à beira da piscina. Britt apareceu que nem um White Walker.

— Ela era mais como o Rei da Noite. Ele controlava os...

— Enfim — disse ela. — Todos eles estão fazendo acordos, o que significa que não vai ter julgamento, o que significa que Sara não vai precisar testemunhar sobre o vídeo. O que significa que ninguém vai analisar o vídeo. O que provavelmente é bom, né?

Will empilhou as tigelas. Seu dedo mindinho ainda estava dolorido da briga que ele havia perdido com a parede do apartamento de Sara.

— E o Mason?

— Não tem DNA. Nem provas. Nem acusação. — Faith pôs a mão na cintura. — Ele estava registrado como o proprietário do site de chat, mas disse que foi um erro administrativo. Ele tem dezenas de outros sites de serviços e produtos que são renovados automaticamente. A polícia vai deixar ele em paz. Vou te falar, se você quiser flutuar pela vida em uma nuvem fofa, vale a pena ter um pênis branco.

O pênis branco de Will estava contente com Sara.

— Eles investigaram a empresa que ele tem com Mac e Chaz?

— É totalmente legítima. O escritório do Triple Nickel era usado para armazenar registros médicos. Por isso, tanta segurança. Eles estavam ganhando muito dinheiro. E o A era da Britt. O nome de solteira dela era Anslinger. — Faith lhe entregou algumas tigelas para guardar. — O negócio foi ideia dela. Era ela quem escrevia os argumentos de venda para os consultórios médicos para ajudar a convencer os hospitais e investidores. Ela cuidava dos números. Escolhia os consultórios a serem abordados. Atribuía as tarefas. Caramba, dá para imaginar se Britt tivesse usado o cérebro para o bem, e não para o mal?

O nome dela substituíra o de Mason no panteão de nomes que Will nunca mais queria ouvir.

— A polícia revistou a casa dos McAllister na investigação de Dani Cooper. Por que não encontraram os servidores no porão?

— O mandado especificava que eles só poderiam procurar as gravações das câmeras de segurança, que eram guardadas em uma sala fora da garagem. O advogado dos McAllister se certificou de que eles não fossem bisbilhotar e os policiais não poderiam nem chegar perto do closet de estupro de Britt. — Faith usou o pano de prato para limpar o balcão. — Já vi casas móveis serem estripadas por causa de um mandado de busca e apreensão de um saco de maconha. A Constituição é ótima se você tiver dinheiro para pagar.

Will abriu a gaveta de talheres.

— Posso guardar o resto.

— Nenhum garfo fica para trás. — Faith colocou alguns garfos na gaveta e deu uma olhada em Will. — Tem certeza de que Sara vai ficar bem?

Ele ajustou os garfos de modo que todos estivessem voltados para a mesma direção.

— E você? Está bem?

Normalmente, Faith lhe devolveria a pergunta, mas ela se encostou na bancada.

— Estou criando uma filha em um mundo em que ela vai ser culpada ou ignorada se for drogada e estuprada, em um estado que deixaria ela morrer de descolamento de placenta, e um filho que quer trabalhar numa área em que um número chocante de seus possíveis colegas de trabalho serão acusados de violência doméstica. Mesmo assim, conseguirão permanecer no emprego. Então, sim. Estou ótima.

— Jeremy não vai conhecer Quantico na semana que vem?

Faith revirou os olhos.

— Semana passada ele me disse que jantaria com a 3M.

Will alinhou as colheres, e lembrou-se de algo que Jeremy havia dito no escritório de Amanda: que ele não ia encontrar a pista que resolveria o caso e colocaria todos atrás das grades. Will pensou que o garoto tinha feito exatamente isso, mas não comentaria com Faith.

Em vez disso, ele lhe disse:

— Emma parece feliz por estar de volta em casa.

Ela bufou.

— Você tinha que ver ontem. O queijo do sanduíche dela encostou no prato, o que aparentemente abriu um portal para o fogo do inferno.

— Sei que o último caso ainda está te incomodando.

Faith dobrou o pano de prato.

— Chacoalha para esquecer — disse Will. — Pense como se fosse um desenho de Traço Mágico. Limpe da sua mente.

— De onde você tirou esse conselho tão sábio?

Ele só tinha descoberto recentemente que era de Amanda.

— Só estou dizendo que, às vezes, talvez seja melhor deixar as coisas pra lá.

— Quais coisas especificamente?

— Nós acabamos com o Clube. Martin Barrowe e os pais de Dani finalmente sabem o que aconteceu. Leighann vai ver os homens que a machucaram irem para a prisão. Britt se tirou do tabuleiro. — Então, ele falou de algo mais pessoal: — Se você aceita as perdas, tem que aceitar as vitórias. Jeremy é um garoto bacana. Emma é inteligente e divertida. Aiden é um cara sólido. Sara vai ficar bem. Amanda vai colocar a gente de volta em campo. Tudo isso é bom.

— Eita. — Ela ergueu as mãos como se tivesse que impedi-lo. — Que merda de sensibilidade é essa? Você vai me mostrar na boneca onde o homem mau machucou você?

— Você vive me dizendo para falar mais.

— Mas não que nem a Oprah Winfrey. — Ela jogou o papel sobre o balcão. — Meu Deus do céu, assim vai acabar saindo leite do meu peito.

A porta dos fundos se abriu, poupando-o de mais referências sobre lactação. Emma e Isabelle entraram no recinto. Elas não estavam gritando, o que era uma novidade bem-vinda. Os cães claramente estavam cansados de toda a atividade do dia. Tessa entrou em seguida, depois Sara, que procurou por Will enquanto tirava os tênis. Os hematomas sob seus olhos tinham começado a ficar verdes, mas o gesso azul de fibra de vidro ficaria em seu braço por pelo menos mais seis semanas. Os dedos ainda estavam inchados e os médicos tinham sido obrigados a cortar o anel de noivado.

— Muito bem, amorzinho, hora da gente se mandar. — Faith apoiou Emma em seu quadril. Apesar de todas as suas reclamações, a policial praticamente brilhava de amor perto dos filhos. — Dá um beijo no tio Will.

Will ofereceu sua bochecha para uma bitoca molhada. Então Isabelle pediu para dar uma também. Ele recusou as outras despedidas enquanto observava Sara, que estava se movimentando com mais facilidade naquele momento. O pior da dor finalmente havia diminuído. Ela tinha começado a desmamar dos opioides que haviam receitado no hospital, porque era isso que as pessoas faziam quando não tinham problemas com vício.

Sara pousou a mão boa num dos ombros dele.

— Tess e Isabelle vão adotar um gatinho.

Tessa acrescentou:

— Meus pais vão me ajudar a comprar o apartamento. Então, pensamos em aumentar a família.

Faith disse:

— Seu apartamento vai ficar animal!

Por alguma razão, todos começaram a rir.

Sara sorriu para Will.

Will sorriu para Sara.

— Todos prontos? — perguntou Faith. — Obrigada pela comida. Partiu!

Houve mais abraços e despedidas porque, aparentemente, ninguém mais respeitava um aperto de mão firme. Sara seguiu todos eles até a porta para mais uma rodada de tchaus. Will ficou na cozinha, ele esticou o pano de prato molhado e pendurou na torneira para secar.

— Obrigada, meu amor. — Sara estava parada na porta da cozinha. — Obrigada pelo dia maravilhoso. Obrigada por rir das piadas bobas do meu pai. Obrigada por limpar tudo.

— É uma pena o gesso, eu sei o quanto você gosta de lavar louça.

Ela não conseguiu esconder o sorriso.

— E eu sei o quanto você gosta de estar cercado por pessoas que esperam que você fale com elas.

Ele também sorriu.

— Acho que vou acabar pintando os armários da cozinha da Faith.

— Acho que vai, mesmo. — Ela acenou com a cabeça em direção à sala de estar. — Vamos para o sofá, estou cansada de ter conversas em cozinhas.

Will limpou as mãos na calça jeans. Ela havia dito "conversas" como se quisesse uma conversa de verdade. Ele, então, entrou na sala. Sara já estava no sofá. Os galgos estavam empilhados na cama deles e Betty continuava na cozinha bebendo água. Ele ouvia o tilintar da coleira contra a tigela de metal. Eles iam reformar a casa depois de se casar, mas, naquele momento, ela parecia ter o tamanho perfeito.

Ele perguntou a Sara:

— Você quer um gato?

— Eu adoraria ter vários, mas os galgos são treinados para perseguir animais fofos. — Ela se recostou nas almofadas, apoiando o braço. — Faith ainda está fazendo perguntas sobre o que realmente aconteceu no closet da Britt?

— Acho que ela sabe que o som não se cortou sozinho. — Will colocou os pés de Sara em seu colo ao se sentar. — Ela está perguntando porque é intrometida, não porque vai fazer alguma coisa. O vídeo conta uma história crível e Britt não conseguiu fazer a arma funcionar. Então ela olhou para a arma, descobriu o que fazer e atirou na própria cabeça. Ninguém está preocupado com o fato de o microfone ter ficado mudo. E, de qualquer jeito, isso não vai vir à tona. Todos eles estão aceitando acordos de delação premiada. Sua parte da narrativa não vai ser contada.

Sara assentiu com a cabeça, mas não parecia aliviada.

— Suicídio assistido é ilegal na Geórgia.

— Você deu a Britt informações sobre como funciona um revólver. Ela não precisava se matar. Podia facilmente ter apontado a arma para você. — Ele olhou para ela. Ainda não havia alívio em seu rosto. Essa também não era a conversa. Eles tinham falado disso várias vezes ao longo da semana. — O que mais está te incomodando?

— Odeio o fato de me sentir melhor por causa do que Britt me disse. — Sara olhou para o teto, seu peito se ergueu quando ela respirou fundo. — Depois que fui estuprada, fiquei tão preocupada de ter feito algo errado. Será que eu induzi ele a isso sem querer? Ou flertei com ele? Ou enviei a mensagem errada? E eu sei que não faz sentido. Estupro não é sexo. Não é um relacionamento íntimo. Mas saber que Britt pressionou o servente, que ela manipulou o cara para ele me atacar, tira um pouco da culpa, sabe?

Will se sentiu melhor sabendo que Britt teria ficado muito chateada ao ouvir Sara dizer isso.

Ela o cutucou com o pé.

— Você se incomoda por eu não poder te dar filhos?

— Não. — Ele gostava de Emma e Isabelle, mas também gostava quando elas iam embora. — Você se incomoda com o fato do meu cérebro não estar programado para trocadilhos?

— Eu amo de paixão a maneira como seu cérebro é programado. — Ela estendeu a mão boa para que ele pudesse ajudá-la a se sentar. — Se Britt McAllister provou alguma coisa, é que ser mãe não faz alguém ser uma pessoa melhor.

Will havia crescido cercado de crianças abandonadas. A pobreza havia colocado muitas delas sob os cuidados do Estado. Pouquíssimas das mães delas tinham sido tão ruins quanto Britt.

— Você vai contar à Tessa o que realmente aconteceu no closet?

— Já foi difícil o suficiente explicar todas as outras coisas. Nunca mais quero que minha família tenha que correr para o hospital por minha causa. Meus pais, provavelmente, nunca mais vão voltar para casa. — Lágrimas inundaram seus olhos. Ela odiava fazer a família sofrer. — Não posso contar a verdade para a Tess. Não é justo fazer com que ela carregue esse segredo. Não sei nem se é justo com você.

— Nós concordamos que sempre iríamos ser sinceros um com o outro.

— Você leu os documentos do fundo da Eliza?

Will sabia que essa era a conversa, mas ele não tinha certeza de que já estava pronto para tê-la.

— Eu escaneei no meu aplicativo de voz. Foi estranho ouvir o nome Sara Trent.

— Você quer que eu pegue seu sobrenome?

Ele fez que não com a cabeça, porque seu sobrenome nunca tinha significado algo para ele.

— Você também leu os documentos. O que você achou?
— Que ela está um pouco atrasada para começar a ajudar crianças órfãs. Will podia ouvir a raiva na voz dela.
— Mas?
— Daria para fazer muita coisa boa com esse tanto de dinheiro.
— Tipo o quê?
— Bom, primeiro, não precisaria ser você quem toma as decisões. — Sara entrelaçou seus dedos nos dele. Entre os dois, tinham duas mãos sem ferimentos. — Você poderia nomear alguém para supervisionar um conselho, que tomaria decisões sobre como ajudar as crianças quando elas saírem do sistema. Auxílio para aluguel, mensalidades de faculdade ou cursos profissionalizantes, custos de saúde, treinamento profissional, instrução financeira. O dinheiro mudaria a vida delas. Poderia quebrar o ciclo da pobreza, manter os jovens fora da cadeia e da prisão e ajudar seus próprios filhos a prosperarem.

Will sabia que Sara havia sido criada para entender de dinheiro. Havia um motivo para a irmã dela estar fazendo um curso de doula voluntário enquanto comprava um apartamento de trezentos mil dólares.

— Quem eu indicaria?

Sara deu de ombros, mas claramente tinha um nome em mente.

— Amanda ajudou você a navegar pelo sistema. Você não percebeu na época, mas ela estava lá desde o início. Se fosse permitido mulheres solteiras adotarem, ela teria te levado para casa.

As unhas de Betty estalaram no chão enquanto ela caminhava até sua almofada de cetim. Will a observou fazer sua rotina, dando algumas voltas antes de se acomodar e depois descansar o focinho nas patas.

— Tranquei minha arma no cofre antes das crianças chegarem. Eu vi as pérolas da Amanda.

— Não são lindas? — A voz de Sara tinha um tom de reverência. — Eu nunca tinha segurado pérolas de verdade. São maravilhosas.

Will notara que elas não eram perfeitamente redondas, e só.

— Qual é a diferença entre elas e as pérolas falsas?

— Ainda bem que você perguntou, porque eu pesquisei. — Ela estava sorrindo outra vez. — Elas são mais pesadas. São orgânicas, então parecem frias no início, mas se aquecem contra a pele. Têm uma textura arenosa. Quando são formadas naturalmente, o molusco secreta pequenas camadas concêntricas de madrepérola em uma matriz. Dá para ver as imperfeições. Cada uma é única.

Ele adorava o fato de ela querer aprender sobre tudo.

— Você vai usar no casamento?

— Quero usar, sim. Vai ficar ótimo com meu vestido. E a Amanda é importante para você, então ela é importante para mim. — Sara segurou a mão dele. — Acho que ela sabe que eu silenciei o som de propósito. Eu praticamente fiz um teste no carro dela antes de acontecer.

— Ela voltou a tocar no assunto?

— Não, mas me repreendeu por não usar nossa palavra de segurança, porque uma raquete de tênis dando na minha cabeça aparentemente não era indício suficiente de que tinha alguma coisa errada. Então, ela me deu aquele olhar que não dá para saber se ela vai matar você ou dar um tapinha nas suas costas.

Will estava intimamente familiarizado com esse olhar.

— Eu estava pensando sobre o casamento. Sei que você tem tudo planejado, mas eu queria fazer uma coisa.

— É o *nosso* casamento. Você pode fazer o que quiser.

Will não tinha lá muita certeza, ele não estava tão feliz com o fato de as cadeiras Tiffany custarem o dobro do preço de uma cadeira dobrável simples.

— Você disse que não quer fazer a primeira dança com seu pai, mas talvez você possa dançar com sua irmã. E eu poderia convidar Amanda para dançar comigo.

Sara não pareceu tão surpresa quanto ele imaginava. Era mais como se algo estivesse finalmente fazendo sentido.

— Ela fica perguntando sobre o casamento porque quer participar.

— Acho que ela merece.

— Acho que você tem razão. — O sorriso estava de volta. — Podemos tocar Sinatra. "Fly Me to the Moon."

— Springsteen faz um cover de...

— Não — disse Sara, o que aparentemente resolveu o assunto. — Preciso falar outra coisa para você.

Will torceu para não ter a ver com o casamento.

— Na semana passada, você disse para a Eliza que não tinha família. Mas Amanda sempre foi sua família. E agora a Tessa, a Isabelle, meus pais e, mais importante, eu, todos nós somos sua família.

A informação o atingiu de uma forma estranha. Ele olhou para Betty novamente. Ela começou a coçar a orelha, a etiqueta de identificação de metal soava como um badalo em um sino.

— Levei seu anel de noivado para a joalheira. Ela disse que vai demorar mais ou menos uma semana.

Sara ergueu a mão inchada.

— Estou mais preocupada com a aliança que vai acompanhá-lo. Talvez a gente tenha que substituir por um donut na cerimônia.

— Eu perguntei sobre como tirar o arranhão do vidro. — Will voltou seu olhar para Betty, embora pudesse sentir Sara olhando para ele. — Eu sei que a Eliza fala um monte de merda, mas faz sentido que minha mãe quisesse que o arranhão fosse consertado. Ela era adolescente, e adolescentes não gostam quando as coisas não estão perfeitas.

— O que a joalheira disse?

— Que eu, provavelmente, conseguiria consertar sozinho. Tem que fazer uma pasta com bicarbonato de sódio e água. Depois, pegar um pano de microfibra e esfregar com movimentos circulares firmes até o arranhão sair.

— Você é muito bom em fazer movimentos circulares firmes com os dedos.

Will percebeu que estava nervoso demais para provocações. Talvez ele também quisesse conversar.

— Ela também me disse que algumas mulheres não usam os anéis de noivado depois de casadas. Elas usam só a aliança de casamento. Especialmente as que trabalham muito com as mãos.

Sara se aproximou e virou a cabeça dele, de modo que ele foi obrigado a olhar para ela.

— Você está tentando me dizer alguma coisa?

Will não sabia o que estava tentando dizer.

— Seus sapatos são muito caros e você usa coisas bonitas, o que é ótimo. Você trabalha muito, merece gastar seu dinheiro como quiser, mas eu não quero que as pessoas olhem para o seu anel de noivado e se perguntem por que eu não comprei algo que você teria orgulho de usar.

— Nunca me senti tão orgulhosa como quando você colocou o anel de sua mãe no meu dedo. Seu coração está naquele vidro. Sua história. É doloroso para mim ficar sem ele. — Ela parecia muito sincera. — Will, eu não quero usar um anel para outras pessoas, quero usar um anel para você.

Ele olhou nos olhos dela. As lágrimas dela estavam caindo de verdade naquele momento.

— Minha mãe me falou uma coisa há quinze anos, bem na noite da festa mista. Eu tinha acabado de receber a oferta do *fellowship*. Tudo estava se encaixando e eu tinha todos os aspectos da minha vida planejados. Minha mãe disse que eu não poderia arquitetar tudo, que, para o bem ou para o mal, algo mudaria.

Will segurou a mão dela com firmeza.

— Ela chamou de oportunidade profunda, porque a mudança mostra quem você realmente é. E ela tinha razão. Depois daquela noite, minha vida inteira mudou. A pessoa que eu era não existia mais. Eu tinha duas opções: desaparecer junto com ela ou lutar para recuperar suas partes que importavam. Não estou dizendo que sou grata por essa lição. Não sou mesmo. Mas sou grata por ela ter me tornado o tipo de mulher que sabe como amar você.

Will sentiu um nó na garganta. Ele observou Betty acomodar-se novamente na almofada e seus olhos começaram a lacrimejar.

— Você sabe que isto aqui vai ser para sempre, né? Você aceita isso?
— Eu sei. Aceito.

AGRADECIMENTOS

Os primeiros agradecimentos, como sempre, vão para Kate Elton e Victoria Sanders. Emily Krump forneceu orientações valiosas sobre crianças e bebidas alcoólicas (entre outros assuntos). Agradeço à equipe da VSA, incluindo Diane Dickensheid e minha colega, Bernadette Baker-Baughman. Na WME, Hilary Zaitz Michael está fazendo coisas incríveis, pelas quais sou eternamente grata. Heidi Richter-Ginger e Liz Dawson continuam sendo especialistas em cuidar de gatinhos. Eu seria negligente se não agradecesse aos meus colegas do GPP em todo o mundo, que sempre cuidam tão bem de mim, especialmente quando eu disse que queria andar de bicicleta em Amsterdã, porque o que eu estava pensando, Miranda?

O marido de Shanda London, Shane McRoberts, fez uma contribuição muito generosa para a Writer's Police Academy para que o nome dela aparecesse neste romance. Daniel Starer, da Research for Writers, tentou diligentemente rastrear a atribuição de "Fale da cicatriz, não da ferida". Greg Guthrie e Patricia Friedman responderam a algumas perguntas de caráter jurídico. Sou grata a Dona Robertson e aos muitos agentes atuais e aposentados da Agência de Investigação da Geórgia, que são sempre gentis em responder às minhas perguntas tediosas.

Há vinte anos, o dr. David Harper tem sido extraordinariamente paciente em me ajudar a fazer com que Sara soe como uma médica. Eu seria negligente se não deixasse claro que trunquei algumas linhas do tempo nos passos da cirurgia cardiotorácica, provavelmente irritando muitos cirurgiões cardiotorácicos no processo. De qualquer forma, por favor, saibam que não foi o David — fui eu, escrevendo a ficção e fazendo a história evoluir. Falando em especialistas médicos, quero dar um alô a todos os profissionais de saúde que passaram por tanta coisa nos últimos anos: vocês são valorizados, apreciados e incríveis. Ah, e nem é preciso dizer, mas vocês também são melhores que o Google.

As estatísticas sobre estupro e agressão citadas neste livro são provenientes de diversas fontes, incluindo Archives of Sexual Behavior, RAINN, National Intimate Partner and Sexual Violence Survey, Centers for Disease Control dos Estados Unidos e Departamento de Justiça dos Estados Unidos. Nos casos em que as estatísticas variam, indiquei um valor médio. Mais de quarenta por cento das mulheres e vinte por cento dos homens estadunidenses sofreram algum tipo de violência sexual na vida. Menos de vinte por cento desses casos foram relatados à polícia e menos ainda foram processados. O site RAINN.org é um bom recurso para vítimas e sobreviventes que buscam apoio. Se você não se sentir à vontade ou seguro para acessar o site direto de casa, as bibliotecas locais geralmente oferecem acesso não rastreável. Seja qual for sua decisão, saiba que você não está sozinho.

Um último agradecimento vai para meu pai, a pessoa mais teimosa que conheço, e para D.A., que atura a segunda pessoa mais teimosa da minha família. Como sempre, vocês são meu coração.

Este livro foi impresso pela Cruzado, em 2023, para a HarperCollins Brasil.
O papel do miolo é pólen natural 70 g/m², e o da capa é cartão 250 g/m².